THE WAR
IN SICILY
AND ITALY
1943—1944

THE DAY OF BATTLE

战斗的
日子

从攻占西西里岛
到解放意大利
1943—1944

[美] 里克·阿特金森　著
Rick Atkinson

小小冰人　译
徐进　审校

新世界出版社
NEW WORLD PRESS

THE DAY OF BATTLE: The War in Sicily and Italy, 1943-1944 by Rick Atkinson
Copyright © 2007 by Rick Atkinson
Published by arrangement with Henry Holt and Company, New York.
Simplified Chinese translation copyright © 2020 by Grand China Publishing House
All rights reserved.

No part of this book may be used or reproduced in any manner whatever without written permission except in the case of brief quotations embodied in critical articles or reviews.

本书中文简体字版通过 Grand China Publishing House（中资出版社）授权新世界出版社在中国大陆地区出版并独家发行。未经出版者书面许可，本书的任何部分不得以任何方式抄袭、节录或翻印。

北京版权保护中心引进书版权合同登记号：图字 01-2020-3775 号

图书在版编目（CIP）数据

战斗的日子 /（美）里克·阿特金森著；小小冰人译 . -- 北京：新世界出版社，2020.9
（二战史诗·解放三部曲）
ISBN 978-7-5104-7108-7

Ⅰ . ①战… Ⅱ . ①里… ②小… Ⅲ . ①纪实小说—美国—现代 Ⅳ . ① I712.45

中国版本图书馆 CIP 数据核字（2020）第 159629 号

战斗的日子

| 作　　者：[美] 里克·阿特金森（Rick Atkinson） |
| 译　　者：小小冰人 |
| 策　　划：中资海派 |
| 执行策划：黄　河　桂　林 |
| 责任编辑：贾瑞娜 |
| 特约编辑：羊桓汶辛　张　帝 |
| 责任校对：宣　慧 |
| 责任印制：王宝根　胡小瑜 |
| 封面设计：安宁书装 |
| 出版发行：新世界出版社 |
| 社　　址：北京西城区百万庄大街 24 号（100037） |
| 发 行 部：（010）6899 5968　（010）6899 8705（传真） |
| 总 编 室：（010）6899 5424　（010）6832 6679（传真） |
| http : //www.nwp.cn　http : //www.newworld-press.com |
| 版 权 部：+8610 6899 6306 |
| 版权部电子信箱：nwpcd@sina.com |
| 印　　刷：深圳市精彩印联合印务有限公司 |
| 经　　销：新华书店 |
| 开　　本：787mm×1092mm　1/16 |
| 字　　数：700 千字 |
| 印　　张：42 |
| 版　　次：2020 年 9 月第 1 版　2020 年 9 月第 1 次印刷 |
| 书　　号：ISBN 978-7-5104-7108-7 |
| 定　　价：89.80 元 |

版权所有，侵权必究
凡购本社图书，如有缺页、倒页、脱页等印装错误，可随时退换。
客服电话：（010）6899 8638

缪斯,歌唱吧!
哪些国王愤而应战,哪些军队奉命奔赴战场?
当年,意大利肥沃土地上的花朵都是些怎样的英雄,
哪些武器可以代表意大利炽烈的精神?

——维吉尔,《埃涅阿斯纪》

里克·阿特金森（Rick Atkinson）

二战史诗·解放三部曲简体中文版震撼上市
三度普利策奖获得者
耗时 14 年谱写最恢宏的二战巨著！

二战史诗·解放三部曲（The Liberation Trilogy）：

《破晓的军队》(*An Army at Dawn*)

《战斗的日子》(*The Day of Battle*)

《黎明的炮声》(*The Guns at Last Light*)

二战史诗·解放三部曲影响力：

亚马逊二战历史类畅销图书榜首

《纽约时报》畅销图书榜首

《纽约时报》百本最值得关注的好书

《华尔街日报》年度最佳图书

《华盛顿邮报》年度十大好书

作者凭此系列书再度拿下含普利策历史奖在内的多个重量级奖项

里克·阿特金森是美国最著名的军事历史学家，二战史诗·解放三部曲是其最具影响力的作品。此系列书的创作花费了阿特金森 14 年的时间，记录了二战中欧洲及北非战场的重大战役。阿特金森从普通士兵的视角出发，展现了

i

现代战争的惨烈、残酷与血腥。《纽约时报》、美联社等著名媒体认为，很难想象有比这套著作更扣人心弦、更具张力、更客观公正和文笔优美的作品，因此这套著作堪称前无古人，后无来者。

里克·阿特金森于1952年出生在德国慕尼黑的一个美国军人世家，幼年曾随父亲辗转世界各地。他先后在《匹兹堡太阳早报》《堪萨斯城时报》《华盛顿邮报》担任记者和编辑，负责内容涉及国防、外交、情报等。其中，他在《华盛顿邮报》担任特约撰稿人和编辑更是长达25年。阿特金森在历史领域著作甚丰，主要作品有《与士兵同战》（*In the Company of Soldiers*）、《漫长的灰线》（*The Long Gray Line*）等。

作为目前美国最著名的军事史专家，阿特金森已获得16项与新闻报道、军事历史有关的重量级奖项：

★ 1982年普利策国内报道奖

★ 1983年利文斯顿新闻奖

★ 1984年冠军媒体奖

★ 1989年乔治·波尔卡新闻奖

★ 1989年莫顿明茨新闻调查奖

★ 1990年玛莎·阿尔勃朗特别奖

★ 1999年普利策优异公众服务奖

★ 2003年普利策历史奖

★ 2003年军事史学会杰出图书奖

★ 2003年联邦政府历史学会亨利·亚当斯奖

★ 2007年杰拉尔德·福特杰出报道奖

★ 2009年阿克塞尔·施普林格奖

★ 2010年普利兹克军事图书馆文献奖"终身成就奖"

★ 2013年诺威治大学军事史名誉博士

★ 2014年塞缪尔·艾略特军事历史"终身成就奖"

★ 2014年美国米德兰作家协会"年度最佳非虚构图书奖"

更多资讯，请登录本书官网：http://liberationtrilogy.com

权威推荐

《出版人周刊》

阿特金森用《战斗的日子》成功超越了自己的前一部普利策奖作品《破晓的军队》，本书深入浅出地分析了美国军队从菜鸟蜕变为主宰二战局势的强大力量的第二阶段。阿特金森认为，西西里岛和意大利的战争，在迫使美国肩负越来越多的盟军战场责任的过程中，磨砺了美国军队的战斗力和意志力。

书中展示了崎岖的地形、严苛的气候、强大的敌人，战场形势已然明晰：要么杀敌，要么被杀。阿特金森无情而准确地再现了盟军诸位高级军官的失误和错误判断，包括英国陆军元帅哈罗德·亚历山大、美国马克·克拉克将军及他们的下属部队。错误的代价是一线士兵的鲜血：英国人、法国人、印度人、北非人，当然还有美国人。

地中海战役总是被军人和学者忽略，人们只是将它当作进攻欧洲的基本目标之一。阿特金森证明了地中海战役在打击德国力量、迫使其国防军进行防御的过程中，起到了重要作用。

《书签》杂志

里克·阿特金森在《战斗的日子》中继续讲述着《破晓的军队》未结束的战事，它们与《黎明的炮声》一同组成了阿特金森的二战史诗·解放三部曲。和《破晓的军队》一样，《战斗的日子》不仅是在向普通大众再现那场错综复杂的战争，阿特金森还通过丘吉尔、罗斯福、巴顿将军，以及一些相对不那么知名的将领和士兵的视角，赋予了这场战争更多人性的思考。本书研究深入、叙述精彩，再现了决策和战斗的现场状况。

少数评论家认为本书对命令、决策的分析较少，且视角偏向美国人，有的部分描写过于绚丽。但总体而言，《战斗的日子》是"对美国第五集团军的军人及意大利战役最为直观的展现"。

《书单》杂志　杰伊·弗里曼

在北非击败隆美尔的非洲军团后，兴奋的温斯顿·丘吉尔打算进攻"欧洲的软腹部"。他相信，征服西西里岛并迅速登陆意大利半岛，可以削弱敌人入侵英吉利海峡的意图。阿特金森曾获得过普利策奖，本书是其解放三部曲的第二部，对意大利战役进行了综合探讨。

英、美两国的战争规划者在这场战役的必要性上有着巨大分歧，盟军的初期进攻杂乱无章、缺少配合……虽然有诸多弊端，但他们依然取得了胜利，并最终于1944年6月解放了罗马。阿特金森在书中描述了普通士兵对盟军行动的困惑及他们所经历的千难万苦，并对部分高级指挥官的性格进行了有趣的解读。最后，他给读者留下了一个问题：我们为这场战争所付出的代价真的值得吗？

亚马逊网

2007年11月亚马逊月度最佳书籍。超越一本获得普利策奖的作品已属不易，在讲述二战故事时得到突破更是难上加难——但里克·阿特金森用《战斗的日子》完成了这个双重奇迹。他的上一部作品《破晓的军队》获得了2003年普利策历史奖，但随后，阿特金森对二战史诗·解放三部曲的第二部作品设立了更高的标准。

他用更为丰富的历史观点、战术研究及冷静的一线观察来解读每一个战场。书中并没有好莱坞式的虚张声势，在阿特金森的书中，士兵们更多是为捍卫荣誉，而非为赢得他人赞颂而战。"我们勇敢前进，是怕落在旁边那个家伙的后面，遭人笑话。"一名士兵在日记中写道，"我们浴血奋战，是因为旁边的人在浴血奋战；我们光荣牺牲，是因为旁边的人也光荣牺牲。"于是，这样一部凝结着勇气与哀伤，象征着最伟大一代人的决心的作品诞生了。

《华尔街日报》

　　庄严宏伟……阿特金森的成就在于把惊人的研究和极为有序的叙述融合在一起，并用有力、优雅的文笔将这部战争史诗呈现给读者。

《华盛顿邮报》

　　里程碑式的著作……凭借这本书，里克·阿特金森继承了布鲁斯·卡顿和斯蒂芬·安布罗斯的光荣传统，巩固了自己在美国大众历史学界中的地位。

《波士顿环球报》

　　一部彻底的艺术著作，堪称叙述文学史上的奇迹……阿特金森让你铭记战争给士兵们留下的印记。

《费城问询报》

　　阿特金森在描述细节方面，拥有一双记者的眼睛；在分析宏观图景上，又拥有一名历史学家的扎实功底……《战斗的日子》叙述清晰、主题专注，进一步吊起了人们对二战史诗·解放三部曲的胃口……阿特金森的三部曲将站在二战史著作的巅峰。

《泰晤士报》文学副刊　迈克尔·霍华德爵士

　　里克·阿特金森对意大利战役的描写充满了智慧，这让他的书成为二战史中的杰出作品。

《纽约时报》书评

　　三部曲系列展示了一幅气势恢宏、绚丽多彩的画面。在洋洋洒洒数千页中，作者研究细致入微、眼光独到，细节无一疏漏，可读性极强。

《时代》周刊

　　三部曲花费了阿特金森14年时光，所花时间是战争本身的两倍之多。他在恢宏的三部曲中以悲悯的视角和冷厉的笔锋对战争进行了毫不留情的批判。前无古人，后无来者。

《名利场》

娴熟的叙事技巧完美地呈现了精心安排的、史诗般的战斗进程。伟大的一代几乎消失殆尽……"二战史诗·解放三部曲"是名副其实的不朽之作。

《里士满时讯报》

阿特金森描绘了一幅波澜壮阔的画面。他引述士兵和军官的经历,构成了一次超乎想象的冲突。他在非人道的环境下,让人类的一丝人性得以幸存。书中的大量段落用优美的文风描绘了人类的勇气和堕落,需要读者在阅读过程中,停下来慢慢思索……他的书是对人性最恰如其分的礼赞。

《陆军》杂志

"二战史诗·解放三部曲"的每一部都兼具了出色的研究和写作水准。高水准的创作从第一部书的序言开始,一直延续到最后一部书的结语。

目录

序　幕　"三叉戟"会议　1

第 1 章
跨越地中海　27

北非战役的胜利渐渐成为过去，通过"三叉戟"会议，英美终于就下一步的战略达成共识。为出其不意地发动攻击，参与"爱斯基摩人行动"的全体舰队驶离集结港口后，便进入了无线电静默状态，向西西里岛进发。糟糕的航道和突如其来的风暴阻挠着"扬基"和"汤米"，当第一攻击波次冲向滩头，士兵们咬紧牙关，向敌人的滩头火力网冲去。

以杀戮终结灾难　28
最高统帅的烦恼　47
风暴似乎永不平息　59
战争是世间最美丽的景象　70

第 2 章
燃烧的海岸　77

意大利守军的软弱并没有令盟军放松心情。德国第15装甲掷弹兵师和"赫尔曼·戈林"装甲师已经开始增援，错误的空降行动令大批战士死于友军枪下。身心俱疲的士兵在巴顿的鼓动下，开始依靠屠杀战俘发泄怒火。在这片干燥的滩涂，这场战争的性质已经改变，正义和信念被残忍的杀戮腐蚀。

vii

独眼巨人之地　78
钢铁兄弟，德意志　95
死于友军之手　110
腐蚀英雄的灵魂　120

第 3 章
岛屿堡垒　131

自负的蒙哥马利一意孤行，在失去友军掩护的情况下贸然挺进，是胸有成竹还是利欲熏心？巴勒莫陷落、墨索里尼倒台，好消息接连不断，但可谓福祸相倚，不明瘟疫令无数士兵病倒，巴顿手下两位得力干将也被解职。盟军跟跟跄跄地攻下了西西里岛的最后一座城市墨西拿，可是接下来该何去何从？统帅部甚至没有制订下一步战略计划。

孤军深入的蒙哥马利　132
攻占西西里岛首府　139
恶魔之首崩坏　147
不明原因发热　154
"大红一师"的不幸　162
墨西拿，新的起点　174

第 4 章
萨勒诺之战　191

"雪崩行动"蓄势待发，但萨勒诺可不是块友善之地，冒险值得吗？战火临门，继续追随已为世界公敌的强大盟友纳粹希特勒，还是巧妙地全身而退，叛逃同盟阵营，夹缝中的小轴心不敢轻举妄动。一支不再锋利的第五集团军能够顺利牵引意大利战场的命运吗？岛上湿冷逼人，海上舵手迷航，一场重创换来些许可怜进展，惨痛的开局裂变成一张血腥的欠条，什么才能让这场恶战得到救赎？

摇摆不定的小轴心　192
阴谋与反阴谋　200

钝化的劲旅　212
"黑色星期一"　234
残酷的序曲　247

第 5 章
尸野腹地　261

踏进那不勒斯，怀着满腔怒火的国王龙骑兵卫队来了，自此，整座城市"弥漫着甜甜的天芥菜花香和未掩埋的尸体的恶臭"。无奈，罗斯福乐观的预判无法帮助盟军轻易越过沃尔图诺河这道巨大的屏障。地中海寒冷的冬夜和肆虐的空袭让第八集团军瞬间支付了一笔 3 000 人伤亡的"头期款"。"通往罗马的道路是漫长的。"托菲写道，这段历程充满荆棘也饱含良好的意愿。

"鬼城"那不勒斯　262
"寒气逼人"的冬战　273
险恶的腹地　282
毒气沸腾的巴里　293

第 6 章
无望的苦寒　307

小城圣皮耶特罗身上，满是法西斯的味道。意大利投降后，德军更以其开刀，烧杀抢掠，大肆报复。于是，习惯了灾难的小城充斥着宿命论，人们除了祈祷，别无生机。西西里岛满是这样的小城，身处其中的巴顿似乎大材小用了，但是此时，谁还会信任并眷顾他的将才？蒙哥马利则不然，广阔的亚得里亚海前线等待他的调遣，但是，是什么让一向纪律严明的盟军变身暴虐之师？哪两张熟悉的面孔在此关键之时离开了地中海战区？

小城宿命　308
被弃后的闲逸　324
一场暴徒之战　329
丧生之勇　339

ix

第 7 章
战场上的赌局　355

亚平宁一直是一片充斥着征兆和占卜、谶语和战争预言的土地。在那里，田园诗般的冲积平原实为一片"地雷沼泽"，其上更满是特洛奇奥式的血腥山丘。面临冬季战势的僵局，得罗马者得"靴国"。荒谬的两栖登陆计划，能给盟军带来这场"决定性的胜利"吗？又或是凯塞林能在此崩掉英美联军的爪牙？正如艾森豪威尔所言，战争是一场戏，不是一盘棋。

丘吉尔抛出的"鹅卵石"　356
强渡拉皮多河　363
"比斯坎"号的囚徒　387

第 8 章
死亡圣地聂图诺　395

"撒坦行动"中途夭折，盟军策划者又另起炉灶。东多塞尔是盟军在麦杰尔达河南岸的第一道防线，交给了法军。面对来势汹汹的轴心国部队，法军是否靠得住？本以为马克纳西大捷可以弥补法伊德溃败之过，不料却在舍涅德车站苦战了一天。美军的进攻成了强弩之末。指挥官之间的信任轰然崩塌，安德森和法国人怀疑美国人，艾森豪威尔怀疑弗雷登多尔……东多塞尔对面新鲜猎物（美国人）的味道，将成为"老狐狸"隆美尔的一剂良药。

鬼魅的锚地　396
罗马前战——卡塞塔　410
突袭奇斯泰尔纳　424

第 9 章
杀戮场　439

卡西诺山上的修道院固若金汤，盟军陷入停滞不前的困境。有没有可能在不夺取这座建筑的前提下占领山丘呢？难道德军还没有占据这座完美的观察哨吗？如果不先铲除这座俯瞰一切的修道院，又怎能要求盟军士兵对山丘发起进攻呢？但是决策者忽略了最重要的一点：轰炸修道院的后果竟然对德军更有利。

如何占领卡西诺　440
地狱般的滩头　456
"复仇者行动"　476

第10章
"四骑士"：战争、饥荒、瘟疫和死亡　487

卡西诺是块难啃的硬骨头，"四骑士"仿佛阴魂不散。原本发起安齐奥登陆是为了打破卡西诺的僵局，现在主次颠倒了，盟军认为应对卡西诺再度发起进攻，以协助安齐奥的滩头阵地。然而整个攻势缺乏清晰明确的总体规划，每个战场都由不得他们选择，每场战斗都演变成血腥消耗战。

美式"总体战"　488
山丘争夺战　496
人性是生存的"绊脚石"　517

第11章
安齐奥僵局　529

胆识是一种战术武器，能令敌人猝不及防，陷入混乱，战场上却不乏"懦夫"：1944年春，在意大利约有3万逃兵；因恐惧和压力而精神崩溃者近5 000人。逃兵、火山爆发、敌军顽抗，无一不妨碍着第五集团军进军罗马的步伐。但对于克拉克而言，必须抢在"霸王行动"抢走意大利战役的风头及英国人偷走第五集团军的荣誉之前，迅速赶到罗马。他们精心策划了"电子欺骗战"，准备发起一场最大规模的"王冠行动"。

维苏威大灾难　530
给他们点厉害尝尝　543
你们都是勇士，你们都是君子　551
成就伟大事业的前夕　560

xi

第 12 章
进军罗马 575

通往罗马的路并非坦途。豪兹率领着四个营进入拉齐奥山的峡谷中，这儿正是敌人的薄弱处，如果把第 1 装甲师都投入这里，他们可以穿过瓦尔蒙托内，切断德军的撤退路线。但是克拉克却把第 6 军主力转向拉齐奥山西侧，通向"恺撒"防线防守最严密的一段。既然"水牛行动"已经获得成功，为何换成"海龟计划"？

攻破"古斯塔夫"防线　576
一场第五集团军的表演　593
撕开卡西诺前线　611
罗马"不设防"　621

尾　声　最后的进军　637

盟军指挥系统
1943年7月，进攻西西里岛

总司令：艾森豪威尔

参谋长：史密斯

海军：A.B. 坎宁安　　　　　　　　空军：特德

第十五集团军群：亚历山大

第八集团军（英军）：蒙哥马利　　　　第七集团军（美军）：巴顿

第13军：登普西　　　　　　　　　　第2军：布拉德利

第5师：伯尼-菲克林　　　　　　　　第1师：艾伦

第50师：柯克曼　　　　　　　　　　第45师：米德尔顿

第1空降师：霍普金森　　　　　　　　"乔斯"突击队：特拉斯科特

　　　　　　　　　　　　　　　　　　第3师：特拉斯科特

第30军：利斯

第51高地师：温伯利　　　　　　　　预备队

加拿大第1师：西蒙兹　　　　　　　　第2装甲师：加菲

　　　　　　　　　　　　　　　　　　第82空降师：李奇微

　　　　　　　　　　　　　　　　　　第9师：埃迪

预备队

第46师：霍克斯沃思

第78师：伊夫利

盟军指挥系统
1944年5月，"王冠行动"，最终冲向罗马

地中海战区，盟军最高指挥官：威尔逊

副司令：德弗斯

海军：坎宁安　　　　　　　　　　　　空军：埃克

驻意大利盟军司令：亚历山大

第八集团军（英军）：利斯　　　　　　第五集团军（美军）：克拉克

第13军：柯克曼　　　　　　　　　　　第2军：凯斯
第6装甲师：伊夫利　　　　　　　　　　第85师：库尔特
第4师：沃德　　　　　　　　　　　　　第88师：斯隆
第78师：凯特利
印度第8师：拉塞尔　　　　　　　　　　第6军：特拉斯科特
加拿大第1装甲旅：墨菲　　　　　　　　第1装甲师：哈蒙
　　　　　　　　　　　　　　　　　　　第3师：奥丹尼尔

加拿大第1军：伯恩斯　　　　　　　　　第34师：莱德
加拿大第5装甲师：霍夫迈斯特　　　　　第45师：伊格尔斯
加拿大第1师：沃克斯　　　　　　　　　英国第1师：霍克斯沃斯
第25坦克旅：泰特利　　　　　　　　　　英国第5师：格雷格森-埃利斯
　　　　　　　　　　　　　　　　　　　第1特种勤务队：弗雷德里克

波兰第2军：安德斯
第3"喀尔巴阡"师：杜赫　　　　　　　　法国远征军：朱安

第5"克列索瓦"师：苏利克
波兰第2装甲旅：拉科夫斯基

第10军：麦克里里
新西兰第2师：弗赖伯格
第24近卫旅：克莱夫
第2伞兵旅：普里查德
南非第12旅：帕尔默
意大利摩托化旅级战斗群

预备队
南非第12装甲师：普尔
第5军：奥尔弗里

法国第1步兵师：布罗塞
摩洛哥第2步兵师：多迪
阿尔及利亚第3步兵师：蒙萨贝尔
摩洛哥第4山地师：塞维斯
法国北非分队：纪尧姆

预备队
美国第4军军部：克里滕贝格尔
第36师：沃克
意大利旅级战斗群

标准单位换算表

1 英寸 =2.54 厘米	1 英尺 =0.304 8 米
1 英里 =1.609 34 千米	1 码 =0.914 4 米
1 寻 =2.67 米	1 英寻 =1.828 8 米
1 平方英尺 =0.09 平方米	1 平方英里 =2589 988.1 1 平方米
1 英亩 =4046.856 4224 平方米	1 立方英尺 =0.03 立方米
1 盎司 =28.349 523 克	1 磅 =0.453 592 千克
1 加仑 =3.785 43 升	1 品脱 =0.568 升
CC（液体单位，现称毫升）	1 华氏度 = - 17.22 摄氏度
1 节 =1.852 千米 / 小时	

序幕

"三叉戟"会议

  1943年5月11日(周二)早上,天空雾蒙蒙的,它的声音从远处传来,穿透了低低笼罩在纽约湾上空的薄雾。在低沉的低音A之后,紧紧跟着两个八度音和两个中音C之下的音符。不同于安装在前向烟囱上的双联装7英尺汽笛发出的尖啸,它的汽笛音量已经被调低,以免惊扰在长廊上漫步的乘客。它在和平时期的红、白、黑涂色已被青灰色的油漆覆盖,尽管这遭到了伪装专家们的强烈反对——他们更倾向于使用蓝绿色相间的迷彩图案,并称之为"西向航路伪装计划",以便能更好地迷惑试图判定它航速、方位和身份的敌方潜艇。即便有人看到它那著名的三层甲板、长达1 000英尺的巨大船体和庄严而独具特色的尖形船头,也未必会想起它的真实身份,因为灰色油漆甚至盖住了它的名字。但是,绝不会有人忘记它的存在,无论是和平时期还是战争时期。它就是"玛丽王后"号皇家邮轮。

  离开苏格兰古罗克整整5天20个小时50分钟后,"玛丽王后"号于早晨8点30分驶过安布罗斯灯塔,负责护航的美国驱逐舰随即调转船头,驶向远海。与它战前涂色的命运一样,"玛丽王后"号上精美的内饰已被拆除,存放于纽约的一座仓库中,其中包括6英里长的威尔顿地毯,200箱骨瓷及水晶器具,以及和平时期一次航行中用来保存 1.4 万瓶美酒和 5 000 根雪茄的酒柜及雪茄保湿盒。为执行这次代号为"WW#21W"的航行任务,它已被改装为一艘运囚船。船舱内可用作武器的固定设施已被拆除,还安装了警铃、门锁,以及用沙袋堆成的机枪垒,并在食堂和运动区布设了铁丝网。船舱深处不时传来 5 000 名德国战俘躁动的声音,他们在刚刚结束的北非战役中被俘,并被关入了苏格兰的监狱,几经波折,才被押上当时停靠在古罗克的"玛丽王后"号。300 名英军士兵时刻保持警惕,监视着这些俘虏,而因为同情,想为战俘提供帮助的卫兵则会受到提醒:"牢记他们的野蛮。"

实际上,本次跨越北大西洋,长达 5 天的"之"字形航程,已令这些野蛮人变得温顺。他们会被送往美国西南部的一座战俘营,其人数是美国国内在押德国战俘总数的 3 倍,而且这个数字最终会增加至 27.2 万。为节省取暖费,大多数战俘营建立在北纬 40 度以南的地区,一些战俘营指挥官为战俘提供熏肉和鸡蛋,鼓励他们在营区内喂养宠物,还开办钢琴课,并允许通过西尔斯·罗巴克百货公司的商品目录订购窗帘。这样做同样是为了让他们变得顺从。

但此次航行却另有目的。秘密乘客名单上列出了英国最高级别军事将领的名字,其中包括英国陆军、海军和空军的指挥官。他们将赶往华盛顿,参加为期两周、代号为"三叉戟"的英美战略会议。轮船悄然驶过韦拉扎诺海峡时,军官们挤在围栏前,试图穿透雾气望见位于北方 7 英里外的曼哈顿。但这一切都是徒劳的,他们最终选择了出现在右舷康尼岛的模糊景象,以及左舷处史泰登岛的沃兹沃斯堡,自欺欺人地认为这就是他们的目的地。乘务员和副官们匆忙整理着成堆的行李,并用写有巨大"W"的红色纸片将运往白宫的物品标示出来,其中 20 多袋都属于"空军准将斯宾塞"。整理过的机密文件放在上了锁的箱子里,堆在上层甲板旁边的儿童游乐室内,一些作废的保密资料将被送往 105 号套房,扔进用浴缸临时改造成的焚化炉进行销毁。

为误导苏格兰各港口潜伏的敌方间谍,此行的计划者们煞费苦心地掩盖了航行的细节。在古罗克,"玛丽王后"号专门印制了荷兰语菜单,让人认为此番赶赴纽约的神秘贵客是流亡的荷兰女王威廉明娜。工人们还安装了轮椅坡道和扶手,反间谍机构也刻意在港口附近的酒吧散布谣言,称"玛丽王后"号被派去迎接即将秘密访问英国的美国总统罗斯福。上午 9 点,所有伪装宣告结束。

轮船巨大的螺旋桨转动了最后一圈，船锚被抛入海中咯咯作响，激起大片水花。空军准将斯宾塞在甲板上漫步，"看上去状态很好，肥胖、面色红润"，似乎满怀着对战争的渴望。

与"玛丽王后"号一样，温斯顿·S. 丘吉尔太过显眼，根本无法隐藏，正如当时人们所说的："他是我们这个时代最伟大的人。"丘吉尔抽着据说有"长号那么长"的哈瓦那雪茄——这只是他每天八根中的一根。在那张为人熟知的圆脸上，额头布满了皱纹。他眉头紧蹙，不时用洒了香水的手帕擦脸。当天早上，给"玛丽王后"号上的服务员留下 10 英镑小费后，他脱掉了在航程中大多数时候穿在身上的连体工作服，换上了皇家游艇中队的制服，活像"一个舞台上的流氓牧师"。前一天晚上，丘吉尔摆下盛宴，庆祝"即将到达美国暨出任首相三周年"。这场盛宴是对"玛丽王后"号战前的奢华生活，也是对日不落帝国昔日辉煌的一种缅怀：酥皮馅饼、法式干煎比目鱼、温莎薯条和朗姆糕，除了这些菜肴之外，还有一大瓶 1926 年的玛姆红带香槟。

"我们都是小虫，"丘吉尔曾吟诵道，"但我相信我是一只萤火虫。"谁能否认呢？他已奋战了三年，起初是孤身一人，随后便与他努力构建起的强大联盟一同作战。他早就提醒过他的警卫，只有在英国遭到入侵的情况下，才能在夜间将他唤醒，但他却从未被叫醒过。他断言，自己在这场战争中的使命是"纠缠、不停地唠叨和促成"一场远征。罗斯福对此非常清楚，整个战争期间，他将从丘吉尔那里收到 1 300 封电报。这位首相的陆军参谋长写道："他的脾气像电影明星一样多变，暴躁得如同被宠坏的孩子。"丘吉尔的妻子补充说："温斯顿会冲我大声喊叫，所以我从不跟他争吵，要是有什么重要的事情要说，我就给他留张便条。"

"在大事上，他非常伟大，"南非政治家扬·史末资元帅说道，"可在小事上就不那么伟大了。"当然，小事也让他忙碌不堪：因士兵们缺乏纸牌而提出抗议，为英国饲养家禽的农民供应谷物，为军事行动拟定代号（他严厉地废除了"惊心噩梦""黄疸""开胃酒""邦尼哈格舞"这些代号）等。但他的伟大总能在大事中显现出来，一位仰慕者的赞誉最能说明这一点："他的心中没有'失败'这两个字。"海上航行总是能给丘吉尔注入新的活力，而且，没有哪次能与"WW#21W 行动"相比。随行人员私下里戏称他为"主人"，因为丘吉尔总喜欢发号施令，让他们每天都忙碌不已。从密码员到陆军元帅，所有被选定为于周三（5月12日）召开的"三叉戟"会议撰写研究报告和备忘录的人员都被称作"祈祷者"。打字员们在一台特别设计的"雷明顿"无声打字机上轮班作业，记录下丘吉尔在滚滚的雪茄烟雾中低声嘟囔出的紧急文件和备忘录。为特别紧急的文件注上"当日即办"后，他会去玩上一把"比齐克牌"（他们使用多副纸牌，7以下的牌都被剔除），再喝点白兰地、香槟，或他最喜爱的"尊尼获加红方"威士忌。他坚持在自己的救生艇内安装一挺机枪，并宣称如果"玛丽王后"号被鱼雷击中，"我绝不会被俘。最好的死法莫过于在与敌人战斗的兴奋中死去……你们得跟我上救生艇，看看热闹。"

有时候他又显得心事重重——"弯着腰，盯着他的盘子"——以他朗读福勒《现代英语用法》的纯熟，指责那些倒霉蛋"分解不定式的邪恶及用'特别'取代'很多'的语法。但大多数时候他的兴致都很高，会在船桥上与船长讨论航海技术，在休息室观看诸如《重击》(The Big Shot) 和《渡过黑暗》(All Through the Night) 之类的电影，或是在自己的舱室里，与同伴们共进晚餐，笑着说些段子。最令他高兴的是柏林的一家电台宣称："丘吉尔在中东，可能正与罗斯福会晤。"他问道："在这场残酷战争中，谁听到这样的消息不会笑出声来？"

丘吉尔曾提议在曼哈顿的巴特里公园登岸，以此来振奋美国表兄的士气，然后再畅游百老汇。"一个人总是可以做他想做的事，如果这出乎其他人意料的话，"他解释道，"那些密谋者就来不及策划他们邪恶的计谋了。"但考虑到安全问题，美国特勤局不同意丘吉尔的提议，选择从史泰登岛的汤普金斯维尔派出三艘汽艇，越过灰色的海港向"玛丽王后"号驶去，迎接丘吉尔。罗斯福总统最亲密的顾问哈里·霍普金斯在码头上等候，和他在一起的是"费迪南德·麦哲伦"，这辆7节车厢的总统专列车头已朝向华盛顿。

丘吉尔踏入为首那艘汽艇时，"玛丽王后"号的全体员工都站在围栏旁向他欢呼。在一片喝彩声中，丘吉尔下船登岸走上专列，向大家挥手道别。就在他们站在雾气中叫喊时，丘吉尔已经在心中摒弃了"失败"这两个字。

战略的缺失

与手提箱和文件袋一同被放入"费迪南德·麦哲伦"号专列行李车厢内的是一沓厚厚的地图，它们曾被悬挂在"玛丽王后"号临时作战室的墙壁上，上面钉满了图钉和色纱，用来描绘这个星期二（5月11日）全球各地十余处战场的情况。这一天已经是第二次世界大战的第 1 349 天，这场始于 1939 年 9 月的战争已经过半，但双方指挥官和统帅还不知道，血的代价其实只付出了不到一半，这场战争最终将导致 6 000 万人丧生。在 6 年时间里，每 3 秒钟便有一条生命逝去。他们也知道，就算以美国、英国和苏联为首的同盟国已经掌握了战略主动权，德国、意大利和日本这些轴心国依然控制着大量地盘，其中包括长达 6 000 英里的欧洲海岸线和整个亚洲的东部沿海地区。这些都在地图上标注得清清楚楚。

非洲是轴心国领土霸权的例外，那里的战事已接近尾声。6 个月前，也就是 1942 年 11 月，英美盟军在摩洛哥和阿尔及利亚登陆，横扫了通敌卖国的维希法国政府虚弱的部队，随后向东疾进，穿越寒冷的阿特拉斯山脉，进入突尼斯。在那里，他们与英国第八集团军会师，该集团军在埃及的阿拉曼打了一场来之不易的胜仗后已向西推进，跨过非洲的冠部。突尼斯的面积与佐治亚州相当，这个可怜的国家已经被一连串的战争肆虐得不成样子。最令盟军难堪的是 1943 年 2 月凯塞林山口战役的惨败，美军伤亡了 6 000 人，算是在这场战争中最惨烈的一次失败。但最终，盟军凭借出色的空中力量、海上力量、火炮支援及地面部队，困住并粉碎了轴心国军队，使后者最终于 5 月 13 日星期四正式投降。25 万名轴心国士兵被俘，那些在"玛丽王后"号底舱中排队等候除虱的俘虏也在其中。

北非战役的胜利着实令人振奋，盟军借此成功控制了从卡萨布兰卡到亚历山德里亚所有优良的港口和机场，阻止了轴心国对中东油田的威胁，并使苏伊士运河自 1941 年来首次恢复畅通。从英国驶往印度的船队不再需要绕道非洲，从而节省了两个月的航行时间。同时，被轴心国占领的欧洲宽广的南侧也暴露在盟军的视野之下，进一步的攻击已经箭在弦上。北非战役的胜利与北大西洋的胜利不期而遇，德国潜艇组成"狼群"展开的破坏行动已没有之前那么凶猛，这要归功于电子监控技术的进步。

密码专家已经破译了德国海军使用的无线电密码，使得盟军战机和军舰能够更加准确地定位并摧毁德国的 U 型潜艇。5 月，德军将损失 47 艘潜艇，是 3 月被击沉数量的 3 倍。1943 年夏季，将有 3 500 多艘盟国商船平安横渡大西洋。而在一年前，盟军每 8 小时便会损失一艘船。德国潜艇在战争期间的损失率达到75%，超过了所有国家。

在这场席卷全球的战争中，世界其他地区的战事却缺乏决定性。在太平洋地区，日本人已被逐出瓜达尔卡纳尔和巴布亚岛。当年2月，他们的援兵在俾斯麦海遭遇重创。5月11日，美军在阿留申群岛的阿图岛登陆，2 500名日本守军在这场战斗中丧生，而美军也为此付出了代价，有1 000多人伤亡。4月18日，无线电再一次发挥了作用，美军派遣战斗机伏击了日本偷袭珍珠港的主谋——海军大将山本五十六。但日本仍牢牢控制着缅甸，占领着中国的大面积土地，其中包括众多港口和沿海城市，从千岛群岛至所罗门群岛中部的太平洋岛屿也在其掌握之下。东京方面转而进入消耗和僵持的战略防御状态，寄希望于苏联能够置身于太平洋战争之外，拖垮盟军的意志。

东线的战事始终保持其血腥的特点，自1941年6月希特勒入侵苏联后便一直如此。1942年，德军包围了列宁格勒（现称圣彼得堡）的郊区和斯大林格勒（现称伏尔加格勒），尽管没有进一步动作，但距离里海只有几个小时的车程。态势仍然对轴心国不利，自1943年1月以来，德军已损失了30个师，大多数都是在斯大林格勒或突尼斯，相当于希特勒整个战斗序列1/8的兵力。在过去的3个月里，德军坦克的数量从5 500下降至3 600。苏军发起了一次反击，重新夺回了库尔斯克、罗斯托夫和亚速海东岸。纳粹德国的宣传部长约瑟夫·戈培尔在5月9日的日记中描述了元首的绝望："他对将领们厌恶至极……他说，所有将领都在撒谎，所有将领都不忠诚，所有将领都在与国家社会主义作对。"

但是，苏联红军距离德国东部边境仍有300多英里，面对着德军2/3的作战力量。希特勒麾下仍有300个德国师，以及仆从国的90多个师。盟军庞大的轰炸机编队对德国的工业区和城市发起了攻击，但到目前为止成果还并不显著，主要是因为美军很大一部分的空中力量被挪用，从英国基地调往北非。除了中立的西班牙、葡萄牙、瑞士和瑞典之外，从比斯开湾到顿涅茨河，从北角到西西里，整个欧洲大陆仍在轴心国牢牢的掌控之下。约130万奴工被迫在德国工厂内辛苦地工作，另有25万奴工沿着法国和低地国家脆弱的西海岸，构建着"大西洋壁垒"。无数被视为"毫无价值"或"危险分子"的人被赶入集中营或灭绝营，其中包括25万法国人，最终，他们当中只有3.5万人活了下来。

5个月前，在卡萨布兰卡战略会议上，盟军于北非战役胜利后的新一轮攻击行动已经敲定。联合参谋长委员会（该委员会由英国和美国指挥官联合组成，为罗斯福和丘吉尔指挥作战。——译者注）总结了"爱斯基摩人行动"："针对西西里的进攻行动将于 1943 年 7 月展开，选择月色良好的夜晚，这样对我们有利。"作为地中海最大的岛屿，西西里岛距离突尼斯仅有 100 英里，与意大利这只"靴子"的尖头分离，对它展开进攻，将彻底结束非洲战役。

早在 1942 年 11 月登陆非洲西北部之前，美军的战略家们就一直对在地中海地区挑起战事持怀疑态度，认为盟军应当将力量集中在英国，直接跨越英吉利海峡扑向柏林。但罗斯福支持丘吉尔，无视那些将领的意见，执意发起这场战役。美国最高统帅部对"爱斯基摩人行动"表示支持，因为夺取西西里能恢复地中海航运的通畅，还能分散轴心国的力量，减轻苏联前线的压力。另外，还可以在这里建设空军基地，为轰炸意大利和欧洲其他敌占区做准备，甚至能对软弱的罗马政府形成威慑，令其废除 1939 年 5 月与柏林签署的《钢铁条约》，退出这场战争。

可是，拿下西西里岛后下一步该怎么办？没有进一步的计划，没有大战略，决策者们甚至没有就如何指挥集结于地中海地区的盟国部队达成共识。为此，"三叉戟"会议在华盛顿召开。在近一年的时间里，丘吉尔一直抱有野心，企图在意大利腹地发动一场战役。4 月初，他恳请罗斯福不要仅仅将目光局限于西西里，认为西西里"对我们的军队来说，是个最小的、轻而易举就能拿下的目标"。而击败意大利"将孤立德国人，令他们不寒而栗，意味着其灭亡的开始"。在感觉到美国人不太情愿后，丘吉尔于 5 月 2 日提醒哈里·霍普金斯，盟国友谊的"表面下隐藏着严重的分歧"，并在私下里告诉国王乔治六世，他决定在"三叉戟"会议上提出"先解决亚洲"的建议，因为有许多人都要求美国对东京施以更大力度的打击。

"我们远道而来，并非只有僵化的思维和死板的计划。"从古罗克启程后，丘吉尔为"三叉戟"会议准备开场白时说道。他的灵感被"雷明顿"无声打字机转换成文字，出现在唐宁街 10 号专用纸张上，其中包括"1 号目标：令意大利退出战争"以及"绝不能忘记，德军 185 个师正在对付苏联人……而我们目前还尚未和任何敌军有过接触"。问题的关键在于：如果"在 8 月底前拿下西西里岛，到展开'波列罗行动'（从英国出发，跨越海峡进攻西欧的行动）之前，有七八个月时间，那些参与行动的英美部队该做些什么？我们不能在苏联人承受着完全不成比例的重压之时，让我们的军队无所事事"。

他的无礼中带有一丝恳求，长达45个月的战争已令英国到达了极限。随着全民动员结束，12%的英国人都在军队中服役，如果战争继续下去，并且需要跨越海峡，向"欧洲壁垒"发起冲锋的话，人力将严重短缺。英国在战争中阵亡的人数已超过10万，数千人失踪，2万名商船船员遭受了损失，另外还有4.5万人死于德军空袭。

而美国就是救星。几年前，美军还那么稚嫩而脆弱，而现在的兵力已超过600万，由1 000名将军、7 000名上校和34.3万名中尉率领。从1941年年中到现在，陆军航空队的人数增长了35倍，陆军工程兵的规模也扩充了40倍。"珍珠港事件"后，美国海军只有8艘航母，而到1943年底，竟拥有了50艘大小不一的航空母舰。美国还将制造更多的货船，其总数量将超过英国整支商船队。制造一艘"自由轮"，从铺设龙骨到交付只需要50天。也许丘吉尔在到来前提醒过罗斯福，就在当天，后者公开宣布了"美国的飞机产量"，美国于1943年一年共生产了8.6万架飞机，"已超过其他所有国家产量的总和"。另外，美国还向其盟国提供了价值480亿美元的战争物资，其中2/3都流入了英国。

在美军参战的前18个月里，表现出的特点是经验不足、人数匮乏和玩忽职守。这支军队需要一个漫长的熟悉过程，这非常必要，而且现在还仍然处于这一过程当中：从弱者中挑选出强者，从无用者中挑选出有用者，另外，一如既往，从倒霉蛋中挑选出幸运儿。《纽约时报》资深军事记者汉森·鲍德温在战场上经历了一段漫长的旅途后，在本周二（5月11日）早上的头版上总结道："美军最大的问题在于缺乏领导，迄今为止，陆军还尚未造就足够多能够率领部队的称职军官。"至于普通士兵，鲍德温说，他们"没有坚韧的精神和足够的决心，只把部分心思放在打仗上——只是一部分"。

但在后方，美国工业基地的生产能力几乎已被充分调动起来，这个国家正从和平走上战争之途。1942年2月10日，最后一辆汽车从美国生产线上驶下，到1943年，取而代之的将是3万辆坦克。生产线以每小时超过3辆的速度昼夜不停地运转着，一年的坦克产量便超过德国从1939年至1945年的总产量。原本生产钢琴和手风琴的鲁道夫·沃利策公司开始生产指南针和除冰器；国际银器公司不再生产餐具，转为制造勃朗宁自动步枪；唇膏、打字机和轮毂罩制造商分别开始生产子弹、机枪和钢盔。各个领域的企业都在转产，这一年，美国还生产了600万支步枪、9.8万具火箭筒、64.8万辆卡车、3 300万套军用汗衫和6 100万双羊毛袜等各种军用物资。

战争像一种无孔不入的液体，渗进每一间厨房、每一个衣橱和每一个药品柜。糖、轮胎和汽油率先实行配给，随之而来的就是从鞋子到咖啡等几乎所有的一切。"用完""穿坏""凑合凑合""没有也罢"成了人们的口头禅。作为按钮的新材料，塑料替代了黄铜，锌制硬币取代了铜板。为了每年能节省5 000万吨羊毛，政府宣布取缔背心、袖口、贴袋和阔翻领。裙子变短了，百褶裙消失了，一条要求将女式泳衣布料减少10%的法令催生了比基尼的出现。战时生产委员会签发的L-85号条例不仅规定将天然纤维列入配给物资，还严格限制了织物的颜色，仅限于"荣誉金""英勇红""无畏蓝"。

德国战俘也许能在"西尔斯·罗巴克"订购窗帘，但商品目录上已经没有了萨克斯、铜水壶和犁。发夹的短缺迫使美发师不得不用牙签凑合，而丝袜也被诸如"维尔瓦腿膜液体丝袜"这类"丝袜妆"替代。在全国范围内，车辆限速每小时35英里，被称为"胜利的速度"。政府还发起了收集牙膏皮的运动——60个牙膏皮中所含的锡就足以焊接一架B-17轰炸机上所有的电缆——16个月就收集了2亿个。海报上呼吁"用废料埋葬一个日本鬼子"，精心制作的图表告诉美国人，10个旧桶便能提供足够制造一门迫击炮的钢，10个旧炉子等于一辆侦察车，252台割草机可以生产一门高射炮。

但是，只有在正确战略的指导下，所有被回收的割草机和牙膏皮，所有军舰、飞机和羊毛袜被投入正确的战役，才能帮助美军取得胜利。而这样的战略目前尚不存在。

★ ★ ★

在美国，华盛顿是因为战争发生改变最大的城市。下午6点后不久，"费迪南德·麦哲伦"号呼啸着，轮子与铁轨碰击发出令人昏昏欲睡的"咔啦"声，从东北方驶入这座城市。"这座城市坐落在波多马克河上，一度沉睡着，充满了魅力，如今已迅速发展成令全球都为之疯狂的大都会，"《华盛顿时代先驱报》怒气冲冲地写道，"说客、宣传者、各行各业的专家、富裕的实业家、结交权贵的人、发明家、贞操观令人不安的女士及扒手们都开始在这座城市出没。"

首相和随行的 100 多名将领、职员、保镖和皇家海军陆战队员也来到了这座城市。下午 6 点 45 分，一支由豪华车辆组成的车队驶离白宫，向南而去。警车载着 7 名特勤局特工沿途护航，还有一名特工守在第十四街一处隐蔽的坡道顶上，从这里向下就是通往雕版及印刷局的地铁支线。在专列发出一声尖啸，缓缓停下的同时，豪华的车队驶上了站台。富兰克林·罗斯福坐在轮椅上，扫视着列车后半段的车厢。丘吉尔走上前来，他穿着特别定制的皇家游艇中队制服，显得神采奕奕。罗斯福原本苍白的脸色、肌肉松弛的颈部和眼袋突出而又蒙眬的双眼似乎突然都好了起来。总统微笑着，首相也微笑着，这场为寻求挽救世界之道而秘密召开的会议开始了。

安排客人们住下可不是一项简单的任务。1 月份的《生活》杂志提醒道："要是战争持续更长时间，华盛顿就要挤爆了。"5 个月后预言成真，这座城市 1.2 万家酒店的客房总是被预订一空，客人们不得不跑到远至费城的地方去寻找住处。波多马克河上的"船屋"应运而生，临时住房组成的破旧村落（被称为"可拆房"）不断向外延伸，逐渐覆盖了哥伦比亚特区及其近郊。当然，英国代表团可不会被安排下榻"船屋"或"可拆房"，丘吉尔住进了白宫的套房，代表团其他成员被硬塞进斯塔特勒酒店、沃德曼公园酒店、英国大使馆和私宅。16 名皇家海军陆战队员被带到一处美军兵营。潮湿的天气令人汗流浃背，派驻华盛顿的英国外交官甚至有资格拿到"热带岗位工资"。

丘吉尔能感觉到，自他上次（11 个月前）来访后，这个国家确实发生了变化，其首都也一样。1942 年，五角大楼仍栖身于河对岸的"地狱谷"中，现在却已巍然屹立。它不仅是世界上占地面积最大的单体办公楼，还是"全球最大的伙食供应中心"，这里每天供应 5.5 万份饭菜，每份价值 35 美分。那些营养过剩、居住条件不佳的陆军部官员们比以往任何时刻都要繁忙。一个机灵鬼总结了一句新的座右铭："筋疲力尽是不够的！"在宾夕法尼亚大道上，供来访的承包商和生意人使用的临时信息中心被称为"疯人院"。当月，战时人力委员会宣布，计划在当年剩下的时间里，每天要征召 1.2 万人入伍。没有孩子的已婚男士首次被征入伍，这意味着很快就会轮到那些有孩子的人了。据联邦调查局局长 J. 埃德加·胡佛透露，他的特工已在 20 座城市里逮捕了 500 多名逃避兵役者，同时还对另外 3 000 人签署了逮捕令。

此外，其他迹象也体现了这个时代的狂热：全国范围内建立了 35 家"谣言鉴定机构""调查恶意和目的不明的谣言",由一位不受各类谣言影响的大学教授坐镇,负责审查工作,而审查结果将通报给当地报纸。工厂开始极其迫切地招聘大量车工、机械师和皮革工人,一些招工广告甚至声称"白人或有色人种均可"。同时,政府急需熟练的打字员,就连在为此发布的新闻稿中都包含了 46 处错误。据战时新闻办公室报告,由于气象仪器和光学设备需要,近期开始大量收集纤细金发,民众踊跃响应,使得金色秀发堆积如山,现已不再需要更多。

在这种狂热中,华盛顿增添了一处新景观。在白宫的住处,丘吉尔将目光扫过褪色的杜鹃花,掠过华盛顿纪念碑,落在一片栽满樱桃树的潮汐湖上。那里,托马斯·杰斐逊纪念堂已于 4 周前完工,这座优雅的新古典主义建筑内安放着美国第 3 任总统的塑像。塑像有 19 英尺高,暂时用石膏铸成——因为铜的需求量很大,战时生产委员会没有多余的配给。杰斐逊的宣言被篆刻在大理石上,完美地总结了将于次日展开的会晤:"我已经在上帝圣坛前发过誓,永远反对笼罩着人类心灵的任何形式的暴政。"

新一轮争论

5 月 12 日星期三,下午 2 点 30 分,众人在罗斯福总统椭圆形的书房里展开会晤。这里位于"蓝厅"上方,是一处舒适的世外桃源。墙壁被航海绘画和版画装点,一张熊皮覆盖在地板上。总统坐在没有扶手的轮椅上,迎接丘吉尔和另外 10 个参加会晤的人,他们其中大部分都是联合参谋长委员会成员。巨大的办公桌放在远离窗户的地方,上面摆着一盏蓝色的台灯、四只布艺玩具驴、一摞书、一个墨水瓶、一个药瓶、一只外形酷似舵盘的台钟,以及一尊在钢铁收集运动中幸免于难的第一夫人半身铜像。

5 个月前,美国战略家们在离开卡萨布兰卡时就确信,他们被英国人挫败了,后者显然准备得更加充分,并已下定决心,继续执行以进攻北非为开端的地中海战略。为避免重蹈覆辙,美国人在"三叉戟"会议前便以意见书的形式向英方提出了问题,就各种战争政策起草了 30 多份研究报告,并将代表团的规模扩大了一倍。在寻求"一个伟大的计划,以直抵欧洲中心地带"的过程中,美国的策划者们仔细考量了从伊比利亚半岛和法国南部至意大利、希腊及土耳其等地各个可以突破欧洲大陆门户的地点。可即便如此,大家却更青睐于跨越英吉利海峡这条最直接的路径。

总统的智囊团正面临着许多人眼中的美国战略霸权最大障碍，即罗斯福本身。他显然很愿意被丘吉尔的甜言蜜语所动摇。"从伦敦来的那个人……总有办法对付我们的总统，我敢说，参谋人员拟订的计划一定会被否决，"陆军部长亨利·史汀生在5月10日的日记中写道，"我对此深感担忧。" 3天前，美国参谋长联席会议与罗斯福在白宫进行了协商，强硬地要求总统保证，会对英国人施压，要求他们同意执行跨越海峡进攻欧洲的计划。

在阐述完观点后，美军参谋长联席会议的一份备忘录再次表达了"对进攻意大利腹地的反感"，同时提醒总统，英国人"是咬文嚼字和回避承诺的老手"。罗斯福在备忘录的空白处潦草地写下四个字作为回复，而丘吉尔也在"玛丽王后"号上的备忘录中写下过同样的一句话："谁都不傻。"

在这种紧张的氛围中，"从伦敦来的那个人"开口说话了。北非战役已获得胜利，进攻西西里岛的"爱斯基摩人行动"即将展开。"接下来该做什么？"丘吉尔问道。盟军拥有"获得胜利的实力和声望"，定会"攫取我们胜利的果实"。拿着手中的打印稿，他说出了自己的观点：第一，苏联人正苦苦抵御着185个德国师；第二，盟军目前没有作战行动；第三，夺取意大利的时机已经成熟。

1942年11月，英国首相曾在一份发给罗斯福的电报中使用了"软腹部"这个词，认为由轴心国控制的欧洲大陆南翼其实相当脆弱。同一周内，丘吉尔在私下里告诉他的军事顾问们："我们希望他们同意，在'爱斯基摩人行动'中优先考虑攻击'腹部'。"此刻，他仍坚持这一点："我们是要进攻意大利本土，还是发动空袭打垮它？德国人会保卫意大利吗？"丘吉尔自问自答，"指挥大军进攻意大利"势在必行，而不是在夺取西西里岛后就将其闲置。如果希特勒调集部队支援他的法西斯盟友贝尼托·墨索里尼，苏军的压力自然而然就减轻了。首相并不认为一个被击败的意大利会成为盟国的经济负担，甚至不承认"占领意大利是必要的"。

这就是英国针对地中海地区的战略概要。然而，丘吉尔的观点虽然很生动，但实在缺乏说服力。罗斯福对此立即做出了回复："攻占西西里岛后，我们该去哪里？"

在"爱斯基摩人行动"结束前，约有25个盟军师（每个师的兵力约为1.5万人）集结在地中海地区，而且，"这些部队必须保持部署状态"。但罗斯福"始终不敢将庞大的军队留在意大利",认为这样分散兵力可能会"削弱盟国的实力,并使德国人有机可乘"。最好是在英国集结一支强大的主力部队,对德国本土发起致命一击,"应该确定下来,在1944年春季展开这项行动。"说罢,总统微笑着,漫不经心地晃了晃头,这个动作被一位崇拜者称为"他持烟嘴的姿势"。

僵局持续至第二天早上,联合参谋长们(其中包括6名美国和英国陆军、海军及空军高级军官)在联邦储备大厦继续展开会晤,罗斯福和丘吉尔没有出席。

联邦储备大厦是一座外形简约的直线型建筑,柱廊正对着宪法大道,空气中弥漫着玫瑰花和新修剪过的青草的香味。在供联邦储备委员会使用的房间里,美国代表团展示了一份题为"全球战争战略"的备忘录。备忘录共提出了11条决议,其中第3点最为一针见血:"美国各参谋长均认为,为尽早结束对德战争,跨越海峡进攻欧洲是必要的。"

一位身材高大、面色严峻、长着一头已经开始变灰的沙色头发的人正在阐述美方观点,他就是美国陆军参谋长乔治·C. 马歇尔将军。尽管很担心总统会被英国人的花言巧语所动摇,但对于这个问题,他很有主见。马歇尔做事向来有条不紊,深信"没有谁能在下午3点过后仍然坚持最初的想法"。他藐视正统,鄙夷马屁精,也讨厌电话。在丘吉尔看来,他是"他们所有人当中最伟大的罗马人"。一名英国将军这样描述他:"虽然高贵,但有些孤傲,不被战争所影响,无法收买……我从未见过他以任何方式表露过自己的情感。"

实际上,马歇尔的脾气很刚烈,他要求下属在战争期间"不说空话、废话,用最直接有效的方式做事"。他的问话总是特色鲜明,还会用那双冰蓝色眼睛目不转睛地凝视着对方,总是令其属下的中将和中尉们害怕:"你确定你已经仔细思考过这个问题了吗?"除了骑马,园艺是他唯一的消遣方式。据他妻子说,"他引以为豪的"依然是弗吉尼亚家门外的肥料堆。

马歇尔说,进攻意大利"会使地中海地区出现真空地带",令跨越海峡发起进攻的部队和物资被分流。西西里岛战役后的行动"应仅限于空中打击",否则会冒在地中海地区"长期作战"的风险,这是"美国所无法接受的"。

陆军部将30份研究报告中的数据搬了出来:如果打垮意大利,则需要动用盟国宝贵的航运资源来养活意大利的百姓。德国将收回目前每年为意大利提供的1 200万吨煤和支援车辆。总体来说,"软腹部"缺乏足够的港口来支持庞大的盟军部队攻入欧洲中部。另外,美国战略规划者们还仔细考虑过英国人被"附加事件""在次要问题上吹毛求疵"和"无利可图"影响的可能性。美国人怀疑，英国人之所以对地中海如此痴迷，很可能是因为热衷于传统帝国的利益，或者是害怕付出可怕的伤亡代价，不愿再次冒险，重蹈上一代人的覆辙。

马歇尔补充道："就结束这一场战争而言，针对地中海的行动太过投机。"

大英帝国总参谋长艾伦·布鲁克子爵聚精会神地倾听着，棱角分明的面孔上没有任何表情。他曾这样评价马歇尔："一个大个子，一个了不起的绅士，值得信赖，但他的思维能力却没能打动我。"

布鲁克59岁，经历过一战，脑子很够用，以至于总是想解雇那些"无法跟上他思维的蠢货"。他长着一副圆肩膀，一头黑发总是涂着发蜡，有时候很暴躁，用他自己的话说就是"易怒"，甚至还经常和首相发生矛盾。"我拍着桌子把脸凑过去，你猜他会怎么做？"首相说道，"他会把桌子拍得更响，一双愤怒的眼睛几乎喷出火苗。"布鲁克计算过，他平均每个月都要跟丘吉尔干一仗，每干一仗就会"减寿一年"。他在写给一位朋友的信中补充道："吃过晚饭，和他工作到凌晨1点，这种开夜车简直要了我的命。"

布鲁克是家中第九个孩子，也是最小的一个。他出生、成长于法国，会说一口流利的法语，也因此被冠以一个令他为之恐惧一生的绰号——"青蛙"。他的父亲是一位盎格鲁-爱尔兰准男爵，早年移居国外。布鲁克的爱好为鸟类和野生动物摄影，在这方面他算是先驱。马歇尔钟情于自己的肥料堆，而布鲁克最爱去萨克维尔街的索瑟兰书店，他会一动不动地坐在那里，津津有味地阅读有关鸟类学的图画书籍。在"玛丽王后"号上，他丢开《海洋鸟类》，用他爱尔兰海岸线般蜿蜒的笔迹在日记本上写道："发动一场战争，最主要的工作就是制订计划，并确保这些计划得以执行，争执不能解决任何问题。"

然而，他却与马歇尔发生了争执，尽管两人都没有提高嗓门。美国代表团战略备忘录中的11条决议全部被英国人驳回："目前，我们的主要任务是消灭意大利，如果能做到这一点，就是向击败德国迈出了很大的一步。"

布鲁克不断强调着这个观点。目前，仍有35个德国师驻扎在法国和低地国家，国内还有10个师充当预备队。进攻意大利能够改变这些部队的部署状态，在盟军最终发起跨海进攻之前，削弱德军的防御力量。然而，这场跨海进攻很可能要到1945年或1946年才能展开。如果意大利崩溃，德军就不得不接替占领巴尔干的 43 个意大利师,以及另外驻扎在法国南部的 7 个师。没有意大利这个盟友,德军就不大可能会选择在意大利北部波河河谷以南的地区作战。一名英国参谋在备忘录中写道:"如果意大利崩溃,我们派入意大利本土的全部力量绝对不会超过 9 个师。"

红色皮质文件夹中的一摞研究报告进一步为英方的观点提供了依据:"地中海是如此诱人,如果意大利崩溃,德国人就无法继续控制意大利和巴尔干地区,他们会将一切力量集中在防御上,我们完全可以借此机会打垮轴心国,并于 1944 年结束对德战争。"

布鲁克提醒他的美国同僚,除非在夺取西西里岛后将战事延伸至意大利,"否则不可能继续进攻法国"。实际上,"如果在'爱斯基摩人行动'结束后中止地中海战事,将会延长这场战争"。

会谈结束时,房间内一片沉默。双方互相猜疑,观点大相径庭。美方一名规划者对他的谈判对手说:"你们的人并不想跨越海峡。"脾气暴躁的美国海军作战部部长、海军上将欧内斯特·J. 金向其他美军参谋长提出建议:"我们应该把力量集中在太平洋。"

讨论陷入僵局,马歇尔提议暂时休会。伴随着一阵挪动椅子的声响,与会者们纷纷离席,缓步来到隔壁的公共卫生大厦。地图室内已经安排好了午餐,争执暂时让位于闲聊和餐具间友好的碰撞声。当晚,布鲁克在他的日记中写道:"我郁闷至极。"

与 5 个月前的卡萨布兰卡不同,华盛顿缺乏平静。会议没完没了,通常一天就要开三次甚至更多,会议结束后还不得不应承没完没了的社交义务,要连续四个晚上出席不同的正式场合。尽管大家都盛装到场,但首都的相关人员毕竟没见过什么世面,招待这些声望卓著的大人物时,既渴望取悦于他们,又为此紧张不已。

在一场华盛顿国民队的棒球赛上,两位陆军元帅在包厢现身,球迷们爆发出热烈的掌声。中场休息时,平·克劳斯贝与凯特·史密斯引吭高歌,游客们则试图弄清什么是本垒,什么是本垒打。在一场晚宴上,每位来宾在入席前都要将手伸进一顶礼帽中(共两顶,男士和女士分别使用不同的礼帽),摸出一张小纸条,上面写有历史上一位著名情人的名字。

餐桌的座次便根据不同情人的结合排定:海伦与帕里斯,克娄巴特拉与安东尼，克洛伊与达佛涅斯，海洛薇兹与阿伯拉德……在白宫举行的私人放映会同样很"亲热"：影片是一部关于美国陆军通信兵的新片——《不列颠之战》。英勇的皇家空军飞行员爬入驾驶舱，"喷火"式战斗机与梅塞施密特缠斗，受到重创的战机拖着螺旋状的黑烟倾斜下坠。丘吉尔出神地盯着银幕，泪水从他胖乎乎的面颊上滚落，被放映机闪烁的灯光照得亮晶晶的。只有华盛顿的气候显得不太好客，炎热迫使一些萎靡的英国人采取了绝望的举措：经济学家约翰·梅纳德·凯恩斯夫妇住在乔治敦区的一座房子里，他的妻子被发现浑身赤裸地睡在一台"西屋"牌电冰箱敞开的门前。

为躲避"公务华盛顿"和"社交华盛顿"，马歇尔安排了两架运输机，带着各参谋长们飞往弗吉尼亚东南部度周末。飞机在兰利机场着陆后，众人又挤入 8 辆早已在外等候的军用公务车，驶上 17 号公路，开始了约克镇战场之旅。在一阵哄笑声中，英国人声称不记得 1781 年"是哪个家伙在那里败得那么惨"。随后他们又去了已经被精心复原了的前殖民地首府威廉斯堡。

相比起华盛顿的"紧张"，威廉斯堡则"满怀兴奋"：草坪、树篱和金银花都已被精心修剪；在威廉斯堡旅店，一直被封箱存放的亚麻布和瓷器终于重见天日；银器被反复抛光，木匠专门制作了一张可供 13 人用餐的餐桌；为了能照亮山茱萸，泛光灯的亮度被重新调整；在政府严格限制氟利昂的情况下，旅店还搞到了里士满南部仅有的两桶制冷剂，装上了令人愉快的空调。

曾资助威廉斯堡修复工作的小约翰·D. 洛克菲勒在得知这次探访活动后，专门派人监督晚餐的准备工作。在他获悉劣质奶油可能会被用于制作冰激凌后，立即命人从位于纽约波坎蒂科山的自家庄园送来一大罐新鲜奶油，以及精心挑选的水果和奶酪，他位于曼哈顿的私人俱乐部还准备了新鲜的马里兰甲鱼。在宾州火车站，管家苦不堪言，费了九牛二虎之力才将奶油、水果、奶酪、甲鱼和雪利酒塞入了列车包厢上铺，4 小时后，他将在里士满挤下火车，坐上豪华汽车，带着这些慷慨的礼物赶往威廉斯堡。

5 月 15 日星期六，下午 5 点前不久，参谋长们的车队离开皇后街，驶上格洛斯特公爵街，在旧国会大厦门前停下，一名身穿殖民地时期制服的黑人门童迎接他们。赞赏过打磨一新的木制器具和年轻的乔治·华盛顿肖像后，他们来到罗利酒店的达芙妮餐厅，品尝手指三明治和肉桂吐司，佐以茶水和苏打威士忌。随后，参谋长们回到旅店，大厅双壁炉内的火焰噼啪作响（简直是在白白浪费辛苦弄来的氟利昂），冰镇薄荷酒装在当地银匠手工打制的酒杯中被端了上来。

晚餐定在 8 点 15 分，除了洛克菲勒菜单上的菜式之外，还有蟹肉冷盘、弗吉尼亚火腿、松脆饼干以及一瓶 1929 年的海德西克独家珍藏干香槟。人们一致认为草莓冰激凌美味绝伦。喝罢咖啡和白兰地，马歇尔带着客人们"午夜游览"殖民地时期的总督府。数百支蜡烛将各个房间和整座花园照得灯火通明。第一海务大臣、海军上将达德利·庞德爵士在树篱迷宫中迷了路，只得大声呼救，大家却都不敢去救他，因为这只会让自己也迷路，引得众人孩子似的开怀大笑。

星期日早上，在露台上吃罢早餐，有人来到草坪上玩槌球，有人穿着借来的泳裤去游泳。布鲁克一边盘算着要不要花 1 500 英镑买一套 45 卷的《古尔德鸟类大全》，一边带着望远镜外出搜索猫鹊和毛发啄木鸟。在前往机场返回华盛顿之前，这些高级将领们列队走进布鲁顿教区教堂，在接待员的陪同下，参观了华盛顿将军曾坐过的座位。教堂里挤满了教友，两条过道被堵塞，长椅上坐满了人，折叠椅也被搬出来。达德利·庞德被检查出脑瘤，只剩下几个月的时间，始料未及的他被邀请朗读《圣经》。他走上诵经台，翻到《马太福音》第 6 章，大声读道：

> 你们细想野地里的百合花，怎样生长；它们既不劳苦，也不纺线。

最后，庞德以强有力的声音结束了朗读：

> 所以不要为明天忧虑，因为明天自有明天的烦恼；一天的难处一天担当就够了。

就在参谋长们南下时，罗斯福和丘吉尔却选择北上，随行的还有埃莉诺·罗斯福和哈里·霍普金斯。一支摩托车护卫队负责肃清道路，车队驶上马萨诸塞大道，随即斜向驶离首都，沿威斯康星大道向位于马里兰州中部、凯托克廷山中的总统度假胜地而去。那里被称为"香格里拉"，后来更名为"戴维营"。罗斯福看见一块"巴巴拉·费里彻糖果"的广告牌，便吟诵了约翰·格

1943年5月中旬,"三叉戟"会议期间,富兰克林·D.罗斯福总统与温斯顿·S.丘吉尔首相在马里兰州凯托克廷山中的总统度假地香格里拉。(富兰克林·D.罗斯福总统图书馆)

林利夫·惠蒂尔叙事诗中的几句。这首诗描述的是内战期间一位传奇女英雄(诗歌名为《巴巴拉·费里彻》,与其歌颂的女英雄同名。——译者注),她在自家窗户里挥舞着星条旗,毫不在乎列队经过的叛军。

> 她说:"如果你们决意开枪的话,
> 就射向我这颗斑白的头颅,
> 但别损伤你们的国旗。"

令总统惊讶的是,丘吉尔随后"背诵了整首诗",整整60行:

> 她将身体远远倾出窗台,以极大的毅力把旗摇摆。

很快,罗斯福和霍普金斯跟上首相的节奏,朗诵着副句:

> 如果你们决意开枪的话……

一连三天,他们都在香格里拉宁静的林间空地休憩,在小木屋中午睡,在小溪边钓鳟鱼,谈论80年前南部邦联部队穿越这些山丘,赶往葛底斯堡时的情景。罗斯福的女儿安娜也随父亲来到这里。5月14日,她写信告诉自己的丈夫,丘吉尔"在整个晚餐过程中一直在剔牙,还抽了好多鼻烟,导致他不断打喷嚏，每打一下都震得房屋发颤……不过我发现，那只鼻烟壶曾是纳尔逊勋爵的物品，真让我好生羡慕"。罗斯福经常坐在窗户旁欣赏他心爱的邮票收藏。更多的坦克和飞机，更多的这个和那个……当丘吉尔的请求变得过于急切时，罗斯福会拿起一张邮票凑至光线下，低声打断他的话："这张纽芬兰的邮票很漂亮吧？"在其他场合，为了帮总统从"温斯顿时刻"中解围，一名助手会请罗斯福去接听并不存在的电话。

除了共同背负着拯救世界的责任之外，罗斯福和丘吉尔还拥有许多共同点，比如说他们对保密、欺诈和军事史都有着相当的热情。一名下属写道，罗斯福总统"热衷于军事方面的事件，喜欢亲自处理，全权掌握"。而丘吉尔则将自己幻想为他著名的祖先马尔巴罗堡公爵转世——那位于1704年在布莱尼姆战胜了法军的大人物。尽管反对丘吉尔针对意大利的战略，但罗斯福也有"实施战略牵制的倾向"，对地中海地区怀有一种几乎与丘吉尔同样可怕的迷恋。他们不会忘记，也不会试图忘记这场战争带来的痛苦。（马歇尔经常给罗斯福送去色彩鲜艳的图表，上面详细统计了最新的战争伤亡数据，"因此，我对这一点非常清楚"。）总统越来越钦佩且喜爱丘吉尔，他曾问道："他就像一个出色的民主党人，对吧？"

可是，丘吉尔却无法更进一步接近罗斯福。快乐、迷人的总统，内心却密不透光，神秘莫测。一位助手这样描述他："他的内心深处密林丛生。"亨利·史汀生说，试图追随他的思维过程，"就像在一间空房间里绕圈，追逐一道移动的光线"。他很少发号施令，却明确表示"希望有事情可做"。他以忽略问题的方式来解决问题，没有哪个政治家能比他更出色。罗斯福将无为而治提升至一种艺术的境界，拒绝了军事智囊团提出的20多条建议，只遵循自己的本能，在1942年11月做出了进攻北非的决定。一名英国观察家认为他"头脑并不清醒"，而美军参谋长们只能表示赞同。埃莉诺曾说过："总统从不'考虑'，他只负责决定。"

罗斯福将自己的政治理念归纳为两个名词：民主党人和基督徒。他还在1941年1月的国情咨文中提出了"四大自由"，即言论自由、宗教信仰自由、免于匮乏的自由和免于恐惧的自由。几个月前，他已开始构想战后的世界，而之所以刻意与丘吉尔保持一定的距离，恐怕是因为他的愿景中并不包括光复殖民帝国。当然，他曾发自肺腑地告诉英国首相："能与你同处一个时代，我很开心。"但他也曾对儿子埃利奥特说过:"英国正在衰退。"

美国的地位正在上升,罗斯福有理由希望他的同胞们能够共同创造一个更加美好的世界。一份秘密的民意调查报告显示,超过 3/4 的受访者认为美国应在战后的世界扮演更为重要的角色,并"制订计划,帮助其他国家复苏"。半数以上的人同意美国应该"积极加入某种国际组织,该组织的法院和警察力量应强大到足以执行其决定的地步"。同样令人振奋的是,总统发现,70% 的人认可他在战时的领导,如果战争继续下去,2/3 的人希望他能在 1944 年连任。

如果说英国在衰退,那么,罗斯福本人也是如此,而且毫无疑问,他知道这一点。那些曾在卡萨布兰卡战略会议上见过他的人,都因他虚弱不堪的状态而倍感惊慌,漂亮的纽芬兰邮票也没能让他彻底恢复。"他具备某种特质,能立即对人产生吸引力,并令他们感到悲伤。"一名英国外交官在日记中写道,"伟大的身躯,杰出的头脑,庄严的体格,他一动不动地坐在沙发或椅子上,从一个房间被抬到另一个房间。"除了抱怨周期性鼻窦炎外,罗斯福很少谈及他的健康问题——这只是另一个秘密而已。

达成共识

5 月 17 日星期一上午 10 点 30 分,谈判继续进行。情谊与愉快的心情像肥皂泡一样迅速破灭,参谋长们争论不休,僵局一连持续了三天。布鲁克和他的同事们宣布放弃大英帝国针对地中海的战略规划和一切次要战略。但他们坚持认为,一场"本着追击精神"的战役将凭借西西里岛的胜利扰乱罗马,动摇柏林。美国人拒绝认同这一点,并宣称无法投入更多地面或海上力量参与西西里岛战役以外的作战行动。马歇尔突出的双眉令他的尊容愈发严厉,他提醒参谋长们,"在北非,一股规模相对较小的德国军队"负责给大部队殿后,却整整阻击了我们 6 个月,如果德国人下定决心在意大利作战,"可能会使行动展开变得极其困难,并耗费大量时间"。

30 多位副手和参谋人员守在参谋长们身后,迅速翻找着文件,或取出那些红色皮质文件夹,以证明某一观点或否定某种主张。截至周三下午 4 点 30 分,马歇尔的忍耐已达到极限。参谋长们打算在两个小时内结束会议,去白宫会见罗斯福和丘吉尔。双方依然相持不下,这就意味着战略计划将交由总统和首相来定夺。马歇尔提议，除诸位参谋长外，其他人员一概离开。随后，副官和参谋人员鱼贯而出，90分钟后，房门重新打开，桃花心木桌上放着一份协议。

这是一次古怪的让步，因为这其实是一种妥协。盟军将发起一场跨越海峡的进攻，而预定日期就在50周后，也就是1944年5月1日，"以确保军队能在欧洲大陆立足，并由此展开进一步攻势"。这样一场进攻（很快会被命名为"霸王行动"）需要动用29个师，4个美国师和3个英国师将在西西里岛战役后被调离地中海战区，在英国的军事基地内集结。北非战区盟军总司令德怀特·D. 艾森豪威尔将军奉命策划在征服西西里岛后，能"将意大利逐出战争并尽可能地牵制德国军队"的一切行动。参谋长们估计，艾森豪威尔最终需要留下27个师和3 600架飞机，以继续攻击"软腹部"，但并未明确指出，会对意大利本土发动直接进攻。

尽管这个解决方案也能满足争论者，但就计划本身而言，这并不是什么好兆头。就在军官们整理文件，"啪"的一声关上公文包时，隆隆的雷声从华盛顿上空滚过。雨水很快将从西面而来，席卷这座城市，驱走眼下的炎热。

★★★

"三叉戟"会议还将持续一周。尽管主要分歧已得到解决，但从航运分配到太平洋作战行动，其他大大小小十几个问题仍然悬而未决。除此之外，恼人的社交活动也得照旧。在白宫南草坪举行的一场招待会上，海军陆战队乐队演奏了斯蒂芬·福斯特的乐曲和《共和国战歌》，来宾们喝着冰咖啡，盯着栏杆外正朝这里望来的游客。

5月22日，在英国大使馆举行的午宴上，丘吉尔在威士忌的作用下，预计"英国和美国将主宰世界……为何要对盎格鲁-撒克逊的优越性心怀歉意呢"，美国副总统亨利·A. 华莱士目瞪口呆，指责英国首相鼓吹"盎格鲁-撒克逊至上论"。可丘吉尔认为这一指责毫无道理。"我们盎格鲁-撒克逊人，"他称自己为撒克逊人，"是唯一真正懂得如何操纵局势的种族。"倒霉的布鲁克离席去理发，结果从十四级石台阶上跌了下去。身上多处擦伤的他在一家书店里买到两本稀缺的关于鸟类的书，总算得到些安慰。

永不知足、从不安静的丘吉尔声称要把手伸得更长。5月24日星期一，他把罗斯福折腾到凌晨2点30分才作罢（"三叉戟"会议后，筋疲力尽的总

1943年5月24日，"三叉戟"会议的最后一天，美国总统、英国首相和他们的联合参谋长委员会成员在白宫合影。站立者（从左至右）：陆军元帅约翰·迪尔爵士，英国驻华盛顿最高将领；中将黑斯廷斯·L.伊斯梅爵士，丘吉尔的参谋长；空军上将查尔斯·F.A.波特尔爵士，英国空军参谋长；艾伦·布鲁克爵士，帝国总参谋长；海军上将达德利·庞德爵士，第一海务大臣；海军上将威廉·D.莱希，罗斯福的首席军事顾问；乔治·C.马歇尔将军，美国陆军参谋长；海军上将欧内斯特·J.金，美国海军作战部部长；约瑟夫·T.麦克纳尼中将，他是一名陆航队飞行员，也是马歇尔的副参谋长。而美国陆航队最高指挥官H. H."哈普"·阿诺德将军因在医院里治疗心脏病而缺席。（富兰克林·D.罗斯福总统图书馆）

统逃回位于海德公园的住处，一连休息了3天，每天都要睡10个小时）。当天晚些时候，丘吉尔又试图推翻参谋长们达成的协议，认为协议中没有明确说明是否要对意大利发起进攻。他还提出一个想法，建议对欧洲持续发动进攻，将战线延伸至南斯拉夫和希腊。丘吉尔告诉他的私人医生莫兰勋爵："你有没有注意到总统总是看起来十分疲惫？他的思维似乎封闭了，丧失了他那奇妙的灵活性……我不能让问题就此被搁置。"

哈里·霍普金斯警告丘吉尔，这样可能会令英美两国关系破裂。就连罗斯福也抱怨说，英国首相就像个"被宠坏的孩子"。丘吉尔不得不收敛脾气，带上浑身是伤的布鲁克和脾气暴躁的马歇尔（马歇尔把自己比作"一件行李"），改从华盛顿飞赴阿尔及尔，会见艾森豪威尔。霍普金斯对莫兰说："我们都避免与温斯顿争执，但他实在太过分了。"医生表示同意，认为丘吉尔"只按照自己的想法行事，从不顾及别人的想法"。

不过，他的豪言壮语的确是一针强心剂，这在之前曾被多次证明。周三中午，天气明朗，国会联席会议在众议院召开。英国大使的儿子也参加了会议，这位年轻的中尉在北非战役中失去了双腿，高大、有些驼背的父亲推着他的轮椅，走入众议院的旁听席。就在前一天，丘吉尔花了近 10 个小时，向那位忍耐力超凡的打字员口述了一份演说稿。此刻的他站在讲台上，攥着深色西装的翻领，吐出悠扬的元音，向世界各地自由的人们宣告，道路是漫长的，但事业是正义的。

"战争是神秘的，而且充满了意外，一个错误的方向，一个战略上的失误，盟国之间的不和或将士们的倦怠，都可能会给予我们共同的敌人力量，使他们得以与我们对垒，"他说道，"这会延长战争的时间，造成巨大的损失，直至民主国家疲惫、厌烦或分裂，这正是德国和日本目前最希望看到的。"

50 分钟后，他就像平常那样结束了演讲，随即迅速离开了会场：

> 单一的目标，坚定的行为，坚韧和耐力——正如我们迄今为止所展示的那样——依靠这些，也只有依靠这些，我们才能对未来世界和人类命运负责。

罗斯福一直待在白宫，以免抢走丘吉尔的风头。通过放在大办公桌左侧抽屉里的收音机，他聆听了首相的演讲。"温斯顿的文笔很漂亮，"总统对秘书说道，"在遣词造句上，他是个高手。"

★ ★ ★

会议渐入尾声，却没有卡萨布兰卡战略会议结束时大家共诉兄弟情谊、依依不舍的温情场面。"信任"不是什么靠得住的筹码，好人之间尚且不能完全信任，这顶多算是一个时代的理想。规划者们已经厌倦了争吵，厌倦了肩上的重负，厌倦了整场战争带来的灾难。他们知道，艰难的时刻已然到来，只有真正的硬汉才能挺过去。

德国非洲军团的战俘此刻正迈步走进位于堪萨斯和俄克拉何马的战俘营，对美国人来说，这标志着20世纪最艰苦卓绝的比赛的第一回合已落下帷幕。在这一回合中，从珍珠港被偷袭到夺取突尼斯，应对所有战斗都需要勇气、创造力、团结协作精神和组织智慧。现在，这场比赛漫长的第二回合即将开始，持续时间未定，其过程如何也无法确定，几乎所有人都相信，这个回合需要他们具备新的美德，即忍耐力、坚定不移的信心和顽强的意志。

盟军统帅部第一次清晰地认识到，他们将在某天、以某种方式赢得这场战争。正如丘吉尔将于6月对下议院说的那样："胜利的柔光开始在这场世界大战整片浩瀚的战场上方闪烁。"会议期间，每日报告都会提到击沉U型潜艇，证明这场特殊战斗的趋势已经改变，这种改变显著而又不可逆转。罗斯福和丘吉尔为"三叉戟"会议起草了联合公报，表达了一种虚张声势的乐观，同时还包括一些善意的谎言，声称所有战区"已完全达成一致"，包括针对"地中海战事"的看法。

尽管这是一种粉饰，但至少制订了作战计划。英国已成功将战事集中在地中海区域，至少在一年之内，会将消灭意大利作为目标。丘吉尔再次抑制了美国以牺牲大西洋地区利益为代价、在太平洋地区发力的冲动（尽管如此，美国对日作战仍然与欧洲战事同样激烈）。对中国国民党的援助仍将继续，盟军的轰炸机编队将越来越壮大，直至能够遮蔽德国和日本的天空。英国人大肆吹嘘，断言德国人不太可能为保卫意大利本土而奋战，以此打消美国人的疑虑。战斗胜利后，盟军并不需要实质性地占领意大利，只需派遣9个师长期介入当地局势。最终，在地中海地区苦战一场，就可以在1944年结束这场战争。当然，这些预言在未来都将被证明是错误的。

美国人则在设法缩小地中海战事的规模，7个师将于秋季被调回英国，也不再向南部输送更多援兵。他们还承诺，盟军将在一个具体日期前对法国西部发起进攻。罗斯福告诉一名助手："这是我在这个时候所能达成的最好交易。"总统和将领们都无法回答英国人的问题：如果调走部署在地中海的力量，在发起"霸王行动"之前，该用什么和德军交战？如果在这么长时间里英美联军都无所作为，该怎么面对苏联人的怒火？诱使德国从大西洋壁垒抽调部队以巩固其南翼防御，这种做法是否够谨慎？

虽然盟军制订了计划，但这究竟是不是一个好计划还仍然未知。而且计划并不详尽，该如何击败意大利始终是一个最大的问题，其目标"尽可能地牵制德国军队"意味着一场消耗战，这只是一种投机主义，而不是一个明确的战略目标。

所有这些问题都留给了战区总司令艾森豪威尔将军。

原本被派往北非，现又转至西西里岛的盟军已形成了独特的气质和逻辑。为解决两难的局面，一个稍稍有些歪曲的战略计划出现了，而它将一直引导着英美联军，直至战争结束。盟军将从南翼对欧洲壁垒发动一次无情的空中打击，为跨越海峡、直扑柏林的攻势做好准备。而至于能否在地中海顺利发动一场有目的的战役，以及敌人是否会如盟军战略家们所希望的那样做出反应，这一切都还是未知。

对参加"三叉戟"会议的人们来说，最大的成果并不是那些绘制在地图上的硕大箭头，而是对他们人性的肯定。尊严与品德、宽容与尊重，这才是他们共同的语言和价值观。尽管有些小争吵，但信仰、兄弟情谊和为正义而战的信念却将他们紧紧团结在了一起。当布鲁克那些美丽的小鸟轻轻飞起，当丘吉尔温柔地将毛毯披上罗斯福的肩头，当他们不喜欢战争却立志投身其中时，他们的胜利已然可以预见。

★ ★ ★

5月25日星期二，下午4点，恰好是到达华盛顿两周后，丘吉尔大步走过白宫西翼狭窄的走廊，来到椭圆形办公室。他的行李已打包，次日早上，他将在波托马克河搭乘水上飞机离开砾石点公园。这次旅程的代号在过去的48小时里曾几度改变，从"沃森"到"雷德卡"再到"学生"，但首相显然没能从中找出一个与战争相匹配的词，他还试图将代号更改为"海王星"，但终究是徒劳。

罗斯福坐在没有扶手的轮椅上。玻璃落地窗外，阳光洒满了玫瑰园。朝南的窗户已安装了防弹玻璃，但总统多次拒绝了更为疯狂的安保建议，其中包括在阳台上安装机枪、布设防毒通道以防止毒气攻击等。丘吉尔来到他身旁，罗斯福点点头，一名助手打开办公室的房门，记者们蜂拥而入——这里将召开罗斯福总统任期内的第899次新闻发布会。

"我非常高兴能把丘吉尔先生请到这里，"罗斯福对记者们说道，"考虑到我们所面临问题的紧迫性，我们的讨论几乎都是在非常短的时间内完成的。"

罗斯福随即转向英国首相,"我认为他会愿意回答几乎——我是说'几乎'任何一个问题。"

"首相先生,"一名记者说道,"你能透露一下下一步的作战计划吗,盟军会进攻欧洲吗?"

"我们的下一步计划,"丘吉尔回答道,"是继续这场战争,直到所有骚扰我们的敌人无条件投降为止,不论欧洲还是亚洲。"

罗斯福微笑着说道:"据我所知,'骚扰'和'妨害'是你将问题轻描淡写时最喜欢用的词汇。"

记者们也笑了起来。

"我很好奇,"另一名记者问道,"希特勒的脑子里在想什么?"话音刚落,低笑声就变成了哄堂大笑。

"欲壑难填,野心无限,他想要整个世界!"首相说道,"这个邪恶的人欲望无边。他现在应该后悔了,后悔没在正义和自由的人们反抗他和他的军队之前及时抑制自己的欲望。"

"你能谈谈墨索里尼和意大利吗?"

丘吉尔皱起眉头:"比起德国,他们是个更加软弱的对手。"

提问和回答,新闻发布会就这样进行着,记者们的情绪异常高涨。在发布会结束前,竟被多达 21 次的笑声打断。

丘吉尔补充说,盟军并不打算在战后占领意大利的领土,不想干出与轴心国暴行相同的勾当,"绝不会以不人道的行为玷污我们的名字"。至于意大利人民,他们"有罪,他们任凭自己被暴政体系牵着鼻子走,从而误入了歧途"。但他们"会在崭新的欧洲重获新生,过上美好的生活"。

丘吉尔挺直了他那 5 英尺 7 英寸(约 174 厘米)的身躯。"我们现在是大动物了,"他说道,"会把那些小动物吓得屁滚尿流,绝不给他们喘息和复原的机会。"

房门再次打开,记者们鱼贯而出,离开时都多多少少有些不情愿。就在这时,丘吉尔以出人意料的灵活身手爬上椅子,摇晃了片刻,便稳稳站住了脚。在噼啪作响的闪光灯、微笑的总统和鼓掌喝彩的记者面前,他用粗短的手指一遍又一遍地做出代表胜利的 V 手势。

THE DAY OF BATTLE

第 1 章　跨越地中海

　　北非战役的胜利渐渐成为过去，通过"三叉戟"会议，英美终于就下一步的战略达成共识。为出其不意地发动攻击，参与"爱斯基摩人行动"的全体舰队驶离集结港口后，便进入了无线电静默状态，向西西里岛进发。糟糕的航道和突如其来的风暴阻挠着"扬基"和"汤米"，当第一攻击波次冲向滩头，士兵们咬紧牙关，向敌人的滩头火力网冲去。

以杀戮终结灾难

1943年7月的骄阳灼人双眼，烘烤着白色的城市，将暗红的海水映成银色。士兵们或挤在商贩遮阳棚的阴影下，或簇拥于一直延伸至港口的雪花石膏建筑的背阴处。汗水濡湿了他们的衣领和袖口，特别是那些身穿厚重人字斜纹布军装的作战部队。有些人摘掉了领带，将其仔细叠好塞在腰带下，以便能迅速拿出来戴上。司令官正沿着码头而来，每个人都知道，如果被小乔治·S.巴顿发现没戴钢盔或领带，就会被罚款25美元。

被盟军占领8个月后，阿尔及尔已经挤满了士兵：美国人、英国人、新西兰人、廓尔喀人……而商船海员在夜间行走时总会握着手枪，以防备出没于港口的强盗。士兵们大摇大摆地走在林荫大道上，穿过露天市场，朝阳台上的姑娘们吹口哨，或随手翻翻店铺里的物品，看看还有没有什么纪念品。

在戴红色毡帽的法属塞内加尔人或胡子拉碴、留着辫子、身穿条纹斗篷的摩洛哥民兵聚集的地方，总有身穿丹宁布衬衫、头戴白帽子的水手混迹其中。德国战俘唱着《艾瑞卡》，在卫兵的看押下，列队走向将把他们送往新大陆战俘营的"自由轮"。身穿战斗服的英国老兵们回敬以一首叫《阿拉曼》的下流小调："呔嗬，呔嗬，混蛋们有多远滚多远……"美国人则高唱着《比塞大省的格蒂》，据说其歌词已发展到200句，每一句都很淫秽。"你的鞋子里有沙子！"他们相互叫喊着（在北非，这句话的意思是"祝你好运"），并带着会意的表情伸出食指来表示"I"，意思是"入侵"（invasion）。

有轨电车叮当作响地超过满载着葡萄酒的大马车，却又被呼啸而过的吉普车超越。尽管艾森豪威尔曾对"带有将官标志"的指挥用车签发过一道特赦令，但超速驾驶在军中实在太过普遍，以至于宪兵们不得不扣押违规者的车辆。大多数阿尔及利亚人会选择步行，或使用自行车和手推车，据一位目击者叙述，这里有"任何一种你能想象到的马车：双轮马车、四轮马车、单马马车、运货马车、双轮单座马车和四轮敞篷轻便马车，简直应有尽有"。

年轻的法国人戴着窄边帽，身穿磨旧的夹克在大街上漫步。阿拉伯男孩们穿着从士兵背囊中偷来的肥大裤子，蹦蹦跳跳地穿过小街小巷，他们的裤腿几乎都磨破了两个大洞，臀部还印有裤子前主人的姓名和序列号。衣衫褴褛的乞丐戴着面纱，穿着旧军用床罩改制的长袍，而这些床罩也曾充当过死者的裹尸布。在阿尔及尔，唯一穿丝袜的女人是阿莱蒂酒店酒吧中的妓女，尽管军事当局已在 5 月下达了禁止卖淫的命令，但她们仍然是这座城市里最有钱的上班族。

1943 年 7 月初，盟军士兵在北非的一座港口（显然是突尼斯的比塞大）登上突击艇，赶往西西里岛进行"爱斯基摩人行动"。

比这一切都重要的是，1943 年 7 月 4 日中午，在这座城市最时尚的街区米什莱大街上，一支法国军乐队演奏了他们并不熟悉的乐曲《星条旗永不落》。在木管乐器和大号后方，伫立着粉刷一新的马蹄形拱门，露出了圣乔治酒店锯齿形瓦片铺就的屋顶，盟军驻北非司令部就设在这里。院子里，棕榈树树影婆娑，微风中还掺杂着九重葛的香气。

国歌演奏得并不流畅，结束时，海军中将亨利·肯特·休伊特仍然保持着敬礼姿势。艾森豪威尔站在他的右侧，同样一动不动地敬着礼。他曾试图取消一切庆典活动，以便能够集中精力处理手头重要的工作，但英国人坚持要为他们的美国表兄举行一场简短的庆祝仪式。在最后的音符消失后，礼炮响了起来。掠过这座城市中建筑物低矮而平坦的屋顶，以及壮观的阿尔及尔湾，休伊特看见皇家海军"梅德斯通"号军舰上腾起了一股灰烟，随后便听见第一声炮响。"梅德斯通"号的炮弹越过防波堤射向外海，烟雾

THE DAY OF BATTLE
战斗的日子

一股接着一股,轰鸣一声接着一声,在山丘中回响。

19响、20响、21响……休伊特放下了举着的手,但礼炮仍在继续,他用余光瞟了一眼,发现艾森豪威尔的右手仍贴在卡其军帽旁。美国海军放礼炮最多是21响,不同的是,陆军会在独立日鸣放48响礼炮,每一响代表一个州,现在,"梅德斯通"号的舰员们则沿用了这一礼仪。休伊特再次举手敬礼,直到炮声停息下来,从此,他将这个姊妹军种间的区别牢牢记了下来。

仪式结束后,休伊特匆匆穿过院落,踏过大厅里的马赛克地板来到自己的办公室。沿走廊继续向前,便是艾森豪威尔位于角落处的套房。圣乔治酒店的每一个角落都挤满了参谋人员和通讯(现称通信,为满足阅读习惯,本书沿用旧称)设备。8个月前,在对北非发起进攻前夕,盟军最高指挥部表示,需要700名军官以充实总部各个岗位。

随后,一名指挥官提出抗议,认为这个数字比真正所需的人数"多了2~3倍"。可现在,军官人数已近4 000,其中包括约200名上校和将军。副官、文员、厨师以及各种各样的副手使得盟军总部的人数达到了1.2万。通过7条海底电缆传入和传出阿尔及尔的军用通讯量已经占了陆军部通讯总量的2/3。但没有哪条电报比今天早上签发的密令更加重要:"执行'爱斯基摩人行动'。"

休伊特从未这么忙碌过,甚至连进攻北非的"火炬行动"也无法与眼下相比。当时,他指挥海军特遣舰队将巴顿的3 000名士兵从弗吉尼亚运往摩洛哥,整个航程危险重重,但没有损失一兵一卒。这成功的壮举使休伊特获得了第三颗将星,并奉命指挥地中海地区的美国第8舰队。回国待了4个月后,他于3月15日抵达阿尔及尔,每天醒来后便忙着策划将巴顿和他的部队再次运往敌人的海岸。

虽然看上去不太像,但他确实是一名海军作战将领。他夏季白制服上佩戴的海军十字勋章还是他在一战期间作为一名驱逐舰舰长获得的。海上任务令休伊特有些肥胖,或者说过胖了些。在阿尔及尔期间,他试图通过运动瘦身,便在黎明时分跟随当地的阿尔及利亚骑兵一同骑马,他们的马术最早起源于公元14世纪的奥斯曼帝国。尽管这么努力,他的身材却从未变过,正如一位旁观者说的那样:"真是够胖的。"

休伊特来自新泽西州的哈肯萨克,曾是一位祭台侍者,还做过敲钟人,在他56岁之际,仍为自己具有鸣钟送别"暮色苍茫的一天"的能力而深感自豪。他钟爱双离合字谜,他的"柯费尔&埃瑟"牌双对数三角计算尺是由海军学院于30年代研发而成的,当时的休伊特还在学院负责主持数学系。如果不加留意,他的优点很难被发现——记忆力超强、遇事果断,还能与乔治·巴顿友好相处。《星期六晚邮报》将休伊特描述为"养狗自吠的人"(意为雇人做事,自己却事事亲力亲为。——译者注)。

可事实上,他很少咆哮。他审慎、含蓄,十分健谈,唯一的小毛病就是偶尔会有些不雅,还稍微有点傲慢。他喜欢派对,在阿尔及尔他组建了一支乐队,取名为"流言五人组"。他还设立粥棚,为穷人们提供海军厨房的残羹剩饭,还亲自吃了第一碗。而且,他还很幸运,具备一种异乎寻常的方向感,在舰桥上,这种方向感就变为一种领航的天赋。所以,肯特·休伊特总是知道自己在哪里。

他搭乘他的指挥车(可免于扣留的特权车辆之一)从圣乔治酒店出发,驶过曲折的巷子赶往港口。环绕着新月形海湾的各个码头都停泊着两三排舰船,有货轮、护卫舰、油轮、运输船、扫雷舰和登陆艇。还有些船只在港口的防潜网外驻锚,沿海岸线巡视的巡逻机和驱逐舰为它们提供保护。从"绘制虚假的船舷波"到"斑点分级体系",美国海军拥有33种伪装组合,大多数都在生机勃勃的阿尔及尔锚地被使用过。

装卸工遍布各船甲板,吊臂从码头转向船只,随后又再次转回码头;门式起重机将码头上的托盘一个接一个地举起,送至船上。各船只都严格执行着防火措施,木椅、窗帘、电影胶片,甚至包括挂在舱壁上的画都被运下了船。旧衣服和毛毯也被送上岸,妥善存放在仓库里。水手们为避免被灼伤,干活前会穿上长袖的汗衫,他们将所有内舱的油漆凿去,并去除了甲板上的油地毡。

休伊特的旗舰是美国海军攻击运输舰"蒙罗维亚"号,停靠在39号泊位左侧,位于海港旧港池的"帕萨基尼斯"防波堤处。为确保安全,大批宪兵登上运输舰,舰上顿时人满为患。通常,舰船上每间舱室里居住10~20名军官,士兵们的高低床已搭到了4层,而"蒙罗维亚"号比大多数船只更为拥挤。休伊特的参谋人员,巴顿的参谋人员,再加上舰员,共1 400余人,是正常搭载人数的两倍。一些吊货网也被粗暴地塞入货舱,舰上还装载着20

万发高爆弹和 134 吨汽油。

休伊特钻出汽车，朝踏板大步走去，迎接他的是水手长吹响的笛声和众人的敬礼。经历了非洲阳光的炙晒，"蒙罗维亚"号的过道显得昏暗、阴郁。拥挤的指挥室内，参谋人员仔细检查着"爱斯基摩人行动"的海军作战令，这本命令册厚达 4 英寸，20 名打字员花了整整 7 天时间才匆匆定稿，随后 800 份副本将被分发给驻扎在北非的指挥官们。

休伊特还记得他的父亲，一名身材魁梧的机械工程师，喜欢在做引体向上的时候用一个重达 100 磅的哑铃稳住双脚。"爱斯基摩人行动"的作战令就像那个哑铃，除了基本概念外，没什么是简单的：6 天后，也就是 7 月 10 日，两个集团军（美国和英国各一个）将在西西里岛东南部海岸登陆，为盟军重新夺回自战争爆发以来第一块具有重大意义的欧洲土地。据估测，守卫该岛的轴心国士兵多达 30 万，其中包括两个战斗力出众的德国师。另外，还有许多部队据守在附近的意大利本土上。

行动中，部队将从地中海一端开至另一端。为发动这次进攻，盟军集结了大大小小 3 000 多艘舰艇和船只，正如休伊特所说："这是世界历史上规模最庞大的舰队。"他将指挥其中半数的舰艇，从阿尔及利亚和突尼斯的 6 个港口起航。而其他船只将搭载着英国士兵，从利比亚和埃及出发，还有一个加拿大师会从英国直接赶来。进攻行动中，巴顿的第七集团军中将有 8 万名士兵登陆，英国第八集团军的登陆人数也差不多。随后而来的部队将增援这两个集团军。

海上编组经过精心设计，一些船队已冒出蒸汽，准备起航。这支庞大的海上远征军将于 7 月 9 日在马耳他附近的海上会合。盟军的第一步是夺取位于西西里岛西南方 60 英里处的潘泰莱里亚岛，行动获得了令人惊叹的成功：经过一场为期三周的空袭之后，岛上 1.1 万名意大利守军被炸得晕头转向，最终于 6 月 11 日投降，为盟军获提供了一座出色的机场。同时，盟军也产生了一种错觉——即便最牢固的防御也可以凭借空中打击予以击破。

指挥室的舱壁上挂着一幅地中海地图。盟军将发起一场海上进攻，而另一场也正在准备当中，除此之外，在战争结束前，他们还将发动另外三场。作为美国海军最重要的两栖战专家，休伊特已经认识到，从外海发起突袭时要遵循一个颠扑不破的原则，即登陆部队的数量一定要超出运输工具的承载上限，哪怕是这次，如此庞大的舰队也不能例外。久经考验的他还知道，敌军部署在滩头的防御力量和大海自身的反复无常，是两大最致命的不可控因素。

在此次"爱斯基摩人行动"中，除了要将3倍于参与"火炬行动"的士兵送上滩头，休伊特还要指挥一支大部分由第一次参加作战的船只组成的舰队。舰队包含9种新式登陆艇和5款新型登陆舰，其中包括"LST"，即"坦克登陆舰"的缩写，但士兵们坚持称其为"大而缓慢的活靶"（large slow target）。一些舰长和舰员此前从未出过海，不了解新型舰艇的适航性，不知道该如何将舰艇靠岸，不清楚在不同负载下舰艇的吃水量，甚至不知道舰艇能搭载多少士兵和车辆。

休伊特在"火炬行动"粗糙而混乱的准备工作中积累了很多经验，但也有许多经验被误用或滥用。最近几周，北非的混乱程度似乎并不亚于8个月前的汉普顿锚地（8个月前，由休伊特指挥的西路特混舰队从汉普顿起航，赶去参加"火炬行动"。——译者注）。去年曾针对如何标志海外货物下达过7道不同指令，由此产生的混乱促使相关委员会应运而生。

委员会制订了"斯克内克塔迪计划"，要求在集装箱上喷涂不同颜色的识别标签，却造成了更多混乱。下达执行"海上调遣准备令"的秘密通知后，军方在5个星期后才发现，参与"爱斯基摩人行动"的关键单位一直没有收到指令，因而没有制订将部队、车辆和武器装船的计划。而第七集团军最初的装船计划也没有给陆军航空队留出空间，他们装备的总重量相当于陆军总吨位需求的1/3。每个单位都恳请给予更大空间，要求获得优先权，同时对海军的麻木不仁唉声叹气。

尽管面临德国人发起空袭的危险，但港口的灯光仍然彻夜不眠，焦急的装卸长们仍然不断收到更改的货运单，要求卸载一艘货轮，或是重新搭载另一艘坦克登陆舰。一些小失误不断出现，例如，将面包炉运上了船，却忘记了面包烤模。当然也有些大失误：6月8日，巴顿的参谋发现，军械人员竟然将芥子毒气弹和其他炮弹一同装船，存放在一艘或几艘开往西西里岛的船只货舱里，没人知道它们具体在哪艘船上、哪间货舱里。

保密工作至关重要。休伊特很怀疑，3 000艘船只能否悄悄靠近西西里岛，但"爱斯基摩人行动"成功的关键点就在于它的出其不意。所有涉及进攻地点的文件都被标注了"顽固者"的保密代号，在阿尔及尔，"爱斯基摩人行动"

总部的哨兵询问来宾是不是"顽固者",以此确定对方是否持有安全许可。一名海军军官疑惑地回答道:"我是有些顽固,可从不觉得自己头脑僵化。"

一如既往,士兵和水手们对情况一无所知,写给家人的信件也受到严格限制。一艘船上的信件审查条例颇具讽刺意味,第 4 条规定:"你不能透露你在哪里,要去哪里,你在做什么或是你将做什么。"第 8 条又指出:"你不能,绝对不能,表露出你的兴趣。"根据第 2 条规定,士兵们可以"说自己已经出生,如果不能说在哪里或为何出生的话"。第 9 条规定又建议:"你可以提及这样一个事实,即你不会介意结识一个姑娘。"

一名飞行员试图遵守相关规定,他写道:"3 天前我们在 X。现在,我们在 Y。"一名士兵在他的日记中描述了当时军中最为普遍的情绪:"我们知道,我们正向着灾难驶去。"

★ ★ ★

目前,驻扎在北非的美国士兵已逾 50 万人。他们只是世界各地所有身穿美军军装士兵中的一小部分,但从身份和信仰上来说,他们始终是那支庞大力量的象征。在驶往西西里岛的途中,一名海军中尉列出了他所乘坐的船上,1 500 名士兵和水手战前所从事的职业,"农场小伙和大学毕业生……律师、啤酒分销商、工人、模具设计师、家具商、钢铁工人、飞机机械师、护林人、记者、警长、厨师和玻璃工"。还有个人的职业甚至是"马磨坊修理工"。

在这些士兵中,只有 1/5 的人是曾在突尼斯打过仗的 4 个美军师中的老兵,这 4 个师分别是第 1、第 9、第 34 步兵师和第 1 装甲师,这些师投身于西西里岛战役,后来又被派遣进攻意大利本土。"我所认识的前线士兵,"曾跟他们一同跋涉穿越突尼斯的战地记者厄尼·派尔写道,"像动物那样度过了几个月,在凶险的死亡世界中磨炼成老兵。在他们的生活中,一切都是反常和动荡的。"

突尼斯战役结束 7 周以来,这些作战部队一直在休整,并为下一场战役做准备。"纪律方面问题严重,这很难办,"第 1 装甲师师长提醒乔治·马歇尔,"违法乱纪很常见……士兵们即将回家时,也发生了一些后果不堪设想的事情。"6 月 15 日,一名少将造访第 34 步兵师时指出:"士兵们看起来状态不佳，麻木而缺乏生气。"此外，1 000 名士兵没有内衣，另外 5 000 名士兵也只有一套内衣裤。少将补充道："他们为此感到沮丧。"第 34 步兵师的 1 300 名士兵刚刚被调至直扑西西里岛的作战位置上，发生了"自伤和开小差事件"。第 1 步兵师的一名上尉在写给家人的信中说道："队伍里自哀自怜的现象太多了，我们必须提高警惕。"

即便是那些经历过战斗的老兵，也很少有人视自己为职业军人，无论是从他们训练时表现出的态度还是从性格上看都是如此。塞缪尔·海因斯是一名战斗机驾驶员，后来成为大学教授，据他描述，当时士兵们普遍认为自己身上存在"平民性"，而"当兵是在冒名顶替"。他们都很年轻，平均 26 岁，用轰炸机驾驶员约翰·缪尔海德的话来说，就是"我们的青春将被耗尽"。他们被大批投入被海因斯称为"美国所经历的一场最具民主精神，且唯一一次实行普遍征兵制确实奏效的战争"。

来自社会各个阶层的人们都投身于此次战争，就连这个国家最优秀的人才也被倒入美国陆军这口平等主义的大锅中：普林斯顿大学 1942 届 683 名毕业生中，有 84% 的人穿上军装，作为普通士兵入伍，其中还包括致告别演说者和做毕业致辞者（"致告别演说者"通常为该届毕业生中的第一名，而"做毕业致辞者"一般为第二名。——译者注）。在这届毕业生中，有 25 人在战争中死亡，其中 19 人在战斗中阵亡。"除了战争，世界上的一切都已停顿，"派尔写道，"在一个陌生的夜晚，我们都从事着新的职业。"

那么，这些在陌生的夜晚成为士兵的人们都相信些什么？"许多人都没有清楚地认识到自己究竟为何而战，"1943 年夏天，一项调查结果显示，"他们并不知道自己将在战争中发挥什么作用"。另一项调查表明，超过 1/3 的人从未听过罗斯福的"四大自由"；至于能清楚说出"四大自由"的人，还不到总人数的 1/10。当年 7 月，在写给指挥官的信中，艾森豪威尔感叹道："被调查的士兵中，只有不到一半的人认为自己参军入伍会比当工人对国家更有用。"认为"自己做好准备，急于投入战斗"的人不到 1/3。在一场主题为"我为何而战"的征文大赛中，获奖作品的全文是："因为我参军了。"

"平民性"熄灭了人们好战的热情。"我们可不是满口斗篷与剑这类废话的浪漫主义者，"正在赶赴西西里岛的海军预备役中尉约翰·梅森·布朗写道，"上一场战争就是那样。"军旅生涯令他们变得喜欢冷嘲热讽，而且满腹疑虑。一些粗俗的缩略语开始在军中流行，引起了士兵们的共鸣，甚至衍生出了用来表现美国大兵玩世不恭的词汇表，其中包括：SNAFU（situation normal, all fucked up，一切正常，可都一塌糊涂）；SUSFU（situation unchanged, still fucked up，情况一成不变，还是一塌糊涂）；SAFU（self-adjusting fuck-up，自我适应什么的糟透了）；TARFU（things are really fucked up，事情确实被搞砸了）；FUMTU（fucked up more than usual，比平时更糟糕）；JANFU（joint Army-Navy fuck-up 陆海军联合行动搞砸了）；JAAFU（joint Anglo-American fuck-up，英美军联合行动搞砸了）；FUAFUP（fucked up and fucked up proper，彻底搞砸了）和 FUBAR（fucked up beyond all recognition，混乱到无法收拾）。（约翰·B.巴布科克曾在他的《地狱归来》一书中指出，任何一个认为 SNAFU 中的 F 是"弄糟、搞砸"的意思而不是"操"的人，根本就没弄懂 SNAFU 的意思。有趣的是，为他这本书作序的恰恰是本书作者里克·阿特金森。——译者注）

　　但他们拥有实际而又深刻的个人信念。"我们已准备好牺牲一切。对我们来说，没有别的可做，"布朗中尉解释道，"离开家人，正是出于我们对他们的爱。"战争艺术家乔治·比德尔指出："他们希望打赢战争，这样，他们就能回家了。回家，回家后再也不离开。"第88师的一名士兵补充道："我们必须打败那些王八蛋，这样才能退伍。"

　　一份令艾森豪威尔感到担忧的调查也表明，绝大多数士兵至少抱有一种尚不够成熟的信念，他们奋战是为了"确保所有人的民主和自由"。一名跟随第45步兵师赶赴西西里岛的记者总结道："在这艘船上，许多人都相信，此次行动将决定这场战争究竟是以僵局而告终，还是会有一个明确的结局。"所有人都相信，在战斗打响后，自己会为了一个最大的原因奋战至死。"我们无法忍受自己不如身边的战友努力，这是一种耻辱，"约翰·缪尔海德写道，"我们奋战是因为他们在奋战，我们牺牲是因为他们在牺牲。"

　　日后，他们会被锤炼成一个个毫无特征的英雄人物，拥有神话般的勇气和毅力，下定决心让这个晃动的世界重新稳定下来，以此激励自己。参加过北非战役，后阵亡于诺曼底的英国军官基思·道格拉斯写道："英雄是一个和善、即将过时的物种……就像独角兽。"这却令他们倍感光荣，后世的人们会因为他们，去追溯英雄的起源，他们的弱点和必死的命运都将令他们在逝去后长期受到人们的瞩目。

第3步兵师的小乔治·H.雷维尔上尉，在赶往西西里岛途中写给妻子的信中承认："骗子、逃避兵役者、认为军人是为军火商卖命的蠢货的人以及那些智力低下的家伙，都在以玩世不恭的态度看待这场战争。"

在雷维尔看来，发动这次进攻的原因既忧郁又高尚。"我们这些小人物，"他告诉妻子，"必须以杀戮来终结这些灾难，迫使这个世界恢复理智。"

★ ★ ★

跨过地中海面积巨大的南部边缘，这些农场男孩、城市小伙、护林员、钢铁工人，至少还有一位马磨坊修理工，将投身于战斗。美军的作战准备工作主要集中在位于阿尔及尔以西200英里处的奥兰，在旧时的海盗海岸上，伫立于巨大港口处的广告牌上已刊登出可口可乐和"胜家"牌缝纫机的广告。

5个参与"爱斯基摩人行动"的美军师中就有两个在奥兰集结。第2装甲师已于6月21日登船，他们从摩洛哥的露营地搭乘火车，穿越阿特拉斯山脉，跋涉500英里后赶到这里。在摩洛哥，蝗群遮天蔽日，为避开中午的高温（坦克内的温度高达140华氏度），清晨4点他们就开始训练。整个北非只有100辆强度足以承载一辆32吨重M-4"谢尔曼"坦克的铁路平板车，致使该师仅是调动部队就耗费了1个月。法国殖民地铁路系统的不稳定性令一名上尉大为恼火，他不得不用枪口逼着火车司机继续向前开进。

在参与"爱斯基摩人行动"的部队中，第45步兵师的2.1万名士兵挤在19艘船上，4.6万吨装备（其中包括400万份地图）由另外18艘船搭载，是唯一一支从汉普顿锚地直接驶往西西里岛的部队，而且他们将在奥兰停靠一周。6月8日，该师在弗吉尼亚登船时，被常说的"SNAFU""TARFU""JANFU"等问题困扰：在登船前的最后时刻，疯狂地向陆军部申领大量探雷器；仅仅一个工兵营就被分散在19艘运兵船上。

除此之外，该师指挥官还获悉，与全师一同在切萨皮克湾训练了数周的陆军登陆艇船员突然被调往太平洋地区，而接替他们的海军船员既不熟悉第45师，也不了解他们将要驾驶的登陆艇。尽管如此，旅程还是令人非常愉快的：红十字会的姑娘们分发着纸杯装的冰茶；露天甲板上举行着名为"快乐时光"的拳击赛；厨房服务员们在船尾跳起舞来，旁观的人们用手在栏杆上打着拍子；挂在吊艇柱上的救生艇晃动着，士兵们躺在里面睡午觉。一名军官通过船上的公共广播系统播放古典音乐，在女低音歌唱家玛丽安·安德森唱起《圣母颂》时，一名水手说道："天哪，没想到还能再次听到女人的声音，这难道不是好事吗？"

第 45 师是国民警卫队师，系战争初期直接受联邦政府指挥调动的 18 个国民警卫队师之一。一些正规军军官嘲笑国民警卫队师的简称"NG"意为"不够好"（no good），大多数国民警卫队师的高级军官已被陆军部以太过年轻或不称职的理由加以撤换。但五角大楼认为，第 45 师（该师被称为"雷鸟师"）"比迄今为止交给我们指挥的任何一个师都要准备得充分"。该师的将士们大多来自西部，其中的一个团来自科罗拉多州的采矿营地，与"狼镇卫队"和"女王的绿宝石步枪队"这些民兵组织类似。另外两个团来自俄克拉何马州，其中包括近 2 000 名来自切诺基、阿帕奇、基奥瓦、科曼奇和纳瓦霍等 52 个不同部落的印第安人。在离开弗吉尼亚州的前一天夜里，一名炮兵上尉组织了一场篝火舞会，将士们一同跳起了充满活力的战斗舞。

一周很快就过去了，"雷鸟"们匆匆返回船上，有些人还在被称为"卜疳巷"的红灯区染上了性病。"我知道，我有一支挺能打的部队，"师长特洛伊·H. 米德尔顿说道，"我看了宪兵司令的报告，对这一点深信不疑。"士兵们拖着沉重的脚步走上跳板，每人都将得到一件救生衣和一小瓶用来对付晕船的白兰地。财务官们也上了船，带着从奥兰银行取出的 200 万美元军饷。一个装有 1 万枚硬币的麻袋破裂开，硬币撒满了整个甲板，一名反应迅速的军官立即让士兵们立正，出纳们则在这些站立不动的士兵们四周来回爬动，将硬币重新收集起来。

除了军饷和重达 90 吨的地图之外，装卸工们还将 200 枚银星勋章、6 000 枚紫心勋章和 4 000 枚其他等级的勋章一并送上船去。在接下来的几个月里，这些勋章将成为第 45 师勇气的最好证明，但也仅仅只是个开端。7 月 4 日下午，船只驶离奥兰码头时，一些士兵掏出砖块当作磨刀石使用：几天前，巴顿将军曾视察过该师并宣称，就眼前艰巨的任务而言，他们的刺刀未免太钝了些。

★ ★ ★

在阿尔及尔以东,直线距离 340 英里外,更多的美国军队驻扎在比塞大湖周围荒芜的平原上,随时准备投入战斗。这里是位于突尼斯第二大城市南面的一片浅湾。5 月初,被撤退的德国人凿沉的十几艘船只层层叠叠,像稻草人一样横跨在海湾细细的颈部。海军潜水员花了数周时间,用锯子和乙炔炬将这些沉船分解,再炸开船体下方的沙丘,残骸便自然而然地沉了下去,海面也就恢复通畅了。

LST、LSI(步兵登陆舰)、LCT(坦克登陆艇)以及另外 11 种两栖舰艇停泊在比塞大湖中,"千舟待发"。在突尼斯战役中被摧毁的法国水上飞机残骸和生锈的平底驳船半没在岸边的水中,令航道变得复杂起来,一些笨重的登陆艇频频"撞上沉船、相互碰撞、触礁或撞上驻锚的船只",一名目击者叙述道。正如当时流行的顺口溜中唱的那样:"像我这样的傻瓜还能写诗,但能驾驶 LST 的只有上帝。"

德国空军偶尔会在拂晓前偷偷溜过西西里海峡发起空袭,将沉睡中的兵营唤醒,但很少造成大的损失。警报器凄厉地鸣叫着,烟雾发生器制造出厚厚的灰色烟幕以隐蔽船只,探照灯的光束一旦锁定敌机,湖边数百门高射炮的炮火便如喷泉般射出。甲板上的人们躲在救生艇下,以避开犹如钢铁冰雹般落下的弹片。在突尼斯其他一些地方,德国人的飞机朝村落撒下大量传单:"现在正是对抗英国人、美国人和犹太人之时……培养你们的孩子仇视他们。"

这里集结着美国陆军最著名的 3 支部队:第 1、第 3 步兵师,以及驻扎在南面凯鲁万附近的第 82 空降师。按照计划,部队被分配到以州和城市为代号的各个地区(在诺曼底战役发起前,这一做法被照本复制):一个团驻扎在"佛罗里达州",下辖的几个营分驻"迈阿密""代托纳""杰克逊维尔",要是该团被派驻"得克萨斯州",这几个营便驻扎在"休斯敦""达拉斯""沃斯堡"。

当清晨第一道曙光照亮营地,阿拉伯小贩们便出现了,卖柠檬水、兜售"阿拉伯酒"、理发或是推销"罗马人的"陶瓷花瓶。一到上午,炎热就开始发威,来自撒哈拉沙漠的风"像一堵火墙",人们在微温的饮用水中掺入薄荷,使其更加可口。苍蝇和蚊子出没于沟式坑厕和充当厨房的帐篷内,厨师们在里面为驻扎于被占领的德军靶场上的几万人制作食物。指挥官们试图以清晨的远足和激烈的排球赛让部下们忙碌起来。第19战斗工兵营的士兵往比塞大湖里扔了半磅TNT炸药,用了不到两个小时便捞起大堆翻着白肚皮的鱼,足够近200人美餐一顿。第82空降师的军官们买了10只小羊和一群绵羊,以及4 000升啤酒,准备在发起进攻前举办一场烧烤宴会。

士兵们的情绪很不好,总渴望打上一架。伞兵中的神枪手们"用满脸凶相的阿拉伯人练习自己的枪法"。负责指挥第82空降师中一个伞兵团的詹姆斯·M.加文上校在给女儿的信中写道:"那些阿拉伯人纷纷中弹,我们必须禁止这种事继续发生下去。"假帐篷和假无线电发射机开始在"佛罗里达州""得克萨斯州""弗吉尼亚州""肯塔基州"出现,与此同时,一支支部队登上卡车,被送往湖泊周围的登船点。在吼叫着的中士们的驱赶下,士兵们慢腾腾地登上LST、LSI和LCT。他们的身份要按照一份烦琐的登船名单加以核实。每支船队分派8名文员,每人持23份登船名单,出于上级才知道的莫名其妙的原因,一支船队的人员名单通常多达6 000多页。

拥挤和混乱仍然是家常便饭:卡车司机拐错了弯;水手们从超载的船只上卸下的货物一转眼又被塞回船上;临时堆放弹药的地方起火,火焰蹿过防火带,使2 000吨弹药在一系列壮观的爆炸中化为乌有;菜鸟船员们不小心将锚缠绕在一起,试图用铁链、绳缆和锚钩将其分开时,咒骂声越过水面传来。

当然,这些都不足以阻止他们。高歌猛进的势头已将他们带到了这里,还会把他们带到更远的地方。船只一艘接一艘驶入湖中,集结一处,并按颜色对其进行编队。汗流浃背的士兵们待在船舱里,寻找着船舷侧方遮光物上的缝隙。士兵们凝视着北面空阔的地中海,将新配发的磺胺粉和野战绷带塞入背包。他们非常想知道,会在哪里用上这些东西。

★ ★ ★

在东面更远处,从班加西到海法和贝鲁特,英国人也做好了准备。自1940年以来,第八集团军一直在北非奋战。一名仰慕者写道:"一个庞大的吉卜赛营地正四处奔波,或者说,这是一个部落的迁徙。"士兵们的交谈中夹杂着阿拉伯语,属maleesh(没关系)和bardin(没多久)最多。许多人在胳膊和脸上涂了一层紫红色药膏,用以治疗因皮肤长时间暴露在灰尘和沙子中而患上的感染性沙漠疮。厌战情绪同样折磨着他们,没有药膏可以抚慰 3 年征战对心灵造成的创伤。一名士兵承认自己的"集体责任感已经崩溃"。醉酒的老兵们大步穿过营区,吼叫着:"一群蠢货,我们再也不能打这该死的仗了。"

但过不了多久,他们又将投入战斗。一支舰队集结于苏伊士湾北部,诸如"多塞特""德文斯""汉普郡"这些步兵团,分别登上了"斯特拉斯内弗"号、"克伦"号和"奥特朗托"号这些昔日用作班轮的船只。身穿白色制服的印度侍者送上一顿有四道菜的晚餐,士兵们唱起了英王爱德华时代的怀旧歌曲——"黛西,黛西,告诉我你的答复!"——又将随身带着的英镑换成入侵国当地的货币。舰队于 7 月初挤过苏伊士运河,驶过沉船的残骸和伊斯梅利亚的露天剧场。据一部团史记载,在塞德港"正在举行一场盛大的泳装游行,部队弃船登岸,列队穿过镇子"赶往海滩,很快,数英里长的路上满是赤裸的英国人。士兵们聚在"一堆庞大的篝火旁,尽情畅饮啤酒"。随后,他们跟在身穿褶裥短裙和白色护脚的风笛手身后,回到他们的船上。

7 月 5 日,进攻舰队在远离埃及海岸的地中海锚地集结。一些鼓舞士气的工作却令士兵们更为恼火。例如,搭载第 2"因斯尼吉林人"营的船上,扬声器里不停播放着"布基伍基 B 连吹小号的小伙子"。神父们还举行了战前祈祷,要求"为重新夺回欧洲……进行一次特别代祷"。身穿卡其色短裤的通信兵向离开的黎波里和亚历山大港码头的船只发出旗语。中士们恐吓着部下,让他们服下抗疟疾药片,第 1 皇家坦克团的一名士兵评论道:"简直就像屠宰厂门前养尊处优的肥牛,重要的是,就算死掉,我们也应该是健康的。"

许多人为离开非洲而感到遗憾。在那里,他们一直"睡在漫天星斗下"。在那里,第八集团军获得了现代战争中可能获得的最大荣耀。同样是在那里,他们留下了数千名战友的尸体。"但我们带着愉快的心情出发了,"这名坦克兵说道,"因为,这一切都结束后,我们就可以回家了。"

★ ★ ★

7 月 6 日星期二,上午 10 点过后不久,"蒙罗维亚"号留单头缆,收起右舷锚，在两艘拖船的帮助下驶出旧港池，缓缓向阿尔及尔港外的12米等深线而去。令肯特·休伊特懊恼的是，港口的法国引水员跨过"蒙罗维亚"号的侧栏返回岸上时大声喊道："祝你们西西里之行一路顺风。"反间谍人员立即逮捕了这名引水员和他的拖船组员，秘密关押到登陆行动开始才将其释放。

尽管精心安排了安全防范措施，但休伊特还是无法确定"爱斯基摩人行动"是否仍然是秘密。密封的西西里岛地图和其他机密文件已由全副武装的信使分发给整支舰队，起航后才能用钥匙启封。直到最后一刻，意大利语译员们才被分派到各陆军单位。但违规现象仍屡禁不止：一些船只过早分发了"西西里岛士兵指南"，小册子的封面上印着一幅巨大的岛屿剪影，这让码头上的人们开始谈论起此次行动的目的地；开罗的一名英国军官将他的华达呢军装送去干洗时，记录着"爱斯基摩人行动"计划的笔记本甚至还放在衣兜里，安全人员搜查了洗衣店，却发现涉及重要内容的几页已被店员撕去，当作便笺给顾客写了发票。

休伊特在"蒙罗维亚"号的指挥舰桥上来回踱步，聆听着船上800人执行弃舰演练时发出的喧闹声。除了对德国人是否知情的担忧之外，他还有大量细节问题需要考虑：舰队中包括20艘坦克登陆舰，每艘携带1万加仑的水，这够吗？17艘医务船曾被派往北非，其中5艘此刻正向西西里岛进发，这够吗？据报告，长达600英里的非洲海岸线和马耳他海上接近地的水雷已被肃清，可是，真的被彻底清除了吗？敌人的潜艇情况怎样？去年11月在摩洛哥登陆后，休伊特已经因为德国人的U型潜艇而损失了大量船只和140名部下，这段记忆仍令他心痛不已。至于现在，对于他负责保护的8万名士兵，休伊特只能从自己最喜欢的格言中获得安慰："尽你所能，然后期待最好的结果。"

一年前，在为"火炬行动"做准备期间，休伊特就与陆军产生了分歧，筹划"爱斯基摩人行动"时依然如此。有些摩擦纯属琐碎的小事：陆军和海军的补给人员竞相出价，抬高了租用阿尔及利亚仓库的价格；陆军坚决要求调用"蒙罗维亚"号作为指挥舰，可任何一个蠢货都知道这是一艘旗舰。几天前，休伊特惊讶地发现，巴顿竟然部署哨兵守在"蒙罗维亚"号指挥室外，连自己的参谋人员都禁止入内，当然，这种无礼之举迅速就被纠正。而更令人不安的是，在长达数月的时间里，巴顿一直不肯将他的指挥部从距离阿尔及尔200英里之遥的穆斯塔加奈姆迁过来，这段距离使联合策划变得更加困难。

尽管如此，休伊特和巴顿还是找到了彼此的共同点，甚至相互喜爱起来。他们在"火炬行动"期间曾使用的"舰队司令"和"将军"的礼仪性称呼，现在被更为亲密的"肯特"和"乔治"代替。巴顿也会偶尔站在海军这一边，在最近的一次争执中，陆军方面反对休伊特的建议，并提出用橡皮艇将士兵们送上西西里岛的滩头。"坐下！"巴顿对他的部下厉声喝道，"既然是海军负责把你们送上岸，他们就可以按照他们的意愿，用任何一样该死的东西把你们送上岸。"在陆地上的最后一晚，休伊特邀请巴顿和另外几位将领到他的住处共进晚餐，那是一座向一位丹麦葡萄酒商征用来的别墅。几个小时的畅饮后，休伊特把将领们送上指挥车，这些汽车将把他们送回各自的船只。巴顿要比另外几人清醒一些，出门时打量着墙上半裸女人的不雅壁画，嘟囔道："幸亏我住在兵营里。"

下午5点，"蒙罗维亚"号发出起锚信号，随即在形形色色的军舰和登陆舰的簇拥下，进入已被扫雷舰肃清的水道。在雷达显示一群疑似敌机的飞机正在接近时，舰队出现短暂的慌乱，但这些光点很快就被证实是船上的拦阻气球，被缆绳拴着，用于阻止敌军俯冲的轰炸机和不断扫射的战斗机。信号灯发出莫尔斯电码，舰队开始以"之"字形航行，按照事先的约定，以第35号航行模式的10节航速前进。

阿尔及尔的白色轮廓消失在后方，休伊特注视着出现在右舷的非洲山脉。太阳落入紫红色的海中时，山麓碎石间的氧化铁在夕阳的映照下呈现出血红色。他已经做了能做的一切，现在将期待最好的结果。

★ ★ ★

在舰桥后方，"蒙罗维亚"号宽敞的旗舰舱内，乔治·巴顿甚至能感觉到船加速时，螺旋桨在海水中的不断搅动。海军表现得很热情，努力让他感觉到自己是个受欢迎的客人。登船时，迎接巴顿的是连续的汽笛声，另外还从食堂派了两个小伙子担任他的贴身侍从。以军舰的标准来看，他的舱室堪称奢侈，面积足有270平方英尺那么大，配有书桌、床铺、餐桌和淋浴设备。尽管如此，巴顿在私下里仍对姊妹军种持保留态度，他在日记中写道："海军是我们的薄弱之处。"而对肯特·休伊特，他评论道："非常友好，但一贯意识模糊。"

巴顿已做好战斗准备，至少看上去很像那么回事。他精心裁剪的上衣和呢子马裤都无可挑剔，那支出名的手枪插在枪套内，伸手可及。最近几个月，他通过跑步和游泳减轻体重，通过减少饮酒和吸烟改善健康状态。在美军遭遇凯塞林山口战役惨败，以及第2军军长被撤职之后，巴顿已经在突尼斯指挥美军长达6周时间。自4月中旬恢复"爱斯基摩人行动"的准备工作后，他一直仔细琢磨着美军及其指挥官们起伏不定的表现。当年6月，在发给各级指挥官的一份备忘录中，巴顿通过总结、提炼非洲战役和36年军旅生涯的经验，提出了27条战术格言。第7条："始终压低火力。"第13条："山地战中，夺取高地，顺坡而下；"第22条："如对下一步行动存有疑问，只管进攻。"其中还包括了他的个人准则，即第18条："绝不向恐惧低头。"

但他仍然被恐惧笼罩着，有可能失败，也有可能在炮火中退却。这个体弱多病的加利福尼亚婴儿成长为一个害羞、敏感的小伙子，然后又成为"一个天性怯懦的人"，一位老朋友在穆斯塔加奈姆见过巴顿后，于6月26日这样写道。外表华丽是为了掩饰内心的不安，也是他为自己戴上的，自认作为一名自信的指挥官应该戴上的面具。"我比过去更加不喜欢子弹的呼啸声，"巴顿在7月1日写道，"尽管它们仍在吸引着我。"1928年，他的上司曾说："巴顿在战争时期是无价之宝，但在和平时期却是个令人不安的因素。"现在，他的时代到来了。巴顿年轻时曾豪言："总有一天，我会让他们都知道我的名字。"这一天已然到来。

最近几个星期，他从一个营地赶往另一个营地，宣讲暴力和职责。他告诉第45步兵师："对于一个人来说，战斗是一场可以尽情享受的最壮观的竞赛。它令优异者脱颖而出，并淘汰掉一切弱者。"针对该师的军官，他又补充道："部下和国家托付给你们一种神圣的信任，要是辜负了这种信任，你们就是最低等的动物。"

在阿尔及尔一座庞大的露天竞技场内，巴顿大步走上台时周围"鼓号齐鸣"，勋章令他的军装熠熠生辉。他告诉士兵们："对于军人，没有什么比为一项崇高而又光荣的事业战死沙场更荣耀了。"至于军方的"反亲善政策",他认为是"纯属胡扯,一支不会搞女人的军队就不会打仗"。一名军医写道,士兵们"吼叫着,跺着脚、吹着口哨以示赞同"。一位目击者说,这种低俗的表演,旨在"用语言磨炼他们,激发他们的血性"。巴顿的副官在 6 月 19 日的一封信中写道:"他是个伟大的仇恨制造者,相信我,总有一天,轴心国的那些家伙会为遇到他而痛苦万状。"

一些美国士兵已经感到痛苦了。在一次登陆演习中,巴顿发现第 45 步兵师的一名士兵在散兵坑中睡着了,便用这名士兵的步枪戳着他的肋骨,吼道:"王八蛋,给我出去!"在奥兰附近举行的另一次演习中,巴顿喊叫着:"上尉,带着这些人离开海滩,冲向他们的目标。"

"可是,长官,"那名军官回答道,"我是个牧师。"

"就算你是耶稣本人,我也不在乎,"巴顿厉声吼道,"把这些人带离海滩。"

在比塞大城外,巴顿对一名拖拖拉拉的军官喊道:"你这个王八蛋,我叫你过来,你就该跑过来。""长官!"这名军官说道,"我讨厌被人称为王八蛋,我认为你应该向我道歉。"巴顿竟罕见地向他道歉,随即驱车离去。他说:"痛骂一顿,他们就会记住。"但是,如果说他这种带兵方式会让士兵们记住该记住的,那么他的上级同样会对此印象深刻。5 月下旬在阿尔泽,巴顿对第 1 步兵师的一个班施展了他招牌式的长篇谩骂,这一切被艾森豪威尔和到访的乔治·马歇尔听得清清楚楚,一名将军低声说道:"他这个脾气迟早会让他玩儿完。"

然而,那些描绘愤怒的军纪执行者的漫画并没能精准捕捉到巴顿的优点。他是少数细心研究战争艺术的军官之一。他能背诵由 G.F.R. 亨德森撰写的"石墙"杰克逊的传记,纯粹是为了解答内心的疑问——"杰克逊会怎么做?"巴顿考取飞行执照是为了更好地了解空中作战,掌握了丰富的航海技术并航行至夏威夷,也是为了更好地理解海洋上的军事行动,这与在空阔的沙漠上作战很相似。

他还是个对妻子充满爱意,又有点任性的丈夫。在即将发动进攻的前夕,他的思绪飘至妻子比阿特丽斯身边。他们俩在 16 岁时便相识了,在许多方面,两人能力相当。5 月初时,巴顿在给她的信中写道:"仔细读读克伦威尔,把你的想法告诉我。"她聪明而渊博，是个技术熟练的水手，还是个成功的小说家，会在骑马打猎前吞下一个打在玻璃杯里的生鸡蛋作为早餐。1909年夏天，巴顿骑着马上了楼梯，在她住处的阳台上向她求婚。在父亲不肯接受这样一位求婚者时，她假装绝食以示抗议，并将米粒打成粉末涂抹在脸上，扮成脸色苍白的样子，直到父亲心软为止。对于巴顿，她后来在日记中写道："多么勇敢的人啊！他非常伟大，脑中总有奇妙的灵感闪现，而且性格极具戏剧性。"

"我毫无不祥的预感，并希望自己能长命百岁。"巴顿在"蒙罗维亚"号起航前写信告诉妻子。实际上，他有另外一种预感，感到自己将获得不朽的声名，美国将产生一位统帅。他能感觉到，荣耀正在西西里岛等待着他。"我相信命运，"他在日记中写道，"而且，我会使其应验，这场演出必须获得成功。"

最后一款被陆军采用的骑兵军刀就是巴顿设计的，这是一种直形双刃劈砍式武器，刀如其人。"要是你拼死冲锋，"他声称，"它就能带你杀开一条血路。"登上"蒙罗维亚"号前不久，他召集手下的将领召开最后一次会议。会议结束时，泪水沿着他的脸颊滚落，巴顿挥了挥手中的轻便手杖，示意大家散会。"我再也不想见到你们这帮浑蛋，"他吼道，"除非是在你们西西里岛海滩的指挥所里。"

★ ★ ★

分别从东面和西面而来的两支护航舰队会合后，表现出空前的规模和气势，这就是休伊特所说的"最庞大的舰队"。放眼望去，到处都闪烁着红色和绿色的航行灯，映射在粼粼波动的上千条尾流中。明亮的"飞象"拦阻气球悬浮在空中，负责护航的双尾翼 P-38 战斗机在更高处翱翔。

最终，士兵们获悉了行动的目的地，船上的彩池向颇具先见之明的赢家付清了奖金。"我们正驶往西西里岛，"奥兰护航队的指挥官在美国军舰"安肯"号上宣布，"我有很多坏消息，但我并不打算说，应该把它们留给贝尼托·墨索里尼。"士兵们聚在露天甲板上，背诵"二十三首诗篇"。水手们提醒旱鸭子们，遭遇空袭时跳入水中是毫无意义的，因为炸弹爆炸时产生的冲击波能震破 300 码距离内落水者的肺和脾。崇尚古典文学艺术的人们试着回忆修昔底德，但几乎没有人能从其关于 25 个世纪前一位雅典人远征西西里岛的记述中获得慰藉，在那次远征中，胜利者赢得了"最为辉煌的成就，出征者却遭受到最具灾难性的惨败"。

7 月 8 日早晨，冒着蒸汽的"蒙罗维亚"号驶过比塞大港，正按照第 10 号航行计划，以 12 节半的航速沿"之"字形前进，赶往邦角和通向西西里岛的航道。英国的一支驱逐舰队掩护着其靠海一方的侧翼。其他船只从港口驶出，汇入舰队，穿过已肃清水雷的突尼斯海峡。这些舰船驶过时，一支由美国水兵和英国水手组成的仪仗队整齐地排列在比塞大港饱受摧残的海关大楼顶上。前甲板上的水手们回礼，并挥手道别。"朝船尾望去，"一名军官写道，"另一支护航队甚至比我们这支更庞大，他们离得那么远，看上去就像一队行进中的蚂蚁，如小黑点一般模糊不清。"

他补充道："似乎整个世界都在海上。"

最高统帅的烦恼

数千年来，在那座被盟军取代号为"金融"的小岛上发生过许多事情。公元 60 年，因危害国家罪而被押往罗马受审的途中，圣保罗在马耳他北部的海滩遭遇海难。他用了 3 个月时间向那些不信奉基督教的人传教，再重新踏上命运之旅。在他之后，汪达尔人、哥特人、拜占庭人、阿拉伯人和诺曼人便如潮水一般席卷而来，为修建农场和放牧牛群大肆砍伐森林，导致地表土层被海水冲毁，暴露出一片干枯、多岩石的丘陵，面积足有 144 平方英里。一些学者认为，马耳他是海之女神卡吕普索囚禁她的爱之奴隶奥德修斯长达 7 年的地方。

1530 年，耶路撒冷的圣约翰骑士团进驻该岛。该修道会组建于第一次十字军东征期间，之后被土耳其人逐出罗得岛。在经历了一场困顿之后，马耳他骑士团耗时数年修建了一座复杂的城堡，包括棱堡、瞭望塔和厚达 30 英尺的城墙。英国于 1800 年夺取该堡垒，同时占领了岛上优良的港口及其首府瓦莱塔，这座美丽的城市是用当地采石场出产的赭石修建而成的。25 万马耳他人大多是目不识丁的农民，依靠贫瘠的土地和牧场勉强维生。

二战期间，该岛遭受轴心国 3 340 次空袭，第一次发生在 1940 年 6

月 11 日拂晓。在接下来的 3 年里,这里成为地球上遭受轰炸最密集的地方。敌人试图通过狂轰滥炸迫使英国人离开位于直布罗陀与亚历山大之间的唯一一个港口,并使马耳他机场失去作用。而拥有这座机场,英军就可以随心所欲地攻击轴心国驶往北非的补给船队。

在一场堪称邪恶的空袭中,约有 1.6 万吨炸弹落在岛上,德国飞行员甚至从他们的座舱里向外投掷手榴弹。瓦莱塔被炸成赭石堆,随后又化为赭石粉。"美被毁灭,"马耳他诗人 M. 米齐写道,"一个庞大的恐怖王国应运而生。"然而,被毁灭的不只是美。这场空袭造成 1.5 万人伤亡(准确的数字无法统计,因为许多家庭隐瞒死亡人数以继续获取遇难者的口粮,这种情况相当普遍)。"圣母玛利亚,"马耳他人祈祷着,"让炸弹落入海里或田野中吧。"

侥幸活下来的人们只能默默忍受。每次空袭过后,妇女们在废墟中游荡,搜寻着四分五裂的家具,带回家当柴烧。1942 年 7 月前,每人每天的口粮已被削减到可怜的地步,只有 4 盎司诸如肉、鱼和奶酪之类的主食,外加 13 盎司混入锯末烘焙而成的面包。报纸刊登文章介绍"土豆汤、土豆泥和炖土豆"的好处。餐厅提供"小牛肉卷",一种用山羊肉和马肉制成的令人厌恶的甜点。马耳他人学会了在没有肥皂、剃须刀片、卫生纸、鞋带和书籍的情况下生活。避孕套用旧的内胎制成,直到人们太过疲惫,以至于无力性爱为止。为躲避炸弹,他们用手在岩石上挖掘掩体,但岩石坚硬无比,即便是经验丰富的矿工,每天也很少能挖超过 8 英寸。马耳他的渔船从附近岛屿带来食物和煤油,再带离死者妥善安葬。

得益于北非战役的胜利,自 1940 年以来第一支没有遭遇空袭的船队于 1943 年 5 月 24 日到达该岛。食物和其他生活必需品开始运抵,但马耳他仍是一片荒凉的中世纪残骸。废墟中满是沙蝇,每走一步都会扬起白色的灰尘。一名到访者写道:"孩子们瘦弱、无精打采,甚至不在明媚的阳光下玩耍,而是颓废地待在破旧、满是坑洼的街道上。"瓦莱塔没有一家餐厅,整座城市只在早晨的两个小时和晚上的半小时内供应自来水。

英国守军在岛上的日子也很不好过,每人每周配发一品脱啤酒,外加"50 支味道糟糕得难以形容的印度香烟"。轴心国的轰炸机仍在持续轰炸该岛,在盟军于 7 月初使用的密码中,提醒所有"斗牛犬"(英国人)和"裁判员"（美国人），要警惕"拍卖郁金香的邮递员"（德国飞机）。然而使用这些术语通常得到的答案只是一个等同于一脸茫然的电码："冰山"（不明暗号的意思）。

"金融"所在的位置得天独厚，位于西西里岛正南方仅 55 英里处。7 月 8 日下午，该岛在人们心中的地位顿时提高。"所有人都兴奋地翘首以盼。"一名英国军官说道，因为艾森豪威尔将于下午 5 点抵达，将马耳他作为他的总部。

背后标有号码的摩托车手们指引盟军指挥官的飞机和护航战机沿着跑道滑行至避弹掩体。艾森豪威尔于 7 月 6 日离开阿尔及尔，在突尼斯的指挥所里待了两天，随即飞赴马耳他。为对他的动向保密，一处设立在奥兰的假总部开始发送虚假的无线电信号，就连被派往瓦莱塔机场接他的指挥车的保险杠上也没有张贴军衔标记。在降落之前，飞入该岛最后一个导航点时，艾森豪威尔已经能看见沿着大港流淌的船坞溪和法国溪，人们正在那里为"爱斯基摩人行动"进行着热火朝天的准备工作。另外，在圣保罗湾的各个码头上，修建了许多救护车停车场。盟军规划人员预计，将有 3 万名伤者从西西里岛转移至北非，因此马耳他已被改造为一座医疗中继站。艾森豪威尔抚弄着他的幸运币：一枚银币、一枚法国法郎和一枚英国 5 先令硬币。出行时，他总是把它们放在一个拉链钱包中随身携带。

车队曲折地穿过瓦莱塔废墟，驶上城外的一座小丘，赶往韦尔达拉宫。这座正方形城堡建于 1586 年，是马耳他骑士团团长夏天居住的行宫，周围筑有护城河，每个拐角处都建有塔楼。在英国东道主的陪同下，艾森豪威尔逛了逛大厅和一间硕大的宴会厅，周围的墙壁上装点着以《圣经》为题材的壁画。在宫殿下方，一间昏暗的地牢中，钉入墙体的铁钩上依然挂着生锈的锁链。陪同艾森豪威尔一同到来的记者约翰·冈瑟指出："这里的几间房间曾经都是地牢，仆人们认为里面有鬼，即便是今天，他们也不敢进去。"

攀上大理石制的螺旋楼梯（每级台阶只有两英寸高，这样一来，马耳他的牧师们便可以骑着蹄掌套上鞋子的骡子上台阶了），艾森豪威尔被带至他的卧室。这是一间堪称华丽的房间，天花板足有 30 英尺高，有一条粉刷过的甬道通向另一间地牢。"我觉得不错，"他说着，那特有的、闻名于世的微笑在嘴角绽开,"足够用了。"

9个月前,在发起"火炬行动"前夕,艾森豪威尔在另一座位于直布罗陀的英国城堡内接掌了指挥权,负责指挥366名美军高级军官。从那之后,他就再也没有被战事失利、政治失误和自身经验不足等挫折和缺陷打败,一直屹立不倒,成为盟军不可或缺的统帅。"只有艾克能让事情顺利进行下去,"丘吉尔的参谋长黑斯廷斯·伊斯梅中将在战后说道,"其他人都不行。"

北非战役的胜利巩固了艾森豪威尔的声望和信心。他具备一种天赋,总能公正处事、赏罚分明,加上他辛勤工作,再凭借一点点幸运币的帮助,能身居此位也是一种必然。将在"爱斯基摩人行动"中指挥英国军队的伯纳德·L. 蒙哥马利将军认为艾森豪威尔是"真诚的化身",拥有"将人心笼络到他那一方的力量,就像磁铁吸引金属那样"。另一位英国高级将领说:"他为人处事非常公正,我很羡慕他清晰的思维和承担责任的魄力。"

他的听力很好,说话也很清晰。"我不得不说,"丘吉尔告诉一位英国同僚,"我已注意到,在诸多优秀的将领中,并没有多少人能像他这样拥有出色的表达能力。"很少有人能抵御他那颇具感染力的微笑,对其他人而言,他的活力也不啻为一针强心剂。"他总是动个不停,"记者德鲁·米德尔顿指出,"走过来走过去,不停地在地毯上踱步,用单调、刺耳的嗓音说出一个接一个想法,就像从一具砂轮上甩出的火花。"

"我是个天生的乐天派,"艾森豪威尔曾说过,"无法改变。"他对儿子约翰(西点军校的一名学员)说,想要掌握高效的领导技能,必须通过"认真思考和实践,你必须忠于职守、真诚、公正、开朗"。有时候他也会吹毛求疵,抱怨"五十个军官里也找不出一个知道该如何正确使用英语的人",据说一名副官被撤职是因为其无法准确区分"shall"与"will"的用法。尽管艾森豪威尔曾在道格拉斯·麦克阿瑟这位自负至极的将军手下工作过数年,但他依然谦逊而公正。麦克阿瑟总是不肯承认错误,且总以第三人称称呼自己,这令艾森豪威尔深感不解。"火炬行动"后,当得知乔治·马歇尔将为自己颁发荣誉勋章时,艾森豪威尔警告说:"我会拒绝接受。"就在他离开阿尔及尔前,他收到一位出版商发来的电报,说如果艾森豪威尔能亲自挑选一位"国内著名作家"讲述自己的故事并出版成书,就"至少能获得2.5万美元。"艾森豪威尔回复说:"太过繁忙,无意于此。"

艾森豪威尔的宇宙哲学非常简单。"你们正为自由生存的权利而战，从此以后，将不必再仰人鼻息。"6月19日，他在阿尔及尔对士兵们说，"你们正为人类灵魂的自由和尊严而战。"他承诺，要是有机会，他会毙掉墨索里尼，"我很容易痛恨我的敌人。"他的儿子约翰·艾森豪威尔是个精明的观察者，约翰指出，出色的计算能力使他的父亲成为桥牌高手，而这种能力也被他用于指挥作战。艾森豪威尔相信"上帝会给他一手好牌……他似乎从未提起过，上帝会在某些特定的事情上辜负他的超自然感，例如某天需要的好天气"。

但作为一名战地统帅，他在北非表现出的指挥水准却时好时坏，才能还尚未得到证实。"他是一名协调员，而不是个统帅。"一名英国将领写道。另一个人宣称："他不是军人，只是个和事佬。"马歇尔认为他太过专注于盟军中的政治纷争，以至于"几乎没有机会与部队接触"。事实上，他缺乏一名伟大统帅的禀赋：从时间和空间的高度掌控战场、凭直觉了解对手的意图、以钢铁般的意志克服一切阻力。

他确实是个和事佬，是个协调员，但这正是这场战争——这场席卷全球的战争所需要的。艾森豪威尔早就认识到，在这样一场生存之战中，只有最坚定的联盟才能获胜。他还凭直觉感受到，无论是国家自豪感还是个人虚荣心，都会对联盟造成威胁。他是个明智的人，是个懂得妥协的高手，他深知自己作为一名盟军统帅，必须站在不同国家的立场上考虑问题。"有时候单纯地下达命令并不能解决问题，必须动之以情、晓之以理，"约翰·冈瑟曾指出，"许多英国人和美国人之间都存在一种返祖现象般的反感。"

一位英国高级将领在"三叉戟"会议上提醒布鲁克将军："很有可能陷入撕破脸公开争吵的局面，除非有人能带上一罐润滑剂居中斡旋。"艾森豪威尔就带着润滑剂，而且几乎每个人都相信他会明智地加以使用。他的英国政治顾问、未来的英国首相哈罗德·麦克米伦认为艾森豪威尔"完全没有受过普通意义上的教育"，但"与我曾见过的许多英国军人的榆木脑袋和不开窍的心灵相比，他是位胸怀博大、充满智慧的伟人"。

★ ★ ★

夏季漫长的黄昏在西面徘徊。艾森豪威尔喝完一壶茶，走出韦尔达拉宫，赶往不远处的指挥部。他向一名副官透露,感觉自己的胃"就像一只握紧的拳头"。自从1920年长子死于猩红热后,他20多年来一直忍受着因巨大压力而造成的肠胃疾病的折磨。战前,他曾因肠炎和肠梗阻多次住院治疗。(1912年,在西点军校对阵塔夫茨大学的橄榄球赛中,他的左膝严重受伤,7次入院治疗。)直布罗陀11月潮湿的空气造成的呼吸道感染始终未能彻底康复,而他接连不断地吸烟(平均每天抽60支"骆驼"烟,有时更多)也令其健康状况越来越差。他不准约翰吸烟,并为此每周奖励他1.5美元,但艾森豪威尔自己的烟瘾却大得难以抑制,有时甚至在飞行途中也会点上香烟,尽管他那架B-17"空中堡垒"的机组人员已提醒过他机内有易燃气体。

在随行人员和保镖的簇拥下,艾森豪威尔夹着香烟,登上了大港上方的峭壁。登陆艇和军舰挤满了港口和通往位于圣埃尔莫堡的海港的水道。水手们散布在两艘战列舰上,这也是两年多来,他们第一次回到马耳他。马耳他人站在码头上方岌岌可危的阳台上不停地挥手。皇家海军"纳尔逊"号战列舰上,一支乐队不停演奏着"许多好姑娘都喜欢水手"。

艾森豪威尔和助手们走入拉斯卡里斯堡垒,这座隧道式建筑最初是由马耳他骑士团建造的,如今已变成了一座皇家海军指挥部。石灰岩墙壁上布满了闪烁的凝露,这里是一处防空洞,虽然便利却十分破旧。在这里,军装穿一天就会生霉,许多参谋军官都被沙蝇叮咬,染上了肺病和白蛉热,饱受折磨。而且,堡垒内某些地方热得令人难以忍受,很多房间又冷得令艾森豪威尔不得不穿上大衣。就连赶来迎接艾森豪威尔的地中海战区英国海军司令安德鲁·布朗·坎宁安海军上将也承认,这地方"臭气熏天"。待在拉斯卡里斯堡垒里的人们为了增强抵抗力,每天下午两点都要喝点杜松子酒、橙汁或香蕉甜酒。

艾森豪威尔和坎宁安大步穿过平托隧道,走过一排供工作人员使用的房屋,房门标牌上刻着神秘的符号,代表着他们的工作职能。艾森豪威尔的办公室约有140平方英尺,屋内摆着一张藤椅和一个燃烧着的油炉,旁边有一张桌子,上面铺着一条灰色的毛毯。铺在黏土地面上的一小块地毯勉强缓解了"已聚集了四百年的寒意"。艾森豪威尔发现,在这里他的香烟很难保持干燥。

对于环境的不适,艾森豪威尔并没有过多在意。他跟着坎宁安来到一间面积巨大的作战室，拱形天花板足有 40 英尺高，每一面墙上都悬挂着巨大的地图。通过 500 次航空侦察拍照任务才完成的一幅 260 平方英尺的航拍镶嵌图，展示了面积为 1 万平方英里的西西里岛的全貌。看见这幅地图，冈瑟惊呆了，对其"展现的无穷的细节、现代化程度及出色的制图和印刷技术"深感惊讶，并对"德国人是否拥有与此堪称超级的地图同样优秀的地图"表示怀疑。

坎宁安红润的面孔在军装白色衣领的映衬下显得格外明艳，他指出，地图上的彩色线条代表盟军前进中的舰队，从黎凡特到"赫拉克勒斯之柱"，用来表示 3 000 艘舰船上搭载的 16 万名士兵、1.4 万部车辆和 1 800 门火炮。这位海军上将补充说，各舰队已进入无线电静默状态，所以几乎无法掌握他们的进展，暂时只知道有 3 艘从苏格兰而来的加拿大船只已被 U 型潜艇击沉于地中海西部，有几十名加拿大士兵死亡，同时还损失了几十门火炮、500 部车辆以及许多通讯设备。在这寂静的夜晚，即便是在马耳他岛上，也能听见西西里岛传来的爆炸声，在盟军无情的轰炸下，岛上大多数幸存的轴心国飞机已逃回意大利本土。而至于幸存的敌人会如何应对即将到来的进攻，仍然是未知数。

坎宁安竖起眉毛，盯着花哨的地图，用他最喜爱的表达方式说道："对我来说，这东西太过奢侈了。"作为一名爱丁堡大学解剖学教授的儿子，坎宁安第一次参加的战斗是布尔战争，当年他才 17 岁。现在，60 岁的他依然无畏、好战，并深信在任何战斗中，近距离平射才是最好的选择。冈瑟注意到，在他那水手般眯起的眼睑下，"双眼布满血丝，就像一只斗牛犬"。

艾森豪威尔在地图上研究着地中海中部。西西里岛是一块三角形的岩石，面积与佛蒙特州相近，位于突尼斯北面 90 英里处，距离意大利这只靴子的趾部仅 2 英里。其东端屹立着埃特纳火山，这座活火山高达 1 万英尺，直径 20 英里。盟军一份地形研究指出，"海岸线呈扇形，海湾宽阔、大幅度弯曲，又被海角分隔开来"。盟军司令部的参谋对长达 300 英里的海岸线上的每一英寸都做了精确考量，并对 32 个可能成为登陆地点的滩头进行了仔细检查。

与马耳他相比，西西里岛曾经遭受过更多入侵者攻占：希腊人、罗马人、汪达尔人、东哥特人、拜占庭人、萨拉森人、诺曼人、西班牙人、波旁王朝……现在，这里又成为英国人和美国人攻占的目标。"从古至今，西西里似乎只学到了灾难和暴力，"美国作家亨利·亚当斯评论道，"一直处于无政府状态……西西里子身孤立，并顽强地对抗进化。"

艾森豪威尔知道，在一片充满敌意的海岸上实施两栖登陆是战争中最为艰难的行动：冒着枪林弹雨涉水上岸，越过海滩，建立一片滩头阵地，再马不停蹄地突入内陆。在漫长的战争史上，人们一直无法掌握两栖作战的艺术与精髓。以至于每场成功的登陆战斗的灾难性都堪比英国 1915 年在加里波利的惨败，又如美国于 1847 年对韦拉克鲁斯的进攻。而每一次失败（如西班牙无敌舰队，或是蒙古人远征日本）都是因为其军事领导者太过气馁，不肯进行尝试，包括拿破仑和希特勒，这两个人都拒绝跨越英吉利海峡。

尽管两栖战本来就很艰难，但盟军似乎打定主意要让它难上加难。联合参谋长委员会曾于 1 月 23 日下令，由艾森豪威尔策划"爱斯基摩人行动"。初步计划的核心是夺取西西里岛的港口和机场，并在发起进攻的一周内将 10 个师送上岸。但艾森豪威尔和他的幕僚们仍被突尼斯战役牵制着。各个指挥部相距甚远，分布在从开罗到拉巴特的各地，仅仅为了递送文件、地图和消息，信使们每天就要来回奔波 2 000 多英里。总指挥部位于阿尔及尔城外一所没有取暖设施的高等师范学校内，工作人员不得不戴着手套打字。

艾森豪威尔曾在 3 月和 4 月两次警告，如果登陆部队遭遇"装备精良、有组织的德国部队"，且其规模达到"两个师以上"，"爱斯基摩人行动"将宣告失败。英国参谋长委员会指责他"严重夸大了"敌人的力量，丘吉尔也十分愤怒："这是怯懦的说辞，是失败主义的论调……斯大林正在他的战线上面对着 185 个德军师，我无法想象他对此会作何感想。"遭受批评后，艾森豪威尔提出了一个计划，依照这个计划，英军将进攻西西里岛的东南海岸，以夺取奥古斯塔和锡拉库扎的港口，而美军则在西面登陆，负责攻占巴勒莫。

这意外地引来一些人的怒火。第八集团军司令伯纳德·蒙哥马利一直不肯参与"爱斯基摩人行动"的策划工作，因为他正忙于突尼斯战役。"先让我们打完这场仗再说。"他厉声说道。等到终于有精力顾及西西里岛时，蒙哥马利把一幅巨大的地图摊在卧室地板上，若有所思地说道："好吧，现在来看看这场要打的仗，到底合不合我的意。"

然而，他对现有的计划一点也不满意。"毫无成功的希望，应该彻底推翻重来。"蒙哥马利宣布道。他谎称盟军司令部的参谋认为"抵抗会很轻微"（事实上，他们预测会遭到顽强抵抗），谴责所有这些"模糊不清的见解"，并警告说，"再也没有比这更大的错误了"。4月底之前，他又一次大声疾呼，预言将"面临着一场一流的军事灾难……我已准备率领第八集团军投入一场可怕的战役，但必须是以我自己的方式"。他向上级提议，由他来指挥巴顿的第七集团军，并在日记中更加直言不讳地写道："应由我来全盘掌控'爱斯基摩人行动'。"

蒙哥马利认为，应集中兵力进攻东南海岸，英美部队可以相互支援。当距离进攻行动开始只剩下两个月的时候，联合委员会的参谋长们即将在华盛顿展开"三叉戟"会晤。5月2日，艾森豪威尔在阿尔及尔再一次召开策划会议。在吃完一顿丰盛的龙虾午餐后（盟军司令部为每只龙虾支付了1 000法郎），蒙哥马利仍然坚持他的观点，随后跟着艾森豪威尔的参谋长沃尔特·B. 史密斯中将走进男厕，继续他的说辞。他先是在相邻的小便池旁说个不停，随后又在一面布满水蒸气的镜子上勾画起箭头来。英军高级参谋查尔斯·盖尔德纳爵士在日记中写道："美国人开始觉得，掌管大英帝国的是蒙蒂。"

一天后，艾森豪威尔打破僵局，接受了蒙哥马利的计划，没有理会坎宁安上将和其他人的抗议——他们更倾向于分散海军力量，夺取更多的机场。肯特·休伊特也对修改后的计划提出质疑，因为这会使美国军队不再能迅速利用巴勒莫的港口，但巴顿否决了他的建议。"不，该死的！"巴顿回答道，"我已在这支军队里待了三十年，如果上级给我下达命令，我就说，'是，长官！'然后尽我他 × 的所能去达成。"

在日记中，盖尔德纳将军承认："我无法理解民主国家如何进行这场战争。"

参与"爱斯基摩人行动"的7个师已集结完毕，其中包括4个英国师和3个美国师，登陆后他们将并肩跨越西西里岛东南部一段宽100英里的地带。另外，在部队登陆之前，还将有两个空降师的部分兵力作为先头，最终，

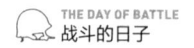

将有 13 个盟军师投入这场进攻行动中。

进攻行动将在 7 月的第二个星期展开，那时候的月光足以为伞兵提供清晰的视线，而夜色的黑暗又能够掩盖悄然逼近的舰队。

在守卫西西里岛的 30 万轴心国士兵中，大部分都是勇气值得怀疑的意大利人。一名美国情报官将两个德国师描述为"实实在在的芥末酱"，至于意大利人，"朝他们的肚子上戳一下，锯木屑便会撒出来"。英国人拦截和破译德军无线电通讯的非凡能力在"超级机密"项目上得到了充分体现。多亏了这项技术，艾森豪威尔才得以掌握敌人的实力和部署状况。和在阿尔及尔时一样，他在马耳他也掌控着一个"超级机密"小组（这些被允许接触最高机密的人被认为是"沐浴在羔羊的圣血中"）。

1940 年，"超级机密"的密码破译专家在伦敦北部的布莱切利公园使用一台德国"恩尼格玛"密码机，首次破译了一条加密通讯电报后，数千份被拦截和破译的电文描绘出了"德军的全面情况"。截至 1944 年中期，近 50 条不同的"恩尼格玛"密码被破解，其中包括德国军队使用的一种被称为"信天翁"的新密码，其他一些密码则被称为"鬣狗""海马""啄木鸟""海鹦鹉"。

艾森豪威尔还知道，意大利海军（地中海地区唯一一支有些分量的轴心国海军力量，拥有 6 艘战列舰和 11 艘巡洋舰）缺乏雷达设备、燃油和航空母舰。意大利空军在过去 8 个月里损失了 2 200 架飞机，完全无力侦察盟军的行踪。一位意大利海军上将抱怨道："没人能蒙住双眼下棋。"更重要的是，艾森豪威尔具备出色的判断力。他已经预见到，来自战争的压力和盟军的轰炸、煤炭和食物的短缺、工人罢工、铁路中断，甚至是电灯泡的严重缺乏都将导致意大利的社会解体。

艾森豪威尔唯一无法确定的一点是，意大利人究竟会以多大的勇气为他们的家园而战。还有，德国人（盟军认为他们有能力每 3 天便将一个师的兵力运送至西西里岛提供支援）是否会为距离其祖国 1 000 英里外的一座干旱小岛奋战到底。就连"超级机密"也无法窥探敌人内心的想法。

5 月 12 日，联合参谋长委员会批准了"爱斯基摩人行动"的详细计划。但是，华盛顿和伦敦方面仍然认为这一计划还不够大胆，盟军正错失在北非战役胜利的基础上乘胜追击的机会。"你和策划人员可能都过于保守了。"

乔治·马歇尔告诉艾森豪威尔，他们缺乏那种"令纳尔逊、格兰特和李赢得伟大胜利"的胆识。

马歇尔说得没错。"爱斯基摩人行动"将是二战中规模最大的两栖战——在攻击波次中动用了7个师，比11个月后的诺曼底登陆还多两个师——却缺乏猛冲猛打的野心。注意力集中在突尼斯的指挥官们没有看见更大的目标：封锁墨西拿海峡，阻止轴心国部队增援西西里岛，并阻止岛上的敌人逃回意大利本土。两栖战理论强调夺取港口和机场，排除掉越过沙滩的进攻，"爱斯基摩人行动"最终在登陆滩头20英里后画下了句点。

用比德尔·史密斯的话来说，所有大型两栖登陆行动都带有一种"可怕的僵化"的特点。将部队集结起来，同时发起进攻，需要付出极大的努力，却没有将足够的时间用于考虑越过海滩之后的战斗。"爱斯基摩人行动"中还包括盟军在战争期间发起的第一次大规模空降作战。如果按照蒙哥马利的计划行动，就意味着美军将少占领一个港口，将不得不以从未尝试过的方式来支持海滩上的作战部队。

无论大胆与否，木已成舟。6月中旬，艾森豪威尔向记者们透露了即将展开的进攻行动的详细情况（在此之前，这些情况都被明令禁止公开），以平息他们对作战行动的猜测。艾森豪威尔要求记者们保守秘密，他们都照办了。一名记者恳求道："下次别再这样要求我们了。"

佯攻和谎言持续而快速地扩散开来。一支由英美军舰和货船组成的舰队从英国驶向挪威，以制造从北面发起进攻的假象。一支英国的地中海舰队（包括4艘战列舰、6艘巡洋舰和18艘驱逐舰）驶往希腊，夜深人静时，舰船调转航向，以控制马耳他附近的海上通道。但敌人总能在杂乱无章的佯攻中发现些蛛丝马迹。

7月初，800万张传单撒向西西里岛，有的传单上警告说："德国会战至最后一个意大利人死去为止。"还有的传单上绘制着地图，体现了意大利各个城市在面对盟军轰炸机时是何等的脆弱。标题上写道："墨索里尼自讨苦吃。"

★ ★ ★

7月8日夜间，艾森豪威尔离开隧道时，瓦莱塔的天空中繁星闪烁。走出拉斯卡里斯城堡的地下世界后，他陶醉于盛夏夜里地中海海水的气味。漆黑的镇子在蓝色的星光下散发着微光，给原本白昼中的废墟蒙上了一层美丽的面纱。

在韦尔达拉宫巨大的卧室内，提供的生活用品简直如同修道士监舍般节俭，只有水罐、洗脸盆、肥皂盒、尿壶和浴缸。墙上钉着几幅小型作战地图。艾森豪威尔有时会感叹，实在有太多细节需要加以留意。5月27日，他在家书中写道："我曾读过关于军队指挥官的书籍，很羡慕他们拥有极大的行动和决策自由，而我本来也应该拥有这些。多美妙的想法啊！下属总是向我提出必须予以满足的需求，这使我成为奴隶，而不是主人。"

就拿译员的问题来说：200名会说意大利语的士兵将跟随第45师和第82空降师一同前往北非，但第82空降师的译员却迟迟不到。他们去哪里了？还有战俘的问题：6月28日，艾森豪威尔告诉马歇尔，"在'爱斯基摩人行动'中，我们将抓获20万名战俘"，这需要8 000名看守，但美军部队中能抽调出的人数尚不到这个数字的一半。

《日内瓦公约》允许美军战俘营使用英国或法国看守吗？另外，用来负重的驴子也出了问题：递交陆军部申请驮鞍和辔头的紧急文件引来马歇尔的质问："这些驴子有多高，平均重量是多少？"经过进一步调查，艾森豪威尔告诉他："看起来，现在的驴子并不适用，可用的本地骡子数量有限，有14～16掌高，平均850磅重……惯于负重，但非常凶狠。"

另外，还有一个问题是，占领区盟国军政府（AMGOT）准备在占领西西里岛后重新制定民事规则。爱说俏皮话的人将这个缩略语解释为"旅游中的老年绅士军官"（Aged Military Gentlemen on Tour），华盛顿方面也通知艾森豪威尔，AMGOT这个词带有"令人厌恶的德国音"，还与土耳其语中一个粗俗、直白的词汇——"生殖器"类似。"必须更改AMGOT这个名字，"被激怒的盟军总司令于6月1日通知陆军部，"否则将造成极大的混乱"。

更重要的是，艾森豪威尔还为自己的妻子担心。约翰寄宿在西点军校，玛米独自一人住在华盛顿。她患有心脏病，经常卧床不起。她的体重已降至112磅，并将自己描述为"经历过种种磨难，彻夜阅读惊悚小说，一直都在等待"的人。艾森豪威尔频繁写信给她，都是亲自手写，从不让他的"活字典"式办事员代劳，在信中使用的称谓是"我的爱人"或"亲爱的"。近来，他花了很多工夫安抚她，以便让她相信他作为丈夫的忠诚，因为她最近开始有针对性地问起了凯·萨默斯比。

谣言越演越烈。凯·萨默斯比出生于科克郡,曾在伦敦(后又在北非)担任艾森豪威尔的司机,而后负责管理他的通信。她擅长伪造艾森豪威尔的签名。战前,她曾在模特儿兼电影公司担任临时演员。她美丽、矫健、活泼,经常充当老板的桥牌搭档或骑马出行时的同伴。艾森豪威尔比她年长 20 岁,"作为一个生活中没什么安慰可言的男人",邂逅了她。在过去的一个月里,她也同样需要慰藉:她的未婚夫是一位年轻的美军上校,6 月 6 日在突尼斯触雷身亡。悲痛和压力使她的情绪严重失控,艾森豪威尔提议送她回伦敦,但她却要求留在阿尔及尔。从来没有确凿的证据表明两人发生过关系,但喜欢说长道短的人不管怎样都会散播流言蜚语,甚至包括一些明明对事实心知肚明的人。

"请记住,无论我写给你的信有多短,我都是爱你的——我永远不会再爱上其他人,"艾森豪威尔于 6 月 11 日在给玛米的信中写道,"你似乎从未彻底了解到,我对你的依赖有多深,我是多么需要你。"

译员和驴子,玛米和萨默斯比,德国人和意大利人。现在,又一个麻烦已初露端倪。幸好艾森豪威尔从未指望过上帝赐予他好天气,正如他儿子曾评论过的那样。当晚稍早些时候,拉斯卡里斯堡垒的气象专家们已预测到了未来令人沮丧的天气状况:一场风暴正在西面形成。

风暴似乎永不平息

7 月 8 日,来自阿尔及利亚和突尼斯的舰队靠近非洲海岸,来自苏塞和斯法克斯的特遣队随后也在此会合。整支舰队绵延 60 英里长,足有 1 英里宽,不同舰船的条条尾流"就像一具算盘上的算珠"。较小的船只径直驶向马耳他东面的集结地。为迷惑德国人的侦察机,主力舰队靠近的黎波里,随后于晚上 8 点以 13 节的航速转身向北而去。

舰船像装满珍宝的大帆船一样在西班牙海上颠簸。光是美国舰队搭载的物资便超过了 10 万吨,其中包括 5 000 吨装进板条箱运载的飞机、7 000 吨煤和 1.9 万吨通讯设备。物资清单上还包括:660 万份口粮、27 英里长的 1/4 英寸粗钢缆、老鼠夹子、口香糖、162 吨占领区货币,甚至还有 14.4 万只避孕套——被称为"士兵的朋友"。一份 10 页的词汇表将一些英式词汇转换为对应的美语：windscreen 即挡风玻璃（windshield），wing 是挡泥板（fender），而英国人所说的团（regiment）相当于美国的营（battalion），他们的旅（brigade）则等同于美国的团（regiment）。

光是弹药就占了物资总吨位的一半：尽管预计夺取西西里岛还用不了两个月，但对弹药和武器的申请令陆军部不堪重负，没人知道该如何解决。奥兰和卡萨布兰卡巨大的仓库中储存了 9 个月的弹药补给，是规定储量的 3 倍，可没人能说清已配发的子弹和炸弹是何种类型，因为存货卡均由阿尔及利亚和摩洛哥办事员保管，他们的英语通常都很糟糕。

一位海军将领估算，陆军的需求量总是"海军的两倍"。6月，一份发给华盛顿的紧急申请要求再拨发 732 部电台，外加 14 万节专用电池。考虑到通讯可靠性的余度，陆军通信兵额外搭载了 5 000 只信鸽、一个信鸽排和 7 000 多个甚高频电台备件。由情报单位携带的有：海道测量图，来自国会图书馆、对西西里岛洞穴做出了准确标志的地图，"意大利旅游俱乐部西西里岛指南"复印本，海岸引水员研究报告，城镇地图，以及在一位前新英格兰酒类走私贩的帮助下绘制出的海岸线轮廓图。

来自华盛顿和纽约的信使带来数十个沉重的木箱，每个箱子上都印有"顽固者，爱斯基摩人"的标记，里面装着西西里岛地形的石膏模型。但在纽约印制的一份详述西西里岛历史古迹和艺术珍品的漂亮图册，不知道被放在阿尔及尔的什么地方，未能送到盟军部队。后来，一名姗姗来迟的传令兵驾驶着摩托车，带着这份图册匆匆赶往前线，结果在岛上被德国人俘虏。

盟军已在突尼斯战役中学会如何照料伤员，舰队已经做好准备，并预测：第一周，突击部队就将有 15% 的人员伤亡并感染疾病。医务人员通过相关图表，评估出了人类体表不同部位烧伤的概率：双手烧伤是 4.5%，双臂烧伤是 13.5% 等。十个人中就将有一个人需要 500 毫升的血浆。除此之外，舰队还装载了 6 吨墓碑，以及用来采集阵亡者指纹的印台。一份长达 13 页的《坟墓登记指令》对如何修建墓地做出了指导："必须小心仔细，才能保持每座坟墓整齐排列。"一份关于如何处理阵亡士兵遗物的备忘录建议："应取走任何可能会令其家人感到尴尬的物品。"

同样重要的是，根据国际法，军事占领方对平民的生活负有责任，这就意味着要给西西里人提供大量物资，其中包括：1.4 万吨供 50 万人吃一个月的面粉、炼乳和糖；94吨肥皂；75万毫升破伤风、斑疹伤寒和天花疫苗。民政部门计算,如果意大利投降,盟军还需要养活另外1 900万张嘴,并为罗马南部的居民供暖,每个月需要3.8万吨食物和16万吨煤,这对盟军的航运是个巨大的负担。一项研究指出,"在盟军占领时期,别法指望意大利能自给自足"。

★ ★ ★

肯特·休伊特在舰桥或舱室内阅读、玩填字游戏,以此打发时间。"蒙罗维亚"号的指挥室狭小、闷热,与其他舰艇一样人满为患。为容纳额外的工作人员,信号台已扩大了一倍,船上的木匠将三间密码室合并,同时扩大了无线电通讯室。但随着进入无线电静默状态,休伊特已不能再下达那些无法通过旗语表达的命令了。他很乐观,深信他的舰队将要对抗的是邪恶,"上帝不会严酷地对待一个正义的人或国家"。

在舰桥上,休伊特不时用望远镜瞄一瞄那些两栖舰艇,这是舰队中一支奇特的队伍。150英尺长的坦克登陆艇（LCT）搭载5辆"谢尔曼"坦克,吃水深度却仅有3英尺,结果得了个"海上便盆"的绰号,而那些易受攻击的小型登陆艇则被统称为"少尉杀手"。更大的坦克登陆舰（LST）最初由英国设计,并借鉴了美军后勤人员的设想——他们曾在20年前见识过私酒贩子在墨西哥湾的平底船,而且效果相当不错。战争期间,1 100多艘LST被制造出来,其中大多是由遍布美国中西部内河的造船厂生产的。船艇为方形,装有14英尺宽的铰链门,缓慢而笨拙,因为没有龙骨,船体总是晃动不已,即便在干船坞内也是如此。但是,每艘LST可搭载20辆坦克,光凭这一点,就已无可取代。

休伊特知道,LST虽然吃水很浅,但仍有可能被保护着大部分西西里岛南部海岸的沙堤所阻。陆军曾提议将坦克和车辆推入水中,用粗铁链将它们拖过岸边的沟渠,再在海滩上晾干。海军工兵人员对此震惊不已,他们表示反对,并提出了一个代号为"淘金"的计划：由LST拖曳或搭载一座浮桥,用螺栓连接成铰链桥,跨过沙堤与海滩之间的水隙。在纳拉甘西特湾进行的测试证明,这种桥梁可以承载一辆"谢尔曼"坦克。可参与"爱斯基摩人行动"的坦克非常多,该计划尚有待考验。

休伊特与陆军最大的分歧在于，在展开登陆行动前，是否应动用海军火力削弱敌滩头防御。为了能够出其不意地发动攻击，巴顿坚持要等到冲锋舟距离海岸只有15分钟时再开炮支援。一名海军军官评论，他是想"靠自己单打独斗碰碰运气"。休伊特认为巴顿"纯属做梦"。他提出了11条理由，证明敌人会一直保持警惕：盟军侦察机频繁飞临该岛上空。当年春季，14名军官乘潜艇秘密前往西西里岛调查海滩的情况，可所有人都有去无回，就连后续被派去调查的侦察兵也没能幸免。

然而巴顿依然坚持要求舰炮保持沉默。在舱室内，他阅读、踱步、打盹、继续踱步。"我经常呼吸急促，尤其是在马球赛前，"他在7月8日的日记中写道，随后在后面加上一句拿破仑的名言，"先进攻，然后再看。"他完全不担心敌人的防御。"该死的，他们已经在那里待了四年，"他告诉休伊特手下一名军官，"他们不可能每时每刻保持警惕。我们要登陆，我们会突然掐住他们的脖子。"他在给妹夫的一封信中写道："阳光下的马群总是欢呼雀跃。哦嗬！因为一场杀戮就要开始了！"

在1号作战令中，巴顿建议他的指挥官们"不分白天黑夜，不停地进攻，直至人类耐力的极限，然后，继续进攻"。他还写了份夸夸其谈的训词，让全体军官们大声宣读：

> 登陆时，我们会遇到德国和意大利士兵，攻击并消灭他们是我们的荣幸和特权……美国军队的荣耀、国家的荣誉和整个世界的未来都在你们的手中。你们务必要对得起这样伟大的信任。上帝与我们同在。我们会赢的。

踱步时，巴顿突然想到7月5日在阿尔及尔与艾森豪威尔的最后一次会面。"你是个伟大的统帅，"总司令告诉他，"但却是个糟糕的计划者。"艾森豪威尔可能有些过虑，但巴顿总是对后勤问题表现出一种傲慢的不屑。面对哈罗德·亚历山大将军（他将指挥西西里岛上所有盟军地面部队）时，他"咔"一声立正，说道："将军，我不做计划，只按命令行事。"对他的民政事务负责人（负责供养和统治400万西西里人），巴顿只是简单地问道："你杀人吗？"而对艾森豪威尔本人，他曾说过一句愚蠢的格言："你下令，我开枪。"就像一位老友描述的那样，巴顿是"丰富多彩、屡教不改、令人费解"的。

在给妻子比阿特丽斯的信中（这封信将在进攻发起后寄出），他的笔迹潦草："我怀疑我会阵亡或负伤，但一个人永远无法知道这一点。这是命运的安排……我爱你。"

★ ★ ★

当然，厄尼·派尔将再次与他们同行。他登上美国海军的"比斯坎"号军舰离开比塞大港，这是近 300 艘用来装载第 3 步兵师的舰队的旗舰。应舰长请求，他每天凌晨 3 点从露天甲板的简易床上爬起，编辑舰上的油印报纸。随后，他又用铅笔为斯克里普斯 - 霍华德报系撰写报道，或阅读约瑟夫·康拉德的书，并惊讶于老水手的文学造诣："晴朗的日子里，阳光在蓝色的海洋上擦出火花。"

派尔今年 42 岁，但无论是看上去还是感觉上都"更老些，有点与众不同"。他酒喝得太多，并为他酗酒的妻子担忧，他曾与她离婚，把她托付给一家疗养院，后来又复婚。他很快就成为"比斯坎"号上一个为人们所熟知的人物，瘦削的肩头总是披着一件"梅惠斯"救生衣，发际像个泛灰色的光环，框住了他的三角脑袋。他总是自己卷烟抽，并总是用一种模糊的、带有鼻音和印第安纳口音的英语发问。另一位记者说，派尔"体重只有 100 磅，腿上总是放着一本家用《圣经》"。艺术家乔治·比德尔发现他"像个苦行僧，温和、异想天开、腼腆……他的表情中带有一种根深蒂固的悲伤"。

令他感到悲伤的是战争。派尔认为战争是"一场无法缓和的灾难"，并渴望成为最后的战地记者。他曾将这些士兵——"没有他们，无法打赢这场战争"——看作"再次迷失在黑暗中的小男孩"。他有些自我迷失，并在稿件中出色地描写了其他迷失的人。在"爱斯基摩人行动"前夕，他写信给一位朋友："这些年来我过得很沉闷。没有酒，没有女人，没有歌曲，没有娱乐——很快我就将一无所有，只剩下工兵铲和轻微的脚癣。"他不知道那些从战火中幸存下来的人，怎么可能"再残酷地对待其他的一切"。

他的写作材料就在身边。陆军部规定，运输船的上下铺位之间要保持 23 英寸的距离，士兵舱室的通风设备送入的新鲜空气必须达到每人每分钟 30

立方英尺。派尔很清楚这一点，第 1 步兵师的列兵保罗·W. 布朗也了解。"一个多星期没洗澡了，"布朗在家书中写道，"脏袜子、脏内衣，空气流通情况非常糟糕，而且没有舷窗。"食物中的虫子、盗窃、猖獗的黑市交易、肮脏的厕所及呕吐桶的缺乏等情况也被陆军检察员记录在案。这就难怪许多士兵会怀念北非的橘子和石榴了，更不必说"它的浩瀚和神秘"了。

他们以拳击和拔河为消遣，甚至在一艘英国船上举办了胡须比赛，一名皇家海军陆战队员喝完茶，拿着刷子、梳子和放大镜评判比赛。军官们还举办了关于西西里岛的讲座，用的都是油印讲义，这些资料的开场白是"西西里岛此前曾被多次征服，从某种角度来看，她的历史就是一部成功入侵史"。资料还提醒大家，西西里岛上的谋杀率"比意大利其他地区高 7 倍"。每个人都拿到了一本《西西里岛士兵指南》，详细描述了炎热、肮脏和疾病，第 26 步兵团的日志总结，该岛肯定是个"地狱般的地方，岛上的人要么是太穷，无力迁居，要么是太过无知，不知道世界上还有更好的地方"。第 45 师的士兵们练习着意大利语，闹了不少笑话，例如问出"晚上好，各位"后，得到的回答是"200 里拉"。

他们将装备打包、解开、再次打包，试图将防毒面具、急救包和防沙蝇面网塞进陆军突击背包 2.524 立方英尺的空间中。每名步兵负重 82.02 磅，从 10.2 磅的 M-1 步枪和 0.2 磅的毛巾，到 0.01 磅的勺子和 0.5 磅的金属封皮《圣经》，每一盎司的分配都得经过精细的计算。一点点吃掉 4 盎司的应急口粮能减轻些他们的负重，但这些口粮本应留作紧急时刻食用。大多数士兵已入伍很久，对什么都见怪不怪，即使让他们知道，应急口粮中的巧克力条是陆军军需人员花了两年工夫，对包括大豆粉、土豆、木薯粉、速溶咖啡甚至煤油在内的 300 多种食材和调料进行试验后才研制成功的，他们也绝不会感到惊讶。

"看看那些军官和士兵，很有意思。"前总统的儿子，第 1 步兵师副师长小西奥多·罗斯福（特德·罗斯福）准将在给他妻子埃莉诺的信中写道。在美国海军"巴奈特"号上写的一封信中，他又补充道："他们已不再年轻，不再是两年前你在舞会上见到的那些稚嫩、嘴上没毛的小伙子了……他们现在看起来很强悍。"几小时后他又写道："海面平静得像池塘……所有的一切都被封闭，舷窗被遮掩，灯也关了，而且不允许在甲板上吸烟。空气炙热难耐。对伙计们来说，这是一次最难挨的航行。此刻，一种死一般的沉寂笼罩在船上，没人在甲板上移动。"

7月8日夜间，特德·罗斯福再次给埃莉诺写信，清晰、稳健的笔迹为信中流露出的诗意锦上添花：

> 我们拥有过最美好的生活，我希望日后会有更多。如果没有这样的机会，我们至少可以说，我们在一起的岁月里，早已为普通生活做好了准备。我们早已了解胜利和失败、喜悦和悲伤，这一切充实着我们的人生……无论发生什么，我们都会心存感激。

自从离开阿尔及尔，休伊特的首席气象学家一直忙于绘制气象图，并用风速计测量"风的脉搏"。海军少校理查德·C.斯蒂尔是1931届海军学院毕业生，曾代表美国花剑队在1932年的奥林匹克运动会上击败了传奇的法国队夺得金牌。斯蒂尔热爱击剑，认为这项运动是个"复杂的难题"，他热爱气象学也是出于同样的理由。1940年，他在麻省理工学院获得了气象学硕士学位。"火炬行动"期间，强烈的大西洋风暴卷起18英尺高的海浪，席卷摩洛哥海岸。斯蒂尔准确预测到这场风暴会突然消退，说服休伊特将登陆行动继续下去。巴顿给斯蒂尔起的绰号是"胡迪尼少校"（*胡迪尼是史上最著名的魔术师。——译者注*）。

现在，他将再次经受考验。7月8日周四下午，在"蒙罗维亚"号的舰桥上，斯蒂尔将分析的结果告诉了休伊特和巴顿。通常情况下，很少有比盛夏时的西西里岛南部更平和的海岸。但是，正如艾森豪威尔在马耳他时气象预报员曾觉察到的那样，一股极地海洋气团正从西北方向而来，流经西欧，与一股从撒丁岛开始延伸、跨越意大利直至南斯拉夫低空的副冷锋汇合。这加剧了地中海中部的气压梯度。斯蒂尔说，预计星期五下午前会有强西北风和陡浪。而登陆行动已定于周六早晨展开。

"风暴会持续多久？"巴顿问道，他对气压梯度和气压毫巴数丝毫不感兴趣。

斯蒂尔回答说，地中海的夏季强风通常都很短暂，舰队可以隐蔽在西西里岛的背风处，并补充道："风暴会在D日前平息下来。"

"那就好。"巴顿说道。

星期五中午前，舰队靠近马耳他时，西风已经增强，微波转为骇浪，大海变得令人生畏。很快，吊索和栏杆呻吟起来，平缓的海面满是泡沫，变得狂暴起来，"便盆"LCI（被一名士兵痛斥为"撒旦喜欢的平底船"的步兵登陆艇）中不断有海水涌入。拦阻气球的缆绳横向伸展，身穿雨衣的水手们努力将缆绳卷起，咒骂着这场已被取名为"墨索里尼狂风"的风暴。缆绳一根根断裂，二十几个气球腾空而起，向东飘去，很快便消失在视野外。

下午晚些时候，风力已达到 30 节（相当于蒲福风级七级。——译者注），绿色的海水被高高卷起，在较小型登陆艇上的人们已无法看见彼此，舵手们努力着，以避免发生碰撞。沮丧、害怕的士兵们紧紧抓着支柱和梯子。"我们只能勉强站在甲板上，"厄尼·派尔在"比斯坎"号上写道，"我们这支长长的舰队只会不停地颠簸、震颤。"

两栖舰船从未经受过这样的考验。坦克登陆艇的航速降至三节，像软木塞一样在浪花上起舞。一名海军中尉写道："大片绿色的海水瀑布般倾泻在平坦的露天甲板上。"他又补充说，许多坦克登陆艇"至少有一具引擎熄火，所以，当它们失去舵效航速后，不得不转向下风向航行，转动 180 度以回到航道中来"。方形船艏的坦克登陆舰被海水掀起，"砰"的一声落在下一道浪头上，传来一阵剧烈的震颤。一名陆军工兵上校描述道，他所在的坦克登陆舰"来回摆动了 47 度，我死死盯着横摇指示器……坦克登陆舰摆动、摆动、摆动，指针晃动着，因而我们能预料到，船只会立即发生转向"。

驱逐舰属于小型舰艇，为减小风力造成的影响，通过信号发出了"整夜不得偏右"的命令，没有用到 020 度预定航线。一些"淘金"浮桥脱离了拖船，为了抢救这些浮桥，两艘拖船不得不冒险缓慢地穿过狂风。20 吨重的登陆艇就像表链上的饰物一样，在吊艇柱上摆动着。在运输船"弗罗伦斯·南丁格尔"号上，一艘登陆艇挣脱了，伴随着货船的摆动，撞击着船桥和扇形船艉，直到被绳索套牢。

"如果恰巧遇到暴风雨，你也许会享受甲板缓慢的升降，甚至是剧烈的起伏，"在发给士兵们的一本名为《在运输船上该怎么做》的平装书中写道。书中还补充，甚至连"最糟糕的旱鸭子"也很快可以去"嘲笑那些被吓得脸色苍白的家伙"。

没有人发笑。"我们所有人都苦不堪言，焦虑、挤成一团、负荷过重、浑身湿透,"第 26 步兵团的一名士兵写道,"没地方呕吐,只能吐在彼此身上。这里没有英雄,只有痛苦。""我第一次开始害怕自己会死去,"第 18 步兵团的一名士兵指出,"但随后又担心死不掉。"虽然给士兵们配发了一种名为"晕动病预防药"的化学制剂,但大多数人还是需要使用贴有正式标签的"呕吐专用袋",或是将头靠在一旁"轻声呻吟着,仿佛这是难以启齿的耻辱"。一名一等兵写信给他在布鲁克林的女友,说这是"我有生以来最痛苦的时刻"。

有些人试图制造一种安宁的假象。皇家海军"斯特拉斯内弗"号上,一份清汤加羊肉片的晚餐被提供给来自威尔士的士兵们,他们高唱着《父辈之地》。但大多数士兵"在他们的吊床上摇摆着、呻吟着,脸色苍白",一名加拿大士兵写道,"捆扎不紧的物品散落得到处都是——背包、武器盒、金属弹药箱、饭盒、钢盔"。在 386 号坦克登陆舰上,唯一镇定自若的是那些有四只蹄子的乘客:在艾森豪威尔找到更健壮的骡子前,已有 30 匹非洲驴子被运上了船。"船只摇摆 30 度,倾斜 15 度,"一名海军军官写道,"驴子们无动于衷,似乎很享受泼了咸海水的干草。"一名游骑兵中士发现他手下一整个排都病快快地躲在一艘救生艇内,觉得士兵们吐空了胃至少还有一点好处,就是降低腹部中弹后感染腹膜炎的概率。"等我离开这条船,"一名下士发誓,"我就要走路,走路,走路。"

"有些人想起了西班牙无敌舰队,"另一个加拿大人写道,"还有些人提出问题,'上帝究竟是不是站在我们这一边?'"那些曾试着回忆修昔底德的古典文学爱好者们想起了希腊神话中的风神埃俄罗斯,据说他就住在西西里附近一座漂浮的小岛上。他们讲起那些遭受地中海气候惩罚的船员们的故事,比如斯巴达国王墨涅拉俄斯的那支返乡的舰队被狂风从特洛伊吹到了埃及。

另一些人的交谈更为实际些。"我告诉你们,这实在是愚不可及,""巴奈特"号上的一名军官宣布,"要是你的船根本无法到达岸边,这场进攻又有什么继续下去的意义?"一位陆军上尉表示赞同,"不是害怕。不,该死的!这不是畏惧。我只是觉得这样冒险在海中展开进攻行动毫无意义。""塞缪尔·蔡司"号上,海军少将约翰·L. 霍尔(第 1 步兵师在他负责运载的部队之列)正在考虑给休伊特发出信号,要求推迟行动,并告诉他的参谋:"我们可不打算做第一个嚷嚷的人。"

舰队继续在风暴中前进。"蒙罗维亚"号上,休伊特盯着波涛汹涌的海面,倾听着狂风撕扯索具的声音。地中海面布满了白帽浪，仿佛表面有一层厚厚的积雪。他掂量着是否该打破无线电静默，联系马耳他的坎宁安上将，建议他推迟行动。一些小型舰船上没有电台，若要将推迟行动的命令发送给整个舰队至少需要 4 个小时。

休伊特在盯着一艘撞向波浪的步兵登陆舰时注意到，至少船上那些可怜的士兵"情愿尽快登陆"。尽管状况很糟糕，但在"火炬行动"前，大西洋上的情况也很恶劣。

星期五下午晚些时候，休伊特将"胡迪尼少校"召上舰桥。当天早上，斯蒂尔曾预测风速为 27 节，可现在已达到 37 节，并伴以 12 英尺高的海浪。尽管紧张不安，但这位气象学家坚持自己的预测结果。他解释说，即使强风仍在持续，但"整个风结构"将在午夜后平息。斯蒂尔曾将他对进攻发起时刻天气情况的预测结果潦草写下，就像赛马场为招揽赌客而张贴的赔率表："西北风，10～15 节递减，近海岸有碎浪，3～4 英尺或更小。"

休伊特决定赌一把，他点点头，脸上不带一丝情感。他们将继续驶向西西里，除非接到停止进攻的命令。

"一直在摆动，"一名英国士兵在日记中写道，"摇摆、起伏，暗淡的蓝灯在甲板下闪烁，人们不是躺在床铺上，就是摸索着移动到尿液遍溢的厕所。"和许多人一样，第 1 步兵师的约瑟夫·T. 道森上尉给他在得克萨斯州的家人写了最后一封信："我的心中充满了对你们所有人难以言述的柔情……我们正试着让自己坚强起来，愿上帝保佑我们能完成任务。"

下午 6 点前，海面变得凶险无比，一位海军指挥官指出："就连驱逐舰也被染成绿色。"随着日光消退，风力越来越猛。整支舰队的甲板官都下令关闭吸烟灯。傍晚 6 点 52 分，据"蒙罗维亚"号的航海日志记录，戈佐岛出现在右舷正横方 9 英里处。再往前，透过昏暗和飞溅的浪花，瞭望哨看到了马耳他的峭壁。舰队继续前进。

★ ★ ★

为躲避一些琐碎事务，艾森豪威尔曾告诉马歇尔，他在马耳他逗留期间，"与华盛顿和伦敦之间的通信几乎为零……因为必须为作战事宜保留通信通道"。这个伎俩未能奏效，伦敦方面毫无勉强之意地将各种建议和垂询抛向这位总司令，就连马歇尔也在周五下午发来电报询问："进攻行动是继续还是取消？"艾森豪威尔研究着电文，喃喃说道："我也希望我能知道。"

随着时间的流逝，风力和气候问题主导了在坎宁安办公室内举行的讨论会。懊恼的气象学家们赶来报告说，风力将进一步增强至蒲福风级，并为艾森豪威尔将风力单位从"节"转换为"英里"。坎宁安驱车赶至附近的一个机场查看状况，双眼布满血丝。他描述道："天上的风在控制塔周围咆哮、吼叫。"在大港内的另一支英国登陆艇船队解缆起航，一名吹笛手站立在为首船只的船头，吹奏着《通往小岛之路》。坎宁安形容这些船只"驶入大海时，汹涌的浪涛倾盆而下，将他们覆没"。傍晚 6 点，一瓶杜松子酒出现在拉斯卡里斯城堡，很快便被喝个精光。

艾森豪威尔一根接一根地吸着潮湿的香烟，考虑该作何选择。参谋人员计算出，如果推迟进攻，可能需要花 2～3 周的时间重新部署。无疑，届时敌人将会有所警觉，也许他们现在已经发觉了：城堡内的战斗机控制室报告说，两架德国侦察机分别于下午 4 点 30 分和晚上 7 点 30 分接近过盟军舰队。与斯蒂尔少校一样，马耳他的气象学家们也认为这场风暴很快会过去。坎宁安也这样认为，在大半个世纪前，他曾在这片海域航行过，曾将"鲁莽和无情"视作一名指挥官最重要的素质。

艾森豪威尔通常都能迅速做出决定，现在他也的确这样做了。"尽管遇到一场倒霉的风暴，"他发报给马歇尔，"但继续按计划行动。"坎宁安发报给伦敦的海军部："天气不太好，但行动将继续下去。"

用坎宁安的话来说，散会后，他们"忧心忡忡"地去吃晚饭。驱车驶往韦尔达拉宫的途中，艾森豪威尔紧紧盯着瓦莱塔上方旋转的风车。这个曾宣扬要相信运气的人，现在很想知道自己的好运气是不是已经耗尽。"老实说，"另一位英国老水手，瘦高的海军将领路易斯·蒙巴顿勋爵在吃晚饭时告诉他，"看上去不太妙。"

喝罢咖啡，坎宁安再次与他们会合，随即驱车赶往德利马拉峰，那里有一座八角形的灯塔，缠绕着黑白色带，坐落在该岛的东南角。五六道探照灯光束刺入空中，充当运输机波次的指引信号——运输机开始出现在上空，或牵引着滑翔机，或搭载伞兵。坎宁安数了数，共 64 架飞机。艾森豪威尔伸长脖子，摸弄着他的幸运币，为"平安和成功"低声祈祷。如果看得更加仔细，他也许能发现许多逆风而行的飞机错过了德利马拉重要的拐弯点，继续向东飞行，没能及时转向正北方。

回到拉斯卡里斯的作战指挥室，墙上的巨幅地图上，缓慢逼近西西里岛的舰队已被标绘出来：美国舰队位于马耳他西面，而英国舰队则在东面。行军床和毛毯已被放入旁边一间装有空调的房间，但焦虑令这些人紧张而清醒。艾森豪威尔唠唠叨叨地说他要写本书，也许是一本文集，书中将描述二十来个公众人物。他将"刻画出每个人的个性"，并"讲些不为人知的故事"。地中海战区空军司令特德中将则回想着布匿战争和以往的入侵行动。"从南面入侵意大利太过奢侈，"特德说道，"就连汉尼拔（北非古国迦太基名将，军事家，欧洲四大元帅之一。今仍为许多军事学家所研究的重要军事战略家，被誉为战略之父。——译者注）也知道带着他的大象翻越阿尔卑斯山进入意大利。"隧道稍远处，一名正用电动剃须刀刮胡子的军官强烈地抗议道，"某些说不出口的噪声"导致"完全无法接收到任何通讯信号"。

夜里 10 点，艾森豪威尔给玛米写了张便条，字迹十分潦草："我又来到隧道里，就像去年 11 月初时那样，等待着消息。"

> 大家做了所能做的一切，以免自己发疯。行走、交谈、试着工作、吸烟（就没断过），以及能打发时间的一切……我们做了所能想到的一切。每个人都已尽力，结果但凭天意。

战争是世间最美丽的景象

舷窗外的一声巨响惊醒了巴顿。他从床上爬起，穿好军装，以为是炸弹击中了"蒙罗维亚"号。他竖起耳朵倾听，甲板上传来起重装置被松开时所发出的叮当声。他随即意识到是吊柱断裂导致一艘登陆艇脱出滑轮，撞上了船体。一名士兵落入海中，但很快被救了上来。骚动平息后，他才发现另外两种声响也不知何时消失了：风已平息，旗舰的引擎也熄了火。一种异样而又不祥的寂静笼罩着"蒙罗维亚"号。

巴顿拽拽他的呢料马裤，理了理上衣。他拜访船上的牧师，做了最后的祈祷后，又打了会瞌睡。奇怪的梦搅扰了他的睡眠：先是一只黑色的小猫，随后又是许多猫，朝他吐口水。"我们可能会感到焦虑，"他在日记中写道，"但我相信，意大利人已被吓得半死……上帝再次帮了我。我希望他继续为我提供帮助。"

他看见休伊特站在舰桥上。午夜过后不久，弦月便沉了下去，但繁星投下道道光芒，在灰蒙蒙的地平线上映衬出舰队黑色的轮廓。斯蒂尔少校一直是正确的，这次也不例外：风力已减弱到 10 节以下，能见度良好，涌浪中等。"蒙罗维亚"号上的雷达已探测到 2.2 万码外的西西里海岸。几艘驱逐舰破浪向前，直到发现了蓝色的灯光，这些闪烁的亮光来自一群分散的英国潜艇。那些潜艇都有着诸如"镇定""隐形""无敌"这种英勇的、不列颠式的名称。它们已在海岸处潜伏了两天，作为指向标引导进攻舰队进入计划登陆的海滩。皇家海军"炽天使"号潜艇艇长后来回忆道："就我夜用望远镜所能看见的范围而言，数百艘军舰井然有序，停在各自指定的锚位。""蒙罗维亚"号和她的姊妹舰在距离海岸 6 英里处、50 寻深的海水中驻锚，时间和位置把握得都很准确。休伊特也一直是正确的，这次同样不例外。

此刻，他和巴顿用望远镜扫视海岸。当晚早些时候，盟军的轰炸已让西西里岛海边麦田里的麦秆起火燃烧。巴顿看见"一团火焰"正吞噬着一条两英里长的通往内陆的通道。一名士兵注意到，"所有的海滩似乎都在燃烧"。小道格拉斯·费尔班克斯是一位深受女影迷喜爱的男明星，曾拍摄过 60 多部电影，现在作为一名海军预备役中尉在"蒙罗维亚"号上服役，他在日记中写道："显然，海岸上的敌人尚未发现这些大型舰只。"

在"爱斯基摩人行动"中，相当于 67 个突击营（每个营约有 800 人）的兵力将沿着 105 英里长的海岸线，在 26 个滩头登陆。英国人为蒙哥马利第八集团军选中的海滩位于东面，从西西里岛东南端的帕塞罗角，向上穿过诺托湾，几乎到达锡拉库扎。休伊特的舰队已在马耳他附近分成 3 股，将在杰拉湾沿着 40 英里长的月牙形地带，把巴顿第七集团军麾下的 3 个突击师送上海滩。最西面，第 3 师的目标是利卡塔。最东面（这里距离英国军队最近），第 45 师将夺取斯科利蒂。"蒙罗维亚"号居中，第 1 师准备拿下杰拉。各个师的目标是"黄线"，这道概念上的界线深入内陆 10～30 英里，将把敌军的火炮逼退，使被夺取的海岸机场脱离其射程。巴顿估计，他的部队到达黄线需要 5 天时间。除此之外，他没有下达其他命令。

自 1625 年在加的斯登陆以来，英国在过去几个世纪里进行了约 40 场海外军事行动，从荣耀到灾难，境遇不等。在这种远征中，美国人多少算是新手，但正如一部英国官方史中保证的那样，"扬基"和"汤米"一致同意，"从海上发起进攻被认为是孤注一掷的行动"。死亡或荣耀再度风行起来。（二战中，称呼美国人为扬基，称呼英国人为汤米，对德国人的称谓是弗里茨，而对苏联人的称呼则是伊万。——译者注）

现在，"扬基"和"汤米"做好了准备，而同样做好准备的还有加拿大人。

"你们会发现，地中海依然波涛汹涌，"一名中尉透过"安肯"号运输舰上的全舰广播系统发出通知，"但与不久前相比，平静得就像是上帝把他的手放在了上面。"甲板下的灯光发出蓝色或红色的亮光，以增强夜间的可视性。穿着白色外套的印度尼西亚侍者敲响小铃，通知英国士兵吃一顿时间过早的早餐。在"斯特拉斯内弗"号的 E 甲板下，多塞特郡人喝着茶，想象着自己闻到了欧洲的气息。美国士兵用黑色胶带裹着他们的"狗牌"，以防止它碰撞时发出声音。有些人在祈祷，还有些人匆匆写着他们早就打算写的家信。"我无法问心无愧地请求上帝带我平安地度过这场战争，"兰德尔·哈里斯在给住在艾奥瓦州波卡洪塔斯的家人的信中写道，"但我可以请求他赐予我力量和勇气完成我的任务。"

他们已到达"西西里岛的送命海滩"，第 45 师的一名士兵告诉他的父亲。装载该部队的一位海军军官描述道："这些野蛮的印第安人仍在玩扑克，磨匕首，并打赌谁将干掉第一个意大利人。""比斯坎"号露天甲板上的一名军官后来写道："站在我身边的一个家伙喘着粗气，我连驻锚的声音都听不见。随后我才意识到，根本就没有人站在我身边。"

特德·罗斯福在"巴奈特"号上花了点时间，只为完成写给埃莉诺的一封长达 11 页的信件："船上一片漆黑，士兵们即将前往他们的集结处……登陆艇很快将被放下。然后，我们就将出发。"

"登陆部队登船！"东面和西面，命令回荡在指挥链中。"明白，登陆部队登船！"英国第 50 师的士兵们排成单列纵队，一个连接着一个连，从昏暗的舱室来到"温彻斯特城堡"号的集结甲板上。"斯特拉斯内弗"号上，水手们将一杯杯朗姆酒递给那些多塞特郡人，并把舱底的污油抽出再注入一侧平静的海水中。"你们听到了吗？第一队！到你们的登船点去，行动！"

一个被放大的声音在"德比郡"号上响起,"第二队!待命。"加拿大第 1 师的法利·莫厄特听见了蒸汽绞盘放下登陆艇时所发出的"咔嗒"声,甲板上的每个人都"紧紧抓着前面人的腰带……蒙上蓝布的手电筒发出暗淡的光芒,提供短暂而阴森的照明"。(战后,法利·莫厄特成为加拿大最著名的作家之一,他的著作在全世界范围内销量过千万。——译者注)

美国人所在的区域没有污油被排入潮水中,难处是暴露在西风下。舵手们操纵着船只形成一个避风处,先将位于背风一侧的登陆艇放下,再调转方向,用同样的方法放下另一侧的登陆艇。可即便如此,波浪仍然在吞噬船只。"小型登陆艇的摇摆与我们在任何船只上感受到的完全不同,"搭乘"巴奈特"号的记者杰克·贝尔登写道,"它颠簸、晃动、摇摆,把我们从一侧晃至另一侧,屁股遭了大罪。"登陆艇舵手们也都昏头昏脑,情况并不比士兵们好些,他们相互喊叫着:"你是第二波次吗?"大多数登陆艇上没有座位和横梁,士兵们不得不坐在被海水冲打的金属甲板上不停地呕吐。登陆艇引擎发出的隆隆声让一名帆缆军士想起"一位低音歌手在教堂中用手帕捂着嘴发出的咳嗽声"。

"晕船与恐惧是一个有趣的组合,"一位军医评论道,"它们争夺着主导权。"一些小艇装载在船舷的栏杆处,并通过滑轮组放下。但绝大多数情况下,士兵们必须爬下编织网才能登上已被海浪和呕吐物弄得湿滑不堪的冲锋舟。军官们站在一旁,掰开那些死死攥着绳索的手指。"天哪,天哪,"一名士兵滑入一艘上下摆动的冲锋舟后呻吟着说道,"我真希望自己是在芝加哥。"许多人会同意第 1 师一名侦察兵的说法:"我们并不想当水手。"

为了激励士兵们,"约瑟夫·T. 迪克曼"号上的全舰广播系统开始对那些盘旋着的冲锋舟播放起格伦·米勒的《美国巡逻兵》。"如果伤亡很大,绝不是你领导能力的问题,"游骑兵指挥官威廉·O. 达比中校告诉一名正准备跨过侧栏的年轻上尉,"愿上帝与你同在。"

休伊特特遣队的最左侧,4 名水手和第 7 步兵师的 34 名士兵刚刚进入 379 号坦克登陆舰的 2 号冲锋舟,前方的吊柱突然折断,将冲锋舟上的人抛入海中,撞上了登陆艇的船体。半数人获救,另一半人丧生。可是,右侧的风和浪涛更为猛烈,在搭载第 45 步兵师的船上,系缆扣断裂,系船索脱离,吊杆被卷走。几乎每艘母船都至少损失了一艘登陆艇。

> 1944年4月，在第45步兵师担任团长的威廉·O.达比上校。安齐奥登陆的一周后，他通过电台聆听到自己组建和率领的游骑兵部队在奇斯泰尔纳全军覆没。

在"托马斯·杰斐逊"号上，就在水手们将一条装有火箭弹的登陆艇吊过船舷时，船上的重型滚轴导致它脱离了绳索。"我们真的开始摆动起来，"登陆艇上的少尉叙述道，"登陆艇撞击着主梁、吊杆、滑轮组、吊索及下降过程中遇到的一切……我相信我们就要死了，甚至还没参加战斗便送了命。火箭弹在甲板上滚得到处都是。"在另一艘颠簸的船上，一部推土机和一条驳船挣脱了稳定索，冲过船上的栏杆。当这些装备摆动并坠落时，士兵们紧紧地贴着舱壁，"它们所到之处，都是金属撞击声和火花"。

然而，这些小船仍然编组成功。船员们随时准备用槌子将木楔敲入弹孔。扫雷艇在航道上忙碌着，但没人知道浅滩是否已被肃清。艇长告诉大家，如果前方的登陆艇被炸毁，他们应该"操纵登陆艇穿过那片水域，而不是避开，因为爆炸的船只会令那片水域变得安全些"。艇长们还拿到一份列有19个通讯代号的名单，既有"可口可乐"（停止）、"大老鼠"（需要救援），也有"图腾柱"（遭遇抵抗）和"甜蜜战车"（敌坦克）。至于在枪林弹雨下该如何记住这些词汇，没人给出任何建议，尽管所有报务员都已奉命"在发报或说话时要缓慢、清晰、明确"。

凌晨2点前，第一攻击波次以燃烧的麦秆为信标，沿着罗盘航向朝岸上冲去。携带着蓝灯的炮艇停在前方的岸边，迎候着第一波次进攻："一直往前，小心地雷，祝你们好运。"此刻，海军的舰炮开火了，剧烈的轰鸣和一圈圈硝烟被卷入风中。在星光的映衬下，炮弹爆炸时闪烁着鲜红色的火光，带着优美的弧线掠过缓慢前行的船只，在遥远的海岸上激起白色和金色的雾状粉尘。士兵们本能地趴倒在登陆艇上，从船舷上缘偷眼观看。

被艾森豪威尔指派为"爱斯基摩人行动"观察员的约翰·P. 卢卡斯少将，与休伊特和巴顿一同在"蒙罗维亚"号的舰桥上观看着眼前壮观的场面。随后，他在日记中透露了一个肮脏的小秘密："虽然战争意味着恐怖、肮脏和破坏，有时却是这世界上最美丽的景象。"

THE DAY OF BATTLE

第 2 章　燃烧的海岸

意大利守军的软弱并没有令盟军放松心情。德国第 15 装甲掷弹兵师和"赫尔曼·戈林"装甲师已经开始增援，错误的空降行动令大批战士死于友军枪下。身心俱疲的士兵在巴顿的鼓动下，开始依靠屠杀战俘发泄怒火。在这片平燥的滩涂，这场战争的性质已经改变，正义和信念被残忍的杀戮腐蚀。

独眼巨人之地

很少有人敢说，西西里岛有比杰拉更古老的城镇，而这里将作为美军的进攻中心而陷落。公元前688年，从罗德岛和克里特岛而来的希腊殖民者在一片石灰岩山丘上建造了杰拉，从那时起，这座城市便承受着地中海地区常见的灾害，包括背叛、掠夺，以及一个军阀在公元前311年对5 000名市民的屠杀。教堂和神殿的废墟，连同从青铜器时代到古希腊和拜占庭风格的墓葬，点缀着这座居住着3.2万人的现代城镇。按照维吉尔在《埃涅阿斯纪》中的称谓，在这片肥沃的"机拉人之地"上，生长着夹竹桃、棕榈树和萨拉森橄榄树。阿提卡戏剧之父埃斯库罗斯，在杰拉度过了他生命中的最后几年，将命运、复仇和破灭的爱写入了《奥瑞斯提亚》。据传说，这位剧作家的死很奇特：一只老鹰将一只乌龟丢在了他的秃头上，砸死了他。

巴顿策划了一次不同寻常的空降行动，以参与进攻行动的先头部队发起的攻击。7月9日到10日夜间，4个营的3 000多名伞兵将空降至杰拉城外的几个重要路口，以阻止轴心国军队在美军第1步兵师的登陆海滩发动反击。干劲十足的詹姆斯·莫里斯·加文上校负责指挥本次突击行动，36岁的他正向着成为自南北战争以来美国陆军最年轻的少将这一目标飞奔。

加文出生于布鲁克林，是爱尔兰移民的孩子，幼时便被遗弃，由在宾夕法尼亚煤田干活的养父母抚养成人。八年级后就辍学的加文干过理发师助手、鞋店店员和汽车加油站经理，17岁参军。他设法得到了前往西点军校深造的机会，但在校期间，他的成绩并不突出。作为一名年轻军官，他被飞行学校淘汰。一位上级在1941年对他做出评价："这位军官似乎并不特别适合成为一名伞兵。"严肃、认真、无所畏惧的加文"对漂亮女人来说极具吸引力",但他实际是为枪林弹雨的战场而生。"他能跳得更高、喊得更大声、吐得更远,打起仗来比任何我见过的人都要凶狠。"一名下属这样说道。

他率领的第505伞兵团隶属第82空降师,曾驻扎在突尼斯中部。加文个人对"爱斯基摩人行动"抱有疑虑——"几个小时内就会有大批士兵丧生。"他写道,而且他的理由都很充分。第82空降师的训练时间仅为其他美军师的1/3。盟军在北非展开的空降行动显得十分不专业,总是存在误判问题,还经常被灾难破坏。他们从未尝试过在夜间大规模作战时跳伞。在突尼斯,太多的伤病困扰着该师(在6月初的一次白昼跳伞训练中,53人摔断了腿和脚踝),从而使这种训练受到严格限制。

"爱斯基摩人行动"的大多数计划是由那些毫无空降专业知识却充满幻想的军官制订的。运输机飞行员对夜间飞行几乎没什么经验,但为了避免被盟军舰队那些喜欢乱开炮的射手们击中,也为了避开轴心国的雷达,他们不得不低空飞行,在黑夜中于空阔的大海上空连续完成三次急转。空降部队尚未弄清楚该如何空投负重超过300磅的伞兵,就更别说榴弹炮和吉普车了。一头作为实验品的"空降骡子"摔断了三条腿,结束了这头动物饱受苦难的生命后,伞兵们用尸体进行了拼刺刀训练。尽管如此,部队"普遍认为,训练已达到能够完成任务的程度",一名美国陆航队军官这样写道,他后来承认"这可能过于乐观了"。

在休伊特的舰队靠近马耳他岛之际,加文和他的部下也在凯鲁万附近登上了226架C-47"达科塔"运输机。每个士兵的面孔都用烧焦的软木塞涂黑,右衣袖上佩戴着一面微型的美国国旗,还扎着一块用作夜间识别标记的白布。几天前,第82空降师的一个排被编入第1步兵师,以便让地面部队的士兵们熟悉伞兵穿的肥大的裤子和宽松的外套。降落伞放在C-47的座位上,16名伞兵挤坐在机舱的地板上,练习着在空降行动中要用到的问答口令:乔治?马歇尔!痢疾折磨着这个伞兵团,他们挣扎着将装备和"梅惠斯"救生衣放到飞机的货架上。医务人员给军官们分发了苯丙胺,每个人都分到了"西雷特"吗啡皮下注射器。

第一架飞机开始滑行,掀起遮天蔽日的灰尘,使得后面的一些飞行员不得不依靠仪表起飞。这时,一名气象专家出现在加文的飞机上,再次确认斯蒂尔少校"狂风在空中徘徊"的预测。"加文上校,加文上校在这里吗?我奉命通知你,风速将达到每小时 35 英里,由西向东,"他说道,"他们觉得你可能想知道这个。"每小时 15 英里是保证跳伞安全的最高风速。另一名信使带着一个硕大的背包,摇摇晃晃地挤上飞机,背包里装满了写有"战俘"字样的标签。他告诉加文:"你应该给每一名俘虏贴上这种标签。"起飞后 1 小时,一名参谋将这个袋子抛入海中。

弦月洒下的光辉极其暗淡,范围宽逾 500 英尺的盐雾挡住了驾驶舱窗口,使得能见度进一步下降。在长达 3 小时的航程中,士兵们在黑暗的机舱里打着瞌睡,对狂风已迅速打乱了飞行编队毫不知情。一些飞行员发现了马耳他上空关键的转弯点,但大多数飞行员却没能做到。很快,地中海中部上空挤满了迷失方向的飞机,机组人员试图用航位推测法找到他们向北的航线。

几乎所有飞机都找到了西西里岛,或至少找到了该岛的某个角落。飞行员威利斯·米切尔发现了马耳他岛,并正确转向,但靠近杰拉北部的空投区时,本应跟在他身后的 39 架飞机却只剩下不到 30 架。在 800 英尺高度保持平稳后,米切尔按下了绿色的跳伞灯。这支严重缩水的编队中,100 多名伞兵落在着陆区 2 英里范围内,但严重分散,并因落地时受伤而步履蹒跚。其他人(只知道他们是在这片地面上空某处)未能按照原计划,在 600 英尺高度的空中以每小时 100 英里的速度跳下,而是从 1 500 英尺的高空,以每小时 200 英里的速度跳下。先前狂轰滥炸制造的硝烟和尘埃遮仕了关键性的地面标志,弄得导航员稀里糊涂。一些人甚至误将位于西面 50 英里处的锡拉库扎认为是杰拉。机枪和防空火力撕裂了飞行编队和下降中伞兵的阵形,一些人还没落地便已阵亡。

编号为 42-32922 的飞机与其长机在海滩上空相撞,右侧升降舵脱落后,飞行员乔治·默茨控制摇摇晃晃的飞机飞至海上,在距离斯科利蒂 500 码外的海面上迫降。"我按下总开关,关闭两具引擎,进入滑翔状态,"默茨讲述道,"一名伞兵撞入驾驶室。这时飞机还算稳定,只是机头稍有些下垂。"机组人员和士兵们一同乘上救生筏,划向岸边,在沙丘后隐蔽起来。

加文的"达科塔"也错过了马耳他上空的拐弯点,随即转向北方,最终在午夜过后不久,穿过一片不明地区的不明海滩上空。机舱内的一盏红灯闪烁起来。"起立，挂钩。"加文下达了命令。他双手撑在敞开的舱门上，发现下方漆黑的地面上什么也没有。一连串由机枪发射的曳光弹蹿了上来。示意跳伞的绿灯闪烁起来，加文纵身跃入气流中。他重重落地，脱掉降落伞背带，随后设法召集起5名部下。他们在黑暗中跌跌撞撞地走了几个小时，低声询问"乔治"，并高声回答"马歇尔"，直到拂晓前不久，远处传来海军舰炮的隆隆声，才证明他们至少落在正确的岛上。

"没人知道他们在哪里，就连他们自己也不知道。"尖刻的卢卡斯将军在"蒙罗维亚"号上指出。加文最终弄明白自己位于维多利亚南面，距离杰拉30英里。尽管运输机司令部声称80%的伞兵是在正确的空投区跳伞，但就连陆航队也对这"惊人的高估"提出了质疑。实际上，只有不到1/6的伞兵落在计划着陆区附近。加文的4个营中，只有一个建制尚且完整，却位于着陆区以东25英里处。3 400多名伞兵分散在西西里岛整个东南部，距离目标地区约65英里远。还有些伞兵在英国人的区域着陆，由于美军和英军的口令不同，迎接他们的是迎面而来的炮火。8架飞机被击落，但显然不是敌方火力造成的。短短3天内，全团伤亡就达到350人，简直是一场实实在在的屠杀。

当然，他们也进行了大肆破坏：剪断电话线、伏击传令兵、夸大自己的人数从而对意大利人造成恐慌。他们各自为战，就像伞兵必须做的那样。连长埃德温·M.塞耶上尉召集了45名伞兵，用迫击炮、"巴祖卡"火箭筒和枪榴弹对尼谢米附近的碉堡展开攻击，俘虏了50名敌军士兵，并缴获了20挺机枪和50万发子弹。加文评估，整个行动就是"自我适应"，是一场SAFU，也是一场TARFU和JAAFU。

尽管如此，只有425名伞兵落在了第1步兵师的前方，也只有200人在皮亚诺·卢波占据了重要的高地，为在杰拉登陆的脆弱的部队构造起一道掩护屏障。第82空降师师长马修·B.李奇微少将感叹，是过于自负的雄心、训练的缺乏和霉运造成了这场"失败"。李奇微后来得出结论："战争结束时，我们依然无法在夜间和同样的情况下执行空降西西里岛那样的任务。"

★★★

就在伞兵们在各地踉跄而行时，他们试图掩护的部队也冲上了杰拉的浅滩。凌晨 3 点后不久，第 1 步兵师在两个游骑兵营的带动下，由宽约 5 英里的浅滩正面向 6 个滩头逼近。他们的目标是夺取该镇后，再拿下位于维吉尔所说的机拉平原上的蓬泰奥利沃机场。灾难迅速降临，《美国巡逻兵》的曲调还没消失，登陆艇的底部就撞上一道沙堤，船体剧烈震动起来。一名游骑兵中尉和他的 16 名部下跳出去，然而他们没有察觉到前岸槽地，再加上背负的装备平均重达 82.02 磅，这些士兵很快就沉入了地中海海底。按照一位登陆艇艇长的指示，第 1 步兵师的另一些士兵丢掉救生衣进入前舱。他向他们保证，海水只深及臀部。起降斜板放下后，他们冲了出去，结果也沉入海中淹死了。

第一批美军士兵于 7 月 10 日周六凌晨 3 点 35 分涉水登上滩头，比巴顿计划的时间晚了 50 分钟。伴随着一声剧烈的爆炸，一名游骑兵连长的胸部被地雷撕开。"我能看见他跳动的心脏，"他的二级军士长兰德尔·哈里斯说道，"他转过身对我说道：'我中弹了，哈里——'随后便倒地身亡。"哈里斯向前冲去，结果被另一颗地雷撕裂了腹部和双腿。将数枚手榴弹投入一排碉堡后，他把磺胺粉撒在自己已经流出身体的肠子上，并束紧腰带，以免内脏继续往外流。做完这些，他才慢慢地走向海滩去找医护兵。哈里斯后来获得晋升，并因为作战英勇而获得杰出服役十字勋章。

尽管被盟军进攻弄得不知所措，但守军似乎并不感到意外。伴随着一声巨响和雨点般落下的碎砖，意大利的爆破专家炸毁了长达上千码的杰拉码头中的一大段。美军第一波次进攻逼近到距离海滩不到 100 码处时，意大利射手们已经瞄准了第 26 步兵团。在子弹的撞击下，"海水溅起又洒下"。美军士兵们隐蔽在坦克登陆艇的护板和锚用绞机后，蜷缩着双肩，相互推搡，子弹呼啸着掠过头顶或是打在船体上。一只在暴风中飞走的拦阻气球突然间飘回到海滩上空，怪异而又壮观。"我受伤了，可身上到处都是血，我说不清究竟伤在哪里。"一名士兵喃喃地说道。另一艘登陆艇放下斜板时，第 16 步兵团的一名士兵感觉到有一个沉重的东西挡住了自己的腿。"谁的背包丢了！"他喊道，随即发现这个一动不动的"包裹"是一名头部中弹的中士。

喊叫声和咒骂声席卷了海滩，又被炮火的轰鸣声吞噬。意大利人雨点般的手榴弹落在第 16 步兵团一名中尉身旁，可他却幸运地从这场灾难中逃脱，代价是衬衫上有 66 个小洞，一只耳膜破裂，上唇也被刺破。工兵们用长柄剪切断铁丝网，照明弹发出的镁光笼罩着砾石海滩，士兵们卧倒在地。探照灯光束扫过海岸线，招来的只是驱逐舰一轮接一轮的齐射，这些军舰沿着与海岸相平行的方向行驶，就像一只愤怒的狗在沿着栅栏奔跑。一名意大利士兵"手脚并用地爬出一座碉堡，尖叫、哭泣着跑下山去"。

清晨 5 点前，拂晓冲洗着东方的天空，但白昼只是加剧了混乱。猛烈的涨潮卡住了数艘坦克登陆舰的艏门斜板，破坏了斜板锁链，淹没了坦克甲板。水手们在潮水中挣扎着，以便将笨重的浮桥组装起来，第 16 步兵团的一个营——他们被困在数艘步兵登陆艇上，并被距离滩头 30 码的沙堤所阻，开始用橡皮艇将人员和武器送上岸去。

此时此刻，在民主国家的武器库中，没有什么能比另一种新型的两栖交通工具更生逢其时。这是一种重达两吨半的卡车，由通用汽车公司制造，配有浮箱及两具螺旋桨，被称为"DUKW"（发音与"duck"相同，意为鸭子）。它难以被运输，而且在水中行速缓慢，制动装置还很容易被盐和沙子损坏。但它能把一个步兵排或一门榴弹炮及其炮组人员从船上送至滩头，然后以每小时 50 英里的速度在公路上行驶。1942 年冬天，在科德角的一场风暴中，一辆 DUKW 原型车将一艘海岸警卫队沉没船只上的人员救起，这一事件更是说服了美国陆军部。为执行"爱斯基摩人行动"，艾森豪威尔得到了 1 100 辆 DUKW，它们像一群马蹄蟹一样冲破了杰拉的海潮。

事实证明，地雷比敌人的大炮更令人恼火。正面滩头并不像情报部门的报告所指出的那样，有长达数英里的地带适合登陆，只有几百码被证明是真正合适的。敌人在穿越沙丘的出口处布设了圆盘地雷，每隔一码便有一颗。DUKW 被炸毁，卡车被炸毁，海军的 5 辆推土机被炸毁。由于手头没有灭火设备，这些车辆被烧成一堆残骸，堵住了海滩出口。大批探雷器仍在货舱内，被送上岸的也因盐雾而迅速短路。"船上所有的东西都坏掉了。"一名通讯军官抱怨道。司机们忽略了工兵用来标示出已被清理过的车道的胶带，从而导致更多的车辆被炸毁。一些组员将 DUKW 丢在岸边，跑去收集纪念品，或是被调到其他地方做别的事。地雷封锁了位于杰拉前方的"黄滩"和"绿滩"，但位于转道南面"红 2 滩"附近的船只上的士兵们却目睹了令人震惊的景象——"汽油、弹药、水、食物和各种装备散落得到处都是，数量多到令人绝望。"休伊特后来写道。很快，敌人的炮火也将这处海滩封闭。

"海滩上的情形完全是一场巨大的混乱,"清晨时刻上岸查看了一番后,卢卡斯在他的日记中写道,"卡车陷入沙子里,海浪冲刷着倾覆的船只和各种杂物。"登陆指挥官在喧嚣中吼叫着,但收效甚微,有些人甚至配备了手持式扩音器。士兵们在沙丘间闲逛,对逃走的意大利射手胡乱射击。一些坦克登陆舰开始驶离海滩,开往近海地区的锚地,在此之前没有卸下一盎司货物,更别说坦克了。而海军返回北非时却忘记了进攻杰拉所需要的大部分通讯设备仍放在他们的船舱内。岸上的部队不停地搜寻燃料和弹药,找到的却是一些装着体育用品和文员档案的箱子。

拂晓还引来敌人的首次空袭。在距离岸边16英里的海上,美国海军的"马多克斯"号驱逐舰掩护着运兵船,以免遭到敌潜艇的袭击,但不知何故,它驶离了主驱逐舰群。德军飞行员已学会如何"猎杀"走散的舰船。他们会追踪船只的尾迹,然后关闭引擎,顺着初升的阳光滑翔而出。"马多克斯"号舰桥上的一名军官听见炸弹落下发出的尖啸声时,才意识到自己正被攻击。第一颗炸弹在距离船尾25码处爆炸,第二颗命中螺旋桨防护栅下部,引爆了堆放在后甲板上的深水炸弹。

火焰和蒸汽从右舷主甲板及2号烟囱中喷出。爆炸撕开了后甲板室,并将一门5英寸口径的舰炮掀翻。船尾的爆炸令"马多克斯"号停了下来,电力中断,轮机舱的报警器毫无动静。完全沉默的它向左舷轻微倾斜,有那么一瞬间,它又摆正回来,随即向右舷倾覆,直直地沉了下去。它停顿了一下,仿佛是最后看了世界一眼,它的前炮垂直地指向海面。伴随着一声呻吟,舱壁坍塌下来,随后,弹药库开始爆炸。

"一团巨大的闪光漂白并染红了天空,"数英里外,"安肯"号上的一名中尉描述道,"随之而来的是剧烈爆炸才能发出的声音,比我们迄今为止所听到过的所有爆炸声都要沉闷、震耳欲聋。"舰桥上一名水手说得更加直白:"快看,被他们击中一艘!"被击中仅2分钟后,"马多克斯"号消失了。这艘军舰下沉了300英寻,212名船员被拖下海去,他们的舰长也在其中。附近的一艘拖船救起了74名生还者。

★ ★ ★

越过烧焦的DUKW和废弃的探雷器,第1步兵师的两个团强行通过了杰拉东面的沙丘。后续波次跟随着地上的痕迹——被丢弃的防毒面具、毛毯、救生带、缠结在一起的信号线，以及装在苜蓿叶式黑色硬纸筒中的炮弹，就能追上他们。海滩前方，带有瓦片屋顶的灰色石屋伫立在干裂的田地中。小麦和大麦结成束，放在侧院的打谷场上。作为冬季的柴火，豆茎也被堆放在那里。葡萄藤在橄榄林中蔓延，桃树上沉甸甸的桃子犹如"红黄相间的灯泡"。绵羊身上的铃铛叮当作响，与步枪射击时的砰砰声搅和在一起。

比尔·达比的两个游骑兵营，即 X 别动队进入了杰拉镇。来自阿肯色州的达比毕业于西点军校，今年 32 岁，身材结实。他和他率领的第 1 游骑兵营已在阿尔及利亚和突尼斯证明过自己的价值（据巴顿说，他们是"非洲最棒的士兵"），因此，这支部队在当年春季被扩编 3 倍。游骑兵的征募海报上要求，报名者"不得有被军事法庭审讯过的记录"，必须是"白人，身高至少 5 英尺 6 英寸，体重正常，具备出色的身体素质，且不超过 35 岁"。征兵人员还大摇大摆地走入阿尔及利亚的酒吧，故意做出一些挑衅和带有侮辱性的举动，就此签下那些好狠斗勇、喜欢斗殴的士兵。游骑兵的兵源五花八门，当中包括一名爵士小号手、一名职业赌徒、一名钢铁工人、一名旅馆侦探、一名矿工、一名教堂执事，还有一位名叫桑普森·P. 奥内斯康克的新兵。（奥内斯康克的英文"Oneskunk"意为"下流的家伙"。——译者注）

被部下们称为"埃尔·达博"的达比两次拒绝了上级提升他为上校的好机会，只为能跟他的游骑兵们待在一起。部下们则以一首军歌回报他的忠诚："我们将打击任何一支敢于挑战的部队，我们将跟随达比征战四方，达比的游骑兵……奋战中的游骑兵。"

奋战中的游骑兵们现在正杀开血路，穿越杰拉。海军的炮火已破坏了沿岸道路旁的房屋，炮弹"落在镇内，掀翻了屋顶，在街道上炸开"，第 1 步兵师的一名士兵写道。意大利"里窝那"师的士兵们身穿蓝色军装，据守教堂实施抵抗。枪声在教堂中殿回荡，沿着塔楼蜿蜒的台阶而上，不时被圣器收藏室传出的手榴弹爆炸声打断。很快，血淋淋的尸体铺满了祭坛和前门台阶，身穿黑衣的西西里女人俯身于尸体上恸哭。另外两个据点迅速陷落：镇子西北角的一座海军炮台遭到美国海军"萨凡纳"号巡洋舰雷鸣般的齐射，最终放弃抵抗；另一处是一座部署了防御的校舍，在一场短暂的交火后，52 名意大利士兵举手投降。被俘虏的"里窝那"士兵们排成一支蓝色的队列走向海滩，他们没有流露出惊慌，大口吞咽着 C 级口粮，等待坦克登陆舰把他们带离这场战争。

10 点 30 分，更多的意大利士兵发起反击。大量步兵和 32 辆雷诺轻型坦克从距离海滩 8 英里处内陆的尼谢米向南推进，遭遇加文率领的 100 名伞兵伏击，随后又被"博伊西"号巡洋舰呼啸的炮火齐射所阻。20 辆坦克设法驶上通往杰拉的 115 号公路，但第 16 步兵团的一阵炮火齐射又阻止了他们前进的步伐，生还者向北逃入西西里岛内陆。

在 117 号公路上，来自蓬泰奥利沃机场的 20 多辆坦克，叮当作响地穿过美国海军"舒布里克"号驱逐舰 5 英寸舰炮的火力范围，向镇里驶去。很快，几辆起火燃烧的坦克散落在道路上，但最终还是有 10 辆雷诺到达了杰拉镇。石墙后和屋顶上的游骑兵们奔跑着，不停地用"巴祖卡"火箭筒射击，抛出手榴弹，并往土墙上投掷 TNT 炸药块。

达比的吉普车上安装着一挺点 30 口径机枪，司机驱车穿过广场周围狭窄的巷子时，达比用机枪猛烈扫射，只看见子弹像弹球般从坦克装甲板上弹飞。达比迅速返回海滩，征用了一门 37 毫米口径反坦克炮，又用斧子劈开一只炮弹箱，随即迅速赶回镇内。他发射的第二炮令一辆雷诺停了下来，达比随即将一枚铝热剂手榴弹放在坦克舱盖上，以防幸存的坦克组员逃跑。"很快，金属板被烧得滚烫，"记者唐·怀特海德写道，"车组人员惨叫着爬出来投降了。"就在剩余的意大利坦克后撤之际，意大利步兵排着阅兵式般的队列到达杰拉镇西面。在遭到迫击炮火的夹叉射击后，他们溃不成军，幸存者"仓皇逃窜"。休伊特召集皇家海军下颚突出的浅水重炮舰"阿伯克龙比"号，利用炮火骚扰躲藏在尼谢米的敌军。一种可变式压舱物使舰上的主炮翘得更高，从而可扩大射程。很快，树干般粗的 15 英寸炮弹便雨点般落下。

上午晚些时候，杰拉，这座埃斯库罗斯和萨拉森橄榄树之镇已经陷落。达比从他的背包里取出一面美国国旗，将其钉在法西斯党部的前墙上。一名来自纽约布朗克斯区的中士在街头漫步，用意大利语说着托马斯·潘恩的语录（托马斯·潘恩被普遍视为美国开国元勋之一，"美利坚合众国"这个国名即出自他。——译者注）。一名愤怒的老妪站在阳台上高声咒骂，但其他镇民都向登陆者欢呼着"美国万岁"。民事官员们最终计算出，杰拉镇的 1.4

万座房屋中，有 1 300 座被炮火摧毁。他们还清点出 170 具尸体。杰拉人不肯触摸尸体，于是，俘虏们被召集起来，将这些尸体搬上驴车，再送往墓地。7 月 10 日中午前，美军已进入西西里岛内陆 4 英里，顺利向"黄线"推进。尽管如此，部队仍感到不安，他们一致认为这场进攻的胜利来得太过轻而易举，还没遇到真正的敌人——那些配备坦克、戴着煤斗形钢盔的家伙。

★★★

以西 15 英里处的战斗同样轻松。第 3 步兵师在另一个游骑兵营和第 2 装甲师坦克的带动下，已于当天清晨出现在临近海岸的利卡塔，硫黄、沥青和鱼的臭味就是士兵们对当地的所有印象。旗舰"比斯坎"号在距离该镇防波堤 4 英里外的海上驻锚时，岸上的 5 盏探照灯扫向海面，光束迅速将军舰锁定。"我们停在这里，"站立在甲板上的厄尼·派尔写道，"5 具探照灯用它们白色的光束困住了我们。"随后，探照灯一盏接一盏地熄灭了，只剩下一道光束像剧院里的幽光灯那样徘徊了一会儿，最终也熄灭了，"没开一枪一炮"。

在"比斯坎"号上，再没有比站在派尔身边的那位粗犷的军官更能让人感到踏实的人了。他穿着一件黄褐色皮夹克，骑兵马裤，一双棕色高筒靴，戴着一顶喷涂有两颗将星的钢盔，眯缝着双眼，皱起眉头。他的前门牙有豁口，还因吸烟变了色。一名仰慕者写道，那张棱角分明的脸"是用岩石雕刻出来的，大而突出的双眼是他最显著的特征"。他用伞兵配发的白色丝质西西里岛逃生地图在脖子上打了个结，而这很快将成为他的标志，并被大众模仿。这个曾在一场马球障碍赛中进了四个球的男子汉有一双铁匠般的大手和结实的肩膀。据说，他那"碎石般的嗓音"是儿时吞咽石炭酸所致。在过去的一个月里，他一直在用硝酸银治疗自己因吸烟而发炎的声带。许多人认为他是美国陆军中最优秀的战地指挥官。

小卢西恩·K. 特拉斯科特少将指挥着第 3 步兵师，负责掩护第七集团军的左翼。他曾在摩洛哥指挥过巴顿的左翼部队，如今 48 岁的他正着手展开自己的第二次打击行动。特拉斯科特出生于得克萨斯州一名乡村医生的家庭，曾在俄克拉何马州一所只有两间校舍的学校任教 6 年，并就读于克利夫兰师范学院，随后才加入骑兵部队。他从未真正放下过教师的职责，他曾批评一位属下"被动语态用得太多了"；还曾针对部下的表现，写过一份长而透彻的评论。即便在战役进行时，他也不忘整理办公桌上的鲜切花。他喜爱本体论研究，一次参谋会议很可能会以特拉斯科特询问师里的牧师"什么是罪恶"为开端。他的背包里放着《战争与和平》和《韦氏高中字典》，也许还有一瓶酒——一些部下认为他喝得太多了。

作为一个严格执行纪律的人，他曾在北非对自伤以逃避作战的士兵处以 50 年监禁。较次要的犯罪者则受到"玉米棒和松节油的惩罚"，他的一名副官说道。特拉斯科特在摩洛哥学到许多东西，其中就包括"战场的孤独"和对体力的要求。第 3 步兵师的每个营都被要求掌握"特拉斯科特慢跑"：一个小时内行军 5 英里，必要的话，在接下来的一个小时内再行进 4 英里。

没有什么能比写给萨拉·伦道夫·特拉斯科特的信件更能吐露他的内心，这些信无一例外都以"致爱妻"开始。7 月 7 日，他在"比斯坎"号上写道：

> 你还记得吗？你曾经责备我工作得太过拼命，而我回答说我不得不做好准备，以肩负降临在我身上的一切职责。我只是为自己无法完成更多工作而感到遗憾，因为责任肯定会落在我的肩头。我知道你对我有信心，你对我的情意将永远与我同在。心怀疑虑时，我只需想想你便能很快恢复信心。我所能做的只是尽己所能。

在利卡塔，他已经竭尽全力。意大利人以几发稀疏的炮弹迎接了登陆者。后者发现，海滩上并没有布设地雷，码头上的诡雷仍存放在包装箱里。这里虽然遭受空袭，但激烈程度远远比不上"爱斯基摩人行动"作战前线的其他地区，只有倒霉的美国海军扫雷艇"哨兵"号遭受厄运。清晨 5 点，它被俯冲的轰炸机投下的炸弹击中 4 次，严重受损，最终被遗弃，死伤 61 人。5 小时后，这艘扫雷艇倾覆并沉没。

少量步兵还没踏上欧洲的土地便被淹死或被射杀。"比斯坎"号的姊妹舰将炮弹倾泻进镇内——"烧焦的填絮雨点般地落在甲板上"派尔描述道，驱逐舰猛烈地发射烟幕弹掩护着登陆艇。1 小时内，10 个营冲上滩头，其中也包括协同作战的坦克。他们很快便俘虏了 2 000 名意大利士兵——有些战俘坚持要牵着他们的宠物山羊一同进入战俘营，但更多的意大利士兵朝山上飞奔逃窜，这种行为被意大利最高统帅部称为"自行复员"。用于伪装炮台的干草起火燃烧，炮手们被熏得跑了出来。还有些人则因德国牧羊犬的出现而仓皇逃窜，这些狼犬在弗吉尼亚受过训练，专门用于肃清碉堡和撕咬敌人的喉咙。"每当有可怜的意大利佬开始疯狂地挥舞白旗时，我的坦克炮手便会朝他开炮，"美军装甲部队的一名上尉写信告诉他的妻子，"我制止了他，用手枪把他们赶了出来……我从未见过被吓成这样的家伙。"

黎明时分，在利卡塔上方的山丘上，一面美国国旗迎风飘扬。身穿绿褐色军装的士兵们匆匆穿过镇子，举起胳膊，摆出代表胜利的"V"手势，引来了孩子们的欢笑。上午 9 点 18 分，舰队发出信号："停止炮击，已成功夺取目标。"第 386 号坦克登陆舰上，那些很能适应海上航行的驴子坚决不肯踏着浮箱栈桥上岸，被激怒的水手们最终将它们推入海里，让它们自行游上岸去。

中午时刻，特拉斯科特搭乘汽艇，自豪地登上海滩。渔船在小小的海港里颠簸，船上的大三角帆"像鲨鱼的牙齿一样白"，一名记者写道。参谋人员很快就在露米亚宫设立了师部，并清理出一片新的宿营地。可不管如何洗涤，也无法去除硫黄和沉积了千年的沙砾的臭气。派尔听到一名士兵抱怨道："这里跟非洲一样烂。"特拉斯科特在另一封写给萨拉的信中记录下自己的印象。"我觉得这个国家很有趣，可我不喜欢，"他写道，"我当然不喜欢循环累积的贫困和数百年的污秽。"他曾告诉过她，责任正落在自己的肩头。但利卡塔仅仅是个开始。

★★★

跨越杰拉湾时，第七集团军的第三股是最后一股进攻力量。侦查发现，巴顿右翼部队所处的那片大海是比敌军士兵更为凶猛的对手。西风撕咬着海湾，12 英尺高的潮水和 6 英尺高的海浪仍然困扰着负责搭载第 45 步兵师的船队，他们正艰难地赶往斯科利蒂。"骑士"号和"蒂尔曼"号驱逐舰首次在战斗中发射了白磷弹，刺眼的闪光和滚滚浓烟吓坏了碉堡和炮台里的意大利守军。巡洋舰发射的大口径炮弹沿着平射弹道接踵而至，一次三发，海岸线上很快便燃起了大火。

第一攻击波次命中了错误的海滩，从那一刻起，进攻行动便陷入困境。

曾经与第 45 师一同在切萨皮克湾训练过的登陆艇舵手们，在最后时刻被调至太平洋战区，这给该师造成了很大的麻烦。毫无经验的预备队被汹涌的海浪、沙堤和零星的枪声吓坏了，沿着海岸东闯西撞，大声叫喊着操纵登陆艇越过海水，朝"蓝滩"或"黄 2"的方向驶去。在蓬布拉切托，两条船为避开礁石而撞在一起。4 名落水的士兵挣扎着游至岸边，另外 38 人被淹死。第 157 步兵团的乐队成员不得不临时充当一回掘墓人，把手中的乐器换成镐和铁锹。数支连队在远离指定地点的海滩登陆，一开始是几个营，到最后是整个第 180 步兵团都散布在西西里岛一段长 12 英里的粗砾石海滩上。据该团团史记载，"这造成了混乱"。

几十艘登陆艇突然横转或被淹没——"这是整个 D 日最糟糕的时刻。"官方陆军史评论道。很快，200 艘船只在海滩和滨外沙洲搁浅。散乱的船只令一名海军中尉想起"死者衣柜中的鞋"。单论登陆和卸载，简直与他们在摩洛哥的时候一样糟糕。与第 180 步兵团一同登陆的士兵中，有个来自新墨西哥州喜欢恶作剧的左撇子。他颇具漫画天赋，创作了两个玩世不恭的角色——威利和乔，很快就在军中变得喜闻乐见起来，成为 100 万美军步兵胡子拉碴、睡眼惺忪的形象代表。"这是战争给我上的第一堂实践课，"参加进攻斯科利蒂行动的比尔·莫尔丁中士后来说道，"没人知道自己在做什么。"

"海滩陷入彻底的混乱，"现场的陆军高级工兵指挥官描述道，"毫无计划可言，登陆指挥官完全无法控制场面。"陆军海岸后勤队盗窃补给物资和军用背包的情况非常普遍，他们的上校指挥官随后对这种行为进行了军法审判。拥堵情况实在是令人绝望，位于斯科利蒂下方"绿 2"和"黄 2"海滩被封锁，很快，位于该镇上方的"红""绿""黄"海滩也被封闭。后续波次改道，前往另外 6 处海滩，那里的工兵们用爆破筒在沙丘间炸开通道，并为牵引车铺设了钢网。岸上的行动陷入停滞后，一些船长担心遭到空袭，还没来得及卸载物资便起锚返回北非。第 45 步兵师师长在内陆 1 英里处一个散兵坑中，裹着降落伞度过了他在西西里岛的第一个夜晚。"为了让我的'宿营地'更不舒适，"特罗伊·H. 米德尔顿少将描述道，"友好的海军不停轰击着这片区域。"

尽管如此，在 D 日临近结束时，美国军队还是在狭窄的新月形海滨登岸。

从利卡塔到斯科利蒂，已有 5 万名美军士兵和 5 000 部车辆登陆，其他更多的部队在近海处等待着周日的第一道阳光。伤亡不算太大，敌人似乎不知所措。意大利海岸防御部队有大量的士兵投降，西西里岛的妇女们站在人行道两侧，不停地嘲笑那些匆匆走向囚禁地的同胞。但无论是在战俘队列中，还是在等待集体埋葬的敌军尸体中，都没有太多身穿德军原野灰军装的士兵，就连身处西西里岛的美军士兵也预感到，他们很快就将遭遇更强大的敌人。

★ ★ ★

再看看英国人。在杰拉湾令美国人苦恼不已的混乱，同样困扰着于西西里岛以东 35 英里处登陆的第八集团军。唯一不同的是，这里风平浪静。突击队率先登岸，越过海滩。某些人推测，奥德修斯在离开卡吕普索的岛屿后，踏上西西里岛第一步的地方，是"高大、强壮的独眼巨人之地"。集团军左翼的加拿大第 1 师在帕基诺半岛前方 1 万码处驻锚，而英军第 5、第 50 和第 51 师则冲向东面和北面的海滩。

"很混乱，情况有些失控，"位于阿沃拉海面上的第 50 师承认，"许多登陆艇一时间迷失了方向，在母船周围打转……夜色黑暗，许多海军军官无法确定自己所处的位置。"运输船并没有按照计划在离岸 7 英里的海面上驻锚，在距离岸边还有 12 英里的时候，就稀里糊涂地停了下来。混乱蔓延到海滩，岸上部队已经跑到无线电通讯范围之外。一些登陆行动"没有按计划执行"，英国情报机构在一份报告中指出，"陆军军官们不得不介入导航工作，否则许多登陆艇将在远离正确地点处搁浅。"一名加拿大上尉的表达方式更为直接。"快点，你们这帮蠢货！"他朝部下吼道，"抓紧干！"

晨曦中，登陆艇到达岸边。吼声响了起来："放下舱门！"接着又是一句："西西里到了，大家下船！"岸上炮台的火力并不猛烈，当然那些被击中的人们可不这么看。"海水中到处是鲜血和残肢，杰出战士们的残骸再也无法被认出。"在第 50 师的登陆区域，亲眼看到一艘登陆艇被炸碎的一级水手 K.G. 奥克利写道。奥克利从海浪中抓住一个人，"他的胳膊上只挂着一点点残破的布料，血肉模糊。他叫道：'我的胳膊！看，我中弹了！'"与这个周六早晨其他成千上万的人一样，奥克利想到："这就是战争。"

他们涌上滩头，争先恐后地穿过沙丘，越过沿海公路。一个苏格兰团全然无视将风笛留在船上的命令，吹着风笛进入了卡西比莱。一股刺激性气味引发了毒气警报，许多士兵匆匆摸索防毒面具，直到有经验的老兵发觉这股气味其实是被炸弹搅动的野生百里香散发出来的。就在部分士兵利用从一座海滨葡萄园搞来的石块构建临时码头之际，其他人冲向房屋，喊出第八集团军的盘问口令"沙漠之鼠"，并倾听回答是否正确。"杀掉意大利佬！"一名意大利农民冲出房屋，端着一杆古老的猎枪向逼近的突击队员射击，最终被射杀。"很遗憾，我们不得不打死那个农民，"一名英军士兵说道，"虽然他极富正义精神。"

第八集团军已做好在西西里岛战役打响的第一周内伤亡 1 万人的准备。结果，实际只伤亡了 1 517 人。但就连那些毫发无损，甚至没被晒伤的人也赞同一名皇家工兵下士的看法。

> 我们上了第一课。命运，而不是德国人或意大利人，才是我们最无情的敌人。与军队命令同样麻木不仁，毫无公平可言，"你，还有你——死了。你们其他人，上车"。

第八集团军 1/3 以上的伤亡是一场代号为"拉德布鲁克"的灾难造成的，该行动旨在呼应加文上校的空降作战，却同样带有第二次世界大战中众多空降行动的鲜明特征：糟糕的误判，不屈不挠的英勇，以及对人命冷淡的漠视。"拉德布鲁克行动"的目标很明确：夺取拱立在锡拉库扎南面阿纳波河上的蓬泰大桥。参与行动的 1 700 名士兵首先将阻止这座优美的公路桥被炸毁，再冲入城内，夺取码头，为第八集团军占领一个重要港口。按照蒙哥马利将军的计划，这场突袭将在周五夜间展开，共有 144 架滑翔机参与。

然而，这其中有个困难：能操纵牵引机的飞行员几乎没有夜间飞行的经验，甚至很少有人具备用一条 350 英尺长的尼龙绳牵引一架满载步兵、重达 7 吨的滑翔机的经验。熟练的滑翔机机组人员供不应求，滑翔机的数量也不够。所以，根本问题就在于如何让滑翔机滑翔起来。当年春季，有人试图驾驶吉普车牵引滑翔机升空，但未能成功。另外一个重要的问题在于，蓬泰大桥附近的着陆区布满了石墙和石块。反对者冒着被视为怯懦和被调离指挥部的风险提出异议，但毫无作用。大胆的计划一经制订，就不能废除。毫无空降经验且抱有不切实际的期望的高级指挥官们再次主导了一切。

数十架"霍莎"滑翔机离开英国，经过了 1 400 英里痛苦的拖曳之旅后，于 6 月下旬抵达突尼斯。这种木结构的飞机"有一对巨大的襟翼，活像谷仓门"。为弥补"霍莎"的不足，美国人赠送了一队体型较小、金属结构的"韦科"滑翔机。每架"韦科"滑翔机在运至北非时，都用五个板条箱装载，组装需要 250 个工时。英国空军认为，每个飞行员至少要在"韦科"滑翔机上进行 100 小时的飞行训练才能做到熟练操作。但实际上，他们在驾驶室内训练的时间平均不到 5 个小时，其中包括夜间飞行的 1 个小时，许多人只是勉强获得了独立飞行的资格。用于训练的 150 架滑翔机中，半数以上都被损毁，尽管新手们几乎完全是在白天和风平浪静的天气下飞行。大部分牵引机将使用美国的 C-47"达科塔"运输机，但直到 5 月中旬，牵引机飞行员们才从货运任务中脱出身来，与滑翔机飞行员一同训练。

当然，驾驶员和"乘客"们注定劫数难逃。在那个海风吹拂的周五夜晚，突尼斯的 6 座机场上，109 架美国"达科塔"运输机和 35 架英国"阿尔比马尔"运输机，拖曳着滑翔机飞入空中。滑翔机部队指挥官承认，面对"毫无准备的情况"，他们在 500 英尺的高空飞往马耳他，抵御着强风和热气流所造成的湍流，以及牵引机来回摆动时造成的令人厌恶的倾斜。许多缺乏经验的领航员很快迷失了方向，有些飞行员使用的航空图是错误的，还有些人甚至什么都没有。牵引索的巨大张力扯断了许多牵引机与滑翔机之间的通讯电线。

在马耳他北部，一架"霍莎"滑翔机的牵引索断裂，30 名士兵垂直坠落后摔死。一架"韦科"滑翔机的缆绳断裂后，又有 15 人坠落。一架滑翔机摆脱了牵引机，并巧妙地降落，一名士兵驾驶着吉普车赶来宣布："很遗憾地通知你们，你们没能在西西里岛降落，这里是马耳他机场的主跑道。"另一支滑翔机队惊讶地发现西西里岛居然有那么多沙子，随后他们才明白，自己降落在了突尼斯南部的马雷斯附近。调查人员后来得出结论："导航通常都很糟糕。"

90% 的飞机到达了西西里岛的帕塞罗角。片刻后，诺托湾的高射炮、照明弹、探照灯和尘云开始迎接他们。飞行员们惊慌失措，视线也严重受阻。

"我想这就是西西里了。"一名上尉眯着眼说道。编队解散,很快,牵引机和滑翔机"盲人瞎马地乱转起来"。一些牵引机驾驶员对似乎比实际距离更近的高射炮火感到畏惧,过早地放开所牵引的滑翔机。按照计划要求,临近海岸两英里时才能释放所有滑翔机,但视觉错觉被飞行员不充足的经验放大。他们觉得海岸线似乎就在正下方,实际上飞机还在数千码外的海面上。在海拔 2 000～4 000 英尺的空中,分散的"霍莎"和"韦科"沿着长达 30 英里的前线解开了牵引索,但他们随即发现,向西滑翔,风力 30 节,气流"极不稳定",一份记录中这样总结道。

一名军官写道:"我们降低高度时,仿佛有一堵黑色的城墙扑上来迎接我们。"许多人已经意识到,那片黑暗就是地中海。一声喊叫响起:"准备迫降!"数十架滑翔机像打水漂的石块一样急速掠过水面。一些滑翔机机身断裂,很快沉入海中;另一些则在海上漂浮了几个小时。惊慌的士兵们踢着舱壁,或用消防斧砍开出口。"我们几乎立即就沉了下去,"空军中尉鲁比·H. 迪斯回忆道,"在我浮出水面时,其他同伴仍困在残骸中。"一名军官紧紧抱着断裂的机翼,喃喃地对一名英军少校说道:"情况不太妙,比尔。"至少有 60 架滑翔机坠入海中,另外 10 架消失于某处,机组人员要么死亡,要么失踪。落水者挥舞着双臂,挣扎着,但很快就不动弹了。意大利人的机枪火力偶尔会扫射那些紧抱着漂浮物的幸存者。

54 架滑翔机成功着陆,但结局同样惨烈。"猛烈的曳光弹升入空中,飞机左机翼被击中,飞越着陆区,在锡拉库扎西南方 16 英里处着陆,撞上一堵 6 英尺高的墙壁,"一名生还者描述道,"左机翼燃烧起来,机舱内的 77 颗手榴弹也被引爆。2 名飞行员和另外 12 名士兵阵亡,7 人负伤。"编号 132 的"霍莎"(这是在蓬泰大桥发现的 10 余架滑翔机中的一架)撞向距离桥梁 400 码外的一条运河大堤,除一人外,机上其他人员悉数身亡。另一架"霍莎"撞上树梢后翻转着坠毁,后来在机舱内发现一辆吉普车,驾驶员坐在方向盘后,已经死去。

夺取蓬泰大桥的仅仅是一个排,而非 500 名或更多的英军士兵,他们拆除了安装在桥墩处的炸药。周六拂晓前,这支队伍扩充至 87 人,但他们只有两挺布伦式机枪,子弹也不多。意大利人的迫击炮火和步兵反击削弱了这股小小的力量,射杀着桥上和桥下混浊河水中的英军士兵。午后,只剩下15名未负伤的英国人据守着桥头堡，意大利机枪手已逼近至40码处。下午4点，幸存者们投降了。在一名"耀武扬威，肩膀上挂着一卷绞索的小个子"的押送下，他们向锡拉库扎走去，但与第5步兵师一同登陆的另一支北安普敦郡巡逻队及时解救了他们。与此同时，皇家苏格兰燧发枪手团从南面猛扑过来，轻而易举地重新夺回了大桥。

英军统帅部宣布"拉德布鲁克行动"获得了成功，因为蓬泰大桥被完好地保存下来。但这种胜利实在得不偿失。伤亡人数超过600，半数以上是被淹死的。一连数周，那些尸体被冲上地中海各处海滩。

如果说，当晚飞入西西里岛的士兵们的勇气毋庸置疑，但他们的上级在制订和批准这样一个愚蠢的作战计划时所表现出的判断力却引人质疑。

英军士兵心中充满了愤怒和悲伤，对美军牵引机飞行员痛恨至极，以至于生还的英国士兵在返回突尼斯后被限制在兵营中，以免发生兄弟相残事件。在一份发给乔治·马歇尔的备忘录中总结道："滑翔机夜间行动的作战效能几乎为零。"但对"拉德布鲁克行动"最尖刻的评价出现在英国陆军的一份评估报告中："惊慌、混乱、沮丧。"

钢铁兄弟，德意志

如果说盟军在"爱斯基摩人行动"最初的12个小时里犯了太多错误的话，那么轴心国守军就几乎没做对任何事。失算和霉运不断令守军对盟军的进攻做出错误反应，正如一位德军指挥官后来承认的那样："时间因此而无法挽回地损失了。"英美军队抢占了一处落脚点，很快就将其扩展为一片立足之地。随着每一辆DUKW和坦克登陆舰的到达，将他们逐出西西里岛变得越来越困难。实际上，在周六响起的警报声中，一名意大利军官报告过盟军"水陆两栖新装备"的抢滩能力，"能够依靠自身的动力"向内陆推进。

几个星期以来，轴心国的侦察活动一直未能发现进攻行动的迹象，甚至没有发现于7月1日出现在直布罗陀的6艘医务船（意大利飞行员最终计算出，地中海地区共有16艘这样的船只），以及登陆艇和滑翔机在突尼斯的集结。盟军持续数月的伪装非常成功，轴心国情报机构一直处于毫无准备和糊里糊涂的状态。例如英国人虚构出驻扎在开罗的"第十二集团军"，其"任务"

是于 1943 年夏初穿过希腊进攻巴尔干地区。另外,"肉馅行动"也尤为成功,该行动的核心是一具后来被赞誉为"一个根本不存在的人"的尸体。

4 月末,一艘英国潜艇在西班牙南部海岸附近抛出一具身穿皇家海军陆战队少校军装的尸体。死者的手腕上铐着手铐,连着个公文包,里面装着伪造的文件。盟军方面希望西班牙当局会将这些文件与德国人共享,而西班牙人确实这样做了。随后,"超级机密"拦截到的情报表明,德国情报机构确信这名"少校"是在一次飞机失事中被淹死的,认为这些文件证明盟军的主要打击对象是撒丁岛和希腊,而不是西西里岛。

现在,西西里岛海岸由 6 个固定不动、装备低劣的意大利海岸师守卫,部署在内陆的 4 个意大利步兵师为他们提供支援。另外,德国第 15 装甲掷弹兵师和"赫尔曼·戈林"装甲师分别驻守着西西里岛的西部和东部,战斗能力出众。

第一次明确警告已于 7 月 9 日周五晚 6 点 40 分在西西里岛发出,但盟军的炸弹已摧毁了岛上并不完善的电话系统。因此,只有部分部队收到消息。一些意大利指挥官认为,没有哪个傻瓜会在这种恶劣的天气发起进攻,所以就上床睡觉了。周六凌晨 1 点,保卫"意大利这块最珍贵的土地"的告诫成了耳旁风。英国的"喷火"式战斗机利用通讯信号确定了德国空军司令部的准确位置,炸毁了圣多米尼克宫(这座位于陶尔米纳的大型酒店,曾是 D.H. 劳伦斯最喜欢的地方),在进攻部队逼近岛屿前就打乱了轴心国的空中防御。

没什么人会对意大利海岸师寄予厚望,但他们却成了唯一的希望。最近,他们因鞋子不够用而减少了训练,而奉命不得射击 9 000 码以外目标的意大利海岸炮兵则成了"豌豆枪射手"。清晨的阳光太过刺眼,面朝南方和东方的守军什么也看不清。战斗刚一打响,锡拉库扎的守军司令便被击毙,他的同僚身在奥古斯塔,同样紧张不已,未经战斗便将大炮破坏殆尽。意大利士兵大批大批地投降,或者干脆脱掉军装,混入向内陆涌去的难民群中。

德国人在第一时间内做出的反应虽不能称之为胆怯,也很难给人留下什么深刻印象。西西里岛上的通讯条件糟糕至极,"赫尔曼·戈林"师的师长直到收到从弗拉斯卡蒂(弗拉斯卡蒂靠近罗马,是德军的司令部)发来的警报时,才得知自己遭到了攻击。发给下级指挥官的命令不是姗姗来迟就是相互矛盾。一名携带调动命令的传令兵在车祸中丧生，延误了某个团的调动。德国人试图于星期六将17辆"虎式"坦克投入杰拉附近的战斗中，却受困于机械故障、糟糕的指挥和盟军舰炮火力，而且根本找不到穿越橄榄树林的小径。幻想战胜了铁一般的事实：位于罗马的意大利最高统帅部于7月10日中午宣布，敌人在杰拉和利卡塔的登陆部队已"基本被肃清"，一些展开两栖登陆行动的英美部队已重新回到船上。罗马方面随后在一份急电中宣称，"敌人仍在积极登陆，危机重重"。

这种童话故事当然无法蒙蔽将指挥西西里岛防御战的那个人。此刻，他待在弗拉斯卡蒂的司令部里，审阅着支离破碎的报告、传闻和谎言。但在战役初期，他就展现出在战术方面的影响力、一往无前的乐观主义及有如天赐的即兴发挥能力。盟军非常了解德国陆军元帅艾伯特·凯塞林。作为德军在地中海战区的最高指挥官（在级别上与艾森豪威尔相当），凯塞林曾在突尼斯挫败过盟军，将英美联军拖入一场持续数月的惨烈拉锯战中。

在希特勒"不得后撤"的命令彻底葬送了非洲的轴心国军队后，他没有被俘，也没有遭到斥责。从表面上看，根据1939年签署的《钢铁条约》及墨索里尼独占地中海的要求，他理应受意大利当局辖制。但他实际上听命于柏林，而且地位高高在上。凯塞林忠于希特勒，认为他是"拯救德国于水火的救星"，但他早已发现，这种忠诚"可能忽略了纳粹政权中某些令人不快的东西"。希特勒以一支元帅权杖回报他的忠诚，这支权杖被放在一个装有拉链的皮套中，由一名副官携带。

现年57岁的凯塞林，脸上时常洋溢着笑容，既体现了他巴伐利亚人的亲切，也呼应着部下们给他起的绰号，"微笑的凯塞林"。"凯塞林是个了不起的乐观主义者，"希特勒在5月20日说道，"但我们必须小心留意，这种乐观是否会令他变得盲目。"作为一名炮兵，凯塞林在职业生涯中期学会了驾驶飞机，并转入空军。他具备一种死里逃生的本领，在5月，盟军对玛莎拉发起的一次空袭中，他便展示了这种本领。当时，两名参谋中弹身亡，凯塞林逃至一座破碎的建筑物上，利用绳索降至街道，手掌被严重磨伤。

6个月来，他一直在考虑该如何在南欧部署防御。而近6周以来，他相信盟军的下一次打击目标很可能就是西西里岛。凯塞林的整体战略构想是尽可能长久地让这场战争远离自己的祖国。作为一名飞行员，他非常清楚盟军一旦占领意大利的轰炸机基地,对慕尼黑、维也纳和柏林意味着什么。与许多德国将领(包括他的竞争者,埃尔温·隆美尔)不同,他认为完全可以守住意大利全境——如果意大利人奋起反击的话。凯塞林相信他们能做到,尽管他对意大利人的信任已经因为来自他人的讥讽和鄙夷而没有那么强烈。"意大利人很容易知足,"凯塞林说道,"他们只有三种爱好:咖啡、香烟和女人。"至于意大利士兵,"根本就不能算是军人"。

凯塞林曾在春末将意大利的防御看作是"漂亮的糖果点心",直接予以忽略,但他在7月10日又报告说,所有的意大利师已一改颓气,甚至成为"出色的乐观主义者"。如果盟军在位于意大利靴尖的卡拉布里亚登陆,西西里岛将成为一个"捕鼠器",其结果是另一支轴心国部队将被歼灭。凯塞林意识到,要想阻止这场灾难,驻扎在岛上的德国军队必须在盟军巩固其滩头阵地前发起突击。西面的第15装甲掷弹兵师相距太远,无法迅速发起进攻,这完全是因为凯塞林没有理会意大利人的建议,命令该师跨越155英里的烂路去对付于西西里岛西面登陆的盟军部队。但现在看来,盟军不大可能从那里实施进攻了。这样一来,能与敌人交锋的就只剩下"赫尔曼·戈林"装甲师了。在突尼斯遭受重创后,这个师才重建不久,东拼西凑出9 000名士兵和90辆3号、4号坦克,外加17辆6号"虎式"坦克。

凯塞林从弗拉斯卡蒂给"赫尔曼·戈林"师师长保罗·康拉特将军下达了一道指令:7月11日周日拂晓对杰拉发起反击,将敌人赶下海。"元帅阁下,"康拉特告诉凯塞林,"立即向敌人发起进攻是我的强项!"

★★★

"巴奈特"号上的特德·罗斯福准将坚持要跟随第一进攻波次登陆杰拉滩头。周六拂晓前,他从"绿2"滩头给船上发回一份振奋人心的急电:"罗马人正逃往内陆。"在当天剩下的时间里,他帮着身后的第1步兵师抢滩登陆。太阳升起时,舰炮闪烁的光芒和震荡波跨过海面,罗斯福加快了步伐,他粗短、扎着绑腿的双腿忙不迭地交替,"像一只在海滩上飞奔的鹬"。他没系领带,还经常不戴钢盔,皱巴巴的军装使他看上去像个绿色和褐色相间的麻袋。艺术家乔治·比德尔用四个词描述了他:"光着脑袋、晒得黝黑、饱经风霜、满脸皱纹。"

尽管患有先天性弱视，特德·罗斯福却不屑于佩戴眼镜。做战术简报时，师部的恶作剧者故意将地图上下颠倒地钉在墙上，他浑然不知，而且这种情况发生了不止一次。他偶尔会诗兴大发（一位崇拜者认为他是世界上背诵最为流利的人之一），怀着"一种颇具韵律的心境"背诵吉卜林的短文、《天路历程》，以及他最喜爱的诗人埃德温·阿灵顿·罗宾逊的抑扬格五音步。受过伤的膝盖和患有风湿性关节炎的髋骨迫使他随身携带一根手杖，他像挥舞长剑那样在空中挥舞着手杖，指着穿过沙丘的通道。他说话时很少轻声细气，现在更是用雾笛般的嗓门一次次吼叫着："投入战斗！"

"我永远会被看作是西奥多·罗斯福的儿子，"1910 年，23 岁的他这样写道，"而不会被视作是我自己。"他用接下来的 30 年证明这个观点是错误的。在第一次世界大战期间，他在第 1 步兵师服役，凭借自己的勇气获得了勋章（在康蒂尼中了毒气，又在苏瓦松负伤）。年轻的特德随后便走出父亲的影子，积累起专属自己的财富和声誉。30 岁时，作为一名富有的投资银行家，他在 1924 年的纽约州长竞选中，以 10 万张选票的差距输给了艾尔·史密斯，随后便投身于其他工作，以各种公众或私人角色现身：担任波多黎各和菲律宾总督；8 部著作的作者；美国运通和双日出版社的高级主管；全国有色人种促进会的活动家。

同时特德·罗斯福还是个探险家和猎人，送给芝加哥菲尔德自然历史博物馆的战利品包括罕见的山地野绵羊（盘羊）和一种前所未知的鹿（后来被命名为罗氏麂）。他直言不讳——"我是个反虚张声势、反骗子和反懦夫的人，我就是这样"，而且从不惺惺作态。"在信里写点家里的琐事吧，写点我们所知道的那些美好的往事，"6 月 5 日，他写信给妻子埃莉诺，"还有家长里短，我喜欢读家长里短。"一周后，他又写信给她，以两句诗为开头："黑暗、残酷的战争吞噬了一切，我爱它。"

也许这并非全部，他当然也热爱"大红一师"（第 1 步兵师对自己的称谓）。"特德·罗斯福可能是我所见过的唯一一个为战斗而生的人，"老资格战地记者昆廷·雷诺兹写道。1941 年重新被召回现役后，罗斯福出任该师副师长。"在你写报告时，请记住，你是写给一个该死的蠢货看的，"他提醒那些下级军官，"务必简单明了。"士兵们崇拜他那种鲁莽好斗的劲头，并认为他"是个知识分子，因为他的背包里带着许多股票书籍"，记者 A.J. 利

99

进攻西西里期间担任第1步兵师副师长的小西奥多·罗斯福准将，1944年1月跟他的吉普车合影。一名崇拜者用4个词对他做出形容："光着脑袋、晒得黝黑、饱经风霜、满脸皱纹。"

布林评论道。第26步兵团的一名军医回忆道："他起身离开时，我们心甘情愿地站起身敬礼。"在突尼斯战役中，他再次展现出非凡的勇气，并因在埃尔盖塔尔激战中表现英勇，荣获杰出服役十字勋章。在6月下旬的日记中，巴顿认为罗斯福（现在已55岁）"疏于纪律和训练，却是个出色的战地指挥官……这样的人太少了"。

说他"疏于纪律"，这一点难以否认，但这个缺点仍然富有争议。另一名将领抱怨说，罗斯福和第1步兵师师长特里·艾伦少将"似乎认为美国军队是由第1师和1 100万补充兵组成的"。罗斯福打趣道："没错，难道不是吗？"他在突尼斯告诉部下们，"等痛揍德国佬后，我们就回奥兰去教训那些城里的宪兵。"突尼斯战役后，该师返回阿尔及利亚，沿途真的留下了"惨遭劫掠的酒铺和愤怒的镇长们"。一些士兵坐在运兵车车厢里，朝阿拉伯农民开枪射击，"只是为了看看他们跳跃的狼狈样，"第26步兵团的一名士兵承认，接着又补充道，"太多的葡萄酒，太过狂妄，太多无处发泄的精力……我们只是些不把任何人和任何东西放在眼里的普通士兵。"

有传言说，第1步兵师将从非洲被送回国——团里的赌徒甚至出钱打赌，8月1日前他们就会踏上美国的土地，但"大红一师"没有踏上返乡之旅，而是被巴顿征用，作为进攻西西里岛的先头部队，这引发了不满。兵营里顿时怨声载道：后方部队已换上了凉爽的卡其军装，可他们还穿着又脏又厚的羊毛作战服，那些从未在战斗中开过一枪的人却佩戴着棕绿色相间的非洲战役绶带。后勤单位囤积了大量"骆驼"和"好彩"香烟，却把劣质香烟送往前线。巴顿告诉特里·艾伦，"第1步兵师的胆小鬼们不需要卡其军装，"他又补充道，大多数士兵"很可能在发起进攻时就阵亡了"。

5月下旬，该师驻扎在奥兰城外一片荒芜、无遮无蔽的营地，距离1942年"火炬行动"的进攻滩头不太远，师里的士兵们一致认为，奥兰城需要再次获得解放。8名士兵大摇大摆地走在奥兰的人行道上，将那些身穿卡其军装的家伙推入下水道，并撤掉他们军装上的战役绶带。另一群士兵将3个月的军饷攒在佛罗里达俱乐部的吧台上，告诉酒保："这些钱用光时告诉我们一声。"师里的一份备忘录谴责士兵们"过度酗酒"和"衣冠不整的形象"。士兵们的指节铜环和私藏的德制鲁格手枪被没收，下午5点，市内各家酒馆开始实施宵禁。

平静的"第二次奥兰之战"爆发了，"士兵们分两方，穿着两种不同的军装，发生了激烈的斗殴。"第18步兵团的一名士兵指出，"荷枪实弹的大兵和神气活现的下级军官搭乘卡车接管了奥兰……吓唬平民，让他们待在家里，并搜捕宪兵。"罗斯福暗示属下，他们不需要向本师以外的军官敬礼，这激起了"大红一师"的斗志，据未经证实的传闻，第18步兵团与宪兵们打斗时，特里·艾伦也参与其中。

罗斯福承认，师里的高级负责人"牢骚满腹、疲惫不堪、不明事理"。卢卡斯将军在6月27日的日记中写道："这个师被宠坏了，他们一直被告知是世界上最好的部队，以至于根本不把纪律放在眼里，肆意妄为。"艾森豪威尔勃然大怒，命令艾伦的顶头上司奥马尔·布拉德利中将立即将第1步兵师逐出奥兰。对布拉德利这位一本正经、不苟言笑的将军来说，这场骚乱是自突尼斯战役以来，他为这个师及其指挥官又添上的一笔不良记录。在他看来，两位师长简直就是"强盗"。布拉德利对"大红一师"嗤之以鼻："根本就是一群海盗。"

现在是强盗和海盗们改邪归正的时候了。7月11日周日，拂晓刚过，罗斯福驾驶着他的"莽骑兵"吉普车，从位于"绿2"海滩外一片柠檬园内的师部出发，赶往位于杰拉东面的第26步兵团防区。安息日轻柔的清晨亲吻着平原上的葡萄园，这片平原向北延伸8英里，越过蓬泰奥利沃机场，直达一片低矮山丘的顶部。

天刚亮，"大红一师"便沿着一条6英里长的战线向那些山丘挺进：第26步兵团居左，沿117号公路而行；第16步兵团居右，沿115号公路

第1步兵师师长特里·德·拉梅萨·艾伦少将（左）与美国第2军军长奥马尔·N.布拉德利中将研究着地图,这两人后来反目成仇。审查员用墨水涂掉了两人之间的地标,以免暴露他们在西西里岛的位置。

和通往尼谢米的道路前进。罗斯福跳下吉普车，匆匆来到遮蔽在一片伪装网下的团部电台。先头营发回的报告支离破碎，而且令人不安：行进中的美军步兵与轴心国坦克迎头相遇。德军装甲部队分别从蓬泰奥利沃、尼谢米和比斯卡里出发，再分别向南、向西南和向西推进。"里窝那"师的意大利士兵在更西面的地方集结，准备对杰拉发起进攻。清晨6点40分，在杰拉到蓬泰奥利沃的途中，至少12辆德军坦克在117号公路上，从被打垮的第26步兵团第3营中间冲了过去。这些坦克转向东南方，驶过麦地，隆隆地冲向盟军登陆滩头。

透过望远镜，罗斯福紧盯着北面地平线处腾起的褐色灰尘。两辆涂着灰色伪装斑点的4号坦克全速冲过起伏的田地，试图吸引盟军的火力。一名军官觉得它们就像是"全力追逐鹌鹑的雪达犬"。德军的其他坦克则沿着平原轻微的褶皱而行。炮口的闪光穿透了尘埃。很快，清晨的空气便因机枪的吼叫和深红色的坦克炮火而变得浓稠起来。

早上7点前不久，罗斯福用战地电话叫通了第1师师部。"我们左侧的第26步兵团遭遇敌人坦克攻击，目前尚不清楚情况有多糟糕，"他告诉一名参谋，"让艾伦将军来听电话。"艾伦的声音在话筒中响起，罗斯福没有浪费时间，"特里，听好了，这里的状况不太妙。第3营遭到敌坦克攻击，已被突破。第2营仍在苦苦支撑，还不止如此，这里没有反坦克炮的掩护。要是我们能调个中型坦克连来，肯定会有所帮助。"

每份作战报告显示的情况似乎都比上一份更加凶险。德军装甲部队已突破至第 3 营的后方，战斗不断在散兵坑和战壕中打响。在缺乏"巴祖卡"火箭筒和迫击炮弹的情况下，美军各个步兵排交替掩护着向南后撤了 3 英里，退至杰拉郊外。"第 26 团惨透了，"早上 8 点后不久，罗斯福告诉师部的一名参谋，"那个中型坦克连怎么样了？还没卸载吗？该死的，我马上过去，亲自把他们带上来。我们可等不及他们明天赶来。"一个小时后，他告诉艾伦，"情况不太妙。"

不打电话的时候，他拖着脚步来回走动，步态有如斗鸡一般。他挥舞着手杖召集散兵坑中的士兵们。"这帮家伙打不中我！两次世界大战了，他们仍然做不到。连我这样的老家伙都打不中，他们肯定无法伤害到你们，"他吼叫着，"你们知道这帮王八蛋是谁吗？是'赫尔曼·戈林'师。我们曾在北非狠揍过他们，我们要再揍他们一次。"后来他在信中告诉埃莉诺，"老家伙仍能打仗。"

★ ★ ★

在"绿 2"海滩附近的柠檬园中，只能通过一块小小的标志牌（"危险前哨"）和一堵石墙后伸出的无线电天线，找到第 1 步兵师的师部（"*危险前哨*"是"大红一师"师部的绰号。——译者注）。在这里，另一名老兵同样热血沸腾。他长着塌鼻梁，皮肤如皮革般坚韧，深深的褶皱分布在他那双棕色的眼睛周围。一头蓝灰色的头发有些花白，从钢盔的边缘下露出来，一名细心者写道，他走路时"稍有些摇晃，这是一个长期坐在马背上的人的特征"。与特德·罗斯福相同，他也经历过第一次世界大战的锤炼：在阿尔贡战役中，一颗子弹射中他的脸，在他面颊上钻出两个孔，以至于他现在还会发出一种奇特的、像轮胎漏气般的嘶嘶声。和特德·罗斯福一样，他也对"大红一师"珍爱有加，无条件地忠诚于战友们。然而，这两人对大红一师怀有的深厚感情根本不能帮助该师遵守纪律。

但在特里·德·拉·梅萨·艾伦看来，秩序和纪律都不是什么大问题。从西点军校退学前，不守纪律是他的家常便饭：迟到、半夜洗澡、上课时打哈欠、消防演习时大呼小叫、突然离开队列去逗狗等。作为一名年轻的军官，他"喜欢马、酒、女人和跳舞"。成为少校后，他以班级最后一名的成绩毕业于陆军指挥参谋学院，而同为少校的艾森豪威尔则名列全校第一。但艾伦知道如何打仗和指挥，美国陆军对这两点的重视使他成为同期西点毕业生中第一个戴上将星的。现在的艾伦就佩戴着代表少将军衔的两颗星。

"士兵最害怕的，就是觉得自己被派去白白送死，"一位副官后来写道，"但在艾伦手下，大家没有这种感觉。"作为一名虔诚的天主教徒，他后悔在这个多事的早晨错过了弥撒，但他已在私下做了祈祷，就像每次在战斗前所做的那样，为他那些死去部下的灵魂祈祷。对于领导才能，他认为"用兵之道十之八九就是要胆子大"。他最喜爱的军事格言古老而又质朴："找到他们，咬住他们，干掉他们。"再例如："不胜则死。"艾伦的政治哲学则没有这么复杂。"这场战争太疯狂了。"他耸耸肩说道。6月，他劝告自己的部下，"做好自己的工作。我们可不想当英雄——死掉的英雄。我们不是为了荣耀。我们到这儿来就是要干又脏又臭的活儿。"可是，他又写信告诉他年轻的妻子玛丽·弗兰："我坚信我的好运会持续到将来。"

这种好运在今天早上受到严峻的考验。"传令兵在树林里跑进跑出，"记者唐·怀特海德写道，"战地电话响个不停，电台中喊声一片。炮弹在头上呼啸而过。"一名焦虑不安的参谋跑了过来，艾伦说道："先别告诉我，让我猜猜，他们是不是从东面和西面发起了进攻？"那名军官点了点头。"大红一师"右翼，第16步兵团的境遇比左翼的第26步兵团更糟糕。第16步兵团第2营面对敌人的40辆坦克，在尼谢米公路上的阿比奥普廖洛坚守了2小时，最终两个连队被打垮，士兵们从试图阻止他们的军官身旁挤过。"弟兄们感觉被彻底地挫败了，因为他们没有任何对付坦克的武器，他们中的一些人甚至哭了起来。"一名上尉叙述道。上午晚些时候，在皮亚诺卢波，幸存的美军士兵沿着一道山脊，冒着猛烈的火力挖掘战壕。午夜时，他们就是从这里出发向前推进的。"×的，我们不能傻等着他们发起进攻，得先下手为强。"一名中尉的话音刚落，便被一发子弹击中头部，当即倒地身亡。

上午10点10分，第3营报告说，在杰拉—尼谢米公路连接处的东北方遭遇30辆敌军坦克，并补充道："我们正与敌坦克猛烈交火。"此刻，团里的9门反坦克炮已损失了6门，两位营长身负重伤。军官们从观察哨的缝隙，用他们的点45口径手枪狙击敌人。上午9点，少量已登陆的火炮开始用5号炸药对6 000码外的目标拼命射击。10点30分前，后撤的步兵潮水般涌过，炮兵们换用 1 号炸药，对不到 1 英里外的目标开火。"形势危急，我们要被敌人的坦克打垮了，"第 16 步兵团团长告诉艾伦，"我们不知道东面的情况如何。"

艾伦爬到师部后方一座沙丘的顶部，脸颊嘶嘶作响，腋下夹着一幅地图。"整个平原，"一名炮兵后来写道，"到处是爆炸的炮弹和燃烧的坦克，一片混乱。"艾伦身后的海滩并未变得有序起来。拂晓时分，意大利轰炸机俯冲袭击了锚地，从那时起，几乎每隔半小时便有轴心国的飞机赶来空袭。周六和周日两天，艾伦共请求了 10 次空中支援，但只有一次抵达，因为从北非和潘泰莱里亚岛飞来的盟军战斗机要负责保护舰队，实在太过繁忙。

当日清晨，巴顿曾命令他海上的预备队迅速登陆，但第 18 步兵团的 4 个营登陆时只带了他们随身装备的武器（"大红一师"下辖 3 个步兵团，分别是第 16、第 18 和第 26 步兵团，外加 4 个炮兵营。——译者注）。一些重型武器被卸在东南面第 45 步兵师的登陆区域，迫使炮组人员不得不沿着鹅卵石路面艰难跋涉数英里去寻找。第 313 号坦克登陆舰的坦克舱被炸弹击中，彻底烧毁，第 26 步兵团的反坦克炮悉数损失。第 1 步兵师的两辆通讯车被摧毁，其中一辆携带着 30 英里长的电话线。至于另一辆携带无线电设备的通讯车，也沉入了 7 英尺深的海水中。杰拉的滩头依然拥挤不堪，使得数十艘登陆艇根本无法穿过拥堵的船只和沿岸边堆积的补给箱，不得不在近海游弋，或是干脆返回母船。迫击炮手们只能利用小舟将他们的炮弹运上滩头。

"我需要坦克，我他×才不在乎它们来自哪里。"艾伦说道。60 多辆 M-4"谢尔曼"坦克在 7 月 11 日登上海滩，但只有一个排（4 辆坦克）设法越过沙丘，在周日早上投入战斗。其他坦克被破碎的驳船、拥堵的路况和混乱的局面所阻，上岸的装甲车辆的电台功能完全瘫痪。"谢尔曼"坦克穿越沙滩，士兵们发现那里铺设着钢网，会缠住履带，破坏坦克的车轮，需要用大型的钢剪将其破坏。绕过钢网的坦克又被陡峭的沙丘困住，导致履带脱落。

然而，同样的灾难也困扰着康拉特将军，他正待在位于普廖洛的"赫尔曼·戈林"师师部。在德军左翼，从比斯卡里发起进攻的掷弹兵在黑暗中走错方向，随后便与他们的团长失去了联系。这位团长离开指挥部，去找康拉特为自己辩解,却落得被撤职并送交军事法庭的下场。群龙无首的士兵们恐慌不已,朝比斯卡里退去,最终还是由团里的军官带着这些士兵到达了阿卡泰河北岸。正如一名德军参谋所说的那样,"缺乏凝聚力"暴露了德军左翼,坦克不得不在没有足够步兵掩护的情况下向前推进,结果遭到隐蔽在山丘后和沟渠中的美军步兵骚扰。另一位德军团长也因为无能被撤职,致使伤亡人数激增。

不断发生故障的"虎式"坦克太过沉重,无法被拖走,以致堵住了道路。另外,康拉特也不知道,右翼的意大利人到底在干些什么。"意大利人几乎不再配合作战了,"他的参谋长抱怨道,"从一开始,他们就没有协同作战。"实际上,"里窝那"师已接到意大利最高统帅部的命令,要"以最大的决心"向杰拉发起进攻,却没人想到要将这一点告诉德国人。中午前,轴心国的防线已被拉伸成一条长 18 英里的弧线,毫无协调性和连贯性可言。可这一切都已经无所谓了,位于罗马的最高统帅部宣布,杰拉被夺回,美国人也已"逃回他们的船上"。

站在柠檬园上方的沙丘上,面对眼前的混乱,艾伦知道,如果不尽快扭转态势,意大利人的说法就将成为事实。他看着德国人的坦克逼近海滩时,第 18 步兵团的一群士兵越过沙丘,仓促向后退去。"他们抱着毛毯、工兵铲、望远镜和武器,简直就是一群乌合之众。"第 18 步兵团的一名中尉描述道。一名参谋问艾伦,其他部队是否也应该后撤,艾伦回答道:"见鬼,绝不后撤。我们还没开始战斗呢,他们还没有被我们的炮兵打垮。"

★ ★ ★

周日早上 9 点 30 分,巴顿在杰拉附近的"威士忌"沙丘靠岸,跳下跟休伊特借来的驳船,涉过最后几码大腿深的海水。他摸了摸自己的脉搏,感觉到它跳得有些快,对此不太满意。"你最好赶紧上岸,"他招呼着"蒙罗维亚"号上的一名记者,"否则我的部下就要把那些王八蛋都杀光了。"他用皮马鞭轻拍手掌,"穿着靴子和马裤的他看上去迷人而又好战"。一名记者写道。他的脖子上挂着望远镜和照相机,没有佩带他那两支招牌式的左轮手枪,取而代之的是一把柯尔特"和平缔造者"点 45 口径左轮手枪。穿越海滩时,他仔细看了看被地雷炸毁的两辆"DUKW",就在这时,几发炮弹落在了离海岸30码远的海中，轰鸣着爆炸。"赶紧离开这片海滩，"他用他那奇特、高亢的嗓音朝四下游荡的士兵们喊道，"去干掉那些德国王八蛋。"

副官拿掉了巴顿那辆侦察车上的防水布，又将一面三星将旗插在保险杠上。巴顿打算沿115号公路（这条公路现被称为"阿道夫的小径"）向东行驶3英里，赶至"危险前哨"看望艾伦。与此同时，巴顿听说达比已在杰拉镇的法西斯党部大楼上升起了一面美国国旗，便命令开往镇内。巴顿到达时，达比已经离开，投入了其他战斗，但巴顿仍然在楼顶观赏到了庄严的场景。自"爱斯基摩人行动"展开30个小时以来，他对这场登陆行动的进展状况只有一个模糊的概念：进攻发起后，"蒙罗维亚"号上的通讯室已乱成一锅粥，第七集团军诸多单位发来的紧急电报被积压了8个小时，而较为普通的电文则被推后两天再作处理。而在这里，巴顿至少能亲眼看看战场的态势。

尘埃和灰色的硝烟模糊了镇子北面和东面的景观。在117号公路东部边缘，德军坦克从第26步兵团身边冲过，跨过浅浅的杰拉河，对"阿道夫的小径"和艾伦的隐蔽所形成了威胁。公路西面的意大利坦克距离杰拉也已不到1英里。巴顿朝下方街道上一个携带步话机的海军少尉喊了起来："嗨，带着电台的那个人！要是你能联系上你那该死的海军，告诉他们看在上帝的分儿上，朝公路开炮！"

几分钟后，"博伊西"号巡洋舰射出的38发炮弹呼啸着掠过屋顶。炮弹在意大利坦克间炸开，一阵切分音般的雷鸣隆隆地穿过镇子。更多爆炸接踵而至，这次是迫击炮射出的白磷弹，在敌军的步兵队列中炸开。巴顿指出，燃烧的弹片"令敌人惊慌失措，他们冲出山沟，双手抱着脑袋，像苦行僧那样尖声惨叫"。一名游骑兵上尉补充道："能看见敌军士兵四散奔逃，似乎被彻底打蒙了……一些尸体挂在了树上。"战俘们排成一列穿过下方的街道时，巴顿朝押送他们的宪兵吼道："朝他们的屁股上来几脚，让他们跑步前进。"在巴顿的注视下，这群战俘跌跌撞撞地奔跑起来。

意大利人的推进在中午前停顿下来，德国人的炮兵却开始轰击杰拉镇。两发88毫米炮弹击中了法西斯党部建筑，钢铁碎片和砖石瓦块四散飞溅，第三发炮弹射穿了街对面的屋顶。"除了一些平民外，没有人受伤，"巴顿指出,"我从未听到过如此惨烈的尖叫声。"这种恐慌情绪随着两架德国战机的出现而加剧。巴顿后来写道,炸弹逼近的呼啸声使当地人"采取了最为愚蠢的做法,在街道上来回奔跑……在我们看来,有必要动用宪兵和枪托让他们冷静下来"。

★ ★ ★

意大利人已停止推进,德国人却没有。中午前,特里·艾伦的部队右翼面临着灭顶之灾。德军的突破对柠檬园的侧翼形成威胁,在那里,无烟火药的臭气与柠檬的清香混合在一起。坦克炮火已经席卷滩头,不仅造成大量人员伤亡,还令士兵们无比惊恐。圣斯皮那附近的德军坦克控制了115号公路,距离海岸线已不到1英里。盟军的登陆艇中弹,敌军威胁着第26步兵团位于距离内陆仅700码处的补给物资仓库。步兵们撬起干泥块,构建可怜的泥巴胸墙。沙滩上的一名海军军官"摆出了英勇的姿态,喊叫着,'拿起武器,拿起武器!'"海军的文书、电工和木匠们咻咻笑着,七手八脚地争夺步枪。士兵们烧毁了包括地图在内的所有个人和官方文件,一部雷达设备也被炸毁,以防被敌人缴获。

在被命名为"危险前哨"的师部旁,艾伦蜷缩在战壕里,睁着因疲惫而惺忪、发灰的双眼,查看着作战汇报,并请求更多的炮火支援。支援终于赶到了:4个炮兵营,每个营有12门大炮、1个"谢尔曼"坦克排、6个火炮和1个反坦克连,终于越过海滩来到沙丘处。

"那里有许多很好的猎杀目标。"第1步兵师炮兵主任克利夫特·安德鲁斯准将告诉赶来的炮兵们。安德鲁斯抽着烟斗,擦了擦自己的眼镜,这位毕业于康奈尔大学的土木工程师被部下们称为"薯片先生",他再次展现了自己曾在凯塞林山口和埃尔盖塔尔展现过的沉着冷静。他从一个连队走到另一个连队,用自己的手杖指明目标,并命令炮手们使用跳弹射击,在突尼斯,这种打法被证明对敌步兵尤为致命(所谓跳弹射击指的是给炮弹装上药包和引信,炮弹落地后弹起,在空中炸开,对暴露在外的目标杀伤力巨大。——译者注)。一个火炮连摆开155毫米口径的"长汤姆"火炮,用直瞄火力对准逼近的敌军坦克,不停地开炮射击。据说,一名中尉站在火炮连后方,挥舞着他的点45口径手枪,威胁说谁敢弃炮逃跑,就毙了谁。

火炮的轰鸣声中夹杂着"博伊西"号巡洋舰射出炮弹发出的犹如火车头般的尖啸：每隔 6 秒钟便有 15 发炮弹在空中炸开，将小麦地、葡萄园和德国人一同炸个稀巴烂。它几乎已经坐滩，侧着舰身逼近至距离海滩 3 000 码处，测深员站在外舷，用测链测量着水深。另一艘巡洋舰"萨凡纳"号也加入了炮击，另外 4 艘驱逐舰甚至靠近至距离海滩 1 200 码处。

德军坦克起火燃烧，先是两辆，接着是 6 辆，随后是 12 辆，越来越多。美军在半英里外都能听见被困的坦克组员发出的惨叫，直到坦克内的弹药发生殉爆，惨叫声才平息下来。"炮塔左侧被击中，""虎式"坦克部队的一名军官后来回忆道，"幸运的是没有被射穿，但铆钉从我们的耳边飞过。"一个德军掷弹兵被第 16 步兵团的一名步兵射中，跌倒在坦克履带下。这名步兵"拽着他的头发，把他的脸转了过来，但他已被坦克碾成肉酱"。

下午 2 点，康拉特下令停止进攻。德军坦克向后退去，起初速度很慢，但随着舰炮火力的不断加强，他们加快了速度，朝后方仓皇逃窜，犹如地面突然间向北倾斜似的。下午 4 点，"赫尔曼·戈林"师师部汇报："对敌登陆部队的反击失败。"特里·艾伦督促他筋疲力尽的士兵"在该死的德国佬再次对我们发起进攻之前狠狠地揍他们"。当天发生的事件在他通红的眼中闪回。"形势看上去很危急，"他告诉唐·怀特海德，"但其实只是有点令人为难而已。"

★ ★ ★

当天晚些时候，巴顿回到海滩上。尽管经历了轰炸、扫射和炮击，他依然扯着喉咙说话，毫无疲惫之色。下午，他在杰拉找到特德·罗斯福，批评他没能拿下蓬泰奥利沃机场，随后在拜访艾伦的师部时抽了根胜利雪茄。他跟一个大腹便便、满头白发、名叫威廉·J. 多诺万的准将共进了午餐，吃的是 K 级口粮。

作为一名百万富翁和华尔街律师，多诺万在一战期间获得过 1 枚荣誉勋章和 3 枚紫心勋章，并被他的朋友富兰克林·罗斯福任命为战略情报局局长。多诺万从"塞缪尔·蔡司"号登上海滩，并亲自跟意大利人打了一天。"他快活得像个蛤蜊。""大红一师"的一名上尉描述道。"比尔，你知道吗，"巴顿说道，"我最爱干两件事——搞女人和打仗。"多诺万点点头："没错，乔治，你没有弄错这两件事情的先后顺序。"

巴顿赢得了彻底的胜利。两个轴心国师被击退，逃入西西里岛腹地。"在这最后的日子里，我目睹了一切，这真是一段惨痛的经历，完全配不上德国士兵的名头。"康拉特怒斥着，在7月12日的一份战地命令中，他威胁要将那些懦夫和谣言散布者就地处决。第七集团军左翼特拉斯科特的第3步兵师正向内陆挺进，右翼加文的伞兵在比阿扎岭击退了敌军一股相当强劲的装甲部队和步兵力量。安德鲁斯计算出，43辆被摧毁的敌军坦克中，6辆毁于"巴祖卡"火箭筒，这个数字与"赫尔曼·戈林"师统计的差不多。

康拉特汇报说，在"爱斯基摩人行动"前三天内，他手下伤亡了630人，17辆"虎式"坦克中有10辆被击毁。德军于周日发动的反击使美军伤亡331人。经过两天战斗，第七集团军汇报，有175人阵亡，665人负伤，近2 600人失踪，而大多数失踪者实际已经阵亡。美军抓获了9 000名俘虏，几乎都是意大利人。马车再次将丧生的平民拖至位于杰拉镇外的集体墓穴。

巴顿在海滩上徘徊，等待来接他的驳船。他看见一些士兵正在一堆500磅炸弹旁挖掘散兵坑，便建议他们："要是你们想搞一场有坟墓记录的葬礼，那不妨如此。如果不想的话，最好换个地方去挖散兵坑。"就在这时，敌人的飞机赶来扫射滩头，那些士兵跳入刚刚挖掘的散兵坑中。巴顿大摇大摆地走来走去，不时地喊叫着，很快便臊得那些士兵从藏身处爬了出来。他浑身湿透地回到"蒙罗维亚"号时，太阳已落入地中海的西面。"这是这场战役的第一天，我想我对得起自己的军饷，"他在日记中写道，"我对我今天的指挥感到非常满意。"

死于友军之手

肯特·休伊特在一场海战中度过了他的周日，就在距离巴顿地面战场几千码外的海上。海滩上乱成一团，飘起黑色的烟柱和微弱的呼喊声，但休伊特实在太忙，只能偶尔朝内陆望上一眼。

尽管损失不大，但形势仍旧令人不安：轴心国不断加强空袭强度，敌机溜过山谷缺口，越过沿海平原，避开了盟军的雷达。皇家海军"纳尔逊"号战列舰在7月10日遭到3次攻击，但今天却是14次。一颗炸弹击中特德·罗斯福搭乘的"巴奈特"号，1号货舱被撕开一个大洞，7人被炸死。灯火通明并标有巨大红十字标记的医务船"塔兰巴"号，被击沉于离岸5英里的海上。"伴随一阵金属裂开的嘶嘶声，它的尾部向下沉去，船艏向上翘起，开始滑向海水中，"一名英军中尉描述道，"船上的人从两侧船舷跳入海中。"

周六，在杰拉，第313号坦克登陆舰和22名士兵也惨遭敌人毒手。傍晚时分，一架Me-109飞机顺着阳光飞来，行踪非常隐秘，以至于直到炸弹落下，海滩上的高射炮都未发一弹。装着地雷和弹药的卡车被炸毁，将主甲板上的人抛至100英尺的空中，燃烧的车轴和挡泥板雨点般洒落在海滩上。大火肆虐着，被烧伤的人们躺在舰艉斜板上，诵读着主祷文，所有引擎都已停转，以避免那些跳入海里的人们被吸入螺旋桨。第313号坦克登陆舰沉入海底时，还伴随着一声含义模糊的求救呼号："这该死的东西不起作用了。"

周日中午，美国海军"坚定"号扫雷舰在休伊特登船后向西驶去，他要去查看特拉斯科特的登陆情况。这位海军中将刚到达利卡塔没多久，10架轰炸机便俯冲着扔下炸弹击中了码头和海滩，同时对6艘坦克登陆舰展开轰炸，并使另外一艘起火燃烧。在"坚定"号即将返回杰拉时，休伊特又目睹了5次空袭。

接连不断的空袭令他恼怒不已。盟军为"爱斯基摩人行动"调集了近5 000架飞机，可它们究竟在哪里？在做些什么？休伊特对此一无所知。几个月来，他和巴顿一直在谴责美国陆军航空队"几乎完全不参与作战计划"，而他们拟订的空中作战计划"与军事进攻行动和海军攻击计划根本不搭调"。他和巴顿都不知道西西里岛上哪些目标会被轰炸，也不了解战斗机掩护会"以何种形式、于何时何处"出现。

空中力量的指挥官们谨慎地"分配着"他们的飞机，极不情愿将"空中作战单位的个人控制权"交给陆军和海军的弟兄们。他们反驳说，为消灭轴心国的空中力量，必须集中空中力量，打击敌机场和补给线这样的目标，而身处前线的弟兄们通常看不到这种打击行动。由于海军坚持将所有航空母舰都部署在太平洋，地中海战区没有足够的战斗机可用于在白天长达16个小时的时间里掩护滩头阵地。盟军舰船误射友军飞机令场面变得更加混乱不堪，原计划在 5 000 英尺高空巡逻的战机也被迫升到了 1 万英尺高的空中。

海军已做好在 7 月 9 日到 10 日损失 300 艘舰船的准备，但周六夜间只被敌机空袭击沉 12 艘，这种损失确实很轻微。但这也很难平息在滩头和锚地不断遭到轰炸的弟兄们的怒火。休伊特很生气，巴顿很恼火，"我们无法指望那些该死的空军去做任何该死的事情"。一名年轻的士兵被告知，盟军战斗机为他们提供了难以被击破的空中保护伞时，他抬眼望向天空，说道："只有神仙才能看见他们。"

登上"坚定"号返回杰拉的途中，休伊特站在扫雷舰的舰桥上，亲眼看到自由轮"罗恩"号（船上装满了弹药和汽油）的 2 号货舱被两颗炸弹击中，接下来的一颗命中了船上的炮塔。经过 20 分钟徒劳的救火，这艘自由轮被放弃，一个小时后，在休伊特的注视下，爆炸声雷鸣般响起，在很远的地方都能看见并听见。一位目击者描述道，"一片平整的红色火焰从一片黑色烟雾中窜出……扭曲的金属和燃烧的木块嘶嘶作响地落入远至一英里外的海水中。"

尽管驱逐舰不停地发射 5 英寸口径的炮弹，近距离内对着"罗恩"号吃水线以下的部位连续射击，但已断为两截的"罗恩"号却挣扎着"拒绝"沉没。它浮在 7 英寻深的海水中燃烧了两天，成了敌军飞行员的一座灯塔。在周日黄昏最后的亮光中，德国飞机投下降落伞式镁光照明弹，将锚地照得亮如白昼。这些照明弹像小太阳一样悬挂在盟军舰队上空，提醒每一个水手，每一个士兵，也包括我们的海军中将，这支舰队是多么脆弱。

★ ★ ★

在 115 号公路对面，特里·艾伦指挥部以东几百码处，另一名少将站在一条临时铺设的跑道上，提心吊胆地望着明亮的夜空。马修·B. 李奇微是个英俊、优雅、极具魅力的男人。詹姆斯·加文形容他"铁石心肠，总是保持着紧张的状态，总是咬紧牙关"，乔治·马歇尔曾劝李奇微"试着学会消遣和放松"。从少校升至准将，李奇微只用了 18 个月，现在的他佩戴两颗将星，负责指挥第 82 空降师。他做作地在胸前的降落伞背带上挂着一枚手雷和一个急救包，士兵们为此称他为"铁奶子"。"有一种正确的方式

（right way），"他们说道，"也有一种错误的方式（wrong way），还有一种则是李奇微的方式（Ridgway）。"他"在战火中表现出的英勇几乎到了像是故意要出风头的地步"，加文回忆道，他根本看不起德国人，以至于在战斗中"会站在道路中间不慌不忙地撒尿……充满挑衅意味"。他相信，上帝至少会保佑他到第三帝国灭亡。

1943年7月11日，轴心国飞机对驻锚于西西里岛杰拉海域的盟军舰船发起攻击。当天，自由轮"罗恩"号在这片海域被击沉后，一位目击者描述说："一片平整的红色火焰从一片黑色烟雾中窜出……"

在这个周日的夜晚，李奇微不太确定上帝会如何关照他的第82空降师。在加文的率领下，该师的一个团已分散在半个西西里岛上，而另一个团也正在赶来的途中。当天早上8点30分，依照巴顿亲自下达的命令，李奇微发出一道密码电报，将第504空降团从突尼斯调来，"今晚穿上白色的睡衣"。午夜之前，2 300名士兵将从144架飞机上跳下，增援"大红一师"。一些策划者曾建议在白天跳伞，或者趁着眼下德国人后撤，调遣C-47运输机在海滩附近着陆，将伞兵们放下即可。可是，计划已制订，命令已发出，一种残酷的顽固再一次主导了计划和命令。

当天早上，在离开"蒙罗维亚"号前，巴顿起草了一份文件，通知他麾

1943年7月25日，第82空降师师长马修·B.李奇微少将（左）与陆军通讯兵的一名摄影师在一起。伞兵们说："有一种正确的方式，也有一种错误的方式，还有一种则是李奇微的方式。"

下的4个师，即将发起空降行动，并补充道："所有部队应注意，不要对友军的飞机开火射击，这一点至关重要。"尽管巴顿在上午8点45分发出了命令，但"蒙罗维亚"号通讯室里电报严重积压的情况使这道命令直到下午4点20分才被加密后发出。当天下午，李奇微探访了沿"绿2"海滩布设的各高炮连，询问炮手们是否知道"搭载着伞兵的飞机"很快将出现在上空。5个炮组报告说确实已听说此事，但第6个炮组却表示毫不知情。

"总有些婊子养的没接到命令。"海军的一句格言这样说道。在这种情况下，命令无法传达到海上或地面上的所有部队，特别是一些较小的舰船，对跳伞行动一无所知。休伊特（他跟巴顿住在同一艘船上）后来说，他第一次听说空降行动获得批准是在周日下午5点47分，根本来不及发出警告，也来不及提出抗议。第45步兵师的防区位于东面，是空降行动首先发起的地方，直到晚上10点，该师麾下的3个团才接到通知，通讯军官借着月光，努力将电报解码。

6周以来，李奇微一直提醒大家谨防误伤友军，6月下旬，他又提出取消计划中的空降行动，因为海军拒绝为飞越舰队上空的运输机开辟出一条安全通道。而后，海军又勉强答应开辟出一条飞行走廊，但最终的飞行路线直到7月5日才获得高层批准，而光是将这些路线告知地面进攻部队又耗费了数日时间。轴心国军队发起进攻的两天后，杰拉湾四周的盟军士兵都变得紧张不已，几乎没有人能熟练地分辨敌我——特别是在夜间。"我们会向从上空飞过的每一架飞机射击，因为我们根本无从分辨。"一名下士解释道。当天第23次空袭尤为猛烈，于晚上9点50分击中了锚地，差一点命中"博伊西"号，并将附近的其他船只驱散。

如果说李奇微急于上岸的话，"蒙罗维亚"号上的巴顿则很难遵从自己的直觉，以避免做出令他自己心生恐惧的决策。当日下午，他终于意识到自己正坐在一个火药桶上，已不敢再虚张声势。晚上8点，他试图取消行动，却得知第504团已经登上飞机，来不及召回。当天深夜，在舱室里，巴顿写下日记："我们无法通过无线电取得联系，我非常担心。"

没人知道究竟是谁开了第一炮。为首的C-47于当晚10点40分抵达，敌人的最后一次空袭退去后，滩头被一种异样的平静所笼罩。琥珀色的机腹灯在1 000英尺的高空中闪烁着。于杰拉东面30英里处，飞机越过海岸线后，向左倾斜，在李奇微所处的那条跑道上方，16名伞兵跃出敞开的舱门。随后，一挺机枪的连续射击声打破了宁静，一连串美军部队使用的红色曳光弹向上方蹿去。

恐惧在一瞬间蔓延开来。海滩和锚地喷射出一股股红色的炮火。"我回头望去，"飞机中一名上尉描述道，"看见整条海岸线上突然爆发出一片火舌。"飞行员或驾驶飞机向下俯冲，或调转方向返回海上，伞兵们在机舱内跌倒，开伞拉绳缠绕在一起。他们或是捻着念珠祈祷，或是在钢盔里呕吐。子弹击穿了机翼和机舱，因为沾了血，舱内地板也开始打滑。"从飞机旁掠过的曳光弹实在太过密集，亮得可以看报纸。"一名中尉后来这样说道。

飞行编队被打散。一些飞行员关闭了机腹的识别灯，并试图沿着海岸穿过来自舰船与滩头的火力之间的通道。还有些飞机逃往非洲，曳光弹一直追踪了它们近30英里。6架飞机被击中，伞兵挣扎着跳出机舱。"飞机像燃烧的十字架一样，在空中翻滚着，"第 1 营的一名士兵回忆道，"还有一些飞机像在飞行中被击中的小鸟那样停顿下来。"有的飞行员不肯将飞机上的伞兵投下，认为这无异于谋杀，尽管一位机务长告诉第 504 团的一名营长："离开这里比待在飞机上要安全得多。"当然，没有什么地方是安全的。这些伞兵有的死在飞机内，有的死在降落途中，至少有 4 名伞兵刚到地面就被打死，因为地面上的战友认为他们是德国人。还有的伞兵因为说错话而送了命：他们已被告知，口令是"尤利西斯？格兰特！"；但在火力尤为猛烈的第 45 步兵师防区内，口令却是"思考？迅速！"。

那些在地面上目睹这一切的人将永远铭记这番恐怖的景象，在这场战争剩下的日子里，几乎没什么能与之相提并论。"别！停火，你们这些王八蛋，停火！"记者杰克·贝尔登在喧嚣中尖声叫嚷。然而没人停火，降落伞失去控制或根本没有打开，伞兵们带着一种"大南瓜被抛出"的声音径直撞上地面。还有些人拖着起火的降落伞，像蜡烛一样落入海中。李奇微眼含泪水看着这场屠杀，被彻底惊呆了。但拉尔夫·G. 马丁这位年轻的中士说出了所有人的心声："我的肉体和灵魂都有一种恐惧感。"

第 504 伞兵团 32 岁的团长鲁宾·H. 塔克上校成功到达了着陆区，尽管地面炮火打死了他的机务长，并在他所在的那架 C-47 上留下了上千个弹孔。卷起降落伞后，塔克从一辆坦克旁边跑到另一辆坦克旁边，命令车组人员别再用他们的点 50 口径机枪扫射自己的部下。可是太晚了，20 多架飞机组成的最后一支编队遭到重创，近半数被击落。一名飞行员投下飞机上的伞兵，转身飞向海面时，遭到 8 艘舰船射击。飞机中弹 30 余发，驾驶舱内的仪表落在他的腿上，他不得不在海面迫降，靠一只橡皮筏死里逃生。塔克的副团长莱斯利·G. 弗里曼中校搭乘的 C-47 的右引擎被地面炮火击中，坠毁在距离海岸 500 码处，3 名士兵负伤。附近舰船上的射手们朝飞机的残骸射出一串串子弹。"我们在海上迫降后，有 11 名士兵伤亡。"弗里曼叙述道，其中有一名中尉在游上海滩后被子弹击中面部。

终于，射击声消失了，火炮也沉默了，滩头阵地和舰队中的士兵们终于顿悟，自己做了对于军人来说最可怕的事情：误伤友军。23 架飞机被摧毁，另有 37 架被重创。调查人员最终确定，共伤亡 410 人，但实际伤亡人数仍然存在争议。这场行动是一次惨败，是现代战争中最严重的一次误伤事件，这一点无可争辩。一名飞行员说："当晚，在西西里岛上空，对我们来说，最安全的地方就是敌军阵地上方。"直到 7 月 16 日，李奇微才报告说，于 9 日和 11 日离开北非飞赴西西里岛的 5 300 名伞兵中只剩下 3 900 人还活着。

周日夜晚的幸存者们永远不会忘记这一幕，尽管他们努力试着去原谅这次误伤事件。一名肩部中弹的伞兵被用担架抬着离开时告诉一位军官："我很高兴，这些弟兄能打得这么准。"

★ ★ ★

7 月 12 日周一早上，当艾森豪威尔来到滩头时，仍然对前一晚的误伤事件一无所知。在为期一整天的视察期间，没人想过要向他报告实情。两天前，在马耳他，他一直为"爱斯基摩人行动"初期的胜利成果而高兴，"天哪，"他惊呼道，"我认为我们再一次成功了！"但同时，他也为缺乏消息（特别是巴顿方面的消息）而感到恼火。他研究坎宁安的地图，晃动拉斯卡里斯办公室里的藤椅，向记者们索要干燥的香烟，在沙滩上漫步。

"艾克坐立不安，"他的副官哈里·C. 布彻海军中校在日记中写道，"他在沙滩上躺一会，然后又站起身，用木棍在沙地上刨坑。"他对记者约翰·冈瑟抱怨道，"他们把我当成一只被囚禁在镀金鸟笼中的鸟。"为亲眼看看战况，他于瓦莱塔港登上皇家海军"攻城雷"号驱逐舰，周一凌晨 2 点，该船以 26 节的航速驶向西西里岛。

驱逐舰抵达利卡塔时正好是地中海美丽的拂晓，远处的山丘被染成橙色和金色。一股股油腻腻的烟雾盘旋在海滩上。从 2 英里外，人们普遍看到的景象是"一片平静"，"攻城雷"号上的一名英国军官写道："更像是一场盛大的赛舟会，而不是一次军事行动。"清晨 6 点刚过，身穿蓝色高领毛衣和白色短裤的驱逐舰舰长指了指停泊在距离杰拉 5 英里海面上的"蒙罗维亚"号。艾森豪威尔搭乘一艘颠簸的摩托艇登上旗舰，一名水手长声音颤抖地迎接了他。"大家朝我欢呼时，我经常手足无措。"这位总司令低声说道。休伊特和巴顿在一旁微笑着敬礼。

巴顿把大家带至舱室，一张大幅西西里岛地图上，整齐地标注着红蓝色的战线。此刻，已有 8 万名盟军士兵登上海滩，外加 7 000 部车辆、

300辆坦克和900门大炮,在这个面积和佛蒙特州一般大小的岛上,沿一条100英里的弧线散布开来。英国第八集团军已拿下锡拉库扎,奥古斯塔很快也将陷落。西西里岛百姓纷乱的欢呼冷淡了下来,因为很明显,英国人也没有额外的食物可以拿出来给他们分享。原先预计在第一周内英国人的伤亡将会达到1万人,但这种情况并未发生,实际上只有1 500人伤亡。蒙哥马利将军已开始向位于奥古斯塔北面20英里处的卡塔尼亚疾进,那里是在到达西西里岛东北角墨西拿之前,最后一座大城市。带着一如既往的傲慢,蒙哥马利相信自己能在周二晚间到达卡塔尼亚。

至于自己的第七集团军,巴顿指出,特拉斯科特的第3师居左,该师已越过"黄线",向位于内陆15英里处的卡尼卡蒂逼近;米德尔顿的第45师居右,虽然有点分散,但正全力压向维齐尼这座山地城镇。周日下午,科米索机场已被夺取,125架敌机被缴获,其中20架仍能飞行。美军还拿下了拉古萨,从理论上说,那里是加拿大部队的战区,美军士兵自娱自乐地接听了焦急的意大利内陆守军打来的电话。

巴顿汇报道,在中央地区,"赫尔曼·戈林"师的反击阻挡了艾伦第1步兵师的前进步伐,但当天早上肯定能拿下蓬泰奥利沃机场。非常明显,敌人已陷入困境,一只返家的信鸽身上绑缚的纸条证实了这一点,这只信鸽没有飞回意大利第2军军部,而是落在了一艘美军扫雷舰上。信鸽是意大利某海岸师放出的,纸条上写道:"面对巨大的困难,在奋战15小时后,英勇的步兵和炮兵仍在恪尽职守……请弄更多的信鸽来。"一名皇家海军军官建议,"用洋泾浜英语审问鸽子,再将其释放"。

关于战场态势的介绍刚刚结束,艾森豪威尔便开始责骂他的集团军司令,巴顿的笑容消失了。"火炬行动"期间,巴顿未及时将自己在摩洛哥的进展通报给身处直布罗陀的艾森豪威尔,曾为此受过责备,这次他又重蹈覆辙。艾森豪威尔抱怨说,华盛顿和伦敦的高层人物想了解战况,一个对情况一无所知的总司令该如何告诉他们?他怎么知道第七集团军是否需要帮助,尤其是空中支援?目睹了这番训斥的哈里·布彻写道:"艾克离开后,巴顿将军一定很生气,艾克把他批得太狠了,气氛非常紧张。"

登上"蒙罗维亚"号45分钟后,艾森豪威尔爬进摩托艇,返回"攻城雷"号。"巴顿站在绳梯旁,看上去就像一位雕刻在褐色石块上的罗马皇帝,"冈瑟写道,

"他挥手告别。"30分钟后,"蒙罗维亚"号的通讯室解码了一条电报,确认20余架"我方运输机于昨晚被击落"。这份报告没有及时送达艾森豪威尔,因为他花了一上午巡视西西里海岸。在与一个德国海岸炮兵连短暂对轰时,他用棉球塞住自己的耳朵,随后又搭乘一辆"DUKW",穿过数百名浑身赤裸、在帕塞罗角附近乳白色的海水中沐浴的加拿大士兵。"欢迎加拿大军队接受盟军司令部的指挥。"他宣布道,汗水布满了他宽阔的额头。

艾森豪威尔以皇家海军殷勤送上的一杯杜松子酒结束了当日的行程,并确信"爱斯基摩人行动"正以相当不错的态势展开。"一切都进行得圆满顺利,"他私下告诉记者们,"两周内我们便能拿下西西里岛。"

鉴于意大利人的抵抗软弱无力,他认为盟军应将战火延伸至意大利本土。尽管如此,他仍对巴顿感到不满。虽然两人有着20年的交情,但他还是告诉布彻,希望在西西里岛战役接下来的阶段里,由他的西点军校同学奥马尔·布拉德利来指挥第七集团军,他觉得布拉德利"处事沉着,讲求实际"。

直到周一晚上返回拉斯卡里斯堡潮湿的指挥部后,艾森豪威尔才获悉空降行动的灾难。他对巴顿的不满变为愤怒。他满脸通红,噘着嘴唇,于夜里11点45分口述了一则措辞严厉的电文,吐出的一个个音节就像挥动鞭子发出的噼啪声:"你要求我特批在你的战区展开这次空投行动。因此,你显然有充裕的时间对所有参与此次行动的部队进行完整、周密的协调。"这样一场灾难意味着"有些人玩忽职守,犯下了不可饶恕的罪行"。巴顿被要求"展开一次详尽的调查,以确定相关责任"。

调查将进行下去,玩忽职守罪会被正式记录在案,但并未做出相应的处罚。五角大楼的审查机构将这起事件秘密保守了几个月,直到西西里的战役结束。休伊特愤然否认自己有过失,就像参与其中的其他人一样。艾森豪威尔的空军司令认为,这次行动"很不好",尽管盟军司令部的高级空降顾问仍愚蠢地宣称,对西西里岛的"整个空降行动深感满意"。

巴顿认为第504团的不幸是"战斗中不可避免的事故"。但在搬入铺设大理石地板、臭虫横行的机拉别墅时(这里将成为巴顿的第一座岸上指挥部),他感受到了艾森豪威尔斥责的刺痛。"如果说有谁应受到责备的话,那

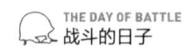

只能是我,但我觉得自己不应该受到指责,"巴顿在 7 月 13 日的日记中写道,"也许艾克正在找借口撤我的职……要是他们想找个替罪羊,那就是我。"

腐蚀英雄的灵魂

他们沿着 100 英里的战线向前推进,沿途的西西里人欢呼着"贝比·鲁斯万岁"(贝比·鲁斯是美国棒球史上最有名的球员。——译者注)、"乔治国王万岁"并挥舞着自制的美国国旗。这些国旗上的条纹太多,星星太少。7 月的炎热已经到来,他们将头巾绕过鼻子扎紧。一路上尘土飞扬,行进队伍中的士兵甚至看不见自己腰部以下的部位,仿佛行走在面粉中。

"刚走了一英里,我们便疲惫不堪,连发牢骚的力气都没有了,"一名迫击炮手回忆道,"但我们继续前进。"咸咸的汗水浸透了衬衫,靴子咯吱作响,他们将钢盔称作"脑炉"。他们吃着葡萄、青西红柿和安非他明(安非他明是一种兴奋剂,能够缓解疲劳。——译者注),或是以货易货,用一根香烟能换八个橘子。中午,记者艾伦·穆尔黑德写道:"所有的一切都变成了刺眼的颜色——红色的岩石、绿色的葡萄园、耀眼的深蓝色天空。"士兵们则没这么鲜艳,汗水和尘埃在他们的皮肤上混合成了一层灰色的糊状物。偶尔有炮弹落下,他们便扑入沟渠和地面上的浅凹地。"我把脸埋在尘土中,"一名士兵说道,"并试着用双膝将坑弄深些。"一些吉普车从前线返回,引擎盖上绑缚着阵亡的士兵,穿过奋力向前的队伍。"让开!"司机吼叫着,"快让开!"活着的人闪到一旁,仿佛他们是避开恶毒之眼的西西里人。

许多士兵戴着护身符,要么是一枚圣克里斯托弗纪念章,要么是一块光滑的石头,每当有曳光弹嗖嗖掠过,他们便会轻轻抚摩。一名士兵带着个小小的木雕猪,炮火密集时,他便喃喃说道,"小猪啊,这发炮弹不是射向我们的",或是"小猪啊,你知道,这发炮弹会要了你和我的小命"。加入记者团采访登陆行动的小说家约翰·斯坦贝克指出,信念"这种魔力不能太过频繁地使用,其功效并非用之不竭"。他得出结论,这种返祖现象在部队中反映出一种合理的信念,即"黑暗世界离我们并不远"。

他们踏过一片与北非同样具有异国情调的土地,一片女巫和驱魔师盛行的土地,在这里,病人们吞咽着碾成粉的琥珀,或是喝下圣丽达骨灰泡的水。圈在手推车硕大轮子上的钢轮圈轧过鹅卵石地面，叮当作响。两侧的墙壁上画着基督殉难图，旁边张贴着20年代电影明星的海报。戴着眼罩的挽马拖着"左右两侧分别描述一位圣人的生与死"的马车，嘚嘚作响地从那些在孩子的头发里挑虱子的妇女，以及捧着五角形、沾有紫色污渍的酒瓶畅饮的老人们身边经过。

墙壁和公共建筑上涂写着法西斯口号："少说多干""墨索里尼永远正确"……这些口号"看多了甚至不再显得荒谬可笑"，穆尔黑德写道。有些墙壁刚刚用石灰水刷白，或是被覆盖上诸如"贝托尼完蛋了"这样的新标语。宪兵们仔细检查穿着从商店里买来的鞋子或干净长裤的当地人，以抓捕法西斯官员。告发和出卖很快成为当地的主要营生。蓝色蝴蝶、戴胜鸟和食蜂鸟飞来飞去，金银花和茉莉的香气夹杂着粪便和人类内脏的恶臭，产生了一种"贫困的气味"。"一条烟能让你在这里买下整个省，"一位美军军官叙述道，"一套衣服能让你得到全岛。"

敌军士兵的尸体倒在路边，他们张着双臂，仿佛在扮演雪地天使。他们被草草埋葬于标有"E.D"（敌军死者）字样的墓穴中。死去的平民也躺在路上，有些人倒在倾覆的彩绘大车旁，被掏去内脏的驴子仍套着挽具，形成一幅妖冶的死亡画面。在某些地方，掘墓工人罢工，使环境卫生变得更加糟糕，制造棺材的木料短缺，棺材不得不被反复使用。

"埋葬死者，喂饱活着的人。"第1步兵师的一位民事官员建议道，这个问题非常复杂。争夺食物引发了骚乱，其中一起就发生在卡尼卡蒂，派去弹压的宪兵向骚乱者头顶上方开枪，却毫无效果。"他们渐渐压低火力时，"一名AMGOT（盟国占领区军政府）成员的报告补充道，"暴徒们趴在街道上，继续尖叫。"特拉斯科特将军下令处决劫掠者，一帮平民从一间仓库盗窃了肥皂并企图逃跑时，一名军官"朝人群开枪射击，士兵们一边开枪，一边抓捕其他人，6个人被打死"。还有7个被指控涉嫌破坏军用通讯设备的人被枪毙。

有些时候，活着的人只是需要一些安慰。海军一等兵弗朗西斯·卡彭特，这位前百老汇演员被派去担任滩头侦察兵，因为他曾两次去西西里岛度假。在一片玉米地里，他遇到8个吓坏了的当地农民。卡彭特曾出演过奥森·威尔斯于1938年重新改编的《鞋匠的假日》，他掏出自己的烟盒，发了一圈香烟，然后清清嗓子，唱起了歌剧《弄臣》中迷人的咏叹调："善变的女人"。

★ ★ ★

没有谁比这位目前在西西里岛指挥着大部分美军部队的中将更急于向内陆挺进。排名仅次于巴顿的第 2 军军长奥马尔·纳尔逊·布拉德利曾与逆境和困苦搏斗了 50 年：父亲早逝；滑雪事故造成的牙齿缺失；一场致命的流感；儿子胎死腹中。展开"爱斯基摩人行动"最初的 36 个小时内，布拉德利就在不停地经受考验。"我觉得这是我一生中最糟糕的时刻，"通过急诊手术切除痔疮（在陆军中被称为"骑兵扁桃体"）后，他被迫待在"安肯"号上，饱受疼痛和晕船的折磨。他最终搭乘自己的指挥车登上海滩，屁股下垫着个救生圈，这多少让人觉得有些可笑。7 月 12 日周一早上，他在斯科利蒂以北 3 英里外一片闷热的树林中建起自己的指挥部。

还是一名军校学员时便已头发灰白的布拉德利穿着一件朴素的军用夹克，作为"一名勉强合格的年迈步兵"，他背着自己最喜爱的"斯普林菲尔德" 1903 式步枪。圆形的钢框军用眼镜彰显了他的"乡土气息"，历史学家马丁·布鲁门森写道，"他那种乡巴佬的腔调使他看上去相当质朴。"尽管在突尼斯战役中，他指挥美军成功完成了致命的一击，但仍旧是默默无闻。近期，记者和公众的目光终于集中到了布拉德利身上，他的举止格外引人关注——"在风平浪静的日子，他就像奥索卡湖那样平静"。

《生活》杂志对布拉德利赞不绝口——他的个人经历深具吸引力：少年时代在密苏里的农田中劳作，根本没有自来水；他的寡母是一位裁缝，年轻的布拉德利靠打猎养活家人，松鼠、鹌鹑、野兔和大绿蛙是他们仅有的伙食；在西点军校棒球队，他保持了 0.383 的击球率，还是一位致命的投球手；同时他还是个神枪手，能用点 22 口径的步枪射中飞起的野鸡，他盯着空中的德国飞机，仿佛是在"双向飞碟比赛中的 8 号射位准备射击"。在艾森豪威尔的催促下，厄尼·派尔将在西西里岛跟布拉德利待上几天，写一篇偶像化的六段式文章，这将把布拉德利神话为一名士兵将军。"他太过普通，"派尔写道，"没有个性，没有迷信，甚至没有兴趣爱好。"

也许事实就是这样，但他的城府甚至超出了派尔的探究。"面具下是一颗冷漠无情的心。"马丁·布鲁门森做出结论。他"工于心计"（这个形容词出现在他的高中年鉴里），心胸有些狭窄。他对特里·艾伦这位"海盗"的厌恶越来越深（而后者认为布拉德利是"假冒的亚伯拉罕·林肯"），一直在找机会解除这位"大红一师"师长的职务。布拉德利对巴顿爱炫耀的性格、一根筋的战术，以及他忽略自己对各师的直接命令这一做法同样感到不满。"他太鲁莽了，"布拉德利后来写道，"我不喜欢他的指挥方式……我认为他是个相当浅薄的指挥官。"

第 2 军所面临的最紧迫的问题是潮水般涌来的意大利战俘：在西西里岛，一周内抓获的敌军俘虏已超过美军在第一次世界大战期间抓获的战俘总数。他们三五成群地走出村子，走下偷来的卡车，或是排着长长的队伍，叽叽喳喳地从山里出来，边走边紧张地回望着不同意投降的"赫尔曼·戈林"师掷弹兵们的枪口。他们戴着长檐军帽，穿着被德国人称为"石棉布"的粗布军装，"兴高采烈地举手投降……把个人财物斜背在身上，空气中弥漫着他们的笑声和歌声"。一名士兵这样写道。一些美军部队实在不堪重负，用意大利语写了个标牌："这里不收留战俘"，或建议敌军士兵改日再来投降。"对这些投降得如此之快，甚至不得不采用预约方式收留的敌军士兵，你真的对他们仇恨不起来。"比尔·莫尔丁评论道。

随后，他们像牲畜那样被赶上坦克登陆舰，但仍在唱歌，就像被关入笼中的鸟儿。负责审问一个意大利机枪组的 OSS（战略情报局）官员报告，为防止士兵们倒戈归降，轴心国的军官们捏造并散布了一些盟军对战俘施暴的谎言。

"你们打算何时动手？"一名俘虏问道。

"动什么手？"

这名俘虏畏畏缩缩地说道："割掉我们的卵蛋啊。"

被告知他们不会受到任何伤害后，俘虏们放心地啜泣起来。

"意大利人真是个奇怪的民族，"一名中尉写信告诉他的母亲，"你或许会觉得我们只是他们的护送员，而不是押送者。"

但是，黑暗世界并未远去。

它已经开始蔓延。

★ ★ ★

"爱斯基摩人行动"令第 180 步兵团付出了尤为沉重的代价，他们是俄克拉何马州的骄傲，也是第 45 步兵师麾下三个国民警卫队团之一。巴顿曾在该师从诺福克赶往西西里岛的途中，在奥兰短暂停留时，视察过这支部队，他督促军官们"尽情杀戮"，要警惕举着白旗的诈降，而且，就算敌人在几近崩溃时举手投降，也要"杀掉这些婊子养的"。第 45 步兵师应该被称为"杀手师"，因为巴顿告诉他们，"杀手将永生"。

尽管有这番谆谆告诫，但对第 180 团的杀手们来说，战斗进展得并非一帆风顺。登陆当天，该团团长福里斯特·E. 库克森上校便被一位迷失方向的艇长丢在"大红一师"的登陆滩头，30 个小时后才与自己的部下会合。库克森"焦虑而又彷徨"——他经常摇着头嘟囔"不太妙"，似乎太容易陷入沮丧，以至于巴顿曾想让比尔·达比接替他出任团长，但达比选择和他的游骑兵们待在一起。

在没有适当人选接替的情况下，库克森的职务被暂时保留了下来，但很快便失去了手下最能干的营长威廉·H. 谢弗中校。这位前西点军校的橄榄球选手被称为"金刚"，是"美国陆军、海军和海军陆战队中相貌最丑的人"，一名中尉这样说道。他曾多次告诫他第 1 营里的军官，千万不要冒被俘虏的危险，因为"被俘就无法作战了"。登陆后没几个小时，谢弗便被德军掷弹兵团团围住，关在了一座葡萄园里。"亲爱的将军，"他在一张牛皮纸上，给他的师长特罗伊·米德尔顿草草写了一封信，"很抱歉，我被俘了。"

第 180 团自我救赎的机会出现在偏远、贫困的比斯卡里，7 月 11 日周日下午晚些时候，该团发起了进攻。"赫尔曼·戈林"师的士兵退至镇公墓高高的黄色墙壁后，隐蔽在山坡上的雪松和大理石墓碑后。美国人的迫击炮弹把他们轰了出来，棕色的硝烟弥漫在墓地上方，机枪子弹将六翼天使的雕塑打得碎屑飞溅。德国人再次后撤，向北逃过阿卡泰河，朝比斯卡里镇北面 5 英里处的一座机场而去。在这片岗峦起伏的地面上，双方的交火一直持续至 7 月 13 日。

7 月 14 日周三清晨，美国人终于夺下了机场。跑道上留下了 200 多个弹坑，尸体像血淋淋的小块地毯那样铺在上面。被烧焦战机的十字形残骸在机库附近闷燃，敌狙击手躲在驾驶舱内肆意射击，直到一个"谢尔曼"

坦克排赶来，排查每一架飞机机身，将他们全部消灭。在机场东面和西面的麦地里，火焰噼啪作响。透过滚滚浓烟，可以看见美军士兵犹如草绿色的幽灵，将受伤的战友拖至安全处，或是从被丢弃的背包上取下急救包和弹药。

在比斯卡里尘土飞扬的土路上，狙击火力仍然密集，不断有子弹从洼地射来。第 180 步兵团第 1 营的 A 连和 C 连在 5 天前发起登陆行动时，每个连有近 200 名士兵，可现在只剩下 150 人。"金刚"的接替者负伤，A 连连长被俘。"我们有一种杀戮欲。"一名中士后来说道。另一名士兵写信告诉父亲，夏季的灰尘"尝起来像是粉状的血"，他又补充道："我现在知道当兵的为何老得快了。"

周三上午前，第 1 营已穿过硝烟和舞动的火焰，沿着细窄的菲库扎河，将德国和意大利的散兵游勇从洞穴中逐出。很快，A 连便俘虏了 46 人，其中有 3 个德国人。这群惊恐而又疲惫的俘虏只穿着长裤，赤裸着上身坐在菲库扎河上方一道干涸的斜坡上，他们的衬衫和靴子已被没收，以防止他们逃跑。一名美军少校将 9 个战俘分开审讯（战俘中最年轻的几个被认为有可能如实交待情况），随后，这些人和其他俘虏被交给霍勒斯·T. 韦斯特中士率领的一支小分队，押往后方。

然而，让韦斯特率队被证明是个糟糕的决定。他出生于俄克拉何马州的巴伦堡，1929 年加入美国陆军，后又调至国民警卫队。他只在周末参加训练，在平日的平民生活中，他是一名厨师。33 岁的韦斯特有两个年幼的孩子，每个月的军饷是 101 美元，在部队中很有些声誉，一位上司曾说他是"我在陆军中见过的最认真的军士"。但过去几天的战斗令韦斯特中士身心俱疲。"某些东西沉甸甸地压在我心里，"他后来说道，"只想杀戮、破坏，并看着他们血流不止而死。"

战俘们排成两列，在道路上行进了 400 码，朝河岸上的一片橄榄树林走去。韦斯特让战俘们停下（他们毫不知情，参差不齐地执行了向左转的命令），并挑出一小群上级要审问的人，转身向连里的二级军士长哈斯克尔·布朗借用汤普森冲锋枪。布朗将冲锋枪和一个备用弹匣递给韦斯特。只听他说："毙掉这些婊子养的。要是你不想看见这一幕，就转过身去。"韦斯特随即扣动了扳机。

战俘们倒下了，在尘土中扭动、抽搐着，然后用双膝蹒跚而行，苦苦哀求，但回复他们的仍旧只是子弹。惨叫声打破了清晨的宁静，"不！不！"混杂在枪声的轰鸣和无烟火药的刺鼻气味中。3 名战俘朝树林跑去，其中两人得以逃脱。韦斯特停止射击，换上弹匣，走到倒在血泊中的俘虏身边，朝仍在蠕动者的心窝开枪射击。干完这一切，他将冲锋枪还给布朗。"这是命令。"说罢，他赶着 9 个大睁着双眼、浑身颤抖、被挑选出来要加以审问的俘虏继续上路，去找师里的 G-2（负责情报的副参谋长）。37 具尸体倒在路边，随着太阳的升起，他们的影子越来越小，仿佛身体内的某些东西被掏空了似的。

5 个小时后，就在韦斯特中士赶着他的战俘向后方走去时，德国人的坦克和半履带装甲车发动反击，重新夺回了比斯卡里机场，并将第 180 团赶过跑道南面的一条峡谷。激战持续了整个下午，直到敌人被再次击溃，这次他们永远地离开了。战斗中，第 1 营 C 连冲入一条深深的峡谷，敌人的机枪火力造成 12 名美军士兵伤亡，随后，一座嵌入山坡的巨大碉堡飘起白旗。下午 1 点，30 余名意大利士兵走了出来，高举双手，其中 5 个身穿便衣。弹药箱、肮脏的被褥和行李箱散落在碉堡内。

指挥 C 连的是约翰·特拉弗斯·康普顿上尉。现年 25 岁的他，于 1934 年加入俄克拉何马州国民警卫队。康普顿已婚，有一个孩子，月饷 230 美元（扣除 6.60 元政府保险后），对他的表现评判一直是"优秀"或"出众"。疲惫不堪的康普顿站在山坡上，命令一名中尉组织了一支行刑队，"毙掉这些狙击手"。行刑队很快便被组织起来了（有几人是自告奋勇加入的），意大利人哀求他手下留情时，康普顿大声喊出了命令："准备，瞄准，开火！"汤普森冲锋枪和勃朗宁自动步枪朝着沟壑中猛烈扫射，又有 36 名战俘被击毙。

第二天上午 10 点 30 分，威廉·E. 金中校驾驶着吉普车，沿比斯卡里公路朝现已安全的机场驶去。据说金曾在第一次世界大战中患过暂时性失明，这番折磨促使他投身于教会，成了一名浸信会牧师。现在的他，作为第 45 师随军牧师服务于上帝和国家，宽宏大度的品质和简洁的布道使他深受尊敬。橄榄树林旁的一个黑色土堆引起了他的注意，他停下车，被惊得目瞪口呆，随即开始了调查。

"大多数人面朝下倒在地上，"金后来回忆道，"除此之外，每个面朝上的人，脊柱左侧和心窝部位都有弹孔。"大多数人头部也有伤，烧焦的头发和火药灼伤都表明这是近距离枪击。几个在附近游荡的美军士兵也来到牧师身边，抗议说"他们投身这场战争就是为了反对这种事情"，金说道："他们为同胞的所作所为感到羞愧。"牧师匆匆返回师部，去报告这起屠杀事件。

奥马尔·布拉德利已获知战俘被屠杀的消息，他驱车赶至杰拉，告诉巴顿，50～70名战俘遭到"冷血、批量的"屠杀，巴顿在日记里写下了自己对此的反应：

> 我告诉布拉德利，这可能有点夸大其词，但在任何情况下都应告诉有关人员，这些死者生前要么是狙击手，要么曾企图逃跑，否则这将在舆论界引发轩然大波，使平民们为之动怒。总之，他们都死了，对此我们已无能为力。

两名亲眼看见了尸体的战地记者也出现在巴顿的司令部，对屠杀俘虏事件提出抗议。巴顿承诺要制止这些暴行，而记者们显然也未将这起事件公之于众。在7月18日给乔治·马歇尔的信中，巴顿写道：敌人用他们的尸体充当诡雷，还"经常在防线后展开狙击"。这种"穷凶极恶的行径"造成"不少意大利人意外死亡，但在我看来，这些杀戮完全是有道理的"。

布拉德利对此并不赞同，巴顿又在日记中写道："我认为我们应该找两个人对屠杀俘虏事件负责。"第45步兵师的督察长通过调查发现，"战俘们并没有挑衅行为……他们遭到了屠杀"。巴顿心软下来："审判那些王八蛋。"

比斯卡里屠杀发生后不久，康普顿上尉便身染疟疾，直到10月下旬康复后，他才接受了军事法庭的秘密审判。辩方认为，巴顿在奥兰的动员性讲话无异于"下达了一道消灭这些狙击手的命令"。康普顿证实："我命令他们开枪是因为我认为这符合将军的直接命令。"军事检察官没有对他进行任何盘问，便表示："我相信了他的话。"康普顿被无罪释放，并回到第45师继续服役。

巴顿曾宣称，杀手将永生，这句话同样是错的：1943年11月8日，康普顿在意大利战役中阵亡。第45步兵师的一名同僚说了一句话，恰巧成了他的墓志铭："总算解脱了。"

韦斯特中士的案子更为复杂。与康普顿一样，他接受了精神病医生的检查，结果显示其神智正常。他同样声称，巴顿的煽动是造成他屠杀行径的直接原因，但同时也承认自己"也许做出了错误的判断"。他告诉军事法庭，自己的行为"超越了我对人类尊严的概念"。法庭宣判，韦斯特中士"蓄意、故意、刻意、残忍、非法，并有预谋地杀害了37名战俘，这些人的名字完全不为人知，但每一个都是活生生的人"。

韦斯特被判处终身监禁，在纽约一所监狱内服刑。但他在战争期间从未离开过地中海，也没被不光彩地开除军籍，继续拿着每个月101美元的军饷，外加各种家庭津贴。第180步兵团团长库克森上校后来说："处理类似事件，就要大事化小，小事化了，尽可能漂亮地平息下去。"韦斯特被定罪几周后，艾森豪威尔审查了这起案件。如果将韦斯特送至美国国内的联邦监狱，比斯卡里事件很可能会被公之于众。如果将他留在北非，敌人也许会继续被蒙在鼓里，依然对这起屠杀事件一无所知。艾森豪威尔"担心盟军战俘遭到报复，并决定再给这个家伙一次机会"，哈里·布彻在日记中写道，"（韦斯特）将被处以军事监禁……一段足够长的时间，以确定他是否可以重新服役。"

这段时间长达一年多。韦斯特的家人和一名同情他的国会议员开始为了美国陆军中"最认真的军士"纠缠陆军部。1944年11月23日，以临时精神错乱为理由，他获得赦免并继续服役，尽管中士军衔被撤销。战后，军事法庭的记录作为绝密文件被锁在军方保险箱内长达数年，以免它们"激怒那些远离战争、不明白战争残酷性的公民"。

而那些知道这些屠杀事件的人则试图以自己的方式对此加以分析。第45步兵师的炮兵指挥官雷蒙德·S.麦克莱恩准将得出结论，在西西里岛，"似乎出现了一种邪性，开始挑衅我们"。巴顿写信告诉比阿特丽斯，"一些金发小伙说我杀了太多战俘。但他们疏忽了一点，我杀的人越多，我损失的部下就越少"。第45步兵师的一名参谋军官写道："是何种力量让一个正常人变成了杀手，这一点无从确定。但一场世界大战与我们的个人选择是不同的。"

在跟随第180步兵团投身战斗的第一周，比尔·莫尔丁中士曾写道，没人知道自己在做些什么。但从利卡塔至奥古斯塔，另一些经验教训也值得借鉴。因为战争不仅是一场军事行动,也是一个寓言。这些经验教训中包括战友之情、职责和无法预测的命运,也包括荣誉、勇气、同情和牺牲。另外,在接下来的几周,他们将穿越西西里岛,而在接下来的几个月,他们将设法帮助这个世界走向和平,在这一过程中,有些最为悲惨的教训值得为人们所铭记:战争具有腐蚀性,能锈蚀灵魂,玷污精神,甚至连优秀和杰出者也会被腐蚀,没有谁能保证一尘不染。

THE DAY OF BATTLE

第 3 章　　岛屿堡垒

　　自负的蒙哥马利一意孤行，在失去友军掩护的情况下贸然挺进，是胸有成竹还是利欲熏心？巴勒莫陷落、墨索里尼倒台，好消息接连不断，但可谓福祸相倚，不明瘟疫令无数士兵病倒，巴顿手下两位得力干将也被解职。盟军踉踉跄跄地攻下了西西里岛的最后一座城市墨西拿，可是接下来该何去何从？统帅部甚至没有制订下一步战略计划。

孤军深入的蒙哥马利

  指挥车从拥挤的士兵中穿过,这辆大型敞篷车上带着三个从坠毁的"梅塞施密特"飞机上找到的指南针。士兵们不顾飞扬的尘土凑过来,除了为抢夺坐在车后座的司令官抛出的一包包香烟,也想亲眼看看这位伟人。伯纳德·劳·蒙哥马利将军体重 147 磅,算上高筒马靴靴底,也才只有 5 英尺 7 英寸高,并不引人瞩目:一顶黑色贝雷帽遮住了他稀疏的头发,肩膀上缝着第八集团军徽标,上身的卡其色衬衫(衣袖挽至肘部,下摆塞入宽松的短裤里)则显得非常朴素。西西里岛的阳光勾勒出他那张窄脸上的每一处凸起和每一道线条,从而使他那双蔚蓝色的眼睛显得更加冰冷。或许是意识到自己真的像一名加拿大记者所说的那样——一位"不太成功的布店老板",这位将军更愿意独自坐在后排,这样"就不会有谁看出他是谁"。

  他轻轻挥舞他那根埃及马鞭时,一位旁观者觉得他"紧张得像个捕鼠器",可当车停下,他站立在座位上时,他那沙哑的嗓音中便带着一种早已为人们熟知的威严。"我劝你们别碰意大利酒,那真是要命的东西。你们知道,会致盲的。"他嗖嗖地挥动着马鞭。"我会制订出色的计划,要是我弄不出来,今天就不会站在这里,"他说道,"战役进展顺利。西西里岛上的德国人已在劫难逃。绝对是这样,他们逃不掉了。"在又抛出几包"好彩"香烟并将几个打火机递给他身边的高级军官之后,蒙哥马利挥舞双手向士兵们道别,示意司机继续前进,到另一支部队的驻地做战前动员。士兵们欢呼着、吼叫着,摘下汤碗式钢盔向他致敬。他知道他们会这样。

  尽管打击轴心国军队的战事进展得很顺利,但英国人和美国人之间却出现了分歧,这场争执已妨碍到夺取西西里岛的战斗,甚至破坏了盟军间的友好关系。当然，蒙哥马利也身处这一旋涡中：7 月 13 日星期二，这位第八集团军司令单方面下令他的部队径直穿过巴顿的战线，沿 124 号公路进入美军战区，这条重要的公路从锡拉库扎向西延伸，穿过维齐尼，通向西西里岛中央的十字路口——恩纳镇。轴心国军队的抵抗力量已开始在卡塔尼亚南面集结，因此，蒙哥马利派遣一个军沿着海岸向北而去，又派遣另一个军经 124 号公路绕过埃特纳火山，从西面包抄敌军。

对于哈罗德·R.L.G. 亚历山大将军来说，蒙哥马利这么做无异于先斩后奏。亚历山大是"爱斯基摩人行动"的地面部队指挥官，也是艾森豪威尔的副手，而此刻，美国军队离 124 号公路不到半英里，比英国人距离恩纳更近。亚历山大二话没说，竟默认了蒙哥马利这一莽撞之举，并于周二晚间命令巴顿让开道路："由第八集团军沿两条轴线展开眼下的行动。"而艾森豪威尔并未干预。卢卡斯将军指出，在艾森豪威尔面前批评英国人，"就像当着一个男人的面指责他的妻子"。

恶果接踵而至。挨着西西里岛的东部和北部海岸，只有两条路通往"爱斯基摩人行动"的终点墨西拿，而现在，英国人竟然两条都要。如果美国人在 7 月 16 日周五之前拿下恩纳，也许能切断轴心国军队的退路——后者正从西西里岛西部匆匆赶往此刻正在埃特纳火山两侧建立的桥头堡。但如果做不到，巴顿的集团军就将沦为给英国人提供侧翼掩护的角色。第 45 步兵师开始返回海滩，以便转身向西，奥马尔·布拉德利紧急重组军里的工兵、医疗、军械、军需和通讯单位。此刻，蒙哥马利沿着不同的轴线，慢慢地在糟糕的乡村土路上行军，以半个集团军的兵力，朝相距 45 英里的目标（沿海的卡塔尼亚和内陆的恩纳）而去，已超出皇家海军的火力掩护范围。盟军已经没有希望迅速获得胜利，任何人看看地图便能明白这一点。

美国人愤怒至极。"天哪，"布拉德利告诉巴顿，"你不能让他这样做。"但在被艾森豪威尔于"蒙罗维亚"号上训斥，以及在空降行动惨败后心不甘情不愿地充当了替罪羊之后，巴顿已经变得温顺，只敢在日记中表达他的愤怒："我们可真蠢！"并在私下低声咒骂："告诉蒙哥马利，别挡我的道，否则我就把德国佬赶到他身后去。"被激怒的布拉德利后来宣称，英国人这样的行径，"是二战期间所有联合作战行动中最傲慢、最自负、最自私和最危险的举动"。巴顿的副手杰弗里·凯斯少将在日记中写道，英国人

美国第七集团军司令小乔治·S.巴顿中将（右）在巴勒莫的王宫里与他的竞争对手——英国第八集团军司令伯纳德·L.蒙哥马利将军（中）在一起，扶着地图板的是巴顿的副手杰弗里·凯斯少将。

的行为"经常损害我们的利益"。

这起事件在军中造成了极大影响，使英国和美国阵营陷入了沙文主义的紧张状态。"两个国家之间出现了不和谐的隔阂，"哈里·布彻曾在突尼斯战役取得胜利后这样指出，"这一点令人深感痛心和不安。"就拿亚历山大来说，他仍对6个月前，美军在凯塞林山口溃逃的情境耿耿于怀，与蒙哥马利和许多英国将领一样，他极其蔑视美国士兵的作战素质。英国人的傲慢滋生了美军高级将领的仇英心理。

巴顿已确定艾森豪威尔"是个亲英的傀儡"，并认为"盟军必须在不同的战区作战，否则，彼此间的敌意将超过对敌人的仇恨"。现在，他更加坚信自己是正确的，彼此的不信任已经形成了一种敌意。"为拯救大英帝国，我们付出了极大的代价，"卢卡斯抱怨道，"他们甚至一点也不感激。"另一位美军将领建议，将每年的7月4日"作为我们唯一一次击败英国的节日，并加以庆祝，因为我们运气不佳"。

★★★

"就让人头疼、惹人厌烦和鲁莽的程度而言，他肯定跟军队里的那些人处于同一水准，"BBC的一名记者这样描述蒙哥马利，"但同时，他也是个伟大的统帅。"这一矛盾的评价对西西里及其后战事中的蒙哥马利下了定义，令他的崇拜者感到迷惑，也令他的反对者恼火。"这个单纯、直率的人激怒了一些人，这本来是没有必要的，"他的传记作者艾伦·穆尔黑德总结道，"有时候，他是个灵光四射的天才……但（他）从未尝试稳定自己的这种状态。"甚至连英国官方的地中海战史中，也表明他"傲慢、自负、心胸狭窄……表现出一种小学生式的幽默"。

美国人对蒙哥马利的看法更倾向于一种不屑一顾的谴责，艾森豪威尔的参谋长比德尔·史密斯就曾宣称他是个"婊子养的"。尽管蒙哥马利的英国同僚对他的评价有时候更加尖刻，但他们至少试着分析他的唯我主义。"矮小、警觉、紧张，"布莱恩·霍罗克斯中将说道，"很像一只聪明的猎犬，随时可能咬人。"安德鲁·坎宁安对蒙哥马利痛恨至极，"他似乎认为他所要做的就是用嘴说出如何行事，而每个人都应当按照他吹奏的曲调起舞。"这位海军上将甚至不允许别人在他面前提起蒙哥马利的名字。另一位英国指挥官谈及蒙哥马利时指出："我们必须记住，他可不是个绅士。"

蒙哥马利在荒芜、偏远的塔斯马尼亚长大，这就说明了很多问题。他的父亲是一名谦恭的圣公会主教，而他脾气暴躁的母亲则喜欢用藤条表达自己的爱意，蒙哥马利从小便是"家里的坏孩子"，在桑赫斯特军校就读时，他点燃一名同学的衬衫下摆，使对方严重烧伤。"我不想把他描绘成一个性格可爱的人，"他的哥哥说道，"因为他不是。"他曾 6 次在西线的急电中提及自己于一战中未雨绸缪、善于用兵，并认为他的士兵"并非渴望投身于战斗的战士，而是一群从事着令人不快但不得不做的工作的员工"，历史学家迈克尔·霍华德这样说道。

蒙哥马利还有各种各样的口头禅，并对很多事情存在偏见：喜欢显摆自己；拿板球打比方的夸张用词；反感猫；夸大战事的进展；"痴迷于自己的判断，认为自己总是正确无误"；总是告诉下属，"现在给你们两分钟时间发表意见，过了就不许再说"。没有哪位战地统帅比他更遵守作息时间。他睡在他的拖车里（这辆拖车是在突尼斯战役中，从一名意大利元帅那里缴获的），早上 6 点 30 分，会有一名男仆叫醒他，并奉上一杯茶；晚上 9 点 30 分准时上床就寝。

他已在非洲出过两次风头，先是在阿拉曼，其后的突尼斯战役则是一次乏味的跋涉，荣耀也很短暂。相比之下，蒙哥马利更喜爱前者。现在，作为大英帝国最著名的军人，他收到几麻袋粉丝的来信，其中包括至少九封求婚信，从硬币到白石楠花，各种各样的幸运符，以及对他的阿谀赞颂。蒙哥马利自称不屑于这种奉承，但正如一名旁观者指出的那样，"他有一种

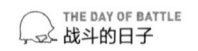

让自己成为焦点的天赋"。

夺取突尼斯后，蒙哥马利回伦敦休假，仍戴着他的贝雷帽，身穿沙漠军装，以"伦诺克斯上校"这个毫无意义的化名入住克拉里奇酒店，随后，在观看一场音乐喜剧时，欣喜若狂的戏迷们一次次热烈鼓掌，他则在自己的包厢内反复起身鞠躬。"他对出风头的热爱是一种病症，就像酗酒或吸毒一样，"丘吉尔的参谋长伊斯梅将军说道，"这同样会令他疯狂。"

成功夺取 124 号公路的使用权后，蒙哥马利更加目中无人，不把任何同僚甚至是上级放在眼里，尤其是宽容的亚历山大。"我不认为亚历山大强硬到足以驾驭他的地步，"布鲁克将军在日记中提及蒙哥马利时写道，"美国人不喜欢他，让他与他们密切合作始终是件难办的事情。"

尽管在盟军内部胆大妄为，但蒙哥马利在面对敌人时却变得小心谨慎。"一切都必须控制在切实可行的范畴内，"在西西里，他告诉约翰·冈瑟，"为将者切不可贸然行事。"尽管如此，他的部下仍对他说服他们"对任务充满信心、对自己充满信心、对上级充满信心"的能力充满热爱。乘坐那辆大型指挥车行进的途中，他示意司机停车，下来询问一支加拿大部队的士兵："你们知道我为何从不打败仗吗？"

> 好吧，我来告诉你们。作为一名伟大的统帅，声誉对我来说意味着太多的东西。伟大的统帅是不能失败的，所以你们在任何时候都可以相信我对你们的承诺，你们的战斗一定会获胜。

在第八集团军印制的一份报纸上，他声称多亏了"战场上的万能之神"，敌人已被"包围"在西西里岛的东北角。"现在让我们继续努力，"蒙哥马利敦促道，"满怀勇气地投入战斗。"在写给身处伦敦的布鲁克的信中，他补充道："这里一切顺利……我们已赢得这场战役。"

★ ★ ★

这两种说法都不正确。在盟军发起进攻的第三天，凯塞林元帅便放弃了将英美联军赶入大海的热切希望，从弗拉斯卡蒂赶至西西里岛，以最快的速度调来第 29 装甲掷弹兵师和第 1 伞兵师，以支援岛上原有的两个德军师。

数千名原本在西西里岛西部的轴心国士兵也匆匆向东赶去。凯塞林发现，围绕埃特纳火山的山坡，可以建起一座坚固的堡垒，无论是为了长期控制墨西拿半岛，还是守住进入意大利内陆的主要逃生通道，都能发挥极大的作用。

士兵们饱受紧张和痛苦的折磨，担心自己会像大批被包围在突尼斯的战友那样，被围困在西西里岛。但他们现在的任务是"争取时间和防御"。德国人试图征用意大利人的军用车辆，结果造成一场内讧，长达3小时的枪战导致两名意大利人和七名德国人身亡。尽管如此，凯塞林还是秉持着他一贯的乐观态度。士兵们沿着流经卡塔尼亚南部的锡梅托河匆匆挖掘工事，一位上了年纪的意大利修女给他们分发食物和圣母圣牌。

蒙哥马利曾预计，位于奥古斯塔前方的卡塔尼亚平原能为他的装甲部队提供一条平坦的通道，就像沙漠中那样。但他反而发现"这片不起眼的地带似乎到处都埋伏着敌人"，一名士兵这样描述道，灌溉沟渠和石屋农舍完美地隐蔽了各种反坦克武器。"这里不适合坦克行动。"一名英国军官感叹道。另一个英国人抱怨说，西西里岛"从各方面来说，都要比该死的沙漠更加糟糕"。

第八集团军沿海岸线突破敌军防线的企图被另一场空降行动的惨败所打破，这次空降任务的目的是迅速夺取位于卡塔尼亚以南7英里处的普里马索莱桥。7月13日至14日夜间，伞兵和滑翔机步兵再次遭遇稀里糊涂的盟军舰船火力打击，一些舰艇甚至将飞机腹部的货架误判为鱼雷。而那些设法到达海岸的飞机又遭到轴心国防空火力的攻击。盟军损失了14架飞机，另有几十架飞机没有空投便转身返回了突尼斯，幸存的飞机中有40%受损。不幸的是，德国伞兵恰巧也在相邻的空投区实施空降。

"呼叫战友时，得到的回答却是德语。"一名伞兵回忆道。英军伞兵旅有近2 000名士兵，却只有200人到达了普里马索莱桥，他们在极少数兵力支援的情况下坚守桥梁，半天后被德军击退。直到7月16日周五拂晓，英国人才重新夺回大桥，但此刻德国人已在北面组织了一条防线，阻挡了第八集团军整整两周。"对空降部队来说，这是一次灾难，也是奇耻大辱，"多次获得勋章的约翰·弗罗斯特中校说道，"几乎足以摧毁最狂热的信徒的信念。"

被蒙哥马利派往西北方，沿124号公路行进的第30军的表现也没好到哪里去。这片荒地上山峦层叠，而山地作战绝不适合第八集团军：蒙哥马利"遇到一座山时似乎便丧失了他的天才"，他的传记作者罗纳德·卢因评论道。地形严重限制了能见度，"造成了混乱"，一位英国军官抱怨道，暴露在 7 月的阳光下，"就感觉头部被击中一样"。无论是大路还是羊肠小径，都已布上地雷。士兵们像引擎盖装饰物那样坐在爬行车辆的前保险杠上，检查道路上破坏物的痕迹。大炮不停地轰击着，昼夜不分。

"我们炸毁了农民的墙壁，践踏他的庄稼，偷走他的马匹和大车，并索要水果和葡萄酒，"一名士兵在日记中写道，"要是不走运，他的屋子可能会被炮弹炸毁，他的农作物会被火焰焚烧。"加拿大士兵发现他们阵亡战友的尸体被挖出，靴子被偷走时，发出愤怒的吼叫。渴望吃肉的难民发现，屠夫递给他们的纸包里包裹着死狗的肉。

激烈的战斗沿着锡梅托河，在卡塔尼亚南部持续，"赫尔曼·戈林"师的士兵和德国伞兵怀着背水一战的怒火拼死抵抗。"敌人很顽强，是一帮真正的杂种，"一名英国军官说道，"我们杀掉他们时，这些人的脸上还挂着一丝嘲笑。"据约翰·冈瑟描述，英国士兵"趴在散兵坑内，吮吸着柠檬。这里的泥土呈卡其色，他们融入其中"。所有白色的东西都被隐藏起来，以免引来德国空军的袭击。当大家突然意识到一次空袭正在接近时，刮胡子的人甚至刚刚将泡沫从他们的脸上擦去。"趴下，当兵的，"一名苏格兰军官招呼他的部下，"你会被击中的。"

确实有许多人被击中了，死尸倒在灌溉沟渠和小河长满芦苇的岸堤上。一条严重凹陷、被称为"臭气小径"的道路上"布满了尸体"。医护兵给垂死的伤员注射吗啡，等着他们死去。"似乎很难区分死者和活人，"一位团长写道，"但在我看来，这非常简单，因为苍蝇总是叮在死者的脸上。"事实证明，在西西里岛上的葡萄园中近距离作战是一件特别令人恐惧的事，眼下季节的葡萄园枝繁叶茂，敌人的机枪手以高于地面几英寸的射界开火射击，激起一缕缕尘土，射伤了许多人的脚和腿。在有月光的夜晚，"藤蔓的阴影看上去和移动中的人没什么两样"。

7 月 18 日周日清晨，蒙哥马利意识到，他沿着海岸推进的作战计划已陷入僵局。第八集团军伤亡近 4 000 人，其中 700 人死亡。皇家空军试图用燃烧弹把敌人烧出来，但这一尝试宣告失败，因为西西里岛上的植物非常令人失望,很难燃烧起来。蒙哥马利命令一个师据守锡梅托前线,又从第 13 军抽调兵力向西运动,试图侧翼包抄敌军的防御,这样做进一步分散了他的力量。

"我从左翼发起猛烈攻势,那里的抵抗不是那么顽强。敌人目前被困在东北角,"7 月 21 日,蒙哥马利写信告诉第 51 高地师师长,"作为礼物,我给你们师送去 5 万支香烟。"曾预计西西里岛将在 7 月下旬陷落的艾森豪威尔,也在阿尔及尔发起了牢骚。"蒙蒂为什么不继续前进?他在搞什么?"冈瑟告诉他:"双方都已疲惫不堪,但我们暴露在平原地带,德国人却居高临下,隐蔽得非常好。"

西西里岛的地貌状况直到 22 个月后战争结束才被调查清楚:没有哪片战场的地形比垂直的意大利更令人惊叹。军官们凝视着比例尺为 1∶50 000 的地图,这才意识到,扁平的等高线不仅意味着上升的山坡和峭壁,还代表着倾泻而下的火力,敌人对战场一览无遗。一名德军二等兵,带着"蔡司"望远镜和一部战地电话,便能让雨点般的炮火落在他眼前的一切活物身上。此刻,在北面 5 英里处,走下一条两旁排列着飘摆的杨树和隐藏着火炮的公路,便是难以到达的卡塔尼亚镇,刷成白色的房屋和瓦片屋顶在正午的阴霾中反射着光辉。从卡塔尼亚镇再往前,锥形的埃特纳火山隐约可见,神秘而又冷漠。

攻占西西里岛首府

巴顿一直在杰拉镇外一座原本属于法西斯的别墅里生闷气,除了内部配有黑色的衬衫衣柜之外,这座别墅最引人注目的地方在于,院子里有一座嘎嘎叫的动物园,各个镀金鸟笼里关着不同的热带鸟类。墙壁上覆盖着精美的挂毯,这位第七集团军司令睡在一张坚固的四柱大床上。"我们可以舒舒服服地坐着,让蒙蒂去打赢这场该死的战争吧。"一名参谋军官恼火地说道。但这是不可能的。

7 月 17 日周六早晨,巴顿爬起身,抓过一张地图飞赴突尼斯,决心要让自己的集团军重新投入战斗。他在位于突尼斯湾北角拉马尔萨村的指挥部内找到亚历山大将军。附近有一座小教堂,是为了纪念 1270 年因伤寒死于此地的路易九世而修建的，当时，第八次十字军东征就由这位法国国王领导。在蓝色海湾对面，邦角锯齿状的轮廓隐约可见。2个月前，轴心国军队的残部曾躲在那里，但最终束手就擒。亚历山大和他第十五集团军群（这个番号正好是该集团军群下辖的第七和第八集团军两个数字的和）的参谋人员，在突尼斯总督敬献给维多利亚女王的一座别墅的白墙花园和橘园中搭设起指挥帐。

德军指挥官占领这里长达7个月，也曾使用过这座庄园。他们逃跑时带走了家具，但屋内的英文书籍都被留了下来，其中包括一套本杰明·迪斯雷利的小说。现在，英国高级军官们在装饰着圆顶天花板和阿拉伯式窗花格的餐厅内用餐。"没有纷扰，没有忧虑，没有焦急，"英国派驻北非的高级外交官哈罗德·麦克米伦周末时在日记中写道，"一场大战正在进行，这一点从未被提及，只是亚历山大将军参谋部里的美国军官偶尔会说一下，据说战事的进展令人满意。"

巴顿并不这样认为。他摊开地图，指着上面的几个点，开门见山直奔主题。"难道我必须待在这里并负责掩护第八集团军后方吗？"他问亚历山大，"我想继续前进。"敌人"已被逼退"。6 000名意大利士兵仍在西西里岛西部，但"超级机密"两天前截获的情报表明，德国人打算放弃半座岛屿。炸毁特拉帕尼的命令已下达，这座小港口位于西西里岛西北海岸，埃涅阿斯的父亲就死在这里。

巴顿说，掩护蒙哥马利侧翼最好的办法是第七集团军向北推进，扑向巴勒莫，切断这座岛屿。他指着距离杰拉80英里，位于西西里岛北部海岸最大的城市巴勒莫时，眼中闪过一丝亮光。他的脑海中浮现出美军坦克席卷起伏的山丘，冲入巴勒莫市中心广场的情景，这可是埃尔温·隆美尔也从未实现过的壮举。卢希恩·特拉斯科特后来指出："夺取巴勒莫的诱惑，深深吸引了乔治·巴顿。"

哈罗德·亚历山大研究着地图，他的目光滑过东面的卡塔尼亚，掠过内陆恩纳镇尚未被夺取的十字路口，落在西西里岛的西部。除了对凯塞林着迷不已（他贪婪地研究着"超级机密"情报分析员整理出的凯塞林的生平），亚历山大的指挥才能仍然有待提高。他缺乏好奇心，更多依靠的是自己传奇性的冷静。"他很愚笨"，一位英国将领坚持认为，就连布鲁克也承认，

1943年7月，阵亡和垂死的意大利士兵倒在巴勒莫附近的一条道路上，他们搭乘的卡车在逃避美军的追击时不慎碾上一颗意大利地雷。背景处的吉普车旁，医护兵正在给一名负伤的美军中尉包扎。

他"没有主见"。但亚历山大声望卓著，这种声誉是在枪林弹雨中一点一滴积累起来的，而且他看上去就像这样的人：在指挥作战时衣冠楚楚、镇定自若。他那帽檐高耸的近卫军军帽、高筒皮靴和马裤"传递出一种沙俄的气息"，一名崇拜者这样说道。

实际上，他曾作为一名志愿者加入一支德国裔部队，在拉脱维亚与布尔什维克打过仗。"他看上去仿佛刚刚洗完了蒸气浴，做了按摩，吃了顿丰盛的早餐，还收到封家里的来信，"一名记者写道，"他那张匀称的面孔上，长着个鼻翼单薄的好看鼻子，一双坚定的眼睛，精心修剪的胡须，晒黑的皮肤还带着淡淡的红色。""他那栗色的头发梳得油光锃亮，并在左侧分开。"只是太阳穴旁淡淡的灰发和双眼下浅浅的眼袋意味着他已经51岁，掌控着数十万士兵的生死。

有人说他是个"天生的领导，而非后期养成"，有人说他是个"英国乡村绅士，几乎未受过什么教育，甚至没读过一本书"。有人说他在10岁前还不会写自己的名字，可现在却能说法语、意大利语、德语、俄语和乌尔都语。也有人说"如果他不是个这么好的人，这么深沉的绅士，他可能会成为一名更伟大的指挥官"。还有人说，在第一次世界大战期间，他曾30次爬出战壕发起冲锋却毫发无损。为了分享他的好运，爱尔兰近卫军士兵们喜欢跟随着他的脚步穿越中间地带。丘吉尔的私人医生莫兰勋爵甚至说他"大智若愚"。麦克米伦评论道，无论亚历山大有哪些缺点，"他有一眼便能看出问题关键的出色品质"。巴顿并未受到这些说法的影响，他在日记中写道：

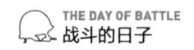

"亚历山大的脑袋特别小,这也许能说明许多问题。"

亚历山大并未察觉到,他于7月13日发出的命令已给美国人造成痛苦,但他感觉到巴顿声音中的紧张。他后来承认,他曾怀疑遇事冲动的美国人会不会直截了当地违背他的命令,并宣布"去他×的"。的确,他一直怀疑美国佬所能发挥的作用。就像他曾在信中告诉布鲁克的那样,就连艾森豪威尔、巴顿和其他许多美军指挥官"都不是职业军人,与我们所理解的这个术语毫不搭界"。但亚历山大认为,让这些美国佬去试上一试也没什么坏处。于是他点了点骨质坚硬、发型整齐而且特别小的脑袋,批准了巴顿的提议。

★★★

巴顿的大军挣脱了束缚,朝西偏北方向疾进。实际上,在获得亚历山大批准前,许多部队已采取了行动。周五,巴顿已派出一支庞大的侦察部队,沿海岸前进10英里,赶至阿格利真托。在诗人品达看来,阿格利真托是"人类城市中最可爱的一座",那里的居民曾睡在象牙床上,将他们心爱的马匹埋葬于奢华的墓地里,那里还有在希腊境外很少能看见的杏黄色的多利斯柱式庙宇。

达比的游骑兵集结于位于阿格利真托的恩佩多克莱港以北1英里的一座杏园中,随后调遣5个连的兵力排成散兵线发起进攻,特拉斯科特第3步兵师的3个营尾随其后。他们冲过敌人的据点,打垮了守军,抓获6 000名俘虏。

"费城"号轻巡洋舰并不知道阿格利真托及其港口已被攻克,仍准备动用舰炮提供支援,直到焦急的美军士兵在码头上用油桶排列出"美国人"和"美国陆军"字样,被盘旋在上空的一架侦察机发现为止。水兵们解除了舰炮的射击状态,一些轻浮的游骑兵在当地产的白兰地的鼓舞下,戴着高筒大礼帽,穿着黑色婚礼装,从一家男装店里跑了出来。更具价值的发现,是于意大利海军司令部内找到的3个保险箱。它们被从二楼窗口抛出后,又被美军士兵们用蹄铁匠的工具、撬棍、手榴弹和石块砸开。他们在里面发现了敌人的布雷区示意图、密码本,以及记录了巴勒莫和墨西拿爆破计划的备忘录。

轴心国部队并未试图重新夺回阿格利真托，也没有出人意料地杀个回马枪。"7 月 17 日至 18 日夜间，"第七集团军的作战日志中写道，"敌人已沿着战线撤离。"特拉斯科特找来他的几位团长，命令他们在 5 天内赶至巴勒莫，随后举起一瓶苏格兰威士忌："敬美国步兵！"

他们再次踏上征途，朝西偏北方向疾进。在这些美军步兵中，有一位来自得克萨斯州的 19 岁小伙子，他是一位佃农的儿子。在接下来的两年里，他将成为美国陆军中最出名的士兵。在读完五年级辍学后，他摘过棉花，在一家加油站工作过，还修理过收音机。参军入伍前，他从未走出过以亨特县家里那四座窝棚（里面住着 11 个孩子）为中心的 100 英里范围之外。美国陆军发给他一套衣袖足足长了 6 英寸的军装，打算让他成为一名厨师。在接受基本训练时，他犹豫着是否要购买士兵生命保险，因为"反正我不打算被人以任何方式杀掉，而且保险费太贵了"，他还欠着为母亲下葬的钱呢。同寝室的战友们曾称他为"小家伙"，因为他的体重只有 112 磅。但随着肌肉的增加，渐渐地没有人这样叫他了。这个星期他刚被提拔，所以他现在是奥迪·莱昂·墨菲下士。

墨菲微微驼背，走起路来有些缓慢，仿佛在追踪猎物。奥迪·墨菲的精准枪法全是在原先猎杀松鼠时练出来的，他还学会了通过德国人香烟的味道追踪对方。亨特县的生活使他坚强，"我的生活从未安定过，从未有过顺当的时候，"他后来说，"我已不记得年少时曾经历过的那些事。"一位牧师试图劝他皈依上帝，墨菲回答说："祈祷是你的工作，开枪射击是我的工作。"

第 15 步兵团第 1 营冲入西西里岛内陆时，墨菲率领一支巡逻队，平生第一次朝活人开了枪。两名意大利军官从一座观察哨内冲出，跳上两匹白马逃窜，墨菲单膝跪地，端起步枪。"我开了两枪，"他回忆道，"两个人滚鞍落马，在地上翻滚着，随后便不再动弹。"在墨菲挂满勋章返回得克萨斯州前，还有许多敌人将死在他的枪下，但他已摆脱了一切幻想。"在一名敌军士兵朝我射出第一枪的十秒钟后，"他说道，"战争就毫无魅力可言了。"

突尼斯的山丘常以其海拔命名，"而这里的山丘，顶上通常有个小镇，被取了些没人会读的意大利名字"。一名炮兵中士写道。这些高地通常未经历交战便一处接一处地陷落：夏卡、莱尔卡拉弗里迪及卡斯泰尔韦特拉诺。当地人欢呼着，用旗帜和杏仁迎接美军士兵，有时候也伴以伸直手臂的法西斯礼。"吻你们的手！吻你们的手！"当地农民弯腰鞠躬，大声喊叫着，这种热情太过炽烈，以至于一名不胜其烦的少校禁止他们再喊这句话。在普里齐镇，每户人家都飘扬着白色的床单，特拉斯科特在这里为巴顿买了副精美的意大利马鞍作为纪念品。"阿希耶塔"师和"奥斯塔"师里的意大利士兵成百上千地举手投降，埋怨德国人背叛了他们。"无论你怎么做，都不足以取悦他们。"一名意大利战俘解释道。

效仿"石墙"杰克逊的步兵，特拉斯科特的步兵顶着炎热，穿过据说是"白垩和牛粪混合而成"的尘埃，每天前进 30 英里。"我们以每小时 4.5 英里的速度步行向前，"第 15 步兵团的一名列兵在日记中写道，"小伙子们个个脚酸不已。"行进中的队列令特拉斯科特想起"冲击着沙滩的海浪"。亚历山大从拉马尔萨村发来一道漫不经心的命令，要求美军放缓前进速度，但第七集团军的参谋对该命令未加理会。"加快速度继续前进，"巴顿告诉他的装甲部队，"只要还有燃料就不得停下。"奥马尔·布拉德利将一幅西西里岛地图挂在第 2 军军部内的显眼位置，地图上，被美军夺取的地区涂上了蓝色，与英军占领的较小的红色区域形成了鲜明对比。

★ ★ ★

7 月 22 日星期四，特拉斯科特站在巴勒莫上方山脊的一道路堑中，透过正午的阴霾，注视着下方的那座古城。房屋和公寓楼散布在面向人海的一片赤土山坡上，混杂着红橙和烟雾的气息。火焰在低矮的山丘上舞动，一直延伸到朝圣者山，这是由炮火或意大利后卫部队焚烧弹药引起的。目前，数千名饥饿的难民滞留在这些高地上，特拉斯科特在驱车驶离自己位于科尔莱奥内的指挥部时，曾看见过那些绝望的面孔，并据此判断，在巴勒莫镇内，没有哪只猫能躲过屠刀。

公元 535 年，贝利萨留斯曾从哥特人手中夺取该城。他用绳索和滑轮将弓箭手吊至舰队的桅顶，这样，他们的弓箭便能射过海港的城墙。然而现在已不再需要这种战术。巴勒莫没有防御，很容易夺取。几个小时前，意大利最高统帅部已下令实施港口爆破，特拉斯科特能听见沿着码头回荡的爆炸声。美军的两个步兵团在这座城市上方蓄势待发,但巴顿却禁止他们继续前进,必须等待装甲部队赶到,由坦克率先进军。"一切都已安排妥当,这样,乔治便可以用坦克和其他的什么来进行一场哗众取宠的表演。"特拉斯科特写信告诉萨拉。

几个小时过去了。意大利使者穿着寒酸的西装,打着白旗来来去去,恳求有人出面接受这座城市的投降。下午 6 点,第七集团军批准侦察巡逻队进入城市并确保码头的安全。特拉斯科特派出了两个营。

他们喧闹着进入这座已成为废墟的凄凉城市,盟军历时数月的轰炸已将她炸成碎片。"一条又一条街道,到处是被炸毁的房屋。"一名军官在日记中写道。

> 各个街区都是瓦砾的碎片。客厅、卧室和浴室敞露在外……神奇的炸弹破坏了建筑物的外观,桌上的帽子、墙上的镜子、床头柜上的水瓶却完好无损。

60 多座教堂遭到破坏。国家图书馆内,"大批珍本书胡乱摊开,就像被切成薄片的石榴"。海滨附近的废墟堆占地太过宽广,以至于街道已不再被认为是街道,一块说明歌德曾在 1787 年居住于此的大理石牌匾依然嵌在一座饱受摧残的房屋上。砖石结构的码头被炸为齑粉,44 艘船只也随之沉没。一艘装运弹药的货轮发生爆炸,由此产生的一股强大冲击波足以将另外两艘船抛上防波堤。数百艘小型船只的残骸堵住了港口。打捞队很快会发现数吨未爆炸的地雷和其他军火,躺在海港满是泥污的底部,任由潮水冲刷。

在四首歌广场,一小群浑身湿透的意大利士兵列队站立,等待投降。身穿黑色法衣的神父做着跪拜,马奎达街上的顽童唱着威尔第的咏叹调,向过往士兵索要糖果。美军士兵查获了两辆大型卡车,一辆满载崭新的打字机,另一辆装满了西西里甘甜的牛轧糖。接下来的几天,他们还将在巴勒莫发现 50 万吨海军补给品,其中包括已装箱准备运至埃及亚历山大,提供给隆美尔先生的物资,那是他的目的地,但阿拉曼战役彻底改变了他的进程。

晚上 7 点 15 分，巴顿的副手杰弗里·凯斯少将到达巴勒莫西郊。他找来一位意大利将军朱塞佩·莫利内罗，后者为达成投降协议徒劳地忙了几个小时，此刻正擦拭着额头上的汗水。寻找翻译时，凯斯盯上了一位出生于匈牙利、名叫安德烈·弗里德曼的新闻摄影记者，他的另一个名字——罗伯特·卡帕显然更加著名。卡帕不会说意大利语，这妨碍了谈判的进行。"别再啰唆了，士兵！"凯斯厉声说道，"我要他们无条件投降，立刻！"但关键问题出现了，"莫利内罗将军说他的使命已经结束，不愿再继续打下去"。遗憾的是，他没有足够的权力命令巴勒莫所有守军投降。

凯斯将莫利内罗推入侦察车。他们向一名西西里主妇征用了一条白色枕套，并把它系在无线电天线上，但枕套软塌塌地垂着。于是，在驱车赶往维托里奥·埃马努埃莱大街上的王宫时，一名副官只好高举一张拴在钓鱼竿上的床单。意大利士兵欢呼着，平民们抛掷着鲜花和柠檬。全权负责城防的意大利将军已在早些时候被特拉斯科特卖力的部下们逮捕，于是，疲惫的莫利内罗将军只好同意越职行事。巴勒莫终于正式投降了。凯斯将军入住爱克赛希尔宫殿酒店，洗了个澡，倒头便睡。（据卡帕的回忆，他用法语跟莫利内罗少将商谈投降事宜，莫利内罗拒绝投降的原因是他早些时候已向另一支美军部队投降。卡帕劝他，第二次投降要比第一次容易些，而且向位高权重的凯斯将军投降对他更有利，或许他能带着勤务兵一同去战俘营。于是，莫利内罗又用法语、意大利语和西西里语再次宣布投降，并请求能让自己跟妻子待在一起。巴勒莫投降后，可怜的莫利内罗被送往战俘营，单独一人。——译者注）

晚上 10 点，巴顿叫醒了凯斯，手里拿着酒瓶，为自己满是鲜花和柠檬的入城仪式感到头晕目眩。"在黑暗中，驱车进入一座被占领的城市，这令我感到极度兴奋。"他在日记中写道。巴顿搬进王宫中国王的住处，用萨沃伊宫提供的瓷器，就着缴获的香槟吃了一顿 K 级口粮。这座王宫由萨拉森人建造，12 世纪时，诺曼人加以扩建，尽管满是灰尘，但对一位征服者来说，这是个合适的住处。巴顿指出："王宫内住着的仆人都敬法西斯礼。"

"必须从宏观的角度来考虑西西里岛西部的沦陷。"7 月 24 日，凯塞林酸溜溜地向柏林方面报告。从进攻阿格利真托到特拉帕尼的海军指挥官投降（他交出了自己的佩剑和望远镜），美军仅伤亡 300 人。大约 2 300

名轴心国士兵阵亡或负伤，另有5.3万人被俘，几乎都是意大利士兵。但这只是场微不足道的胜利，在战略上不值一提，巴顿很快便将目光转向东面，为争夺西西里岛而爆发的真正战斗必将在那里进行。7月26日，他在王宫中高举酒杯，向特拉斯科特吐露，他"当然很想抢在蒙哥马利之前进入墨西拿"。

尽管如此，他们还是很享受这胜利的一刻。"你猜猜我在哪里，在做什么，"特拉斯科特写信给萨拉，"这可真是人生的一大快事，让我们大开眼界。"在写给比阿特丽斯的信中，巴顿用六个字总结了他的情绪："我爱死战争了。"

恶魔之首崩坏

经过数月的拖延和争论，盟军最高统帅部仍未就西西里岛战役结束后，地中海战区近百万英美联军的下一步行动方向达成一致。在华盛顿召开的"三叉戟"会议上，经罗斯福和丘吉尔批准，联合参谋长委员会曾指示艾森豪威尔制订一个能够"将意大利逐出战争并尽可能多地牵制德军部队"的计划。英国首相认为，进攻意大利本土是这样一个计划中至关重要的一步。为达到这个目的，他孜孜不倦地逼迫艾森豪威尔，就像他曾逼迫美国总统那样。

丘吉尔坚持认为"没有哪个目标可与夺取罗马相比"。"三叉戟"会议过后，通过对阿尔及尔的旋风式访问，他坚信如果失去其坚定的盟友，德国军队将被迫替代占据巴尔干和法国南部的数十个意大利师，这样一来，盟军在跨越海峡发起进攻前，希特勒在西欧布置的防线就已经被削弱了。

这场进攻暂定于1944年春季发动。如果意大利战役需要更多盟军士兵，丘吉尔将从中东地区抽调英国军队。如果运输和补给登陆大军需要更多船只，他宁愿减少英国人餐桌上的食物，让货船改道。他发誓道："我很难再度要求英国人民节衣缩食，但我很乐意这样做。"听到这番甜言蜜语，艾森豪威尔犹豫不决，丘吉尔不禁感叹，这位盟军统帅"脸色因过虑而显得苍白病态"。

首相的言辞越来越激烈，并开始使用隐喻来表达自己的观点。7月13日，丘吉尔呼吁，要尽可能向上、对意大利的靴部采取大胆的行动："我们干吗要像蝗虫那样从脚踝往大腿上爬？我们不如直接对膝盖发起攻击……告诉那些规划者，把他们的帽子丢过栅栏。"（这句话的意思是，只有帽子被丢过去，你才会下定决心翻过栅栏。——译者注）他私下说道："美国人认为我们把他们带上了地中海的花园小径，但事实证明这是一条美丽的小径。他们在这里摘桃子（"桃子"一词在英文中也有"美女"的意思。——译者注），应该感激我们才是。"一位美军指挥官后来评论说："许多意大利美女得了淋病。"

5月，艾森豪威尔曾倾向于将战火烧至意大利内陆。但他已于"三叉戟"会议上同意7个师返回英国，再加上乔治·马歇尔的防范和丘吉尔对巴尔干地区的长期痴迷，这一切都让他迟疑不决。他的参谋人员甚至做出了互相矛盾的评估。

6月下旬，一份情报研究得出结论，意大利人"对战争感到疲惫，精神萎靡，认为没有获胜的希望……而德国人的控制却日益严格，致使意大利人对他们越来越敌视"。轰炸、两栖登陆，再迅速向罗马推进"很可能造成意大利平民的抵抗意志彻底崩溃"。如果意大利垮掉，德国军队"将撤离，（我们）遭遇的抵抗会很轻微"。可艾森豪威尔的情报主管却在6月25日提醒道："目前的迹象表明，德国人意图增援意大利。"3天后，他的作战行动主管警告说："地形非常复杂，多山，如果我们穿越这片地方，就必须一路向北。"

西西里岛战役的成功起到了决定性作用。在欧洲夺取第一个立足点后，那些身处华盛顿、伦敦和北非的战争规划者们感到欢欣鼓舞，再次产生了抛出骰子、赌上一把的冲动。

7月17日，巴顿赶赴突尼斯与亚历山大商议后不久，艾森豪威尔在拉马尔萨村召开了一次高级指挥官会议。他们没有太多的考虑，便一致同意向联合参谋长委员会（艾森豪威尔称他们为"查理-查理"）建议，"向意大利内陆展开作战行动"。（联合参谋长委员会的英文是 Combined Chiefs，简称为CC；而"查理"代表英文字母C，"查理-查理"这种说法通常出现在无线电通讯中，代表的是CC，意思是"确认，明白"。——译者注）一天后，艾森豪威尔发出了这项建议，同时取消了进攻撒丁的计划。7月20日，"查理-查理"批准了这项建议，另一个骰子已被抛出。

但关键性的问题仍悬而未决,随之而来的是漫漫无期的讨价还价。从何处进攻意大利本土?夺取那不勒斯这座大港至关重要,但布设了50门大口径火炮的那不勒斯湾戒备森严,刚好超出从西西里岛起飞的"喷火"式战机的航程,该如何为进攻舰队提供空中掩护?发往北非和从北非发出的备忘录在大西洋上空穿梭,承受着对保守主义、正统观念和战术上愚蠢之举的指责。决策者在制订战略时,少做了一次全面、彻底的调查研究:如果德国人为意大利的每座山丘和山谷奋战,那会怎样?盟军应该在"靴部"什么位置发起进攻?夺取罗马,除了能登上报纸头版头条外,还有何益处?最终能够通过意大利战役击败德国吗?意大利会成为一条战略的终点吗?

到目前为止,分析研究工作都还未落到实处。至于从何处发起进攻,艾森豪威尔把目光落在了位于那不勒斯东南方30英里处一座开阔的港湾,距离西西里岛东北部178英里。配备副油箱的"喷火"式战机的航程能达到180英里,飞行员被迫返回基地补充燃料前,尚有10分钟的作战时间。"如果决定展开行动,"7月24日,盟军司令部的工作人员建议,"突击行动应在萨勒诺湾进行。"两天后,"查理-查理"同意,批准攻占西西里岛后,"尽早"对萨勒诺发起进攻。

丘吉尔对此非常高兴。"我将鼎力相助。"他发电报给马歇尔。但首相已盯上了一个比萨勒诺或那不勒斯更大的目标。他建议艾森豪威尔:"罗马才是靶心。"

★ ★ ★

位于这个靶心中央的人曾经是一位强大的领袖,就连希特勒也向他表达过尊重和爱戴。贝尼托·A.A.墨索里尼59岁,脸色苍白,双颊凹陷,这使他看上去要显得更老一些,让人很难将其与被罗斯福称为"恶魔之首"的独裁者联系起来。他仍然留着光头,但主要是为了不让人看到他灰白的头发,而不是展示法西斯的雄浑魄力。墨索里尼近视,但不肯戴眼镜,因此他的演讲稿是用一台特制的打字机用大号字体打印的。他已被十二指肠溃疡(有些人称这种病症是"梅毒的起源")困扰了近20年,现在的饮食主要是烩水果和每天3升的牛奶。

一名驻罗马的德国军官报告说:"会谈中,他的脸经常因为痛苦而扭曲,会捂住自己的腹部。"曾几何时，他在摄影师的镜头前展现过自己的活力，割麦子，或是用雪搓拭赤裸的胸膛。而现在，为防范刺客，他居住在威尼斯宫的一间密室中，窗户上装着暗色玻璃，天花板上画着黄道十二宫。有时候，他的情妇克拉拉·贝塔西会来陪他，这个绿眼睛的丰满女人是教皇私人医生的女儿，她的衣橱里放满了墨索里尼亲自挑选的睡衣和鹅毛围巾。

作为一名铁匠的儿子，墨索里尼在波河流域下游度过了他朴实的少年时代，而后在远离故乡之处声名鹊起，最后将在更远的地方陨落。作为一名年轻的流浪汉，他一直是个公开的社会主义者，口袋里放着指节铜环，到处滋事，还能大段大段地背诵但丁的诗篇。他要求将政治权力移交给极端民族主义和"战斗法西斯"，这是他于1919年在米兰创立的，也是1922年上台的法西斯党的前身。20年代末期，他废除了意大利议会政府，成为一个绝对的独裁者——领袖，并巧妙地融合了深受梵蒂冈和国王维托里奥·埃马努埃莱三世欢迎的君主制。凭借自学成才的灵活头脑和夸夸其谈的演说，他提升了民族自信心，稳定了里拉，建立起一支现代化军队，并通过开垦大片沼泽地提高了农业产量（墨索里尼上台后，国家最让人印象深刻的一项变化就是火车准时准点）。

1935年，他派兵入侵埃塞俄比亚，摧毁了国际联盟。他向希特勒展示了西方民主国家是多么容易怯懦，并纵容德国吞并奥地利，加强了后者集权的程度。德国元首的感激促成了1939年5月的《钢铁条约》。法西斯的座右铭建议人们"相信、服从、战斗"，为支持墨索里尼的战争努力，成千上万名意大利妇女交出她们的婚戒重新回炉熔炼。意大利电影院内，领袖的形象一出现在新闻纪录片上，全体观众便一同起立。他还要求意大利人要在广播武装部队公报时起立，这种公报通常在下午1点播报，这个时段人们都在餐厅里吃饭，所以不得不听。

然而，国民们近来站起身听到的大多是坏消息。意大利在埃塞俄比亚、索马里、阿比西尼亚和北非的殖民冒险已宣告失败。墨索里尼在没有告知柏林的情况下便对希腊发起入侵，后来却请求德国施以援手，以避免招致惨败。1940年，罗马向消极的法国宣战，可32个意大利师未能在阿尔卑斯山战线上打垮3个法国师。意大利空军已在利比亚被消灭，在苏联奋战的意大利军队的2/3已被歼灭。

据称，克里特岛上 40% 的意大利士兵没有靴子。为给北非运送补给，3/4 的意大利商船已被击沉。从棉花到橡胶，所有原材料物资都由德国人分配，甚至连能让意大利军舰出港的燃料也由德国提供。约有 120 万意大利士兵在国外各条战线上苦战，国内还有 80 万名士兵。但这些士兵中，很少有人具备保家卫国的勇气，更别说打一场世界大战了。6 月 30 日，德军最高统帅部的一份评估得出结论："意军精锐已在希腊、苏联和非洲被歼灭……意大利部队的战斗力不值一提。"

自 1942 年 12 月以来，墨索里尼曾徒劳地敦促希特勒从东线撤军，或者干脆单方面与莫斯科和谈。随着作战伤亡已近 30 万人，意大利发现自己处在"既无力继续战争也无法达成和平的可笑局面"。7 月 18 日，领袖发电报给柏林："我的国家不能再继续为帮助德国阻击盟军而做出牺牲了。"一天后，两位元首在距离威尼斯 50 英里的费尔特雷匆匆举行了一次会议。上午 11 点，希特勒发表了滔滔不绝的演讲，承认对守卫西西里岛有些"犹豫不决"，并坚持认为必须让"爱斯基摩人行动"以"惨败"收场，使之成为英美联军的"斯大林格勒"。30 分钟后，一名"面色苍白"的意大利军官打断了会谈，低声告诉墨索里尼，罗马刚刚遭受一场大规模空袭。

这场对意大利首都的首次空袭已策划了几个月，目标是利托里奥铁路编组场，这是个呈沙漏形延伸的交通网，许多铁路线经此通向西西里岛和意大利南部。"如果圣彼得大教堂被摧毁的话，那将是一场悲剧，"马歇尔将军在 6 月下旬这样说道，"可如果我们不能摧毁那些铁路编组场，就会发生一场灾难。" 500 多架轰炸机携带着 1 000 吨高爆炸弹从北非和潘泰莱里亚起飞。信奉天主教的飞行员被允许自行决定是否参加这次行动。导航地图上的红色贴纸作为警告，强调梵蒂冈和各种历史古迹"绝对不能加以破坏"。尽管如此，还是有一位天主教牧师站立在跑道上，朝那些起飞的 B-26 吼道："去教训他们！"

他们确实遭到了教训。教皇庇护十二世端着双筒望远镜，意大利国王手持单筒望远镜，"看！"他们惊呼起来，"完美的编队！"炸弹撕开利托里奥铁路编组场，同时炸毁了旁边的一片工薪阶层住宅区。"是美国人，"一个身负重伤的男孩尖叫着，"这帮婊子养的。"（BBC 广播电台在第二天强调，此次空袭完全是美国佬干的，这令美国人大为恼火。）空袭造成 700 ~ 3 000

人伤亡，一枚1 000磅的炸弹还击中了圣洛伦索大教堂。这座教堂始建于公元4世纪，被认为是罗马最美的教堂之一。爆炸摧毁了外墙，损坏了12世纪的壁画，只剩下屋架和四分五裂的大梁，中殿堆满了砖块。牧师们在燃烧的街道上游荡，将圣水弹在瓦砾上。

在费尔特雷，希特勒滔滔不绝地对呆若木鸡的墨索里尼说了两个小时，其间侍从带着来自罗马的消息不停地进进出出。最后，这位领袖起身告辞返回首都。"我们正在为共同的事业而战，元首。"他说道。

一周后，也就是7月25日，周日。上午8点，墨索里尼来到威尼斯宫他那间巨大的办公室。他给予两名被判死刑的游击队员宽大处理，并看了看每日电话拦截和线人密报的概要。吃罢作为午餐的肉汤和炖水果后，他安慰自己不安的妻子："人民是支持我的。"随后，他脱下帝国最高元帅的灰绿色军装，换上一身深蓝色西装，又戴上一顶软呢帽。国王召他觐见。

这位领袖很少面临这样的挑战，现在这些挑战却将他团团围住。前一天，他与"法西斯党大议会"奋战了十个小时，这个假议会出自他的创意，其成员最后一次举行会晤还是在1939年。西西里岛和其他地区与盟军作战失败而引起的责备和怒火困扰着墨索里尼。身穿黑色撒哈拉丛林衬衫的议员们以19票对7票（1票弃权）通过了由国王重掌意大利武装力量的决议。"明天我将告诉他今晚发生了什么，国王会说，'大议会反对你，但国王会支持你'，"离开会议室前，墨索里尼警告道，"然后，你们这些人会怎样呢？"

下午5点前不久，领袖车队的3辆汽车加速驶过罗马北区的萨拉利亚大街，赶往萨沃伊亚别墅，一座始建于18世纪的狩猎庄园。国王居住在一座被松树和圣栎树环绕的黄色宫殿中。墨索里尼从他那辆"阿尔法·罗密欧"轿车中走出，示意保镖在门外等候。他没有发现，几十名宪兵就隐蔽在宫殿附近的灌木丛后。

皇室近千年来的近亲婚姻令维托里奥·埃马努埃莱三世深受其害。他身高不到5英尺，双腿有些畸形而且智力低下，"沉默寡言、缺乏自信，冷漠得就像汩汩流水下的大理石"。墨索里尼，这位与他合作了20多年的伙伴，私下里称他为"小沙丁鱼"。这位现年73岁的国王喜欢谈论在阿尔卑斯山猎杀山羊，或是如何在那不勒斯国王的庄园内打中28只山鹬的往事。但这个周日下午的会谈主题必然是政治。维托里奥·埃马努埃莱带着领袖走入书房，一名副官站在那里，倾听着门外的动静。

几句穿插着皮埃蒙特方言的闲聊后，国王言归正传。墨索里尼必须辞职。前武装力量总参谋长佩特罗·巴多格里奥元帅将接替他的职务。"亲爱的领袖，局面已无可挽回，此刻你是意大利最遭人恨的人。除了我，你已经没有朋友了，"国王说着，耸了耸肩，"我很抱歉，但除此之外，别无他法。"

尽管只有 5 英尺 7 英寸高，但墨索里尼还是比他的国王高出一头。"你做出了一个极其致命的决定……这将对军队士气造成沉重的打击，"转身离去前他又补充道，"我知道人们恨我。"在门厅入口处，国王与墨索里尼握了握手，随即把门关上，看上去比以往任何时刻都要干瘪。海伦娜王后描述道："情况看上去不太妙。"

墨索里尼大步穿过院子，朝自己的汽车走去，一名宪兵上尉拦住了他："领袖，我奉国王之命保护你的个人安全。"一辆救护车从车道下方缓缓倒了过来，后车门敞开着。宪兵上尉抓住墨索里尼的胳膊，"你必须上这辆车。"很快，这辆救护车冲上萨拉利亚大街，穿过罗马市中心的街道。驶过台伯河后，他们加速赶往位于特拉斯提弗列的一座警察营房，那里哨兵林立，端着上了刺刀的步枪。墨索里尼下车，双臂交叉背在身后，拳头贴着臀部，紧盯着院墙上涂写的一句口号："相信、服从、战斗。"

几分钟后，他又被塞入救护车，驶往莱尼亚诺大街的另一座兵营。他被送入一个小房间后拒绝吃晚饭，并抱怨胃痛。"我已不再迷恋我的躯体，"墨索里尼告诉被召来为他检查的医生，"我现在只对我的道德人格感兴趣。"夜里 11 点，他关了灯，但仍能看见隔壁房间的灯光，一名哨兵守在那里。附近的一部电话不断响起，但无人接听。

夜里 11 点，一条新闻快报发给昏昏沉沉的罗马市民，他们穿着睡衣和睡袍出现在漆黑的街道上。"公民们，快醒来！"他们在特利托内大街上喊叫着，"墨索里尼完蛋了！"在铺着鹅卵石的广场上，素不相识的人们相互拥抱、起舞。驶过的卡车上飘扬着三色旗，士兵们唱着已有 20 余年未曾听到的政治歌曲，一群乱民"喊出了罗马词汇表中所有骂人的脏话"，他们对着黑沉沉的威尼斯宫拳打脚踢，仿佛是这座建筑造成了他们的苦难。

火炬照亮了威尼斯宫现已空无一人的阳台，而曾几何时，目空一切的领袖在那里摆出种种姿势，发表慷慨激昂的演说。从法西斯党部洗劫来的家具被抛入噼啪作响的篝火中。"意大利万岁！"他们高呼着，几个德国士兵以为战争结束了，也加入到欢庆的人群中。"在罗马，人们再也看不到一个佩戴法西斯徽章的人，"接替墨索里尼成为首相的巴多格里奥元帅写道，"法西斯垮台了，适逢其时，就像个烂掉的梨子。"就连墨索里尼自己的报纸也在周一早上换下了通常出现于头版的领袖照，以巴多格里奥的照片替代之。

新政权迅速安抚柏林方面，《钢铁条约》仍然有效，意大利会满怀干劲地将这场对抗盎格鲁-美利坚人的战争继续下去。没人相信他们的说法。"领袖将作为最后一个罗马人被载入历史，但在他庄严的背影后，一帮吉普赛人已经腐烂，"约瑟夫·戈培尔在他的日记中写道，"这场战争中唯一可以肯定的是，意大利将输掉。"

但在罗马，一名年轻妇女在 7 月 26 日的日记中所写的话道出了这个国家的心声："意大利受够了那些英雄。"

不明原因发热

巴顿舒舒服服地住进了巴勒莫的平顶王宫。猩红色地毯像长长的舌头一样穿过走廊，铺着丝质软垫的椅子排列在两旁，镀金的镜子上雕刻着萨沃伊王室的盾徽。6 个拱形前厅将巴顿的卧室与宽阔的餐厅隔开，一间篮球场大小的会议厅内，装饰着体现赫拉克勒斯丰功伟绩的英雄主义油画。在帕拉丁礼拜堂（作家居伊·德·莫泊桑曾比喻，穿过圣坛便进入到一颗宝石中）举行弥撒时，巴顿跪在方格木制天花板下，向万能的主祈祷。

他请求主赐予他力量——"我知道我已被选中，以完成伟大的任务。"他写信给自己的妹夫，但他真正想要的是东面 147 英里处的墨西拿。尽管罗马的政变是个令人意外的惊喜，但对西西里岛战场几乎没有任何影响：防守通往墨西拿道路的仍然是德国人。7 月 23 日，意识到第八集团军需要帮助，亚历山大批准美军沿两条大致平行的道路向东发起攻击：环绕着北部海岸的 113 号公路和通往内陆的 120 号公路。巴顿给富兰克林·罗斯福寄去一幅工兵部队用的破破烂烂的西西里岛地图，上面用粗绿线标明，"截至 7 月 26 日，"第七集团军已占据了大半个岛屿。在抓获战俘和缴获大炮的统计数据上方，一个箭头指向墨西拿，巴顿用蓝色蜡笔参差不齐地写道："我们的希望！"在回信中，总统提出："战争结束后……我让你当埃特纳火山侯爵。"

在赢得了西西里岛西部战斗的胜利后，巴顿终于获得了他热切盼望的名声。《时代》和《新闻周刊》都将他作为本月刊的封面。"报纸上几乎难觅蒙蒂的身影，"比阿特丽斯在 7 月 30 日的信中告诉他，"所有人都想知道他在做什么，以及他为何不再前进了。"巴顿的大军现已超过 20 万人马，但要获得真正的荣耀仍然需要英勇无畏的精神。

"在战争中，我有一种第六感，就像我曾在击剑中运用过的那样，"巴顿告诉她，"另外，我也愿意把握机会。"如果把握机会需要以生命为代价，那也没办法，因为"c'est la guerre"（这是战争）。他建议布拉德利（他的第 2 军在西西里岛中部遭遇德军顽强的抵抗），如果他能早一天到达墨西拿，但代价是"牺牲更多士兵"的话，那他必须"牺牲他们"。7 月 28 日，巴顿告诉第 45 步兵师师长米德尔顿："这是一场赛马，事关美国陆军的声誉。我们必须抢在英国人之前拿下墨西拿。"美军士兵缴获了一批"大众"指挥车后，巴顿提出与休伊特的军官们分享这些车辆，条件是海军助他一臂之力，让他率先到达墨西拿。

每天早上，他那支装甲车队便会冲出巴勒莫，拖着遮天蔽日的尘埃穿越西西里岛内陆。在 113 号或 120 号公路上，巴顿会跳出他那辆配备着电台和地图板的指挥车，像一名职业拳击手那样高举双手，敦促他的部队向东前进。敌人的炮弹在附近炸开时，他便再次测量脉搏，并责备自己在那一瞬间心跳加速。"你有着一双杀手的眼睛，就跟我一样，"在巴勒莫附近一所医院的病房里，他告诉一名负伤的炮兵上尉，"尽快返回前线吧。"另一间病房里都是被截肢的伤员，一名勤务兵发现巴顿躲在厕所里抽泣。"既要当一名集团军司令，又要当一个英雄，这太难了。"他告诉比阿特丽斯。

压力困扰着他。火气一上来，他就很暴躁，现在的他似乎有些情绪不稳，甚至恶言谩骂。这种情况发生在一座窄桥上，一名农夫赶着的骡车，挡住了第 2 装甲师坦克的去路，巴顿抢起他的手杖朝那名农夫头上抽去，并命令一名副官开枪打死骡子，随后将骡子的尸体和大车一同推下了桥。德国人发起空袭时，一个炮组跑到树林里隐蔽起来，据说巴顿挥着手枪冲向他们。

"回到大炮那里，你们这些没胆的王八蛋，"他吼叫着，"你们要是再敢离开自己的大炮，我会亲手毙了你们。"

第 16 步兵团的一名连长，尽管腿上的疮严重感染，但拒绝后撤，这样一个勇敢的人却因为解掉了腿上磨损的绑腿而被巴顿罚款，这件事在被激怒的士兵中迅速传播。"你这 ×× 养的，"他朝特拉斯科特手下一位最好的营长吼道，"你他 × 的干吗不前进了？"各类不合规定的帽子特别令他恼火，第 12 气象中队的士兵们在巴勒莫港口，试图放下一艘坦克登陆舰被卡住的舰艏门，巴顿从他们头上夺过工作帽丢入水里，士兵们一时不知所措。看见第 26 步兵团的一名士兵在钢盔下戴着一顶羊毛帽，巴顿吼道："把那该死的帽子脱掉，让我的杀手们通过。"

晚上，巴顿回到他的王宫，回到萨沃伊的瓷器旁和猩红色地毯上，他在长长的餐桌上谈论有趣的往事，令那些参谋人员深深着迷。然后，他会突然挺直身子，说道："我们来谈谈明天的行动。"等他们商讨过第二天的行动并拟订作战计划后，他便大步走到办公室内那张巨大的红木桌子后的阳台上。他将自己的封地尽收眼底，这是一座无情的城市，一个多世纪来，宗教裁判所将其总部设立于此。在这里，黑手党强迫那些贫民支付费用以获得在教堂台阶上行乞的权利；在这里，遭到戏弄的非洲移民曾被浸入石灰水桶中。湿热的夜晚，老人们坐在铺着绿色台面呢的桌子旁玩着纸牌，喝着黑乎乎的葡萄酒。

"战争不是靠表面上的美德打赢的，"巴顿指出，"否则我将堕入万劫不复的地狱。"

★★★

在打仗方面一丝不苟，甚至有些吹毛求疵的巴顿，在管理军队中一些乏味的事务时却随意到了近乎冷漠的地步。西西里岛上的后勤补给一直是个大问题。在某些地区，炮手们陷入绝望，他们打光了炮弹，而轻武器弹药却堆积如山。在北非得到的教训，在西西里岛却被抛诸脑后，其中就包括设立受过训练的空袭警告系统。在巴勒莫，一声炮击便能让"所有码头工人逃离"，仓皇躲入掩体中。巴顿"从不为这类事情费心思"，约翰·卢卡斯在他的日记中写道。

第 3 章　岛屿堡垒

在第七集团军内，没有什么比医疗物资补给这个重要的问题更 SNAFU、TARFU、FUMTU 的了。"这就像一个疯子驾驶着汽车在高速公路上飞驰，既不停下加油，也不检查引擎。"盟军总司令部的一位高级军医描述道。作战部队的人数已超过 20 万，但是战地医院的病床只有 3 300 张，以至于许多轻伤员也必须送至北非加以救治。"爱斯基摩人行动"期间，2.3 万名获准住院的伤员只能睡在层叠的病床上。医护人员需要的救护车只得到了一半，毛毯和夹板也严重短缺。医疗用品在运输过程中损毁和被错放的情况非常严重。

西西里岛是一片无情的战场。由于炎热、脱水和肠胃疾病，许多士兵每天瘦一磅：第七集团军似乎正在缩小、消融。割伤和瘀伤很难痊愈，被称为"西西里症"。针对不同伤员的各种症状，盟军总司令部精心编制了一份代码表："RNS"意为"恢复得不够理想"；"SR"代表"急剧恶化"；被送回美国的士兵被称为"Z.I.'ed"，意思是"送往大后方"。

政府签发的保险单引发了激烈的嘲讽和戏谑。"今晚我得写信告诉我妈妈，"一名死里逃生的士兵说道，"她又失去了一万美元。"特拉斯科特的士兵们学会用墨水将自己的姓名和军籍号码写在绑腿上，在爆炸中，这要比"狗牌"更管用。幸运儿炫耀着他们的好运气。"现在就让你知道我还是完整的一块，什么都没缺，也许能让你放心些。"7 月下旬，一名身负重伤的士兵写信告诉他的妻子。

倒霉蛋则要依赖那些在可怕条件下忙碌的医生和护士们，他们付出了巨大努力。手术在手电筒的照明下进行，手术台四周挂着白色床单，以便聚集光线。《科利尔》杂志社的记者弗兰克·格维西观摩医生做截肢手术，看了一个小时后，他不禁想起伊拉斯谟尖刻的警句："Dulce bellum inexpertis."（对那些从未经历过的人来说，战争挺有趣。）"护士，我表现得如何？"第 3 步兵师一名 18 岁的伤员问道。她吻了吻他的额头，说道："大兵，你表现得很不错。"他微微一笑："我只是确认一下。"说罢便死去了。一位军医指出，被烧死的人已变为"烧毁的布料、皮肤和头发组成的灰烬"。一名被烧得漆黑的士兵告诉他："我猜，我身上的晒斑都没了。"对许多人来说，治疗就是注射 1/4 格令的吗啡，并在额头上用碘酒涂上个"M"。（急救包中的吗啡具有麻醉、镇痛的功效，但过量的话会导致伤员送命，因此，

注射过吗啡后必须做出标志，以免伤员送至后方被再次注射。"M"的意思就是"已注射过吗啡"。——译者注）

可现在，"M"代表另一个更具灾难性的含义。1740年，作家霍勒斯·沃波尔曾指出，每年夏天都有"一种名叫mal'aria的可怕东西"在意大利肆虐。战前，洛克菲勒基金会曾针对疾病发生地发表过一份长达16卷的研究报告，这种疾病极为盛行，每年造成300万人丧生。意大利到处都是五斑按蚊（被美军士兵简称为Ann），是地中海疟疾发病率最高的地区。数百年来，人们一直用奎宁抑制疟疾的发烧症状，但美国的奎宁几乎全部来自东印度群岛的金鸡纳树，那些地方现在已被日本人控制。为寻找一种替代品，美国科学家试验了1.4万种化合物，并在数十名志愿者身上进行测试。最终证明，最佳的替代品是最初由德国染料行业合成的物质"疟涤平"。

士兵们讨厌这种药物，称之为"黄色胆汁"。这东西的味道很苦，会造成胃部不适，皮肤会变黄，进而有传言说它会造成阳痿，甚至是不育。许多士兵不再服用疟涤平，对于预防疾病也越来越松懈。另外，一些疟疾防治专家直到进攻行动发起数周后才赶至西西里岛。士兵们越来越粗心大意，甚至不愿意在夜晚遮盖裸露的皮肤。防蚊网短缺，驱虫剂也毫无效果，士兵们一致认为"西西里的蚊子非常喜欢自己"。

在"爱斯基摩人行动"前夕，舰队起航时，1 000多名在北非患上疟疾的士兵被留了下来。7月23日，军医检测出西西里岛染上疟疾的第一起病例。到8月初，已有数千名发烧、嗜睡的士兵被这种疾病击倒。1万起病例席卷了第七集团军，第八集团军的患者多达1.2万人（卡塔尼亚平原的沼泽深具危害性）。总之，第十五集团军群在西西里岛因疟疾造成的减员，已经超过了战斗伤亡。一位医史学家得出结论："第七集团军在西西里岛的疾病记录，是二战期间美国野战集团军中最为混乱的。"登革热、白蛉热和马耳他热等病例也在该岛出现，从这么多发热症中区分出疟疾变得非常困难，以至于许多患者被简单地确诊为"不明原因发热"，被士兵们称为"fuo"。

在第45步兵师急救站的病人中，有"一个身穿陆军工作服，背着一条睡袋的虚弱的小个子"，他就是厄尼·派尔。医生最初诊断他患了疟疾，随后又认为是痢疾，最终确认为"战场发烧"，这种病症显然是由"吸入太多灰尘、饮食不良、睡眠不足、疲劳和身处前线地区导致的神经紧张"造成。

和许多人一样，派尔曾目睹过折磨他身心的情景。

近一周以来，在一所战地医院里出现了更为可怕的景象。"垂死的伤员被送入我们的帐篷，他们临终前发出的喉鸣让所有交谈声都停顿下来，使我们陷入了沉思。"派尔写道。手术帐篷外的一条壕沟里"堆满了医生从伤员身上剪下的血淋淋的衣袖和裤腿"。派尔指出"尘埃和疲惫是如何将一张张面孔变得一模一样"。躺在担架上的伤员中，只有一个"金发碧眼者"似乎与众不同，"就像野草中的一朵鲜花"。医生们用薄薄的白纱布盖住奄奄一息者的面孔。派尔将永远记住一名特殊的伤员：

> 这个垂死的伤员独自一人，躺在置于一条过道的担架上，因为帐篷都满了……他生命中的最后几分钟在孤独中度过，这令我深感痛苦。

在这种情况下，巴顿于 8 月 3 日周二中午过后不久，来到尼科西亚附近的第 15 后送医院进行视察。当天早上，他的心情非常好，因为艾森豪威尔给他发来电报，他将因为于 7 月 11 日在杰拉地区反击战中的英勇表现而获得杰出服役十字勋章。在离开巴勒莫驶上 113 号公路，并转入内陆赶往尼科西亚前，巴顿指出："沿途的死尸气味非常明显。"

一种不同的气味从野战医院的接收帐篷中飘出，这是一种消毒液和血液混合在一起的味道。绿色的灯光从帆布帐篷中透出，艰难的呼吸声充斥着病房，仿佛帐篷布本身在叹息似的。从盟军司令部赶来和巴顿一起来视察的卢卡斯将军指出，那些"英勇、负伤、一脸茫然的小伙子们"躺在帆布床上，其中一名伤员"右臂从肩膀处生生断掉。他已休克，脸上满是泪水……作为一名将军，本应该狠下心肠，但有时候这很难做到"。

第 26 步兵团的列兵查尔斯·H. 库尔无精打采地坐在病房中间的凳子上。参军前，库尔是印第安纳州一名铺地毯的工人。他已入伍 8 个月，自 6 月初以来，一直在第 1 步兵师服役。前一天在一所营急救站接受检查后，他服用了阿米妥钠（一种具有催眠作用的巴比妥类药物），随后被转至第 15 后送医院，这里的医生初步诊断后得出结论："中度神经焦虑症。这名士兵在 10 天内两次入院，显然，他已无法承受前线的压力。"如果进行更加细致的检查便会发现，库尔还患有疟疾和慢性腹泻，并伴有 102.2 华氏度（39 摄氏度）的高烧。

巴顿问库尔伤在哪里。这名士兵耸了耸肩，说他"感到紧张"而不是负了伤。他又补充道："我觉得自己再也受不了了。"令在场的医生和伤员们大感惊讶的是，巴顿用他叠在一起的两只手套抽向库尔的脸。"你这个胆小鬼，滚出帐篷！"他吼道，"你不配跟这些英勇负伤的美国人待在一起。"他揪住库尔的衣领，把他拖至帐篷的入口处，抬起穿着骑兵靴的脚，猛地把他踢了出去。"不许这个婊子养的进来，"巴顿怒吼道，"我不想让他这种懦弱的混蛋带着他们令人恶心的怯懦藏在这里，把这个光荣的地方搞得臭气熏天。"朝着医生和畏畏缩缩的库尔怒骂了一番后，巴顿说道："你们立刻把他送回部队。你这个没胆子的混蛋，听到我的话了吗？你要回前线去。"

发完火，巴顿回到自己的指挥车上驱车离开，他已想好一篇通告，要发给下属们："少数士兵打算以紧张、丧失作战能力为借口，躲入战地医院。这些人都是懦夫，只会给军队抹黑，并令他们的战友蒙羞。"列兵库尔后被送至北非接受治疗，随后返回第 26 步兵团参加了 11 个月后的诺曼底登陆。战后，他在南本德的一家工厂工作，1971 年，55 岁的库尔因心脏病发作而去世。卢卡斯认为这起事件"没什么大不了的"，很快便返回阿尔及尔，并未向艾森豪威尔提及此事。在日记中，巴顿提到了列兵库尔："我给了他斗志……为了一个孩子的成长，有时候不得不抽他耳光。"

一周后的 8 月 10 日，一场类似的事件发生在几乎相同的情况下，这次是在西西里岛北部海岸圣斯特凡诺附近的第 93 后送医院。列兵保罗·G. 贝内特是来自南卡罗来纳州的炮手，在珍珠港事件前便已入伍。此时他被要求撤离至第 17 野战炮兵团，尽管他恳求医护人员让他跟自己的部队待在一起。他脱水、发烧，并因战友身负重伤而紧张不安，显得"迷茫、虚弱、无精打采"。下午 1 点 30 分，在对接收帐篷进行临时视察时，巴顿走到浑身发颤的贝内特身边，后者试图从自己的病床上坐起。"我的神经有问题，"贝内特说道，"我能听见炮弹飞来的声音，却听不到它们的爆炸声。"

"这家伙在说些什么？他是怎么回事？"巴顿问道。主治医生伸手去拿一份记录，可还没等他做出回答，巴顿已经爆发了。"你的神经，去你 × 的。你只是个该死的懦夫，你这个怕死的婊子养的！"他吼道，"你应该被拉去枪毙。我现在就该亲手毙了你！"说着，他从枪套内拔出手枪，对着贝内特的脸挥舞，又用手抽他耳光。一名护士朝巴顿扑来，但被一位医生拦住。"我希望你立刻让这家伙离开这里。"巴顿告诉被喧闹声吸引至帐篷中的医院负责人唐纳德·E.柯里尔上校。巴顿转身离开，随即又朝贝内特冲来，用上足够的气力将他头上的钢盔衬帽打掉。过了片刻，在相邻的一间病房内，巴顿突然间啜泣起来。"我实在忍不住了。看见你们这些英勇的小伙子我就心如刀绞，"他的声音提高到近乎尖叫的地步，"一想到一个怯懦的王八蛋居然躲在这里，我就怒不可遏。"

回到车上，巴顿告诉柯里尔："我决不允许这些懦夫在我们的医院里瞎转悠。总有一天，我们也许不得不枪毙他们，否则我们就将培养出一帮白痴。"伦敦《每日邮报》的一名记者赶到时，刚好听见巴顿说："根本没有弹震症这种事，这是犹太人发明的。"这位气恼的集团军司令驱车赶至奥马尔·布拉德利的第2军军部。"对不起，我来晚了，布拉德利。我在一所医院停留了片刻。那儿有几个装病的家伙，"他说他打了其中一个，"以便给他们增加些胆量。"

1943年8月在西西里岛发生的这两起体罚事件受到前所未有的审查、分析和谴责。即便巴顿是因为不堪承受压力而失控，其行为依然是"不可原谅和愚蠢的"，用柯里尔上校的话来说便是如此。他令自己和他所珍视的陆军蒙羞，数十年来，一提及他的名字，人们不仅会想起他在战场上的辉煌表现，还会想到他理应受到谴责的行径，而这种行径有失一个美国人的身份。

就目前而言，发生在这两座炎热、臭气熏天的帐篷中的事件依然不为公众所知，尽管窃窃私语声已传遍了整支部队。经过一周的休息和牧师的辅导，列兵贝内特重返前线。"别告诉我的妻子。"他恳求道。布拉德利从第93后送医院拿到了报告，他命令"把它锁在我的保险柜里"，这是盲目忠诚所导致的玩忽职守的行为。没有什么保险箱能长久地锁住秘密。

至于巴顿，他对此既不感到后悔，也未做出反省。掌掴贝内特后，他告诉他的参谋人员，并在自己的日记中写道："也许我挽救了他的灵魂，如果他有灵魂的话。"

"大红一师"的不幸

就在巴顿与他的心魔搏斗之际，西西里岛的战斗仍在继续，或者说变得更加激烈了。"天！"一名英国军官惊叹道，"这座山丘可真陡。"这种抱怨主要针对遍布西西里岛荒地中的崎岖不平的斜坡、石灰岩构成的石林及火山的陡坡。"我希望有一天我们能居高临下地作战，换换口味。"第16步兵团的一名上尉在7月30日写信给他的家人。沟壑和尖锐的山脊在长满仙人掌的山坡上形成缝隙。高地上燃烧的杂草（由用于驱赶德军步兵的火焰喷射器喷出的凝固汽油引发）将天空染成红色，空气中充斥着栓皮栎树燃烧的气味。

敌人实施的爆破令糟糕的地形环境变得更加恶劣。据估计，光是美军作战区域内便有160座桥梁被炸毁，通常是"每一个桥墩都被彻底破坏"。厄尼·派尔指出："德国人布设了比突尼斯更多的地雷。"埃特纳火山四周的火山土中所含的铁矿石干扰了金属探测器，德军工兵也展现出他们越来越"歹毒"的聪明才智，例如，将反坦克地雷放入道路的凹陷处，再覆盖沥青。的确，墨索里尼被推翻后，意大利军队更加无心作战。"士兵们疲惫不堪，而且丧失了信心。"7月31日，一名意大利将军向罗马报告。但岛上的4万名德军士兵丝毫没有显露出任何衰弱的迹象。沿着埃特纳防线，风钻和手提钻的轰鸣声从各个山坡传来，加强据点构成的一条弧线从北部海岸的圣弗拉泰洛开始延伸，绕过火山南翼，直至卡塔尼亚上方的伊奥尼亚海。盟军的空中和海上优势根本无法在山区发挥作用。在山地，骡子替代了DUKW。部队在乡村搜罗饲料、驮鞍和骨瘦如柴的西西里骡马。

一个步兵营在无路可寻的内陆战斗一周，就需要数百匹骡子驮运食物、饮水和弹药。一名英国军官称赞这些牲畜"听觉灵敏，在选择路径时表现得异常聪明"，并满怀崇敬地为它们所感动，"在没有理想和信念的支持下，它们与士兵们共同经历危险和艰辛"。但其他人则保持着警惕：一份美国陆军手册提醒大家，骡子"暴躁、不安分，可能很想知道自己将以何种方式死去"。最为典型的是一匹名叫"麻烦"的骡子，第45步兵师的一名驭手描述它为"西西里岛上脾气最坏的牲畜"。

比尔·达比的坐骑名叫"玫瑰花蕾"，"每次试图给它装上鞍辔时"它都会咬他的屁股。（游骑兵里的恶作剧者给一头名叫"惠特尼"的骡子喂了一把苯丙胺药片，它后来便改名为"海军上将"。）出色的骡子驭手很快变得比神枪手还宝贵。一名士兵叮嘱道："让骡子听话的办法是凑到它耳边低语。"第45步兵师的一位前兽医把他的骡队编上号码和识别牌，甚至将"有突出表现"的骡子提升为下士和中士。尽管如此，无法克服的语言障碍还是令许多士兵无所适从。"骡子听不懂英语，"第180步兵团的一名军官抱怨道，"实际上，我们不得不找来些会说意大利语的骡子翻译，这样，我们才能管理这些牲畜。"

★★★

"山连山，山叠山，山上满是尘埃和云霭，"特德·罗斯福在7月下旬写信告诉埃莉诺，"山上一片雪白时，士兵们看上去就像是马戏团里的小丑。"凯塞林不断将新部队派至岛上，罗斯福补充道：

> 他们是新锐部队，而我们已疲惫不堪……那些登山、徒步跋涉和连续作战的士兵已被彻底累垮。这就是我们一些部队目前的状况……正如雅典人（在公元前413年）从这里撤退时，尼西亚斯所说的那样："人们做着他们要做的事，承担着他们必须承担的责任。"

随着英军的右翼仍受阻于卡塔尼亚，蒙哥马利的主力部队爬上埃特纳火山的西南山麓。美军按照亚历山大的命令，沿两条平行的轴线向墨西拿推进。在第七集团军左侧，特拉斯科特的第3师沿着113号海岸公路接替了第45步兵师。在南面，特里·艾伦的"大红一师"已夺下恩纳（在加拿大军队从该镇侧翼形成了包抄之势后，德国人放弃了恩纳），并推进至120号公路。该师随后转身向东，夺取了甘吉、斯佩尔林加和尼科西亚。撤离前，敌军破坏了这些地方的商店和教堂。

罗斯福将一支卡宾枪放在腿上，驾驶着他那辆"莽骑兵"吉普车冲入尼科西亚，和他手下的军官在镇长办公室里分享了葡萄酒和奶酪。乔治·比德尔写道，尽管迫击炮弹片夺去了罗斯福的两颗牙齿，但他喜欢"用法语、拉丁语和英语哼唱歌曲的片段或朗诵诗句"，同时还为"这个匆忙的世界"

缺乏学识而大发感慨。

夺取每一座城镇都付出了代价。自 3 周前"爱斯基摩人行动"开始以来，第 1 步兵师已伤亡近 1 600 人，几乎每十个士兵中便有一人遭遇不幸。第 16 步兵团的一名中尉被手榴弹炸掉了右肘以下的一大截手臂，他走了一夜才在一所急救站附近找到一名哨兵，可这位中尉忘记了当日的口令，于是他"像美国兵那样破口大骂，直到确认了身份，才被送入急救站"。《时代》周刊的约翰·赫西在尼科西亚听见一名肩膀中弹的士兵对一个失明的战友说道："我们回去，把那些浑蛋干掉。"那位失明的士兵犹豫了，说道："眼睛可是很脆弱的东西。"

晃着手杖走在士兵们当中的罗斯福注意到，"他们的衣服肮脏，个个看起来都萎靡不振、疲惫不堪"。德国人用诡计诱杀 19 名美军士兵的报告被迅速传播，愤怒和杀戮欲随之蔓延开来。还有个奇怪的传闻，说 B-17 将对埃特纳火山口实施轰炸，让敌人葬身熔岩。

炮击响彻整夜，炮口闪烁的火焰形成的涟漪，就像沿着炮轴线形成的链状闪电。赫西写道："轰击这些山丘，就像从旧衣服里抖虱子。"每个步兵都配发了大量弹药。"如果下半生要为此纳税的话，我才不在乎呢，"一名士兵说道，"只要他们把那些东西投向敌人，而不是把我投出去。"

运送面包的卡车每天早上从杰拉附近的一个面包店送来 900 条面包，并将阵亡士兵的尸体拖回蓬泰奥利沃的临时墓地。夜里，士兵们挤在毛毯搭成的帐篷下，既为取暖也是为了防止香烟的闪光被敌巡逻队发现。"一种在任何地方都无法与之相比的战友情谊将我们联系在一起，我们在这里同生共死，浴血奋战。"7 月 31 日，第 16 步兵团的约瑟夫·T. 道森上尉写信告诉他的家人。但除了战友情谊，孤独和自我怀疑也困扰着每一位士兵。"我发现自己急切地接受了能让我离开危险地带的一切借口，"一名军需官在 7 月 27 日的日记中写道，"天，我真为自己感到恶心。如果我知道该怎么做的话，一定让自己调换个真正危险的工作，看看自己能否适应。"

人们做着他们要做的事，承担着他们必须承担的责任。巴顿认为，一个步兵师经历了持续两周的作战后，"会因为人员损失和疲惫"而导致作战效能下降。第 1 步兵师的作战行动已经持续了四周。"等这一切结束后，"一名士兵若有所思地说道，"我不介意回到威斯康星州，看着牛群度过我的余生。"与许多人一样，特德·罗斯福也会以分散注意力的方式获得安慰。"覆盖着房屋前壁的爬山虎怎样了？红豆杉还好吗？"他问埃莉诺，"种些果树，那些老树肯定很快会死去的。"

★ ★ ★

美联社的唐·怀特海德写道，西西里岛上的城镇"就像老人们白发苍苍的头上戴的破帽子那样坐落在一个个山顶上"。没有哪顶破帽子所处的位置比特罗伊纳更高，它位于尼科西亚东北方 14 英里处的 120 号公路上，是西西里岛海拔最高的镇子。3 周前，德军第 15 装甲掷弹兵师开始从西西里岛西部后撤，目前正停在这个城镇。

7 月 29 日的倾盆大雨使河水暴涨，淹没了道路，拖缓了美军的追击。德军掷弹兵师利用这一喘息之机，在特罗伊纳南面和北面的高地上挖掘阵地、布设地雷，该镇已成为埃特纳火山防线上的一个关键点。4 个炮兵连占据了镇子东面的冲沟，身穿原野灰军装的炮兵观测员爬上诺曼教堂的两座尖塔，将埃特纳火山尽收眼底。对一支全副武装的守军来说，西面的景象甚至更加令人激动：从那个方向而来的任何进攻者都必须经过光秃秃、长达 3 英里的 120 号公路。特罗伊纳镇 1.2 万名居民已逃入山中，或躲进了自家的石屋里。

1943 年 7 月 28 日，第 1 步兵师第 16 步兵团 A 连正向特罗伊纳推进，这是西西里岛上海拔最高、防御最严密的镇子。"特罗伊纳之战是美国人自第一次世界大战以来打得最艰难的战斗，"一名将军得出结论，"而且，那场战争中也很少有能与特罗伊纳之战相提并论的战斗。"

7 月 31 日周六晚上，在西面 5 英里处，位于山顶的切拉米镇，特里·艾伦用望远镜查看着公路，直到它消失在下一条山脊朦胧、双塔结构的堡垒中。桉树和夹竹桃刺鼻的气味穿过破旧的学校，这里已成为第 1 步兵师的师部。涂写着法西斯口号的教室墙壁，在附近 155 毫米口径"长汤姆"炮的轰鸣声中震颤。在一幅战术地图上画出的一个个圆圈中，艾伦将他认为敌人可能据守的地点旁边标上字母"E"。"据守这里的敌人可能会与我们迄今为止遇到的其他敌人一样顽强抵抗。"他告诉记者们，"尼科西亚的陷落，可能意味着德国人将不得不撤至他们的下一个道路网，在特罗伊纳。"

如果运气好的话，艾伦希望敌人会在美军今晚发动进攻前率先发起反击，从而暴露在"长汤姆"和其他大炮的火力之下。但美军情报部门认为，德国人会继续后撤，穿过特罗伊纳赶往墨西拿。第 1 步兵师的 G-2 在 7 月 29 日总结道："德国人非常疲惫、弹药短缺、伤员众多、士气低落。"第 2 军在当天报告，"有迹象表明特罗伊纳的防御很薄弱"，难民也声称镇内的德军士兵不多。艾伦曾计划用两个步兵团包围特罗伊纳，并以 165 门大炮支援，令人鼓舞的报告和轻松夺取切拉米镇的喜悦使他将进攻兵力减少为一个团——第 39 步兵团，该团是数天前第 9 步兵师借给他的。空中侦察本来能揭示德军防御工事的真实状况，但新拍的胶片被送至北非处理，冲洗出的照片尚未送回西西里岛。"你们下达命令，我的师来执行，"艾伦告诉记者们，"剩下的就看运气了。"他那穿了孔的面颊发出一阵轻柔的嘶嘶声。

艾伦以因长期骑马而形成的僵硬步态走到位于指挥部 100 码外的一片僻静的橄榄树林中。"这场战争真令人厌恶，"两天前他写信给妻子玛丽·弗兰，"对第 1 步兵师来说，要长时间艰苦作战，根本没有时间放松。"尽管如此，一场休整就在眼前。布拉德利打算用刚从北非赶来的第 9 步兵师余部接替"大红一师"。这个想法很有吸引力，因为新兵可以立即投入战斗，但艾伦告诉部下："在被接替前拿下特罗伊纳，这是我们的责任。"

他在一棵古老的橄榄树灰绿色的枝干旁跪下，请求上帝保佑他的部队"免遭不必要的伤亡"，并祈祷"今晚不会浪费士兵们的生命"。他重新回到部队里时，一名发际斑白的中士对他说："见鬼，特里，别担心了，我们会为你拿下这座该死的小镇。"

第 3 章 岛屿堡垒

★ ★ ★

夏季漫长的黄昏消失在西面，第 39 步兵团的 3 000 名士兵沿着切拉米镇下方 120 号公路穿过起伏不平的地面。他们的军装口袋鼓鼓囊囊，塞着卫生纸、K 级口粮和备用弹药。唐·怀特海德看着队伍向特罗伊纳蜿蜒而去，参差不齐的剪影映在地平线上。"每次看着士兵们迈着沉重的步伐投入战斗，"他写道，"我都强忍住一种啜泣的冲动。"

在一座果园里，负责协调这场进攻的是一名 35 岁的中校约翰·J. 托菲三世。汗水湿透了他的羊毛衬衫，他在地图板和电台之间来回走动，轻微的尘埃在他的靴下腾起。"你能将迫击炮火力集中至 492-140 附近吗？"托菲抓起话筒问道，"动用你所拥有的每一件该死的武器，向 492-140 开火。你明白吗？好的，干吧。"

托菲是个大块头，身高 6 英尺 1 英寸，体重 200 磅，运动员式的体型曾使他成为《科利尔》杂志其中一期的封面。那时他穿着泳衣，戴着马球头盔，身上挂着棒球手套、网球拍、钓鱼竿和高尔夫球杆。他的教育背景包括菲利普斯·埃克塞特学院和康奈尔大学。他的父亲曾跟随潘兴在墨西哥打过仗，最终退役时是新泽西州国民警卫队的少将司令。他的祖父老约翰·托菲曾在 1863 年的传教士岭战役中获得过荣誉勋章，老约翰这样写道："从书本上了解一场战役是一件很棒的事情，但靠近一场战争就没那么棒了，我可不想再次靠近战争了。" 1865 年 4 月 14 日，因战伤在华盛顿特区休养的老约翰出席了福特剧院的演出，并目睹了林肯遇刺。据家族口口相传，对行刺阴谋者进行审判时，老约翰出庭作证（他勒住了一匹脱缰的马，而这匹马有可能曾被用于犯罪行为），并目睹了绞刑的整个过程。

大萧条时期曾在俄亥俄州销售过瓶盖的杰克·托菲对他军人世家的血统问心无愧。1940 年，他从国民警卫队被召入联邦军队。他在"火炬行动"中跟随特拉斯科特的部队登陆摩洛哥，随后指挥一个营参加了突尼斯战役。3 月下旬他的膝盖在马克纳西中了一枪。"骨头都没了，"他写信告诉妻子海伦，"别为此担心。"经过 2 个月的恢复，他一瘸一拐地出任第 39 步兵团副团长，刚好赶上西西里岛战役。托菲在岛上忙了 2 周，卓有成效，他的上司在空袭中负伤后，他指挥全团作战一周，至少抓获了 7 000 名俘虏。

9个月的战争经历使他看上去比实际年龄大许多。他英勇善战,也疲惫不堪,已成为校级军官(从少校至上校)的象征。这些校官们从艰苦的战斗中学会了许多东西,影响着欧洲上百个战场的风云态势。托菲和他的同僚将着手改进美国陆军在突尼斯战役中表现的战术缺点:未能及时夺取制高点;没有察觉到德国人立即发起反击的倾向;巡逻和查看地图方面的缺陷曾经导致整个营遭遇伏击;另外还有步兵、装甲部队及其他兵种协同作战能力低下的问题。

他现在对战争已不抱幻想,觉得毫无乐趣可言。"战争就是'谢尔曼'所说的那样,与电影和小说描绘的毫不相干。"托菲曾在北非这样写道。经历战事的同时,他试着照顾好自己的家人,照料自己的部下,甚至还研究作战艺术。他将汇款单和战时债券寄给海伦,她在哥伦布市带着他们的两个孩子等着他;他在部队食堂购买了1 300份牛排用于节日晚餐;订阅《步兵》杂志,阅读《战争与和平》。"每过一天都更接近年底,"他在信中写道,"我依然想你想得要命,而且,这种状况不会得到缓解。"

在突尼斯负伤后,他更相信宿命论了。他告诉海伦,托菲家族三代从军的底蕴已经足够。他希望12岁的儿子约翰四世"能成为一名医生或者律师,不要再当兵了,就算他当兵的话,也不要再当步兵"。(托菲的愿望没能实现,他的儿子约翰四世参军入伍,也是一名步兵,并参加了朝鲜战争。——译者注)他的祖父曾写过,太过靠近一场战争不是件好事,他不想再次陷入战争。杰克·托菲非常清楚这一点,尽管现在他有工作要完成。"最近一直觉得有些眩晕,但膝盖还不错,今晚的感觉还更好些,"他在进攻特罗伊纳前这样写道,"睡眠不足,疲惫,但今天对我们而言是个好日子。"

★★★

可是接下来的6天对他们所有人来说都糟透了。8月1日周日,第39步兵团的右翼慢慢逼近至特罗伊纳镇附近1英里内。但该团的左翼撞上了猛烈的迫击炮和机枪火力,德军掷弹兵在午夜前发起的反击将该团主力逼退至切拉米镇附近的高地,甚至将美军的一个营削弱到只剩下300余人。"那里的火力非常凶猛,"第1步兵师的一名军官提醒道,"我们径直落入敌人的牙齿中间。"艾伦似乎同意了这个看法,命令另外两个团从北面和南面迂回,准备包围敌人。不过，也许是希望避免他曾为之祈祷过的"不必要的伤亡"，艾伦又取消了这道命令，继续由第 39 步兵团独自夺取特罗伊纳镇。

哈里·A. 弗林特上校是第 39 步兵团的新团长，也是杰克·托菲的上司。他消瘦、面部平展，出生于佛蒙特州，是个传奇人物，巴顿认为他是"整个该死的第七集团军里最勇敢的战士"。55 岁的弗林特在马球比赛中受的伤不计其数，1940 年还患过一次严重的中风，可他仍然活了下来。部下们试图将德国人逐出据点时，他站立在一块突出的岩石上，光着膀子，脖子上扎了条黑色头巾，手上夹着根"布尔·达勒姆"牌香烟，大声吼道："见鬼！看看那些拙劣的德国佬。上次大战他们就打不准，这次还是打不准。"

在随后的战斗中，一位年轻的炮兵指挥官威廉·C. 威斯特摩兰中校发现弗林特和特德·罗斯福在用一把小折刀玩掷刀游戏。在获知威斯特摩兰陈旧的榴弹炮已经有半数的后座机构损坏后，弗林特回答说："那你只能指望另外半数的火力了，这没什么区别，你只需要用快一倍的速度开火好了。"罗斯福也不甘示弱，被告知全师已发射了价值 100 万美元的弹药后，他命令道："再花上 100 万。"（*威斯特摩兰中校后来成为美国陆军参谋长，驻越美军总司令。——译者注*）

可蛮干并未能赢得当日的战斗，第二天也一样，此后的几天也是如此。艾伦终于意识到，需要发动一场全面攻击，于是命令第 26 步兵团绕至北面，第 18 步兵团从南面推进，第 16 步兵团与疲惫的第 39 团从正面直扑特罗伊纳镇。"特罗伊纳比我们预想的更加顽强，"他通过电话告诉布拉德利，"这就意味着我们要将这一棘手的区域留给第 9 步兵师。要是你没意见的话，我们就将这样做。"

一座座山丘得而复失、反复易手。德国人的战壕挖得非常深，就连上方嗡嗡作响的侦察机也无法发现他们大炮和反坦克炮无烟火药的迹象。为打破僵局，艾伦下令于 8 月 3 日清晨重新发起一次进攻，将攻击重点放在南面。拂晓时，第 16 步兵团被德军猛烈的火力压制，敌人以坦克和步兵发起反击，全靠克利夫特·安德鲁斯所率师属炮兵部队的掩护，该团才未被敌人打垮。下午晚些时候，进攻方和防御方在特罗伊纳西南方的冲沟内混成一片。为了避免误伤友军，美军的大炮沉寂下来。待敌掷弹兵突破至一箭之遥时，美军步兵喊出了当天的盘查口令："巧克力？"并等待对方回答——"糖果"。

北面的进展也没好到哪里去。第 26 步兵团的士兵们用手榴弹、手枪和枪托在一座被称为 1035 高地的小山丘上厮杀。地雷被引爆时发出尖锐的"砰"声，再加上惨叫声就意味着又有人被炸断一只脚或一条腿。直到夜里 11 点，天色完全黑了下来，伤员才被疏散。燃烧的灌木丛炙热难当，德军士兵腐烂的尸体污染了一条汩汩流过山沟的小溪。"前线士兵已疲惫不堪，"第 16 步兵团的一个营用电台报告道，"弹药也所剩无几。"

　　骡子运来了一些补给物资，但飞机空投的补给大多落入敌人手中，士兵们嚼着麦秆，以缓解饥饿感。陆航队的飞机于 8 月 4 日周三下午开始发起空袭，除了那些被炸弹误伤的人，每个士兵都欢呼起来。一名中士率领的队伍遭到攻击后，他命令部下们脱下汗衫，沿着一条沟堤摊开。"出于某种原因，他们觉得空中的飞行员应该认出这些汗衫属于友军部队，"唐·怀特海德写道，他就在这群光着身子的士兵们中，"我猜是通过洗衣牌。"

　　8 月 5 日周四黄昏时，"大红一师"的各个步兵连已被削弱了 2/3，每个连只剩下六七十人。据第 26 步兵团的 I 连报告，他们只剩下 17 人尚能作战。该团的 F 连被打垮后，连长带着一部电台趴在特罗伊纳北面 1 英里处，呼叫炮火对该连散兵坑 50 码范围内展开齐射。他写信给父亲："也许我无法继续维系我的好运了。"从"战场发烧"中恢复后，厄尼·派尔出现在切拉米镇，开始新一轮的工作。"透过望远镜看去，那座老城镇似乎被炸得粉碎，"他看过对特罗伊纳的轰炸后写道，"巨大的尘埃和黑色的硝烟升入空中，直到占满了整条地平线，连天空都变得模糊起来。"派尔穿着他"一贯的组合式作战服装"，遭遇空袭时并未戴钢盔，他抓过一把工兵铲盖在自己头上。令他感到遗憾的是，"可怕的疲倦渐渐征服了每个人……你只是对这一切感到厌倦而已"。

　　特里·艾伦也对特罗伊纳深感厌倦，便精心策划了一次总攻。8 月 6 日周五，他将发起行动包抄特罗伊纳，消灭镇内残余的德军。可在拂晓后，第一支美军巡逻队悄悄摸入镇郊时，才发现德国人已经撤离。在过去一周发起的 20 余次反击中，德军第 15 装甲掷弹兵师已损失了 1 600 多人。这些掷弹兵沿着 120 号公路逃往切萨罗和兰达佐，在尘土中留下他们钉靴的足印。凯塞林还批准"赫尔曼·戈林"师撤离位于海岸边缘的卡塔尼亚。埃特纳防线已经断裂，取而代之的是一条横跨墨西拿半岛的连贯防线。

"镇内敌军已被肃清。"上午 10 点前不久,一支巡逻队报告。军方的一份战后报告指出,特罗伊纳"被严重破坏"。记者们的目标更加明确,他们溜入镇内,发现了"一座恐怖之城,活着的只有抽泣的、歇斯底里的男人、女人和孩子",《纽约时报》的赫伯特·马修斯写道。他描述了一幅场景,而这幅场景将会在后面的道路上一直重复,直到到达博洛尼亚:"在撕裂的街道上,到处是悲伤、恐惧、痛苦和房屋被炸毁后形成的瓦砾堆。"

阵亡的德军和美军士兵的"尸体上覆盖着一层蛆,这使那些尸体看上去似乎还活着,还在抽搐",第 16 步兵团的一名军官写道,"你无法将这种死亡的气味从你的头发中祛除,至于衣服,最好的办法就是把它们烧掉"。第 26 步兵团的唐纳德·V. 赫尔格森上尉盯着一个被烧焦的德军迫击炮组:"这对部队的士气没有好处。"他的军士长并不赞同他的说法:"这当然会鼓舞士气,他们是德国佬,不是吗?"一个美国兵从一名死去的德军掷弹兵身上割下德国国防军的皮带扣,并宣称"Gott mit Uns 改变立场了"。("Gott mit Uns"是德军皮带扣上铭刻的一句话,意思是"上帝与我们同在"。——译者注)

大约 150 具尸体倒在街道和一座中世纪的塔楼内。一股令人作呕的臭味从特罗伊纳的地窖中渗出。破裂的水管冒着泡泡,一颗未爆炸的炸弹堵住了教堂的走道。市政厅内,受伤的市民"赤裸裸地趴在百叶窗或担架上,皮肤已变成灰色",乔治·比德尔描述道。人们在废墟中发现了一个婴儿,他攥着死去的妈妈的头发,攥得如此之紧,以至于救护者不得不将头发剪掉。怀特海德推开一扇巨大的橡木门,向教堂散发着恶臭的地下室走去。在微弱的光线下,他看见几百名难民和他们的排泄物住在一起。他写道:"男人、女人和孩子像动物那样蜷缩在他们那一小堆食物和物品中。"一个年轻的姑娘用英语告诉他:"我们一直活在痛苦中,但现在一切都变了。"

"在特罗伊纳,美国人打了一场自第一次世界大战以来最艰难的战斗,"卢卡斯将军总结道,"很少有能与特罗伊纳之战相提并论的战斗。"第 1 步兵师的伤亡超过 500 人,第 39 步兵团的伤亡更大。"现在我真的需要远航到你所在的海岸。"8 月 6 日,战斗停息后,杰克·托菲写信给海伦。战斗一场一场结束,杰克想知道,纽约是否会选择第五大道作为该市战后胜利游行的舞台。在一张给幼子的便条中,杰克表明了他的心中仍存有希望:"德

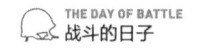

国佬现在肯定知道自己遭到了痛击,他们的日子屈指可数了……为我早日回家祈祷吧,我们会搞定一切的。"

★ ★ ★

特罗伊纳镇的枪声平息之后,"大红一师"师部收到三封电报。第一封电报解除了特里·艾伦的师长职务,第二封电报解除了特德·罗斯福的副师长职务,第三封电报宣布由克拉伦斯·R.许布纳少将接替艾伦担任师长。许布纳是堪萨斯人,获得过高级勋章,曾在第一次世界大战期间指挥过一个团,那时他还不到 30 岁。"特里读着电报,有那么一刻一言不发,随后他像个高度紧张的学生妹那样放声痛哭,"克利夫特·安德鲁斯回忆道,"这是个可怕的打击。"

作为一名热切的猎人,布拉德利在扣动扳机前一直死死地盯着艾伦。他后来声称,"战争中最难办的事情莫过于解除我认识的人的职务"。但布拉德利似乎对撤销艾伦的职务感到心安理得。在他看来,艾伦"喜怒无常、桀骜不驯",而且"自怨自艾,太过骄傲"。在 7 月 25 日写给艾森豪威尔的一张便条中,布拉德利这样描述第 1 步兵师:"疲惫不堪,我怀疑特里和特德的状况比第 1 师更为严重。"在布拉德利的催促下,巴顿于三天后正式提出换将的要求,这封信由卢卡斯带至阿尔及尔。巴顿在日记中说这两人"患有战斗疲劳症",而他却忘了自己曾拒绝承认世界上存在这种病症。

布拉德利和巴顿都没有为这次解职做出更加全面的解释。归根结底,这起事件反映出布拉德利个人对艾伦的敌意。推诿接踵而至。巴顿和布拉德利都声称,他们只是在执行陆军部轮换高级指挥官的命令。巴顿暗示,艾伦回国后将指挥一个军。布拉德利则声称,艾伦在特罗伊纳"瞎指挥",自己"不得不直接过问该师的战术计划"。但艾伦于 1943 年 4 月 16 日至 8 月 5 日的评估报告是由布拉德利亲自撰写并签署的,其中指出,"该师对尼科西亚和特罗伊纳的进攻计划制订得非常好,执行得也很好,结果非常成功"。布拉德利没有提及从他的军部发出的错误情报,没有提及他自己曾坚信德国人会通过特罗伊纳撤往切萨罗,也没有提及他曾认可只派遣一个团进攻特罗伊纳。

特罗伊纳在 8 月 6 日陷落后,艾伦的解职令被公开,全师一片哗然,他们觉得愤怒而又难以置信。"就连粗野的老资格中士们也不加掩饰地哭了起来。"第 18 步兵团的一名士兵写道。作为一个残酷的巧合,艾伦出现在《时代》周刊 8 月 9 日的封面上,文章称他为"战争和历史的一个特殊标志"。在写给马歇尔的信中,艾伦感谢这位参谋长给了自己指挥第 1 步兵师长达 15 个月之久的机会。在给艾森豪威尔的信中,他承认自己"过于关注步兵们的需要"。事实上,他已筋疲力尽,尽管他自己不承认这一点:在写给小儿子的信中,他不光写错了日期,还弄错了月份。"离开第 1 师很痛苦,"他告诉玛丽·弗兰,"但这就是军人的命运。"

后来有传言说他曾精神崩溃过一次,这种说法令他恼怒不已,他不知道是不是因为他反天主教或是缺一张西点军校的毕业证书所致。回到得克萨斯州后,他满脸泪水地躲掉了一场欢迎他回家的派对。但他很快又打起精神,也许是意识到陆军和战争都少不了他。在特罗伊纳附近,准备离开第 1 师时,他坐在那里,让乔治·比德尔为他画一张素描,这幅钢笔画勾勒出他那拳击手的鼻子、颈部结实的肌肉、间距很宽的双眼及梳得整整齐齐的稀疏头发,他甚至还露出了一丝微笑。瞥了眼手表,艾伦叫来自己的司机:"告诉他们打电话给布拉德利将军,我会在 15 分钟后赶到。"(与意大利战役中因指挥不力而被解职的数位美军将领相比,特里·艾伦的遭遇非常耐人寻味。尽管他随后又出任第 104 步兵师师长,并在欧洲战场上表现出色,但他再未受到重用,他的职务从未超过师级,直到退役,军衔一直都是少将。——译者注)

至于特德·罗斯福,撤职的打击令他"痛苦、沮丧、郁郁不乐",一名军官这样说道。在给全师的一封公开信中,他写道:"我已奉命滚蛋,这令我痛苦不已。"在向第 26 步兵团作个人道别时(他在第一次世界大战中曾指挥过这个团),"他不禁失声痛哭,士兵们默默无语"。在给布拉德利的信中,罗斯福写道:"我们宁愿在前线对付德国人,也比在后方跟你那些人打交道要强得多。"比德尔·史密斯告诉罗斯福,他不够格去指挥一个师,相反他会被调至新组建的第十五集团军,担任法国部队的联络官。"我伤心欲绝,"他告诉埃莉诺,带着点自伤自怜,"除了我们的上司,每个人都喜欢我。"

埃莉诺前往五角大楼私下找到马歇尔(也许是她的名字起了作用),后者直言不讳地告诉她,特德"依然表现得像个团长",而且"未能承担作为步兵师中一名准将的全部职责,也没能完成任务"。

但罗斯福感觉到还有更沉重的命运在等着他。与罗伯特·卡帕一同驱车赶往巴勒莫的途中,他的副官唱着牛仔歌曲,他则一如既往,流利地背了首诗。这首诗可以在他背包里一本折了角的《天路历程》中找到:"我并不为在来这里的途中所受的种种苦难感到后悔……我遍体鳞伤。"他后来在给埃莉诺的信中写道:"活得越久,我就越是钦佩坚毅这一品质——那些倒下的人振作精神爬起来,随后再次被绊倒,仍然试着再次爬起,直到生命终结。"

墨西拿,新的起点

一座山脊接着一座山脊,一条公路接着一条公路,一个城镇接着一个城镇,西西里岛渐渐落入不断前进的盟军手中。蒙哥马利的右翼在卡塔尼亚拖延了两个多星期后,终于再次缓缓前行。英国人唱道:"我们立刻向前。"一条蜿蜒延伸 170 英里的盟军战线无情地收缩至 45 英里,10 万名敌军士兵撤过埃特纳火山,进入墨西拿半岛狭长的"漏斗"中。"我很享受这场战役,"8 月 4 日,蒙哥马利在日记本上留下他整齐的黑色字体,"过度拉伸的德国佬已无法抵御我的部队。"他声称已将德国人"逼入困境",其他人则对这一说法持怀疑态度。艾森豪威尔的空军司令、空军中将阿瑟·特德爵士在 8 月 7 日致一位同僚的信中写道:"拿破仑永远坚持他惯用的正面进攻,这样就没有风险了。"

虽然他们的推进断断续续(第一天 9 000 码,第二天 3 000 码),可总算是前进了,尽管到处是地雷和诡雷,还有戴着瞄准镜隐藏在山坡上巴洛克时期墓地中的狙击手。卡塔尼亚镇长举行了一场夸张的签名仪式,交出了他的城镇。镇内的 10 万所房屋,只剩下 1/5 尚能居住。从床到餐叉,德国人抢走了一切,还炸毁了西西里银行和科罗娜酒店。英国士兵和饥饿的西西里人到处寻找残余的食物。难民们争夺着一包包英国饼干,而身穿黑衣的老妇蹲在自家门前,仿佛"她们知道所有的生命都是邪恶的",记者克里斯托弗·巴克利写道。

为拦截后撤的德军部队,盟国空军通常会炸毁西西里岛各个城镇,但作用微乎其微，反而炸死了数以千计的平民百姓，并给英美军队的前进造成了麻烦。30颗未爆炸的炸弹落在阿德拉诺的废墟中，该镇位于埃特纳火山西南坡，被破坏得极其严重，工兵部队需要花费36个小时才能在遍地瓦砾中开辟出一条单车道。"士兵们应避免朝意大利宪兵开枪射击，"英国军官张贴的倡议书上写道，"他们有权携带步枪。"一个个步兵营交替掩护着穿过荆棘和矢车菊，躲避着敌人的炮火。

在某个镇子，当地的一支乐队迎接了加拿大军队，轮流演奏《天佑吾王》和《德意志高于一切》。在位于埃特纳火山西北肩的勃朗特镇，民众高呼着"纳尔逊勋爵！纳尔逊勋爵！"。亚历山大将军在一座建于11世纪诺曼城堡里的留言簿上写下自己的名字，凯塞林元帅的签名就在他上面，而这座城堡曾属于英国的那位海上英雄。英军士兵的墓地星罗棋布，像小型墓群那样点缀着卡塔尼亚平原和火山的缓坡。他们的身份识别牌从木制的十字架上垂下，负责下葬的人员用煤油擦洗双手，并将阵亡者的钢盔收集起来，以便重新配发。

他们上方就是隐约可见的埃特纳火山，那是神话传说中火神的熔炉，它被一座座炭炉和一条条伐木通道弄得伤痕累累，这些道路旁边栽种了灌木丛作为围挡，以驱赶牲畜。日落时，阳光被折射成色彩，在冒着烟的火山口上方舞动：空气中掺杂着硫化物和纯净的氯化物。8月13日前，英国人几乎已绕过直径25英里的火山锥。据说一名英军上校在仔细查看地图，研究第七、第八集团军各自占领的区域时曾抱怨道："可恶的巴顿，他把我们包围了。"

★★★

巴顿为自己包围了蒙哥马利而感到高兴，但实际上，他正试图包围部分后撤中的敌军。接替"大红一师"的美军第9步兵师从特罗伊纳沿120号公路直奔兰达佐。这座容纳了1.4万人的城镇中，只剩下5座尚能居住的房屋。兰达佐镇内散落着太多的死尸（这里也许是西西里岛遭受破坏最严重的一个镇子），以至于"跟牧师商量后，决定用汽油焚烧这些尸体"，陆军一份报告指出。"我恨不能哭上几次，"一位士兵写信告诉家人，"但我不觉得在这样一个地方会对我有什么帮助。"

为了最大限度地利用制海权所形成的侧翼优势，巴顿于 8 月 10 日命令布拉德利在次日早上发动一场两栖进攻，投入一个营，在西西里岛北部海岸，德军防线后方 12 英里处登陆。如果能夺取位于布罗洛附近 113 号沿海公路上方隐约可见的奇波拉峰，美军便能切断德军第 29 装甲掷弹兵师后卫部队的退路，特拉斯科特的第 3 师就可以走上一条畅通无阻的大道，直奔东面 40 英里处的墨西拿。尽管这个计划很大胆，但人手不足，盟军的两栖行动经常这样，妨碍了巴顿横穿西西里岛。

特拉斯科特从第 30 步兵团中抽出一个营投入这次登陆行动，他请求推迟一天，以便让炮兵就位，支援步兵就能更加靠近布罗洛。布拉德利同意了，他认为这次行动"无关紧要"，甚至是"蛮干"，他讨厌巴顿纯粹为了战胜蒙哥马利，率先进入墨西拿而干涉军长的战术安排。（布拉德利在回忆录中指出，这种"蛙跳"战术出自他的构想。他批准特拉斯科特推迟行动是因为如果支援步兵不能及时赶到的话，登陆部队会遭受重大伤亡，这就是下文中巴顿会有"良心"一说的原因。——译者注）但这一推迟激怒了巴顿：8 月 10 日周二夜间，经过数次火爆的电话沟通后，9 点 45 分，他一脸怒气地赶到第 3 师师部。在特拉诺瓦镇外的一座橄榄油加工厂，他找到了特拉斯科特，后者正拿着一张地图在踱步。"卢希恩，你怎么回事？"巴顿问道，"难道你害怕战斗？"

"将军，"特拉斯科特说道，他的石炭酸咆哮声与巴顿刺耳的声调形成了鲜明的对比，"你知道，这太荒谬了，而且是一种侮辱。"

"特拉斯科特将军，如果你的良心不允许你执行这次行动，我就撤你的职，换个愿意干的人来指挥。"

"将军，只要你愿意，随时可以将我撤职，这是你的权力。"

"我不想这样做，"巴顿说道，"作为一名运动员，你太老了，以至于不相信这有可能会延误比赛。"

"你也够老的，所以不知道比赛有时候需要被推迟。"

"这次不会，"巴顿说道，"记住腓特烈大帝说过的话：大胆，更大胆！永远大胆！我知道你会获胜的。"（大胆，更大胆！永远大胆！L'audace, toujours l'audace！据说这句话出自拿破仑或丹东。但这里的错误引用并非作者失误，而是巴顿犯的小错，1970 年拍摄的电影《巴顿将军》中同样

出现了这个错误。——译者注）

用军衔解决了这场争执后，巴顿伸出胳膊搂住特拉斯科特的肩膀："把你的酒拿出来，我们喝一杯。"回到巴勒莫的王宫，巴顿躺在了床上，他后来在日记中承认："我也许太顽固了。"

这场两栖作战打得非常糟糕。莱尔·A.伯纳德今年33岁，这位身材粗壮的中校带着他不满员的第2营，搭乘9艘船只，在"费城"号巡洋舰和6艘驱逐舰的掩护下，于周三凌晨1点到达布罗洛镇外2英里的海面上。在一轮橙色的弦月照耀下，美军士兵爬入DUKW和登陆艇，有人用口琴吹起《昼与夜》的曲调。

凌晨3点前，第一波次登陆部队迅速冲过粗砾石海滩，进入一片柠檬园。"小心铁丝网！"一个声音叫道。两个步兵连控制着滩头，另外两个连向奇波拉峰而去。他们紧紧抓着地上的草丛，以免滑下山坡。那条沿着113号公路的通道太过狭窄，无法从海滩上穿越。没多久，坦克就都卡在了沟里或是撞上果园的石墙。在奇波拉山顶上，8名德国兵在睡梦中被俘，但很快便响起了警报声。彩色信号弹蹿入空中，德国人的曳光弹扫向山丘、海滩和海面。唐·怀特海德和几名记者跟伯纳德中校待在一起，他指出，"每次两栖登陆战都是一场混乱"。

黎明到来了，德军炮手终于得以看清自己的目标。在将电话线拖上山坡的过程中，15名美军士兵阵亡，15匹拖拉弹药的骡子中有13匹被打死。上午10点25分，"费城"号巡洋舰开炮射击，随后，由于担心遭德国空军袭击，它和其他护航军舰驶向巴勒莫。特拉斯科特的支援请求将这艘巡洋舰叫了回来，40分钟的舰炮射击后，它再次驶离。

"形势依然危急。"伯纳德在山顶的指挥部呼叫特拉斯科特。戴着煤斗形钢盔的德军掷弹兵小心翼翼地穿过下方紫色的阴影。吸着他红色的烟斗，伯纳德告诉怀特海德："今天下午我们会很麻烦。"坦克炮弹引燃了杂草，火焰烧断了伯纳德中校与部下、与下方平原上海军舰炮观测员联系的电话线。饮水和弹药都已不足，士兵们将杉树枝盖在他们狭窄的战壕上，以遮挡炽热的阳光。

下午4点，7架美军轰炸机轰鸣着出现在山顶上空，士兵们发出响亮的欢呼声。但欢呼声随即停顿下来，因为两颗炸弹击中了伯纳德的指挥所，大团火焰和呼啸的弹片造成 19 名士兵伤亡。其他一些误投的炸弹击中了下方的炮兵，4 门尚存的榴弹炮被摧毁。士兵们咒骂着，哭泣着。一名负伤的医护兵试图用小刀割断自己被炸碎的胳膊。德国人的坦克和机枪火力越来越猛烈。"敌人发起了凶猛的反击，"伯纳德用电台呼叫特拉斯科特，"想办法做点什么。"

下午 5 点，"费城"号巡洋舰再次从迷蒙的海雾中出现，15 分钟内发射了 1 000 发炮弹，并与德国空军的"福克－沃尔夫"交火，随后再次返回巴勒莫，再也没有回来。伯纳德派出传令兵，召集平原上幸存的士兵，加入到现在被他称为"我们最后的防御圈"中。除了跳入海中向西游去的人外，海滩上的士兵已寥寥无几。黄昏降临，曳光弹明亮起来。橄榄树枝在风中摇曳，子弹四处呼啸。伯纳德叼着他熄灭的烟斗，士兵们用工兵铲挖掘散兵坑。

8 月 12 日拂晓，一名哨兵跑了过来。德国人已经退往卡拉瓦角，他们将在那里对 113 号公路上一段高 150 英尺的山腰进行爆破，将其炸入海中，然后再赶往墨西拿。"长官，我看见公路上有部队和车辆移动。"哨兵告诉伯纳德。第 30 步兵团的士兵很快从西面出现，油腻腻的硝烟在柠檬园上方盘旋，清晨的空气中充斥着浓烟、汗水和汽油燃烧的气味。

公路上出现了一辆敞篷指挥车，车上飘着一面三星将旗。巴顿站在后排，他的钢盔在阳光下熠熠生辉。他用手里的轻便手杖指向奇波拉峰，宣布道："美国士兵是世界上最伟大的军人。"士兵和骡子像垫脚石那样躺在被熏黑的山坡上。"大胆"令伯纳德的营付出了 177 人伤亡的代价，收效却微乎其微。"只有美军士兵能爬上这样的山峰。"巴顿说道。在道路旁听见这番话的怀特海德在日记中写道："整个场面令我感到厌恶。"

★ ★ ★

凯塞林元帅早就意识到西西里岛可能会失守，尽管他坚信自己在岛上的部队能牵制那十余个盟军师一段时间。柏林方面想知道究竟是谁牵制了谁。吸取了斯大林格勒和突尼斯的教训，德军最高统帅部早在 7 月 15 日就坚持认为，"我们宝贵的人员必须得到挽救"。7 月 26 日，柏林方面命令西西里岛守军做好撤离的准备，为避免惊动意大利人，这道命令被直接发给待在弗拉斯卡蒂的凯塞林。墨索里尼被废黜后，希特勒担心巴多格里奥政权会以放弃西西里岛为借口，就此退出《钢铁条约》。

墨西拿海峡的防御任务被交给一个来自石勒苏益格 - 荷尔施泰因、有些另类的上校，他叫恩斯特·京特·巴德，是亚里士多德和塞内卡的信徒。他曾为他的朋友们印制过一些诗集，他更喜欢苏格兰短裙而不是长裤，他的鲁格尔手枪放在一个苏格兰皮袋内，而不是塞在枪套里。8 月 10 日前，他已将墨西拿变为可能是欧洲防御最严密的地点。西西里岛海岸和位于海峡对岸 2 英里处的卡拉布里亚布设了 500 门大炮。德国工兵在两岸布置了十来处经过精心伪装的轮渡点，并集结了 33 条驳船、76 艘摩托艇，还有十来艘"西贝尔"渡轮，这种大型登陆艇在其浮筒上安装了两台飞机发动机，最初是 1940 年为入侵英国而设计的。巴德甚至为德军后卫部队准备了食物、白兰地和香烟。

1.2 万名德军后勤人员和 4 000 多辆汽车已于 8 月初悄悄离开了西西里岛。凯塞林计算，撤离剩余部队还需要 5 个晚上。经过安排，作战部队将沿着 5 条连贯的防线逐渐后撤，倒锥形的墨西拿半岛非常有利于撤退。无法带走的燃油泵被砸碎，再用锤子和斧头加以破坏。"手榴弹特别有效。"一道指令中建议道。巨大的篝火堆焚烧着剩余物资，德军士兵"喊叫着将那些东西抛入火中：板条箱、椅子、帐篷、行军床、电话、工具……一切都淋上了汽油"。

意大利指挥官们很快便听说了德国人的疏散计划，并于 8 月 3 日开始自己的撤退行动。凯塞林没有通知柏林或等待希特勒的批准，便下令于 8 月 11 日下午 6 点开始"课程行动"，此刻伯纳德的营正在布罗洛为自身的生存而战。"赫尔曼·戈林"师率先撤离，被一支由"兴登堡"号飞艇前任机长指挥的船队搭载。数百名浑身发颤的疟疾患者也挤上渡轮，以 6 节的航速完成这 30 分钟的跨海之旅。油灯在临时码头上摇曳。夜色遮住了盟军飞行员的视线，但每个焦虑的德军士兵都会仰头张望，聆听会把他们炸上天国的 B-17 轰炸机的声响。

B-17 轰炸机没有出现。"爱斯基摩人行动"开始时，盟军指挥官就没有制订任何关于切断墨西拿海峡的作战计划，而在西西里岛战役达到高潮时，这样的计划也没有出现。盟军的粗心，甚至可以说是疏忽，使凯塞林的部队得到了在突尼斯未能得到的东西，即全身而退的机会。

英国人的无线电窃听部门早在 8 月 1 日便得到了许多线索，包括关于分配给 4 个德国师的渡轮、燃料储存和拦阻气球的消息。但阿尔及尔盟军司令部的情报部门却在 8 月 10 日认为"没有足够的证据证明敌人打算立即撤退"，尽管亚历山大将军在一周前发给海军上将坎宁安和空军中将特德的一封电报中指出过，有迹象表明敌人正在准备后撤。"你们肯定有某些协调计划来应对这种可能。"他补充道。这让蒙哥马利大发雷霆："事实是，根本没有任何计划。"直到 8 月 14 日夜里 10 点，德军的疏散进入第四天后，亚历山大发电报给特德："现在看来，德国人真的开始后撤了。"可就在几个小时前，盟军司令部还再次报告"没有任何大规模撤退的迹象"。

盟军飞行员有理由害怕"火力苍穹"，巴德的炮火可以覆盖海峡上空。但就算数量充足，其高射炮的射程也不够。二战初期生产的新式 88 毫米口径高射炮射程可达 2.5 万英尺，比 B-17"空中堡垒"的飞行高度还要高，但该种高射炮已在突尼斯战役中悉数损毁。可是，盟国空中力量指挥官不愿意将其战略轰炸机部队（拥有近千架轰炸机）从那不勒斯、博洛尼亚和其他一些纵深目标调离。另外一些较小型的"惠灵顿""米切尔""波士顿""巴尔的摩""战鹰"和"小鹰"战机对海峡进行了扫射。可是，这些空中行动基本上没有太大的作用：从 7 月下旬至 8 月中旬，1 万架次在地中海地区飞行的盟军轰炸机和战斗轰炸机中，只有 1/4 对墨西拿周围的目标进行了打击。在德国人的"课程行动"开始前，盟军的 B-17 轰炸机曾对海峡展开过 3 次空袭，但当轴心国军队于 8 月 13 日加紧撤退时，所有"空中堡垒"编队又转而打击罗马的铁路编组场。

海军将领也有理由担心巴德凶猛的岸基火炮及"章鱼触角般的探照灯光束"。身处突尼斯的坎宁安上将曾下达过一道著名的命令："击沉、烧毁、摧毁，不让任何东西通过。"但在这里，他没有下达这样的指令。"这里没有有效的手段阻止他们，无论是从海上还是从空中。"坎宁安说道，休伊特对此表示赞同。巡逻艇和小型舰只发起了骚扰性袭击，但英国和美国的海军将领拒绝派遣他们的大型舰艇冒险出击。战略家 J.F.C. 富勒写道："世界上两个最大的海上强国已不再具备海洋作战意识。"

盟军高级指挥官从未考虑过该如何阻止敌人后撤的问题。他们的注意力越来越多地集中在当年9月要对意大利本土发动的进攻行动上，从未要求艾森豪威尔抽调战略轰炸机和其他资源，全力拦阻后撤的敌军。

另外，艾森豪威尔也没有想要干涉这个问题。8月10日，他的医生对他疲惫的模样感到震惊，便嘱咐他卧床休息。艾森豪威尔休息了三天。"他是个急脾气，只允许自己休息这么久。"布彻指出。也许是感觉到错失了机会，8月13日周五早上，艾森豪威尔"在床上辗转反侧，在屋内走来走去，激动地告诉我，他将成为历史的'罪人'"，布彻补充道——因为参加"爱斯基摩人行动"的部队"未能在墨西拿海峡两侧登陆，从而切断整个西西里岛"。

★ ★ ★

"在过去几天，敌人一直没有发起更猛烈的进攻，这一点令人惊异。"墨西拿船队指挥官古斯塔夫·冯·利本施泰因上尉在8月15日的战时日记中写道。德军的疏散完全不受干扰，他们摸透了"盎格鲁-撒克逊人的习惯"，专门挑清晨、午饭和下午茶时间登船撤离。意大利港口指挥官设置了炸毁码头的定时炸弹，于8月16日离开墨西拿。200名掷弹兵据守位于城外4英里处的一个十字路口，随后便撤离，登上了最后几艘汽艇。德军工兵用绳子绑住一瓶酒扔进海里，以起到"冰镇"的效果，靠近卡拉布里亚海岸时，他们举杯畅饮。一支意大利8人巡逻队被落下了，8月17日上午8点30分，一艘德国救援艇将他们带离海岸。而此刻盟军部队已聚集在墨西拿。

约有4万名德军士兵和7万名意大利士兵逃脱，上个月还有1.35万名伤员被疏散。德军还带走了1万辆汽车（因为偷窃行为肆无忌惮，所以带走的汽车比他们带到西西里岛的车辆还要多）和47辆坦克。跟随意大利士兵一同撤离的还有十来头骡子。"德国佬的撤退技巧着实娴熟，他们肯定早就计划好了。"一名英军少校指出。

凯塞林宣称，撤离西西里岛的德国军队"完全适合作战，并已做好再次参战的准备"。这个说法有些夸张，因为自7月10日以来，轴心国军队已被盟军和疟疾折腾得焦头烂额。但这些逃脱的部队（第15、第29装甲掷弹兵师、第1伞兵师和"赫尔曼·戈林"师）将在接下来的几个月里令成千上万名盟军士兵丧生。"现在，我们将把我们的力量部署到别处，"冯·利本施泰因上尉上岸后写道，"我完全相信我们的祖国将获得最终的胜利。"

★★★

8月17日上午10点，巴顿来到墨西拿西面的高地上，有海风拂过。从这里开始，113号公路向下蜿蜒，通入城内。在山肩部等待的特拉斯科特向他敬礼。在巴勒莫，他曾接到过命令，集团军司令未到前不得入城，所以，当天上午早些时候，特拉斯科特拒绝了一个身穿礼服的平民代表团的投降。

第7步兵团的一个排在昨晚8点便已进入墨西拿市中心，与留下来的德军狙击手交火，随后，一个游骑兵营和其他美军部队也赶到了，他们接到的命令是"确保英国人没有抢在我们前面夺取这座城市"。待蒙哥马利第4装甲旅的一名上校赶到时（他的吉普车后座上摆着风笛和一把苏格兰阔剑），美国人已将墨西拿据为己有。当布拉德利听说，西西里岛上还有些残存的敌人，而巴顿却开始为他自己举办起入城仪式时，不由得愤怒不已。"该死的，"他说道，"乔治想给自己搞一场阅兵式。"

巴顿此刻正受白蛉热的煎熬，高烧至103华氏度（39.4摄氏度），根本不在乎布拉德利的情绪。他赢得了冲向墨西拿的比赛，西西里岛战役结束了。公路上方的一堵混凝土墙壁上，"DUCE"（领袖）这个词被漆成白色，变得异常显眼，从意大利本土都能看清。朦胧的卡拉布里亚坐落在海峡对岸，那片海域是斯库拉的居住地，她有12只脚，6个头，吞食奥德修斯的6名桨手时，会发出小狗一样的叫声。德国人从对岸射来的炮弹雨点般落在墨西拿城下方，在港口激起白色的喷泉。"你们站在这里干吗？"巴顿问道。

车辆向山下驶去，高速拐过发夹弯，巴顿的指挥车和一辆装甲车走在最前方，引领整支车队。"美军士兵们沿着通入城内的道路而去，"跟随巴顿随从人员一同赶到的卢卡斯指出，"他们疲惫不已，身上污秽不堪，许多人几乎已无法行走。"一发炮弹击中公路上方的山坡，第三辆车内的一名上校和另外几个人被弹片炸伤。指挥车加速行驶。

墨西拿是个糟糕的奖品。这座城市的60%已变为废墟，教堂的屋顶也已坍塌，德国人还在门把手、电灯开关和马桶水箱上安装了诡雷。一些被敌炮火破坏的建筑依然伫立。在一座墓地，棺材从壁龛上震落，遗骨散落在露宿于此的游骑兵当中。此刻，美军的大炮也开始还击，一门被称为"应征入伍者"的 155 毫米口径火炮向意大利本土射出了盟军的第一发炮弹。数百万发炮弹很快将接踵而至。

尽管墨西拿城内的 20 万居民已逃走了四分之三，但还是有一大群人夹道欢迎巴顿。他们鼓掌，抛掷着葡萄和牵牛花。伴随着呼啸的炮火，市政厅广场举行了一场简单的仪式，市长正式将墨西拿交给征服者。

"1943 年 8 月 17 日上午 10 点前，最后一名德军士兵被逐出西西里岛，"亚历山大发电报给丘吉尔，"整个岛屿现在在我们手中。"泄了气的巴顿在周二下午的日记中表现得较为平淡："我非常失望。"

他很快就会感觉更糟糕。当天中午，就在墨西拿的入城仪式进行之际，艾森豪威尔在阿尔及尔重读了一份关于巴顿"耳光事件"的详细报告，这份报告是西西里的一名军医直接发给盟军司令部军医处处长的。几名被激怒的记者很快将整个事件拼凑起来加以证实后，向哈里·布彻和比德尔·史密斯提出警告。"至少有 5 万名美军士兵想干掉巴顿。"《科利尔》杂志社的昆廷·雷诺兹提醒布彻。被领入圣乔治酒店的总司令办公室后，《星期六晚邮报》的德马里·贝斯告诉艾森豪威尔："我们首先是美国人，其次才是记者。"但殴打下属是一种应交由军法审判的罪行。贝斯补充道："每个母亲都会认为她的儿子将是下一个挨耳光的人。"

对于该如何处置自己作战最积极的战地指挥官，艾森豪威尔进退两难，记者们同情他的处境，一致同意"为了美国的利益"不公开这起事件。英国记者没有对此多说什么。西西里岛和北非的 60 名英美记者，对这起事件没有报道一个字。艾森豪威尔度过了几个不眠之夜。一天晚上，在布彻的卧室内踱步时，艾森豪威尔宣称巴顿太自私了，他甚至愿意付出生命——"如果这样做能让他获得更大的名气的话。"但他又补充道："在任何一支军队中，1/3 的士兵是天生的战士和勇士，另外 2/3 则是懦夫和装病的家伙。让这 2/3 的人担心遭受公众的指责，就像巴顿在战役期间所受的那样，这些装病的家伙就会被迫去战斗。"

然而，这种可疑的估测并不代表他原谅了巴顿，艾森豪威尔的五段式谴责信非常严厉，由盟军司令部的军医转交给巴顿：

我不得不质疑你的判断力和自律能力，我甚至不知道你将来是否还能够继续胜任……在我的职业生涯中，从未有哪封信令我感到如此痛苦。

在艾森豪威尔的坚持下，巴顿将向被他得罪的人道歉。8月21日，卢卡斯将军飞抵巴勒莫，为巴顿颁发他在杰拉赢得的杰出服役十字勋章。他建议巴顿为自己"过激的言行"公开表达歉意。

由于暂时没有其他惩罚措施，秘密监察长的一份报告提醒，事情有可能被泄露，"并令陆军感到尴尬"。但艾森豪威尔还是决定不告诉马歇尔，只是含糊地暗示，作为集团军司令，巴顿"有对下属吼叫的习惯"。他补充说："我们绝对不能失去巴顿，他的才智是无可替代的，除非他自己毁了自己。"

在给艾森豪威尔的回信中，巴顿低声下气："真不知道该用什么话来表达我的懊恼和悔恨，因为我给你——一个我深受他恩泽并乐于为他献出生命的人——带来了不快。"私下里，他在悔罪与反抗间摇摆不定。"我坦率地承认，我的方式是错误的。"他在日记中写道。但在给一位朋友的信中，他又写道："如果我不得不再次这样做的话，我仍会这样做。"他在8月22日给比阿特丽斯的信中还提及私下里给艾森豪威尔起的绰号："我似乎让'天赐使命'有点抓狂，但这一切都会过去的。"

按照命令，他向列兵库尔道歉，库尔后来认为，巴顿本人"也患有轻度的战斗疲劳症"。8月21日，向列兵贝内特道歉后，巴顿在王宫举行晚宴，欢迎艺人鲍勃·霍普和他的劳军团，他们"放声高歌，一直持续至深夜"。歌手弗朗西斯·兰格弗德结束了《拥抱你》的低吟后，巴顿将霍普拉到一旁，搂着他的脖子。"你能帮我很大的忙，"巴顿说道，"回国后，我希望你能去电台宣传一下。我想让美国公众知道，我爱我那些部下。"

8月24日，巴顿分别奔赴5个师公开道歉，花了一个多星期的时间。他发表了一次长达19段的演讲，其间穿插了许多即兴的粗话。"我曾多次犯过错，批评和大声吼叫都很过激，"他站在一个临时搭建的台子上说道，"我对此感到抱歉。"有些部队甚至拒绝他这种温和的自责。"不，将军，不必如此！"特拉斯科特第60步兵团的士兵们喊道。他们激动地挥舞钢盔，发出雷鸣般的吼叫："乔——治！乔——治！"对于这种热情，巴顿不可能不为之动容。"去他×的吧！"他说道，随即登上指挥车离去。站在车内，他向部下们敬礼,泪水顺着他的脸颊滚滚而下。

其他部队则没有这么宽容。8月27日星期五,当天"比地狱还要热",中午前,整个第1步兵师列队进入帕尔马河畔的一座天然圆形剧场。"不得携带武器。"师里下达了这样的指令,军官们又叮嘱:"不得起哄。"聚集起来的几个团属乐队演奏起军乐,巴顿的汽车拉着警笛,穿过一片军绿色海洋,向舞台驶去。讲了20分钟后,巴顿用一句赞美结束了这次道歉:"你们的名望将永存。"他向国旗敬礼,随即扬长而去。

1.5万名士兵默默地坐着。"这肯定是有史以来,一位美国将军所做的最不可思议的演讲。"第26步兵团的一名上尉嘀咕道。巴顿"用了那么多脏话,搞得我实在不明白他说了些什么",一名士兵说道。而另一名士兵则抱怨道:"那个××的将军,骂人的话太多了。"有些士兵想知道他是否会为解除艾伦和罗斯福的职务而道歉,但大多数人漠不关心。他们以沉默"来表达对他的排斥",一名炮兵中士解释道,随即又补充说:"我们鄙视他。"

巴顿回到王宫。对他的流放已经开始,他期盼这场放逐能在战争结束前结束。"我很高兴能离开这座炼狱般的岛屿,"他写信给一位朋友,"这肯定是我曾去过的最荒凉、最沉闷的地方。"在给比阿特丽斯的信中,他若有所思地写道:"我一直是个漂浮在命运之河中的过客。此刻,我看不清下一个转弯处的情形,但我想会没事的。"

★★★

历时38天的战役已经结束,又有1万平方英里原本由轴心国控制的领土被盟军夺回。巴顿认为"爱斯基摩人行动"是"一个关于如何打仗的近乎完美的案例",而且毫无疑问,这次行动已经获得了明显的收益。墨索里尼的垮台越来越快,地中海的海上通道进一步通畅了,其中还包括通往苏联南部的补给线及经苏伊士运河通向南亚的航道。伴随着工兵部队的努力,盟军迅速在西西里岛建起了空军基地。苏联前线的压力已得到缓解,为了将部队抽调至意大利和巴尔干地区,希特勒在库尔斯克发起的大规模攻势只持续了一周便被取消。

美军在凯塞林山口被重创的信心终于得以恢复。4个陆军师已成为经验丰富的作战部队,加入了在突尼斯得到锻炼的4个师的行列。海军和地面部队之间的配合得到改善，他们还在山地战、阻击战术、伪装术和作战负载方面获得了许多经验教训，在以后的战斗中，这对他们大有裨益。

对敌海岸发起一场大规模两栖进攻的经验，对尚未发起的进攻行动来说是非常宝贵的——特别是在诺曼底。"我们知道我们能再次做到，"第45步兵师的炮兵指挥官雷·麦克莱恩准将说道，"因为我们已获得成功。"

交战双方都付出了惨重的代价。美军伤亡总计8 800人，其中2 237人阵亡，另外还有1.3万人因病住院。英军伤亡1.28万人，其中2 721人阵亡。轴心国伤亡近2.9万人——据意大利方面统计，德军在西西里岛阵亡4 300人，意大利军阵亡4 700人。但还有14万名轴心国士兵被俘，几乎都是意大利人，这使最终的伤亡统计发生了严重的倾斜。

对盟军而言，这场战役"取得了巨大的成功，但并不完整"，正如一名德国海军将领所说的那样。5万名德军士兵冒着被盟军空中和海上力量攻击的危险，在其意大利盟友几近崩溃的情况下，抵挡住近50万盟军的猛攻达5周之久。凯塞林认为，美军的努力大半浪费在夺取西西里岛西部那片"令人乏味的土地"上。他发现盟军指挥官不喜欢冒险，他相信，自己对这个在将来还要交手的敌人已经有了清晰的认识。

"爱斯基摩人行动"在暴露盟军既有的作战缺陷的同时，也出现了一些新问题。崎岖的地形令一支高度机械化却依赖公路的部队的优势（无论是伞降还是机降）"垂直包围"都未能体现其价值。在飞赴西西里岛上空的666架次运输机中，盟军损失了42架飞机，另外118架严重受损，许多是被友军火力误伤。盟军仍然要在加强步兵、装甲兵、炮兵、空军及其他兵种协同作战方面继续努力，因为这是现代化战争的精髓。

有些时候，盟国的空军并不能和地面部队共同参与同一场战役。艾森豪威尔声称："盟军诸兵种间的协作精神现已得到体现……没有必要再将其视为一个问题。"然而这纯属幻想。飞行员与地面士兵之间的关系紧张得如同英国人与美国佬之间的关系。就像历史学家道格拉斯·波切所写的那样，"西西里战役证明，盟国间协作存在许多缺陷，这些缺陷意味着盟军将在意大利遇到问题。"

尽管数以百计的各级战地指挥官在战火中证明了自己的勇气，但仍有些人未能做到这一点。盟军仍然不断从不称职的指挥官中挑选出能力出众者，特拉斯科特在 8 月解除一名团长的职务时说道："在战斗的压力下，你缺乏清晰、冷静的判断力和稳定的心理素质，另外，你过度受到谣传和虚假汇报的影响。"

但那些身居更高领导层的指挥官也没能证明他们就是完全称职的领导。蒙哥马利证明自己"是个出色的领导者，但在战斗中却是个平庸的指挥官"，历史学家杰弗里·佩雷特这样说道，"无法分辨充足与过度之间的区别"。巴顿已带着他的坏脾气退隐到王宫。亚历山大保守、缺乏想象力、容易被下属愚弄，在西西里战役中，他的指挥能力"自始至终显得软弱无力"，英国传记作家奈杰尔·汉密尔顿总结道。至于艾森豪威尔，尽管比 10 个月前在"火炬行动"中有所进步，但他的指挥水准仍然会失常。他尚未成为一位伟大的统帅，因为他还没有展现出一位伟大统帅的卓越品质：将意志施加于战场。

尽管如此，他们还是占领了西西里岛，离罗马更近了，也离柏林更近了。一年前还气势如虹的敌人，现在正在后撤。50 万德军士兵阵亡，被俘和失踪的人更多。西西里战役后，德国空军的一名指挥官写道，很少还有人怀疑"战争的转折点已经到来，我们正走向最终的败亡"。

★ ★ ★

部队停顿下来，许多人很快将被调回英国，为"霸王行动"做准备，其中包括奥马尔·布拉德利和第 1、第 9 步兵师，以及第 2 装甲师、第 82 空降师和另外 3 个英国师。未来漫长的地中海战役被托付给剩下的部队。巴顿常感到沮丧，特拉斯科特在 8 月 25 日给萨拉的信中写道："如果战争一直打下去就没什么问题，正是这种间隔，令人神经紧张。"

这种神经紧张也许是来自他们的反思，这是个难得的机会，让他们有机会考虑自己所经历的一切和接下来要面临的问题。奥迪·墨菲描述自己为"一个跳出常规的囚犯"，他写道："我已看清战争的本质，我不喜欢它。"身为伞兵的詹姆斯·加文在日记中告诫自己："将来，我还要经历许多次战斗……激烈、巧妙而又顽强地奋战，敢于以身涉险并发挥重要作用。"在写给女儿的一张便条中，他梦想能在战后当一名牧师，"什么也不做，只照料鲜花，思考世间的邪恶"。

厄尼·派尔发现，抑郁比战场上的发烧更令人心烦意乱。"昨天就是明天，"他写道，"特罗伊纳就是兰达佐，我们何时才能停步？天哪，我太累了。"他在写给住在新墨西哥州的妻子的信中指出："我无法在那些死者中找到四大自由。在我的精神世界里，这场战争是如此复杂、如此混乱。在那些特别悲伤的日子里，我无法相信世间有什么东西值得发动如此大规模的屠杀，人们要为此承受这样的苦难。"

热心的宪兵在一天内给派尔开出三张罚单，因为他没有戴钢盔、扎绑腿。一名宪兵司令将罚款金额减为 40 美元，而派尔则同意背诵 10 次"我是一名优秀的士兵，努力端正自己的行为，无论何时都会戴好自己的钢盔，扎好绑腿"。在经历了 400 天的海外之旅后，他需要长时间的休息。

几十万士兵能在地中海宜人的夏末获得一次短暂的休整。杰克·托菲写信给海伦，以讥讽的口吻抱怨："战役结束后这十天，我长胖了，变懒了，感到更无聊了。"他那瘸了的膝盖经常发僵，8 月 31 日，他就 36 岁了。尽管还有许多战斗等待着他们，"但我们现在能肯定，我们会打赢他们，"他告诉她，"我们打算打赢这场战争。"但他也允许自己做一番战后遐想，考虑一下"我们的新车应该是别克、奥兹莫比尔、凯迪拉克还是其他牌子"。和平总有一天会来临，"我会把自己收拾得干干净净，决不再邋邋遢遢，"他写道，"我真想当个花花公子。"

各个营建起了小酒吧，一军用杯劣等红葡萄酒只收 10 美分。"外来妹"在破旧的妓院中做着生意。有些人考虑到个人隐私的问题，会把自己的房门和其他房间的调换。越来越多的士兵患上性病，第 82 空降师在特拉帕尼开了间通过医疗体检的妓院，并派出一名监管人员，结果他很快被士兵们称为"老鸨"。

加文在他的日记中指出："25 里拉一次。"部队购买了大批纪念品，包括一种面上绣满了"西西里"几个字的昂贵手帕。晚上，他们挂起床单放电影，从两面都能看，并唱起新编的小调，例如《墨西拿性感的莉娜》和《特拉帕尼下流的范妮》。"自打离开美国后，我就没见过一个水龙头，"第 1 步兵师的一名士兵评论道，"这是件小事，却最能体现问题。"一些意大利语融入士兵们的口语中，例如"Prego, Dago"（不客气，意大利佬）和"Grazie, Nazi"（谢谢，纳粹）。

8月29日周日早上，艾森豪威尔从阿尔及尔飞赴卡塔尼亚，由4架"喷火"式战斗机护航。在旅游胜地陶尔米纳镇，蒙哥马利举办了丰盛的午宴来迎接他。餐桌上铺着亚麻布，摆着银餐具和骨瓷盘。这是一座原属于法西斯分子的别墅，蒙哥马利每天都从这里徒步下海畅游一番。

下午晚些时候，两位将军驱车向北赶至墨西拿，两人站在海滨公路上，端着望远镜查看着卡拉布里亚海岸的情形。海滩上散落着敌人撤离时留下的足迹。在附近一个阳光充足的露台上，一名英军炮兵主管邀请他的客人就着午后鸡尾酒在地图上挑选个目标。图钉标明了被选中的目标，几分钟后，杯中的杜松子酒刚落肚，数百发炮弹齐射飞过海峡，扑向意大利的趾部。"这是最壮观的场面。"一位来宾兴高采烈地喊道。

这种田园般的生活很快就将结束。正如加文随后写给他女儿的那样："我们知道，饥饿、悲伤和墓地就在我们前方。"记者艾伦·穆尔黑德也打量着卡拉布里亚海岸，若有所思地写道：

> 它是如此接近，一个人很难对此有心理准备……眺望对岸，欧洲大陆、葡萄园和村舍一片平静，整个海岸似乎笼罩在一种不可避免、即将发生些什么的恐惧感中。

THE DAY OF BATTLE

第 4 章　萨勒诺之战

"雪崩行动"蓄势待发，但萨勒诺可不是块友善之地，冒险值得吗？战火临门，继续追随已为世界公敌的强大盟友纳粹希特勒，还是巧妙地全身而退，叛逃同盟阵营，夹缝中的小轴心不敢轻举妄动。一支不再锋利的第五集团军能够顺利牵引意大利战场的命运吗？岛上湿冷逼人，海上舵手迷航，一场重创换来些许可怜进展，惨痛的开局裂变成一张血腥的欠条，什么才能让这场恶战得到救赎？

摇摆不定的小轴心

1943年9月3日（星期五）清晨，轻柔的微风拂过海面，和煦的阳光缓缓漫布大地。西西里小贩向背着作战背包、在海滩上列队的英国士兵兜售着柠檬和剑兰。300艘水陆两用军车和众多船只挤在西西里岛与欧洲大陆之间，"就像池塘里的小飞虫"，一位目击者说道。这是盟军对欧洲大陆发起的首次进攻，由英军主导，代号为"湾城行动"，这次行动极其平静，士兵们甚至将其称作"墨西拿海峡帆船赛"。而后，集结的火炮终于打破了宁静：500多门大炮齐列墨西拿上方的山坡之上，瞬间齐鸣。皇家海军舰艇肆无忌惮地驶入海峡，又为这场攻击增添了100多门舰炮。炮弹划着弧线飞向卡拉布里亚海岸，"就像一股向上涌动的黄色瀑布，"艾伦·穆尔黑德写道，"那噪声非常巨大。"

就在8 000名德军士兵仍据守着"靴"形意大利的整个足部时，已经收到了放弃卡拉布里亚的命令，尽管这一命令又一次没有告知意大利人。盟军情报部门自8月30日起已捕捉到的诸多迹象表明，轴心国军队将向北后撤，而不是为"脚趾"而战，但进攻准备依然呆板，包括渐进的弹幕射击，让人不由得想起索姆河战役。星期五清晨，英军火炮将发射29 000发炮弹，敌人没有丝毫还击。

蒙哥马利将军在海边的一座橄榄园里喝着早茶，翻阅着第八集团军先头部队发回的第1批报告。此刻，身在对岸的他们已冲过雷焦卡拉布里亚被炸得支离破碎的街道，德军士兵已逃入山中。蒙哥马利在墨西拿海滩上的一辆广播车旁徘徊，向BBC广播电台畅谈自己的想法，并录下一份褒扬第八集团军英勇之举的公告。"我觉得一切都很顺利，不是吗？"他说道，听完自己的录音，连声说道，"录得好，录得好。"随后，他像个"即将去泰晤士河附近餐厅赴约的人"叫来了自己的船，之后用尖利的嗓音喊道："现在，我们去意大利吧。"

他身穿卡其色军装，站在船头，尖尖的下巴像船艏一样高高翘起。数百条廉价的伍德拜恩香烟堆放在船舱里。勤务兵把蒙哥马利珍爱的鸟笼挂在拖车外，笼内的鹦鹉和金丝雀叽叽喳喳；尽管一只营地同伴（漂亮的孔雀）被烤熟后加上配菜端上了昨晚的餐桌，但蒙哥马利仍希望能再买到一对相思鸟。距离海岸几百码处，水陆两用军车靠到一艘皇家海军护卫舰身旁。登上舰艇后，蒙哥马利便钻进狭小的军官起居室，一边喝下三杯咖啡，啃了几块饼干，一边向记者们讲述他将如何开展这场意大利战事：

> 绝不能让敌人选择战场，绝不能被他们牵着鼻子走，绝不……必须遵照我们的计划来战斗……只有完全准备好后才能发动进攻。

回到甲板上，蒙哥马利朝驶过的登陆艇上欢呼的士兵们挥手致意。他预计，意大利人很可能在"6周之内"彻底失败，但德国人"会继续打下去"。提到这次行动，他说道："非常令人满意。"护卫舰的桅杆上的那面黑红色的将官旗噼啪作响与之辉映。

实际上，他十分气恼、不满，并已开始在他的车里生闷气。亚历山大没有采纳他如何进行意大利战役的建议，第八集团军已沦为配角；"湾城行动"的兵力已被缩减为4个营，直到蒙哥马利提出抗议，上级才将其力量恢复至2个师（英军第5师和加拿大第1师）。没人努力协调第八集团军和第五集团军的力量，后者计划于一周内在北面300英里处的萨勒诺登陆。哪怕只作佯攻，也无须将一个集团军送上"脚趾"；蒙哥马利认为，这种做法"愚蠢至极"。

究竟是一举打开墨西拿海峡，还是穿越意大利？亚历山大的指令始终模棱两可。需确定一个目标之时，他只是督促蒙哥马利要尽力而为。发起"湾城行动"，意味着进攻萨勒诺的"雪崩行动"规模会更小，且其主要由经验不足的部队来执行。艾森豪威尔曾催促蒙哥马利尽快越过海峡，但第八集团军希望"一切准备就绪后"再行动，而艾森豪威尔则又一次妥协了。

战略指导也没有更多的启发意义。8月中旬,罗斯福和丘吉尔再次会晤,这次是在魁北克。他们重申了来年春季发起进攻西欧的"霸王行动"的计划,但英国人仍旧认为,因为这将使德国人抽调大西洋壁垒的预备队,所以,扩大意大利地区的战事对跨越海峡的进攻至关重要。美国人对此并不赞同,他们不停地背诵着拿破仑的格言,意大利就像只靴子,应该,也只应该从顶部深入。800多英里长的意大利是个"有脊椎的"国家,山脉构成了她的脊柱和肋骨。如果德国人为整个半岛而战,该如何是好?如果意大利退出战争,这片战场又是否值得我们投入如此之多?在这些问题上,英美双方并未达成一致。

护卫舰靠近雷焦北面时,岸上的士兵意识到蒙哥马利是来加入他们的行列的,顿时欢呼起来。蒙哥马利登上另一艘水陆两用军车,于上午10点30分踏上了欧洲大陆,护目镜挂在颈间,贝雷帽歪向一侧,微笑着抛出一包包香烟。数百名意大利士兵也跑到海滩上,"高举着双手,欢呼着,微笑着",热心地帮敌人卸货。

蒙哥马利径直来到当地的法西斯总部,取了一沓信纸,在接下来的几个月里,他就用这些信纸潦草地写了许多信件。当晚,早早地吃了晚餐后,他带着一本小说上了床。迷迷糊糊睡着前,他给身处伦敦的布鲁克将军写了张便条:"这里唯一不累的人就是我。"

接下来的几天毫无紧迫感可言。德军爆破队已将桥梁和公路涵洞炸毁,但只有从雷焦动物园里逃出的一只美洲狮和一只猴子发起抵抗。燃料和弹药储备迅速增加。第八集团军侦察队从"脚趾"推进至"脚背",有时,他们坐在当地列车的旅客车厢内执行任务。高地上长着野兰花和荆豆花,几个世纪来,希腊和罗马的造船工人曾在那里伐木。当地妇女身着黑色裙摆,其下藏着鲜红色的裙撑,头上顶着褐色的柴火捆,脚步轻盈地穿过村落。捣碎的茴香在空气中发出甜甜的香气,士兵们离开茉莉花海岸进入山区时,夜晚变得寒冷起来。身着卡其短裤的加拿大士兵被冻得瑟瑟发抖,一些人翻寻着黑手党徒丢弃的衣橱,试图找到些暖和的外套。

9月6日,亚历山大告知伦敦方面,德国人对第八集团军的抗击,"更多的是通过爆破,而非交火"。实际上,布鲁克已于当天承认,"到目前为止,没有遭遇德军部队"。9月7日夜间,在尝试对德军侧翼实施包抄时,几个营从墨西拿出发，试图在"脚趾"东北方 25 英里处圣欧费米亚湾的皮佐附近登陆。

"一切都乱套了。"皇家汉普郡团在一份记录中承认。错误的营以错误的顺序在错误的滩头登陆。"海军的伙计们并不知道我们确切的登陆点，"皇家多塞特郡团报告称，"在这个漆黑的夜晚，没有月光。"突击登陆艇迷失了方向；皇家多塞特郡团第一批最终上岸的士兵中，"一名中士将一包信件扛在肩头"。德军蒙蒙细雨般的炮火迅速变成一场瓢泼大雨，"登陆艇内试图上岸的英军士兵遭遇大量伤亡"。这次探险收效甚微。德军的一份战时日志于数日后指出，在卡拉布里亚，"敌人并未在我们身后发起追击"。

此刻，蒙哥马利过得舒舒服服。他给到访的记者们每人一杯掺了酒的柠檬水，并带他们参观了拖车内新安装的淋浴设施和浴盆。鸟儿在笼中啁啾，蒙哥马利"快活得就像得到一辆电动火车的孩子"。他问记者昆廷·雷诺兹："据说，纽约的时髦姑娘都戴蒙蒂式贝雷帽，是真的吗？"

★ ★ ★

9 月 5 日（星期日），艾森豪威尔在他位于阿尔及尔的庄园别墅内举办了一场桥牌聚会。他经常在图书室的一张绿色桌子上打乒乓球，或在音乐室里伴着一架三角钢琴唱起西点军校的老歌，放松身心，但桥牌仍是他最喜爱的消遣方式。为举行这场聚会，他找来三个老练的玩家：哈里·布彻、马克·W. 克拉克中将及克拉克第五集团军的参谋长阿尔弗雷德·M. 格伦瑟少将。有的墩数赢了，有的墩数输了，几位牌手很少交谈。克拉克似乎心事重重，未能正确地计算出王牌；他和布彻输给了艾森豪威尔和技术娴熟的格伦瑟，格伦瑟还是一名年轻中尉时，就曾在纽约职业桥牌赛中担任裁判，以此贴补生活。

他们不太情愿地丢下手里的牌。艾森豪威尔叫来自己的豪华汽车，让克拉克和格伦瑟坐在后座，载着他们驶向港口。此时的港口充斥着装卸工人的喊叫声，一片繁忙的景象。最高统帅握住克拉克的手（两人的友情从军校起，迄今已有 30 年），祝他一路顺风，然后看着这两位将领走过踏板，登上肯特·休伊特的新旗舰——美国海军"安肯"号。天线像蜘蛛网一样包裹着它的高层。第五集团军的 30 名参谋军官很快上了船，另外还有几位赶

1943年9月，德怀特·D.艾森豪威尔将军（左）与乔治·C.马歇尔将军在阿尔及尔会晤。

来为克拉克送行的指挥官，特拉斯科特也在其中。"天哪，卢西安，"克拉克对他说道，"你不必为这次行动担心。这将是一次追击，不是一场战斗。"

集团军数周的准备工作令克拉克感到疲惫，他早早回到自己的舱室，这里的床铺只能勉强容纳他6英尺3英寸的身躯。关灯前，他翻开一本名为《每日祷词》的小册子。"有你我不怕，因为你在我心中，"他读着9月5日的祷词，"纵被千敌所困，你也会令我平安。"为防万一，克拉克将几片幸运草塞入自己的钱包。

"他是我遇到过的最好的组织者、策划者及训练者，"艾森豪威尔在两周前写给马歇尔的信中提及克拉克，"准备工作的细节问题上……他在我军中无出其右。"正是这些才能使艾森豪威尔将这项庞杂的任务指派给克拉克：把一个集团军投入到一片敌人所控制的海岸，而这个任务也将使克拉克成为美国派驻意大利的高级战地指挥官。克拉克身材瘦削，四肢修长，下唇略厚，一双黑色的眼睛总是不停地扫视地形。在一名英国将领看来，他令人想起"西部片中大显身手的电影明星"。说话时，克拉克常常停下，噘起嘴或舔舔嘴唇；紧贴头颅的耳朵令其长长的鹰钩鼻显得格外突出，让人想到一只猛禽的喙。"一张英俊的面孔，骨头突出，"乔治·比德尔评论道，"面相聪慧而友善。"

克拉克在军营出生，父亲允许他"自由选择大学，只要选的是西点"。他顺理成章地成为 1917 届西点军校毕业学员中最年轻的一个。由于母亲是罗马尼亚犹太移民的后裔，作为圣公会教徒的克拉克在学校的教堂里给自己做了洗礼。毕业后不久，22 岁的克拉克在孚日山地区指挥一个营作战时被德国人的弹片击中肩膀，就此结束了他的战争之旅。服役的最初四个月中，他便获得两次晋升。此后，上尉军衔一戴就是 16 年，这段时间里，他一直与国家对陆军的冷漠态度及自己糟糕的健康做着斗争：他患有心脏杂音、皮肤溃疡、胆囊疾病，还曾感染多种传染病。1923 年，他结识了一名西点军校同学的寡妻，这位同学在两年前自杀身亡。遗孀莫琳·多兰被人称作"蕾妮"，比克拉克大四岁，毕业于西北大学，娇小而活泼的蕾妮不乏智慧和野心，两人相识一年后便成婚。

时年 47 岁的克拉克被朋友们称作"韦恩"，他跳过了上校军衔，当时已身为美军历史上最年轻的三星将军。不过，他上一次在战斗中指挥部队还是 25 年前。尽管比德尔发现他"面相友善"，但还是忽略了他的其他特征。"他认为自己注定要在这场战争中做一些不同寻常的事，"第五集团军的一名参谋说道，"于是，他摆出一股严肃劲。"作为一名仇英者，他在艾森豪威尔和英国人面前隐藏起自己的蔑视，只会在自己的小圈子里大骂"这些该死又愚蠢的英国佬"，或是背诵拿破仑的格言："别跟他们结盟——揍他们。"

他说道："希望我的司令部成为一个快乐的大家庭。"但克拉克的脾气太过暴躁，对简单的快乐态度冷漠。一名参谋觉得他是个"值得研究的傲慢的人"，而另一名参谋则认为"自负像一个时刻萦绕着他的'光环'"。也许只有在与蕾妮的书信往来中，他的桀骜才有所收敛。信中，他曾写下对钓鱼的渴望，写下寄给她的地毯和银餐具，也写下想让家里给他寄去的东西，例如维生素片和军帽上的金色穗带。身处华盛顿公寓楼里的蕾妮提醒他，不要飞行过劳，抱怨他来信不够频繁，诉说与他母亲相处的困难，告诉他自己是多么想念被亲吻的感觉，还给丈夫寄去幸运草。

克拉克自傲的举动曾招致马歇尔和艾森豪威尔的严厉斥责，但他还是指示摄影师捕捉其左侧"最好的面部表情"。记者埃里克·塞瓦赖德认为他迷恋"自我宣传，否则，打仗对他而言只是个沉闷的活儿"。克拉克偶尔会鼓励蕾妮在华盛顿与撰写他生平的记者合作；但大多数时候，克拉克会严斥她，因为她太过赞美他了。"记住我的话，"他写道，"但你也应该顾全大局，见机行事。"他的公关人员很快将增加至近50人，每发布一份新闻稿，最好在第一页3次提及克拉克的名字，之后的每页至少提到一次。他们建议记者们采用最高统帅最钟爱的一种说辞："马克·克拉克中将的第五集团军。"

★ ★ ★

军队也需要他的幸运草。"雪崩行动"将在萨勒诺登陆，夺取附近的那不勒斯，并最终"在罗马地区建立了空军基地，如果可能的话，进一步北移"。与"爱斯基摩人行动"一样，负责准备工作的盟军规划人员分散于多座古城。想要周密地策划一场大规模两栖远征一般需要3～5个月的时间，但克拉克只有45天。相关演习也十分不足，令人沮丧。由于很晚才发现萨勒诺海湾地带的雷区，休伊特不得不在距海岸9～12英里处放下登陆艇，以免危及其运兵船。

8月24日，克拉克将发起进攻的时间提早30分钟，"打乱了护卫舰和突击登陆梯队所有的时间安排"。一名指挥官指出："就连性格冷静的人也会变得极其烦躁。"军需官们努力控制病床、面包房和洗衣房，以及辛烷值100的航空燃料（因策划者忘记提出申请）等设施的短缺局面。

此次"雪崩行动"仅获3个突击师支援，所以规模尚不及"爱斯基摩人行动"的一半。克拉克曾请求上级至少给他4个师，但一直以来，登陆部队的规模都由航运能力来决定，而并非取决于战场的需要。甚至到克拉克登上"安肯"号之时，休伊特也不清楚他的舰队里究竟有多少艘船只和登陆艇；一些舰艇执行完西西里岛的任务后需要休整，许多运输船只调去支援蒙哥马利的"湾城行动"。雪上加霜的是，9月3日，艾森豪威尔通知克拉克，不要再将第82空降师计入预备队中，克拉克将这一打击喻为"切断了我的左臂"。

艾森豪威尔也很沮丧。他曾三次要求华盛顿和伦敦将"雪崩行动"重型轰炸机的数量提高1倍,但三次遭到联合参谋长委员会的拒绝,因为让他们从日益加剧的空战中抽调出更多的战机,确实不易。另一个请求——借调10艘穿越地中海驶往印度的坦克登陆舰,将另一个步兵师送至萨勒诺,也于8月底被"查理-查理"拒绝了。艾森豪威尔提醒他的上级,这次进攻"将以我们目前所拥有的一切力量"全力执行,但"对风险必须有所估计"。

为给休伊特的船只提供战斗机掩护,皇家海军增派了一艘轻型航空母舰("独角兽"号)和四艘小型护航航母。盟军的空中力量约是轴心国的三倍,但大多数美英战斗机不得不从遥远的西西里岛基地起飞。空战的策划者们估计,要给进攻部队提供最大限度的掩护,他们缺乏三分之一的核心力量,艾森豪威尔发现这一短缺"相当令人不安"。9月初,他告诉"查理-查理",盟军空中力量无法像在西西里岛作战那样防止敌人以大批预备队增援登陆海滩。

可德国人会为萨勒诺而战吗?"超级机密"提供的一份详细的报告称,现有16个德国师驻军意大利,其中包括4个从西西里岛撤出的师。自7月下旬墨索里尼下台后,这些部队的实力已稳步上涨。("背叛改变了一切。"希特勒宣布。)但盟军情报部门依然相信,鉴于意大利的抵抗已陷入停滞,德军最高统帅部会将部队撤至从比萨至里米尼,在一条横跨意大利北部的防线之上阻挡盟军占领波河流域,而意大利四分之三的工业产业都集中在那里。可是,"一旦德国人意识到我们的进攻实力并不强大,他们可能会赶至战斗发生地",联合参谋长委员会在魁北克被告知。西欧登陆日当天,约有4万名德军阻挡盟军在萨勒诺的登陆行动,但这个数字会在四天内增加到10万人;德国人可能会"在9月的某个时间以多达6个师的兵力发起进攻",而克拉克要到秋末才会有这么多部队登陆海滩。两栖登陆战的关键不在于登陆部队的规模,而在于登陆者能否抢在防御者之前建立滩头阵地。

打一场寡不敌众的战斗,萨勒诺是个糟糕的地域。作为一个登陆地,这里具备近乎完美的水文条件,几乎没有沙堤,潮汐小,避风港内有个小港口,还有22英里长的美丽海滩。"这是整个意大利最出色的海岸,可能也是地中海地区最棒的一处。"一名英国战略规划者指出。但他又补充道,这里很不幸地"被群山所围"。这些山脉大多是石灰岩,它们环绕着一片冲积平原，而在这片平原之上，平缓地流淌着塞莱河和卡洛雷河。对"雪崩行动"进行地形研究之后得出的结论是："多山地形完全包围了塞莱平原，限制了桥头堡的深度，并将其暴露给来自地势较高处的观察哨、火力和攻击。"美国海军的一名战略规划者补充道，萨勒诺的地形就像"一只杯子的内部"。

风险已经得到评估。9 月 6 日清晨 6 点 30 分，"安肯"号解缆，率领一支包括 3 艘巡洋舰和 14 艘驱逐舰在内的 70 艘船只组成的舰队，以 12 节的航速驶离阿尔及尔。不用执勤的水手们在甲板上观看琼·克劳馥主演的《奇异的货物》。休伊特和克拉克这两位共济会会员早在 20 世纪 30 年代在普吉特附近海湾驻扎时便已相识，两人在舰桥上聊着天，研究一幅硕大的萨勒诺湾地图。甲板下，作战室里一幅 10 英尺 × 12 英尺的地图上标示出直布罗陀与的黎波里之间每一艘盟军船只的位置。48 小时内，来自 6 个港口、16 支舰队的 600 艘船只将会聚到朗费罗所称的"一片神奇的土地""蓝色的萨勒诺湾和镰刀状的白色沙滩"正在那里等待着他们。

其他情况尚有待观察。一名英国指挥官曾告诉克拉克，他对"在西欧登陆日两天后的深夜进入那不勒斯寄予厚望"，也就是 9 月 11 日，星期六。艾森豪威尔宣布："我们必须将大胆养成一种习惯。"此时，他已打算在 9 月下旬将司令部从阿尔及尔迁至那不勒斯。"现在是停止攻打那些岛屿，痛击德国人软肋的时候了。"他告诉记者们，"我们的目标是困住他们，歼灭他们。"

在阿尔及尔虚张声势比在公海上向北航行容易得多。正当克拉克将目光从地平线的一处扫至另一处时，一种令人不安的宿命论油然而生。"我意识到自己就像是在一条木筏上，失去了控制，一无所有，"他后来回忆道，"如果现在开始的话，就无法再投入行动。"一种"被遗弃感"（他自称的）已然降临。此时即便手握大军及一支声势浩大的舰队，他却依然好似孤身一人。

阴谋与反阴谋

正值进攻者逼近萨勒诺之际，仍有人希望通过外交手段使意大利免遭"战争热耙"（丘吉尔所言）的纵向拖曳。自 7 月底墨索里尼被捕以来，意大利政府已多次发誓要继续忠于《钢铁条约》。国王和他的新任全权代表巴多格里奥元帅也信誓旦旦地表示，要留在轴心国内。罗马方面以意大利的荣誉为题发表了一份严正的声明，谴责一切单独媾和的企图。事实上，自8月以来，意大利人已在丹吉尔、马德里和梵蒂冈，像外交官哈罗德·麦克米伦所言的那样，以一连串秘密的"阴谋、反阴谋"向盟军摆出了用外交手段解决问题的姿态。

对此，联合参谋长委员会相当谨慎却又不乏兴趣，因而指示艾森豪威尔派遣两名盟军司令部的官员赶赴中立国葡萄牙，与一位自称是巴多格里奥的密使的人秘密会晤。8月19日，比德尔·史密斯和盟军司令部情报主管肯尼思·W.D. 斯特朗准将带着假证件，在一种麦克米伦口中的"业余戏剧演出的气氛下"，经直布罗陀飞赴里斯本。因慢性溃疡而身体不适的史密斯穿着一件"拙劣的诺福克短外套"（不知出于什么原因他在阿尔及尔买了这件衣服，还有几条极不适合他的灰色法兰绒长裤）；别人费了好大劲才说服他摘掉"一顶插有羽毛、令人望而生疑的帽子"，但他坚持在腋下塞上两把手枪，另外两把插在臀部的枪套内。斯特朗承认："我设想过以西部片中的最佳方式开展一场殊死枪战。"两位使者在里斯本附近上了一辆破旧的别克，开车的是一名年轻的美国外交官乔治·F. 凯南。

他们的意大利对手是一个矮小、黝黑的西西里人，头发稀疏，鹰钩鼻，其对德国的厌恶和对政治花招的热爱不相上下。吉塞普·凯斯特兰诺将军赶来里斯本是想了解"如何安排意大利加入盟国，共同对付德国"；作为一种善意的表示，他提供了一摞详细介绍40万德军在意大利部署情况的秘密文件。但是，他很快就察觉到，对意大利既往不咎，盟军可做不到。在英国大使住处举行的一次通宵会晤上，在威士忌和苏打水的作用下，史密斯表明态度称，意大利的唯一选择是投降，不然将被一场全面战争所毁灭。他大声将一份草拟好的投降协议一段段地读了出来。

"我们无法同意这项协议。"凯斯特兰诺坦言。与一年前在北非与维希政府官员的生硬谈判技巧相比，这一次，史密斯展示出了一种坚定又不失灵活的姿态。早上7点，凯斯特兰诺带着一部美国电台和密码本悄悄离开了会场，有了这个，罗马便可以和盟军司令部取得秘密联络；他的政府被要求在8月底前必须接受盟军的要求。此时，史密斯开始在私下将凯斯特兰诺称为"亲爱的意大利宝贝儿",他对盟军司令部称:"意大利人认为,德国人会施以激烈的报复,而他们对德国人又恨又怕。"

就算罗马方面无意签署协议,但艾森豪威尔决不想让意大利投降的可能性就此消失。他承认自己"非常焦急",8月28日,他告诉联合参谋长委员会,"要是我们能够争取到意大利的协助,萨勒诺的风险就可以在很大程度上降低。"亚历山大担心,没有这方面的协助,"雪崩行动""可能会失败",甚至会导致丘吉尔内阁解散,并"严重损害英国继续参与这场战争的决心"。密码电报在罗马与阿尔及尔之间来回穿梭,但却未能就投降条款事宜达成一致。在给罗斯福的一封信中,外交官罗伯特·墨菲汇报称,意大利人似乎在"究竟是我们还是德国人会对意大利造成更大伤害"这一问题上纠结不已。

阴谋、反阴谋日趋复杂。9月1日,巴多格里奥方面发出一份态度暧昧的电报,声称"回答是肯定的"。一天后,凯斯特兰诺飞抵西西里岛,随即被护送至卡西比莱(锡拉库扎南面)30英亩橄榄和杏仁果园中的一个私人帐篷内,亚历山大的指挥部就设在那里。帐内,麦克米伦和墨菲对凯斯特兰诺进行一番询问,获悉他依然没有获得代表罗马签署停战协议的授权,略感失望。于是,两人匆匆离开去找亚历山大,只把这位特使丢在了那闷热的帆布帐篷里。

一场更加业余的戏剧演出随之而来。透过坚果树传来一阵骚动,凯斯特兰诺推开帐幕,看见一支英国仪仗队正整装列队,司令官随着指挥车轰鸣着驶近时,他们潇洒地举枪致敬。"紧身马裤、点缀着金色马刺的高筒靴、配有金色穗带的大檐帽",亚历山大身着最抢眼的军装现身,胸前挂满了勋章和战役绶带。"我是来会见凯斯特兰诺将军的,"他大声说道,"我知道他已经签署了投降协议。"

麦克米伦一脸遗憾地迎上前去:"很抱歉,长官,可是他并没有签署协议,还说他没有获得相关的授权。"

亚历山大慢慢转过身来,冰冷的目光死死盯住可怜的凯斯特兰诺。

"怎么回事,肯定出了什么岔子!"亚历山大说道,"我已看到巴多格里奥元帅发来的电报,上面清清楚楚地写着他将签署停战协定。"亚历山大瞪着眼睛,仿佛突然间明白了一个可怕的真相。"这么说,这家伙肯定是个间谍。把他抓起来！"

亚历山大宣布，一个可怕的厄运将落在意大利和凯斯特兰诺头上。24 小时内，罗马将被盟军摧毁，以报复意大利的负隅顽抗。两位外交官连声解劝，亚历山大才强压怒火，似乎开始重新考虑自己的决定。也许，现在凯斯特兰诺发电报给罗马，要求巴多格里奥批准授权，就有可能避免这场灾难。亚历山大缓缓说道，这是"唯一的出路"。随后，他转过身跛步离去，仪仗队再次举枪致敬，"锃亮的皮靴、叮当响的马刺、满身的勋章"，简直就是个帝国怒火的化身。

电报被火速发出，9月3日下午4点，罗马发回了明确的批准令。75分钟后，一棵多节的橄榄树下摆好一张疤痕累累的木桌，上面铺了餐布，凯斯特兰诺和史密斯用一支借来的钢笔签署了意大利投降协定。为这一刻专程飞来的艾森豪威尔，与亚历山大一同观看着这一盛大的场景。有人拿出一瓶威士忌和几个脏兮兮的玻璃杯敬酒，在场的每个目击者都掰下一段橄榄枝以作纪念。

意大利投降的消息将由罗马和阿尔及尔在 D 日前夕共同宣布。凯斯特兰诺急于知道确切的时间，但史密斯却以低低的声音回答说："我所能说的只是，登陆行动将在两周内发起。"凯斯特兰诺很快便告知他的政府，还有两周的准备时间。"今天的事情必须保密，"艾森豪威尔发电报给"查理-查理"，"否则我们的计划就泡汤了。"

随着时间的推移，这些计划越显错综复杂。史密斯拒绝了意大利人提出的让 15 个盟军师登陆罗马北部的要求。他顽皮地指出，盎格鲁-美利坚人有这种能力，但他们不会这样对待凯斯特兰诺。不过，盟军郑重承诺，他们会考虑将第 82 空降师空投至罗马，帮助意大利军队守卫他们的首都。艾森豪威尔和他的副手们未加思索便批准了这一"加强意大利部队"的计划；因此，第 82 空降师被从克拉克的预备队中抽出。"他们都认为值得冒这个风险，"墨菲写信告诉罗斯福，"哪怕（整个师）遭遇损失。"

这是个荒唐的计划，克拉克说，"非常愚蠢"，而盟军司令部的参谋人员也认为"从战术上说，这的确荒谬"。在"雪崩行动"的策划过程中，李奇微少将奉命令其麾下的第 82 师为一项又一项考虑不周的任务做准备，甚至尽管"全师上下没有一个人有过相关经验，也没有受过相应的训练"，还是要准备在那不勒斯北面发起一场两栖登陆战。显然，大家没有吸取西西里岛空降灾难的教训。第82空降师的一名军官效仿麦克米伦的措辞感慨道："一系列非比寻常的命令（与收回命令），计划（与改变计划），进军（与后退），任务（与取消任务），空战、海战、陆战，'面面俱到'。"

空投罗马的行动代号为"巨人Ⅱ"，在李奇微看来，这是最为"轻率"的想法。由于飞机数量不足，第一晚只能空投两个营，这样一来，全师将零零碎碎地到达罗马西北部20英里处的两个机场，距离萨勒诺登陆场近200英里。离开卡西比莱前，凯斯特兰诺轻率地承诺，所有意大利军队的防空武器都将对此保持沉默；琥珀色的灯光会勾勒出跑道；通往空投区的道路将被封锁；他们还将为盟军提供重要的物资，其中包括355辆卡车、12辆救护车、500名工人、50名翻译、100英里长的铁丝网、镐、锹、电话交换机、燃料和口粮。

听得越多，李奇微就越发怀疑。他提醒史密斯，意大利人"在耍诈，他们根本没有能力做到这些"。史密斯对此则不以为然，他坚持认为，激动的罗马人会"朝罗马街道上的德国兵投掷水瓶、砖块"，以此来协助第82空降师。亚历山大同样有些漫不经心，他"完全相信"意大利人。"别多想了，李奇微，"他补充道，"3天内，会有人跟你的师取得联系，最多5天。"但李奇微坚持自己的看法，并严词说道："牺牲的是我的师。"此时，亚历山大也同意让他派遣两名美国军官进入罗马城内，调查意大利方面的动向。

★ ★ ★

9月7日，星期二，太阳沉入第勒尼安海，这时，意大利护卫舰"伊比斯"号已绕过加埃塔湾，这座破旧的港口位于那不勒斯与罗马的中间地带，据维吉尔叙述，埃涅阿斯就将其挚爱的奶妈安葬于此。舵手小心翼翼地驾船穿过一片雷区进入港口，护卫舰下层桥艛上的两名美国军官军装不整、头发凌乱，身上溅满了海水。一名意大利海军将领建议他们"装出垂头丧气的样子"。工人们站在码头上观望着，舰上的水手吼叫着，推着两个美国人走下跳板，钻入一辆海军指挥车，显然，这两名战俘将被送往审讯室。

实际上，这两位是意大利人的客人。当天清晨，在巴勒莫北部进行了一场秘密会晤后,一艘英国巡逻艇将他们送上意大利护卫舰。他们中军衔较高的是个英俊而优雅的密苏里州人。马克斯韦尔·D. 泰勒准将曾是西点军校同级学生中第一个晋升上尉的人,现在,42 岁的他负责指挥第 82 空降师中的炮兵。泰勒是个语言天才,曾在军校教授法语和西班牙语,颇具外交家风度的他还上过"20 节意大利语课",这使他能够胜任此次秘密任务。他在军用夹克下的一条腰带里藏了 7 万里拉(相当于 700 美元),这条腰带是他从摄影师罗伯特·卡帕那儿借来的,而腰带是卡帕打牌赢来的。

威廉·T. 加德纳上校的军衔稍低,但年龄更大,51 岁的他身穿陆航队军装,佩戴着两次世界大战中获得的绶带。这位前律师也能说一口流利的法语,曾是缅因州众议院的发言人,随后又担任过 4 年州长。两人都知道登陆萨勒诺的详细情况,这场进攻很快就将展开,在离开西西里岛前,他们被告知:"如果你们被俘,务必守口如瓶。"

海军指挥车穿过加埃塔,放缓速度避让优先通行的军用卡车,车上挤满了头戴煤斗式钢盔的德军士兵。在加埃塔城外一条偏僻的公路上,指挥车缓缓停到一辆等候在此、两侧安装着磨砂玻璃的救护车旁。两个美国人拎着行李钻进救护车后厢,行李中有一个精美的皮箱,里面放着一部电台。救护车加速向北,沿着海岸一直开到泰拉奇纳,黄昏时,他们沿着古老的亚壁古道转入内陆,穿过古罗马人的乡村和彭甸沼地的排水圩田,驶过筑有围墙的葡萄园、路边的墓葬,倒计着标注距离罗马里程的石制路标。

晚上 8 点 30 分前,泰勒和加德纳已被安置在卡普拉拉宫。这座四层高的大厦位于意大利陆军部对面,坐落在罗马市中心佛罗伦萨大街与东方广场的交叉口。卡普拉拉宫二楼一个装饰辉煌的套间内,桌上铺好亚麻餐布,银制餐具整齐摆放,随后端上了酒店的清炖肉汤、小牛排和法式火焰薄饼。意大利参谋军官们出出入入,未理会泰勒会见高级指挥官的要求。"在我看来,很明显,他们企图搪塞敷衍。"加德纳后来说。

尽管火焰薄饼的味道不错,但泰勒的抗议越发激烈;终于,晚上 9 点 30 分,房门大开,威风十足的贾科莫·卡尔博尼将军走了进来。他指挥四个师,负责罗马的外围防御。卡尔博尼穿着雪亮的皮靴和无瑕的军装,头发上涂了发蜡,胡须稀疏,泰勒认为,他是"一个不折不扣的花花公子"。卡尔博尼摊开地图,指出包围着意大利首都的德军阵地:1.2 万名伞兵驻扎在台伯河南岸至安齐奥中途的海岸上；另外2.4万人和第3装甲掷弹兵师的200辆坦克据守着北部一片月牙形地带；东南方，弗拉斯卡蒂周围还有更多的兵力。

卡尔博尼继续说道，意大利驻军几乎已动弹不得，并被解除了武装。德国人已停止为其提供燃料和弹药。一些意大利炮兵连，每门大炮只有20发炮弹。意大利空军还需要一周时间做出部署，以便让第82空降师夺取两座机场；另外，还有一系列其他的问题，例如，意大利人几乎没有卡车可提供给第82空降师。卡尔博尼估计，如果在罗马跟德国人开战，他的部队最多只能支撑5个小时，有些部队的弹药只够打20分钟。

卡尔博尼说："如果宣布停战，德国人将占领罗马，意大利人几乎无力抵抗。"美国伞兵的到来，只会"激起德国人更加激烈的行动"。卡尔博尼摊开指甲整齐的双手，做了个无奈的手势。

显然，凯斯特兰诺的承诺完全靠不住。那么，这会不会影响到4天前在卡西比莱签署的投降协议？泰勒和加德纳感到震惊而慌乱，他们要求会晤巴多格里奥元帅。卡尔博尼一再拖延这一安排，他声称元帅年事已高，睡得很早，最好等到明天早上……就这样，很久之后，两名美国军官才得以搭乘卡尔博尼的汽车，驶过罗马街头，赶往巴多格里奥的别墅。一场午夜空袭已将别墅里的人惊醒，打着手电筒的仆人和身穿睡衣的军官掠过阳台，穿过郁郁葱葱的花园。卡尔博尼消失在门厅后，留下两个美国人在硕大的地毯上踱步，研究屋内的雕塑和挂在白色大理石墙壁上的油画。

15分钟后，巴多格里奥元帅出现了，他身着暗灰色西装，一双棕色皮鞋。上了年纪的他头发稀疏，态度亲切，他将两位美国人请进书房入座，令加德纳不禁想起"一只老迈的猎犬"。1940年，意大利军队在希腊惨败后，这位埃塞俄比亚的征服者辞去总参谋长职务，靠玩牌打发日子，靠香槟舒缓心中的郁结，据说他的酒窖中藏有5 000瓶酒。逮捕墨索里尼和国王的召唤才使他从退休状态复苏过来。"我是个法西斯党员，因为国王也开始信仰法西斯，"后来，他耸耸肩解释道，"当时，我只是例行公事。"

泰勒用法语询问巴多格里奥，他是否同意卡尔博尼的看法，认为"立即停战并迎接美国空降部队"是不可能实现的。

元帅点点头。"凯斯特兰诺并不了解所有的情况。意大利部队不可能守住罗马。"他走到一幅硕大的地图前,指出,"遍布意大利的天然防御工事"帮了德国人的大忙。"就事论事,假如你们在萨勒诺实施登陆,"他带着会意的表情继续说道,"会遇到诸多阻碍。"

"你是不是更害怕德国人,而不是我们?"泰勒问道,"如果你们不宣布停战,迫于无奈,我们只能轰炸并摧毁罗马。"

巴多格里奥的嗓音变得沙哑起来:"你们为何要轰炸这座城市?城里全是想帮助你们的人民呀。"

他问道,泰勒将军能否返回阿尔及尔,并向艾森豪威尔将军解释当前的窘况。泰勒不想这样做。但也许巴多格里奥元帅应该写张便条给他,表明其"态度的转变"。巴多格里奥点点头,拿起笔,用意大利文草草写了一段话,其中包括重要的一句:"接受立即停战的协议已不再可能。"泰勒自己也起草了一份简洁的电文,时间为 9 月 8 日 1 点 21 分:"巨人Ⅱ已不可能实现。"一名助手将电文加密后发送了出去。

巴多格里奥和卡尔博尼站起身,立正敬礼,鞋跟和地板发出悦耳的碰撞声。"我们回礼,"加德纳回忆道,"努力让鞋跟的碰撞声与意大利人同样响亮。这是一场势均力敌的比赛。"巴多格里奥谈起荣誉,谈起他半个世纪的戎马生涯,美国人离开时,他几欲落泪。

沮丧而疲惫的泰勒和加德纳回到卡普拉拉宫。两人低声交谈,生怕屋内装有窃听器,就这样,直到星期三的日出令整个罗马城恢复了生机。阿尔及尔收到电报了吗?一直没有回复,此刻距"巨人Ⅱ"的发起时间已不到 10 个小时。上午 8 点 20 分,泰勒又发了份加密电报,强调指出,意大利人拒绝此次空降行动。他们在屋内来回踱步,这里已被称作"我们的藏身之所",两人想到外面溜达一圈,但身材魁梧的加德纳却无法找到一件合身的便装。

11 点 35 分,泰勒又发出一份四字紧急电报,敦促取消空降行动:"情况无害。"这一刻,头顶上传来嗡嗡的飞机引擎声,很快,遥远的东南方相继传来爆炸声。终于,阿尔及尔的复电到了:"返回盟军总部。"两人抓起皮箱,再次钻入一辆等候着的救护车,加速赶往罗马城外的一座机场,一架意大利军用三引擎飞机会将他们送回北非。

★★★

9月8日星期三一大早,艾森豪威尔便离开阿尔及尔,飞赴其设在突尼斯郊外的前方指挥部。这座硕大的白色房屋位于阿米尔卡,精美的地板,阳光充裕的露台面向明亮的海湾,很难看出这是一座军用指挥部;唯一能听见的枪声是卡宾枪对着抛入海中的目标进行的随意射击发出的。但是,偶尔赶至前方指挥部至少能使长期伏案工作的盟军司令部人员及指挥官有一种正在行进的错觉。登陆萨勒诺的行动已定于星期四拂晓前发起,艾森豪威尔希望与他的高级将领们在突尼斯进行最后一次协商。在写给玛米的一封短信中,他承认,"此刻感到相当紧张",他睡得不好,地中海战役已如此耗时耗力,他说,他觉得自己就像是个"战争生物"。

因此,早上8点(距离电报发出已过去7个小时)盟军司令部解码出巴多格里奥拒绝承认停战协议的电报时,艾森豪威尔已经离开。史密斯将这份恼人的电文和泰勒开始时发出的一封电报转发至阿米尔卡,随后便是长达3小时焦躁的等待,这两封电报也被发送到联合参谋长委员会请求指示。马歇尔迅速提出建议,公布在卡西比莱签署的协议。他补充道:"不必顾虑这可能会令意大利政府感到尴尬。"丘吉尔正在白宫做客,史密斯的电报送达时,他还穿着羊毛睡衣。"这就是你们指望从意大利佬那里得到的东西。"他咆哮道。

亚历山大位于突尼斯的指挥部设在比塞大郊外的一座校舍中,9月8日星期三上午晚些时候,艾森豪威尔刚刚结束对"雪崩行动"准备工作的检查,一名参谋便将史密斯、巴多格里奥和泰勒的电报交到他手上。一名目击者指出,他的脸色涨红,直到双颊变成电报纸那样的粉红色。他紧紧抿着嘴巴,额头上暴出青筋。他顺手抓过一支铅笔,愤怒地折成两段,又抓过一只,再次折断,一名英国军官说,他"以如此的暴力之举表现出愤慨的情绪"。尽管对史密斯自作主张地寻求华盛顿和伦敦的帮助感到生气,但他被意大利人彻底激怒了。

巴多格里奥"是个老油条,想要拖延时间",特别是在"德国人用一把左轮手枪抵住他腰部"的情况下。他逐字逐句地口述了一份发给巴多格里奥措辞严厉的复电:"无论是你或你的军队不能像先前承诺的那样合作,我都会把整件事公之于世……我不接受你今晨推迟停战的电报。"组织电报中的第 12 句，也是最后一句话时，艾森豪威尔的声音已近乎吼叫："如果你们不履行所签署协议中全部的义务，你们的国家将遭受到严重的后果。"

"我早就知道，你不得不给这帮怯懦的浑蛋一拳，他们才会老老实实行动起来。"他补充道。星期三下午，他又口授了一封发给"查理-查理"的电报："我们不接受对原先达成之协定任何形式的背离。"

"巨人 Ⅱ"发生明显的背离是必要的。约 150 架 C-47 运输机将在当天下午 5 点 45 分起飞，搭载第一批 2 000 名伞兵飞赴罗马上空。泰勒的多次警告最终到达突尼斯后，亚历山大给李奇微设在南利卡塔机场的师部发去了推迟行动的命令。对方没有复电确认。艾森豪威尔命令亚历山大的美国副手莱曼·L. 莱姆尼策准将亲自将命令送至利卡塔。仍穿着粉红色和绿色办公室制服的莱姆尼策火速冲到欧韦奈机场，征用了一架皇家空军的"英俊战士"，他抵住机身支柱，努力让自己挤入不知所措的飞行员身后。一段惊险的起飞之旅后，他们在 1 小时后到达西西里岛上空，但却无法找到利卡塔，莱姆尼策看见了埃特纳火山，便命令飞行员转身，沿西面和南面的海岸线飞行。

南利卡塔机场出现在下方时，62 架运输机已在上空盘旋，每分钟都有更多的飞机起飞升空。由于无法在拥挤的跑道上降落，"英俊战士"只得降低高度，掠过树梢，莱姆尼策抓过一支信号枪，从驾驶舱两侧射出信号弹。机场上的起飞暂时停顿了下来，"英俊战士"降落在跑道上，莱姆尼策跳下飞机，飞快地朝停机坪处的小指挥所跑去。他在那里找到了李奇微，后者穿戴着伞具，正准备登上一架 C-47。这位第 82 空降师师长玩了一下午的纸牌，并和一名牧师在橄榄树林中散步，"试图让自己接受"他指挥的这场有去无回的行动。"你没收到我们的电报吗？"莱姆尼策在发动机的轰鸣声中大声问道。李奇微瞪大双眼："什么电报？"

一辆辆吉普车冲了出去，将伞兵们送回宿营地，向已升空的运输机发出召回令。疲惫而又释然的李奇微跌跌撞撞地走入一个帐篷，手下的一名军官正坐在行军床上发抖。李奇微倒了两杯威士忌，夜幕降临时，寂静再次笼罩了南利卡塔，两人瘫坐在一起，无声地抽泣起来。

★ ★ ★

9月8日傍晚6点30分,艾森豪威尔操着一口慢吞吞的堪萨斯口音在阿尔及尔广播电台中宣布:"意大利政府已无条件交出武装力量……所有采取行动将德国侵略者逐出意大利领土的意大利人都将得到盟军的援助和支持。"10分钟后,没有听到罗马广播电台的回应,艾森豪威尔批准播出巴多格里奥的声明,这份文稿是凯斯特兰诺在卡西比莱提供的:"部署在任何区域的意大利军队都将……停止一切针对英美联军的敌对行动。"

路透社于6点45分的新闻播出艾森豪威尔的公告时,维托里奥·埃马努埃莱国王、巴多格里奥和其他意大利官员已聚集在奎里纳尔宫召开会议。经过一番痛苦的商讨后,国王认定,意大利不能再次改变立场了。巴多格里奥赶紧前往罗马广播电台,于7点45分确认了投降协议。

1 184天以来,意大利一直与德国并肩战斗。现在,它投靠了昔日的敌人,相信依靠上帝和盟军的保护,他能够得以免遭希特勒愤怒的报复。没人愿意待在"热耙"上。"意大利已正式背叛,"隆美尔写信告诉妻子,"我们对他们的判断完全正确。"

巴多格里奥的公告发布后几个小时,喜庆和混乱氛围从罗马辐射至每一个意大利最偏远的乡村,人们为即将到来的和平欢欣鼓舞。但意大利海军舰队和拥有170万兵力的60个陆军师并未收到明确的命令。驻希腊、意大利北部和其他地区的意大利守军拨出问询电话,但所得到的答复要么含糊不清,要么根本没收到任何回复。无人接听的电话疯狂地响着,很快成为象征着投降的声音。停战协定让16名政府部长中的14位不知所措;其中一位被找去充当公证人,签署他一无所知的宣誓书。

此时,没人尝试去阻止德军的6个伞兵营从南面进入罗马,他们的指挥官甚至还停在一个农贸市场买了点葡萄。然而与此同时,德军掷弹兵也从北面逼近了这座城市。罗马警察局局长估计,至少有6 000名德国特务在首都出没,几个小时内,唯一畅通的逃亡通道是位于提布尔提那大街东侧的路径。

正是在这条杨树成荫的大街上,王室成员乘坐一辆绿色菲亚特连夜逃亡:国王(据一名英国外交官说,他"可怜、老迈、相当天真")带着个廉价的纤维板手提箱，里面装着一件衬衫、两套内衣；身材肥胖的王后吸着来历不明的药水；人到中年的王太子翁贝托双手捧着头，喃喃地说道："天哪，我们现在沦落到什么地步了！"巴多格里奥和另外几名大臣搭乘七辆汽车组成的车队，跟随王室成员一同出逃。穿越亚平宁山脉到达亚得里亚海边的佩斯卡拉港后，他们送了5万里拉给护送他们的宪兵，随后登上"刺刀"号猎潜舰赶往"靴跟"处的布林迪西。对此，"自由法国"的一份报纸给出了一个恰如其分的评价："萨伏依王朝从未坚守一个立场打完一场战争，除非战争持续的时间足以让他们背叛两次。"

大鱼已经逃脱，但德国人在罗马还是抓获了30名意大利将领，另外还有数百名政府官员。塞斯提乌斯金字塔周围、加富尔大街和古老的特拉斯泰韦雷爆发了零星的交火。火车站附近的意大利狙击手蹲在翻倒的大车后朝冲入洲际酒店的德国人开枪射击。梵蒂冈的瑞士卫兵放下手中的长矛和戟，端起步枪。马克西穆斯竞技场附近发生了劫掠，惊慌的罗马市民将奶酪和面条储存起来，贵重物品被包上油布埋入地下。"犹太人惊恐万状，试图逃离这座城市。"一名目击者这样说道。意大利使者请求德国人给予商谈罗马命运的机会。

凯塞林元帅不想谈判。9月8日中午，130架B-17对弗拉斯卡蒂发起的一次斩首行动差点让他送命；泰勒和加德纳在卡普拉拉宫听到的就是这群飞机和它们投下的400吨炸弹的爆炸声。长达一小时的轰炸摧毁了这个种植葡萄的田园诗般的镇子，其中包括一间迷人的餐厅，在这里能清楚地望见圣彼得教堂的全貌，而凯塞林的司令部就设在这里。据统计，有2 000名平民和几十个德军参谋人员在空袭中丧生。

暂时失去了司令部和微笑的凯塞林从废墟中爬了出来，坚信是意大利人出卖了他。这位元帅向残余的法西斯兄弟求助之际，扬言要炸毁罗马的水管，将那座该死的城市夷为平地。也有些意大利人试图保卫他们的首都，卡尔博尼组织起一场短暂但是运气欠佳的防御行动，但抵抗很快被德国人扑灭。"都结束了，但没必要绝望，"卡尔博尼对另一名军官说道，"我们挽救了需要挽救的东西。"

现在，凯塞林成了这座"永恒之城"的总督。他很精明地允许意大利军队奏起军乐、举着旗帜离开首都。秋后算账有的是时间。这位深爱着意大利的元帅曾坚定地相信罗马继续效忠的承诺,现在,他如梦初醒。回忆起来,他发现,"每一起事件都像一道片状闪电,潜伏的部分比暴露的部分更多"。意大利突然间成了"一副牌中丢失的那一张"。至于意大利人,凯塞林补充道:"曾经我很喜欢他们,但现在,我只能恨他们。"

钝化的劲旅

肯特·休伊特麾下642艘船只组成的舰队未受任何干扰地(一定是未被发现)向北开去,进入地中海一片1 000平方英里的海域,赶往"羽管键琴",这是萨勒诺湾目前的代号。尽管海面平静,但阳光炽热。搭载部队的船舱内通风条件恶劣,少数幸运儿登上了改装过的波兰班轮"索别斯基"号,这艘船上有个游泳池。在这场为期三天的航程中,船上提供的大多数食物都糟透了。"每次掰开一个小圆面包,都能发现虫子,我用果酱和黄油把它盖住,然后又吞下肚。"一名迫击炮手写信告诉印第安纳州的家人说道,"我没工夫照顾这些可怜的小家伙,它们只能自求多福了。"三个突击师(两个英国师和一个美国师)里的士兵一次次打包行装,将供一周用的盐片和疟涤平药片塞入打了结的安全套内,然后又草草写下以防万一的信件,留给营里的随军牧师。

混乱和琐事时常伴随着这支舰队。船上有4 000名士兵没有武器,因为北非的武器储备严重短缺(望远镜和手表同样不足);他们在萨勒诺下船时将和登船时的状况一样——赤手空拳。第36步兵师的士兵们拎着油漆桶穿过闷热的船舱,以执行陆军部下达的最新命令:所有陆军车辆上的白星标志,现必须再加上一个白圈。在一艘英国船上,一名信鸽员放出信鸽,想让它们活动一下,可这些鸽子展翅飞向非洲就再也没有回来。一艘船只在奥兰搭载了货物,可载货清单上却只简单地写着:"400箱军用辎重。"

休伊特对违规装载恼怒不已(例如,炸弹被堆在士兵舱内,标明"通讯设备"的箱子里装的却是鞋),故下令对违禁品展开一次大规模搜查。英国陆军和皇家海军使用不同的编号系统来命名他们的坦克登陆舰,结果造成了很多麻烦。"两个编号都涂在舰体上,极其混乱。"英国第10军报告道。这么多的变化已对舰队的编队航行构成危害,一名海军高级作战参谋承认,这段时间，自己是"靠道听途说来掌握最新的情况"，因为他"不知该从哪里获取情报"。

不出所料，士兵们发现，只有娱乐活动才能让他们将注意力从即将到来的战斗中转移开。英国突击队员们不停地玩着"排五点"，以此来消磨时间，这是一种宾戈游戏。第 56 师的英国士兵为他们沙漠白的卡其军装会在斑驳的欧洲战场上太过显眼而感到不安，于是把军装投入煮咖啡的大锅中染色；结果，他们的军装不仅变成了暗色，还带有特浓咖啡（espresso）的香味。

一名士兵在"贝德福德公爵夫人"号上听取了一名情报官员关于意大利政治问题的长篇大论后，在日记中写道："我们什么也没听懂。"还有些人悉心研究着政府配发的《意大利短语手册》，这本手册中不仅包括龙虾、牡蛎、黄油这些词汇，还有 5 页的便捷医疗用语：止血、杀菌等，另外还包括满怀希望的"愿意和我过夜吗"，当然还有一句最重要的，"美国政府会赔偿你"。

在休伊特的旗舰上，出航让人想起梦幻般的昔日，当年，"安肯"号曾在加勒比海上载着富有的乘客离开巴拿马赶赴纽约。身穿白色短上衣的侍者端上厚厚的牛排、苹果派和冰激凌；军官休息室里的皮椅和不间断的纸牌游戏令一名乘客想起"耶鲁俱乐部的桥牌室"。（"安肯"号在战前是一艘班轮，在纽约和巴拿马之间运送货物和旅客，战争爆发后被美国海军征用，并被改装为联合指挥部和通讯指挥船。——译者注）克拉克玩了几圈牌，却仍旧显得心烦意乱。"克拉克将军感觉到这段等待期间的紧张气氛，"他的副官说道，"此刻，他无事可做。"为打发时间，他打盹、做仰卧起坐、在露天甲板上踱步，以便让自己"出一身大汗"。他把记者们召至舱室，将"雪崩行动"比喻为"往狮子嘴里吐痰"。

进攻萨勒诺的士兵约有 5.5 万人，同样数量的增援部队尾随其后。第五集团军的左翼，英国第 10 军将把两个师送上滩头，并转向那不勒斯；右翼，美国第 6 军会先让第 36 步兵师登陆，而第 45 步兵师的一部在海上充当预备队。"这是战争期间最为大胆的计划，"一名侍者将咖啡倒入一个个纸杯时，克拉克说道，"玩火时，你得冒着烧伤手指的风险。"

第 36 步兵师来源于得克萨斯州国民警卫队，这是他们第一次参加战斗。该师的军官和士兵大多是得克萨斯州人，来自卡里索斯普林斯、雷蒙德维尔、哈林根、拉雷多、休斯敦和圣安东尼奥。第 36 师最为著名的是，在国内的酒吧里，每当"得州之眼"唱起歌来，他们便要求全体顾客起立，脱帽致敬。驶离奥兰已有一个小时，但该师的旗舰"塞缪尔·蔡司"号上并未响起"得州之眼"的欢快合唱。师长弗里德·L.沃克少将是一名来自俄亥俄州的正规军军官，不过，他的背包里放着州长科克·史蒂文森送给他的一面孤星旗。每当部下们放声高歌时，沃克也会加入其中。

弗雷德·L.沃克少将被形容为一只"和蔼可亲的獒犬"，20 世纪 30 年代，他曾在西点军校担任过马克·克拉克的教官。当对拉皮多河的进攻变为一场惨败时，沃克的不满增加了，他在日记中写道："某些高级指挥官似乎愚蠢至极。"（得克萨斯军事博物馆）

德国人对此次行动了解多少？一名记者问克拉克。"雪崩行动"会令他们措手不及吗？"我们不能指望达成战略突破，"克拉克回答道，"但我们确实希望实现某种程度的突破。"英国人计划在登陆发起前实施 15 分钟的舰炮轰击，以削弱敌人的防御。但第 36 步兵师却选择放弃舰炮火力。沃克将军认为，德国人太过分散，炮击不会收效太大。他说："我觉得没必要杀害那么多无辜的意大利人，摧毁他们的家园。"他还担心炮弹会落在部下的头上，并对"登上海滩后我们才会被敌人发现"抱有希望。

休伊特挥舞着长达 10 页的炮击目标清单，对此完全不能同意。这份清单标明了包括机枪巢、桥梁和敌军观察哨在内的 275 个目标，并配以精确的网格定位。这位海军将领认为，"打敌人个措手不及纯属美妙的幻想"，但克拉克基于滩头只有意大利军队据守的假设，对沃克的看法表示赞同。曾在北非、西西里岛和太平洋展示过巨大威力的海军舰炮就这样受到了愚蠢的冷落。

9 月 8 日（星期三）傍晚 6 点 30 分，此刻离登陆发起不到 8 个小时，克拉克来到休伊特的舱室，两人一同聆听了艾森豪威尔在阿尔及尔广播电台宣布的停战公告及巴多格里奥随后做出的确认声明。许多船只通过公共广播系统播出了这条新闻；拿着扩音器的军官们将消息迅速传播给较小的船只。

欢呼声在整个舰队中爆发开来。"贝德福德公爵夫人"号上，艾森豪威尔最后的几句话被淹没在"士兵们跳舞、亲吻、高声祝贺和吼叫"中。皇家海军"希拉里"号上，士兵们将头盔抛向空中，或用它们敲击着钢甲板，他们叫道："意大利佬完蛋了！"而美国海军驱逐舰"梅约"号上的士兵们则喊道："战争结束了！"这场骚动"听上去就像女士们举办的一场午后茶会"。一名海军军官抱怨道。

牧师们提供了解除魔鬼束缚的祈祷，皇家近卫掷弹兵团的士兵们举杯庆祝"意大利的垮台"，营里的一名风笛手奉命谱写了《苏格兰近卫军穿过那不勒斯》之曲。墨西拿附近，一艘英国军舰上的水兵看见意大利人燃放烟火并在灯火通明的教堂广场上翩翩起舞。一名皇家海军军官评论道："在人类历史上，一个国家的民众为其祖国的彻底战败而如此欢快地庆祝，恐怕也算是一大奇观吧。"

士兵们丢掉子弹带和手榴弹，将更多的香烟塞入弹药袋内。一名英国军官后悔把他的晚礼服留在了非洲。"那时候，我哪敢指望自己能再次目睹如此欢乐的场景，"克拉克的副官写道，"我们将在不遭受抵抗的情况下停靠于那不勒斯港，一只手握着橄榄枝，另一只手攥着歌剧票。"还有些人为失去获得荣耀的机会而哀叹。第 36 步兵师的一名炮兵写信告诉父亲："证明自己的机会就这么不见了。"

休伊特警告道，第五集团军这支"锋利的劲旅"已经钝化。军官们在甲板上走来走去，试图让那些现在相信萨勒诺海滩已无人据守的士兵们保持警觉。"别闹了,你们这帮蠢货。"一名英军上尉吼道。而皇家海军"阿斯特丽德公主"号则竖起一块大牌子,提醒大家:"拿上你们的弹药,你们会用得上的。"美国第 6 军军长欧内斯特·J. 道利少将在"芬斯顿"号上告诫他那些部下:"如果想要顺利登岸并安安稳稳地待在那里,你们就必须像长角的科曼奇人那样战斗。"士兵们爆发出一阵欢呼,随后又继续玩他们的扑克。"估计我们会遭遇一片危机四伏的海滩,"第 36 步兵师的一名军官对部下说道,"做好冲锋的准备。"

距离萨勒诺 60 英里时,进入战斗状态的命令让舰上的人们恢复了些许的清醒。"全体舰员各就各位,"海军军官们拖长声调,"炮手们,准备射击。""安肯"号上的旱鸭子们试着理解 9 月 9 日的"口令":"舰只将顶风停航片刻,随后便驻锚,船锚做好接到命令便立即入水的准备,密切留意口令,节流阀保持全开。"

1943 年 9 月登陆萨勒诺期间指挥美国第 6 军的欧内斯特·J. 道利少将。这位敦实、谨慎的炮兵来自威斯康星州,曾被西点军校年鉴描述为"一个安静的小伙子"。赶赴萨勒诺前,上司曾提醒道利:"贪多嚼不烂,适可而止。"

晚间 8 点 15 分,德国空军的飞机用照明弹、炸弹和鱼雷对舰队发起攻击，尽管收效甚微，但船上的欢闹彻底消失了。士兵们用烧焦的软木塞涂黑他们的双手和脸部时，第 143 步兵团的一名中士评论道："想象力令我们所有人都害怕起来。"约翰·斯坦贝克盯着地中海海面上升起的珍珠色雾气。"在这最后一晚的月光下，每个人都奇怪地望向他人，他们似乎看到了死亡。"他这样写道。

夜里 10 点前，"羽管键琴"的接近地，瞭望员发现了英国信标潜艇"莎士比亚"号和"科尔"号驱逐舰的蓝色信号灯。"安肯"号舰桥上，有人问休伊特："你觉得敌人已经发现我们了吗？"这位海军将领回答道："如果没有发现，那他们就是瞎子。"从船首左舷望去，一抹淡淡的红光从维苏威火山缓缓升起。卡普里岛出现了，正如美国海军史后来记载的那样，"它漂浮在一片银色的海洋中"。索伦托半岛上肥沃土地的气味扑面而来。

离岸 12 英里的海面上，等深线 100 米处，船长们在午夜前下令所有引擎熄火。船只排水时，水流沿着船体发出嘶嘶的声响，铁链嘎嘎作响，船锚溅起水花。一名水手长的哨子发出颤音，每艘船都在驻锚处轻轻摆动。这个夜晚明亮而宜人，伴随着微风的呢喃。"在和平时期，""希拉里"号上的一名军官说道，"度蜜月的夫妇要为此付出几百英镑呢。"遥远的海岸上爆出的一阵曳光弹的火光，这令牛顿·H. 富布莱特中士想起，"剧场中一道红色的珠幕冉冉升起"。有人低声嘟囔着："我觉得他们知道我们在这里。"

克拉克站在休伊特身旁，沐浴在舰桥微弱的红色灯光下。水手们用马尼拉短绳系住十加仑的咖啡壶，然后把它们降给艇上的船员。"今晚将由你担任总指挥。"休伊特说道。克拉克点点头："我不禁会想，伤亡可能会很高。愿上帝保佑。"

金色和深红色信号弹在近岸处绽放开来，随之而来的是萨勒诺港口隆隆的爆破声。绞盘嘎嘎作响：更多的登陆艇被缓缓放入海中。第 36 师一名不堪重负的士兵将从吊货网上往下爬比喻为"背着个文件柜，沿着一具网眼梯子爬下十层高楼"。下方传来登陆艇的发动机声。这些登陆艇组成的船队被月光照亮，微弱的灯光在海面上舞动，他们终于转身向东，在命运的牵引下朝遥远的海滩而去。

一名记者在笔记本上随手写下对克拉克的观感："身材高大，面带微笑，看上去无忧无虑。"凌晨两点，这位集团军司令给亚历山大发去一份简短的急电:"按计划到达运输舰卸载区。登陆艇已放下并已就位。海面平静。有迹象表明能按时到达滩头。"后来,他在日记中写道:"休伊特和我站在舰桥上。有一种无助感,一切都失控了。"

★ ★ ★

"萨勒诺的气候如何?"公元前20年,诗人贺拉斯在给一位朋友的信中问道,"我会在那里遇到怎样的人?"自那以后,罗马帝国的这座海滨城市在9世纪和10世纪被伦巴第人占领,在11世纪又被诺曼人攻占,他们当中,有一个残忍的武士被称作"黄鼠狼"。12世纪前,萨勒诺的医学院被认为是欧洲最优秀的,深受彼特拉克和圣托马斯·阿奎那的一致好评。据说,当地的教堂中埋葬着马太的遗骨,这位罗马税吏是耶稣的十二使徒之一,也是银行家和职业赌徒的守护神。

今天的萨勒诺拥有7万居民,一条漂亮的海滨大道面向加里波第大街,港口内漂浮着捕金枪鱼的小船。战火已降临萨勒诺:盟军的空袭令惊恐的女人们冲上街头,尖叫着"够了"。很快,菜市场、冰激凌店和捕金枪鱼的小船都被炸毁,烧焦的墙壁上用粉笔写着死去的居民的姓名,也有幸免者的新地址。许多人拖着他们的被褥搬入山中,就像他们的祖先1 000多年前躲避撒拉逊人和疟疾那样。

萨勒诺南面,沿海平原由塞莱河和卡洛雷河浇灌,这两条河平行流淌了7英里,在离大海4英里处汇聚。肥沃的低地上生长着烟草、橄榄和泪滴状的小番茄。但最为奇异的特征位于平原南部边缘的帕埃斯图姆,这片始建于公元前6世纪的古希腊殖民地以玫瑰和紫罗兰闻名,并拥有雅典之外最宏伟的多利斯柱式庙宇。美军第36步兵师计划在这里登陆,而由第46和第56师组成的英军第10军则在北面12英里处登陆,那里位于塞莱河河口与萨勒诺镇之间。达比的游骑兵和英国人的突击队也将对索伦托半岛发起攻击,夺取从那不勒斯延伸而来的山口。

我会在那里遇到怎样的人?1943年9月9日清晨,肯定会遇到许多德国人。凯塞林和他的助手们都不认为蒙哥马利一周前在卡拉布里亚的登陆预示着一支英美部队将穿越整个意大利轴线;最近几天,萨勒诺似乎越来越有可能成为盟军强行打开的一扇通往那不勒斯和罗马的后门。德军在

第 4 章　萨勒诺之战

在萨勒诺湾周围登陆期间，美军步兵穿过防区中央帕埃斯图姆的海神殿。帕埃斯图姆拥有雅典之外最宏伟的多利斯柱式庙宇，建于公元前 6 世纪的这片古希腊殖民地以玫瑰和紫罗兰闻名。

1943 年 9 月 9 日，"雪崩行动"发起时，美军第 36 步兵师第 143 步兵团的士兵们涉水冲向萨勒诺南面的帕埃斯图姆滩头。乳白色的人造烟雾是为了遮蔽环绕着登陆点的高地上敌军射手的视线。

219

9月6日的侦察中发现了集结中的英国航空母舰,德国海军的一名分析员警告说:"不能排除对萨勒诺湾方向发起打击的可能性。"一天后,他们又在巴勒莫北部发现了另一支舰队。9月8日午后的一份警报指出,"一股庞大的海上力量,逾100艘舰只"正向西南海岸逼近。

意大利宣布投降的3个小时后,凯塞林便展示出自己处事灵活的特点。经希特勒批准,他在当晚8时发起了"轴心行动",这是8月拟订的一项应急计划,旨在解除意大利军队的武装并接管重要的防御工事。确认盟军舰队正在逼近萨勒诺时,凯塞林的脸上重现笑容;至少他不必在征服一个首都之余,还要抗击一支登陆大军。登陆者"必须被歼灭并被赶下大海",他宣布,"英国人和美国人必将认识到,面对集中起来的德国大军,他们必败无疑"。

这批德国军队在8月中旬组成第十集团军,并获得从西西里岛撤出的部队的增援。集团军司令是一个参加过法国、南斯拉夫和俄国战役的老兵——海因里希·冯·菲廷霍夫将军。这位能力出众的普鲁士军人眼皮浮肿,两鬓斑白,留着希特勒式的小胡子。目前占据意大利南部的德军部队约有13.5万人,凯塞林迅速将其对意大利的仇恨(用他的话说:"这对我而言是一种精神负担。")转变为一场报复。"不必怜悯叛徒。"他发电报给菲廷霍夫,"元首万岁。"

9月8日星期三晚间,盟军士兵在甲板上欢呼时,德国士兵踢开了唐·费兰特·贡萨加将军办公室的橡木门,他是驻萨勒诺意大利海岸师师长。"将军,请交出你的枪。"一名德军少校命令道。贡萨加退后几步,拔出了他的贝雷塔手枪。"贡萨加家族的人从不投降。"他喊道,"意大利万岁!"一阵施迈瑟冲锋枪射击命中他的头部和胸部,贡萨加倒了下去。"他死得像个伟大的战士。"德军少校评论道。

贡萨加的部队逃散或是被德军拘押后,萨勒诺湾的防御落入德军第16装甲师手中。该师号称是第一支到达伏尔加河的德军部队,随后便逃离斯大林格勒,只剩4 000名幸存者。现在,第16装甲师已获重建,由鲁道夫·西克纽斯将军率领,可能是驻意德军部队中装备最精良的一个师,拥有1.7万名士兵,104辆坦克和700挺机枪。

西克纽斯把他的部队分为四个战斗群,驻扎在距离塞莱平原6英里处。交通状况十分糟糕,能供德军增援部队使用的18号公路处于盟军舰炮的轰击范围内。尽管如此,从北面的萨勒诺到南面的帕埃斯图姆和阿格罗波利,守军还是设置了8个据点,每个都有四分之一英里宽,配备了雷区、自动武器、迫击炮、重型火炮和一道鹿砦。第五集团军的登陆艇涌过海湾时,德国人正气愤而又警惕地等待着,并未受到"战争可能已经结束"这种幻想的影响。

凌晨3点10分,盟军右翼,相隔半英里的侦察艇发出红、绿、黄、蓝色的灯光,以此代表四个滩头,正在逼近的第36步兵师突击营将利用这些滩头在帕埃斯图姆登陆。从运输舰锚地而来的两小时航程即将结束,胶合板制"希金斯"登陆艇上的一名士兵读完了他一直在看的小说,"站起身来想看看这场战争究竟是怎么一回事"。

这是个漫长而又古怪的时刻,除了登陆艇引擎的声响外,寂静统治着一切。起降斜板放下时嘎嘎作响,溅起一片水花。3点30分,第一个士兵几乎没有沾湿脚便迅速冲上了遍布沙砾的海滩。随后,一组银色照明弹蹿入空中,发出嘶嘶的巨响,将海滩笼罩在一片清冷的光芒中,一挺德制机枪发出的锯木声打破了寂静,接着又是一挺,一挺接一挺的机枪开火了。迫击炮砰然作响,东面和南面的高地上传来88毫米炮弹的尖啸,绿色火球拖着金色尘埃,以每秒半英里的速度掠过沙丘。

子弹嗖嗖地落入海中,或是撞击着登陆艇的起降斜板。"没法在船上挖散兵坑。"一名中士遗憾地说道。在一名来自奥斯汀的炮兵军官看来,四散飞溅的弹片听上去就像"春雨落在一辆驶上国会大道的出租车车窗上"。第二突击波在第一波次登陆的8分钟后上岸,第三波又相隔8分钟登陆;但密集的火力打乱了4个后续波次,舵手们纷纷向左或向右急转,或是干脆将登陆艇驶回外海,没有卸载艇上的士兵。

"炮弹在我们四周落下,"第三突击波次的一名士兵回忆道,"我们知道,登陆艇的斜板放下时,那些黄色和红色的曳光弹会直接击中我们。"一艘登陆艇被一发坦克炮弹迎头击中,"似乎完全跳离了水面",一名目击者说道;第二发炮弹命中船尾,令它旋转起来,并将艇上的人抛过被炸碎的舷缘。一名医护兵描述了他游至距离海岸40码处一艘起火的登陆艇时的情形。"艇上有些士兵着火了。"他后来写信告诉妻子:

> 我们能听见子弹落入四周海水中的声音……我爬上登陆艇。艇上有四个人，一名少校和三个士兵。火焰炙热无比，我的衣服冒起了热气。我来到那名少校身旁，他已严重烧伤。活活烧死了……后来，我将3名士兵拖至斜板处。

海滩上，士兵们卸下被曳光弹引燃的背包。"我不做男人，也不想干这该死的苦差事了。"一名士兵嘟囔着。埋设在距离海岸线10码处的地雷被引爆，激起喷泉般的沙子，并炸碎了第一批上岸的吉普车轮胎。

沙丘与滩头处同样可怕，凶猛的火力从内陆茂密的树林射出，一座50英尺高，始建于数世纪前，用于抵御撒拉逊人的石制瞭望塔也喷吐出火舌。帕埃斯图姆的巨石城墙上，德军射手居高临下，将火力扫向每一根折断的树枝和每一片沙沙作响的草丛。坦克隐蔽在谷仓和棚屋中，朝悄然走过的盟军步兵展开近距离平射。"登陆行动混乱不堪。"一名军医在日记中写道，"寸步难行，看来我要减肥了。"

凌晨4点刚过，第一批德军飞机伴着晨曦起飞，正如海军官方史记录的那样，以"前所未有，至少是自地中海登陆以来从未有过的规模"实施扫射和轰炸。一名坦克登陆舰舰长告诉他的炮组人员："稳住，稳住，他们来了……稳住，开火，好好打！"一名军官注意到，在经历了意大利投降带来的欣喜后，许多士兵感到"有人让他们失望了"。随着战斗越来越激烈，记者唐·怀特海德听见有人提出："没有那场停战，就这样打起来的话，或许还更容易一点。"

清晨6点前，两个步兵团（第141和第142团）已登上海滩，第143团紧随其后。但他们的立足点相当薄弱。每个突击营携200个发烟罐，大桶大桶的六氯己烷被点燃，并被丢在海滩附近，以形成一片乳白色的雾气来掩护登陆艇。海面上，一艘艘驱逐舰冲过锚地，绕过正向滩头进发的坦克登陆舰，"拖着呛鼻的白色烟雾"，约翰·斯坦贝克写道。通风设备将烟雾抽入坦克登陆舰舱内，"咳嗽声震耳欲聋"，斯坦贝克补充道。有些舵手被迫以罗盘引导航向，设法穿过这片浓雾。

尽管如此，位于索普拉诺山（Monte Soprano）和其他高地上的德军观察员仍能看得清清楚楚，并足以集中起火力。拖着大炮和反坦克炮赶往黄滩和蓝滩的水陆两用军车，在密集火力的打击下掉头驶离；另外60辆停在绿滩上的火力射程外，还有125辆在红滩附近徘徊。6点16分，6艘试图将30辆坦克送上滩头的坦克登陆舰生怕被击沉，同样选择了退却。3发炮弹砸入一艘搭载着第191坦克营部分兵力的坦克登陆舰内；爆炸袭击了驾驶室，造成7人身亡，并引燃一辆"谢尔曼"，士兵花了很大的力气才将这辆起火的坦克推入海中。336号坦克登陆舰中弹18次，德国人的炮弹先是击中左舷，而后是右舷，接着又是左舷，舰上的人员从舰桥一侧跑向另一侧，乱成一片。连续的猛烈炮火落向整个滩头：皇家海军的一艘巡洋舰拦住驶往萨勒诺港口的10来艘船只，警告道："港口正处于敌人的火力轰击之下。如果你们去那里，肯定会被击中的。"

德国空军对萨勒诺锚地发起空袭时，美国海军水兵和海岸警卫队员们趴伏在海滩上。照片背景处可以看见炸弹爆炸时纷飞的弹片。铺在海滩上的铁丝网是为了提高军用车辆的牵引力。

"雪崩行动"原希望突击队在日出前进入内陆4 000码，以确保滩头阵地免遭迫击炮和机枪火力的打击。与此同时，在D日黄昏前推进到足够远的地方消灭射程仍能达到海岸线的德军大炮。但事实上，上午10点前，

223

滩头阵地只在几个地段勉强前进了 400 码。一个推土机小组试图在海滩上铲出一条通道，结果被一发 88 毫米炮弹烧焦。"除了牙齿，他们被烧得漆黑，而那些牙齿看上去似乎比活着的人的牙齿更白。"一位目击者说道。在南面的蓝滩，一个突击营被压制在沙丘处，然而他们还将被压制 20 个小时；数百人躲入月桂树丛和冰叶日中花丛内，同时从阵亡者身上收集弹药。德军的四号坦克突破美军防线后，士兵们纷纷投入收集弹药的行列。"这场战斗中，我们就像在赤手空拳地对付坦克。"第 141 步兵团的一名中校报告道：

> 我看见那些步兵爬到行进中的坦克顶上，试图透过缝隙射击，或是将手榴弹塞进去。其他坦克用机枪将他们驱散。坦克转动着履带……碾过受伤的人。

一名情报官后来发现，医护兵已将阵亡者"头贴头，肩并肩地排成一排，其精确度仿佛是要举枪致敬似的"。他们的双脚从覆盖的毛毯下突出。"世界上最平静的鞋子。"一位参谋军官写道。其他尸体被扶起，摆成坐姿，"这样，对后续登陆的士兵们来说，看上去就不会太过糟糕"。电台发出的一个询问传至"安肯"号（这是仅有的几条顺利传送的消息之一），令克拉克和休伊特能够了解到岸上的状况："我们应该将阵亡的弟兄放在哪个滩头？"

上午 9 点刚过，救星赶到了。扫雷舰清理完一条近海通道后，批准战舰压向海滩。拥堵的电台、硝烟、故机和混乱的海滩阻碍火力控制组的工作长达几个小时，现在他们开始指引炮火轰击滩头边缘。上午晚些时候，几艘驱逐舰逼近至距离海岸 100 码处，用 5 英寸口径的炮弹猛轰索普拉诺山。"萨凡纳"号巡洋舰很快便将大批炮弹射向德军坦克群。一架弹着观察机在红滩附近的杂树林中发现了三十多辆德军坦克，"萨凡纳"号的姊妹舰"费城"号立即展开舰炮轰击；对敌坦克的舰炮齐射一轮接一轮，持续了近一个小时。据称，有 6 辆坦克被摧毁，其余的被驱散。海军向萨勒诺射出的炮弹将达到 1.1 万吨，从重量上看，几乎与战争后期对硫磺岛和冲绳的炮击旗鼓相当，但没有哪场炮击比 D 日当天这一场来得更加及时。

德军退入山中隐蔽时，美军的两个步兵团向东推进，越过帕埃斯图姆的修道院（一名士兵评论道："这地方看上去就像一本拉丁语书籍的封面。"），朝着北面的塞莱河开去。第三个团，第 141 步兵团仍被高地射向南面的纵射火力困在蓝滩附近。48 辆水陆两用军车终于上岸，每辆携带一门榴弹炮、6 名炮组成员和 21 发炮弹。

中午时分，第 151 野战炮兵营的大炮赶至内陆 3 英里处，位于卡萨瓦努拉的一座烟草仓附近，正好遇到 12 辆德军坦克逼近第 36 步兵师师部；在一名少校所言的"榴弹炮速射行动"中，炮手们炸毁一堵石墙以获得更好的射界，并将炮弹引信切短，在 200 码距离上拉动拉火索。12 点 30 分前，4 辆起火的坦克腾起黑蒙蒙的烟雾，此时，幸存的敌坦克都已散去。"真是惊心动魄！"从炮兵阵地目睹了这一幕的第 36 师师长沃克说道。浅浅的美军滩头阵地得到了暂时的保全。

★ ★ ★

北面十几英里处，英国人也在敌军海滩找到一个立足点。

还没等放下船上的登陆艇，德国空军已对盟军舰队发起骚扰性袭击，88 毫米空爆弹撕裂了一些逼近中的登陆艇。俯冲轰炸机击中了美国海军的"瑙塞特"号，这是一艘派去协助皇家海军的远洋拖轮。火焰吞没了甲板，又沿着一道楼梯烧至海图室，随即在船桥后方向上卷起一股 50 英尺高的螺旋状橙色火焰。失去动力、失去船舵、船体倾斜的"瑙塞特"号又撞上一枚水雷，船体断为两截，和其船长及大副一同沉入 65 英寻的深海中，另有50 多名船员死伤。

但是，美国人没有采用的舰炮轰击却帮助英国人肃清了红、白、绿滩。数百发火箭弹从改装过的登陆艇上嗖嗖地射出，"即便事先对情况有所估计，场面依然相当可怕"。凌晨 3 点 30 分，第 46 师居左，第 56 师居右，两师涉水上岸。一名水手站在海岸边，挥舞着一面硕大的旗帜，指引冷溪近卫团的士兵们。他激励大家："小伙子们，这里通向那不勒斯！"率先从登陆艇斜板上滚落的"攻击必需品"是一架钢琴，随后便是装在箱子里的鸡、鹅和火鸡，这些东西都被绑在吉普车引擎盖上，另外还有军官食堂的一头猪。

尽管一份官方史声称两个师的后续波次在某些海滩上发生了"难以描述的混乱"，但在当日结束前，英军第 10 军已将三分之一的部队送上了滩头，其中包括 2.3 万名士兵、80 辆坦克和 325 门大炮。很多舵手迷失了方向、士兵稀里糊涂、登陆指挥官恼怒不已,而德国人的火力很快变得猛烈起来。375 号坦克登陆舰被 9 发 88 毫米炮弹击中,另外还有许多发就落在旁边。357 号坦克登陆舰上 20 多人伤亡。365 号坦克登陆舰在海岸处与 430 号坦克登陆舰相撞,后者被撞得以船舷靠岸。敌人的炮弹弹片击穿货舱,引燃了一辆弹药车,430 号坦克登陆舰舰长的四肢被炸伤,登上登陆舰的伤员们被惊得目瞪口呆,步履蹒跚地从沙滩上撤离。

越过海滩,进攻行动按照原计划迅速展开。英国人冲入内陆 3 英里,夺取蒙特科尔维诺机场,这是 D 日当天最出色的战绩。惊讶不已的德军飞行员冲过跑道,向他们的飞机跑去,却被英军坦克和自行火炮射倒,30 多架停在机场的飞机被摧毁,但这座机场仍处于德军炮火的射程内。

这个灾难落在美国陆航队一名不知情的上校约翰·G. 艾林头上。他将一架装运无线电通讯设备的 B-25 降落在这个机场。就在这架 B-25 滑行到几乎要停下之际,德国人的 88 毫米炮弹瞬间袭来,将其炸得千疮百孔,艾林和驾驶员当场阵亡,飞机被烧得只剩下几根翼梁。而这起事件的发生,也让盟军在接下来的 11 天里使用蒙特科尔维诺机场的希望破灭了。

每一个令人鼓舞的进展,都是英军在前线遭受一场重创换来的。皇家汉普郡团第 5 营朝内陆推进了 600 码,进入一条高耸的石墙所包围的窄巷中。这时,德国人发起反击,该营营部及下辖的两个连像屠宰场里的绵羊一样受困于敌人。3 门德军突击炮对这支队伍展开近距离平射,士兵们紧紧抱住眼前光滑的石块,军装很快便被鲜血浸透。德军掷弹兵搭乘半履带装甲车,隆隆地穿过窄巷,将活人和死者一同碾为肉酱;一名英军报务员的双腿被轧扁,耳机仍戴在头上。在这场惨剧中,有 40 名汉普郡士兵阵亡,300 多人负伤或被俘。

越过蒙特科尔维诺,身穿卡其布军装的英国士兵匆匆赶往东面的巴蒂帕利亚镇,它很快便被称为"巴蒂 P",这个忧郁的法西斯模范镇横跨在 18 号和 19 号公路重要的交叉口上。皇家燧发枪手团第 9 营在拖拉机、挽马、手推车和自行车的助力下向前推进。他们越过堤坝和烟草地,于 9 月 10 日(星期五)近午夜时分进入巴蒂 P,但这支欢欣鼓舞的队伍很快便被截断。脸上涂着伪装油彩的德国人悄无声息地摸过洼地和灌溉沟渠,对英国人的突出部实施侧翼包抄。一名警惕的哨兵突感"一阵松弛,这支队伍遍存缝隙,早应该严密守御"。

星期五拂晓,又一个炎热而明媚的地中海白昼来临,德国人发起的反击给那种松弛感增添了些许的恐慌。燧发枪手们穿过箭杆杨树和夹竹桃向西逃窜,与此同时不忘提醒其他人,德国人的"虎式"坦克"就像嗜杀的大型战列舰"。有些人丢掉武器,大声喊叫着:"回到海滩上去!我们被打垮了!"一名近卫军军官写道。星期五中午前,"各条小道上挤满了惊恐万状的士兵,许多人仓皇后撤,完全不理会上级的命令。"

整个海滩爆发起短暂而猛烈的交火,是枪战而非战斗。巴蒂帕利亚镇外,由 8 英尺高、带尖刺的栅栏围绕着一座占地 3 英亩的建筑(在军用地图上被注名"卷烟厂",但实际上是个番茄罐头厂),苏格兰近卫第 2 营进行了英勇但徒劳的战斗,他们投掷手榴弹,朝漆黑的过道扫射,试图将厂区内的德国人逐出。左翼遭受重创后,一些掷弹兵爬上超载的卡车,喊叫着:"他们来了!他们突破了我们的阵线!"

塔巴克弗慈奥,美军士兵将其称为"卷烟厂",位于塞莱河的北面。由五座砖建筑构成的这个据点拥有庞大的墙壁、红瓦屋顶及类似枪口的小窗口,激战中,这座工厂数次易手。

事实上，德国人没有来，也没有实现突破。战线僵持，德国人被逐回巴蒂P，9月11日星期六上午前，英国人控制了长达8英里的海滩，这条防线向内陆延伸了2～4英里。英军突击队在相邻的萨勒诺镇据守着一片更小、更浅的区域，包括其港口。

正如威尔弗莱德·欧文曾描写的那样，面对德国人的大炮，"炮弹爆发出疯狂的呼啸"。他们占据的每英寸土地都显得脆弱不堪，没有工兵铲的士兵开始徒手挖掘散兵坑。一名英军炮兵少校评论道："我们到达了他们希望我们到达的位置。"

进攻者报告称，只有盟军战线的最左侧取得了彻底的成功。比尔·达比的游骑兵未耗一枪一弹便夺取了马奥莱、米诺利和阿马尔菲这类度假村，随后爬上一条蜿蜒的道路，穿过厚皮柠檬林（这种柠檬有一个小孩子的头那么大），赶去夺取索伦托半岛上的山脊。跨过黑色沙滩5小时后，游骑兵们控制了位于内陆6英里、4 000英尺高的基翁奇山口。

达比后来说道："所谓炮兵的梦想，就是这里了。"站在这个暴露在风中的山口之上，那不勒斯、维苏威火山紫色的山肩、德国人沿18号公路向南赶往萨勒诺的军用路径尽收眼底。"这就是战斗的地方。"到达基翁奇山口后，罗伯特·卡帕说道："它让我想起了西班牙。"游骑兵们像筑巢的崖燕一样据守在山脊上，并剪除栗子树枝，以获得更好的视野，方便呼叫炮火支援。"我们已在敌人后方占据了一处阵地，"达比用电台呼叫"安肯"号上的克拉克，"必要的话，我们会在这里一直守下去。"

很快，一艘战列舰、两艘巡洋舰和一艘凶猛的平底英国浅水重炮舰挤入阿马尔菲的凹处，女海妖曾在这里将水手们诱至"白骨累累"的礁石上。这些军舰上的舰炮像榴弹炮一样高高竖起，以便能射过陡峭的山峰，舰只做好了射击准备，随即喷吐出一连串混乱的烟圈，尖啸的炮弹越过山口，"就像一列带着守军的货运列车从一侧驶至另一侧"。一名游骑兵回忆道。戴着长帽檐军帽的德军士兵对基翁奇奋力发起反击，他们的迫击炮齐射，穿过山口下方的农舍屋顶上被炸出的窟窿，攀上更高的山峰，试图对游骑兵所在的山峰实施侧翼包抄。

据记者理查德·特里加斯基斯描述，山口"像闪亮的喷泉腾起白磷雨"。山顶上，负伤的游骑兵被安置在路边的一座石制小客栈内（现在这里已被更名为 88 岔路口），他们用床垫挡住窗户；其他伤员则被送至米诺利的一座被临时充作战地医院的天主教堂。战略情报局的特工人员雇用 300 名意大利人（成年人每天一美元，孩子每天 75 美分，外加两罐 C 级口粮），挑着迫击炮弹和水攀上崎岖的山路，那里的罂粟花像蜡烛的火苗般舞动着。一名军官永远记录下了这一幕："一长列衣衫褴褛的男人和孩子登上蜿蜒的基翁奇山口，每个人都扛着货物。"

其他人则会永远记住健壮的达比。他无处不在，但明显缺乏睡眠。他仍是一名中校，但其部属很快会扩大至通常由一名少将指挥的规模。他总是洗脸、刮胡子，军装笔挺，但不知何故，这位军官通过电台下达命令时，使用的呼号却是"白雪公主"，而他的指挥部则设在拥有八间客房的、摇摇欲坠的"旧金山大酒店"。他向各种胆小鬼、性情暴躁者和笨蛋口述地图坐标："我想对这里发起猛攻……我想将那些××养的炸得粉身碎骨。"

我们会一直在这里守下去，达比曾发誓。第五集团军登上海滩的指挥官中，只有他能如实电告克拉克："我们所处的位置相当有利。"对第 6 军和第 10 军里的美国人和英国人来说，那不勒斯仍在遥远的北面。大家都相信滩头阵地已成为一块磁铁，那里吸引着意大利南部每一个端着冲锋枪的德军士兵。两天内，为在岸上夺得一个立足点，第五集团军付出了 1 000 名英美士兵伤亡的代价，但实际上萨勒诺之战并非为了争夺海滩，而是滩头阵地。

"死者倒在沙滩上，活人四散隐蔽。"一名士兵在萨勒诺附近挣扎上岸后写道。而后，他又补充道："情况不妙，令人不安。"

★ ★ ★

"据推测，这里不会遭遇麻烦。"英国官方萨勒诺战史中这样评论道：

> 士兵们都是，尽管事实上他们并不是完美的战术执行者，技艺娴熟，不受恐惧、混乱、厌倦、饥饿、干渴或疲惫影响。指挥官们了解他们其实并不了解的东西……卡车从不会发生碰撞，地雷路障处总有一条旁路，桥梁总是比洪水更宽些，炮弹总是会落在它们应该落在的地方。

萨勒诺不在推测的范围内。进攻发起后，麻烦接踵而至。错已酿成，问题已发生。尤其是三个误判决定了这场战斗此时的境况，而这也令盟军部队从进攻前夜的无知和乐观转为在5日后近乎毁灭。

第一个问题涉及美军方面的指挥。沃克将军在帕埃斯图姆指挥第36步兵师时，克拉克一直没有让第6军军长道利少将投入战斗。直到9月11日，"雪崩行动"的第3天，岸上的部队多到需要一个军级指挥部时，道利才被派出。麦克·道利比克拉克年长10岁，来自威斯康星，小嘴，扫帚式胡须，时常让人感觉那是一张忧愁的苦脸，但实际上他是一名敦实、谨慎的炮兵。道利的军衔高于克拉克，西点军校年鉴上对他的描述是"一个安静的小伙子"。作为乔治·马歇尔的门生，他曾在第一次世界大战中获得过勋章。"贪多嚼不烂，"在计划萨勒诺行动期间，他曾提醒过克拉克，"适可而止"。

克拉克将道利留在战场之外直到D日第三天的想法只持续了不到7小时。直到海滩上支离破碎的情报陆续传至"安肯"号，这位集团军司令才认为他需要将一名少将派至海滩，以监督整个登陆行动。

9月9日上午10点刚过，克拉克突然下令给道利："接手指挥美国军队在岸上的一切行动。"可是，这道命令直到下午3点过后才在"芬斯顿"号上得到解码，而此刻道利已离开这艘船去查看滩头的情况。一名参谋去寻找军长，结果无功而返。最终，克拉克的命令在帕埃斯图姆截住了道利。晚上9点，道利动身返回"芬斯顿"号，但大半个晚上都在地中海岸边闲绕，因为德国人对盟军舰艇的锚地发起了空袭，从当天下午起，这里已没有船只留下。"船长迷失了方向，先是驶向那不勒斯，然后又赶往撒丁岛。"道利在日记中写道。直到凌晨4点，道利才重新登上"芬斯顿"号。

道利召集分散在各处、混乱不堪的参谋人员，于9月10日上午11点回到帕埃斯图姆。作为一名不速之客出现在沃克的指挥部，他现在需要电台、吉普车和各方面的支持。从名义上说，自昨天上午他便已接手指挥作战，但实际上却什么也指挥不了。一名参谋承认，第6军的状况从一开始就很"混乱和无序"。道利慌张、疲惫。当他蹲在帕埃斯图姆一条战壕中观看榴弹炮轰击德军坦克时，另一名军官形容道："他就像一个坐在看台中区观看网球比赛的观众，盯着双方将球打过来打过去。"

而对第二个问题，乔治·巴顿早有预见。9月1日，他应艾森豪威尔的要求审阅"雪崩行动"的安排。巴顿指出，英军位于萨勒诺平原北面，美军位于南面，塞莱河则被作为二者的分界线。"我向上帝发誓，"巴顿说着，用手指戳向地图，"德国人会顺着这条河发起进攻。"D日当天，正当第10军和第6军各自为战之际，出现了一个七英里的缺口，塞莱河将两个军分隔开，彼此间无法相互支援。克拉克承认作战队伍出现了一个明显裂缝，但却依然不认为这是什么大问题。9月9日星期四晚上，他告诉休伊特："缺口问题不太严重。"

星期五上午，就在道利设法接手指挥之际，克拉克也上岸来查看滩头阵地的情况。在帕埃斯图姆的一座烟草仓库里（第36步兵师师部所在地），沃克将军介绍说，情况"尽在掌握"。他与英军之间的缺口依然存在，但德国人似乎退却了。美军的滩头阵地已有所扩大，卸载工作进展神速，另一个6 000人的团（第45步兵师的第179团）已经上岸。下午1点，回到"安肯"号的克拉克给亚历山大发去电报："亲自查看了第6军的作战区域，刚刚返回。那里情况乐观。"为了将两个军连接起来，克拉克命令他最后的预备队——第157步兵团的两个营在塞莱河提供支持。但巨大的缺口依然存在，巴蒂P与塞莱河南岸之间，一条不祥的通道直抵海边。

第三个问题源自没能确保拿下蒙特科尔维诺机场，其后果就像哗啦作响的多米诺骨牌般接踵而至。20多个盟军战斗机中队并未能迅速进驻，第五集团军不得不依赖从遥远的西西里岛赶来支援的飞机，以及从皇家海军"战斗者"号和"潜行者"号轻型航母上起飞的飞机，而这两艘航母本打算于9月10日后撤。飞行员越来越疲惫，事故数量急剧飙升；40多架舰载"海火"式战斗机坠毁，且多数发生在甲板降落期间，原因是微风、飞行员经验不足或起落架过于脆弱等（后来，机械师将每片螺旋桨叶片锯掉9英寸，在飞行甲板上获得更大的空间后，事故率有所下降）。一位海军军官通过舰上的公共广播告知"安肯"号上的船员道："萨勒诺湾的行动正按计划执行。"正在这时，一名在海上获救的英军飞行员愤怒地脱下靴子朝扬声器砸了过去，大骂道："胡说八道！"

工兵们以手电筒照明，以天上的星星为参照点，为在帕埃斯图姆和沿海其他地区修建起4条紧急跑道而彻夜忙碌。但即便是这种英勇的"牧场工程"（为铺设跑道而填塞沟渠、砍伐树木、推倒栅栏），争取来的也只是一个狭窄、多尘、事故频发的机场，雨天基本无法使用。另外，尽管盟国空军在数量和质量上占据优势，但德国空军仍于9月10日和11日派出450架次飞机对滩头阵地发起攻击，如此的好斗性在西西里岛战场上可谓前所未闻。9月11日星期六，"安肯"号上的休伊特将其焦虑凝缩在发出的一份电报中："这里的空中形势极为关键。"

★ ★ ★

一场殊死搏斗蓄势待发。盟军试图集中起足够的力量，打开通往萨勒诺平原的道路；德国人也打算集结起兵力，将登陆者赶入大海。"我觉得在接下来的几天里，'雪崩行动'将处于险境。"艾森豪威尔从阿米尔卡发电报给联合参谋长委员会写道，"目前，对我们而言最有利的条件就是混乱。"

这是根纤细的救命稻草。随着第五集团军最后预备队的投入，亚历山大于9月10日敦促第八集团军迅速从卡拉布里亚展开行动；蒙哥马利欣然同意"待形势允许便立即推进"，但在日记中却写下，他打算"谨慎行事"。尽管遭遇的抵抗微乎其微，但蒙哥马利并未下令立即展开行动；相反，他于9月11日宣布让第5师休息两天。用某个人的话来说，北向单调的行军之旅，"就像一场假日野炊活动"。

山的另一侧，德第十集团军的菲廷霍夫将军也不好过。战斗打响的第一天，第16装甲师三分之二的坦克已被摧毁，剩余可用的坦克不足30辆。德军侦察兵用布裹着靴子，以减轻脚步声，试探着盟军防线上的缝隙，但沟渠、石墙和凶猛的舰炮火力妨碍了德军的机动性。盟军轰炸机已将意大利南部的多数德军机场摧毁。凯塞林于9月9日呼吁，将两个装甲师从意大利北部的曼图亚调至萨勒诺，但没有得到德军最高统帅部的批准，而这也对后来的战势造成了深远的影响。

除此之外，还有许多问题困扰着菲廷霍夫。他的第十集团军组建仅几个星期，后勤和通讯单位极为薄弱：燃料问题依然未得到解决；一艘德国油轮船长因担心被俘而干脆将船上的货物抛入海中；补给人员低估了山区行动所需要的额外储备需求；而与此同时，弗拉斯卡蒂为卡拉布里亚的油库提供的位置也出现了极大的偏差。

尽管如此，德军援兵仍聚集到萨勒诺东面幽暗的峡谷中，稀里糊涂的意大利村民向经过的德军坦克抛掷鲜花,并叫喊着:"英国万岁!"菲廷霍夫预计,到 9 月 13 日(星期一)前,其麾下将有 5 个师包围滩头阵地,其中包括"赫尔曼·戈林"师和第 29 装甲掷弹兵师这类参加过西西里岛战役的经验之师。一个又一个连,一个又一个团,他们昂首阔步地进入阵地,准备给敌人以致命之击。

英美联军的滩头阵地内,各种传言此起彼伏:英国人已进入那不勒斯;科西嘉岛上的德国守军哗变;盟军已登陆法国;意大利军队封锁了勃伦纳山口;德国人使用了毒气;等等。精明和玩世不恭的人很快便只相信他们能感知到的东西。第 45 步兵师一名炮手在日记中写的话可能也道出了很多人的心声:"就我们所见的情况而言,意大利的投降并未给德国人造成多大的打击。"

阵亡者数量不断上涨。沃克报告称,光第 36 步兵师便在 9 月 10 日中午的战斗中伤亡 250 人。道利指挥部旁的墓地很快便延伸至海边,浅浅的坟墓成了帕埃斯图姆一处常见的标志。士兵们挖掘了一条 4 英尺深、100 英尺长的壕沟,然后站在横跨壕沟的木板上,将帆布包裹的尸体放入其中。第 36 步兵师的一名掘墓工回忆道:"第一具尸体上没有任何身份标志,身上的骨头都已断裂,搬起时就像是一袋破布。"很快,死者像"铁路枕木"一样堆积起来,一条壕沟被堆满,下一条便又开始挖掘。作为墓地标志的木楔子,顶端被插入地下;军官们下令在帕埃斯图姆墓地周围竖起一道帆布帷幕,以遮挡那里的一片三角形树林。一名陆军工兵写道:"他们把墓地、厕所和厨房放在同一片区域,这倒方便了苍蝇。"

约翰·斯坦贝克注意到,担架员学会了小碎步匆忙赶往后方,"这样,担架就不会颠簸得太厉害"。52b、52c 和 52d 美国陆军医疗表格用铁丝扣拴在伤兵身上;在标注着"负伤于何地"的空白处,劳累过度的军医往往会潦草地写上几笔,而在意大利,军医们通常写的是"山上"。位于红滩附近的伤员人满为患,他们中很多"躺在帐篷的幕墙沿,头在里面,身子却在帐篷外"。夜间,外科手术借助手电筒的光亮进行(许多医疗设备在登陆时丢失了)。有时候,医生和伤员都隐蔽在毛毯下。德国人的炮弹会不时落下,某营的医疗史记道:"伤员从手术台跳入散兵坑内,异常敏捷。"

当然,并非所有人都能如此幸运。理查德·特里加斯基斯看见一位天主教牧师给一名喉咙中弹的年轻士兵做临终涂油礼,这个小伙子的双眼渐渐呆滞、了无生气，一旁的医生转过身去，喃喃说道："唉，就这样吧。"艾伦·穆尔黑德写下意大利农民为一个在交叉火力中身亡的孩子哀悼的情形，"他们带着一种难以形容，不被理解的痛苦哭泣着，没有抱怨，而是将这一切归于上帝无情的意志……这种对天意的误读在士兵中蔓延。"同样，在基翁奇，德国人的一发炮弹炸死了一名睡在战壕中的中尉，但他的战友却说道："我不认为上帝跟这场战争有什么关系。"

一厢情愿的想法和谣言一齐不绝于耳。"我们已夺取了萨勒诺，"BBC广播电台声称，"现正向内陆稳步推进。"9月11日星期六午夜过后，第五集团军报告说："各部队作战效率显著。"凌晨两点，克拉克电告亚历山大："对麾下两个军的表现非常满意。"第五集团军已准备向北进军，直抵那不勒斯。即便在战斗相当激烈的战场上也常会被一种奇怪而短暂的平静笼罩，萨勒诺也是如此。"最糟糕的时刻已经过去。"第142步兵团团长告诉他手下的得克萨斯人，"我们能打败一切敌人。"

"黑色星期一"

9月11日星期六，萨勒诺湾迎来一个温暖、晴朗却不乏壮丽的清晨，入港停泊的肯特·休伊特并未对糟糕的战况抱有任何幻想。前一天，德国人的4枚炸弹落在"安肯"号的右舷船舷，清晨5点前，又有4枚在距船尾100码处爆炸。这艘船的大小和天线格外显眼（休伊特抱怨说："太过突出。"）。所截获的无线电电报表明，德军飞行员专门猎杀旗舰。船上能听到一些尖刻的闲话，克拉克将军打算"下船投入战斗"吗？把他的指挥部搬上岸，好让"安肯"号返回阿尔及尔啊。

36小时内响起30次"红色警报"，高射炮炮弹频繁撒下的"冰雹"迫使甲板上的水手们紧紧贴住舱壁。连"安肯"号食堂里的工作人员也加入到为炮塔传递炮弹的人链行列。甲板下部，安全舱门和通风设备都被关闭，以防吸入硝烟，这里的船员们热得浑身大汗。到了晚上，舵手操纵着船只，以12节的速度径直离开，以让船只的剪影尽可能小一些，这个速度慢得足以让它减少尾迹，但又快得足够给任何一个U型潜艇艇长使用鱼雷三角定位法造成麻烦。

第 4 章　萨勒诺之战

"雪崩行动"开始的 3 天后，休伊特的烦恼有增无减。各海滩都拥堵不堪，堆在浅滩上的燃料、食物及弹药吸引了敌人的炮火，也阻碍了卸载工作的进展。陆军和海军军官们激烈争论着谁的级别更高，谁对肃清海滩负有责任。司机们找不到车，外科医生找不到手术刀，迫击炮手没有炮弹。水手们登上"安肯"号一艘布满浮箱的驳船，玩起了"牛仔与印第安人"的游戏，先是用手枪射击，后来便用上 20 毫米炮弹。坦克登陆舰和其他登陆艇螺旋桨的冲刷作用，在离海岸 150 码处形成了巨大的新沙堤和沟渠。

最糟糕的是，德军的空袭愈演愈烈。当天早上，休伊特已向坎宁安发出紧急呼吁，要求获得更多的空中掩护。反复响起的警报声和射击声彻夜不停，搞得船长和水手们个个惊慌不已。一名坦克登陆舰舰长在日记中写道："所有人都变得神经质、紧张、筋疲力尽。""费城"号巡洋舰报告说，每个船员每天平均要喝一加仑咖啡，船上的医生已开始分发"神经类药片"。

上午 9 点 35 分，药片需求必然激增，右舷 15 英尺处一声巨大的爆炸令"费城"号从舰艏至舰尾"明显拱起、下垂和颤抖"。9 分钟后，就在克拉克和休伊特站在"安肯"号的舰桥上，分拣着关于这起神秘爆炸事件各种混乱的报告时，1.8 万英尺上空，一架德国空军的 Do-217 轰炸机投下一个 11 英尺长、纤细的圆柱体。这东西拖着一缕紧密盘旋的烟雾垂直落下，就像是一架受损的飞机。

实际上，正如休伊特很快猜到的那样，这是德国人的一种秘密武器：这种制导炸弹带有 4 根粗短的翅膀、一个穿甲延迟引信和一个 600 磅的弹头。无线电接收器和可动翼片可让一名德国轰炸机驾驶员在驾驶舱内通过操纵杆控制它，并通过安装在其尾部，燃烧的照明装置追踪它。经 4 年的开发，FX-1400（很快被称作"弗里茨-X"或"冒烟的乔"）已于 8 月下旬出现在战场上，在比斯开湾击沉一艘英国帆船；9 月 9 日，意大利战列舰"罗马"号在赶往马耳他加入英国舰队时，在科西嘉岛附近被两枚"弗里茨-X"击沉。从挪威到希腊，盟军情报部门派出大批间谍，试图搞到一枚这种导弹，如今，它已被一名情报官员称为"圣杯"。但目前，就休伊特所知，抵御"弗里茨-X"唯一的办法是指望它错过目标，就像"费城"号可以侥幸错过那样。

在克拉克看来，这枚时速 600 英里的炸弹带着"可怕的尖啸声"直奔

1943年9月11日，美国海军"萨凡纳"号巡洋舰的3号炮塔被德国人投下的一颗无线电遥控炸弹（它被称为"弗里茨-X"）穿透，炸弹在甲板下炸开，军舰起火，舰艏下沉，200余名舰员身亡。二战期间，没有哪艘美国军舰挨过比这更大的炸弹。一名目击者说道："这次中弹极不正常。"

"安肯"号而来。实际上，它掠过旗舰，朝右舷500码处的一艘巡洋舰而去。美国海军"萨凡纳"号巡洋舰一直停在那里，等待当天早晨给它分配炮击海岸的任务，但"安肯"号发出的红色警报令它发出铃声，下令右满舵，并将航速提升为20节。灾难袭来时，它正在转向。

"它并未像炸弹那样落下，""安肯"号上的一名目击者后来说道，"而是像枚炮弹。""弗里茨-X"以20度垂直角落下，正好击中"萨凡纳"号舰桥的前部，在3号炮塔的装甲顶部钻开一个22英寸的孔，割穿3层钢板，在36英尺下的操纵室内炸开。此前从未有美国船只被制导炸弹击中，二战期间美国海军的战舰，也没有哪艘挨过比"弗里茨-X"威力更大的炸弹。另一名目击者总结道："这次中弹极不寻常。"

一团火焰"像燃起的硫黄火柴"从炮塔蹿出。"安肯"号上的昆廷·雷诺兹写道："火焰向上蹿起80英尺，等它稍稍消退之时，被炸上半空的人裹着火焰和橙色硝烟随之一同落下。"休伊特目瞪口呆地看着爆炸残渣沿巡洋舰左舷的吃水线排出：1941 年执行北大西洋护航任务时，"萨凡纳"号曾是他的旗舰。

登陆摩洛哥、西西里岛和萨勒诺期间指挥美国海军的 H. 肯特·休伊特海军中将（右），与战地记者昆廷·雷诺兹站在旗舰的甲板上。（美国海军，国家档案馆）

防水舱壁在爆炸中不翼而飞，甲板被炸弯，水密门粉身碎骨，船底被撕开一个 30 英尺的大洞，3 号炮塔内的每一位水兵都不幸殉命。火焰翻滚着穿过通风管道，剧烈的燃烧将更多的人化为灰烬，毒气卷过弹药起卸机和管道。8 个弹药舱被毁，一个微小的设计缺陷令弹药舱的通风管将压力排至第 3 层甲板，而不是舰体外，舱室仅遭受了轻微的结构性损坏，但身处其中的人悉数身亡。一间军官食堂里，能见度瞬间降至 6 英寸，21 名水兵没来得及穿过一扇后舱门逃生，毒气便将他们吞没了。

最要命的是，散落在地上的火药厚达 5 英寸。21 个月前，在珍珠港，一颗常规炸弹在类似情况下引燃了一个前部弹药库，也正是那场毁灭性爆炸摧毁了美国海军的"亚利桑那"号战列舰；9 月 9 日星期四下午，"罗马"号战列舰也以同样的方式牺牲，被炸作两截的舰身令 1 300 名水兵身亡。而"萨凡纳"号，则全赖汹涌的潮水才免遭相同的命运：舰上的火药已经开始燃烧，就在弹药库被引燃前几秒钟，一股突如其来的海水涌过舷侧外板和下舰体，扑灭了火焰。

坚固的舰体挽救了它，当然还有不俗的运气和英勇的救火行动。"萨凡纳"号舰艏下沉 12 英尺，前甲板已近乎与水面齐平，海水灌入它 152 英尺长的舰身，并向左舷倾斜 8 度。它停滞在左转状态，掠过"安肯"号的船艏，又从这艘旗舰的左舷滑过，仿佛在检阅舰队。6 英寸口径炮弹的爆炸和露天甲板上燃烧的救生筏给舰上人员的救援工作制造了麻烦，他们将水枪插入炮管，穿过 3 号炮塔被炸毁的顶部。

遇难者中，幸运的人死得很快，有个人浑身是火在甲板上打滚，随即跳入海中；还有一名炮塔指挥官，浑身赤裸，被烧得焦黑，身上裹着电话线，没过几分钟就死去了。其他人则挣扎了好几天。副水手长约翰·M. 威廉就是不幸者中的一员，前一天，他刚从扫雷舰转至"萨凡纳"号，医治骨折的脚踝，而后便与另外 8 个人丧生医务室，终被葬在苍茫的大海。

将燃料从一个燃油库巧妙地转移至另一个燃油库之后，这艘巡洋舰终于恢复了舰身的平稳。星期六晚上，"萨凡纳"号退出战斗，在一艘驱逐舰的护送下驶向马耳他。穿过萨勒诺锚地时，水手们站在护栏旁，深情献上军礼。它将停泊于瓦莱塔的船坞溪，在那里，救援人员从下方被摧毁的舱室中将一具具尸体裹着床单或军绿色毛毯抬出，像被推倒的棋子一样摊放在甲板上。4 名水兵被困于一间无线电操作室，60 个小时后，他们被救出，但其余 206 条生命均已泯灭。

"萨凡纳"号的战斗岁月就此中止，至少要休整上一年的时间，但萨勒诺的战斗仍在继续。休伊特拼命寻找对付制导炸弹的办法，恳请从北非调拨更多的烟雾发生器，并让水兵们在遭受攻击时开动电动剃须刀或其他设备，充作电子对抗措施。据说，这种尝试"令士气大振，但并未对制导炸弹的精确度造成任何实际的影响"。在接下来的日子里，"弗里茨-X"还炸伤了皇家海军的"厌战"号战列舰和"乌干达"号巡洋舰，德国人的炸弹在萨勒诺共炸伤 85 艘盟军舰船。几个月后，有效的干扰发射器将诞生于海军实验室，但到目前为止，海上的每一位将兵都身陷羸弱，难以自拔。

★ ★ ★

为缓解"安肯"号船员的精神压力，9 月 12 日（星期日）早上，马克·克拉克将第五集团军司令部从船上搬至滩头。文员、司机和参谋人员搭乘皇家海军的一艘登陆舰上岸，一名目击者描述道："数百名士兵像蚂蚁般涌动，倦乏的他们不辞辛苦地搬运着海滩上的打字机和文件柜。"18 号公路附近，塞莱河与卡洛雷河交汇处西南方的一片松林中，一座显眼的粉红色宫殿被选作克拉克的指挥部，这里还有个郁郁葱葱的花园，但偶尔还是会有零星几枚德军炮弹落入这里。

夏末的风景伴以田园景观及纷飞的战火。蓝色的蚂蚱在盛开的百日菊中嗖嗖蹦过，水牛栖息在潮湿的沼泽里，被交叉火力击中的山羊尸体横七竖八。海军的舰炮火力撕碎了橡胶树，并在草地上炸出一个个弹坑，但远处一座空荡荡的农舍窗台上，仍能看到一只猫蜷缩着身体打着瞌睡。大片绿地之上的香豌豆、西红柿和天竺葵天真地望向太阳。

克拉克随即将两条长腿笨拙地塞入吉普车内，驱车向南，赶往道利将军设在烟草仓内的指挥部。他用一块大手帕蒙住半张脸遮挡尘埃，但很快他的军装和眉毛还是变得灰白一片。在帕埃斯图姆的墓地处，等待下葬的尸体堆在草地上，道利的副官在星期六的日记中写道："许多尸体堆放在墙外，开始腐烂。"第6军军部里，干燥的烟叶挂在高处的管道上，浓郁的香气遮掩了臭气。穿着马靴的道利来回踱步，用一根马鞭指点一幅硕大的地图板，图上标注着神秘的红、蓝色符号。

目前已有2.8万名美军士兵登上滩头，在北面登陆的英军士兵大约是这个数字的两倍。第五集团军的滩头阵地已扩大至40英里，平均深度为6英里，但这个滩头阵地没有任何一处的纵深超过11英里。巴蒂帕利亚镇附近的战线在长达4天的行动中没有丝毫进展。蒙哥马利的集团军仍在南面远处磨磨蹭蹭。克拉克预测，不会有任何重要的援兵从海路赶来，直到9月的第4周，一个步兵师和一个装甲师才最终赶到。

美军右翼似乎是安全的，但中间地带依然令克拉克不安。当天早上，德军掷弹兵在山顶的阿尔塔维拉村突破了第142步兵团一个营的防线，随即便将该营切断。这个营被赶出阿尔塔维拉及向东延伸的梯田形高地，兵力减少了三分之二，仅剩260人。就像第36步兵师一位士兵所描述的那样，阿尔塔维拉村又一次展现出在意大利最常见的地形："敌人在某个高地上俯瞰着我们。"

营长被俘，阵亡者中还包括该营的情报官、南卫理公会大学的前橄榄球明星约翰·F. 斯普拉格（曾参加过1937年的玫瑰杯橄榄球赛）。手榴弹弹片令其双眼和身体流血不止。斯普拉格对一名战友说道："我有点饿了，我们把火腿和鸡蛋放在煎锅上吧。"随后又说道:"我有点头痛,想要一片阿司匹林。"他的胳膊动了动,胸腔最后起伏了一下,就这样死去了。

克拉克更担心美军防线的左翼。代号为"布莱恩"的塞莱河走廊在阿尔塔维拉村失守后变得更加脆弱。正如一名军官所言,塞莱河已不仅仅指代一条河流,更象征着"一场灾难"。前一天,第179步兵团一直在卡洛雷河从东北方汇入塞莱河的V形底部拼死抵抗,此处的德军装甲部队从埃博利下方的小山谷不断蔓延。一个炮兵营只剩下5发炮弹,准备"在最后的关键时刻实施近距离平射",步兵们装上刺刀,构成一个360度防御圈,炮手们也做好摧毁大炮、逃入灌木丛的紧急预案。

塞莱河北面的一个制高点,一个坦克营当天早上在卷烟厂遭遇德军第16装甲师的伏击,这个由5座砖建筑构成的据点拥有庞大的墙壁、红瓦屋顶及类似枪口的小窗口;卷烟厂在当天下午数次易手,坦克炮弹轰击着砖墙,机枪子弹疯狂扫射塞莱河上的杂草。一番拉锯战之后,美军占领了卷烟厂,并开始沿河流和通往埃博利、尘土飞扬的道路挖掘阵地。

克拉克意识到,如果德军沿着塞莱河直抵海边,就会插入到北面第10军和南面第6军的内翼。克拉克想知道,道利注意到他左翼的危险了吗?第45和第36步兵师在一条脆弱的防线上列队,第45师在意大利只有5个营的兵力。敌人的绞索越来越紧,但道利的第6军却没有预备队支援。而最初决定在塞莱河两侧登陆的正是克拉克,他原本想以此来充分利用其集团军的势力布局并以该河掩护自己的右翼,而非将所有力量集中投入到塞莱河北岸。结束会议后,他驱车赴往红滩,在那里拦下一艘巡逻艇,轰鸣着驶向英军防区,努力搜寻第10军军长理查德·L. 麦克里里中将的踪影。

那里的情况更加糟糕。"今天激烈的战斗损耗了大量弹药。"麦克里里在前一晚告诉克拉克。光是星期六一天,德国人便俘虏了1 500名盟军士兵,大多是英国人;第10军在萨勒诺的伤亡数已接近3 000人次。麦克里里是个尽责、直率的英裔爱尔兰骑兵(一个美国人说他"又高又瘦,态度含糊"),第一次世界大战负伤令他瘸了腿,每当感到震惊时,他的声音便会降低到近乎耳语的程度。现在,他的声音就很低。

在德军坦克的逼迫下,英军第56步兵师退至巴蒂帕利亚镇西面2英里处的一道新防线,这个城镇已遭到严重破坏,四处散发着肉体被烧焦的

理查德·L.麦克里里中将在萨勒诺指挥着英国第10军驻锚于盟军左翼。他是位尽责、直率的盎格鲁-爱尔兰骑兵，一个美国人说他"又高又瘦，态度含糊"。第一次世界大战所负的伤令他瘸了腿，每当感到震惊时，他的声音便会降低到近乎耳语的程度。

气味。此刻，掷弹兵和冷溪近卫团的士兵们距海滩仅5 000码，营里的一些军官开始烧毁机密文件和地图，以防被敌人缴获。"炮弹像永堕地狱的亡灵般从我们上方呼啸掠过，悲叹、呻吟、呜咽，它们在哭泣。""冷溪"团的一位年轻军官迈克尔·霍华德写道。苏格兰近卫团官方史后来承认，"在这里，敦刻尔克的感觉又一次弥漫在空中"。

阵亡的英军士兵堆在沙丘处，眼前的这一幕令克拉克深感震惊。黄昏时，伴随着昏暗的光线，他返回帕埃斯图姆。之后，他下达的第一道命令就是放弃他那座粉红色宫殿，此刻这里已能听见德军坦克的炮声；集团军司令部迁至一片灌木丛中，这座仓促搭建起来的绿色帐篷距离第6军谷仓北部仅一箭之遥。受到怂恿的道利（他一直为自己的预备队不足而抱怨不已）签发了第6军的第2号战地令——将他的部队转移至北面。第45师将侧向移动至塞莱河北岸，以美军防线最左侧的两个营向"巴蒂P"靠近，试图封闭与英军之间的缺口；此刻，沃克的第36步兵师沿一条被拉伸至35英里的漫长防线，全力守卫着南岸。道利在日记中用铅笔写道："情况糟透了。"

浑身尘土的克拉克钻进格伦瑟的小型拖车中睡了几个小时。照明弹勾勒出东面的地平线，初升的月亮略显苍白。炮口沿山脊线闪烁不已，大炮的轰鸣声顺山坡而下，穿过塞莱河，在这片杀戮场上不断回荡。"情况对第10军很不利。"入睡前，克拉克提醒亚历山大，"现在看来，我必须等待进一步的集结，然后再恢复攻势。"收到克拉克电报的两个小时后，亚历山大

241

在一张白色打字纸上起草了发给艾森豪威尔的电文:"情况不妙,必须尽一切办法援助他。"

★ ★ ★

9月13日的拂晓"如此安静","连一只公鸡的鸣叫都显得过于响亮"。然而,对那些能活过这一天的人来说,这却是个"黑色星期一"。雾气飘浮在平地上,潮湿而怪诞。8英尺高的烟叶在清晨的空气中轻轻摆动。某处,一头牛发出哞哞的叫声,急切地渴望着主人来挤奶。

清晨6点,所有的平静都不见了踪影。第36步兵师的两个营对阿尔塔维拉村发起攻击。他们穿过大片桃树和苹果树,对村后方的高地展开了一场徒劳的突袭,特别是在一个长满仙人掌、被称作424高地的山丘。德国人以20辆坦克发起凶猛的反击,最终将美军士兵赶下梯田山坡,炮弹不停地从他们头上飞过。这是个糟糕的开局,但当天上午的战斗更加糟糕,第142步兵团第1营已减员至260人,他们以连队为单位,列队穿过村子南面的一条山沟;炮弹(有人声称这是美军火炮射出的炮弹)从前至后撕开了这支队伍。

当天结束前,该营报告称,只剩60人还能继续参与作战。尽管被困在阿尔塔维拉村的K连又坚守了24小时,但第143步兵团第3营先后遭到敌人5次反击的围攻,而后不得不在夜幕的掩盖之下仓皇撤离。就这样,带着视死如归(或者说是绝望)的勇气,他们拼死奋战,最终,该营的3名士兵获得了荣誉勋章。但美军的3个营均被击退,伤亡惨重。另一个师里一个毫无同情心的士兵甚至说:"是不是《得州深境》奏响时,这些得克萨斯人让德国佬起身脱帽惹毛了人家?"

在阿尔塔维拉高地遭到痛击的美国人,此刻又在塞莱平原面临着致命的危险。9月13日星期一早上,菲廷霍夫将军确认,美国第五集团军中央存在着一条缝隙;德军情报部门认为,敌人的两个军"相互独立、缺乏统一领导"。菲廷霍夫已集结起600辆坦克和自行火炮,现在他坚信盟军"已将自己分成两部",以便迅速撤离海滩。随着更多的船只抵达锚地,加之所截获的无线电情报,似乎证实敌人有放弃萨勒诺的意图。菲廷霍夫认为沿塞莱河实施一场快速推进便能阻碍对方的脱逃,这里不会再有第二次敦刻尔克。

正午时分，德军掷弹兵哼唱着《莉莉玛莲》隆隆地进入集结区。"引擎再次启动，"第 16 装甲师师史中写道，"尘埃又一次从炙热、狭窄的道路上腾起。"

★ ★ ★

即便是在平时，卷烟厂 5 座结实的仓库也为塞莱地区艰苦生活的农民提供了一个勉强的容身处。19 世纪的土地改造工程将疟疾丛生的沼泽地（一名来访的牧师抱怨说"这里极不卫生"）变为出租地，专事种植国家专营的烟草。截至 1940 年，这里每年生产近 200 亿支香烟。数百名身穿粗布工作服的妇女在烟厂砖砌拱门下劳作，从黎明到黄昏，每天的收入通常不到 20 里拉。她们将烟叶叉上干燥架，或是按等级将它们放入硕大的柳条筐内。"去烟厂"已成为艰难生活的一种委婉说法，通常配以悲伤的哽咽。

下午 3 点 30 分，德军对这里发起了气势汹汹的进攻。15 辆坦克组成的先头部队沿着埃博利的道路朝西南方而去，紧随其后的是一个狂呼乱叫的掷弹兵营。他们射出彩色信号弹，投掷发烟手榴弹，将自己伪装成一股庞大的力量（"这些烟火确实让人误以为他们是一支大部队。"一名美国军官后来评论道）。德军的突击就像是一柄攻城槌，先是攻破了米德尔顿第 45 步兵师第 157 团第 1 营的一个侧翼，随后又是另一侧。德国人的坦克炮火从对岸呼啸着穿过美军指挥所。被击溃的第 1 营沿着塞莱河向西逃了近 2 英里，赶往 18 号公路，但已损失了 500 多人。一个没有任何掩护准备的迫击炮连留驻卷烟厂附近，他们继续开炮射击，直到德军机枪手逼近到 200 码内，这些迫击炮手才匆匆逃离，未破坏丢弃的迫击炮。

狼已入羊圈。"曳光弹射穿了我的背包。"一名士兵后来写信告诉他父亲，"我紧紧趴在地上，鼻子被剐破了好几处。"河对岸是第 36 步兵师的一个营（第 143 步兵团第 2 营），自午夜后该营一直守在塞莱河与卡洛雷河之间，正好位于佩尔萨诺村的另一端。从卷烟厂奔袭而来的德国人自后方包抄了该营的左翼，其他坦克则从右侧和正面发起攻击，沿着一条土路，用机枪扫射着狭窄战壕中的美军士兵。"接下来 5 个小时的情形，"一名美军下士后来在日记中写道，"我将为其在我的记忆中预留一个空间。"

一名中士被德军掷弹兵拽出散兵坑时，正在阅读《圣经·诗篇 23》。

243

他惊讶地盯着德国人的皮带，带扣上刻着"上帝与我们同在"，而他曾被告知，所有德国人都是无神论者。一名目击者说，几个步兵连"像犁下的泥土被扫至一旁"。842 名美军士兵中，334 人幸免于难；半个营被俘，包括他们的营长。有些士兵以枪管过热无法使用为由，丢掉了他们的武器。第 45 和第 36 步兵师之间糟糕的协调导致一个师的炮兵误击了另一个师的士兵。整个下午，德军坦克像在茂密的灌木丛中打鸟一样猎杀美军士兵。一名逃过卡洛雷河的少校在他的报告中用 7 个字做出了总结："那里就是个地狱。"

这种状况将很快蔓延。"情况很糟糕，敌人步步逼近。重型坦克和火炮相继投入战斗。"第 179 步兵团的战地日志中记道，"急救站设在草垛中。"第 191 坦克营将他们的"谢尔曼"退至一个半圆形防御圈内，朝三个方向开炮射击；军需官将弹药卸在一道灌木篱墙处，坦克组士兵轮流将一发发炮弹搬过来，给坦克装填炮弹。阵亡者躺在卡洛雷河的砾石河滩上，看上去好像在晒太阳。第 179 步兵团一名年轻的少校告诉部下："今晚你们不是为国家而战，而是为了你们自己的屁股，因为敌人就在我们身后。"

"敌人在逃窜。"德军先头部队报告道。幸亏卡洛雷河上的一座桥梁（距离海滩 5 英里）被烧焦、炸毁了，才暂时阻止菲廷霍夫向帕埃斯图姆和海边的推进。深深的排水沟令德国人的坦克和装甲车无法偏离狭窄的土路。坦克车长们停在被烧毁的桥梁旁研究着地图。

随后，在卡洛雷河西南岸，紧靠与塞莱河的交汇处的地方，第 45 步兵师的两个炮兵营（第 158 和第 189 营）将 20 多门大炮推入荆棘丛中，并于下午 6 点 30 分展开了一轮齐射，近距离平射的炮弹穿过污浊的河流。司机、乐手和厨师们趴在河岸上，噼啪作响的步枪射击声很快打断了 105 毫米榴弹炮的轰鸣，迫击炮砰然作响，一发发白磷弹从炮筒中飞出。硝烟在河滩上弥漫，吞噬着挂在小型降落伞下炽热的照明弹，炮弹炸碎了河对岸的树木，弹片和火焰将树林拦腰砍断。有些大炮在 1 分钟内射出 19 发炮弹，是榴弹炮最大射速的 3 倍之多，猛烈的火索和弹出的弹壳已多到模糊。光着膀子，满身尘埃的士兵们步履蹒跚地扛着高爆弹在弹药堆处到各门大炮旁来回穿梭。

一个又一个小时过去了，卡洛雷河上依然火焰四起。

18 号公路下方 3 英里处，一连串形势严峻的急电传至第 6 军指挥部：

一支长达 1 英里的敌军队伍正从埃博利向南赶往佩尔萨诺村，企图利用美军防线的缺口；美军的几个营，不说被歼灭，也已遭受重创；德国人的炮弹摧毁了 4 万加仑的燃料，挫败了美军重新打开萨勒诺港口的尝试。帕埃斯图姆周围几条粗陋的跑道尘土飞扬，白天飞行员也不得不通过仪表实施起降。当天下午，惊恐的意大利劳工四散奔逃，严重影响了跑道的修建工作。另外，还有一架 P-38 战斗机撞上一辆尘埃中的供水车，两名工兵当场身亡；一个营救小组赶至现场，将绳索系住死者的脚踝，将两具尸体连带其他杂物拖了出来。"那之后，一切正常进行，仿佛什么也没发生过。"一名军官指出，"战斗这差事毫无人情味。"

"今天的情况对主攻部队而言不妙。"道利的助手在日记中写道。道利因缺乏睡眠而面色憔悴，他在自己的日记中用一个词概括了当天下午的状况："灾难。"第五集团军的一名传令兵发现他"躺在行军床上，看上去糟透了"。道利给克拉克打电话称，敌人在佩尔萨诺村实现了突破，克拉克问道："那你打算怎么办？现在怎么办？"道利答道："无计可施。没有预备队，我能做的只有祈祷。"

克拉克在格伦瑟的拖车内过了一天，听到的都是如此惨淡的报告。他得出结论，滩头阵地的状况已恶化到"极度危险"。直到当天早上，亚历山大才给第八集团军下达了一道明确的催促令，但蒙哥马利距离这里仍有 60 英里。尽管令人厌恶的 BBC 广播电台说他正英勇地火速赶来救援，但只有身处西西里岛、轻装在身的第 82 空降师可以提供快速增援。早上，克拉克给李奇微写去一张便条，仓促而潦草，甚至遗漏了这位第 82 空降师师长名字里最后的辅音字母："亲爱的马特……让你的一个团于今日空投进我方据守的滩头，绝对有必要。"

晚上 7 点 30 分，夜幕再次笼罩滩头，克拉克召集起道利、沃克和米德尔顿，在炎热、灯光暗淡的第 6 军军部召开会议。为避免引来敌人炮火，宽敞的谷仓内禁止吸烟，只有一只被蒙上的手电筒照亮地图板。参谋人员在微弱的光线下来回走动，角落处的电台噼啪作响。克拉克想起 10 年前在莱文沃斯堡指挥与参谋学院的一道习题，学员们被要求拟定一道爆破令，以防弹药和其他物资落入敌人手中。

"你究竟会怎样做？"克拉克不禁想知道。将那些东西点燃？"你不能拿根火柴去引爆。"光是爆破的准备工作就能摧毁士气。指挥与参谋学院强调过在两栖进攻中必须拟订疏散计划，然而1941年版的陆军战地手册"在敌海岸实施登陆行动"中警告说，让部队冒着炮火重新登船是"极其困难和危险的行动"，这可能需要"牺牲部分岸上的部队，以保全主力"。在萨勒诺，应该牺牲掉哪支部队呢？

后来，克拉克否认自己认真考虑过疏散问题。"我们从未有过这样的打算。"一个月后，他在给母亲的信中写道。实际上，他现在透露的应急计划，第五集团军参谋人员仍在筹划中。执行"海狮行动"的话，登陆艇将从英国第10军调配给位于帕埃斯图姆的美国第6军；如果执行"海上运输队行动"，情况则相反，美军将由渡轮运往萨勒诺附近，加入到英国部队中。而按照"黄铜铁轨行动"，克拉克和他的参谋人员将离开滩头，在皇家海军"希拉里"号上设立"海上指挥部"。格伦瑟奉命"与海军协商做出"必要的安排。这些计划被严格保密。葛底斯堡战役中，乔治·米德就曾为他的联邦军准备过撤退令，以防万一。

正在这时，道利突然醒悟过来，当即提出抗议，并宣布他打算继续留在帕埃斯图姆。"海狮"或"海上运输队"两项行动被否决。会议暂停时，其他人纷纷表示不满，还暗暗对克拉克的勇气产生了怀疑。米德尔顿告诉集团军司令："我不想告诉你该如何行事，但请在必要时支持我的决定。"他烦躁地吐了口痰，补充道："我想留在这里，继续战斗。"时候到了，米德尔顿告诉他的部下们："做好打一场苦战的准备。"

晚上9点，卡洛雷河南面2 500码处，第五集团军宿营处响起一个哨声，军官们被召集到明亮的月光下。记者莱昂内尔·夏皮罗曾描述道，一名上校用"平淡，毫无生气的声音"宣布："德国人的坦克已突破我们的防线，他们正沿塞莱河而下，直奔营地而来。所有军官都要清点自己的部下。以三声连发枪响作为敌军坦克到达的信号。"

此时，厨师、文员和勤务兵都已端起步枪，分散进入阻击阵地中。他们拍打蚊子，用嘶哑的声音低声说出当晚的盘查口令："加拿大！"并紧张地聆听着回答口令："小麦！"一名赶来的军官发现，第五集团军的司令部人员"在齐腰高的草丛中，手足并用，爬来爬去"。还有些人溜入海中，正如一名士兵解释的那样，"海水将淹没脖子，我们必须在那里久久等待，直到某些赶来的船只把我们捞起"，所以，要涉水必须先下定决心。克拉克命令参谋人员做好接到通知后 10 分钟内完成疏散的准备：五艘登陆艇在近岸的海面就位，等待被召集至绿滩。

上弦月洒下怪诞、令人不安的阴影，营区外一道水蜡树树篱处，一名士兵低声哼唱着：

> 我是个美国傻小伙，
> 一个美国小伙，不畏艰险……

菲廷霍夫将军已将指挥部设在圣安杰洛德伊隆巴尔迪的一座 10 世纪的城堡内，这个古老的工业小镇位于东部丘陵，以铸钟厂和通心粉著称。从这里望去，盟军逃窜的迹象似乎明确无误。"经过一场持续 4 天的防御战，敌人的抵抗几近崩溃。"菲廷霍夫发报给凯塞林和柏林的最高统帅部，"第十集团军正沿一条宽大的前线追击敌人。"尽管一名下属后来报告称，盟军的抵抗似乎正在增强，但将军坚持认为："敌人正在崩溃，毋庸置疑，除非他们愿意将队伍果断分为两支。""黑色星期一"接近尾声，第十集团军战时日志记录道："萨勒诺之战即将结束。"

残酷的序曲

9 月 14 日，星期二，从美国海军"比斯坎"号的护栏向外望去（"安肯"号返回非洲后，休伊特已在这艘军舰上升起他的将旗），远处的海滩依然辐射出一股地中海式的热情。斑驳的海水将一片片蓝绿和靛蓝色延伸至海滩。越过金色的沙滩，塞莱平原在银绿色的雾霭中蔓延。但如此淡雅的田园风光瞬间被一道道灰黑色的硝烟覆盖，一片苍白的火焰阴影暗示岸上的搏杀异常激烈。

尽管已做好疏散的准备，但休伊特仍然强烈反对这一计划。这个早上，他在"比斯坎"号上层的作战室内度过，签发命令，口述电文。南部海滩的卸载工作已停止，货船已做好在接到命令半小时内驶离岸炮射击范围的准备。就在此时，身处马耳他堡垒内的坎宁安将军收到了一份尴尬的电报，其中休伊特直言自己相当疲惫:"滩头阵地的纵深正在收缩,地面部队目前正实施防御。眼下疲惫不堪……是否有规模更大的海军部队可用?"坎宁安立即派出"勇士"号和"厌战"号战列舰,这两艘军舰都参加过1916年的日德兰海战,与此同时还有三艘巡洋舰全速赶往的黎波里,在那里,它们将尽可能多地将英军士兵塞上甲板。"我会尽我的全力来帮助你们。"坎宁安回电称。

下午,休伊特匆匆召集自己的高级助手们,在拥挤的作战室内公布了"海狮""海上运输队"和"黄铜铁轨行动",在场的所有人都被惊呆了。"如果后撤,我们的整个登陆部队就会遭到损失。"海军少将理查德·L. 康诺利警告道,就是他将达比和游骑兵部队送至马奥莱登陆的。两栖作战人员缺乏"疏散一支部队的能力和训练。我们从未有过这样的经验"。给浅滩处的登陆艇增加额外的吨位,会导致这些船吃水过深,从而超出船只引擎的后退功率。舰队的策划者们估计,最多只能撤走在萨勒诺的半数登陆力量。

英国海军高级军官、海军准将 G.N. 奥利弗同样态度坚决。他搭乘驳船从"希拉里"号赶到这里,发现"比斯坎"号被"强烈的忧郁"笼罩着。让"激战中的部队从一片如此浅的滩头阵地"重新登船是不可能的,"很可能无异于一场自杀"。

"这我们做不到。装载时,船吃水会变深,不可能顺利离开滩头,"奥利弗说道,"如果收缩滩头阵地,德国人便可迅速逼近,从两侧炮击我们。"敌人的炮火将"横扫滩头",摧毁物资。这位准将补充道,疏散行动"根本无法展开"。至于"黄铜铁轨",他会很高兴地将克拉克及其参谋人员带上"希拉里"号,但第五集团军司令部的规模如今已扩大至2 000名士兵和500部车辆,远远超出了这艘军舰的运载能力。唯一的办法是"留下来,奋战到底",奥利弗的这句话脱口而出,屋里的人纷纷点头赞同。

休伊特也点了头,这个逻辑无可指责。但克拉克是萨勒诺的总指挥,疏散的准备工作必须按照他的指示执行。"没关系,准将,"休伊特告诉奥利弗,"放手干吧。"

★ ★ ★

但是,这群英勇的老水手没有觉察到潮流的转向。正如第五集团军的处境曾于黑色星期一极度恶化，现在又稍有缓和的迹象。盟军在被毁桥梁处的英勇抵抗阻碍了德国人的前进势头。之后，就在午夜前，一队 C-47 运输机出现在上空，一个巨大的字母"T"（字母的横竖足有半英里长，用浸过汽油的沙子垒成）突然间爆发出火焰，标示出滩头的空投区。

一名目击者称，那场面就像"无数硕大的雪花从天而降"，第 82 空降师的第 504 步兵团落入滩头，及时、准确，没有发生任何友军炮火误伤事件（但 2 个月前在西西里岛，该团曾因此类事件损失惨重）。虽然，1 300 名携轻型武器的伞兵很难扭转第五集团军的命运，但鼓舞士气的作用不可小觑。隐蔽在战壕和河中央灌木丛中的士兵们眼见片片雪花降下，不禁发出嘶哑的欢呼。"伙计们，现在是干掉德国佬的开禁期！"伞兵们奔往波浪状的高地时，第 504 团团长朝他们吼道："你们知道该怎么做！"

也许是为了弥补星期一晚上的怯懦表现，星期二的克拉克明显变得大胆起来，足可见其血肉之勇，实际上这也使其指挥才能得以充分发挥。在炮火横飞的卡洛雷河，他帮助饱受摧残的部队占据阵地，缝合了第 6 军与第 10 军之间的缝隙。上午 8 时，德军冲向卷烟厂南面，结果遭到侧翼火力凶猛的截击，7 辆坦克在薄雾中起火燃烧。下午早些时候，第 45 步兵师击退了德军的两次进攻，入夜前又有 20 余辆德军坦克被击毁。一名情报官在日记中写道："被困的坦克组员被活活蒸烤而死，一摊摊脂肪在坦克下方扩散开来。"

塞莱河南面，第 36 步兵师沿着拉科萨河缩短了防线，从卡洛雷河到索普拉诺山都被他们布设上地雷和铁丝网，以阻止德军穿越阿尔塔维拉。北面，英军仍在从维耶特里到巴蒂帕利亚一线殊死搏斗，但麦克里里在星期二下午 5 点发给克拉克的电报中故作泰然："对白天的报告，我丝毫不感兴趣。"

菲廷霍夫不愿接受自己未能将盟军赶回船上的事实。但第十集团军也遭遇到许多问题：一名军长因飞机失事负伤；许多德军士兵中暑虚脱。盟军一方大炮挥霍无度，单美军炮兵在星期二就发射了 1 万发炮弹，他们甚至用榴弹炮狙击一个德国兵。另外，柏林方面拒绝从曼托瓦抽调两个装甲师，这也影响了萨勒诺战势的进展。而援兵则多是先后分散到位，一个连在东，一个营在西，加之分工不明确，故未能在任何一域形成兵力优势。占据高地发起进攻固然可喜，但也令进攻者轻易暴露在炮火的痛击下，如此情势致使德军编队混乱不堪。

　　海军舰炮要数诸多火力比拼下最为凶猛的。被它们攻击的目标，除非逃离沿岸地区，否则插翅难飞。"赫尔曼·戈林"师的一名指挥官承认，"猛烈的海军炮击尤其令人不快"。休伊特下令，在名为"凶残女王"的大型军舰开道下，每一艘舰艇上的每一门火炮都要投入战斗。"费城"号巡洋舰逼近塞莱河河口，从星期一晚上 9 点到星期二凌晨 4 点，朝道路、交叉路口和德军集结区发射了近 1 000 发 6 英寸口径的炮弹，随后让位于同样凶残的美国海军"博伊西"号巡洋舰。火炮被打得滚烫，液压撞锤随即慢了下来，炮管上的油漆冒着泡，防止海水侵蚀炮架的帆布被烧焦。为清理甲板，水手们用消防斧将弹药箱劈开，将其中的碎片抛入海中。岸上的士兵们吼叫着迎接新一轮舰炮齐射："阿道夫，多为日耳曼民族想想吧！"

　　海军炮弹错过的目标被空军的炸弹击中。星期二白天，数百架轰炸机对塞莱平原实施空袭。当天晚上，60 架 B-17 对埃博利和巴蒂帕利亚周围的公路和铁路目标展开轰炸；星期三入夜前，已有 1 000 多架次的重型轰炸机飞赴萨勒诺。在接下来的 4 天里，这些重型轰炸机还将在每平方英里的地面上投下 760 吨高爆炸弹，悉数摧毁交叉路口、铁路编组场和村庄。轻型战斗轰炸机相当好斗，竟对单独的德军摩托车手实施扫射，每隔 15 分钟成群结队的"喷火"式战斗机便从西西里岛起飞，而"派珀蚱蜢"轻型侦察机（这种飞机也被称为"美泰格梅塞施密特"）上的飞行员偶尔会用他们的点 45 口径手枪射击。

　　星期二黄昏前，德军指挥官们报告说，白天的行动已"几乎不可能"不引来盟军的大炮、舰炮、炸弹、迫击炮弹或坦克炮火——有时候甚至是五种火力齐至。凯塞林曾在突尼斯和西西里岛见识过这种规模的袭击。现在，他怀疑第十集团军是否能集结起足够的兵力消灭盟军的滩头阵地。尽管如此，这场利益攸关的行动仍旧值得再试一次。星期二，阿尔贝特微笑着给菲廷霍夫下达了进军令：作最后一搏，将第五集团军逐入大海，但也要做好向北后撤的准备，甚至有可能一路撤至罗马。

★ ★ ★

　　萨勒诺方面发来报告，但内容欠详且令人沮丧，温斯顿·丘吉尔大为震怒，甚至威胁要亲自飞赴滩头阵地，持顺那里的情况。不过，他没有亲赴火线，而是派出其最喜爱的"帅剑客"，据说这个人曾在炮火纷飞的敦刻尔克海滩上搭建沙堡，并以擅长平息事端和鼓舞士气而著称。哈罗德·亚历山大（大家都称其为"亚历克斯将军"）搭乘"奥法"号驱逐舰，于9月15日（星期三）拂晓前抵达锚地，并登上"比斯坎"号，向休伊特了解状况。

看见亚历山大的到来，一名来访的法国军官不禁喃喃地说道："真是英姿飒爽！"的确如此。和往常一样，亚历克斯将军穿着马裤，蓄着整洁的胡须，微微向上翘起的头上戴着一顶镶有红边的军帽。"如果他表现得再高调一些，你甚至可将其称之为傲慢。"约翰·冈瑟写道。无论何时，他的行囊里总装有一面爱尔兰旗帜，时刻准备在柏林升起。据说，他还是一名颇具天分的绘图员，曾在枪林弹雨中绘制战场态势图，资深近卫团军官、未来的历史学家迈克尔·霍华德说，大家都认为他是个"平静、温和而友好的人，他的影响力就像一滴浮油坦然地向外扩散"。

亚历山大认为"战场上本来就不存在一帆风顺"，因而无论何时，他都能做到处变不惊；以亚历山大的宇宙哲学来看，萨勒诺的混乱只是一种自然秩序的体现罢了。谈起战斗，他曾言："眼见一个个无辜的战士阵亡和负伤，是件可怕的事。"在他看来，战争只是"一场变成十字军东征和一门艺术的大规模杀戮，因无数困难和风险而显得严肃起来"。据英国首相的私人医生说，丘吉尔偏爱亚历山大，因为他"令残酷的战争得到救赎，轻抚严峻的职责。在那些品质高尚的人看来，他手中的战争更像是一场比赛"。

休伊特刚刚介绍完克拉克的紧急疏散计划，亚历克斯将军便罕见地发作起来，他用一根轻便手杖敲打着马裤，走到"比斯坎"号拥挤的作战室的前方。"不行！我们不能这么做。"他怒气冲冲地说道，"绝不能！绝对不能！'海狮''海上运输队''黄铜铁轨'这些计划必须'立即取消'，以免在部队中造成恐慌。"他环顾四周，仿佛在寻找构建沙堡的沙子。"不能撤退！"他说道，"我们必须继续坚持战斗。"

亚历山大和休伊特发现，克拉克正在帕埃斯图姆的海滩上等着他们。来到第五集团军司令部所在的灌木丛中，几个人围坐在一张营地桌旁，一名勤务兵端上早餐。就在这时，"费城"号巡洋舰返回塞莱河河口处，开始对佩尔萨诺村附近的目标实施炮击，冲击波令咖啡杯咯咯作响，帆布帐篷

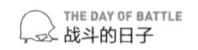

也簌簌发颤。亚历山大和克拉克钻进集团军司令的小型拖车内，展开私下会谈；等他们再次出现时，所有的疏散计划均已被取消。

克拉克颇具风度地接受了亚历山大的鼓舞，并设法掩饰自己对蒙哥马利的愤慨，后者似乎对亚历山大的告诫和第五集团军的困境无动于衷。当天，这位第八集团军司令发来电报，从战术和语法上看都相当可疑，甚至连称谓也拼错了：

> 亲爱的克拉科……看来你那里的情况似乎不太妙，我希望你能一切顺利……
>
> 我们正在前来增援。

实际上，蒙哥马利麾下 6.4 万名士兵组成的大军仍在帕埃斯图姆 50 英里外整修被炸毁的桥梁，同时举行颁发勋章的仪式。最近两个星期，他们只俘虏了 85 名德军士兵；德军第 26 装甲师后卫部队每天的战斗伤亡仅 10 人；9 月 13 日星期一，蒙哥马利集团军汇报称，自他们登陆意大利后，英军士兵总计伤亡 62 人。几队英国记者对这种缓慢的进军感到恼火，便与陪同他们的公共关系官一同踏上赶往萨勒诺的道路。他们拼命打着手势，询问兴奋的卡拉布里亚农民："德国人究竟在哪里？"

当天早上，第一辆挤满记者的吉普车在阿格罗波利南面遇到了美国侦察兵。这两天，他们没见一个德国人。又过了 36 小时，一支英军巡逻队才在帕埃斯图姆以南 35 英里处与美军桥头堡取得联系。直到 9 月 19 日，双方才实现关键性的会合。克拉克的伤亡名单已膨胀至近 7 000 人，他强忍着怒火回复蒙哥马利："这么快就能再次见到你，真令人高兴。这里的局势已处于我们的掌握中。"

更令克拉克感到担心的是道利将军。"我想请你立即动身去视察第 6 军军部，顺便看看道利方面的情况。"克拉克告诉亚历山大，"我对他放心不下。"接近上午 9 点，亚历山大跨步走进第 6 军军部所在的大谷仓，道利站在地图板前，看上去就像个绞刑架上的犯人。最近一周他几乎未得到片刻休息，而刚刚过去的 48 小时也根本没有合眼，因而嗓音嘶哑，介绍第 6 军部署情况和下一步的打算时也语无伦次。当被问及沃克第 36 师的准确位置时，他伸出颤抖的手，在萨勒诺湾周围含糊地指出了一片区域，那可比强悍的得克萨斯人所能占据的阵地大得多。

"我无意干涉你的工作，"一个小时后，亚历山大告诉克拉克，"但以近十年评估指挥官能力的经验来看，我可以负责任地说，这个部下靠不住，建议立即撤换。"

"我知道，将军。"克拉克回答道，"我每天都在那里督促他。"他请亚历山大回到北非后将所看到的情况如实汇报给艾森豪威尔。互道珍重后，亚历山大随即乘坐巡逻艇赶往英军区域，麦克里里已在那里的海滩上摊开一块格子餐布，摆上了盛着三明治和饼干的野餐盘。

"对于当前的形势，尽管我并不十分满意，"离开萨勒诺后，亚历山大发电报给丘吉尔，"但我知道，这比24小时前的形势要乐观许多。"

而此时，克拉克也不由自主地振奋起来。他写信给蕾妮："毫无疑问，你们都担心得要命，比我还着急……不过，请放心，我丝毫没有垂头丧气。"9月15日星期三晚上，他对第五集团军宣布："我们保住了滩头阵地……要继续留在这里。"

★ ★ ★

但是，德国人对此并不知情。9月16日（星期四）早上，德军再次发起进攻。

然而，就在成群的德军士兵高喊口号向海边发起冲锋时，盟军炮火劈头盖脸地砸向他们。德军第26装甲师从巴蒂帕利亚冲下18号公路，其与萨勒诺的"赫尔曼·戈林"师取得会合的尝试"从一开始就处于恶兆之下"。一名德军指挥官报告道：在卡拉布里亚的燃料短缺使该师延误两天才抵达埃博利；盟军空袭和舰炮火力令部队行动迟缓；侦察兵在黑暗中迷了路；火炮观测员未能发现掷弹兵的先头部队；"巴蒂P"附近交通堵塞，打乱了计划。而上午终于有两个团发起进攻时，前进了不到200码却又遭到英军坦克的痛击，伤亡惨重。赶来增援的一个德军伞兵团始终未能突破盟军舰炮的弹幕，"赫尔曼·戈林"师的两个营报告称，被"近距离作战所打垮"。现在盟军的炮火无法突破，菲廷霍夫已黔驴技穷。

9月17日星期五下午，艾森豪威尔搭乘皇家海军"卡律布迪斯"号抵达萨勒诺锚地，第一时间便收到了这可喜的消息。在休伊特的陪同下，他登上一辆水陆两用军车赶往滩头，想亲眼看看那片令他心神不安了一周的战场。"黑色星期一"那天，他第一时间承担起责任，发电报给马歇尔，如果滩头阵地崩溃，他打算宣布："由于我对敌军实力的错误判断，此次登陆行动已被击退。"他又对哈里·布彻补充道："如果出了问题，责任全在我。"

就在昨天，艾森豪威尔在阿米尔卡用早餐时还若有所思地说道，如果萨勒诺的战势以悲剧而告终，他这个总司令"很可能就当到头了"。克拉克失误失效的"黄铜铁轨"令艾森豪威尔尤为愤怒，一名领导者必须"跟他的部下待在一起，鼓舞士气"，他甚至在想，当初自己将第五集团军的指挥权交给克拉克而不是巴顿，是不是错了，巴顿至少"会拼死奋战"。亚历山大报告称，道利给他的印象最不好。而克拉克发来的电报说，道利在"危急情况下似乎崩溃了"。艾森豪威尔气得面色通红，厉声说道："该死！他为什么还不撤掉道利？"

如果说萨勒诺的战势困扰着他，那么还有一些事也令他倍感折磨，包括平日里从华盛顿和伦敦接二连三发来的"直截了当的"电报。"自我上次见到你后，15个月过去了。"他写信给玛米，"我的生活就是充斥着政治与战争。后者进展糟糕至极……前者也纯是毒液。"

他一直在思念自己死去的儿子，他不禁想到，"如果孩子还在的话，这个月就26岁了"。但他也想念活着的儿子约翰，于是写信给身在西点军校的约翰，仿佛是在自我训诫："学会简单的生活……不要随意发表看法……不要害怕吃苦。"就连自己的肖像出现在本周《时代》周刊的封面上（文章中包括一位女性崇拜者带有挖苦意味的恭维，说艾森豪威尔是她所见过的"最帅的秃头男子"），也更多地令他感到懊恼，而不是快乐。他写信给一位朋友："等这场战争结束后，我会回国找个地洞钻进去，带走我所经历的一切。"

萨勒诺的活儿很辛苦，但艾森豪威尔把它留给了其他人。尽管焦虑不安，但他在第6军军部召开的会议上仍然极力控制自己的情绪。可是，当他搭乘吉普车来到第36步兵师师部所在的一处农舍，听了几分钟的报告后便觉心烦意乱，转身对道利说道："看在上帝的分上，迈克，你怎么会把部队搞得这么糟糕？"道利支支吾吾。"你做什么我都会支持你，"艾森豪威尔私下里告诉克拉克,"不过,至于道利,我认为你最好还是把他调走吧。"当天晚些时候,艾森豪威尔视察了一个炮兵连和一所战地医院后,乘坐吉普车返回帕埃斯图姆。途中,道利与克拉克争吵起来,道利讥讽年轻的上司是个"乳臭未干的童子军"。克拉克则将道利赶下车,愤然离去。

"我命令你立刻通知道利将军,拂晓时分就会有一架飞机等着他。"克拉克随后告诉一名参谋军官,"告诉他,乘这架飞机返回阿尔及尔,那里的人会安排他回国。"这名参谋找到道利时,他正躺在一张挂着蚊帐的行军床上午睡。"我知道你要说什么。"道利说道。"我什么时候离开?"他耸耸肩,而后补充道,"胳膊拧不过大腿。"道利在日记中写道:"解脱了!"与部下们握手道别后,他永远离开了意大利。在漫长的归途中,他玩着纸牌。他获准携带 55 磅行李,外加每天 7 美元的津贴。"没什么大不了的。"他后来说道,"我无法与克拉克共事,他做事极欠考虑。"道利的军衔被降为上校,但在战争结束前,他重获一颗将星,最终退役时恢复了两颗星。马歇尔坦率地告诉一名美国参议员:"让他晋升是为了堵住他的嘴。"

就连那些对道利指挥能力感到怀疑的人也为这种蛮横解除高级指挥官职务的做法感到担忧,这在美国军队中屡见不鲜。到目前为止,率部与德军作战的四个美国军长中有两个已被撤职。"这让一名指挥官如履薄冰。"詹姆斯·加文在日记中写道,"如果我们目前的做法有效的话,李将军应该在 1861 年就被撤职。"即将率领第 1 装甲师赶赴意大利的欧内斯特·N. 哈蒙少将,在 9 月下旬写给克拉克的信中提到代表自己军衔的橡叶徽章,他说,道利被撤职"令我们这些将级军官消沉不已……我会一直把中校的橡叶标揣在口袋里,随时做好走人的准备"。

艾森豪威尔离开时,德国人也撤走了。菲廷霍夫在 9 月 16 日星期四晚间得出结论:"别指望在萨勒诺获得圆满的成功。"在确认第十集团军遭到"严重损失"后,凯塞林批准后撤,条件是菲廷霍夫必须守住那不勒斯北面 20 英里处的沃尔图诺河,至少要守到 10 月 15 日。在对阿尔塔维拉两个孤立的美军伞兵营发起最后一次攻击后,德国人于星期五夜间悄悄撤离滩头阵地,留下 2 500 人的后卫部队阻挡追兵。

9 月 18 日(星期六)早上,长长的德军车队从埃博利蜿蜒踏上 91 号公路。道路上腾起阵阵尘埃,而这便是他们实施后撤,选择改日再战的痕迹。他们拖着沉重的脚步向北而去，卡车和大车上堆放着劫掠来的物品：橄榄油、蒜味腊肠、亚麻制品和银器。根据第十集团军的3号指令，应对各条道路实施"最为彻底的破坏"，应该炸毁工厂，"所有无法携带的物资和装备，必须摧毁"。一份"疏散处理清单"中包括机车车辆、机床、打字机、轿车、大客车、那不勒斯的"阿尔法·罗密欧"厂、滚珠轴承、车床、锯条和量具。

焦土四扬。马匹和骡子被抢走或杀掉，连剩下的马鞍和马掌钉也被付之一炬。据估计，意大利南部92%的牛羊和86%的家禽被抢走或杀掉。"铁路除根机"（挂在机车身后的一个巨大的铁钩）将铁路枕木像火柴棒一样拔起。山上传来爆破的隆隆回响，黑油油的硝烟模糊了北面的天际线。

一名阵亡的德军伞兵的军装里有一封未写完的信，预示出前方的世界。"英国佬将不得不从我们这里一点点爬过，一英寸接着一英寸。"这名士兵写道，"我们必定要让他们吃尽苦头。"

★ ★ ★

解放欧洲大陆的第一场大战就此结束。

尽管最终后撤，德国人依然将在萨勒诺的10天激战视作一场胜利。凯塞林告知柏林，他俘虏了3 000名盟军士兵，还给对方造成至少1万人次的伤亡，登陆者将"在很长一段时间内丧失进攻能力……最重要的是，我们赢得了养精蓄锐的时机"。第16装甲师师长西克纽斯将军认为，英美士兵的作战能力较差，缺乏"进攻精神"，过度依赖炮火，不愿与敌人近战。希特勒对此表示同意。"他们不会再发起更多的进攻了！"他说道，"他们对此太过怯懦。他们只在萨勒诺这一个地方发起进攻，是因为意大利人给了他们勇气。"

元首和他的属下再一次误判了对手的策略和实力。尽管萨勒诺战役残酷而曲折，但对紧随其后的意大利战役来说，却是个恰当的序曲。盟军总共伤亡9 000人，其中英军5 500人，美军3 500人，共1 200多人阵亡。德军伤亡约3 500人，约630人阵亡，而与单是9月份在俄国伤亡便达12.6万人的军队来说，这点损失微不足道。

对盟军来说，萨勒诺是个血腥的欠条，将来必须赎回，他们得到了许多教训。可悲的是，其中的一些已非初犯，包括作战负载、跨越海滩再补给、舰炮操作及地面战斗等多方面的问题。策划 9 个月后诺曼底行动的军官都不会忘记一名海军指挥官所说的话，陆战"也许能为你提供一条退路，但两栖登陆战没有退路"。

通过"雪崩行动"，艾森豪威尔确信，必须"将每一艘军舰和每一架飞机投入到关键战场上，方能起到决定性作用"。除了海上和地面力量，诺曼底行动到来前，艾森豪威尔还会要求获得空军的绝对控制权。但他又一次忽略了对亚历山大提出要求，加强第 6 军与第 10 军、第五集团军与第八集团军的凝聚力。亚历山大的传记作者奈杰尔·尼克尔森说，他对待蒙哥马利表现得就像"一场难以为继的婚姻中通情达理的丈夫的所作所为"。艾森豪威尔认为，亚历克斯将军"处理某些部下时缺乏自信"，但并未加以干涉。

乔治·马歇尔曾颁发命令，美军高级指挥官"重要的任职资格"中包括"指挥能力、魄力和活力"。实际上，很多军官都难以达到这样的要求。道利的缺陷使他轻而易举地成了替罪羊，但他绝非唯一一个仍在努力达到这种高标准的高级军官。

萨勒诺战役中，从发起一场混乱进攻到批准一项错漏百出的计划，都暴露出马克·克拉克的能力欠缺。而萨勒诺又让克拉克得到了真刀真枪的锻炼：他更加坚强，更加睿智，尽管依然专横、孤傲。现在，士兵们称他为马库斯·奥里利乌斯·克拉库斯。"他不像布拉德利赢得那么轻松，并让身边的每个人都信心十足，"艾森豪威尔在 9 月 20 日写信给马歇尔，"他也不及巴顿，无论发生什么状况，除了胜利，对一切都视而不见。但是，他依然肩负重任。"

其他人对此感到不解。詹姆斯·加文后来写信告诉马修·李奇微："马克·克拉克对士兵们的了解确实不足，也不清楚完成一项特殊任务究竟需要多少兵力。"克拉克是否具备一名出色战地统帅的秉性尚有待观察，这是正在上演的意大利战事中次要的核心情节。

不管怎样，盟军踏上了欧洲大陆，而且再也不会被逐出。警惕而老练的敌人，挟地面而非海上交通线的优势，在有利地形上奋战，如今也已被击退；盟军夺得一个入口，人员和物资由此涌入；9 月 3 日还是 2 个师，到月底前，在意大利的盟军主力已扩充至 13 个师，再加上夺下的机场，都将为打垮第三帝国做出突出的贡献。

然而，他们要去哪里，到了那里后该如何做？这些问题尚未解决。以令意大利退出战争，尽可能多地牵制德军部队为目标的意大利战役，至少取得了一定的进展。能否彻底完成所有的战略目标，身处萨勒诺的盟军并不清楚，华盛顿、伦敦和阿尔及尔也不确定，因为战略随时有可能出现变动。

对那些杀开血路登上滩头的人来说，这既不是他们的职责，也不是他们的错误。也许只有战斗发生前的战场比枪声平息后更加安静；前者的沉默预示着暴风雨的来临，后者则预示着彻底的和平。此刻，寂静笼罩着萨勒诺，部队停顿下来，为踏上前方漫漫征途而稍作休整。

厨师们用意大利番茄、豆子和洋葱充实军用口粮，而士兵们"熟悉了葡萄酒、阿尔贝蒂杜松子酒、干邑和格拉巴酒"。参谋人员搬入萨勒诺法西斯党总部，将黑漆泼在"相信，服从，战斗"的金字及其他愚昧的口号上。

平民百姓从藏身处现身，重新开始农作。农妇们轻盈地穿过葡萄园，头上顶着装满白色和蓝色葡萄的大篮子，或是在番茄藤上寻找着被劫掠者忽略的果实。一位农民带着一张英文便条来到美军指挥部，这是撤退的德国人留给他的："美国人会为我们带走的两头猪付账。"乔治·比德尔以艺术眼光发现了废墟中的生活迹象：一个男人背着他镶在框中的法律文凭；一名妇女带着一张弹簧床垫；一名老人拎着一只兔子的耳朵；另一位妇女带着一袋土豆，其头顶上的草篮里躺着个婴儿。

活人搜索死者"靠的是气味"，一名被派去埋葬死者的士兵写道，"我用一块降落伞绸捂住鼻子和嘴巴……回到连队里，没人搭理我，因为我的衣服上仍留有死人和自己呕吐物的气味"。迈克尔·霍华德描述道："拂晓寒冷的微光中，弯着腰、动作急促的掘墓者，四肢摊开、双眼死气沉沉的死者，现场的每一丝色彩都渐渐黯淡消失了。"

大批平民的尸体散落在阿韦利诺这座山区小镇中，以至于不得不淋上汽油，架起柴堆加以焚烧。阿尔塔维拉村的情形更可怕。死在交叉火力下的百姓，其中有许多孩子，他们的尸体已开始肿胀，从衣服中爆裂开来。一名宪兵描述道："这种膨胀太可怕了。"在先前的战斗中悉数阵亡的第36步兵师的一整个排倒在浅浅的堑壕中，他们的脸"又黑又硬，像个茄子"。

在帕埃斯图姆挖掘墓地动用了推土机，粗劣的木制十字架替代了墓碑。

一名到访的将军抱怨说,一排拉丁式十字架中出现一颗大卫之星"破坏了墓地的整齐,应该把它移走",第 36 师的一位牧师拒绝了,这片土地属于那些阵亡的小伙子们。

THE DAY OF BATTLE

第 5 章　尸野腹地

踏进那不勒斯，怀着满腔怒火的国王龙骑兵卫队来了，自此，整座城市"弥漫着甜甜的天芥菜花香和未掩埋的尸体的恶臭"。无奈，罗斯福乐观的预判无法帮助盟军轻易越过沃尔图诺河这道巨大的屏障。地中海寒冷的冬夜和肆虐的空袭让第八集团军瞬间支付了一笔 3 000 人伤亡的"头期款"。"通往罗马的道路是漫长的。"托菲写道，这段历程充满荆棘也饱含良好的意愿。

"鬼城"那不勒斯

那不勒斯，盟军队伍来了。他们的吉普车、卡车和装甲车排成长长的队列，散热器上拴着虏获的德军煤斗式钢盔，俨然成了引擎盖装饰物。戴着红帽子和白色帆布手套的英军宪兵挥手示意。在维苏威火山岩石嶙峋的阴影之下，他们一路向北，穿过诺切拉、安格里和托雷德尔格雷科。兴高采烈的群众向他们的车轮下抛掷鲜花，身穿破旧法衣的神父们虔诚地为他们祈福。难民们沿着路肩踯躅而行，他们"污秽不堪，看上去毫无人样"，未戴军帽的意大利逃兵肩挎靴子，以节省皮革的磨损，并顺便在山坡的溪流中洗脚。

曾去过美国的村民用蹩脚的英语及所能想到的美国脏话高声咒骂法西斯主义，或背诵他们在那片淘金之地曾见识过的牙膏和泻药的牌子。记者约翰·拉德纳发现坎帕尼亚的乡村"令人想起土匪和轻歌剧"，而另一个美国人则坚持认为，意大利南部"纯属艺术世界中的垃圾"。在庞培遗址搜寻一番后，来自印第安纳州的一名中尉面向罗马露天剧场点点头，说道："他们理所当然会把这些保留下来。"

1943年10月1日上午9点30分，国王龙骑兵卫队的一个中队成为盟军第一支进入那不勒斯的部队。几小时后，马克·克拉克也进入了这座城市。为安排一场胜利仪式，全队上下颇费心思，但这场游行依然显得有些仓促。在圣乔凡尼南郊18号公路上，克拉克和李奇微钻进一辆装甲车敞开的座舱，后者端着心爱的斯普林菲尔德步枪，警惕地搜寻屋顶上的狙击手。

加文乘坐吉普车率领这支车队，他把一幅城市地图摊放在膝盖上，一个伞兵营乘卡车紧随其后。洗好的衣服在铁窗台上飘摆，天竺葵从窗台的花盆中伸出，但多数人家都门窗紧闭，因而，克拉克称这座城市为"鬼城"。战略情报局的一组渗透特工警告说，已撤离的德军至少在 50 座建筑中埋设了地雷，意大利人尸横遍野。一名情报官员写道，整座城市"弥漫着甜甜的天芥菜花香和未掩埋的尸体的恶臭"。乌贝托大道不时回荡着枪声，尖锐得如同拍手声，那正是游击队在追捕法西斯的合作者。克拉克俯视着中央火车站对面的加里波第广场，承认自己的心情"没有想象中那么好"。

然而，他来错了地方。1 英里外的平民表决广场聚集着成千上万名的那不勒斯人，兴高采烈地等待着解放他们的使者的到来，那里是征战英雄们的天堂。士兵们终于从庄严的王宫列队而过，踏入半圆形广场之时，热烈的欢呼声爆发开来。民众们高喊："万岁！万岁！"他们哭泣着，屈膝跪下，拉扯着士兵们的军装，或俯身亲吻一双双军靴。骚动的气氛很快在整个城市散播开来。"人墙中，一张张激动的面孔伸向我们，一只只胳膊投来葡萄和菊花。"记者理查德·特里加斯基斯写道，人群"像蚂蚁一样涌向我们，将我们淹没"。

"那不勒斯已被我军占领。"克拉克发电报给亚历山大，"这里一片和平之景，没有任何疾病传染或骚乱的迹象。"这场近乎疯狂的迎接仪式令克拉克精神大振，他写信给蕾妮："我为你奉上那不勒斯作为生日礼物。爱你的韦恩。"

★ ★ ★

事实上，那不勒斯的确是一件奇特的礼物，既不和平，也不乏传染病和骚乱。凯塞林的部队曾占领这座城市两周之久，在他开始着手将年轻人征入劳工营后，暴动于 9 月 26 日爆发。德国人对这座城市的统治可谓恐怖，哪怕是轻微违反规定者，也会被公开处决，这令意大利的狙击手纷纷奋起反抗。据说，有的狙击手年仅 9 岁。随后，火车站和卡洛斯三世广场也爆发了激战。起义者推着有轨电车充当路障，以猎枪、宝剑、古老的火枪和屋顶的瓦片为武器。据估计，共有 300 名市民在这场抗争中身亡，美国战略情报局认为，那不勒斯人的怒火迫使德军比计划提早两天从这座城市撤退。

"市内某些地方，仍有德国人在顽抗。"加文后来在他的日记中写道，"但更糟糕的是意大利人的内斗,他们相互指责对方就是法西斯。"一些少年在街头闲荡,他们头戴锡盔,手拎菜刀、撬胎棒或端着德制鲁格尔手枪,腰带上塞着红色的意大利手榴弹。罗伯特·卡帕的照片拍下了一处改为停尸房的校舍:20个男孩躺在20个粗糙的棺材里;头戴黑色软呢帽的男人们扛着棺材;恸哭的妇女们一手捂住面颊,一手高举死去孩子的相片。

乔治·比德尔带着他的速写本来到晚期疾病医院,发现那里有150名死去的平民躺在担架和百叶窗帘上,他们合起的双手里塞着写有姓名和住址的字条。没有卡车将他们送往墓地,没有水可冲洗他们留在地面上的血迹。家属们带着干净的衬衫和白色的内衣来给死者换衣服。他们"在半黑的过道中游荡,用围巾或手帕遮挡面孔";他们凝视着每一具尸体,生怕发现一张熟悉的面孔。

曾被司汤达描述为"世界上最美丽的城市"的那不勒斯城已然支离破碎。德国人对意大利背叛的报复,预示着欧洲大大小小的城镇将为它们的解放遭遇激烈的暴力反击。德国占领期间,这座城市的100万居民有半数留了下来,但没有自来水供应;德军工兵炸毁了7个地方的主水管,将市内的储水库排尽,然后把炸药投入检修孔,摧毁了至少40条下水道;长途电话交换机、市内3/4的桥梁、发电机和变电站相继遭到袭击;50座工厂先后被破坏,其中包括一座炼钢厂和一座炼油厂,还有一些啤酒厂、皮革厂和罐头厂,其他工厂也悉数被装上炸药,随时等待被引爆;市内的电车、谷仓维修车,甚至连街道清扫车当然也未能幸免。

与此同时,通入那不勒斯的一条铁路隧道,被两列迎头相撞的火车所堵塞;存下的煤炭被点燃,在数星期内成为德国空军轰炸机的指路烽火;渔民们的小船也被扣下,勒索赎金,一艘小艇要用一块金表来换,收到赎金后,他们又将船只付之一炬;连兵营和公寓楼的楼梯也被炸毁了,致使众多民众无家可归。

接下来,这座底蕴深厚的城市中众多文化地标也被施以惨烈暴行。一个营的德军士兵冲入意大利皇家学会图书馆,往书架上浇煤油,后用手榴弹引燃;他们朝反抗的守卫开枪射击,并阻止消防队靠近;那不勒斯大学的5万册藏书和城市档案也遭遇同样的命运,其间只留下"旧皮革和汽油燃烧所发出的臭气";存放在诺拉的8万册珍贵书籍、手稿及油画、陶瓷和

> 第五集团军的工兵在意大利中部的一条河床上搭设起一座桥梁，以替代被德军爆破队炸毁的桥梁。持续22个月的意大利战役中，盟军共搭设起3 000座桥梁，总长度达55英里，每座桥梁需要耗费10个小时。

象牙艺术品也无辜化为灰烬。

德军对港口的破坏更为糟糕，对于数月来一直遭受盟军轰炸的那不勒斯来说，这无疑是雪上加霜。城中位于内陆半英里处的商业区大多保存完好，尽管劫掠者洗劫了罗马大街上的"胜家"缝纫机陈列室和"柯达"商店。但滨海大道（据说，海妖帕耳忒诺珀的尸体就是在这里被冲上岸的）沿途已变成一片废墟。炸弹重创新堡、国家图书馆和王宫，每一扇窗户都被打破，屋顶被炸穿，教堂也被天花板横梁下的一次爆炸摧毁。"佳益""维苏威"和"大陆"酒店已被毁得面目全非，德国士兵烧毁了各酒店的客房，并将床上用品投入庭院的篝火中焚烧。美军港口营的一名装卸工保罗·W.布朗描述这些海边建筑时说道：

> 整栋楼被切为两半，从幸存下来的一半可看清每个房间的内饰：其中有些家具完好无损，只是悬在破损的建筑边缘；墙壁上挂着精美的画作，一张铜床朝下方的街道倾斜，床单铺得整整齐齐；三楼一间客房的断裂处，一具尸体的双腿向下悬荡着。

港口内的海面上已见不到一艘船，烧焦的下桁、桅杆和烟囱构成一片被淹没的森林。尚可见30艘大型船只的残骸，而被淹没的船只数量10倍于此。拖船和港务船都被凿沉，粮仓和货仓都被炸毁；300架起重机或被

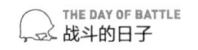

破坏，或被推入海中。61个锚位之上，有58个被凿沉了船只，常常是一艘叠着一艘。一艘装载着7 000吨弹药的轴心国船只在F码头被炸毁，相邻的四条街区因此藏身火海，直到10月2日，火焰仍在焖烧。

在H防波堤处，十几节列车的车厢和两台从码头处运来的重达90吨的吊车堵塞了泊位。码头周围的建筑无一幸免，残垣断壁像碎石子一样布满整个码头。为加剧打捞工作的难度，德军爆破人员在港口布设了弹药、氧气罐和地雷。只有老鼠仍住在海边，肩胛骨突出、饥饿的孩子们令保罗·布朗想起"小小的、上了年纪的动物"。尽管美国陆军工兵报告称，德军的破坏工作均由"对此极为精通的人所为"，但经过仔细检查后发现，德国人的爆破"是出于报复，目的是破坏那不勒斯的经济，而并非为了阻止盟军使用港口"。正如盟军能从每一场战役中学到新东西，德国人同样如此。日后摧毁马赛和瑟堡的港口时，他们不再感情用事，更加丧心病狂。

尽管如此，这座城市所遭受的损失仍旧令人不忍直视。为维持一支50万兵力的大军（第五集团军在数周内会达到这个数字的一半），每个月需要相当于68艘满载自由轮分量的货物。只有那不勒斯，凄惨、饱受摧残、肩负重任的那不勒斯，能处理这一运输量。别无选择，只能让那不勒斯重获生机，让海妖起死回生。

★ ★ ★

夺取那不勒斯之后，克拉克终于获得了些许的喘息之机，他终于有时间仔细观察这场日渐肮脏的战争。隆美尔曾颇具绅士风度地称："这是一场没有仇恨的战争。"不过那只是来自北非一个朦胧的记忆而已。东线早已尝到全面战争的残酷性，但直到第二次世界大战进入第五个年头，这种残酷性才传遍整个西欧。

与克拉克相反，意大利军队对盟军的贡献甚微。巴尔干地区的29个意大利师和驻法国的5个师大多降德，有的是被假命令所欺骗，有的则是为武力所迫。罗得岛遭到德国空军轰炸时，意大利守军司令通过电台说道："每颗炸弹都像一把刀在剜我的心。"而守卫意大利的那些人同样被证明都是些无能之辈。

当然，面对如此野蛮的报复，还是有一些勇敢的战士。在伊奥尼亚海岩石嶙峋的凯法利尼亚岛上，1.2 万名意大利守军接连奋战了 5 天，在阵亡 1 250 人后于 9 月 22 日投降。根据柏林方面的命令，6 000 多名俘虏被就地枪毙，包括军官、戴着红十字臂章的医护兵、从病床拖至城墙边的伤员，每批 8～12 人。一名意大利指挥官扯掉希特勒亲自颁发给他的铁十字勋章，丢向行刑队。死者被塞入救生艇后沉入海中，或是架在巨大的柴堆上烧毁，整整一周，伊奥尼亚的天空被熏得漆黑。几十年后，当暴风雨来临前的空气变得沉闷、阴云密布时，岛上的居民便会说："意大利人在燃烧。"

"唯一不会叛变的意大利军队就是一支不复存在的军队。"德军最高统帅部参谋长威廉·凯特尔元帅说道。很快，60 万意大利士兵被牛棚车运往德国，但并非作为战俘，而是作为"军事拘禁者"被送至工厂和矿山充当奴工。1 万名德国铁路工人涌入意大利，以确保列车能准时运行。

三起不可思议的脱逃事件标志着意大利的初期战役正式打响。

第一起发生在 9 月 9 日拂晓前。克拉克的军队在萨勒诺登陆之际，大批意大利战舰逃离北部的拉斯佩齐亚，赶往马耳他。德国人通过无线电拦截发现了这次秘密行动，但为时已晚，意军舰迅速向公海实施突围。之后，倒霉的"罗马"号战列舰被德国人的新型无线电制导滑翔炸弹击沉，而那些无法逃离拉斯佩齐亚的舰长在舰沉后惨遭枪杀。但在 9 月 21 日前，另外 5 艘战列舰、8 艘巡洋舰、33 艘驱逐舰、100 艘商船和大批小型船只在盟军控制的海域找到了庇护所。有些船只挂出示意投降的旗帜，据说那旗"有网球场那么大"。德国军队设法扣押了数百艘意大利小型舰艇和商船，缴获大批战利品：130 万支步枪、3.8 万挺机枪、1 万门大炮、6.7 万匹骡子和马、9 000 吨烟草、1.3 万吨奎宁、55.1 万件大衣、250 万条毛毯、330 万双鞋。另外，仅在罗马便缴获 6 万辆汽车。

第二起令人不禁回想起一个月前轴心国军队逃离墨西拿的不快回忆。9 月 12 日，希特勒下令撤走科西嘉岛上的德国守军，包括数千名从附近的撒丁岛撤至该岛的士兵。法国军队在科西嘉岛的一端冲上滩头时，德军从另一端撤离，搭乘运输机和渡轮跨越 60 英里海域赶往意大利北部。盟军海空军未对这一撤退加以阻截，因为此刻他们的注意力正集中在萨勒诺。10 月初以前，3 万多名敌军士兵携武器和车辆安全抵达目的地。就像美国官方海军史后来承认的那样，鉴于轴心国军队没有岸炮和其他防御手段，这一撤退行动比墨西拿那次"更加令人震惊"。无疑,也同样令人沮丧。

第三起事件最引人瞩目。自 7 月下旬被捕后,贝尼托·墨索里尼辗转于意大利西海岸岛屿上的一间间囚室,阅读里乔蒂的《耶稣生平》,并在关于背叛和殉难的段落上画线强调,以此消磨时间(包括他 60 岁的生日)。希特勒四处寻找他的这位昔日的盟友,甚至咨询各方术士和占星家,他们当中有一个"以恒星预测未知事物的大师",及一些依据更为传统的方法的预测师。8 月下旬,墨索里尼被转移至"山间小屋"酒店,那是亚平宁山脉大萨索山山顶的一处凌空滑雪胜地,只能通过索道进入,并由 250 名宪兵把守。这位囚犯在日常生活中也开始玩些纸牌游戏,在阴冷的荒地上漫步,不停抱怨身体各处的溃疡。自墨索里尼发誓自己绝不会被活捉后,看守们就没收了其所有的锋利物品,包括剃须刀,于是他的头上不断长出灰白色的发茬。"一个人,要得到自赎,"他在日记中写道,"就必须忍受痛苦。"

不料,他的下落很快便被泄露出去。希特勒将营救领袖的任务委托给奥托·斯科尔兹内上尉。他是一位身高 6 英尺 3 英寸的维也纳突击队员,疤痕累累的面孔足以证明有关其上学时参加过 14 次决斗的传言并非空穴来风。9 月 12 日下午 1 点,就在萨勒诺的形势转为严重之际,斯科尔兹内带领 108 名士兵挤进滑翔机,赶往大萨索山。他在那架飞机的帆布地板上凿开了个洞,由此留意导航地标。滑翔机掠过窗外的鹅卵石地面时,墨索里尼正坐在一间敞开窗户的卧室里,标志性的抱臂姿势令人一眼便可认出他。斯科尔兹内一步三台阶冲上楼梯,踹开 201 室的房门,宣布道:"领袖,元首派我来救你。"他们转身离开,挤入一架"鹳"式轻型飞机,一旁的意大利宪兵举手敬礼。

经过一场与希特勒令人眼花缭乱的团聚后,墨索里尼被安排到阿尔卑斯山的一个小镇,担任所谓的意大利社会共和国的傀儡政权的头目。就连德国人也意识到这种痛苦,认为这一颇具讽刺意味的事件不值得庆祝。"元首这才意识到,意大利从来就不是个强国,今天不是,以后也不会是。"约瑟夫·戈培尔在日记中写道。

或许作为一名世界历史人物,墨索里尼有理由遭到百般唾弃,但其始终拒绝批准驱逐犹太人,也从某种程度上阻碍了纳粹死神丧心病狂的脚步。但如今,这道禁令已宣告终结。9 月 16 日,第一批 20 余名犹太人从意大

1943年9月12日，贝尼托·墨索里尼即将登上"鹳"式轻型飞机的座舱，这架飞机将把他带离大萨索山滑雪胜地，遭到逮捕后，他一直被意大利当局囚禁在这里。按照希特勒的命令，100多名德国伞兵在斯科尔兹内上尉的率领下，搭乘滑翔机在山顶着陆，兵不血刃地救出了墨索里尼。

利北部的一个小镇被运往奥斯维辛。他们当中有一名6岁的孩子，刚一到达目的地便被送入了毒气室。

★ ★ ★

10月7日（星期四）下午2点10分，那不勒斯的解放再次变得血腥起来，德国人布设的第一颗定时炸弹在蒙特奥利维托大街邮政总局的西南角发生爆炸。"两个楼层被彻底炸飞。"一名目击者说道，"钢板和大理石块被抛出100多码。"爆炸将一个军方工作小组和一群排队乞讨的那不勒斯人炸成了碎片。士兵罗伯特·H. 韦尔克在写给家人的信中描述这场大屠杀道：

> 巨大的烟雾笼罩着街道，一名中士蹒跚而行，不堪的面容之上淌着血，几乎毫无意识……中士的头从一侧转向另一侧，喃喃地说着："怎么回事？怎么回事？"

这场爆炸造成70人死伤，其中一半是军人。救援人员冲入邮局地下室挖掘幸存者，医疗小组将那些头颅和残肢断臂铲起。当晚，韦尔克的军士长将部下召集起来，打着手电筒叫出那些名字。"回答了，表示还活着；"韦尔克写道，"无人回答，就意味着人已经死了……这里，此刻，对我们所有人来说都万分危险。"

3天后的星期日早上，正当克拉克、李奇微和数千名士兵正在大教堂参加感恩弥撒之际，又一声沉闷的轰鸣令他们匆匆赶往附近的一处兵营。爆炸发生在东方大道，23 名战斗工兵被炸死，他们曾在基翁奇山口与达比的游骑兵一同战斗过。两位将军也加入了将支离破碎的尸体和幸存者运出的行列当中。

"干得好！伙计们，谢谢！"一名从废墟中被拉出的士兵说道。他被扶了起来，下一刻又倒在地上死去了。"这使我们更加坚定了将敌人彻底粉碎的决心。"当晚，克拉克写信告诉蕾妮。后来，拆弹组对皮埃蒙特王子兵营一个与众不同的侧翼进行了排查，发现层层叠叠的箱子里装着近一吨炸药，一个滴答作响的德国定时引爆器将起爆时间设在 10 月 19 日（星期二）清晨 7 点。

猛烈的轰炸还会持续近三周。第五集团军的一名英国情报官诺曼·刘易斯曾描述过纳萨里奥扫罗大街上的一栋被炸毁的公寓楼，称幸存者"像泥塑般一动不动，所有的一切都被蒙上了一层厚厚的白灰……一个女人站在那里，活活变成了盐柱的罗德之妻"。还有很多人像婴儿一样蜷曲着身子，这让刘易斯想起"被庞培火山灰覆盖的尸体"。疯狂的工兵最终搜索了数百座建筑，拆除了 17 处爆炸物。官方的一份"可疑声响清单"上，各种名头的可疑物已增加至 150 项。尽管很少有人提及盟军飞机曾投下上万枚延时引爆的炸弹，但大家都理直气壮地对德国恶魔的行径咒骂不已。

10 月下旬，修复的电网再次供电时，担心触发藏匿的炸弹，那不勒斯西区开展了大规模疏散。刘易斯看见"男人们背着年迈的父母"，伤兵被送离医院。一声巨响后，妇女和孩子惊恐奔逃，"留下一地尿渍"。另一名英国军官马尔科姆·马格里奇将这些无辜奔逃的人们描述为"聚集在城市四周的山丘上的庞大人群，就像末日到来，所有死神现身时的景象"。没有爆炸事件发生后，市内才开始渐现灯光，市民才战战兢兢地往家里赶。

获得解放后，那不勒斯人的艰难生活仍持续了数周。"这里面临 57 种困难，但只有 7 种是面粉能解决的。"一名美国军官告诉他的上级，"这些人饿极了。"市立水族馆里的热带鱼被吞噬一空，市内的猫也极剧减少。微咸的水坑，甚至连破裂的污水管也引来数以千计焦渴的居民，他们"带着水桶、瓶子、水壶、锅和咖啡壶"，乔治·比德尔写道。陆军工兵很快设立了 20 多个供水处，但需要士兵们在场维持秩序。

那不勒斯及其著名的港湾，背景处矗立着维苏威火山。1943年10月1日被夺取后，这座城市很快成为"每一个盟军士兵眼前愿望的象征"，一名英国军官写道："这是一片充斥着黄金、白银和莫大幸福感的人间仙境。"

2.6万吨小麦将从北非和中东发出，但即便是救济饥荒的粮食，也不得不与军用物资争夺稀缺的运输舱位。港口的废墟加剧了任务的复杂性，首批装运的食物有三分之一被盗。物价狂飙，有时候一夜间会翻上四番。一个蔚为壮观的黑市就此兴旺起来。10月，正当第一例斑疹伤寒让那不勒斯市民心力交瘁之时，弗兰克·格维西列举了数量显然无穷无尽的奢侈品："皮草商橱窗里的银狐披肩……女士的帽子、鞋子、手套……威尼斯蕾丝花边……按重量计算的香水。"市民们开着苦涩的玩笑："德国人在时，我们每天吃一顿饭；现在美国人来了，我们每周吃一顿饭。"

10月2日起，那不勒斯公路和铁路的重建工作开始启动。当天中午，一个工兵组从海上进入港口测深。推土机、扫雷舰和打捞船很快像"一支可侵蚀一切的蚂蚁大军进入废墟中"，一位海军将领这样说道。潜水员将压缩空气泵入沉船制造浮力，随后由拖船以粗大的钢缆将船体拖离港口；定时炸弹吓跑了意大利工人。第一周只有3个泊位开放，但在3个月内，那不勒斯需要处理比纽约港更多的吨位。10月13日，开始有饮用水流出；意大利潜艇为泵站、医院和面粉厂提供了电力；下水道也会在12月中旬修理好。

自成千上万名盟军士兵涌入那不勒斯后，这座世界上最奢华的城市之一的街头生活终于有了复苏的迹象。清洁工唱着罗西尼的歌剧，驼背者卖着彩票；一些餐厅重新开业，尽管所谓的米兰小牛肉常常只是以马肉为原料冒充的。另外，正如诺曼·刘易斯所言，坐在那里的意大利食客，身上穿的大衣"是用从我们这里偷去的毛毯改制而成的"。盗窃、乞讨和卖淫在这座饥肠辘辘的城市里蓬勃发展起来。

"到市内去,不带上枪防身可不行。"一名伞兵回忆道;而美国兵则开玩笑说,哪怕你丢下一句话,都会被意大利穷光蛋捡起来。为免于挨饿,成千上万名意大利妇女沦为妓女,一群小男孩则为加里波第广场周围的站街女拉皮条。有些士兵自以为是地以假钱支付嫖资,声称这是占领区代币,结果却哭笑不得,因为他们会被报以一种那不勒斯淋病,连磺胺类药物对这种性病也无能为力。一名飞行员在 10 月 6 日的日记中写道:"在这个鬼地方,有巧克力就能玩到女人。"

有些士兵的行为非常糟糕。驻扎在那不勒斯大学动物学实验室的部队故意毁坏珍贵的标本,偷走稀有矿石,并用罕见的贝壳充当烛台。美军士兵驾驶的吉普车上装饰着从标本室偷来的"巨嘴鸟、鹦鹉、老鹰甚至是鸵鸟"。王宫管理者抱怨说,盟军士兵"看上什么就拿什么,毫不客气"。第 504 伞兵团团长鲁宾·塔克在一间餐厅点了瓶价值 73 美分的香槟,为夺取那不勒斯而干杯。"他将杯中的酒一饮而尽,把杯子砸碎在桌子上。"一名伞兵回忆道,"我们其他人也这样做了。"塔克对餐厅老板说道:"和德国佬同流合污? 付出这点儿代价算便宜你们了。"

他们神采飞扬。经历了萨勒诺的苦战后,所有盟军士兵个个士气高昂。他们现在拥有了一座大型港口,并在意大利这只靴子上占据了 300 英里的地界。那不勒斯陷落当天,蒙哥马利的第八集团军夺取了亚得里亚海附近的福贾机场,这将为盟军轰炸奥地利、德国南部及多瑙河流域提供基地。

各处的盟军都在前进。西南太平洋,在新几内亚和所罗门群岛平行推进继续消灭着日本军队;第一批 B-29 轰炸机驶下美国的装配线,其航程是现有飞机的两倍,可轻而易举地将日本本土置于遭受轰炸的危险中。尽管机组人员付出了可怕的代价,但从英国起飞的英美轰炸机编队已对德国城市展开连番轰炸。汉堡在 7 月被焚毁,估计有 4 万名德国人因此丧生,8 月下旬,整个柏林死亡人数达 800 人次,大规模空袭还将降临曼海姆、法兰克福、汉诺威和整个德国本土的其他目标。东线,苏联红军于 9 月下旬夺回斯摩棱斯克并跨过第聂伯河,收复了自 1941 年夏季起被德国人占领的半数领土。东线德军已有 50 万人阵亡,200 万人负伤。戈培尔在日记中写道:"我们仍在后撤,后撤。"

在意大利,他们也在后撤。那不勒斯的安全得到确保后,盟军先头部队逼近了沃尔图诺河,克拉克盼望继续战斗。"他总是想加快速度。"接替道利出任第 6 军军长的约翰·卢卡斯少将在日记中写道。他又补充道,克拉克"急得像热锅上的蚂蚁"。

加拿大士兵喊出的口号是"到罗马过圣诞",但他们太过悲观了。"亚历山大和我都认为,10 月底前我们就能进入罗马。"艾森豪威尔在 10 月 4 日发给马歇尔的电报中写道。亚历山大认为佛罗伦萨也许能在 12 月前陷落,一些积极的士兵已开始学习德语,为执行占领任务做准备。丘吉尔断定,敌人缺乏"足够的力量设置起一道防线"(与前线相比,白厅总是将凯塞林看得更加虚弱),首相打算在月底前拜访那座"永恒之城"。

就连谨慎的富兰克林·罗斯福也受到乐观主义的影响,开始敦促盟军"与苏军同样迅速地"抵达柏林。他在给斯大林的信中写道:"看起来,再过几个星期,英国和美国军队就将进入罗马。"

1943 年 10 月中旬,美军士兵搭乘突击舟渡过沃尔图诺河,这是盟军士兵在欧洲渡过的第一条大河。盟军部队沿着一条宽大的战线迅速推进,他们离开主干道,绕过敌人的防御点,穿过那不勒斯前进了 35 英里,随后便因降雨和德国人的顽强抵抗而放缓了脚步。

"寒气逼人"的冬战

一切乐观的预测很快就会遭到质疑。因为,在那之前,盟军首先要逾越那不勒斯北面 20 英里处一道巨大的障碍。在这里,在这条宽阔的沃尔图诺河之上,第五集团军将首次跨越两军必争的一条欧洲河流,6 个师齐头并进；在河对岸，有菲廷霍夫的第十集团军的四个师负隅顽抗。

在最近一周里，卢希恩·特拉斯科特一直让第 3 步兵师的大部分火炮保持沉默，以此掩饰其真实实力。但是，10 月 13 日（星期三）凌晨 1 点，炮手们终于掀开伪装网展开第一轮齐射，轰鸣声震荡着整个河谷。炮火像链状闪电般俯冲至沃尔图诺河谷，令为河面洒下一片银光的满月感到羞愧。河北面，德国人占据的山丘和农舍很快便腾起一团团火焰。下游，参与此次突击的 3 个英国师的大炮也轰鸣起来；上游，特拉斯科特右翼的两个美军师（第 34 和第 45 步兵师）占据着一条长达 40 英里的战线。

透过山顶一座废弃的修道院 3 楼的窗口，特拉斯科特灰色的双眼搜索着下方的河流。德军哨兵曾在河对岸用英语发出讥讽的喊叫，"睡吧，猪猡！我们会在早饭前把你们干掉"。但此刻，炮火吞噬了一切辱骂声。机枪的蓝色火焰和白色的曳光弹犹如炽热的针头，从敌人隐藏在果园和采石场内的暗堡中射出，迫击炮弹也在南岸的泥泞中炸开。美军炮手以深红色曳光弹还击，步兵们瞄准河北面枪口的闪烁点开枪射击。沃尔图诺河河面宽达 200 英尺，流速快，但可以徒步涉水而过。特拉斯科特的防区位于盟军战线的中央地带，向两侧延伸了 7 英里。

特拉斯科特点着香烟，看两个步兵团在修道院下方的一片树林中借助月光进行作战准备。士兵们系紧救生衣（于一间意大利鱼雷制造厂缴获），并将引导绳挂在肩膀上。其他人挤上从海军方面借来的救生艇，然而，小艇也不过是废木料和卡车篷布制成的粗陋帆布底小船。

金色、绿色、红色，耀眼的信号弹在德军防线的上方飘浮。"艾克曾对我描述过他的孤独处境，不幸的是，我开始对此有了切身的体会。"全师逼近沃尔图诺河时，特拉斯科特在一封"致爱妻"的信中告诉莎拉："我们是独孤的。"尤其是此刻，眼见那些为他出生入死的弟兄不分昼夜地奋战，他有感而发：

> 我很乐意在宁静的夜晚贴心地坐在你身旁，向你倾诉我在这里的无数个生活细节……等战争结束，我想在某处定居下来……过上几年和平、宁静的日子。

凌晨 1 点 55 分，各炮兵连的炮管瞄向对岸，开始了白磷弹与高爆弹混合炮击。银色的硝烟很快便形成一片 3 英里宽、500 英尺高的滚滚尘埃。伴随着呼喊和军械叮当作响，士兵们抬着救生艇和小舟冲过休耕田，滑下 10 英尺高的堤岸，跳入浑浊的沃尔图诺河中。

★ ★ ★

美军突击区域进展顺利，英军的情况则不甚乐观。在盟军战线的左侧，3 艘坦克登陆艇跨过河口，将一个英军坦克营的 17 辆坦克送至北岸，但地雷和沼泽令他们无法前进。英军步兵面对着一段宽得无法徒步穿行的河段。另外，他们还面对着西西里岛和萨勒诺的老对手——德军第 15 装甲掷弹兵师和"赫尔曼·戈林"师，这些德国守军在葡萄园和堤岸后隐蔽得很好。英国人将木棒捆在空油罐上渡河，并将易浮的亚麻布捆制成救生带。第 46 师的两个旅在河岸附近控制住一处桥头堡，尽管到 10 月 14 日星期四早上前它还只有 600 码深。紧挨着第 3 步兵师的左侧，英军第 56 师的 10 艘冲锋舟在卡普阿附近的河流中游地段被击沉，没有一个连成功抵达河对岸，特拉斯科特认为这场行动被动而拙劣。"溺水的士兵被河水卷走，"艾伦·穆尔黑德写道，"穿透芦苇丛而来的机枪和狙击火力无处不在。"

左翼暴露了目标，美军装甲部队又未能顺利渡河。拂晓时分特拉斯科特冲下沼泽地，乳白色的硝烟像雾一样在空中盘旋。美军士兵趟过齐胸深的河水，一只手把步枪举过头顶，另一只手紧抓着引导绳。不难看出，特拉斯科特饱经风霜的脸上泛着忧虑。5 个营占据了对岸，美军先头部队已到达沃尔图诺河 4 英里外的卡鲁索山。但是，没有坦克的支援，他们很容易被德军装甲部队的反击击垮。"快点！"他催促道，"快点！"

德军一发炮弹炸开，弹片撒向河面嘶嘶作响。"赶紧让那些该死的坦克和坦克歼击车渡河。"特拉斯科特命令道。一名坦克车长被车体发出的尖利敲击声弄糊涂了，他从炮塔探出头来，却看见一名两星少将挥舞着一根橡木棍。"该死的，冲上去，朝目标开火！"特拉斯科特命令道，"朝那些对我们开火的家伙开炮，该死的，想活命就别犹豫。"之后，特拉斯科特又对一名抱怨搭设桥梁困难的军官咆哮起来，"做不到？你试过吗？赶紧动手！"

他们动手了。在一段曲流下方，工兵们用镐和铁锹在陡峭的河岸上挖掘起来。上午 11 点,当第一辆"谢尔曼"坦克涉水过河,咆哮着驶向 87 号公路时,混浊的河水从挡泥板上淌下。随后,又有 14 辆坦克成功渡河。下午 3 点 30 分,一座轻型桥梁投入使用,80 辆吉普车在 8 分钟内迅速通过,一座承重级别更高的车辙桥随后竣工。密集的炮火令发起反击的德国人泄了气,像个渐渐退却的影子般缩了回去。克拉克调整了分界线,将一座大型桥梁让给英国人(美军有 1.5 万名工兵,而英军只有 3 500 名)。很快,整个河谷落入盟军手中。右翼,蜿蜒的河流沿原路折返,一些部队需要三次渡河,第 34 步兵师的士兵们纷纷询问,是不是意大利的每条河都叫"沃尔图诺",它是不是欧洲最长的河流。

"我就像条蚯蚓,似乎钻进了前方,随手把碎土留在身后,对那些曾经历的日日夜夜毫无认知。"10 月 14 日,桥头堡扩大后,特拉斯科特写信给莎拉。"一个星期七天?对我而言,每天都一样。"他补充道,"杀德国佬是个有趣但着实累人的活儿。"

尽管如此,沃尔图诺河渡口仍将发挥重大作用。英美联军以超预期的速度在一片广大的前线阵地行进,在离开主干道渗透至敌军据点周围前,他们已越过那不勒斯前进了 35 英里。前方山丘若隐若现,每个士兵都能看见,再往前则是更高的大山。"在这种地方调兵遣将相当困难。"在地图上查看地形时,艾森豪威尔摇着头说道。但是,越过那些高山,距离沃尔图诺河 130 英里处,就是罗马。

★ ★ ★

意大利的脊梁将被打断,德意志也同样如此。然而,首先被击碎的是她的心脏。这开始于沃尔图诺河北面,那里地形陡峭、气候恶劣、敌人顽强。9 月 3 日到 10 月 20 日之间,盟军在意大利共伤亡 1.8 万人——第五集团军 1.5 万人,第八集团军 3 000 人。但对眼下这场战役来说,这只是个"头期款"。

德国人的爆破工作从距离萨勒诺 5 英里处开始。"他们没有忽略任何一座桥梁或涵洞,哪怕目标极小。"一名陆军观察员汇报道。意大利战役将是一场工兵战,这一特征很快明朗起来:如果不看那些趴在地上、用刺刀探测地雷的士兵的话,那么前进的速度取决于推土机。盟军司令部的一份研究报告估计，想要顺利到达北部的波河，需要 1 000 座桥梁，这是个令人沮丧的数字。因为几周以来，美国陆军在意大利只有 5 座预制构件的活动便桥。这样一来，盟军将需要在 20 个月内搭建 3 000 个桥墩，外加总长 55 英里的桥面。由于秋雨令意大利河流泛滥，一些桥梁需要扩建和重建。变幻无常的沃尔图诺河在 10 小时内上涨了 18 英尺，卷走了河上辛苦建成的桥梁，只剩一座。"洪水裹挟着大量杂物，从整棵树木到整头牛，牛角对浮桥两侧的胶合板造成灾难性的冲撞。"第五集团军的工兵报告道。

即兴发挥成了家常便饭，天天如此。特拉斯科特指出，每当德军工兵炸毁石屋，堵塞狭窄的乡村道路，美军工兵便用推土机"在废墟中推出一条新的道路，通常是在相当于二层楼的高度以上"。据报道，工兵们用"破碎的浴缸、雕像、水槽、毛刷及花哨的软呢帽"填补道路上的坑洞。建桥者将一门意大利造的 240 毫米口径火炮的炮管改装成打桩机。盟军建立起轧钢厂、水泥厂、铸造厂、钉子厂，另外还有多座锯木厂。一个月内，他们在沃尔图诺河砍伐了 9 000 吨木材。他们在泥泞的道路上铺设木排路，就像几个世纪以来其他军队所做的那样。

但是，气候问题工兵无法解决。第 45 步兵师的一名士兵回忆道："这里更阴暗、更寒冷、更潮湿了。"秋雨在 9 月 26 日开始到来，士兵们很快就明白了他们的意大利短语手册中为何会有一句"大雨滂沱"了。尽管审查规定未禁止士兵抱怨宿营地的条件，但明确禁止在家书中谈及天气。（一个爱开玩笑的人说："可以写有雾，但不能写下雨。"）

11 月，第 56 号后送医院的一名日记作者指出："想和别人聊聊天，文雅与否不是问题，但不提天气，就好像无法继续下去了。"下午 5 点，部队就明令禁止点燃篝火，所以士兵们通常在 4 点钟吃饭，趁雨水侵入餐具前解决掉晚饭。之后，赌博一直持续到"黑暗模糊了骰子上的点数为止"，约莫 7 点 30 分便不得不睡觉。雨水很快令士兵们浑身灰头土脸，与睡觉和战斗所待的泥泞合而为一，除了双眼，他们似乎与污泥没什么区别。

盟军策划者曾对北非无情的冬季做出过错误的预判，而这一次，他们也低估了意大利，这里的气候貌似更加严酷，尽管罗马与芝加哥的纬度相同。"沙漠战事让士兵们忘记了佛兰德斯的泥泞。"英国将领 W.G.F. 杰克逊这样写道。但是，参加过意大利战役的老人却都对那泥泞之境难以忘怀。比尔·莫尔丁坚持认为这种泥泞不像"普通泥泞那样实实在在的颜色"。

一名来自密歇根州的列兵抱怨说:"这种环境的问题在于,它太稠,没法喝,可对耕犁来说,它又太稀。"即便在夏季,意大利南部的道路也只是勉强够用。现在,英国人和美国人将沿 6 号、7 号、16 号和 17 号硬面道路前进,这几条仅有的北向公路将承担庞大的军队交通。恶劣的气候限制了机动性,削弱了机械化优势。盟军轰炸机数量减半,空战实力遭到削弱。丘吉尔咒骂意大利气候"残酷,多变",但美军士兵干脆称之为"德国佬的天气"。

1943 年 10 月 17 日,一名负伤的德军俘虏在沃尔图诺河畔等待着医疗救治。

遍布各处的地雷令情况更糟糕。"条条大道通罗马,"亚历山大打趣道,"但每条路上都埋了地雷。"人行道、情人小道、小巷、羊肠小径、河床、捷径、车辙路,无论地点偏不偏僻,所到之处,你都可能踩上它。第 7 步兵团的一名军官说:"因为地雷和诡雷,我每时每刻都活得提心吊胆。"11 月初,第五集团军 40% 的战斗减员都由地雷伤亡造成。"当心脚下,"克拉克司令部公告提醒道,"收好各位的好奇心。"

沃尔图诺河北面,"你们可以追随沾满血污的绑腿、散落的装备及被炸飞者的残肢断臂跟上我们营",第 168 步兵团报告道。大型反坦克地雷能瞬间炸毁一辆卡车,或让坦克动弹不得。德国人的反步兵雷尤为毒辣,不知情的士兵踩上压力板,"阉割器"(或称"胡桃夹子")便向上弹起,喷出弹丸;探雷器几乎无法探测到全木制的"鞋盒子"地雷。门把手、桌子抽屉、葡萄藤、草垛、树上的苹果中、地上的尸体里（无论是意大利人、德国人、英国人还是美国人），德军工兵的地雷诡计随处可见。两名牧师甚至在沃尔图诺河上方埋葬死者时被炸断了腿。

"一个人的双脚通常从脚踝部被炸断，血肉模糊的脚挂在撕裂的肌腱上。"一名陆军军医在日记中写道，"双腿和腹部遭受的穿刺伤所带来的剧痛更加难耐。"一名医护兵后来写道："即便给伤员们注射上一两针吗啡，也无济于事，他们一样疼得大叫。"比尔·莫尔丁注意到，在一片雷区，"老兵担心眼珠被炸飞，新兵时刻护住睾丸"。集团军调拨了十万具 SCR-625 探雷器（被称作"装在棍子上的井盖"），但后来才发现，这东西在雨天会马上失效，而且很容易被土壤中常见的铁矿石和弹片干扰。这种探雷器还要求操作者站直身子，在枪林弹雨中，仔细聆听嗡嗡的报警声。与此同时，一项训练探雷犬的秘密计划宣告失败，测试场上的半数地雷老老实实地躲在原地。

★ ★ ★

如果德国人实施原定应急计划，向亚平宁山脉北部防御阵地进军，且战且退，爆破、雨天和地雷等障碍将不足以阻止盟军朝内陆的行进。那么，英国首相也许能在罗马享受秋季的基安蒂红酒，亚历山大也有可能在年底前拿下佛罗伦萨。但事与愿违，就在盟军涉水渡过沃尔图诺河时，德军最高统帅部就是否变更策略的问题争论不休。隆美尔（仍指挥着意大利北部 9 个师）刚刚动了阑尾切除手术，在 9 月的大半时间里他都处于恢复阶段。"霸气、固执、充满失败主义。"正如一名崇拜者所描述的那样，他对柏林的军事指挥越来越不满，并坚持认为德军必须撤至波河河谷下方的一条防线，否则将可能遭遇侧翼包抄和合围。情急之下，他甚至特意用蓝色粉笔把这条防线描在司令部的地图上。

凯塞林（在意大利南部指挥着 8 个师）却不以为然。300 万德军士兵组成的 163 个师在东线奋战，34 个师占据法国和低地国家。相比之下，意大利仍为次要战场。但这片战场相当活跃，德军在这里实施后撤可能会受到阻击。凯塞林坚持认为，放弃罗马对于德军而言无异于一个沉重的心理打击。更重要的是，占领罗马周围的一系列机场，再配合福贾附近已夺取

一名美军士兵在沃尔图诺河北面排除地雷,这枚地雷已被手持探雷器的工兵发现。意大利盟军总司令亚历山大打趣道:"条条大道通罗马,但每条路上都埋了地雷。"

的机场,盟军将如虎添翼。这样一来,德军位于奥地利的飞机制造厂、罗马尼亚的油田及多瑙河盆地将很容易遭到敌轰炸机的打击。

微笑的阿尔贝特自有地图,早就有了自己的作战思路。罗马南部是意大利半岛的最窄处,这片瓶颈地带宽度仅85英里,极为荒凉,是野狼和熊的栖居地。德国人在其之上构建起三道逐步强化的防线,分别命名为"芭芭拉""伯恩哈特"和"古斯塔夫"。"我们的目标是建立一个固若金汤的纵深型防御体系,以此保存德国的有生力量。"凯塞林说道,"各位将官决不能忘记这一崇高的道德使命。"古斯塔夫防线,连接着卡西诺山的诸个垂直山丘,有可能成为欧洲最强大的防御阵地,"足以让英国和美国人在这里头破血流"。

连希特勒也犹豫起来,他将意大利北部和其他地区的部队调至南部,正是为了防止盟军挺进巴尔干地区。据说他曾下令,委任隆美尔为意大利最高统帅,但随即又转而委派凯塞林。"一名军事指挥官必须具备乐观的作战态度。"这位元首后来解释道,"隆美尔果敢非凡,能力出众,但我觉得他缺乏作战耐力。"

隆美尔耸耸肩。"我接受。"10月26日,他给妻子露西写信道。11月初,希特勒正式下达命令,要求"结束后撤",令100万士兵陷入卡西诺、奥尔托纳、拉皮多河和安齐奥的苦难中。隆美尔将被派至西线,监督"大西洋壁垒"的沿岸防御,包括诺曼底地区的工事。1940年,他曾在那里赢得过一场辉煌的胜利。"这场战争实际上已经输掉了。"他告诉一名同僚,"艰难的日子还在后面呢。"

> 安齐奥是尼禄和卡利古拉这两个臭名昭著的罗马皇帝的出生地。沿着海岸线可以看见她的姊妹城市聂图诺（中央偏右处），就在鲍格才庄园阴影处的后方；庄园中央是一座 17 世纪的别墅，被马克·克拉克征用为第五集团军司令部。沿着海岸向前，彭甸沼泽一直延伸至遥远的山丘处。

通过"超级机密",盟军最高统帅部已对德国人强化防线的战略了如指掌。已破译的电报表明，希特勒越来越不愿让出已占领的土地，也不愿撤离构设于罗马南部被统称为"冬季防线"的三道防线。在那里，德国人似乎准备进行一场持久的消耗战，以期耗尽盟军的力量。

10 月初的乐观情绪已不见踪影，取而代之的是过度的绝望。在审阅了最新的情报后，亚历山大在 10 月 21 日发报给伦敦："我们正致力于一场向罗马方向的漫长、代价高昂的推进，这是一场'艰难的进军'。"盟军 7 个师已被调回英国准备参加"霸王行动"，目前只剩下 11 个师，而他们面对的德军已扩充至 23 个师，并有可能增加到"60 个师的规模"。另外，盟军的集结也有所减弱：原先每天有 1 300 辆汽车运抵意大利，现在每个星期才 2 000 辆。这里的地形糟糕至极，天气也很恶劣（1943 年的最后 3 个月，降水量将达 20 英寸）。第五集团军每天推进不到 1 英里，尚未与德军主防线接触。在亚得里亚海，第八集团军沿一条 35 英里的战线向前行进，进入被亚历山大称为"不重要区域的死巷中"。

盟军认为，那不勒斯陷落后，希特勒会放弃意大利南部，但他们再一次低估了德国人在地中海地区的决心。10 月 25 日，艾森豪威尔发报给联合参谋长委员会说道："控制主动权对我们而言至关重要。"他觉得，目前除了猛冲别无选择。至于德军，他补充道："如果我们能紧紧地咬住他们直至来年春季,他们就会投入更多的师发起反击,这对'霸王行动'大有裨益。"

华盛顿和伦敦的高层都认为，对模糊的意大利战略目标加以修改没有必要，这个目标是尽可能多地牵制德军部队，解放罗马（尽管这个目标有些含糊）。丘吉尔试图给苦药包上一层糖衣，10月26日，他向罗斯福保证："敌人调集重兵进入这一战区的事实证明，我们的战略正确无误。"

发起一场艰苦的山地战，而不是在美丽的罗马城内过冬，这种前景谈何乐观？尽管英国官方史后来质疑："指挥层有人完全意识到在意大利打一场冬季战役究竟意味着什么吗？"亚历山大将战略目标转为地图上的一条线，位于罗马上方的这条战线长约50英里，并向东北方延伸，跨过半岛直至亚得里亚海，并敦促克拉克和蒙哥马利尽快抵达这条战线。

一场黄疸病令亚历山大沮丧，淡褐色的面容令其努力营造的坚定不移的公众形象大打折扣。"我们将不得不冲，冲，冲，让德国人疲于奔命，直至我们到达罗马。"他告诉记者们。私底下他也认为："看不出我们有什么理由不进入罗马。"

至少，蒙哥马利感觉到英美联军在忙些什么。他认为盟军战略家们需要重新认识在欧洲作战的季节性，W.G.F. 杰克逊将其称之为"亘古不变的真理"。"我不认为我们能在这个国家打一场冬季战役。"10月31日，蒙哥马利写道，"如果我没记错，恺撒就曾让他的大军进入冬季营房，所以，这并非什么不明智之举。"

险恶的腹地

约翰·托菲中校和蒙哥马利看法一致。"通往罗马的道路是漫长的。"托菲写道，"这段历程就像是地狱之路，当然其中也包含了些许良好意愿。"但是，这里没有冬季营房，也没有下令暂停行动等待时机的恺撒。托菲指挥的只是分散在第勒尼安海与亚得里亚海之间100个盟军步兵营中的一个，而他和他的部下也仅是这个庞大的集团军群中的一部分。他们忍受着这一切，受尽苦头。由于托菲是承袭摩洛哥、突尼斯、西西里岛作战经历的年轻军官中的代表人物，因而他的部队（特拉斯科特第3步兵师第15步兵团第2营）在那些试图将德国人逐出冬季防线连环工事的部队中颇具代表性。

按照命令，托菲本该与第9步兵师的一部一起登上运兵船赶往英国，他曾跟他们一同在北非和西西里岛服役过。但现在他却和另外2 000名老

渡过沃尔图诺河后，在第3步兵师担任营长的小约翰·托菲中校。自进攻北非以来，托菲一直在前线担任战地指挥官，战地艺术家乔治·比德尔认为这位年轻的中校拥有"一匹越野障碍赛马而非一匹普通赛马的骨骼和构造"。1943年10月30日，比德尔绘制了这幅素描。（照片由约翰·J.托菲四世和迈克尔·比德尔提供）

兵被调至第3步兵师，在意大利执行任务。尽管仍对"再也不必浑身污秽"的日子充满憧憬，但他更为自己有机会再次在特拉斯科特手下服役而感到高兴。在摩洛哥时他就认识了特拉斯科特，并对自己加入的第3步兵师（他称之为"西线最好的师"）和第15步兵团的实力非常认可。乔治·马歇尔和德怀特·艾森豪威尔都曾在该团服役过。

"生活是美好的。"他写信告诉身居哥伦布市的妻子海伦。结束萨勒诺战役来到意大利后，他觉得自己"真的再次当兵了"。渡过沃尔图诺河时，"他不知疲倦"，乔治·比德尔写道。这一个月来，比德尔一直跟托菲的部下们待在一起，有空时会拿起画笔画上几幅素描和水彩画。"他似乎将整个营都扛在肩头。"比德尔钦佩托菲"敏锐、精明的头脑和辛辣的美式幽默"。这位年轻的中校似乎拥有"一匹越野障碍赛马的骨骼和构造"。情急之时，他无处不在：敦促部下前进、指挥炮火、审问战俘、疏散伤员和处理牺牲士兵。

10月的最后两个星期，他们以亚历山大所言的"艰难前行"，沿着沃尔图诺河上游与6号公路之间一条崎岖的通道（它被极具讽刺性地称作"胜利之路"），朝西北偏北方向推进。美国人的地图通常将这里的地形简单地标注为"多山的腹地"。他们拖着沉重的步伐，穿过矮松和火焰状的翠柏，走过红瓦屋顶上烟囱高耸的农场小屋。当地农民在死者身旁抽泣，或是翻弄已被夷为平地的小农场，试图抢救出一把铜壶或一个布娃娃。"我什么也帮不了他。"一名医护兵指着一个趴在地上的老人对托菲说道，"他已经和死人无异。"德国人的尸体倒在草地上，大多来自第 3 装甲掷弹兵师，有些已被炮火炭化，其他的也已开始腐烂。美国士兵们将那些刻有"上帝与我们同在"的皮带扣塞入囊中后继续前进。

作为一名哈佛毕业生和参与第一次世界大战的老兵，乔治·比德尔是一位出色的作家，还是个颇具才华的画家。关于意大利战役，他写道："我希望国内的人们不要把他们的孩子视作橄榄球明星，而是把他们看作被困在地下的矿工，或是在十楼大火中窒息身亡的人。"

他们步履沉重地踏过利贝里、罗卡罗马纳和皮耶特拉瓦伊拉诺的鹅卵石，从那些身穿丧服的镇民和以报纸当尿布的孩童身边走过。地雷爆炸，爆发枪战，托菲经常会站在一名垂死的小伙子身旁，低声说道："担架马上就来，孩子，坚持住！"在一场战斗中，他转身对一名班长说道："我认为敌人的机枪阵地已经被我们困在那片岩石中了……去干掉他们，不用留活口。"

夜里，他们将营部设在被篝火熏黑了的洞穴中或是农舍的阁楼上，睡在冰冷的地面或干玉米皮上。比德尔勾勒出这样一幅画面：作战地图铺在折叠桌上；闪烁的蜡烛头将巨大的阴影投向白灰墙；午餐肉或 C 级口粮中装豌豆的空罐被扔在角落处；装着粗劣红酒的窄口大酒瓶在一只只脏兮兮的手中传来传去。厨师将奶粉和咖啡粉放入鸡蛋粉中搅拌着；士兵们坚称军队接下来就会配发水粉。有时候，电台中会传来"轴心莎莉"的声音，她会以猫喘般的声音结束节目，"放松些，小伙子们，前方危机四伏"。睡觉时，托菲将军用电话放在自己的耳边，以防有人呼叫"保罗蓝六"，那是他的呼号。

几个星期以来，比德尔（这位哈佛毕业生是一名参加过一战的老兵，他的弟弟是罗斯福的司法部长）让托菲有了个可以谈天说地的伙伴。对一名指挥官而言，这可是个难得的奖赏。托菲讲述了自己在突尼斯负伤的经历，以及许多伤愈军官是如何谋求后方工作以避免重返战场的。"如果这一次，我还是不得已要这样做，"他若有所思地说道，"不知道还能不能像之前那么幸运。"

他很想知道如何培养起"杀戮的本能……我们的士兵不是生来就会打仗的，你必须让他们习惯于享受战斗"。他在信中也跟海伦谈及自己的膝盖，"潮湿的天气和崎岖的山区地形令它越来越僵硬、疲惫"，我"想休息，想洗澡，想家，想念家人"。他幻想过回到国内后的分配工作，并向海伦列举了陆军的职位，"布拉格堡看上去不错，当然，迪克斯堡和路易斯堡会更舒适些"。他没有提及自己死里逃生的经历。

10月21日，德国人的一发炮弹在一棵栗子树下炸开，两名参谋人员负伤，此时的托菲正在10码外阅读八月份的《时代》周刊。他还没有告诉海伦，当天晚些时候，炮弹追着他落在科斯塔山上一处长满青草的岩壁，那时他正在那里抽着烟斗给她写信。他更未提及第15步兵团另外两名营长已阵亡，一架被击落的德军战斗机的引擎刚好砸中其中一名营长所在的散兵坑。

随后，在又一片潮湿、灰白的晨曦中，他们缓缓行进。一份记述将这些士兵在意大利度过的日子比喻为"攀一个梯子，每一阶都有对头在踩他的手"。他们学会了避开地平线，并用泥巴遮掩钢盔边缘和饭盒折射出的光。他们细心聆听着猫的叫声，那是德国人最爱用的信号。对酸痛的双脚来说，"巴巴索"剃须膏是一种很好的镇痛膏，但没有能替代大衣、羊毛内衣和半幅双人帐篷短缺的物件，存放这些物品的背包仍在巴勒莫。炮火轰击来临时，每个人的肩膀都会本能地蜷缩起来，但他们仍会相互争辩：被直接命中的人难道真的听不见炮弹袭来的声音？

放松些，小伙子们，前方危机四伏。有时候，"保罗蓝六"会发脾气，例如，10月下旬时，他斥责参谋粗心大意。"我真他×厌烦了看见这些人聚在开阔地吃饭。"他吼道，"别让我再啰唆地提醒你们戴好钢盔拿上武器。"10月28日，托菲请比德尔把一名在凯埃沃拉山中弹身亡的中士画下来。他拽过一张毛毯，朝阵亡中士凹陷的面孔点点头，说道："国内的人应该看见这样的情形。"炮火再次落在他们营头上时，托菲把电话打到团部。

"我是托菲,快派救护车过来。"他说道,"我这里两人阵亡,一人负伤。"

更多的时候,他是个坚定、持久的存在,一匹越野障碍赛马。"保持警惕,竭力活着。"他告诉部下,这是曾印在《星条旗报》上的格言。他呼吁新派来的候补军官"努力了解你的部下,你排里的每一个人",不仅仅是他们的姓名,还包括长处和缺点。"我们需要你们,非常需要。"他继续说道,"这里的人不比你们在国内的部下,连队中最好的中士、最优秀的排中士都已阵亡。但我们要团结一致,完成任务。"在没检查周边安全情况前,所有军官都不能睡觉。任何一条子弹带或水壶都不得丢弃。"祝你们好运。"他告诉他们,"欢迎加入我们的行列。记住,只要能做到,我都会有求必应。"

托菲的营突破了"芭芭拉"防线,那里仅仅是一连串前沿哨所,但"伯恩哈特"防线却极其顽强。两个连未能将敌人逐出切西玛山,这座若隐若现的山脉位于6号公路上方,高4 000英尺。按照特拉斯科特的命令,全营于11月4日穿过普雷森扎诺,在夜间爬过幽灵般的栗子林,对山脉实施侧翼包抄。"我们绕过草地,小心提防投下阴影。"比德尔写道。向上,向上,他们不停地向上攀登,"嘴唇张开的模样,你通常能在长跑运动员的脸上看见"。10个小时后,他们到达遍布石块的山顶,这才发现已被德国人放弃的观察哨。托菲指了指倒在蕨类植物中一名阵亡的士兵,他的左太阳穴已被子弹射穿。他告诉比德尔,这里又有一名阵亡者要"记录在册"了。

站在山顶,托菲打量着山脉北部的缓坡,在接下来的6个月里,这些山坡会令盟军苦不堪言——伦戈、特洛奇奥、萨姆科洛和卡西诺。"真见鬼。"他说道,"你能看见进入德国的所有道路。"自抵达意大利以来,全营已遭受半数以上人员的伤亡。11月5日,看着师里的士兵出现在高地上,卢希恩·特拉斯科特用一堆词汇作了简单的描述:"憔悴、污秽、浑身泥污、长长的头发、胡子拉碴、衣衫褴褛、靴子破旧不堪。"

"阵亡的人太多了。"比德尔写道。在切西玛山下,米尼亚诺这座山谷镇中,他站在雨中,看着士兵们把美军和德军阵亡者的尸体抬至卡车的拖车中,一批又一批,直到墓地被塞满。他补充道:

> 我希望国人不要把这些孩子视作橄榄球明星,因为他们实际上

从伦戈山上的德军阵地眺望萨姆科洛山。6号公路穿过照片的底部，另一条次要公路转过一个急弯通向圣皮耶特罗镇，攀上山丘的一个缓坡。萨姆科洛山的峰顶高达4 000英尺，被称作1205高地。

相当于被困地下的矿工，或是在十楼大火中窒息身亡的人。我希望战场之外的人能想到，湿冷之境的小伙子们饱受饥饿和思乡之苦，且时刻处于恐惧之中。那是一种无比难耐的不适感。

托菲终于完成了这封写给海伦的信，足足写了两个星期。他告诉她："看到这封信，至少能向你证明我还活着。"

★★★

从切西玛山望去，第五集团军面临着可怕的战术危机。通往罗马唯一可用的陆路需沿着6号公路穿过狭窄的米尼亚诺山口，这条6英里长的通道受两侧的山脉所限，山口处多小丘，看上去就像瓶口的塞子，海拔1 000英尺左右。在这些障碍的北面，山口归入拉皮多河河谷的广阔平原，最后一座山脉横跨其上（由卡西诺山所控），拱卫着进入利里河河谷的入口和通往罗马的大道。

马克·克拉克计划集结其步兵师逼向米尼亚诺山口，后集中于利里河河谷，由坦克充当先头部队，直奔罗马。第五集团军最右侧的第34师和第45师用大批山羊清理了高地上的雷区，悄然穿过亚平宁山脉的峭壁。菲廷霍夫对他的美国对手做出了准确的评价："进驻山区的每一步都让他们举步维艰。"

11月5日，左翼英军第56步兵师对卡米诺山发起进攻，试图绕过米尼亚诺山口的西缘,一个步兵把卡米诺山描述为"一块陡峭而坚硬的岩石,通往上帝才知道的地方"。原本英军第 201 近卫旅以为只会遇到德国人的巡逻队,但他们却发现了"伯恩哈特"防线:除了地雷,机枪和迫击炮弹也从一道被称作"光屁股山脊"的暴露面倾泻而下。陡坡和山坳处燃起野火,近卫旅士兵们爬上连绵的山峰,却发现他们登上的只不过是被更高的高地所遮掩的虚假"山顶"。

11 月 8 日,德军装甲掷弹兵发起的 3 次反击几乎将英国人赶下山去。英军士兵用石块构起掩体,抵御纷飞的迫击炮弹片和一阵阵寒冷的东风。他们从阵亡者身上搜出干粮和弹药,用从弹坑中掘出的泥水泡茶;没有毛毯,也没有冬季作战服,暴露在外的伤员多被冻死;3 个发起冲锋的近卫连只剩下 100 人。一名苏格兰近卫旅士兵在日记中写道:"不料,这场令人不快的遭遇还赶上一场小地震。"最终,4 个英军营不敌 5 个据守战壕的德军营。在经历了可怕的一周后,克拉克批准撤离现被称作"杀戮山"的高地。阵亡的士兵头戴钢盔、手端步枪,仍留在各自的阵地上,这支忠实的后卫部队一直坚持到最后。"总之,"冷溪近卫团团史解释道,"困难太大了。"

特拉斯科特位于第五集团军中央的第 3 步兵师同样遭遇困境。该师在属于"杀戮山"一部分的迪芬萨山奋战 10 天,结果徒劳无功。11 月 5 日晚,军长卢卡斯打电话给特拉斯科特传达克拉克的命令,要他对伦戈山同时发起进攻,为英国人提供帮助,伦戈山是山口处众多孤立的山丘中的一座。特拉斯科特因缺乏侦察、空中掩护和炮火支援提出抗议,要求与克拉克通话。

"该死的。"卢卡斯答道,"你知道我和他的处境。那只会让情况更糟糕,并将我置于尴尬的境地。你只要照做就行了。"

"我还是认为这样不妥。"特拉斯科特说道,随即命令第 30 步兵团前进。一个营夺取了圆锥形的罗通多山,另一个营在伦戈山占据了一个合适的立足点——前进到此为止。

严酷的季节渐渐来临,士兵们遭受的苦难越来越重。奥迪·墨菲指出:"死者的面孔呈绿色,相当怪异。这对士气很不利,因为它会让一个人思忖自己的生命将会变成什么样子。"抵达意大利不到 2 个月,第 3 步兵师已有 8 600 人伤亡,损失了近 400 名军官(师里的半数少尉名列其中)和 4 000 名士兵。3 个步兵团先后损失了近 70% 的战力,特拉斯科特告诉比德尔·史密斯，这是判断"一个步兵师脆弱与否"的关键指标。

11月10日，他在给妻子莎拉的信中写道："每天我都会想你1 000遍。"随后他又补充道："日子一天天累积，而这时间仅仅靠夺取下一道山脊或越过下一条溪流来衡量。我比你最后一次见到我时苍老了许多，但其他还好。"即便置身于杀戮，特拉斯科特也不忘对这个世界的美丽表达敬意，每天都将秋天的花朵放在他的战地办公桌上。与此同时，他还派出一名副官返回那不勒斯搜罗烈酒，最终带回35瓶白兰地。特拉斯科特告诉莎拉："我只祈祷能活下去，不辜负小伙子们对我的期望。"

★ ★ ★

在家休整了两个月后，厄尼·派尔于11月重返前线。尽管依然略显疲惫，但他还是迅速对意大利战役的战势做出了判断。"这里的地形和天气都对我们不利。"他写道，"这个国家美得惊人，因而想从敌人手中夺取它难上加难。"他听见"炮弹相互追逐着穿过天空，掠过前方的山脉，发出一种冬夜寒风吹拂的声音"。派尔发现了"几乎无法想象的痛苦"以及一种令人困惑的勇气。当炮手们计算出杀死一个敌军士兵需要发射价值25 000美元的炮弹时，一名士兵问道："给德国人25 000美元让他投降不是更好吗？"

第56号后送医院里的一名日记作者指出，尽管远离前线，后方的日子同样不好过："没有架子，没有梳妆台，墙上也没有挂钩或钉子；没有床头柜，没有书桌，没有储物柜；没有地板，有的只是泥泞、潮湿的地面。"派尔描述一名在烛光下玩着扑克的士兵突然间喃喃说道："我的朋友，战争是最愚蠢的勾当。战争是我所听过的最疯狂的事情。"

讽刺和黑色幽默（在一名士兵看来，"这是抵御精神崩溃最强有力的保护措施"）在士兵当中变得越来越尖锐。一座英军兵营放映了电影《卡萨布兰卡》，当看到被亨弗莱·鲍嘉开枪射中的受害者瘫倒在地时，英军士兵异口同声地大喊起来："担架！担架！"在皇家炮兵部队服役的斯派克·米利甘写信告诉家人："我们抵达的这片土地现在是绝密，实际上谁也不知道这是哪里……可是，残忍的德国佬知道。"11月9日，米利甘写道："除了这是第二次世界大战外，其他一概不许提及。如你所在的地方，战争是否仍在继续。"

负责下葬的人在夜间被派出寻找阵亡者,他们很快被称作"盗尸者"。一支流动淋浴单位抵达某个炮兵连时,四名浑身赤裸的炮手以"理发店四重唱"的形式站着唱了一个小时。"污垢没了,"一名士兵解释道,"这令你头晕目眩。"第36步兵师的一名士兵写信告诉父亲,他现在住在"一间改造过的猪圈中,之所以说改造过,是因为这里已没有猪"。其他人则占据了一间毫无暖意的茅草屋,他们称之为"冻疮别墅"。士兵们嘲骂着指挥部发来的一份拼错字母的命令:"茅坑:所有部队都应确保每个士兵弃用后用土将其表面覆盖。"一名排长获知营长的无线电呼号是"大六"后,便推测要和师长通话,他应该呼叫"大、大、大六。"而要直通艾森豪威尔,他就必须呼叫"权力最大的六"。

1943年1月23日,拉皮多河战役期间,两名通讯兵在一个猪圈中搭设起通讯中心。一名审查员在照片上划的线表明这两个士兵隶属第36步兵师的第143步兵团。一名中士评论道:"任何一个有点经验的人都知道,那里不是渡河的地方。"

每个人都以其自己的方式应对这场灾难。10月下旬,理查德·特里加斯基斯描述一名战斗工兵坐在皮耶特拉梅拉拉的路边,一点点吃着手中C级口粮中的奶酪,而附近一座被摧毁的建筑中传出一个女人的尖叫声。"她这样叫了一整天。"这名士兵说道,"有时候我真觉得有点对不起这些可怜的人。"11月中旬的某个晚上,一名中士发现第3步兵师的4名士兵死在战壕中后,说道:"你可以做永久的祈祷,可这些可怜的家伙已经死了。"他以步枪为道具,装作拉大提琴的样子,唱起了《我心中的恋情》,而另一名士兵将钢盔向前倾斜,并跳起吉格舞向阵亡者致意,像杂耍艺人逗趣般地摆弄圆顶礼帽。

"难以置信,这些家伙会做出这样的事情来。"一名前沿观测员写信告诉他的妹妹,"我想也许是我太过脆弱,但愿上帝宽恕我们所有人。"一个星期后,他因被弹片切断颈静脉而阵亡。

★ ★ ★

11月14日(星期日)上午9点30分,克拉克驱车穿过那不勒斯下方的山丘赶往阿韦利诺,那里的一座美军新墓地将于第一次世界大战停战协定签署25周年纪念日起正式启用。数百个白色十字架和大卫星熠熠生辉,整齐地排列在这片曾经的番茄地里。

"25年后的今天,我们在这里,与从前的盟军一样,打击那条曾于1918年战败的疯狗。"站在旗杆下没有拿讲稿的克拉克说道,"他们付出了自己的生命,以令国内的民众过上我们梦寐以求的生活,一种幸福的生活,让他们可以每天兴致盎然地工作,让孩子们可以欢快地跑进学校和教堂。我们正在奋战,首先是要将我们自己从意大利,这片满是罪恶和破坏的土地上,拯救出来。"

他戴着大檐帽,笔直地站着。"我们绝不能想着回家。在一切尚未结束前,我们不能回家……我们已接过前人传递给我们的火炬,我们要举着它踏入柏林,迎接伟大的胜利,一场彻底的胜利,这是盟国理应得到的。"

一支仪仗队朝空中射击三次,空弹壳中的填塞物飘过墓地。一名号手吹响熄灯号,附近凉亭中某位隐秘的号手吹号回应。"这个仪式办得很好。"克拉克说道。他表情坚毅地回到自己的吉普车上,重新返回战场。

作为一名指挥官,克拉克可能不甚完美,有时可能会让人难以忍受,但他至少知道自己为何而战。没什么人喜欢他,有些人甚至讨厌他,但大多数人始终认为他是一位强有力的战地将领,面对意大利战役这样的"硬战",依然顽强不息。

正如他在一周前对亚历山大的参谋长所说的那样,他相信"战争将在这片战区上获得胜利";他还相信,第五集团军能够夺取罗马,"并决心为之而付出不懈的努力"。从某种程度上说,这是种虚荣心。因对蒙哥马利不满,克拉克希望第八集团军绕开意大利首都,从而让他有机会带领队伍一举夺取罗马。但当然，这也从另一个侧面反映出其率直的个性和坚守信念的决心。他已经接过阵亡将士递交给他的火炬，并将继续英勇前行。

克拉克知道，眼下的战事已陷入僵局。自渡过沃尔图诺河以来，卢卡斯的第6军已在第五集团军右翼前进了45英里，在中央地带前进了25英里，已到达米尼亚诺。麦克里里的第10军在左翼前进了17英里。这样的进军速度已令集团军自10月中旬以来付出了近1万人的伤亡；而若从萨勒诺登陆算起的话，他们的伤亡已相当于两个师，其中包括阵亡的3 000多将士。尽管利里河河谷就在前方不足12英里处，但看上去却像月球那样遥不可及。宪兵们在前线各处张贴上警告标志，其中包括"前方什么也没有，只有德国佬"以及"再前进，请戴好十字架"。

英军对沃尔图诺河和卡米诺山的进攻令克拉克大失所望。"你们究竟为何停止前进？"他曾这样问麦克里里。他私下里曾认为，美国部队是"与敌人一决雌雄时能真正依靠的唯一力量"。说实话，尽管第五集团军现在拥有24.4万名士兵，但克拉克缺乏足够的预备队，无论是英国还是美国部队，所以就算他能到达利里河河谷，也无法充分利用这一突破。

他们能走到这里本身就很值得怀疑。进攻"伯恩哈特"防线的部队几乎没受过山地战训练。就像英国官方史后来得出的结论那样，大多数士兵"不识上山、下山或翻越山脉最佳的路径"。相反，"盟军的主要战术变为草率的正面攻击"。这种战术需要大批弹药，并会将作战士兵变为搬运工和担架员。《生活》杂志的威尔·朗在笔记中写道："每两个作战士兵中就有一个需要充作搬运工。"

更糟糕的是，那不勒斯饱受摧残的码头限制了再补给。由于弹药优先装船，计划于10月中旬运抵的羊毛服装被推迟到11月中旬。轮胎、蓄电池和零部件的短缺令十分之三的卡车无法行驶，严重妨碍将物资从港口运至前线的效率。卡米诺山上冻僵的尸体证明，盟军对这个冬季准备非常不足。许多御寒装备仍处在研发阶段，至少一年内难抵意大利。重型作战靴要到来年2月才会运抵。英军部队将配发的毛毯从两条增加至四条，并征用了来自叙利亚的羊皮大衣，同时将那些奋战于2 000英尺海拔以上的士兵的每日食糖配给量增加了4盎司。

太少，太晚了！"寒冷所致的创伤"发病率在11月急剧飙升，包括美军部队中最初的 1 000 例战壕足。克拉克获悉英国人每两个月便拆散一个师填补其他部队后，相当震惊。"兵力太少，我所希望的许多事情都无法做到。"卢卡斯写道，"这场战役在许多方面策划得都很糟糕。我们至少应该投入两倍于此的兵力。"

不过，德国人的状况也很糟糕，敌人的悲惨处境总能带给我们些许的安慰。凯塞林投入两个师稳定防线，但在 11 月上旬已付出 2 000 多人伤亡的代价。一名德军士官在日记中写道："面对猛烈的炮火，我们斗志全无。"一封从亚得里亚海前线缴自德军士兵的信件中清楚地记道："此刻的我满身虱子，已有两个星期没洗澡没刮胡子了……我所能做的就只有等待，等待这场该死的战争结束。"一名驻扎在波兰的德军士兵写信给一位在意大利被俘的战友，信中冷冷地说道："我们已清理了 1 200 名犹太奴工，将他们送至另一个犹太人区，那里已然与生命无关。"

克拉克认为，现在需要暂停一下了。11 月 13 日，星期六，他在第 6 军军部会晤其高级指挥官，不避讳地谈及眼下的形势：第五集团军麾下 7 个师中有 5 个师自萨勒诺战役以来一直身处前线；英国人在卡米诺山陷入停滞；伤亡和补给困难持续增加。集团军将"守住现有阵地"至少两周。指挥官们应确保"部队尽可能获得休整"。策划者们将抓紧本月剩余的时间，在进攻恢复前制订出一份新的计划。

"我们绝不能自欺欺人。"特拉斯科特含糊地指着北面的德军防线说道，"在那些××养的地方还有许多战斗等着我们。"

但卢卡斯为盟军对冬季防线的初步进攻做出了恰如其分的评价。"天气冷得要命，狂风呼啸。"他在日记中写道，"战争就不该在这样的国家打。"

毒气沸腾的巴里

11 月 20 日（星期六）清晨 8 点 30 分，"权力最大的六"德怀特·D. 艾森豪威尔站在米尔斯克比尔海港的码头上抽着烟，这座法国大型海军基地位于奥兰西 6 英里处。南面雄伟的阿特拉斯山上覆盖着层层的积雪。一阵阵寒风吹过船坞，身穿厚呢短大衣和粗布工作服的水手们在码头和仓库忙碌着。灿烂的冬日阳光从非洲天际投射下来，广阔的地中海犹如一面锃亮的琉璃熠熠生辉。

在避风的锚地，新近到达的美国海军"艾奥瓦"号战列舰，经历了一场声势浩大的横跨大西洋航行后，在锚链上轻轻摆动。艾森豪威尔举着望远镜，望向左舷吊柱上放下的一条尖头小艇。他亲自前来这里迎接无畏舰上的贵客们，其中包括一位特别重要、代号为"货物"的人物。几分钟内，"权力最大的六"的权威将被远远甩在后面。

这次"散心"令他深感舒畅，要知道，这个秋天对盟军司令部而言相当不堪。现在，"漫步罗马"实属异想天开，冬季防线之战此刻正濒临崩溃。11月4日，英国参谋长委员会曾在电报中指出："意大利战役……让我们非常不安。"并暗示这种僵持将使盟军不得不推迟"霸王行动"。马歇尔也发来尖刻的电报，指责艾森豪威尔没能做到"全力督促"战事，并有滥用空中力量之嫌，这令艾克沮丧且"怒火中烧"，哈里·布彻写道。现在，他对伦敦和华盛顿的解释已带有一种献身者的意味。他还将凯塞林军队的怒火引至自己身上，劝告联合参谋长委员会："就算'霸王行动'获得成功，情况也不会有太大改观。"

第五和第八集团军被亚平宁山脉分隔两段，只得不断开展分散乱战，但艾森豪威尔似乎无力制订出更好的方案。"我曾寻求一切可能的方式来避免在一条宽广的正面战线之上遭遇恶战。"11月9日，他对亚历山大说道。自一年前"火炬行动"以来，盟军在地中海战区的伤亡已超过10万人次。艾森豪威尔不会同意"情况毫无改观"的说辞。如今，他已沦落到祈求神灵的地步："正义之神，请站在我们这一边。"

政治和混乱依然包围着他：卡普里岛是否应该专属于空军（"这与原来的政策相违背"）；他是不是不喜欢摄影师玛格丽特·伯克·怀特（"完全是谣传"）；为何一个公开声称有信仰的人有时会爆粗口（"该死，我是个虔诚的宗教徒"）；他是否想过竞选总统（"没有，也不会参加竞选"）。有些请求令他颇为挠头："如果你能安排墨索里尼亲自出现在开普敦剧院的舞台上，并签订三周的合同，我愿意出1万英镑。"一位南非演出经纪人不以为意地说道。比德尔·史密斯提议组建一个盟军司令部特别参谋部，"他们唯一的工作是避免国内因战势发展而过度恐慌"。因为危难之时，五角大楼和白厅似乎更加敏感。

53 岁的他依然活力四射，但此时的一切已令他略感疲惫。凯·萨默斯比回忆道："如果有谁敢暗示他看上去很疲劳，他会大发雷霆。"近几周，最令人恼火的是对"霸王行动"指挥官人选的大肆炒作，有人暗示他与马歇尔对这一职位存在激烈的竞争。约翰·艾森豪威尔后来写道，这个话题令他"很不舒服"。他将这些谣传谴责为"虚假和恶意的八卦"，纯属胡闹。

尖头小艇靠近了码头。艾森豪威尔认出了马歇尔、金、哈里·霍普金斯和站在栏杆旁的陆航队司令 H.H."哈普"·阿诺德将军。在明媚的阳光下，一个戴着灰色软呢帽，满面笑容，皮肤黝黑的人用烟嘴打着手势，坐在轮椅上喊道："罗斯福的天气。"

迎接总统和他的幕僚的是众人亲切的敬礼，用萨默斯比的话来说，"他们都是这场战争中的重量级人物"。他们计划在从华盛顿赶往开罗和德黑兰出席战略会议的途中，飞赴突尼斯，在那里停留一夜，之后飞往埃及。特勤局特工将罗斯福送入一辆豪华防弹轿车，同车的除了艾森豪威尔，还有总统的两个儿子埃利奥特和小弗兰克，他们都在地中海战区服役。

赶往奥兰南部拉塞尼亚机场的 50 英里行程中，罗斯福兴高采烈地谈起"艾奥瓦"号差点被击沉的经过：11 月 14 日（星期日）下午，天色晴朗，进入百慕大海域后，他一直在甲板上观看高射炮手们以飘浮的探空气球练习打靶，突然舰桥上发出警报："鱼雷！船艏右舷发现鱼雷。"一名水兵喊道："这不是演习！"骚动声此起彼伏：哨声、警报声、升起的信号旗、执行战斗部署的奔跑声。特勤局特工拎着手枪东奔西跑。"艾奥瓦"号加至全速，朝左舷急剧倾斜以躲避鱼雷。"带我到右舷栏杆那里，"罗斯福告诉他的仆人，"我想看看鱼雷。"

以 46 节航速飞驰的鱼雷击中了"艾奥瓦"号船艉数百英尺的尾流，所引发的爆炸非同凡响，以至于甲板上的许多人都以为这艘战列舰已被完全击中。紧接着，袭击的罪魁祸首在一英里外发出道歉信号："艾奥瓦"号护航舰队中的美国海军驱逐舰"威廉·D. 波特"号在模拟鱼雷攻击的演练中不小心发射了 3 号鱼雷。海军上将金命令这艘驱逐舰返回港口，全体舰员被逮捕。哈普·阿诺德问道："告诉我，欧内斯特，海军演练中是不是经常发生这种事？"霍普金斯更猜想"波特"号的舰长"可能是个该死的共和党人"。

罗斯福高兴地仰着头。车队驶上拉塞尼亚机场的停机坪,四架 C-54 正等待将他们送往突尼斯。他们就多个问题展开了热烈的交谈,包括即将与丘吉尔和约瑟夫·斯大林举行的会晤,很快将到来的西欧战役,击败轴心国后的世界格局等。

"战争,以及和平。"罗斯福说道,"艾克,你能等吗?"

艾森豪威尔点点头:"也许吧,长官!"

总统本打算星期日早上从突尼斯飞往开罗,但在从拉马尔萨俯瞰大海,吃了顿热闹的周末晚餐后,他不顾特勤局特工的反对,宣布将在此多留一晚,以巡视突尼斯战场。安息日中午,萨默斯比将凯迪拉克开至 1 号来宾别墅,罗斯福和艾森豪威尔坐进车后座。一名特工携冲锋枪,与艾森豪威尔的小狗"泰莱克"一同坐入前排。3 卡车宪兵、1 辆无线电通讯车和 8 辆护卫摩托车共同组成了这支车队。

他们驱车驶过宫殿和罗马沟渠,随后转向西南方,沿着郁郁葱葱的迈杰尔达河河谷而行。艾森豪威尔满怀热情地解说道:一年前,英美军队是如何穿过突尼斯内陆,沿着这条河谷向朱代伊德推进,他们在这里甚至能看见突尼斯的尖塔;186 高地上的凯塞林部队是如何顽强地将盟军逼退至河谷扎营;在泰布尔拜、迈杰兹巴卜和长停山的一场场令人心碎的冬季战役;隆美尔是如何在南面发起攻击,冲过凯塞林山口,几乎接近了盟军设在泰贝萨庞大的补给站;盟军又是如何在春季集结起兵力,最终包围了轴心国军队在突尼斯和比塞大的桥头堡,稚嫩的美国军队在马特尔和 609 高地挽回了自己的声誉,就在那里。

他们在迈杰尔达河北岸的一片桉树林停下吃午饭,宪兵们组成一道宽阔的警戒线,手肘贴着手肘,背对着他们。罗斯福想知道,公元前 202 年,"非洲征服者"大西庇阿在扎马击败汉尼拔,从而结束了第二次布匿战争,那片现今已位置不明的古战场,会不会就是美国和德国坦克厮杀的地方?艾森豪威尔也无法给出确切的回答,但在这片野餐小树林附近曾伫立过乌提卡古城。

根据普鲁塔克的记述,公元前 46 年,小加图为保卫共和理想而起兵反抗尤里乌斯·恺撒。在恺撒的军队逼近时,小加图正读着柏拉图的《论灵魂》,他随后拔剑自刎,保全了自己作为罗马共和国"唯一一个自由者、不败者"

的名声。罗斯福总统吃着三明治，艾森豪威尔走到一旁查看一辆被击毁的坦克。他回来时，罗斯福对他说道："艾克，如果一年前让你打赌，说美国总统有一天会在突尼斯的路边吃午饭，你会下什么注？"

当晚，总统一行从突尼斯的欧韦奈机场起飞，赶赴开罗。"没怎么提及意大利的战况。"参谋长联席会议主席威廉·D. 莱希上将写道："意大利战役能否获胜？艾森豪威尔似乎并不担心……但我们大多数人并不认为他有足够的兵力。"尽管几杯雪利酒下肚后，金上将宣称，马歇尔将获得这一任命，而艾森豪威尔将返回华盛顿出任陆军参谋长。但关于"霸王行动"的指挥问题也谈得很少。罗斯福上一次见到艾森豪威尔还是在 10 个月前的卡萨布兰卡，他似乎认为，相比当初那位稚嫩、年轻的指挥官，现在的艾克更加优秀了。但总统一如既往地保持着快乐和不透明，只留下一句神秘的评论："任意改组一支正在打胜仗的队伍很危险。"

几天后，艾森豪威尔写信给玛米："没完没了的进攻、进攻，进攻似乎都成了个负担，可它一旦停止，许多人就濒临神经崩溃，我们已完全无法适应正常的生活了。"仿佛是给自己加了一段附言，他评论道："我知道我已经不再是那个之前的我。经历了我所经历的那一切后，谁还能别来无恙呢？"

★ ★ ★

显然，拉马尔萨会谈未提及意大利战役中一个奇妙的进展，罗斯福和艾森豪威尔都参与其中，现在它将展现于亚得里亚海的海港城市巴里。

很少有意大利城市与巴里类似，平顶，白墙，派头十足，并在战争的浩劫中幸免于难。这里曾是十字军东征的一个登船点，曾被"恶人"古列尔莫一世破坏，又由"好人"古列尔莫二世重建，并随着圣尼古拉（圣诞之父）遗骨的到来而获得扩建，这些遗骨是 11 世纪的巴里海员从小亚细亚偷来的。据说，禁欲的圣方济各曾在巴里经受一个漂亮妓女的考验，这位圣人朝她抛出一火盆热炭，阻止了她的求欢。

贺拉斯曾说巴里"以鱼著称"，出售蛤蜊、海胆、乌贼和牡蛎的摊位仍排列在防波堤上，渔民们把死掉的章鱼放在礁石上摔打，以使其肉质更嫩。小贩们推着手推车穿过巴里一条条曲折的小巷，叫卖着抵御"邪恶之眼"

的护身符；而那些牙齿掉光了的朝圣者则在教堂寻求圣尼古拉的庇佑；推着小车的清洁工清理着夜间从楼上的窗户抛入阴沟的垃圾。

一个名叫伊夫林·沃的英国军官兼小说家写道，与那不勒斯不同，巴里的"犯罪集团主要由小孩子组成"。巴里最新的标志性建筑是"婴儿体育场"，这座体育场由墨索里尼提议修建，为奖励这座城市比意大利其他城市诞生了更多的男婴。

尽管一名英军少校报告说，蒙哥马利乘坐一辆敞篷吉普赶到时，巴里25万居民中只有很少数人"跑去看他，因为新鲜劲已过去"，但解放这座城市的英国人已获得鲜花和欢迎致辞的迎接。商店里仍有四先令的丝袜在销售，而那些盟军士兵，不是在歌剧院呆看农牧神和水中仙女塑像，便是在供应"高露洁—棕榄"香皂和"好时"巧克力的军队福利社里闲逛。巨大的港口被一道防波堤环绕，防波堤所用的石块每块重达350吨。这座港口被夺取时近乎无损，1 000名装卸工正彻夜不停地忙碌着。

他们主要在卸载货物。由于那不勒斯港复原太过缓慢，巴里便成为第八集团军和正在福贾等地修建机场的盟国空军的主要补给港口。将重型轰炸机运至福贾所需要的运载能力相当于运送两个陆军师；确保这些飞机保持作战状态所耗费的补给与维持整个第八集团军的消耗相当。例如，为对付泥泞而铺设一条全天候跑道动用了5 000吨冲孔钢板。12月1日，新组建的第十五航空队在巴里设立了司令部，司令詹姆斯·H. 杜立特尔少将是一名前最轻量级职业拳手，还拥有航空工程学博士学位和荣誉勋章。后来，他搬入了前意大利空军司令部位于海滨的一座豪华办公室中。

杜立特尔的任务是增加战略轰炸的打击目标，例如德国的飞机制造厂和炼油设施，这些目标目前正遭受着驻英国的英美轰炸机中队的打击。杜立特尔曾声称，意大利可供飞行的好天气是英国的两倍，但在11月，由于气候恶劣，他的飞行任务有近一半都被取消了，这对他的说法是个严峻的考验。尽管如此，意大利的天空现已被盟军飞行员控制。自10月中旬以来，德国远程轰炸机只在意大利上空飞行了8次，包括11月间对那不勒斯的4次空袭。近四分之三的德国空军战斗机已撤回德国本土，盟国空军对敌机场的打击相当猛烈，以至于这种空袭被称作"帝国党代会"。

盟国空军指挥官信心十足。12月2日（星期四）下午，空军少将阿瑟·科宁汉姆向记者们保证:"如果德国空军还试图在这一区域发起有效的作战行动,我会将此视作一种对我个人的冒犯和侮辱。"

就在科宁汉姆对命运女神发出这一挑战时,一艘普通的自由轮"约翰·哈维"号进驻巴里港防波堤外的 29 号泊位。她的海上历程从巴尔的摩开始,途径诺福克、奥兰和奥古斯塔,于 4 天前跟随一支由 9 艘商船组成的船队到达。但船上所载的秘密货物不同寻常:1 350 吨填充着硫化二氯乙烷(陆军化学战专家称为 HS 毒素,更为常见的称谓是芥子气)的炸弹。一些军港官员了解"约翰·哈维"号上装载的货物,但搭载着医疗物资和常规弹药的其他船只拥有优先权,所以它没有卸载,而是跟另外 14 艘船只并排停靠在新码头。德国鱼雷艇出没于亚得里亚海,调查人员后来得出的结论是:"船只当时停泊在所能找到的最为安全的地方。"

在北非时,盟军并未发现轴心国军队存有化学武器。盟军司令部认为,德国"似乎不太可能"发动毒气战,除非"在战争的关键时刻,毒气战可发挥决定性作用时",但艾森豪威尔不知道这一时刻是否正在逼近。根据意大利方面的情报,他曾于 8 月底提醒马歇尔,柏林曾威胁说:"如果意大利转而与德国为敌,毒气就将作为一种最可怕的报复手段施加到这个国家头上",以此来恐吓其他立场不坚定的国家。丘吉尔也在给罗斯福的一封信中提及此事。

第五集团军对俘虏的审讯表明,德国正加紧进行化学战的准备工作,关于一种新型的、威力强大的毒气的传闻也愈演愈烈。第五集团军 10 月中旬的一份备忘录中指出:"德国军队中的许多士兵都说,'一旦别无他途,阿道夫便会施放毒气'。"德国境内有 19 座工厂被怀疑正在生产毒气,而其他毒气厂则分布在其所占领的欧洲领土上。

1915 年 4 月,德军首次在伊珀尔发动氯气攻击,而这场毒气战中 28 种不同的毒气曾造成一百多万人的伤亡,希特勒本人也因英国人施放的芥子气而暂时失明。

这种液态毒气如在常温下气化,人体裸露在外的皮肤会因此产生水泡,眼睛和呼吸道也会受到不同程度的感染。1943 年,所有的指挥官都不敢对德国人发动毒气战的威胁掉以轻心。地中海战区对这个问题的担心迫使罗斯福于 8 月公开警告柏林方面:"将以同样的方式发起全面而又迅速的报复。"

盟军的政策早已下达给奥兰附近及其他地区的大型化工仓库。车队将芥子气运入非洲时，宪兵们坐在车厢内，"随时报告是否有毒气泄漏，以免危及当地居民的生活"。

现在，为确保"迅速展开报复"的能力，盟军司令部和美国陆军部已秘密同意在地中海地区储存可供 45 天之用的化学品，其中包括 20 万枚毒气弹。（如果这种威慑一直处在秘密状态，从未公之于世的话，又如何能威吓德国人呢？）白宫批准后，大批化学战物资将被运至福贾的前哨仓库。12 月 2 日星期四傍晚，日落时存放在"约翰·哈维"号上的货物就是一个开始。

★ ★ ★

数千名盟国军人和意大利观众坐在巴里火车站附近椭圆形的"婴儿体育场"内，灯光下两支军需队之间展开的棒球赛已进入最后一局。城内的几个电影院里挤满观众，韦基奥港放映的是加里·库珀主演的《约克中士》。圣尼古拉码头的英军食堂，一名女歌手对着思乡心切、喝着杜松子酒的人们低吟浅唱。意大利妇女们从老城区角落处的喷泉里打水，或是将新鲜的面条放在网架上晾干。各个码头和港口的起重机上，灯火通明。

下午 5 点 30 分，又一支船队抵达，40 艘船进入港口，装卸工们不停操作着绞盘和货钩。商船船员们已吃罢晚饭，正躺在床铺上写信或读书。"路易斯·亨尼平"号上的水手摊开纸牌游戏的计分板。在宽敞的海滨办公室里，吉米·杜立特尔翻阅着最近对索林根实施轰炸的任务报告。他听见头顶上传来飞机的声响，认为是将兵员和物资送至巴里的 C-47 运输机。此刻时间为傍晚 7 点 20 分。

最前面的两架德军飞机投下一个个装满锡箔条的纸箱，这东西被盟军称作"窗户"，德国人则把它叫作"Düppel"，目的是让雷达波束发生偏转和分散。这种战术迷惑了盟军的探照灯雷达，但在其他方面却毫无作用：设在维托里奥·埃马努埃莱大街剧场屋顶上的主预警雷达天线已经坏了好几天。黄昏时派出例行巡逻的英国战斗机已安全降落。

"超级机密"截获的情报表明，德军侦察机对巴里很有兴趣，可谁也没想到，凯塞林和他的空军下属策划了一场对巴里港的大规模空袭，旨在拖缓第八集团军的准备工作和对福贾基地的巩固工作。三周后，艾森豪威尔的空军司令告诉他："巴里港接受了这样的风险，在这种情况下，所造成的破坏与所承担的风险是成正比的。"为避免误伤友军，一名英国高级军官坚持要求海军炮手在遭到袭击后才能开火射击。

这一刻很快就到来了。在港口探照灯和德军发射的照明弹的指引下，20架 Ju-88 型轰炸机在 150 英尺的空中呼啸而至。几发曳光弹射向港口上空的照明弹，但炮手们被炫光照得睁不开眼，只能凭借听力朝侵入的敌机开炮。

第一批炸弹落在巴里市中心阿巴特杰玛大街附近，在卡罗纳酒店周围的爆炸中，众多平民和盟军士兵死伤。一名妇女尖叫着，"我不想死"，可许多人已经死去。商人广场附近，一座房屋坍塌在一位母亲和她的六个孩子身上。棒球迷们惊慌地涌向体育场的出口。杜立特尔办公室的房门被爆炸冲击波推了进来，窗户也被震碎。此刻的港口已被照明弹笼罩上一层银色的光芒，炸弹炸开后，杜立特尔掸掸身上的灰尘，对另一名军官说道："我们正遭遇一场猛烈的袭击。"

1943 年 12 月 2 日，德国轰炸机突然对亚得里亚海的巴里港发起空袭，港口内的船只起火燃烧。在这场"自珍珠港以来损失最为惨重的偷袭"中，17 艘盟军船只被击沉。一艘秘密搭载着芥子气的军火船发生爆炸，造成大批军人和意大利平民伤亡。

更糟糕的情况接踵而至。炸弹炸断了石油码头的一根输油管，燃料喷涌而出，覆盖了整个港口并沿码头蔓延开来，装卸工们纷纷跳入海中。"约瑟夫·惠勒"号被炸弹直接命中，右舷被撕开，41名船员悉数身亡。一颗炸弹将"约翰·巴斯科姆"号的船桥炸为两截，船员脚上的鞋子和腕上的手表都被冲击波卷走了。"巴斯科姆"号上搭载的医疗物资和汽油起火燃烧，船艉缆被烧断，船体散漫地漂向"约翰·L.莫特利"号，后者（装载着5 000吨弹药）已被一颗炸弹穿过5号舱门，炸了个大洞。"莫特利"号被火焰吞没，撞向海堤，随即发生爆炸，64名水手当即身亡，炙热的金属片被抛上码头。燃烧的"巴斯科姆"号的左舷被炸塌，一名船员指出，"这艘船已无生还的机会，"由此产生的一股海浪卷过防波堤，将那些从海里爬上岸的船员再次掀入海中。

一颗炸弹在英国货轮"阿萨巴斯卡堡"号的船舱内炸开，56名船员除10个人侥幸逃脱外，其余无一生还。自由轮"塞缪尔·J.蒂尔登"号的轮机舱挨了颗炸弹，随后又遭到一架德国飞机的扫射；一艘英国鱼雷艇迅速将这艘漂浮的货轮击沉，以防其引燃别的船只。两颗炸弹击中波兰货轮"利沃夫"号，大火席卷了其甲板。空袭发起半个小时后，最后一架德军飞机清空了炸弹舱，向北飞去。"整个港口一片火海。"海员沃伦·布雷登施泰因描述道："海面在燃烧，一艘艘船只起火、爆炸。"

起火的船只中包括搭载着秘密货物、停在29号泊位的"约翰·哈维"号。"莫特利"号起火爆炸后不久，"哈维"号便发生了更为剧烈的爆炸，船长和77名船员当场身亡。一股喷泉般的火焰蹿入夜空达1 000英尺高，舱口盖、破裂的炸弹壳和一根吊杆通通撒向港口，吊杆像支标枪刺破了另一艘船的甲板。爆炸撕裂了货轮"泰斯特邦克"号，70名船员身亡，舱口盖被炸离舱门框飞至美国货轮"阿鲁斯图克"号上，后者搭载着1.9万桶辛烷值100的航空燃油。7英里外的窗户被震碎，包括亚历山大司令部的窗户。

巴里城内，屋顶上铺设的砖块被震落，一股股灼热的狂风掠过港口。"我觉得自己爆炸了，身体在肆意地燃烧。"站立在皇家海军"昔德兰"号前甲板上的年轻军官乔治·萨瑟恩回忆道。又一股浪潮随之而来，卷过整个港口，已被硫化二氯乙烷污染的海水冲刷着码头上的物品和浸在水中的人员。皇家海军"火神"号上的一名水手描述道:"数百名伙计在海中拼命游动,挣扎,尖叫,呼救。"而在另一名水手看来:"仿佛整个世界都在燃烧。"

惊恐充斥着全城。逃入一座防空洞的平民们发生了踩踏事件;另一座防空洞里破碎的砖石堵住了出口,水管破裂导致防空洞被淹没,里面的人被活活淹死。一名年轻的姑娘被困废墟中,她的父母死在一旁,直到一位外科医生截断她的胳膊后才将她救出。空袭发生时,许多士兵正在一座新教教堂里参加晚礼拜,炸弹将教堂的前壁炸到街上,掀翻了讲道坛,炸断了长椅;教众们集中精神,高声唱道:"如果确然这样,敬爱的主啊,我们将为你而歌唱。"

身亡的商船船员和意大利港口工人倒在海堤处,或面朝下倒在满是浮渣的海水中。尖叫声充斥着海港,其间夹杂着呼救声和赞美诗奇特的片段。火焰将 60 人困在东码头,直到夜里 11 点,一艘挪威救生艇上英勇的船员才将他们送至安全处。燃烧的船体透过遮掩住港口的蒸汽和烟雾发出奇怪的光芒。爆炸整夜震颤着新码头。《生活》杂志的威尔·朗在笔记本上潦草地写道,从硝烟弥漫的海滨望去,"许多小火舌犹如森林火灾……蒙蒂的大批弹药就此报销"。

17 艘船只被击沉,另外 8 艘严重受损。自珍珠港事件后,盟军港口还从未遭受过如此严重的偷袭。医护人员沿着码头飞奔,分发吗啡注射器和香烟。朗记录下另一条描述:"那里有许多人早已死去。"

★★★

死亡人数持续攀升,而且似乎个个死得令人费解。最初的线索可能来自一名水手的发问:"美国船什么时候把大蒜带到意大利来了?"其他人也注意到了芥子气特有的气味。几十名满身油污的生还者登上皇家海军"布林迪西"号,12 月 3 日星期五早上,红肿的双眼和呕吐症状在医务室和后甲板上流传开来。"比斯特拉"号救起 30 名幸存者后赶往塔兰托,没过几小时,全体船员几乎个个失明,好不容易才将船驶入港口停泊下来。

伤员们涌入巴里四周的各所军医院,很多仍穿着救生衣,双腿却已消失不见。一名护士在日记中写道:"一整夜,救护车不停地拉着警笛冲入医院。"许多浅表损伤的患者穿着油腻腻的衣服,被裹上毛毯转送至辅助水手之家。

一名外科主任医生承认，自己"被那些看上去伤情不重，状况却令人震惊的伤员们彻底弄糊涂了"。

拂晓前，病房里挤满了无法睁开双眼的患者，"所有人都痛苦万分，都需要紧急治疗"。外科医生们惊恐地发现，自己在做手术时双眼竟泪流不止。许多患者出现了丝状脉、低血压和嗜睡症状，而且血浆也无法缓解其症状。一位医生写道："我们无计可施。"星期五早上出现了第一例皮肤水泡。"大如气球，充满液体。"一名护士描述道。数百名患者被归类为这种"尚未确诊的皮炎"。

一位身处港口的皇家海军军医报告了毒气的传闻，但在混乱中，他的观点未能及时传递给医院主管部门。随着"约翰·哈维"号沉入巴里港，船组人员相继身亡，几乎没什么人知道船上所载的究竟是什么货物。星期五凌晨2点15分，6名知情的英国和美国军官召开会议一致同意"为了保密，目前不发布警告性消息"。一吨漂白剂将被倒入29号泊位，对防波堤消毒，同时将竖起一块警示牌："危险：毒气！"

第一个芥子气死者出现在空袭发生的18小时后，其他死者紧随其后，状况"不可预知性，令人震惊"，从阿尔及尔调来的一名陆军军医记述道："患者送来时状态都还不错……可没过几分钟就濒临垂死，很快便死去了。"第98综合医院的地下室变成了停尸房；情况已无望的患者被送至所谓的"死亡病房"，其中有一位水手，他不停喊着："你们听见那恐怖的爆炸了吗？"水手菲利普·H.斯通是一位典型受害者：在被送至第98综合医院时，他的身上没有明显伤势，只是被满是油污的海水浸透了，几小时后，他的身体出现水泡。星期六上午9点前，他陷入昏迷，只剩下"痉挛性呼吸"。下午3点30分，他苏醒过来要水喝，随后"突然死去"。验尸报告显示，斯通"皮肤发黑，易脱落；阴茎严重肿胀；肺部似橡胶类物质"。此时，斯通年仅18岁。

12月3日星期五中午前，医生们基本确定，伴以从古铜色皮肤到大量水泡症状的"尚未确诊的皮炎"，实际上，所有病症都是接触到芥子气所致。那些认为自己已永久性失明的受害者，直到"相信自己实际上能看见"后，终于睁开双眼。能够挽救受害者生命的简单措施是脱掉患者的衣物，给他们洗澡，但数百人在接触毒气后的数小时才得到这样的抢救。

1 000 多名盟军士兵在巴里身亡或失踪。各所军医院记录下至少 617 名确认的芥子气受害者，其中包括 83 名盟军死者，但调查人员承认："还有许多人没有记录可供追查。"意大利平民的死亡人数与之类似，准确的数字仍不明朗，部分原因是意大利医生根本不知道他们在诊治什么，故"无从治疗"。"意大利人独自忍受着痛苦，并在孤独中死去。"数日以来，巴里港的海面上一直漂浮着多具尸体，大部分已遭到螃蟹啃咬。他们身上被覆盖上一面英国国旗，由卡车拖走，一排排放入墓地中。

巴里遭受空袭的消息受到严格审查。盟军司令部在一份 12 月 8 日的备忘录中指出："为保密起见，所有病例都被诊断为皮炎。"在阿尔及尔，盟军公开承认敌军空袭巴里，但犹如俳句般简洁："已造成损害，造成一些伤亡。"12 月中旬，《华盛顿邮报》披露："这是自珍珠港事件以来，损失最大的一次偷袭。"但没有提及毒气。当记者们询问陆军部长亨利·L.史汀生盟军在巴里的防范工作是否太过松懈时，他厉声说道："不！我不会就此事发表评论。"艾森豪威尔司令部里的一名英国将军写信给伦敦的一位同僚说道："在这起事件中，没有谁会被追究责任。"

有传言说，德国人使用了毒气。但 12 月底，一位被从阿尔及尔派至巴里的化学战专家得出结论，这起事件应由"约翰·哈维"号上的芥子气负责。1944 年 3 月，艾森豪威尔委派的一个秘密调查委员会对这一结果予以确认。这位总司令选择搪塞：他在战后的回忆录中承认，确实将芥子气运至巴里，但宣称"风朝海面吹，泄露的毒气没有造成伤亡"。丘吉尔下令将英国记录中关于芥子气的内容删除，12 月 2 日的受害者都归咎为"敌人的行动"。

这场灾难的损害程度被隐藏了许多年。在 1959 年获得解密后，事件依然含糊不清，直到 1967 年美国海军学院在《论文集》中发表了一篇学术文章。1971 年，格伦·B.茵菲尔德也就这个问题出版了一部专著。英国官员一直否认对"哈维"号所载货物有所了解，但 1986 年的一期《伦敦时报》报道说，随着官方的一项正式声明，在巴里遭到毒气污染的 600 名英国水手将获得战争抚恤金。

有趣的是，在巴里进行的尸体解剖中，研究人员发现芥子气攻击了白细胞和淋巴组织，这对现代化学疗法而言是一个重要的突破。美国政府招募的两位医生战后不久便开始用芥子气的一种变异物质在小白鼠身上进行实验，随后便用于治疗人体肿瘤，例如治疗淋巴腺体肿瘤，即霍奇金病。

1943年的巴里只有痛苦。数千难民逃离这座城市，他们把包裹顶在头上，身后牵着山羊。港口关闭了数周，直到1944年2月才全面恢复运作。半小时的空袭摧毁了3.8万吨货物，包括大批医疗物资和1万吨修建机场所需的钢板。

盟军的保密措施也许能瞒过公众，但敌人并未上当。轴心国莎莉用轻柔的声音说道："我知道你们的小伙子们倒在了你们自己的毒气下。""赫尔曼·戈林"师和其他德军部队加强了化学战训练。德军最高统帅部的一份备忘录提醒道："盟军明天就能发起一场毒气战。"

THE DAY OF BATTLE

第6章　无望的苦寒

小城圣皮耶特罗身上，满是法西斯的味道。意大利投降后，德军更以其开刀，烧杀抢掠，大肆报复。于是，习惯了灾难的小城充斥着宿命论，人们除了祈祷，别无生机。西西里岛满是这样的小城，身处其中的巴顿似乎大材小用了，但是此时，谁还会信任并眷顾他的将才？蒙哥马利则不然，广阔的亚得里亚海前线等待他的调遣，但是，是什么让一向纪律严明的盟军变身暴虐之师？哪两张熟悉的面孔在此关键之时离开了地中海战区？

小城宿命

自 11 世纪建成以来，地震、入侵、抢掠和 19 世纪 80 年代向美国的大迁徙，都令小城圣皮耶特罗渐渐习惯了灾难。城中 1 400 名抱有宿命论的居民顽强而又虔诚。圣皮耶特罗坐落在萨姆科洛山南翼一处野生无花果和仙人掌丛中，因其俯瞰之景早早得名"紫心谷"。

几个世纪来，圣皮耶特罗的居民一直依靠橄榄和一种麻类植物（可编成篮子和草席）维持生计。当时，有大量法西斯口号被强制涂写在鹅卵石小径两旁的墙壁上，诸如"跟随墨索里尼奋勇向前"。但在领袖的领导下，日子与过去没有太大的改观：圣尼古拉广场星期五的集市上，妇女们从梧桐成荫的喷泉处灌满她们的水罐；镇内的教堂里，男女祈祷者们穿过不同的通道觐见上帝，门上刻着："大天使米迦勒与我们同在，无处不在。"

随后，战争来临。意大利投降后不久的某个晚上，一支德军巡逻队来到这里，征用了镇内所有的车辆和武器。圣皮耶特罗镇只有四户人家有汽车，一名车主提出抗议时却被告知："先生，你是想让我们拿走你的车还是带走你的儿子？"士兵们挖下战壕，布下铁丝网。布鲁内蒂宫是镇内最具现代风格的建筑，现在被充作指挥部。煮熟的猪肉和土豆的香气从一扇扇窗户中飘出，头戴煤斗式钢盔的士兵端着望远镜站立在上方的窗扉后查看 6 号公路的情况，这条公路蜿蜒穿过罗通多山与伦戈之间的米尼亚诺山口，距离这里仅有 1 英里。

10 月 1 日，那不勒斯陷落的当天，德国人征用了所有的驴和骡子，并命令圣皮耶特罗镇 15～45 岁的所有男性到喷泉上方的小广场集合。200 名居民被强征入伍，被迫为德国人运送弹药，或沿着"伯恩哈特"防线挖掘战壕。这条防线现在穿过圣皮耶特罗镇，向上通往萨姆科洛山。另有数百名镇民逃入深山，住在洞中或高地的小村落里。10月下旬的一个晚上，镇里的牧师唐·阿里斯蒂德·马西亚，这位戴着金丝边眼镜、撅着嘴的中年男子从病榻上消失了。有人说盖世太保带走了他，唯一可循的痕迹是他的黑色斗篷像片阴影似的挂在镇子下方的一根树枝上。

圣皮耶特罗镇的命运在11月中旬便已有定数。正当第五集团军猛攻卡米诺山和几英里外的迪芬萨山时，凯塞林同意从圣皮耶特罗镇撤至两英里上方山谷更好的拦阻阵地中。此时，希特勒更加沉溺于千里之外的战场上最细小的战术运用。他先是同意了凯塞林的决定，随后又改变了想法。第十集团军将"在圣皮耶特罗镇守住并拓展防线"，凯塞林认为这道命令"让人极不愉快"。

马克·克拉克停下来重整部队之时，凯塞林从亚得里亚海调派部队，以7个装甲掷弹兵营加强了穿过米尼亚诺山口的"伯恩哈特"防线。圣皮耶特罗镇的防御交由第29装甲掷弹兵师的一个营负责，营长赫尔穆特·梅泽尔上尉年仅23岁，是参加过波兰、法国、苏联和萨勒诺战役的老兵。梅泽尔负过五次伤，在斯大林格勒身负重伤的他搭乘德国空军最后几架飞机离开了那座被彻底包围的城市。德军在圣皮耶特罗镇和东面梯形果园中迅速布设起反坦克炮和机枪，补给卡车冒着美国人的炮火在6号公路上飞驰；据说，一名摩托车传令兵在靠近圣皮耶特罗镇的路上穿过急弯时，引来100多发炮弹。雨不停地下，梅泽尔营的掷弹兵们抱怨说，他们的军装上已满是"湿淋淋的泥巴和污垢"。

一天又一天过去了，圣皮耶特罗镇的生活越来越可怕。许多人拼命逃离那里，但仍有500多人留下，主要是老人和儿童，躲藏在镇子西边一个养兔的洞穴中。他们用锄头甚至是餐叉，挖掘着柔软的凝灰岩，直到将一个个洞穴挖通，每个家庭都有一个狭小的居室，并从墙壁上挖出几个粗糙的置物台。

德军巡逻队有时候会来到这里，搜寻那些身强体健，从山上溜下来看望家人的男子。被发现后，这些男子便迅速躲入洞穴地面上挖出的浅坑中，盖上木板隐蔽起来。石板遮掩着洞口，也为村民们挡住了纷飞的流弹，却无法抵御虱子、寒冷和饥饿。他们储存的面粉和无花果日渐减少。德军哨兵不许村民们到喷泉处打水（两个不听从命令的姑娘被当场射杀），他们甚至将死羊抛入水井中，接雨水的蓄水池从而成了饮用水的唯一来源。随着12月的到来，众多村民相继死去，他们的尸体被拖至洞外一个黑暗的幽谷中，很快那里便被称作"死亡谷"。

米迦勒会关照我们的。他们双膝跪地祈祷着，祈求获得力量和救赎。他们祈求大天使拔出他喷射着火焰的宝剑，吸引此刻正集结在山脉另一侧的美军主力的全部注意力。

★ ★ ★

第五集团军的领导者马克·W.克拉克手握着火红的宝剑，渴望将其深深插入米尼亚诺山口。恼人的11月，在卡米诺山和迪芬萨山遭遇失败后，克拉克回到地图板前，仔细研究着新计划。他最初的想法是以三个军同时发起进攻，冲过敌军防线。但是，这三个军没有一个能获得足够的炮火和空中支援。特拉斯科特认为："这是个糟糕得难以想象的计划。"

经克拉克修改过的"雨衣行动"更加细腻，尽管这种军事妄想面对意大利的山峰趋于陷入僵局。11月6日，克拉克首次站在米尼亚诺山上方的一个岩洞里，用望远镜查看圣皮耶特罗镇的地形，自那之后，他便认定这个镇子对其向北推进计划极为重要。5天后，他告诉属下，"行动中的关键地形是圣皮耶特罗镇北面的山丘"：近4 000英尺高的萨姆科洛山，其岩石尖坡向北面和东面延伸了数英里。

"雨衣行动"将由英国第10军和美国第2军在左侧发起一场进攻。杰弗里·凯斯少将率领第2军刚刚抵达意大利，他曾是巴顿的副手，现在接替了奥马尔·布拉德利的职务。这两个军将分别夺取卡米诺山和迪芬萨山，这两座狂风呼啸的山峰在米尼亚诺山口的西侧形成了一片24英里的山丘地块。随后将由第6军发起冲锋，沃克第36师的得克萨斯人也在其中，该师接替了特拉斯科特的第3步兵师，将夺取圣皮耶特罗镇和山口东侧的萨姆科洛山。

盟军在意大利的兵力很快将达到14个师。克拉克的情报人员估计，目前，由18.5万名德军士兵组成的11个师据守在意大利南部，而意大利北部还有12个德军师。尽管这是一场消耗战，但盟军牵制德军兵力的策略似乎成功了。但在这里每拖延 1 小时，都将使敌人的工兵多获得一个小时的喘息之机，让他们有机会加强在北面 7 英里处卡西诺山周围的主防御阵地的实力。亚历山大担心，克拉克对冬季防线前日益增加的伤亡根本不在乎。就连位于第五集团军最右侧的美军第 34 步兵师，一天也只勉强前进了 300 码，而付出的代价是每前进 2 码便有 1 人伤亡。

"哦，不必担心伤亡。"克拉克告诉亚历山大。他补充道，圣皮耶特罗镇不可能有顽强的防御，德军似乎已离开萨姆科洛山。"我会顺利穿过冬季防线，并驱离德国人。"

进攻由意大利战场迄今为止最为猛烈的炮火打响。12 月 2 日（星期四）下午 4 点 30 分，天色渐渐昏暗，900 多门大炮开火了。火焰染红了卡米诺山和迪芬萨山上方的云层。炮弹在山坡上炸开，直到整座山峰都燃烧起来。在接下来的两天里，这里将落下 20 万发炮弹，有些目标在 1 分钟内遭到了 11 吨钢铁的打击。

一名士兵说，"只有意大利的冬季才有这样的黑暗"，而英国人就是在这种境况下再次步履蹒跚地爬上卡米诺山。数百名美军步兵披着雨衣攀登迪芬萨山陡峭的东北坡，雨水顺着他们的钢盔流下。在某些近乎垂直的地方，他们双手交叉，拽着马尼拉登山绳向上爬去。第 1 特种勤务队的人员是从美国伐木工、加拿大矿工及各种各样的狠角色中招募而来的，他们在蒙大拿州接受训练，重点是登山、滑雪和格斗。这些特种兵的信条是："每个士兵必须是一名潜在的暴徒。"这句话引自英军的《非常规作战手册》。为执行首次作战任务，该部队的外科军医在背包里放了 500 颗硫酸可待因药片、一把装有 10 英寸锯条的钢锯和一个用于截肢的帆布桶。

率领这帮"暴徒"攀上悬崖的是 36 岁的美军上校罗伯特·T. 弗雷德里克。弗雷德里克身材结实，他将这场攀登比作 1759 年英国将领詹姆斯·沃尔夫爬上法属魁北克的峭壁。作为一名医生的儿子，弗雷德里克 13 岁时便加入了加利福尼亚州国民警卫队，14 岁作为一艘不定期货轮的普通水手航行到澳大利亚，21 岁时毕业于西点军校。

"他能胜任所有工作，"弗雷德里克的一位同学回忆道，"敏捷得像猫。"据说，他仅接受了 10 分钟的指导后便穿着拖鞋参加了第一次跳伞。战斗中，他只带步枪、雀巢咖啡、香烟和一封赫勒纳主教的拉丁语来信，信中称赞他

311

1943年12月初，英军士兵攀登着卡米诺山，一名英国兵将这座山描述为"一块陡峭、坚硬的岩石，通往上帝才知道的地方"。面对德军的迫击炮火和刺骨的寒冷，石块堆砌的胸墙几乎提供不了什么保护。一名苏格兰禁卫军士兵写道："一场小地震加入到这场令人不快的遭遇中。"

"完全值得信赖"。尽管有时候独断专行（他曾以"缺乏勇气"为由，将大部分法裔加拿大人清除出部队），但到战争结束前，他将获得8枚紫心勋章和"美国陆军最伟大的士兵"这样的殊荣。"很难解释，面对敌军火力，他总是漫不经心。"一名下级军官评论道。

他们剐破的手指被冻得发紫，12月3日拂晓前，就在这些特种兵即将到达山顶时，碎石滚落的声音惊动了敌人。照明弹腾空而起，随之而来的是机枪的吼叫，成批的手榴弹噼里啪啦地落下。穿过这片弹雨，进攻者们冲过最后一道石崖，脸上布满了跳弹溅起的碎石渣。清晨7点前，他们已夺下迪芬萨山峰，这片浅浅的盆形地带位于海拔3 100英尺以上，大小犹如一个橄榄球场。

他们恼火地等待着更多弹药运抵，这使得其向西推进与英国人会合的行动遭到延误。德军以猛烈的炮火轰击迪芬萨山，弗雷德里克的部下有40%的伤亡，却没有还击一枪。在山顶上，面对凶猛的迫击炮火力，弗雷德里克和他的部下挤作一团。"我跟一个德国人待在散兵坑里，"一名中尉回忆道，"他没有讨要香烟或其他东西，因为他已经死了。"一发直接命中的炮弹炸死了一位营长（他是一位来自新不伦瑞克的历史学教授）和一名中士。

"我回头张望时，刚好看见他们消失不见了。"一名士兵回忆道，"只剩下一团红色的烟雾。"一名负伤的列兵设法爬下山去，并大声祈祷："耶和华是我的牧者。他引领我来到这里、那里和各处。"为保持士气，弗雷德里克传话给下方的军需人员，让他们送点威士忌上来，另外还有避孕套，用来包扎枪口，以免枪被雨水侵蚀。

德军装甲掷弹兵冒着大雨和冰雹发起反击，将盟军特种兵们逼退至布满岩石的盆形地带。他们的机枪火力异常猛烈，听上去就像"剧烈的猎枪轰击"。德军狙击手也造成相当数量的人员损失。一名受致命伤的少校猛地从峭壁上跌至下方的树林，其他军官见状赶紧用污泥将自己的军衔标记涂抹掉，以便让自己不那么显眼。有人说，敌人举起白旗假意投降，结果一名盟军上尉被击中面部。"德国佬拼死奋战，看上去他们根本不想输掉这场战争，"一名中尉回忆道，"我们也不抓俘虏。仗打到这个份儿上，就别指望什么了。"一名士兵奉命押送一个被俘的德国军官下山，他很快便返了回来，说道："那个婊子养的得肺炎死掉了。"

在迪芬萨山上据守两天后，一些士兵说，弗雷德里克手下的一名高级军官"已无法正常说话"，显得"极度紧张和优柔寡断"。他用点45口径的手枪朝着一个谁也没看见的狙击手射空了两个弹匣，随后便爬下山去，从而得到了"散兵坑威利"的绰号。

12月6日（星期一）傍晚前，弗雷德里克的部下向西推进，穿过一片荒芜的鞍状地带，以夺取907高地，这是卡米诺山下方的一处重要地带。弗雷德里克用粗粗的铅笔在通讯纸的空白处草草写下急件，发给远在山下方的指挥所，他的草字很整齐，标点符号也很准确，尽管他把日期误写为"11月6日"：

> 我们已穿过907高地，遭到来自数个方向的机枪和迫击炮火力的打击……部下们的状况很糟糕……我已下令停止埋葬死者……德军狙击手给我们造成了很大的麻烦，很难发现他们。

"我很好，"他补充道，"只是有些疲惫而已。"

12月7日星期二清晨，一支英军巡逻队从雾色中出现。报告说，经过5天接连不断的进攻和反击，山上的一座修道院多次易手，第10军现已控制卡米诺山。口干舌燥的英军士兵舔着长满青苔的岩石，以获得一些水分；步兵们弯着腰，背着补给物资攀上山峰，后又用担架将伤员抬下山去。

艾伦·穆尔黑德描述道,抬着担架的 8 个人,"更多的是滑下,而不是走下山。"星期三中午前,德军最后的防御者已溜过一条山谷向西逃窜,偶尔转身挑衅性地开上几枪。整座山丘终于落入盟军手中,尽管"没人觉得这是一场特别的胜利",一名研究特种部队的历史学家这样写道。弗雷德里克发出最后一条电文:"我希望不要丢下一名伤员。"

幸存者们步履蹒跚地走入后方营地,一支铜管乐队演奏起欢快的曲调迎接他们。这支特种部队伤亡了 511 人,占其作战力量的 1/3,其中 73 人阵亡,100 多人患有战斗疲劳症。医院的入院单足足有 40 页,诊断书充分概括了冬季战线上的情形:枪伤、迫击炮弹片伤、脑震荡、骨折和扭伤、手榴弹炸伤、"右手拇指,外伤,截肢"、撞伤、"神经衰弱"、黄疸、"严重腹泻"、火药灼伤、"痔疮,极其严重"。

最后 18 名入院治疗者中,有 13 人患上了战壕足。其中一个士兵盯着自己肿胀的脚踝和半透明的双脚写道:"看上去就像是死人的脚。"

★ ★ ★

在确保左翼之后,克拉克现在可以向右抡拳头,夺取萨姆科洛山和圣皮耶特罗镇。自 11 月中旬以来,达比的游骑兵便与德军掷弹兵在山脉两侧进行过小规模战斗。当翻越山坡时,双方距离很近,便会爆发幽闭而恐怖的枪战。11 月 30 日拂晓前,第 3 游骑兵营曾悄悄逼近至圣皮耶特罗镇东缘。德国人的猛烈火力压制了他们整整一天,夜幕降临后他们才得以撤离,此时伤亡数已达 20 多人。不过,12 月初两支游骑兵巡逻队靠近该镇时并未引来敌人的火力,这让队伍想到,是否敌人已放弃圣皮耶特罗镇和萨姆科洛山了?第 143 步兵团的鲁弗斯·J. 克莱格霍恩上尉宣扬道:"我认为那里没有德国佬了。"

不过,他很快便知道情况并非如此。来自得克萨斯州韦科的克莱格霍恩曾是贝勒大学的一名橄榄球球员,人称"大嘴巴鲁弗斯"。12 月 7 日夜间,他率领 A 连登上萨姆科洛山东坡。他们在漫天的雾气之中,艰难行进了 5 个小时。指挥扫雷组的是一名中尉,他带着一台摄影机、一本克劳塞维茨的《战争论》和家里寄来的水果蛋糕。在接近山顶时(克莱格霍恩的地图上标注的是 1205 号高地),上方突然传来一声喝问:"来找死吗?"可惜太晚了。伴随着枪口的闪烁和跳弹的呼啸，美军士兵涌过山峰。

天亮前，250名美军士兵控制了这片高地。交战双方相互谩骂，投掷手榴弹，克莱格霍恩和部下们将大块鹅卵石朝着下方原野中的灰色身影处砸去。德军掷弹兵发起一轮又一轮反击，但每次都被击退了，直到尸体像血淋淋的石块一样布满整片山坡。乱石间的德军掷弹兵和美军步兵在迷雾中"像两只交恶的蜥蜴一样"展开生死对决。一名美国兵盯着被其勃朗宁自动步枪扫倒的一群德国人，喃喃地说道："有意思，这就是我梦寐以求的。"

西面2英里处，2 000英尺下方，美军对圣皮耶特罗镇的进攻却并不顺利。12月8日星期三清晨5点，4个远程火炮营对该镇发起猛轰，裁缝铺、邮局和圣米迦勒教堂的门廊被炸成齑粉。6点20分，一名目击者叙述道，第143步兵团第2营"排成壮观的散兵线，就像训练手册中要求的那样"，从西南方跨过一片浅浅的河床。伴随着叛逆的呼叫和得克萨斯式的呐喊，这群士兵冲刺了400码，逼近橄榄形梯田的边缘。恰在此时，梅泽尔的机枪火力突然咆哮起来，阻止了美军士兵的前进。曳光弹扫向进攻队列，美军士兵迅速隐蔽到橄榄树丛中，不仅引爆了地雷，还招致迫击炮炮火。战场上腾起一团团橙色的硝烟。

该营的姊妹营第143步兵团第3营迅速投入战斗，对两翼发起进攻，却发现梯形果园中埋设了"鞋盒子"地雷，且每隔25码便有敌人的碉堡。轰鸣声中，有人高声叫道："弹药，该死的，我们需要弹药！"有些士兵的手指被打断了，但只是匆匆包扎了一下，便又投入战斗。

伦戈山上，敌人的大炮打响了，越过6号公路向西射来，美军队列在德军炮兵观测员的眼中一览无遗。距离圣皮耶特罗镇仍有0.25英里时，美军的进攻崩溃了，橄榄绿大潮向后退去。一些悬空的尸体挂在德国人的铁丝网上。夜幕降临前，进攻方几乎已退至进攻出发地。星期四上午，他们又做了一次尝试（这一次，他们叛逆的喊叫声有所减弱），梅泽尔的掷弹兵又一次将他们击退。36个小时里，这两个营损失了超过60%的战力。

如果不把伦戈山上的德军大炮干掉，对圣皮耶特罗镇的进攻就不可能成功。美军控制着南部的丘陵地带，但夺取1英里长山脊剩余部分的任务被交给意大利第1摩托化集群完成，这是凯斯将军的选择，也是意大利加入盟军阵营后的第一仗。1 600名意大利士兵乘坐的列车车厢上用粉笔字写着"罗马或死亡",他们身穿山地兵军装,戴着插有羽毛的军帽抵达米尼亚诺镇。这些意大利士兵穿过浓雾向山上行进,两个喧嚣的营并排而行,大声发出威胁,发誓要惩罚曾在非洲和苏联背弃过他们的轴心国盟友。

这场威风凛凛的进攻只顺利地进行了几分钟,德军的交叉机枪火力便击中了这些意大利人。一份记录指出:"他们就像被镰刀割倒的玉米。"被激怒的德军掷弹兵挥着拳头、抡着木棒冲入意大利人混乱的队列中。据说,侥幸逃下山的人是奔跑速度最快的传令兵。多亏美军的密集炮火阻挡了德国人的反击,并防止意大利士兵被赶回到沃尔图诺河。起初,盟军担心意军的损失很可能超过 900 人,但随着散兵游勇的归队,最终的伤亡不到 300 人。意大利指挥官写信告诉凯斯将军:"我的部队没有能力完成你部署的任务。"

★ ★ ★

伦戈山仍在德国人的控制之下,圣皮耶特罗镇也是如此,只有对萨姆科洛山冰冷的护墙发起的进攻取得了成功,因为克莱格霍恩上尉获得了来自第一营的援兵。尽管敌人疯狂地试图逐离这支队伍,但盟军仍牢牢地守住了这片阵地。

每天晚上,撒丁岛的驭手们赶着骡子,沿用白色胶带或卫生纸标示出的小径,步履沉重地从切普帕格纳攀上山岭。他们带来干粮、电话线、手榴弹、干袜子、磺胺类药物、固体酒精及每个班 5 加仑的饮用水。"Brrrr"(意大利语中驱赶牲畜的喊声。——译者注)驭手们吆喝着他们的骡子,催促这些牲畜在天亮前尽快下山,这一点并不难办到,因为 12 月的夜晚漫长无比。厨师和文员也背着装有补给物资的背架爬上山来,还带来了邮件和一些荒诞的圣诞节礼物:一名在洞中瑟瑟发抖的士兵收到了一条领带,他十分懊恼。看见一小堆阵亡士兵的尸体倒在山顶附近的一条小径旁,一名军官写道:"都是些出色、健壮的年轻人。他们看上去似乎并未死去。"

后坡下方 100 码处,德军掷弹兵在洞穴中冻得发抖。"两军距离之近令一名美军士兵能透过毛孔感觉到敌人的存在。"玛格丽特·伯克·怀特写道。阵亡者横七竖八地倒在战场上,脸色苍白,姿势怪异,每隔几小时的反击战将更多的死者添加到这幅场景中。有时候,德国人投出的手榴弹异常猛烈，一名美军士兵描述说："我们紧握步枪，像打棒球一样将飞来的手榴弹挥出去。"美军炮兵用白磷弹对着山坡猛轰，进攻者的剪影若隐若现，炽热的弹片争先恐后地飞向德国佬。一粒针尖大小的白磷就能把一个人的腿烧穿，除非及时用镊子将其夹出，或是敷上一团淤泥将其熄灭。

炮声夜以继日地在低矮的云层间回荡，轰鸣声像是唠唠叨叨的抱怨，回响在对面的峭壁中。士兵们睡在石块砌就的矮墙后面，曳光弹在他们头上6英寸处飞过。"谁能隐蔽好，谁就能活命。"一名军官提醒部下。这还用说？"可能是偏见，"一名士兵告诉他的同伴，"但是，我讨厌死这个地方了。"

克莱格霍恩的A连已获得B连的增援。B连连长亨利·T. 瓦斯科上尉现年25岁，也是得克萨斯人。他在坦普尔南方的棉花地里长大，生在一个德国浸信会家庭，这个养育着8个子女的家庭生活相当拮据，他们的衣服都是用面粉口袋缝制而成的。金发碧眼的瓦斯科个头不高，是个严肃的人。瓦斯科在学校的一位密友对他做出评价："一个可爱而又古怪的家伙。""他从未年轻过，"瓦斯科的另一位同学回忆道，"也没有疯狂高中生的那种做派。"

作为一名十来岁的平信徒，瓦斯科获得过全州演讲大赛二等奖，在贝尔顿中学当选为班长，并以20年来最高的平均积分点毕业。他在三一学院加入得克萨斯州国民警卫队，部分原因是为了在训练期间每天赚上1美元，但他凭借自己的优秀和热情获得了晋升。在萨勒诺，B连曾与达比一同在基翁奇山口奋战。

"我想，在你们所有人的眼中，我看起来很奇怪。"登船赶赴海外时，他在一封信中告诉家人，"以防万一，如果我有时候看上去很奇怪，那是因为我身负沉重的责任，它让我无比煎熬，鞭策我努力成为我非常想成为的那种人。"

此刻，在萨姆科洛山激战近一周后，整个第1营的实力已和一个连差不多，而瓦斯科的连比一个排强不到哪里去。弹药储备再次告急，美军士兵们将手榴弹大小的石块投下山去，德国人东躲西藏。12月14日（星期二），夜幕降临后，全营在一轮明月下悄然转向西北方，沿山丘直奔730高地，这片粗陋的山丘就位于圣皮耶特罗镇正后方。小径旁的峡谷投下深邃的阴影，似乎已将月光彻底吞没。

"这个地方太可怕了，会不会遭到伏击，或是被冻死在山上？"瓦斯科问连里的传令兵赖利·蒂德韦尔。这位上尉突然很想喝上一杯。"等回国后，"瓦斯科补充道，"我会给自己买一台智能烤面包机，把面包放进去，烤好后它会自动弹出来。"这就是他在世时的最后一个念头。德军哨兵发现了这支正在翻越碎石山坡的队伍。机枪吼叫了起来，迫击炮砰然作响，亨利·瓦斯科一声不响地倒下了，一块致命的弹片撕开了他的胸膛。他从未年轻过，也永远不会变老。

★ ★ ★

12月7日星期二清晨，厄尼·派尔戴着他那标志性的针织帽，穿着脏兮兮的野战夹克，来到萨姆科洛山小径底部的切普帕格纳。他的文章已刊登在200家日报上，这使他成为家喻户晓的名人。艾尔·乔尔森开玩笑说，在士兵们看来，他就是"上帝"。但是，在这个距离圣皮耶特罗镇仅有两英里、满目疮痍的村落中，没人知道他是谁，看上去他只是个远离家乡、肮脏无比的美国佬。在橄榄园附近一座破旧的牛棚里（这里已成为骡子们的栖身处），他把打字机放在一个货箱上，随后便在营里的露营区闲逛。工兵们用木板铺砌通往炮位的泥泞小径，用木材、石块和树枝填补道路上的车辙印。有时候，会有一轮炮火齐射呼啸着掠过山脊，射向圣皮耶特罗镇。

夜深时，骡子们从萨姆科洛山返回，面朝下的尸体横卧在它们的木制驮鞍上。一名下士写道，尸体"在骡子的背上晃动着，仿佛充满了某种惰性的血液"。来自撒丁岛的驭手出于对死者的恐惧，远远尾随着队列。解开第一具尸体时，派尔站在牛棚外看着。"他们把他从骡子背上滑下，扶着他站立片刻。昏暗的光线下，他看上去只是个倚靠着旁人的病人。然后，他们把他放倒在路旁一堵低矮石墙的阴影里。"

又有4匹骡子赶到了。"这是瓦斯科上尉。"一名士兵说道。派尔一言不发地看着。"在死者面前，你能感觉到自己的渺小，再不会想提些愚蠢的问题。"他随后解释道。几天后，他回到第五集团军设在卡塞塔的司令部。他玩着纸牌，喝得大醉。派尔记得，那些尸体是无遮无掩地躺在阴影下，也记得瓦斯科的一些部下是从阵亡的上尉身旁慢慢走过，表达自己的

韦纳夫罗附近的山上，一名意大利骡子驭手（右）帮着将阵亡美军士兵的尸体运往一个临时军人墓地。担架上仍能看见血迹。

哀悼——"我很难过，连长！"，或是愤怒——"真他×的见鬼！"赖利·蒂德韦尔出现了，这位传令兵握着连长的手，端详着瓦斯科苍白的面孔。

> 最后，他放下死者的手，俯身过去，轻轻拉直上尉衬衣的领尖，重新整理好伤口旁军装破碎的布片。然后，他站起身，沿着月光下的山路独自一人离去。我们几个回到牛棚，让那5名死者手脚相连躺成一排，在那片矮墙下的阴影里传递哀伤。

派尔完成了他最著名的文章，也许是二战中最出色的一篇短文。但面对阵亡者，他依然感觉自己很渺小。"我已丧失了感觉。"他告诉一位朋友，"糟透了。"（《瓦斯科上尉之死》这篇短文令厄尼·派尔获得了1944年的普利策奖。——译者注）

采访圣皮耶特罗镇的战斗时，厄尼·派尔撰写了亨利·瓦斯科上尉在萨姆科洛山的阵亡。《瓦斯科上尉之死》成了他最著名的稿件，可能也是二战中最出色的说明文。但派尔告诉一位朋友："我已丧失了感觉，这种事糟透了。"

★ ★ ★

早在 12 月 9 日，马克·克拉克便打算动用坦克夺取圣皮耶特罗镇。秋季，他曾敦促艾森豪威尔和亚历山大把第 1 装甲师（老勇士）派至意大利。令他深感懊恼的是，山区地形使他没什么机会投入这支部队。第 36 步兵师师长弗雷德·沃克怀疑，在那片环绕圣皮耶特罗镇的沟渠和 6 英尺宽的橄榄梯田上能使用坦克吗？先前发起的一场进攻证明，这种疑虑绝非杞人忧天：打头的一辆"谢尔曼"掉了条履带，堵住了本就狭窄的道路。

12 月 15 日（星期三）中午，沃克计划再试一次。这次进攻将由驻扎在罗通多山的陆军通信兵的两位摄影师拍成电影，摄制组的部分人员为约翰·休斯敦上尉工作。两年前，休斯敦曾执导过亨弗莱·鲍嘉主演的《马耳他之鹰》。此次，他被陆军部派来拍摄"美军胜利进入罗马"的纪录片，却发现能拍的不过是一场陆军对意大利南部某个不知名小镇展开的令人沮丧的进攻。但是，在那里至少他的拍摄不会被树木所阻。据报，经过数周的炮击，罗通多"看上去就像山侧一台巨大的割草机"。

上午 11 点，雾气消散，摄影机转动起来，第 753 坦克营的两个排从切普帕格纳驶向大路上的一个发夹弯。"谢尔曼"和坦克歼击车用 75 毫米口径炮弹对圣皮耶特罗镇实施了 15 分钟的炮击。随后，戴着石棉手套的装弹手将冒着烟的空弹壳抛出炮塔底板。中午时刻，16 辆坦克隆隆向前，发起进攻。当然，这场进攻注定要遭到失败，只有打头阵的"谢尔曼"取得了一些进展。它爬过一道阶梯状斜坡，对德国人的几个机枪阵地开炮射击。第二辆坦克碾上了地雷。接下来的 3 辆坦克在逼近该镇半英里处时，不幸被德国人的反坦克炮命中，燃烧起来。除此之外，还有3辆坦克触雷。下午3点左右，4辆幸免于难的坦克跟跟跄跄地退回切普帕格纳，载着那些运气欠佳的"谢尔曼"驾驶员。此次进攻中，有7辆坦克被摧毁，另外5辆寸步难行。

沃克的步兵运气也不怎么样。12月16日星期四凌晨1点，第141步兵团第2营跨过开阔地，又一次发起正面进攻。"阵亡和负伤者标示出前进的路径。"团里的一份记述中指出。一些英勇的士兵凭借手榴弹和刺刀杀入镇子下方。他们搭起人梯，攀过墙壁上的缺口，但结果是多数人被俘或被俯射的火力打死。第2营只好退了回去。该营只剩130人，营长米尔顿·兰德里少校指出，全因"本营接到有史以来最愚蠢的命令"所致。

一名中尉被手榴弹弹片撕开腹部，几个小时里，他一直呼叫着"艾瑞卡"这个名字。拂晓时，他终于安静地死去了。清晨6点，发起的第二次进攻再度失利，第143步兵团的两个营在右翼发起的冲锋同样如此。一名被火力所困的美军士兵挥舞着汗衫示意投降，一位中士将枪口抵住他的太阳穴，警告道："把那该死的破布丢掉，否则我轰掉你的头。"

一缕缕蒸汽从后方浅浅的堑壕中升起，疲惫的士兵躺在湿漉漉的毛毯下。星期四中午，克拉克来到这里，倾听前方迫击炮和冲锋枪的声响。透过望远镜，他研究着切普帕格纳公路上被烧焦的坦克。"你前方是什么部队？"他问一名中尉。中尉回答道："是德国人，长官。"克拉克说了几句鼓励的话，随即驱车离开。

"镇子前方的损失非常惨重。"沃克在日记中写道，"许多伤员不得不被遗弃在敌方防线内……情况相当不妙。"

随后，这一切结束了。伦戈山一直是控制圣皮耶特罗镇的关键。星期四黄昏前，第142步兵团的两个营从西面攻克了陡峭的山脊，构成包围该镇的威胁。梅泽尔上尉的掷弹兵从圣皮耶特罗镇发起一场短暂的反击，以掩护全营后撤。12月17日（星期五）午夜时分，萨姆科洛山北坡腾起一片彩色照明弹，示意撤退。德军后撤2英里，来到另一座山坡上的村落——圣维托雷。在接下来的三周里，他们将据守这里。

美军步兵蹑手蹑脚地穿过战场上的蓝色雾霭，却发现圣皮耶特罗镇已变为一片废墟，用一名炮手的话来说就是"一个硕大的荒丘"。各种碎屑洒落在瓦砾中：子弹带、染红的绷带、死猪、"软塌塌地挂在衣袖中的一只灰色的手"。圣米迦勒教堂只剩下一堵立壁，没了头的基督仍挂在十字架上。唱诗班阁楼原本位于圣坛上方，现已被埋入砖石堆里。

记者霍默·比加特还发现了一张12月6日的《人民观察家报》（纳粹党发行的党报。——译者注）和一只莫名其妙的棒球手套。几十名脏兮兮的圣皮耶特罗镇镇民从废墟中爬了出来，迎接解放者。镇子下方昏暗、恶臭的洞穴是"我在这场战争中所知道的，距离但丁地狱之旅最接近的事物"，美国陆军情报分析员J.格伦·格雷写道，"孩子们尖叫着，老人和妇女咳嗽或呻吟着，其他人则忙着在冒着烟的煤炭上熬粥"。

约有140名镇民身亡，占全镇人口的十分之一。一具躺在泥泞之中的婴儿尸体，遭到来往军车的反复碾压，后来终于被人发现，由一名医护兵将其安葬。墓地登记人员戴着皮手套赶来清理战场，他们将阵亡美军士兵的双臂交叉折叠在胸前，再抬入白色的尸袋中。正如战士诗人基斯·道格拉斯所写的那样："他们恪守沉默……这激发起我们的崇敬之情。"

1943年12月17日，第504伞兵团和第143步兵团的美军士兵攀过圣皮耶特罗镇的废墟。一名炮手将这个镇子描述为"一个硕大的荒丘"。

那些经历了过去10天激战的人"从卡车上下来后便倒地睡去"。圣皮耶特罗镇让沃克的第36步兵师付出了1 200人战斗伤亡的代价，另有2 000名非作战减员；光是第143步兵团便损失了80%的作战实力。为夺取这座城镇，工兵、装甲兵、游骑兵、伞兵和意大利士兵也有数百人阵亡、失踪、患病和负伤。

在米尼亚诺附近的一所后送医院中，伤员们躺着聆听大炮的轰鸣，判断火炮的口径。一名牧师用其"胜利"牌留声机播放着"啊,美妙神秘的生活"。玛格丽特·伯克·怀特窥见一座手术帐篷外用帆布覆盖着"一小堆被截下的腿"。一名垂死的得克萨斯小伙想吃西瓜,外科军医回答:"孩子,这个季节可没有啊。"军医又对玛格丽特·伯克·怀特说道:"他们在临死前经常会讨要各自最喜爱的食物。"

战线跟跟跄跄地向前推进了 1~2 英里,约翰·卢卡斯在 12 月 18 日的日记中写道:"我们在前进时发现,这个国家遍布尸体……我认为,连猪猡也已扎好鞋带。"但是,这位第 6 军军长又补充道:"罗马,似乎还有很长一段距离。"第 36 步兵师的一名士兵做出了结论:"这是个令人伤心的差事。"

对约翰·休斯敦来说,圣皮耶特罗镇之战仍在继续。这位导演为这场运气不佳的坦克进攻拍摄了大量镜头,但不够完整。尽管后来他声称大部分场景是在"实战中"拍摄的,但实际上他花了 2 个月时间,以第 36 步兵师的士兵为主角,精心安排了橄榄园和萨姆科洛山战斗的重演。

伤亡人员的镜头在一所医院中拍摄,散兵坑里一名被打死的德国人实际上是由身穿德军掷弹兵军装的美国兵扮演的,而镇内被炸毁的情形则拍摄于另一个被美国飞机误炸的村落。在接受了乔治·马歇尔的严格审查后(他下令将 50 分钟的影片剪短为半小时),休斯敦添加上马克·克拉克的简短演说,另外还有包括摩门教合唱在内的几段配乐。《圣皮耶特罗》于 1945 年春季在全国上映,广受好评。《时代》杂志称其为"有史以来最好的战争影片之一"。

陆军部将通告亨利·瓦斯科阵亡的电报推延至圣诞节后(其他类似的电报同样如此),直到 12 月 29 日才送至得克萨斯州他家人的手中。亨利的母亲一直被某种预感所困扰,当家人告知她这个消息时,她脱口而出:"我是对的,不是吗?亨利不在了?"1944 年 1 月 10 日,厄尼·派尔的专栏文章占据了《华盛顿每日新闻报》的整个头版。好莱坞也看中了这个故事,一年后发行了《美国兵的故事》,由布吉斯·梅迪斯饰演派尔,罗伯特·米彻姆饰演阵亡在一座山上的"比尔·沃克上尉"。

但瓦斯科还是留下了最后的话,这份遗书最终辗转到了他姐姐手中,并且在他阵亡 15 年后,这封珍贵的信得以公诸于世。"我希望能活着。"他告诉父母,"但是,因为上帝有其他的旨意,所以亲爱的家人,请不要太过

"他从未幼稚过,"一名同学谈到亨利·瓦斯科时说道,"也没有疯狂高中生的那种做派。"瓦斯科在给得克萨斯州家人的信中写道:"如果我失败了——我祈祷上帝不要写上这般结局——那不是因为我没有尽力。"

悲痛。活在另一个世界一定很美好。一直以来,我的脑海中总想着这个问题。我不畏惧死亡,因而请安心。"

我会尽到自己的职责,让这个世界变得更美好。也许,待世界各地的灯光再度亮起,自由的人们再次笑逐颜开之际……如果我失败了——我祈祷上帝不要写上这般结局——那不是因为我没有尽力。

他补充道:"我全心全意地爱着你们。"

被弃后的闲逸

对乔治·巴顿来说,流放生活也很自在。作为西西里岛的总督,他睡在铺有三层床垫的国王卧室里,就餐用的是皇家瓷器。每天,他都在巴勒莫宫的跑马厅里骑意大利骑兵的马匹,一支骑兵乐队演奏着乐曲,120名头插羽毛、手举宝剑的宪兵伴随其左右。他的裤兜里揣着把柯尔特短管左轮枪(他解释说"这是出于社交目的"),每天散步2英里(由一名跟在身后的驾驶员用吉普车上的里程表计算,分毫不差)。"我现在能做5个半引体向上,每天做三次。"他在日记中写道,对一个近58岁的人来说,这个成绩很扎眼了。

在温暖的下午,巴顿会驾船畅游巴勒莫湾或是在其海滨别墅里游泳,在那里，一名年轻的女侍者坚持要帮客人们宽衣解带。他还在意大利向导的带领下，来到山区一所美丽的小木屋里猎鹌鹑；温习法语，通过唱片聆听语言课；寒冷的冬夜，他翻搅着熊熊炉火中的木块，啜着酒，读威灵顿的传记；后来，他跟参谋人员大侃那位铁公爵的故事。

显然，他没有参与意大利本土战役，马歇尔和艾森豪威尔希望敌人会认为他正在准备发起另一场进攻。撒丁岛令他着迷，但开罗"真是个令人生厌的地方。整座城市活像 1928 年的纽约"。他写了些诗，其中的一篇题为"战场之神"，"强化我们的灵魂去继续征服"，《女人的家庭伴侣》杂志为此付给其 50 美元的稿酬。到访的宾客络绎不绝，其中包括约翰·斯坦贝克和玛琳·黛德丽，他们觉得巴顿看上去就像是"小庙容不下的大菩萨"。

他甚至挤出时间重新开放巴勒莫歌剧院，并上演了一场《波西米亚人》。演出时座无虚席，剧院外的街道上也挤满了人，他们通过扬声器聆听演出。剧院内的灯光黯淡下来，一束追光落在贵宾席上，巴顿举着一面美国国旗，与巴勒莫的市长挽着胳膊，后者举着一面意大利三色国旗。观众们疯狂地欢呼起来，随后，从序曲到最后的咏叹调，他们一直在哭泣。一连数日，整个城市内都能听到自称是咪咪和鲁道夫的人高唱着普契尼歌剧中的片段。（咪咪和鲁道夫是《波西米亚人》中的主人公。——译者注）

可就算是心碎的波西米亚情郎也不会比巴顿更痛苦。就在几个月前，他还指挥着 25 万大军，可现在第七集团军只剩下一个 5 000 人的空壳。11 月下旬，就连他的通讯营也被调往意大利。"就像把你的精神意志一下子抽空。"巴顿这样写道。约翰·卢卡斯来访时看到巴顿，觉得他"极为消沉"。一名英国将领觉得他看上去"老迈、干瘪"，尽管他还在做引体向上。某天，巴顿的工兵指挥官来到他的办公室，看见他正拿着一把剪刀"一丝不苟地剪纸偶"。11 月 7 日，适逢"火炬行动"登陆一周年，他写信给比阿特丽斯："时至今日，我已参战 72 天了。"她在回复的电报中写道："好小子。爱。信心。骄傲。"

尽管如此，自 8 月中旬以来，除了偶尔遭遇的空袭，他就没听见过射击声。巴顿打着手势，隐约指向前线，对一位老朋友说道："我想到战势最激烈的地方去，让敌人的一发子弹命中我的额头。"跟吉米·杜立特聊天时，巴顿伸出胳膊搂住这位老友，泪水不断从面颊上滚落下来。"我还以为再也没有

THE DAY OF BATTLE
战斗的日子

经常赶往战区慰问盟军士兵的演员玛琳·黛德丽，访问第47轰炸机大队时排队打饭，这张照片未注明时间。在西西里岛见到巴顿后，她将其描述为"小庙容不下的大菩萨"。（照片由拉塞尔·H.雷恩提供）

谁会来看望我这个老家伙了。"他说道。第1步兵师从锡拉库扎返回英国时，巴顿站在一艘港口驳船上向他们挥手道别，送出飞吻，并高呼"上帝保佑你们"。"大红一师"的士兵们仍对特里·艾伦和特德·罗斯福被解职一事深感不满，他们在每一道船栏处站了三层，透过每一个军舷窗凝望着，默默无语。"这太可怕了。"克利夫特·安德鲁斯说道。

"你不必担心被留在战争停滞处。"艾森豪威尔曾对巴顿说过，可那是在巴顿掌掴两名士兵之前。这个秘密被保守了3个多月，至少有60名身处阿尔及尔和意大利的记者扣下了这个故事。但此刻的西西里岛，感觉就像一潭死水。巴顿徘徊于杰拉和西西里岛上的其他战场，重温着昔日的辉煌，蔑视那些在冬季防线前苦苦挣扎的指挥官。"我真希望克拉克出点什么事。"他在日记中写道。蒙哥马利只是个"卑鄙小人"。在给比阿特丽斯的信中，他展现出自己独特的修辞手法："再给我寄点粉红色的药片来。这种焦心和闲置的状态让我难以平心静气。"

治理西西里岛迫切需要一双援手，但他对此不感兴趣。盟军规划者从美国南北战争和第一次世界大战后对莱茵兰地区的占领中吸取的经验毫无意义,他们已将意大利经济内定为"维持在最低生活水准"上,特别是对农业化的西西里岛。事实证明,这种政策大错特错。入冬前,为防止饥荒和骚乱,盟军福利社被迫为四分之三的西西里岛居民提供面粉。在各个救助中心,饥饿的妇女们将枕头塞入裙子下假装怀孕,以此来申请额外的口粮。盐的价格在黑市上飙升了 100 倍,每公斤售价高达 350 里拉。

从煤炭到化肥,从钉子到灯泡,严重的物资短缺困扰着西西里岛。伤寒出现了。官员们还报告说,"黑手党又有了新动作",包括用猎枪实施暗杀。由于经常停电,法院只好借助火柴的光亮签发刑事判决。1 600 名具有"政治危害性"的西西里人被占领当局囚禁了数月,并将"法西斯"这个术语从学校的课本中删除,可当地人仍心不在焉地用黑衫党敬礼来招呼盟军士兵。解放者们很快就对解放感到厌倦。"凭经验判断,西西里人完全不值得信赖。"美军后勤人员抱怨道,"他们千方百计玩弄手段欺骗我们。"战略情报局的特工对此表示赞同:"撒谎、盗窃、不诚实……这也算是一种盛行的民俗特色吧。"

★ ★ ★

11 月下旬,巴顿掌掴士兵事件在国内曝光后,他的这种好奇心也彻底消失。德鲁·皮尔逊显然获得了战略情报局某个来源的通风报信,在一个广播节目中播出了一个断章取义且未经审核的版本。更糟糕的是,身处阿尔及尔的比德尔·史密斯坚持认为,巴顿并未受到纪律处分,8 月艾森豪威尔所做的个人评论并不代表正式的官方谴责。

一夜之间,政客和媒体全都怒吼起来。前炮兵军官、来自密苏里州的参议员哈里·S. 杜鲁门抗议道:"这事在军规中是明令禁止的。"报纸社论上的意见并不一致,有的要求严惩巴顿——《罗利新闻与观察家报》称巴顿是"一个无法控制自己情绪的人,缺乏修养";有的认为应对此予以宽容——《西雅图邮讯报》称,"必须宽容一位英勇的指挥官在战场压力下的表现"。截至 12 月中旬,白宫和陆军部已收到 1 500 封来信,既有支持巴顿的,也有反对的,但盖洛普的一项民意调查表明,五分之四的美国人反对解除巴顿的职务。

"我不敢确定自己是否还有好运气。"巴顿在 12 月 4 日的信中告诉比阿特丽斯,他又补充道,"现在唯一要做的就是不轻举妄动,不给自己找任何借口。"在与克拉克的一次交谈中,他提到自己打算退伍,但私下里又抱怨这位第五集团军司令"把我当成个接待死者家属的殡仪员"。他和以往一样反复多变,有抗命、后悔还有讥讽。

关于德鲁·皮尔逊,巴顿写道:"我要活到看见他死去的那一天。"他告诉凯·萨默斯比:"我这张臭嘴总是惹麻烦。可就算这种事情发生了,我下次还是会再犯。"莱斯利·J. 麦克奈尔中将在写给他的信中指出:"坦率地说,你的脾气早已危及你的职业生涯。"巴顿回复说,扇士兵耳光"不过是装装样子罢了"。在一张十二月份他写给朋友的便笺中,或许能看出他有些许的悔过:"很少有人不犯错误。这并非为错误开脱,但至少我们在这个问题上都一样。"

尽管艾森豪威尔承认,巴顿的个人缺点使他无法在最高统帅部获得重用,但他对自己的这位老朋友依然深具信心。他在私下里举荐巴顿出任另一个集团军司令之职,但同时也告诉马歇尔:"我怀疑自己会否考虑让巴顿担任集团军群指挥官或其他更高的职位。"当年 12 月,在给主要部下进行半年一次的能力评估时,艾森豪威尔给巴顿的评分是"优",在他所认识的 20 多位中将里名列第五。巴顿"冲动而又贪慕虚名",艾森豪威尔补充道,"应该永远在一名强势而又深明大义的指挥官手下干活"。

此时,富兰克林·罗斯福,这位强势而又深明大义的总司令,向巴顿伸出了援手。12 月 8 日,星期三,在结束了开罗和德黑兰会议后返回华盛顿途中,罗斯福的专机在马耳他岛降落。他迅速视察了那里的船坞,随后又飞往西西里岛。在 12 架 P-38 战斗机的护送下,总统的专机于下午 2 点降落在巴勒莫西南方 50 英里处的卡斯泰尔韦特拉诺。巴顿和专程从冬季战线飞来的克拉克站在停机坪上接机,身姿挺拔。

罗斯福的帽檐微微翘起,好似在向地中海最后几分钟的阳光致敬。他坐上吉普车在机场里兜了一圈,随后便为克拉克和另外几个在萨勒诺战役中表现英勇的人颁发了杰出服役十字勋章。在场的人排成迎宾队列,当来到巴顿面前时,笑容满面的罗斯福抓住巴顿的手握了好一会。据克拉克后来回忆,总统低声说道:"巴顿将军,你将在伟大的诺曼底战役中指挥一个集团军。"

他获得了缓刑。在远离总统随行人员的一个角落处,巴顿看看四周,确定没有旁人后,捂着脸呜咽起来。他哭了整整一分钟,悔恨、慰藉、感激的泪水顺着面颊滚落。他擦擦双眼,打起精神回到吉普车上,和总统一同赶往军官俱乐部参加鸡尾酒会。

正式的救赎之旅将在几周后开启,巴顿接到一份电报,命令他赶赴英国,接手指挥新组建的美国第三集团军。祖国需要他,正义之师需要他。此时的巴顿就算知道自己只剩两年生命,他也不会在乎。他已听到战争号角忽远忽近的召唤。"我的命数已定。"他在圣诞节那天的日记中写道,"上帝啊,我居然会怀疑自己是个傻瓜和懦夫。"

一场暴徒之战

正义之师还需要伯纳德·蒙哥马利。但是目前,他要待在意大利——亚得里亚海前线。

就在克拉克的第五集团军在西海岸挣扎前进之际,第八集团军自进攻卡拉布里亚以来,已沿古老的十字军海岸前进了 400 英里。英国人、新西兰人、印度人和加拿大人组成的五个师,配有近 700 门大炮和 200 辆坦克,沿一条 40 英里宽的战线将四个德军师逼退。第五集团军从南面威胁罗马,而蒙哥马利则打算夺取"靴子"中部的度假胜地佩斯卡拉,然后再沿 5 号公路转身向西,跨越阿韦扎诺地区的山脉,从东面逼近意大利首都。亚历山大希望,如果这场进攻能获得一个更加宽广的视野,"就可以彻底拖垮敌人的阵形,从而分散其镇守卡西诺方面的兵力"。

直到 11 月 20 日,这一战略看上去还是颇有道理的。当天,第八集团军对桑格罗河发起进攻,在对岸建立起一个桥头堡,几乎全歼了德军第 65 步兵师,该师师长在一次空袭中右臂被炸断。12 月初前,在上千架盟军飞机的支援下,英军坦克实现了机动转移,巧妙地穿过雪地,将德军在桑格罗河的防御打得支离破碎。新西兰士兵冲入位于十字路口的奥尔索尼亚镇,随后又被德军装甲部队逐出。"实际上,德国人正处在我们所希望的状况下。"蒙哥马利声称,"我们现在将给予他们迎头痛击。"他公开宣布,"通往罗马

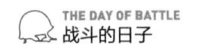

的大门已经向我们敞开。"

可惜，事实并非如此。"伯恩哈特"防线延长了9英里，深入桑格罗河北部，进入被亚历山大称作"一片山脊和沟渠遍布的地区"。蒙哥马利和克拉克都发现，原以为占尽优势的盟军空军、炮兵和装甲部队很容易被恶劣的天气、糟糕的地形或是一名顽强地操纵着反坦克炮的德军士兵所阻。一份英国的研究报告警告说，对"谢尔曼"坦克组员来说，"平均视野范围大约为50码，坦克被击毁的平均距离为80码……这意味着，稍有犹豫便是死亡"。德国人努力拉伸战线，砍倒了半英里的杨树，盟军不得不用推土机和缆绳将树木从道路上拖开，挪动每棵树要耗费一个小时。

瓢泼的冬雨令100码宽的桑格罗河突然间泛滥为400多码，河上众多桥梁被冲毁，一份官方史咒骂道："这条恶毒的河流，引发了洪水和愤怒。"6辆返回急救站的救护车被一座冲毁的桥梁阻挡了太长时间，以至于医护兵们手里的吗啡都已耗尽。一名加拿大军官写道："我听见车内的伤员发出可怕的呻吟和惨叫。"战场上的伤员和病患折磨着第八集团军，1943年下半年，第78步兵师的损失已达到1万人之多。

精明的新西兰陆军准将霍华德·K.基彭贝格尔认为，亚得里亚海实际上"是个无利可图的地区"，而且"没有真正的战略目标可言"。就算抵达佩斯卡拉，蒙哥马利也缺乏足够的兵力和预备队，更别说到阿韦扎诺或罗马了。12月4日，一份令人眼花缭乱的盟军司令部情报汇总称："敌人已丧失主动权……在亚得里亚海地区，冬季防线已被突破和打垮。"也许在阿尔及尔看来，情况就是这样，但在战场上，一场迅猛的机动战很快沦为了一场消耗战，双方都为此付出了巨大的代价。12月初，第八集团军暂停进攻，这让凯塞林得以重组其部队；对奥尔索尼亚镇的两次攻击均告失败，新西兰部队止步不前。

冬季防线东部遭受的打击，其惨烈程度堪比西部。12月初，一名加拿大士兵描述道"这是一片荒凉得如同月球的地面景观"，那里的人们"以许多被人遗忘的方式活着或死去"。每一座山脊似乎都隐藏着无数敌人的暗堡；每条白雪覆盖的犁沟都可能埋伏着地雷或身披白色伪装服的敌狙击手。在一次准备沿冬季防线的中间地带执行巡逻任务时，一名士兵讲述了他是如何"活动自己僵硬、冰冷的手，并完全相信，毫无疑问，严阵以待的德国人正监视着我们……我讨厌这一点；我也讨厌寒冷和黑暗；但我最讨厌的还是寂寞"。

"为保持清醒，"另一名英军士兵在日记中写道，"我们必须将想象力停留在自己所遭受的苦难上。"炮组人员发起的猛烈炮击被称为"谋杀"。一名皇家燧发枪团士兵指出，随着冬季的寒冷和黑暗来袭，士兵们重新采用了在第一次世界大战中使用过的一个生存理念——"安全坑"（"安全坑"这个说法出自第一次世界大战，当时普遍认为炮弹不会落在同一点，因此，被炸出的弹坑总是安全的。——译者注）：寻找一个相对安全和舒适的弹坑。他对身处桑格罗河前线的步兵们的生活做出的总结颇具普遍性："前进。停止。挖掘散兵坑。等待。发生了什么事？有谁知道？不是我们的人。前进。"

★ ★ ★

起初，蒙哥马利仍保持着爱出风头的做派。就像这16个月来率领着第八集团军时的样子，他带着金丝雀、相思鸟、母鸡、狗、奇特的羊羔或小猪组成的动物军团投入战斗：从"35号主营地"发起，这是个由摇摇晃晃的卡车和篷车所构成的紧凑、游动式战术营地，以灌木丛和伪装网加以隐蔽，并与其指挥官早早上床的战时习惯保持一致。为庆祝阿拉曼战役胜利，蒙哥马利在卢切拉附近举行了一场宴会，参谋人员被派去安排酒、鲜肉和一架三角钢琴。不知怎么回事，这些东西被骗入一片橄榄园中。招来的意大利乐师们被宣传为"卢切拉摇摆乐团"，其中一名核心人物声称自己是曾在纽约演奏过的钢琴家。他们匆匆演奏起《莉莉玛莲》和《玫瑰人生》。在这愉快的几小时中，英国自滑铁卢战役以来最伟大的胜利似乎比意大利中部泥泞的痛苦更为接近他们。

蒙哥马利依然蛮横，无论是对上级还是下属。一名参谋军官被派去找一位准将时对他说道："集团军司令想在4分35秒后见你，34，33……"在一次会议上，亚历山大站正在解释他抽调第八集团军麾下部队增援第五集团军的想法，蒙哥马利不耐烦地厉声说道："坐下，让我来告诉你该怎么做。"他为自己所见之状况遗憾不已，"我们缺乏发起战役的明确计划。目前行事杂乱无章，随心所欲……大家想怎么干就怎么干。"对蒙哥马利与上帝交谈的拙劣模仿后来广为流传，这位将军曾在一首英雄双韵体诗歌中通

意大利中部，妇女们在村内的一条水渠里洗衣服，一支盟军车队正穿过日益加深、加厚的泥泞。

知万能的上帝：

> 待战后无事可做之时，
> 我就到天堂为你服务。

每个晚上，他祈祷明天是个好天气；每天清晨，他都为别人对自己的呼吁置若罔闻而气恼。"晴朗的天气是必需的，"11月某日，他坚称，"要是不停地下雨，就完蛋了。"然而，雨依然不停地下。桑格罗河的洪水冲毁了桥梁，蒙哥马利找来一位高级工兵指挥官，端上一杯茶，然后开始责骂这个可怜的家伙。"你真没用，废物。"蒙哥马利斥责道，"我有一本关于意大利地理的小册子，上面说在这个季节，意大利的河流哪怕一晚上涨20英尺也不罕见。滚出去，你被解职了。"一名澳大利亚飞行员的举止似乎更合他的胃口。这位飞行员驾驶的战机被击落后获得营救，随后他被带至桑格罗河与蒙哥马利共进午餐。集团军司令问及这位飞行员对"战争最大原则的看法"时，这个澳大利亚人回答说："我想说，大家都'别再吊儿郎当的了'。"

但吊儿郎当对驻守意大利的盟军似乎已是司空见惯。哪个指挥官能在隆冬季节跨越亚平宁山脉对罗马实施侧翼包抄，这是个问题，可蒙哥马利的特殊技能似乎与此项任务并不十分匹配。C.J.C. 莫洛尼在英国官方史中提到意大利战役时指出，他"有一种极不寻常、令人信服的天赋，言论出位，但行为却极其谨慎"。现在，可以说他的指挥才能循规蹈矩，就像贝雷帽和古怪的营地正显示出其身份那样。他一次次选择有限的目标，就像莫洛尼所写，只有在兵力和物资悉心集结到能让他"不大可能失败，并有充裕的时间去夺取这些目标"时，他才会发起进攻。然后，下一次，他会选择另一个有限目标，再度实施缓慢的集结，这样循环往复。

"他其实属于那种第一次世界大战时期的优秀将领，从未考虑过部队是否有能力做出更好的表现。"迈克尔·霍华德总结道。

在法国、挪威、克里特岛、新加坡和西部沙漠，多年的灾难已证明这支庞大的征召军队的不足，包括应对现代战争极其复杂的要求时，参谋人员和下级军官的能力缺陷。对蒙哥马利来说，简单至关重要，但发挥主动性大可不必。他的战场线性而有序，谨慎而充满难以想象的暴力。

这种洞察力曾使他成为英国最成功的战地将领，但在桑格罗河上，他不大可能获得胜利，蒙哥马利自己也知道这一点。11月下旬，第八集团军甚至停滞于"伯恩哈特"防线前。此时，他的挫败感已在一份长达五页的长篇大论中凸显出来。当然，他在文章中批评了和他一同作战的表兄弟："美国人不懂怎么跟德国人打仗……他们不明白出其不意和集结优势兵力的原则。"但是，他的火气主要是冲着亚历山大。"他对如何指挥战场上的大军没什么主见。即便他难得地召开一次战地指挥官会议，也是一幅可悲的场景……没有人接到任何命令，我们都各行其是。"他担心"我们可能会在1944年遭遇更多的麻烦，而且，无法干净利落地结束这场战争"。

蒙哥马利得出结论，总而言之，意大利战役已沦为一件可恶的事，"混乱而又即兴"。

★ ★ ★

蒙哥马利最后的希望是,加拿大第 1 师不要也陷入僵持中。12 月初,该师奉命以最后的努力强行穿越狭窄的海岸平原,至少要到达佩斯卡拉和位于罗马一侧的 5 号公路。

加拿大人的时刻终于到来了。1939 年,这个国家投入战争时,职业军人不到 5 000 人,还有 5 万名毫无经验的民兵。可没用 3 年,这支军队已扩充至 50 万人,但基本上没参加过什么战斗,除了在法国海滨小镇迪耶普曾经历过血腥的 9 小时苦战。1942 年 8 月,他们对该镇的奇袭不当,造成 900 多名加拿大士兵阵亡,近 2 000 人被俘。加拿大军队在西西里岛战役中表现出色,但有些人也担心这场战争很快会结束,这样就没有机会报迪耶普之仇,也无法证明这个国家不乏斗志。

这时,位于佩斯卡拉南面 15 英里处的奥尔托纳方面出现了机会。据说,这个港口镇的历史可追溯到公元前 2 000 年,是逃离高墙壁垒城市后的特洛伊人在亚得里亚海海角处修建的。1447 年,威尼斯人烧毁了奥尔托纳的舰队和武器库,数世纪的繁荣就此烟消云散。现在,一座破旧的砂岩城堡伫立在港口,一些杂乱的棕榈树环绕着市镇广场。

当地一座始建于 12 世纪的半圆形教堂颇具吸引力,里面存放着使徒多马的遗骨,除此之外还有一座抹大拉的马利亚所创建的更为古老的教堂。奥尔托纳镇内的 1 万名居民大多数已逃入山中,或是在德国人的劳工营里做苦工。德军工兵还炸断了港口的防波堤,凿沉了 200 艘船只,以阻止盟军舰船驻锚。16 号公路这条滨海大道从南面而来,当镇子下方的一座桥梁被炸毁后,这条公路便中断了。目前只剩下一条道路可通入镇内,这条道路从西南方环绕着一道狭窄的山脊。尽管如此,但德国人很可能会退至北面更容易实施防御的山脊和垄沟地带。

加拿大第 1 师师长克里斯多夫·沃克斯少将曾是一名身材魁梧的工程师,出生于爱尔兰,在安大略、魁北克和英格兰接受过教育,他的父亲是一名英国军官。"他是个顽强、老练的家伙,一位出色的拳手,高大魁伟,壮得像只牛头犬,这一点也完美地体现了他的个性。"一个朋友这样形容他。鉴于他红色的扫帚式胡须下爆发出的咆哮,39 岁的沃克斯被一名加拿大记者描述为"一名莽汉"。这位记者补充道:"我不知道还会有什么人比他更粗鲁。"

其他人则认为他是个"傲慢的恶棍"。他效仿蒙哥马利,带着一根马鞭,操着一口动人的英国口音。他鼓吹一种清心寡欲的斯多葛哲学,声称"一个人的命运在他出生之日起便已有了定数,无论如何都无法回避"。这种宿命论指导下得出的战术似乎就是正面进攻。在对奥尔托纳镇发起进攻之时,沃克斯投入充足的兵力,因此得到"屠夫"的绰号。

依照命令,加拿大士兵跨过莫罗河发起进攻。这条深黄色的河流,在奥尔托纳镇南面两英里处汇入大海。加军一部在左翼发起一次出其不意的冲锋,结果在德国人的餐桌上发现了被丢弃的食物;但在其他突击方向,则遭遇顽强的抵抗。一名加拿大炮手高呼炮弹不够了,连长斥责道:"你这个蠢货,乱叫什么?"炮火异常猛烈,一名下士宣布,"这里就像个疯人院。"汗流浃背的炮手们脱掉上衣,光着膀子开炮射击,鲜血从他们被震破的耳膜中淌出,炮口闪烁着一种"半透明的红色"。一名参谋军官写道:"毫无疑问,这种状况给敌人造成了混乱,也令我们自己迷惑不已。"12月9日,莫罗河防线被突破,170名德军士兵被击毙。蒙哥马利向沃克斯发去"衷心的祝贺"。

这个时候击掌相庆还为时过早。莫罗河前方横躺着一道从东北方向西南方延伸的沟壑,在意大利地图上,它被标注为"托伦特萨拉切尼"。这条200英尺深的沟壑长3英里,宽200码,位于进入奥尔托纳镇唯一一条山脊道路的南面。意大利农民在沟底种植了粮食和橄榄,德国工兵埋设了地雷和诡雷。德军第90装甲掷弹兵师的士兵许多是9月份从撒丁岛和科西嘉岛逃出来的。他们在斜坡上挖掘阵地,沿着北部边缘搭起石屋。沃克斯没有觉察到这条沟壑构成的障碍有多么可怕。

12月11日,星期六,他对这条沟壑的缺口处发起一连串零零碎碎的进攻。8次攻击中的5次都只投入了1个营,只有最后一次使用了3个营。蒙哥马利派人来询问加拿大军队为何止步不前时,沃克斯吼道:"你去告诉蒙蒂,让他到我们这里来,来看看他留给我们的这片被血染红的泥泞,他就会明白我们为什么快不了。"

一连9天,这条被步兵军官法利·莫厄特称作"肮脏的地狱"的沟壑挡住了加拿大军队前进的步伐。一名下士在笔记本上勾勒出周围的那些窄沟,然后仔细聆听炮弹飞来时的呼啸声,再根据猜测,用铅笔标出炮弹会落在哪条窄沟,他把这个游戏称作"炮弹与落点"。一发白磷弹击中一名中士,他朝那些冲过来救他的同伴们喊道:"别靠近我,小伙子们,别烧到你们。"就这样,他带着极大的痛苦无声地死去了,孤零零地,无人为伴。

12月14日,地狱变得更加肮脏。一具被发现的德军士兵尸体头戴圆形钢盔,身穿德国空军军装,这表明德国的装甲掷弹兵师已为他们的第1伞兵师所替换。指挥该师的是一名肥壮的、有着一双灰眼睛的理查德·海德里希少将。他与丘吉尔惊人地相似,两人都喜欢抽粗大的雪茄。据亚历山大判断,这些伞兵是"德国人在意大利最好的部队"。他们的出现令盟军情报部门坚信,凯塞林想守住奥尔托纳,而不仅仅是迟滞加拿大军队的推进。

残酷的战斗在这片泥沼地上持续上演。交战双方都筋疲力尽、损失惨重,尸体堆在烧焦的荒野上,这条沟壑现在已被称作"死人谷"。"身处其中,你会瞬间感到麻木。"一名加拿大士兵叙述道,"疲惫,就算让你睡觉,你也睡不着。"地图定位失实致使加拿大人的炮击发生偏差,其中一次炮火齐射落在沟壑处,误击了位于两侧的友军。落在这片地面上的炮弹如此之多,这让一名坦克兵想起了"一个冒着泡的大粥锅"。一位英勇的上尉成功夺取了卡萨贝拉尔迪——一处位于沟壑西端的农场,但沃克斯没有足够的后备力量利用侧翼发起攻势,反而发起又一次徒劳无益的正面进攻。"他挥霍着一切,把一切都投入了战斗,却没有后备力量,太可怕了。"加拿大军队的工兵主管感叹道。

一场代号"牵牛花"的侧翼进攻终于从西面发起,撕开了德军防线。12月19日黄昏前,这条沟壑落入加拿大军队手中。为插上这面枫叶旗,他们付出了1 000人伤亡的代价。两个营缩减为连级规模,一个连甚至由一名下士在指挥。记者克里斯托弗·巴克利走进一所饱受炮火蹂躏的农舍,发现"一位老妇紧闭双眼,脸色犹如古旧的羊皮纸,呻吟,恸哭着……地上躺着四个年幼孩子的尸体"。

德国人仍控制着北面1英里外的奥尔托纳镇。他们猜想敌人可能打算悄悄逃之夭夭。当然,在一名德军伞兵被俘后,他们的这种幻想破灭了。这个双目失明的伞兵告诉俘获他的人:"希望能再见到你们,我会把你们全干掉。"

★★★

一个人的命运从其出生之日起便有了定数,无论如何都无法回避。这句话可能说的也正是那些村镇。如果是这样,那么奥尔托纳镇的命运从传说中的特洛伊人划着桨离开那片迷人的海角之时便已被决定。就像特洛伊燃烧的塔楼预示着奥尔托纳镇的灰烬那样,奥尔托纳镇的命运也为将来的100座城镇"展示"了某些征兆。这里爆发了地中海地区第一场大规模的城市战(不是杰拉镇那种与意大利人的冲突,也不是圣皮耶特罗镇那种战斗),而是从一个房间到另一个房间、从一栋住宅到另一栋住宅、从一个街区到另一个街区的争夺战,这预示着从卡昂到亚琛,从纽伦堡到柏林,两军将使用重武器开启巷战。

盟军没有将奥尔托纳镇夷为平地,因为蒙哥马利的司令部希望迅速夺取它,使之成为一个可用的港口,同时也能为疲惫的部队提供冬季的住处。12月21日(星期二)拂晓,这种幻想在巨大的轰鸣声中破灭了,德军爆破人员炸毁了与教堂相邻的一座瞭望塔,这使圣多马教堂的圆顶"像一头被宰杀的鹿一样裂为两半",一名目击者描述道。

与此同时,加拿大步兵和"谢尔曼"坦克从西南方冲入镇内,汽笛尖啸,每个火炮口都在闪烁。机枪子弹在鹅卵石路面上擦出橙黄色火花,士兵们蹲在房门旁,朝每一扇窗户射击。正午刚过,凯塞林的参谋长接通了第十集团军司令部的电话,告诉他们,柏林方面认为这个镇已失守。他说道:"最高统帅部打电话给我,每个人都对奥尔托纳镇失守感到难过。"第十集团军的一名参谋回答道:"为什么?奥尔托纳镇仍在我们手里。"

所以,这个镇还将坚守一周。每条小街道对坦克来说都太过狭窄,德军工兵炸毁了石制建筑以堵住路口,并将进攻中的加拿大士兵诱入维托里奥·埃马努埃莱大道。隐蔽在巷子中的反坦克炮趁"谢尔曼"经过时对其侧面实施轰击;还有些反坦克炮躲在瓦砾堆里,等坦克爬过街头的路障时,便瞄准其腹部开火。诡雷绊发线似乎被拉伸至每一级台阶和每一个门把手。

两个加拿大团("皇家埃德蒙顿"团居左,来自不列颠哥伦比亚的"锡福斯高地人"团居右)沿一条500码宽的战线缓慢地向前推进,这样一场被描述为"暴徒之战"的交火——"从地窖到阁楼,从一片瓦砾堆到另一片瓦砾堆",爆发开来。历史学家马克·佐克写道,进展"以每小时夺得一两座房屋来衡量"。交战双方的中间地带以巷子的宽度衡量,有时候这个宽度仅仅为卧室的一堵墙壁。"出于某些未知的原因,"《纽约时报》的一名记者指出,"德国人将倒霉的奥尔托纳镇变成了一座小型斯大林格勒。"士兵们相互告诉对方:"再打三天就是圣诞节了。"

加拿大工兵并未采用传统的方法,从一楼往上肃清整座建筑,而是完善了"鼠洞"艺术,从一座相邻的建筑直接进入另一座房屋,根本不需要踏足街道:一个蜂窝式炸药包被放在顶楼墙壁旁的一把椅子上;爆炸将相邻的房屋炸出一个孔,步兵们冲过尘埃,以汤普森冲锋枪开出"猜测性火力"扫射所有的橱柜和床架,然后便杀向楼梯处,一层层往下,并将手榴弹投入"有理由怀疑的任何一间房间"。床单从指定的窗户挂出,示意这座建筑已被肃清,然后,一小股士兵守住这里,防止海德里希的伞兵在夜间重新潜入。法利·莫厄特指出,他的部下很快便具备了"看一眼便能估测出建筑物的相对强度、墙壁厚度、混凝土的坚固性及房间数目的建筑学能力"。

"这里的恶臭真是可怕。"一名士兵写道,"我无法理解为何德国人腐烂起来会如此不堪。"克里斯托弗·巴克利看见一名阵亡伞兵的军装里散落出一叠明信片,每张上都印有希特勒的照片。一名德军中士头部中弹,奄奄一息地躺在一条巷道里,他用英语告诉一名加拿大士兵:"我们会打败你们。"他们的失败并非因为缺乏努力。一颗诡雷炸塌了圣多马教堂附近的一座建筑,20多名埃德蒙顿团士兵被活埋。德国人朝那些试图赶来营救的加拿大士兵投出雨点般的长柄手榴弹。当天,只有4人获救,第五名获救者是来自阿尔伯塔的一名下士,他在三天后被拉了出来。为报复此暴行,加拿大工兵炸毁了两座能听见德国人说话声的建筑。

"我们并不想如此顽强地死守奥尔托纳镇,"凯塞林对约阿希姆·利默尔森将军抱怨道,菲廷霍夫将军病倒后,第十集团军暂时由利默尔森指挥,"可英国人把它看得和罗马一样重要。"

"付出了那么惨重的代价,真是说不过去。"利默尔森回答道。

"确实不合理,"凯塞林说道,"可事情发展到这种程度,我们也无能为力。"

随后,就像诸如此类的事情一样,战斗结束了。海德里希的伞兵撤入被炮火炸得支离破碎的城堡四周的老城区,夜幕降临后踏上通往佩斯卡拉的海滨道路。阵亡的战友四肢摊开,被他们丢在楼梯和杂草丛生的城墙处。"城镇已不复存在,"一名德国军官在日记中写道,"只剩废墟。"

竖立在市区边缘的一块新标牌对此并不认同:"这里是奥尔托纳,加拿大西部的一个镇。"为了竖起这块标牌,沃克斯将军付出了650人伤亡的代价;整个12月,加拿大人的伤亡超过2 300人,包括500名阵亡者。"奥尔托纳之前的一切都是谎言。"沃克斯说道。据历史学家丹尼尔·G.丹考克斯记述,一个典型的步兵营,7月份在西西里岛登陆时有41名军官,现在只剩下9个,其中6个还负了伤。一位加拿大精神科医生骑着一辆摩托车从一个营地赶至另一个营地,报告了数量惊人的"瘫痪和缄默患者,严重的歇斯底里症"。

亚历山大的计划已经失败。5个星期里,第八集团军仅仅推进了14英里,平均每小时不到30码。佩斯卡拉仍在北面10英里外;罗马还在白雪皑皑的亚平宁山脉的那一面,像远在这个世界的另一端。蒙哥马利建议暂停亚得里亚海战役,亚历山大同意了。

奥尔托纳镇,紫色的海洋上,一名锡福斯风笛手吹奏起葬礼曲《斯凯岛船歌》,以纪念那些阵亡的战友。一位拿着素描簿徘徊在废墟中的加拿大战地艺术家后来做出了他的审美评价:"熟悉的世界已然消失。"

丧生之勇

12月11日(星期六)日出后没几分钟,一架英国四引擎"约克"式飞机在距离突尼斯40英里处的一条苍凉、荒芜的跑道上滑行了一段后停下。机组人员拴住螺旋桨,将轮挡塞入机轮下时,一个粗矮的身影走下金属舷梯,一屁股坐在跑道旁的一个包装箱上。温斯顿·丘吉尔摘掉帽子,皱着眉头擦了擦灰白色面孔上的汗水。一股寒冷的微风吹拂着他稀疏的头发,沙尘盘旋在已从机腹部卸下的行李周围,这些行李中包括他最近收到的69岁生日礼物:罗斯福总统送给他的一个瓷碗;女儿莎拉送给他的一枚铸造于公元前300年的德拉克马银币;一个伊斯法罕银质雪茄盒;另外还有媒体记者们送的一顶波斯羔皮帽,身穿空军准将制服的丘吉尔将这顶帽子戴在头上。

近一个小时过去了。丘吉尔的私人医生莫兰勋爵恳请他避避风,重新回到飞机上去，但这只不过让他更愤怒。首相原打算到迦太基跟艾森豪威尔短暂会晤，然后再与布鲁克将军一同视察意大利战场，可现在飞机无奈迫降，消耗着他的耐心和体力。他不停念叨着，艾森豪威尔在哪里？我们为何要降落在这里？ 他最近告诉莫兰："我想睡上个几十亿年。"自战争爆发以来，丘吉尔已航行过 10 万多英里，但德黑兰和开罗的战略会议结束后这 1 000 英里似乎尤其令人痛苦。在埃及，他洗完澡后感到极度疲惫，甚至无力将身子擦干，就这样湿漉漉地倒在床上。"我们只是夜间飘落在世界地图上的几粒尘埃。"他告诉莫兰。

谜底终于揭开。由于误判，这些"尘埃"意外降落在突尼斯的跑道上。行李和瑟瑟发抖的乘客们不得不重新钻进方形舷窗的"约克"式飞机。15 分钟后，丘吉尔在欧韦奈机场握住了艾森豪威尔的双手，此前，艾克已在机场来回踱步足有 2 个小时。坐入艾森豪威尔轿车的后座，丘吉尔坦承："我在这里耽搁的时间，可能要比原先计划的更长些。我的精神和体力都已无法支撑下去。"

拉马尔萨海滨别墅被哨兵和高射炮环绕，12 月的它明显十分忧郁。丘吉尔瘫倒在椅子上，莫兰医生发现他发烧 101 华氏度（38.3 摄氏度）、脉搏微弱，故嘱咐他卧床休息。"我感到很不安。"这位医生写道。当天晚上，无精打采的首相抱怨说喉咙疼。"糟糕！"他说道，"怎么回事？"星期日清晨 4 点，布鲁克被房间里传来的痛苦呻吟声惊醒，立即坐直身子喊道："谁？"他打开手电筒四下查看，慢慢踱了几步，一抬头便看见首相身穿睡衣，头上包着棕色绷带，此时的丘吉尔正在房间里寻找莫兰医生，口中还不时念叨着"头疼"。

"首相先生近来身体不适。"一位仆人在给家人的信中写道，"进一步的状况尚不明朗。"哈罗德·麦克米伦在突尼斯的一所医院里找到一台便携式 X 光机，一名病理学家从开罗赶来，随后一名心脏病专家和两名护士也从阿尔及尔赶到为丘吉尔诊查。星期一拍摄的胸片显示，其"左肺下端有一片阴影"，显然是肺炎的标志，莫兰医生给他开了几剂磺胺类抗生素；与此同时，脉搏陡增，极不规律，肋骨下能触摸到肝脏边缘；丘吉尔还连称，他不时感到心脏"撞击般地跳动"，而后，心脏专家给他注射了强心剂。由于情况尚不明朗，所以更多的专家前来为他会诊。

丘吉尔的家人和一个"冷溪"近卫营也匆匆赶到,以照顾他并保卫这幢别墅。"他很高兴我能来这里。"克莱门蒂娜·丘吉尔告诉莫兰,"但过不了 5 分钟,他就会忘了我在这儿。"伦道夫·丘吉尔坚持要跟父亲讨论法国的政治问题。首相对女儿莎拉喃喃地说道:"如果我死了,不必担心,战争会胜利的。"承认"身体、情绪和精神都已疲惫不堪"后,他张开双臂,失声痛哭起来:"让我死在这片迦太基废墟之上再好不过了。"随之而来的是更多的心脏纤颤和强心剂。莫兰发现,首相"气喘吁吁,看上去焦虑万分",他担心温斯顿·丘吉尔确已是心力交瘁。

★ ★ ★

前两周的忙碌几乎能要了任何人的命,特别是对一位傲慢、年迈的保守党人来说更是如此。他最重要的战争目的就是维护国王治下至高无上的皇权,可现在英国的朋友对此提出严正质疑。盟国已召开了三次会议:先是在开罗,包括丘吉尔、罗斯福和中国的蒋介石;随后在德黑兰,英国人、美国人与斯大林进行了为期四天的会晤;接下来又是在开罗,这次是英国人和美国人的特别会议。期间,首相的饮食、伏特加和白兰地等摄入过量。开罗会议的与会者们消耗了近 2.2 万磅肉、7.8 万个鸡蛋、4 600 磅糖、1 500 支雪茄,除此之外还有咖喱大虾、土耳其软糖及淋有巧克力酱的冰激凌。军需官报告说,会议期间,各国代表团平均每天共消耗 80 瓶威士忌、34 瓶杜松子酒、12 瓶白兰地、528 瓶啤酒和 2 万支香烟。

如果说,在埃及和波斯无节制的饮食促成丘吉尔身体状况恶化,那么,外交进展无疑令他的情绪和精神雪上加霜。以罗斯福和斯大林为代表的新兴超级大国的出现,令英国再也无法恢复其在同盟国中的主导地位。丘吉尔很清楚,一个两极世界的版图中,已没有 19 世纪老牌帝国的位置,于是他和他的小国必将黯然失色。

当然,两周的会晤也实现了许多目标,但一切进展首先是建立在同室操戈基础上的。"布鲁克变得不可理喻,金也大发雷霆。"开罗会议的一位目击者约瑟夫·W. 史迪威中将在日记中写道,"金几乎要爬过桌子朝布鲁克冲去。天哪,他准是疯了。我希望他能狠揍布鲁克一顿。"丘吉尔敦促英美联军对罗德岛发起一次进攻。"步枪必须喷吐火焰。"他双手抓住衣领,大声说道。马歇尔回答道:"美军士兵绝不能牺牲在那片该死的海滩上。"罗斯福狡黠地提出了美国和英国的兵力统计,以此表明美国的优势毋庸置疑:美国派至海外的军事力量非常庞大,但国内还有更多兵力仍在等待部署。"为了这场战争,美国全面动员。"丘吉尔告诉他的顾问们:"军力方面,我们没办法再增加了。相反,要相对削减。"

长久以来,美国一直怀疑,丘吉尔打算将跨海峡进攻的"霸王行动"划归到"地中海地区外围的,不具决定性意义的冒险行动"。英国人现在提出,鉴于意大利战事陷入僵持,可能需要推迟进攻法国的计划,这一点再度激起了美国人的怀疑。用马歇尔的话说,英国需要"做出明确的决定"。丘吉尔曾私下敦促布鲁克:"以跨越海峡的行动为代价,将战略重点调整至地中海。"

亨利·史汀生提醒罗斯福,英国首相打算在"霸王行动"的背后捅刀子。英国在爱琴海发起的一场不明智的秋季战役(结果以惨败告终,伤亡5 000多人次,损失26艘船只),令盟友对其能力更加生疑。英国人一直为地中海战役辩护,将之视为对欧洲西北部发起致命打击的重要前提。但是,正如迈克尔·霍华德所言,伦敦"现已不再将地中海战区视作附属物,而将其视为一个目标,这些战役的成功有其自身的合理性"。英国战略家约翰·肯尼迪少将后来承认说:"我认为,如果我们自行其是,毫无疑问,登陆法国的行动就无法在1944年达成。"

他们没有自行其是。斯大林强硬地将支持票投给罗斯福,坚持要盟军发起"霸王行动"和随之而来对法国南部的进攻行动(据说当时,苏联外交部长维亚切斯拉夫·莫洛托夫只说了三个英文单词:"是""不是""第二战线")。莫斯科还同意,打败德国后将参加对日作战。离开德黑兰时,罗斯福相信,斯大林是"可以接近的"伙伴,容易受到美国魅力的影响。"俄国人非常友好。"罗斯福坚持认为,"他们并没有吞并欧洲剩余的部分或是整个世界的企图。"

寡不敌众、屈居下风的丘吉尔除了同意"霸王行动"外别无选择,行动定于1944年5月展开,并将"优先获得盟军在世界范围内的资源",战略讨论就此结束。正如历史学家马克·A.斯托勒后来所述:"经过整整两年的争论和90多天的会晤,盟国已就击败轴心国的问题达成了一个统一、协调的战略。"罗斯福选中艾森豪威尔指挥这场西线进攻行动,他甚至向马歇尔直言:"如果把你派出国,我在晚上就没法入睡了。"在总统看来,艾森豪威尔"是军人中最出色的政治家。他是个天生的领导者,能轻易说服众人追随于他。"

至于意大利,伦敦和华盛顿方面一致同意先夺取罗马,后续的推进在意大利首都以北 200 英里内展开,即比萨和里米尼两地纬度位置之间的地区。至此,丘吉尔至少赢得了对方的一些让步。

尽管存在摩擦,但这两周中也能看见盟国间"兄弟情谊"的再现。一次晚宴上,罗斯福敬酒时宣布:"大家庭通常能比小户人家更亲密地团结在一起。"军乐队奏响乐曲,丘吉尔搂着身材魁梧的白宫助理沃森"老爹"起舞时,总统哈哈大笑。但是,英国参谋军官伊恩·雅各布准将后来回忆道,在第二次开罗会议休会前,"情况有所变化"。

太清楚不过了,"战争结束后,只剩下两个超级大国。"雅各布说道,"我想说,从那一刻起,我们再也不会像以前那样亲近了。"尽管罗斯福依然"非常友好",但他似乎"刻意与丘吉尔保持着一定的距离"。

★★★

当然,英国首相最终没有死在迦太基的废墟中。丘吉尔绝不会因几只咖喱大虾、几块土耳其软糖和美国佬的疏远而气绝。6 天后,他退了烧,尽管 12 月 19 日其脉搏仍达到 130,这种加速也许是在消耗他的粗雪茄和掺了苏打的威士忌。丘吉尔开始关注自己的白细胞计数,将抵御肺炎球菌的战斗设想为一场无异于世界大战的巨大冲突。拉马尔萨别墅的一位访客指出,"在他的眼中,许多火焰已经熄灭"。但在发现一些 35 年前的白兰地后,它们又重新燃烧起来。艾森豪威尔的烹饪人员努力准备适合病人口味的食谱,丘吉尔却对此嗤之以鼻,他找来一位皇家海军的厨师,烹制合乎他口味的饭菜。莎拉为父亲朗读《傲慢与偏见》一书时,他插话道:"书中人物的生活是多么平静啊!"

《圣经》上说,你必须遵从莫兰医生的嘱咐。"罗斯福从华盛顿发来电报,"但是,目前我还不能指出《圣经》中的相关章节。"带着战事消息的信使不时来往于拉马尔萨别墅,这些消息中包括印度洋登陆艇的数字统计及地中海干船坞的状况：此时，丘吉尔已对发起另一场两栖登陆（对冬季防线实施侧翼包抄）产生了浓厚的兴趣。他发电报给英国参谋长委员会："意大利前线的战事已陷入停滞状态，这简直是个耻辱。"比德尔·史密斯和一群英国参谋人员来到丘吉尔的卧室，首相向他们抛出一连串关于可用的登陆艇的问题，随后厉声说道："你们似乎也不太了解，荒唐。"

直到12月24日（星期五）下午晚些时候，他才从病榻上起身，穿着一件绣有蓝色和金色龙图案的中国夹棉睡袍，趿着用金线绣着他姓名缩写的拖鞋来到餐厅。"他那奇怪的装束看上去就像苏联芭蕾舞剧中的人物。"麦克米伦说道。丘吉尔加入到亚历山大和其他英国高级军官们的餐桌会谈，谈话一直持续至深夜。道别之时，圣诞节已经来临，大家达成共识，在意大利发起的两栖进攻"必须以足够大的规模来确保成功"。最符合条件的海滩位于罗马西南方的第勒尼安海，位于一座名叫安齐奥的度假小镇附近。

经历了一场几乎令他送命的肺炎后，温斯顿·S.丘吉尔从突尼斯的病床上爬起，与艾森豪威尔（左）及亚历山大（中）共进圣诞午餐。这位身穿连体工作服，外套绣有蓝色和金色龙图案的中国夹棉睡袍的英国首相，已开始施加压力，要求在敌军后方的安齐奥发起一场突袭式登陆。

丘吉尔将这个消息发电报给伦敦的英国参谋长委员会，然后，草草写了张便条交给罗斯福，希望得到美国总统的赞同。"这里，"他写道，"将决定罗马战役。"

★ ★ ★

圣诞节到了，整个地中海战区远离家乡的百万士兵打开他们的礼物，无论这些礼物有多么不切实际，多么荒诞，都令他们更加思乡：黑丝袜、古龙水、"救生圈"牌糖果、午餐肉罐头、战前生产的肥皂块、林顿·斯特来彻的著作、带圆点图案的领带、"樱花"牌鞋油、稻草拖鞋、擦铜水、除虱粉、包装精美的可口可乐，被称作"战时蛋糕"的碎面包（这些面包在烘焙时没有加糖或起酥油，但却充满了爱心）。

在吉普车引擎盖上举行的1943年圣诞晚餐。右侧这名士兵的衣袖和钢盔上的条纹标志表明他隶属第3步兵师；另外两名士兵属于第163通讯连。

如果此刻在俄亥俄州的家里，"我会忙着装饰树灯或竖起一棵圣诞树，购物，又或是从办公室聚会中赶回家"，杰克·托菲中校在平安夜写信给海伦，"对我来说，这是与你们再度相见的时刻"。随军小贩给部队运去170吨火鸡，另外还有90吨苹果和112吨西西里橘子。前线作战部队也收到了"士气礼物箱"，充分体现出后方单位对冬季防线生活的误解。例如，第11号箱中放着80张唱片和一副网球拍，第21号箱送来258个乒乓球，而第171号箱里是摔跤垫、网球网、拳击手套、化妆包和化装晚会上穿的衣服。

在那不勒斯，购物者和闲逛的人们涌上罗马大街。港口的餐厅里提供了体面的黑市饭菜，索价140里拉（约合1.4美元）。士兵们擦亮皮鞋，参加士兵俱乐部举办的舞会，并相互祝福："斑疹伤寒快乐！"（这种病已流行开来。）宪兵们在街头巡逻，对把手插在口袋里的军官处以罚款；那些在前线将 V 形臂章去除以迷惑敌狙击手的中士，现在必须将臂章缝回去，否则，每缺一条罚款 10 美元。这座城市唤起了"虚假的光明，每当有快速流通的钞票出现，你便会发现它的存在。"克里斯托弗·巴克利写道，"这里充斥着一种欢乐的气氛。"

这种欢乐渐渐消失于北面更远处。平安夜，马克·克拉克给司令部里的每个人发了条香烟，他的第五集团军司令部此刻在卡塞塔占据了庞大的王宫。一连串圣诞颂歌响起时，他为参谋军官们奉上圣诞蛋酒。出席了皇家炮兵乐队的一场音乐会后，克拉克混在狂欢者中来到红十字会俱乐部，随后又去挤满了人的皇家教堂参加午夜弥撒。在给女儿安的信中，克拉克写道："我急于将这里的事情处理完，好回去看看你，再来场笑话比赛，怎么样？"

巴里的一所医院中，相继有多名芥子气受害者死去，一名少校戴着棉花做成的假胡子，穿着用两件红色长袍改制成的圣诞老人装，穿行于各间病房。位于亚得里亚海海岸上方的奥尔托纳镇，士兵们在君士坦丁堡圣母堂的烛光教堂里搭起木板桌，铺上从废墟中清理出来的白床单和银餐具。

按照英国的传统，各个连队轮流享用由他们的长官端上来的圣诞晚餐，有汤、烤猪肉、布丁，外加一瓶啤酒。一个名叫维尔夫·吉尔德斯利夫的中尉弹奏着管风琴，营里的随军牧师领唱起圣诞颂歌。一名军官说道："大多数人发现很难融入其中。"据守防线的一些部队接到无线电呼叫中传来的"平安夜"的曲调，那是一名副官凑近话筒，弹起了曼陀铃。沃克斯将军独自一人吃了晚饭，泪流满面。

迫击炮手兼诗人汉斯·于尔根森写道："今晚的星星悄然升起，以抚慰那些半埋的做梦者。"冬青和槲寄生枝装点着各个营地，C 级口粮罐上剪下的金属片挂在一棵棵小松树上。米尼亚诺山口附近的韦纳夫罗，洪亮的钟声与轰鸣的大炮竞相响起，5 名牧师为跪在祭坛前、浑身脏兮兮、胡子拉碴的士兵们分发圣餐。一名来自丹佛的士兵在给家人的信中写道："我祈祷，这场战争后不再有战争。"钟声也在奥尔索尼亚镇响起，但新西兰士兵们只是在很远的地方听见，因为德国人仍控制着该镇。

"自佛兰德斯以来，我还从未见过如此疲惫的士兵，他们的脸都已发灰。"基彭贝格尔准将写道。一名隐居在奥尔索尼亚镇的意大利妇女写信给在这个"悲哀而又孤独的圣诞"期间失踪的儿子，随后又悲痛地补充了一句："你在哪里？"在山峰的另一侧，祖国遭受到地毯式轰炸的报告令德军士兵们深感痛苦，第 71 装甲掷弹兵团在日训令中宣布："想到那些攻击给德国家庭造成的灾难和痛苦的严重性，我们心中充满了仇恨和复仇欲。"

"对临时目标的炮击通常会持续一整天。"美军的一个炮兵营报告道，"高潮是彩色烟幕弹齐射，以此送上圣诞的问候。"在一所战地医院，医生们借助手电筒动手术，听见炮弹袭来的声响便卧倒在地。血浆短缺时，护士们跑到炮组人员和停车场的司机们中，呼吁大家捐血。第 36 步兵师的一名文员分拣着圣诞包裹，并在即将退还给寄件人的邮件上潦草地写上"KIA（阵亡）"；最后，他筋疲力尽地坐在打字机前，一个字母接一个字母地打出："对所有的好小伙儿来说，现在是为国家效力的时候。"

第 34 步兵师的莱斯利·W. 贝利上尉将他的连队召集起来，为士兵们朗读《路加福音》的第二章。"荣耀属于至高无上的上帝。"并最终以一句话作结，"平安与世，善意与人。"

★ ★ ★

年底带给盟军阵营更多的是希望，而非绝望，尽管它既未带来平安也未送上善意。"战争胜利了。"丘吉尔告诉他的女儿。美国陆军部的分析人员现在预测，德国将在 1944 年 10 月败亡。如果说这种预测在 8 个月前尚属太过乐观的话，那么现在看来，似乎存在可能性。《生活》杂志在年底的一篇社论中指出，美国各个工厂已计划在 1944 年以适度的规模恢复消费品生产，包括发夹、婴儿车、热水器和 200 万个熨斗。

除意大利和缅甸两个战场以外，各条战线上的盟军都在推进。太平洋战区，日本帝国的外围防御圈已在吉尔伯特和马绍尔群岛被刺穿，加罗林和马里亚纳群岛构成的内环防御圈很快会进入到美军的准星中。道格拉斯·麦克阿瑟将军继续向菲律宾挺进，那里将为通往中国台湾和大陆提供一块跳板。

盟军在 1943 年所获得成就中包括他们对海洋的统治，这一点在 12 月

26日得到进一步证实,皇家海军在挪威西北海岸外困住并击沉了德国"沙恩霍斯特"号战列舰,近2 000名德国水兵因此丧生。在东线,175个德军师继续着他们史诗般的后撤。

意大利则另当别论。"这场战役缓慢得令人心焦。"约翰·卢卡斯在12月26日的日记中写道,"没有足够的兵力提高效率,我担心,随着时间的推移,我们的实力会越来越弱,因为这里逐渐会变成一个次要战场。"第五集团军的20万人马自10月份以来几乎就没什么增长,仅在12月被送入医院的人数便已达到2.3万人。自萨勒诺战役以来,战斗减员已削弱了美军10%以上的作战实力;而对英军来说,这个数字则是18%。

12月31日,德军最高统帅部满意地指出,盟军向罗马的推进速度"相当于每个月6英里"。另外,英美联军不光是被困在意大利的泥沼中,还包括整个地中海地区:25个盟军师和5 000架作战飞机留在该战区,陆军的结论是,"没有充足的运力将他们送往其他地区"。从国内赶来的美军大潮源源不断抵达英国,除了已从西西里岛调回的7个师外,不堪重负的英国港口已无法处理从地中海调来的部队。正如马丁·布鲁门森在美国陆军史中所写的那样,意大利已沦为"一场糟糕至极的静态阵地战"。

悲观的想法开始出现。"人们很想知道,我们究竟取得了什么成就?"第八集团军参谋长金根少将承认,"我们开始思考帕斯尚尔战役。"法利·莫厄特告诉他在加拿大的家人:"自西西里岛战役以来,事情发生了极大的变化。大批战友丧生,许多较为乐观的情况在一夜间发生逆转。"

盟军统帅部也开始对各级战地指挥官能力提出质疑。艾伦·穆尔黑德对"明显趋于保守、缺乏想象力的作战计划"表示谴责,他补充道,盟军"带着极为混乱的想法进入欧洲,而这些想法尚有待我们去发现"。正当亚历山大走进他的作战室,研究地图并悉心反省时,人们想知道的不是他在想什么,而是他究竟有没有在思考。其参谋长后来指出,指挥一个集团军群"需要对数周,乃至数月的情况有所预见,而不能像指挥较小的战术单位那样,仅仅预见到几个小时或几天后的形势"。

至于亚历山大是否具备这种预见力,这一点尚不明确。东南亚盟军总司令路易斯·蒙巴顿勋爵说道:"他拥有一个普通英国绅士的大脑,但缺乏天才般的思维能力。"尽管他本人战术思维能力也并不十分出众。第五和第八集团军进攻行动的脱节，使得德军跨越半岛来回调动，轮番避开了打击。由于"超级机密"的贡献，亚历山大比现代历史中任何一位将领都更清楚自己的对手，一本英国情报史得出的结论是："盟军通常对敌人的大多数部署了如指掌，就像是自己在亲自指挥一样。"但是，正像凯塞林所说的那样，盟军指挥层似乎无法改变"陈旧、有条不紊的战术安排"。

上上下下不满的抱怨不绝于耳。此时，艾森豪威尔在内心里更希望由巴顿而不是克拉克来指挥第五集团军。不过，巴顿在西西里岛战役中对后勤和医疗问题有所忽视，很难保证他能解决意大利冬季更加困难的补给问题。克拉克责怪卢卡斯，并威胁要将第 34 步兵师师长查尔斯·W. 莱德少将撤职，而卢卡斯则埋怨第 45 师师长米德尔顿，米德尔顿又责怪他的下属。"营长的问题非常严重，这是我们的薄弱环节，"12 月，米德尔顿写道，"我的营级军官都不太合格。"

幸运的是，敌人同样遭遇了不少问题。23 个德军师，近 30 万士兵受困意大利。约瑟夫·戈培尔感叹道，如果再有 15～20 个德军师投入东线，"我们毫无疑问能够击退俄国人。不幸的是，我们必须将这些师投入到意大利的战事中。"就连微笑的阿尔贝特也发起了牢骚。"已经两个月了。"凯塞林抱怨道，"我一直没能施以恰当的指挥，因为一切都在我的手指间蒸发殆尽。"

战争从来不是线性发展的，地中海地区的作战似乎尤为曲折、散乱。"1944 年，我们该如何行事？"卢卡斯在他的日记中问道。有时候，身处前沿战壕中的士兵比高瞻远瞩的将军们看得更清楚。"你会感觉到，你只是一部庞大战争机器上一个微不足道的小零件，但它不能被打败，决不能退缩。"英军第 78 步兵师的一名皇家炮兵中尉 P. 罗伊尔写道，"我们在很大程度上是在实施自卫，有时候简直是命悬一线。这与一年前突尼斯的情形完全不同。"

对盟军来说，许多情况仍将在一夜间发生逆转，还有更多战友将丧生。但是，冬至已经过去，黑夜越来越短。光亮将回到他们的生活中，使他们恢复乐观的情绪、坚强的斗志并带来晴朗的天气。

★ ★ ★

"可怕的一年已经结束。"卡西诺山上本笃会修道院的修道士们在 12 月 31 日的日志中写道,"愿上帝饶恕我们的过错。"

一年的时间悄然远去,没人对此感到遗憾。一股猛烈的风暴呼啸着穿过意大利,摧毁了 40 架侦察机,并将帐篷营地连根拔起。第 36 步兵师的士兵们无所畏惧,用酒精和柚子汁的混合饮料欢庆新年,恶劣的天气令许多思乡心切的人想起得克萨斯寒冷的北风。

士兵们跨过前线去聆听贝尔格莱德广播电台的节目,德国人在那里不停地播放着《莉莉玛莲》。一名英军步兵说:"我们偷听到了敌人的歌曲,从某种程度上说就是偷到了他们的姑娘。"成千上万封写于年底的信件将抚慰他们的家人。"我们睡得很充裕,吃得很多,忙碌不已,所以这足以让一个人活下去,"约翰·S. 斯特拉德林写信告诉他的母亲,"等信件送来后,一个人除了完成自己的任务外,还有什么其他可想的呢?"三周后,斯特拉德林被地雷炸死。

特拉斯科特的第 3 步兵师师部烤了一头小猪,随后在一座废弃的教堂里举办了一场名为"友谊万岁"的聚会。军官们与 30 名护士及红十字会女工作人员翩翩起舞时,机枪曳光弹、迫击炮弹和照明弹组成的焰火迎接了新年的到来。庆祝活动一直持续至拂晓,以一场香槟早餐宣告结束。"我想我不妨让他们暂时放下工作,因为下一次放纵,他们还要等上很久,"特拉斯科特写信告诉莎拉,他又补充道,"在这个季节通往罗马的道路,任谁都无法加快脚步。毕竟,汉尼拔在这条路上耗费了 14 年。"

两张熟悉的面孔随着旧岁离开了地中海战区。在"喷火"式战斗机的护送下,蒙哥马利奉命于 12 月 31 日飞离意大利,返回伦敦,准备在"霸王行动"中指挥一个集团军群。他在意大利的职务将由一名门生、英国第 30 军军长奥利弗·利斯将军接替。离开前,蒙哥马利登上瓦斯托歌剧院的舞台,向聚集在这里的第八集团军军官们道别。结束半小时的演讲时,他对他们说道:"我不知道你们是否会想念我,但我会想念你们。"据艾伦·穆尔黑德报道:"在场的军官们一片寂静,他猛地转过身离去。阅兵场上传来一阵敷衍了事、颇具教养的欢呼声。"

"就这样,"蒙哥马利在他的日记中,试图分析意大利战役,"经历了一

1943年12月，艾森豪威尔（左）和美国第五集团军司令马克·W.克拉克中将在意大利中部的米尼亚诺山口附近，几天后，艾森豪威尔将离开地中海战区，出任"霸王行动"总指挥，负责向法国发起进攻。

个辉煌的开端后，我们实际上遭遇到挫折。本来不应该这样……我很喜欢这场盛会，我的精力非常充沛。"他将在欧洲西北部重新开始，尽管不是个全新的开始；不管好坏，他终为名声所拖累而离开了地中海。"第八集团军以外的人很难明白他对我们意味着什么。"一名英军工兵写信告诉家人，"他是个真正的伟人。"

艾森豪威尔也在31日离开。上午11点30分，他最后一次大步离开圣乔治酒店，在拼命逆转和争取胜利的这14个月里，他的司令部一直设在这里。一个小时后，他从"白宫"机场起飞，途经摩洛哥、亚速尔群岛和百慕大赶往华盛顿。罗斯福已在一周前宣布艾森豪威尔被任命为盟国远征军最高统帅，马歇尔坚持让他先回国稍事休息后再赶赴伦敦。"让其他人暂时指挥这场战争20分钟吧。"马歇尔劝道。新任地中海战区司令是亨利·梅特兰·威尔逊元帅，其因笨重的举止而被称作"庞然大物"。威尔逊希望在阿尔及尔与艾森豪威尔进行为期三天的交接，但他从开罗赶到时，却发现艾森豪威尔早已离开。艾森豪威尔的大多数亲信都将跟随他赶赴英国，其中包括比德尔·史密斯、哈里·布彻和凯·萨默斯比。

他离去时，相信自己已完成要求他完成的任务。北非、西西里岛、撒丁岛、科西嘉及一大片意大利本土都已获得解放。"法西斯已遭到致命的打击。"他在对意大利战役的最后评估中写道，"将意大利逐出战争的任务已经完成。"光是在意大利便牵制住20多个德军师，在巴尔干和希腊也拖住不少德国人。地中海已变成盟军的一个大池塘：12月，一千多艘船只驶过这片海洋，数量是6月的三倍。就连斯大林也承认，意大利地区的战斗似乎在一定程度上缓解了东线的压力。

活力、真诚和正直依然是艾森豪威尔的特征；他拥有一个聪明的脑袋和一个宽阔的胸怀。他藐视敌人（仇恨已深深地植入他的骨头），并将数个国家组成的联盟视作最为可靠的获胜武器。他从阿尔及尔带走了一个盟军司令部的模式，并用它组建起盟国远征军最高统帅部，最终发展成为北大西洋公约组织。他还将带走的是辛苦60周的战地经验，包括后勤、外交、军管、领导能力、健全的性格及大规模杀戮等。

事实上，艾森豪威尔离开时还有一种有始无终的不安感，他对马歇尔说："在尝试对罗马实施一次雄心勃勃的攻击前便离开这里，我深感失望。"尽管他对丘吉尔在罗马附近发起一次两栖登陆的主张感到不安，但他的预见并不准确。"德国人准备放弃这条南部战线。"他告诉记者们，"我不认为他们会长期据守那里。"他偏执地发誓说，盟军不会对掘壕据守的敌军发起正面进攻。但是，他也并未回避自己专心从事的工作的残酷真相："有时候，它会沦为一项肮脏的杀戮活儿，直到其中一方垮掉为止。"

艾森豪威尔抵达华盛顿的消息将继续保密，这使他获得了严格保护。但终其一生，这或许也是最后一次。1月2日凌晨1点30分，摘掉帽子上的将星后，他登上康涅狄格大道沃德曼公园酒店的工作人员楼梯，实现了与玛米18个月来的首次团聚。白宫用保温桶送来了厚厚的牛排和50只切萨皮克牡蛎。

晚些时候，他将去西点军校看望约翰，还要去堪萨斯探望母亲。"啊，是德怀特！"艾达·艾森豪威尔惊呼起来，"这一切太不真实了。"在家人看来，他显得"更加沉稳，更具威严"，约翰·艾森豪威尔说道。当玛米对他粗鲁的举止发出抱怨时，他吼了起来："天啊，我真想回到战场上去，在那里我可以随心所欲。"有两次他心不在焉地称呼妻子为"凯"。临别时她告诉他："艾克，战争结束前别再回来了，我实在受不了让你再次离去。"

他将去完成更伟大的事业，成为这场战争最大的舞台上一个最为重要的人物。但他的影子将永远萦绕在地中海，在那里他的孩子气被换成了一副面具。1月1日，他发出最后一份电报，这份电报将向从突尼斯至奥尔托纳、从巴勒莫到圣皮耶特罗的士兵们宣读，他将自己的告别辞缩减为短短两句话："我们会在敌人据守的欧洲大陆的心脏地带再度重逢，祝你们一切顺利。"

THE DAY OF BATTLE

第 7 章　战场上的赌局

　　亚平宁一直是一片充斥着征兆和占卜、谶语和战争预言的土地。在那里，田园诗般的冲积平原实为一片"地雷沼泽"，其上更满是特洛奇奥式的血腥山丘。面临冬季战势的僵局，得罗马者得"靴国"。荒谬的两栖登陆计划，能给盟军带来这场"决定性的胜利"吗？又或是凯塞林能在此崩掉英美联军的爪牙？正如艾森豪威尔所言，战争是一场戏，不是一盘棋。

丘吉尔抛出的"鹅卵石"

隆冬的马拉喀什仍是一个将自己置身事外的世界，一处未受到伤害的天堂。在那里，战争不过是传闻而已。耍蛇人和职业说书者挤满了热闹的阿拉伯人聚居区，其间混迹着杂耍艺人、魔术师、美甲师、驯猴师、江湖郎中、榨果汁的小贩、传教士和染料商。一名陆航队军官描述了拜访当地一位圣族后裔的情形："他坐在皮质厚垫上，捋着白胡须；其妻戴着面纱，端上有500年历史的华丽丝绒长袍，大把的翡翠、绿宝石、水晶和龙涎香，还有数不尽的金银饰品，要价都很低。"

除了优雅的尖塔和玫瑰色的城墙外，马拉喀什还有2.8万名登记在册的妓女。依照法国法律的规定，可以在案发现场当场逮捕一名妓女，但如果她的顾客签署过一份"性交声明"，那她便无罪。试图遏制住卖淫行为的美国管理当局对此抱怨不已。于是，皮肉交易非常红火。

自1936年以来，"红城"（马拉喀什的别称，这里的土壤含铁量较高，土房子普遍呈红褐色，故此得名。——译者注）一直是温斯顿·丘吉尔的世外桃源，在迦太基患上肺炎的他选中这里作为疗养地。与此同时，他还打算在这里完善自己的构想：向安齐奥海滩投入两个师，以此"敲定罗马战役"，就像他对罗斯福保证过的那样。离开突尼斯前，英国首相在拉马尔萨海滨别墅穿好制服，克莱芒蒂娜为他扣好皮带，他缓缓从站得笔直的"冷溪"近卫团士兵身边走过。驱车赶往欧韦奈机场的途中，他带领大家意气风发地唱起了"夜间列车驶向阿拉巴马"，随后便以"沃登上校"（"沃登"一词的英文含义是"港务局长"，丘吉尔以这个化名来纪念自己曾担任过的港务局长职务。——译者注）这个化名登机，于12月27日穿越非洲赶赴摩洛哥。

第 7 章 战场上的赌局

他在马拉喀什住进了萨阿迪亚别墅,那里以前是一片郁郁葱葱的橄榄种植园。一年前,卡萨布兰卡会议结束后,他与罗斯福曾在这里住过一晚。这座建于 1923 年的别墅通向一个橘子园,远处白雪皑皑的阿特拉斯山峰被摇曳的棕榈树遮掩得很严实。九重葛的藤蔓爬过庭院,蜥蜴在那里晒着冬日的阳光;室内房间装饰着摩尔风格,齐肩高的马赛克墙面和木雕天花板。一个庞大的工作组从伦敦赶来,当中有 6 名密码员及众多的海军军官,以便对与丘吉尔所住套房相邻的地图室加强保卫。

首相的身体仍旧十分虚弱,他在床上一直躺到中午,才钻入一个装满热水的大浴缸中。在接下来的几个小时,他聆听唱片《潘赞斯的海盗》,或是以一种被描述为"极其鲁莽却又不失成功"的风格玩扑克。日落时,助手们临时搭起一具躺椅,抬着他攀上螺旋式楼梯,来到萨阿迪亚别墅 6 层高的瞭望塔之上——"登上那座塔确实很困难。"一名轿夫说道。在一群飞蛾中,他喝着茶,倾听宣礼员的叫声,就像他曾和罗斯福所做的那样。山脉捕捉到最后一抹深红色的光线,随后便像哨兵那样肃立,等待着即将到来的黑夜。"这场战争,"丘吉尔若有所思地说道,"将被历史认定为是一场不必要的战争。"

体力恢复后,他每天都在阿特拉斯山脚下组织野餐。借用的凯迪拉克轿车轰鸣着穿过土著村落,身后跟随着一群仆人、好友及搭乘敞篷吉普的美国宪兵。丘吉尔戴着一顶宽边帽,朝瞠目凝视着他的摩洛哥农民们打出代表胜利的"V"形手势。很快,农夫们也开始以同样的手势回应。"我们的车子紧跟在他身后,穿过红尘滚滚的红色平原。"莫兰写道,"折叠式躺椅和食物篮堆放在车顶……阿拉伯孩子像等待面包屑的麻雀那样聚拢在四周。"从一条陡峭的小径爬下,在溪流旁吃罢午餐后,首相发现,要想再爬回去太过困难了。"我们把白色的餐布折叠得像根绳索,系在他腰间,"莫兰补充道,"两名士兵在上面拽他,另外两个在后面推他,还有一个人帮他拿着雪茄。"

1 月初,丘吉尔再度投入工作中。"难道就找不到一个愿意打仗的指挥官吗?"他对一名高级军官抱怨道,"你们不在乎会不会输掉这场战争。你们想的只是领取军饷,吃你的口粮。"他拍着参谋人员的肩膀告诉他们:"做个好孩子,帮我制订出一个好计划。"可当后勤人员仔细记录下在世界各地执行他各种两栖计划所需要的登陆舰的短缺数时,他回答说:"很壮观,但和以往一样消极。"

身穿空军准将制服的丘吉尔站上检阅台,向列队受检开赴意大利的法国殖民地军队致敬。"那些士兵黑如沥青,身穿淡红色军装,头戴红色毡帽,步枪上装着刺刀。"一名目击者说道,"他们的步伐并不一致,但显然都是些强悍的士兵。"欢腾的人群朝首相欢呼着,高喊:"丘吉尔万岁!"

他发现,这里可以很容易地用电话联络阿尔及尔方面,于是便开始用电话不停地纠缠盟军司令部,尽管有人提醒他,电话有可能被法国人窃听。"首相从来就不是一个会过度谨慎的人。"麦克米伦写道。伦敦,脾气暴躁的布鲁克也在日记中写道:

> 待在马拉喀什的温斯顿现在精力充沛了,他还打算从那里打赢这场战争。结果,事关三方的电报传向四面八方,到处被扰得鸡犬不宁。愿上帝赶紧把他送回来并管住他。

但事实上这不大可能。正如莫兰所述,"首相有了好点子。他正在单枪匹马地筹划一次行动……坚定的责任感已令其两次野餐之行泡了汤"。莫兰指出,希特勒似乎不仅关注大战略,还很留意军事行动的细枝末节,首相点点头,笑着说道:"没错,这正是我要做的。"

★ ★ ★

这个"好点子"在夺取那不勒斯后不久便被反复提及。当时,第五集团军的战略策划者们开始研究罗马西南方的海滩。沉浸在梦幻般遐想中的亚历山大曾设想用 5 个新锐之师攻击德军侧翼,但后来发现,现有的兵力和后勤能力都不足以支持这一策略。而后,克拉克打算令一支增员至 2.4 万人的师在敌后 100 英里处实现登陆。该师将在海滩的鹅卵石上坚守一周,直到第五集团军的弟兄们穿过"古斯塔夫"防线从陆路赶来支援。

实际上,这个计划的代号正是"鹅卵石"。特拉斯科特的第 3 步兵师将承担这一光荣的任务。"你正打算毁掉美国陆军最棒的一个师。"特拉斯科特警告克拉克,"去那里,没人能够活着回来。"冬季战线陷入僵局后,学乖了的克拉克建议取消该计划,并于 12 月 22 日得到亚历山大的批准。

丘吉尔拒不认输。"让意大利战事拖延下去,简直愚蠢至极!"躺在拉马尔萨别墅病榻上的他这样说道。他甚至试图通过哄骗、辩解、威胁和恳求的方式"推销"自己的策略。他坚称，如果不能夺取罗马，全世界都会"将这场战役视作是失败的"。因为"谁能控制罗马，谁就能拥有整个意大利"。他写信告诉克拉克，得不到罗马，这场战役"就是丢人现眼，有始无终"。对德军侧翼发起猛攻，能迫使凯塞林将其部队撤出意大利中部，从而将第五和第八集团军从严寒地带的束缚中解脱出来。受到英国首相这股锐气的激励，克拉克回复道："我早就觉察到，这是逼近罗马的决定性战略。"

圣诞节当天，重新恢复的"鹅卵石行动"蓄势待发。随后，丘吉尔要求亚历山大和其他高级指挥官为一场规模更大的双师登陆行动提供支持。随着艾森豪威尔的离去，地中海战区的指挥权被移交给英国人。温顺的威尔逊元帅简单地评论道："这是个不错的主意，可以绕开敌人，而不是在山里越陷越深。"临别前，艾森豪威尔留下了几句忠告："到目前为止，你们一直难以对敌人的行动做到有效的预判，谁也无法保证他们会依照你们所希望的方式行事。"尽管对"鹅卵石行动"深感忧虑，但这位即将离去的总司令没有坚持自己的意见。英国方面正式记录下他和助手们"赞同首相的提议"的一幕。艾森豪威尔离开战区时得出的结论是：丘吉尔"事实上已接掌了地中海的战术指挥权"。

"我已到达意大利，伟大的皇帝！"公元544年，对东哥特人的战役开始时，拜占庭帝国大将贝利撒留写信告诉查士丁尼一世，"急需兵力、马匹、武器和金钱。"对今天的进攻者来说，最需要的是船只。

1940—1945年，英美共建造各类登陆舰约4.5万艘，但这个数量依然无法满足战时之需：二战中，英军和美军的每一场重大战役都以两栖登陆开始，其对航运能力的依赖程度由此可见一斑。

"航运是一切的根源。"海军上将金评论道，这个平凡的真理曾适用于北非，如今也适用于意大利，而后还将适用于诺曼底。运载和维持两个师需要88艘坦克登陆舰和160艘小型的登陆艇；而目前，锚定地中海的105艘坦克登陆舰，三分之二将按计划于1944年1月15日前返回英国进行改装，以便赶上"霸王行动"。

在拉马尔萨海滨别墅和马拉喀什，丘吉尔都试图"搞出一套时间表"来证明，让几十艘坦克登陆舰延期遣返几周，不会打乱神圣的诺曼底时间表。令英国首相惊喜的是，罗斯福从华盛顿发来电报，对他的看法表示赞同。"感谢上帝,让我收到这个令人满意的决定。"丘吉尔回复道,"我方将全力以赴。"

此刻,"鹅卵石行动"一触即发。1月4日,亚历山大写信告诉丘吉尔:"克拉克和我很有信心。如果能得到所需要的东西,我们的胜算非常大。"实际上,克拉克感到很矛盾。他在1月2日的日记中透露,就算两个师在敌后登陆,"也将面临极其危险的境地";但他也感觉到,英国首相"正用一把手枪抵着我的头"。他要求投入三个师,还要求只使用一个国家的部队以简化运输,但都未获准。克拉克在日记中写道:"他指望我们赶到那里,将两个师送上岸……等待集团军的其他部队前来会合。"也许是为了让自己振奋起精神,他又补充道:"我相信我们应该这样做,这个行动能获得成功。"

为达成共识,丘吉尔提议,1月7日(星期五)在马拉喀什召开一次会议。由于公务繁多,克拉克无法离开意大利,故派去几名参谋,几人到达豪华的拉玛穆尼亚酒店时,被装饰派艺术的壁灯和摩尔风格的图案弄得头晕目眩。第五集团军要求提供充足的运输能力,无限期确保每天运送1 500吨补给物资;皇家海军对此不加理会,他们计划将突击部队像漂流者一样送上滩头,携带一周的补给物资,不提供再次补给。

亚历山大已同意由约翰·卢卡斯少将来指挥"鹅卵石行动",但坚持认为这场进攻应使用多国部队。因为"估计会遭遇重大伤亡",所以这种伤亡应该分担,"以免在国内引发不良的呼声"。但是,亚历山大始终对卢卡斯不甚了解,后者在萨勒诺战役后接替道利成为美国第6军军长。"卢卡斯是美国最好的军级指挥官,曾策划并执行过萨勒诺登陆,因而具有两栖作战的经验。"亚历山大写信告诉丘吉尔和布鲁克。可他说的并不完全正确。

星期五傍晚6点30分,会议在萨阿迪亚别墅召开。阿拉伯人聚居区传来阵阵鼓鸣,金银花的香气飘荡在别墅中,丘吉尔和19名军官坐在客厅。英国首相对"鹅卵石行动"进行了一番快速复核:投入一个师的计划已被一个规模更庞大、策略更为周全的计划替代。最终,将投入10万余名英美士兵到敌人后方;至少将有84艘坦克登陆舰留在地中海战区。直至2月5日,登陆的不仅仅是美国第3步兵师和英国第1步兵师,还包括来自美国第45步兵师和第1装甲师的援兵。面对6号和7号公路等补给线遭遇的威胁,凯塞林将被迫削弱其在卡西诺附近的防御,这将帮助第五集团军攻破德军防线。而迅速夺取罗马,将使盟军收获整个意大利。

有问题吗？有一些。盟军司令部情报处长肯尼斯·斯特朗准将想知道，面对德军必然的抵抗，登陆部队是否能"取得决定性的胜利"。斯特朗还认为，"古斯塔夫"防线在卡西诺地段的强度"被严重低估"。丘吉尔曾在萨阿迪亚别墅听闻过斯特朗的顾虑，但此刻首相并不愿承认他所谓的"计划的阴暗面"。一向沉默寡言的皇家海军地中海舰队新任司令、海军上将约翰·H.D. 坎宁安爵士表示，这场登陆"将面临巨大的风险"。怎料丘吉尔当即厉声驳斥道："当然有风险。没有风险哪来的荣誉，没有冒险就没有成就。"坎宁安只得闭口不言。

第五集团军的一名上校建议，将登陆日期推迟三天至1月25日，以便让部队演习一次，他认为这样的安排"非常有必要"。丘吉尔对此也嗤之以鼻，他认为所有部队都接受过训练，不需要进行演习。"每个排有一名富有经验的军官或军士"便足以让部队拥有一柄磨利的锋刃。

晚餐后，会议继续召开，但丘吉尔没有参加。没人愿意公开反对"鹅卵石行动"，以免激起英国首相刻薄的蔑视。最近，丘吉尔抱怨道："你们拥有最勇敢的水手、最英勇的飞行员、最大胆的士兵，把他们凑到一起，会得到什么？他们恐惧的总和！"时间一小时接一小时地过去了，军官们渐渐达成一致。雷区和浅岸坡度已将登陆点的选择缩小至环绕着安齐奥和聂图诺两个度假小镇的几处海滩。

就像萨勒诺的地形一样，这些海滩的优点是敌人无法从高地上俯瞰到它们，通往罗马的南部门户阿尔巴诺丘陵位于内陆20英里处。最初的空中侦察表明，安齐奥筑有坚固的防御工事，但分析人员很快便意识到，那片区域曾是意大利人的一个军事训练场，大多数工事已被遗弃。

德国人能否从北部调集兵力迅速增援滩头？这似乎不太可能，特别是考虑到盟军的空中优势。登陆部队与第五集团军相隔甚远（开始时至少有60英里），能否做到相互增援？这一点被视作"不可避免的风险"。亚历山大的情报人员推断，德国第十集团军"将试图封锁滩头，从而实施机动，从卡西诺强大的防御阵地中突出重围"。

威尔逊元帅发现，这场会谈犹如催眠剂，于是他干脆上床睡觉去了。比德尔·史密斯是否调回伦敦尚未有定论，因此他作为盟军司令部参谋长仍有义务为总司令的提前离开道歉。"毕竟，"他开玩笑说，"他年事已高。"直到1月8日星期六早上，威尔逊才知道，他的手下已在凌晨1点30分前讨论到进攻安齐奥的事宜。对此，有些人仍持怀疑态度，其中包括斯特朗准将和几名后勤军官，但大多数人支持丘吉尔这个大胆的打法。亚历山大对此一直表现出极大的热情。但星期六当日，他似乎给自己留了点余地，"谨慎行事，留一支预备队"。

星期六上午9点30分，军官们睡眼惺忪地来到萨阿迪亚别墅。在丘吉尔的威胁、疲劳战术和宏大阵势之下，他们最终认可德国人终将被拖垮，盟军将大获全胜。谈及"鹅卵石行动"时，首相说道："它将震惊世界，肯定会令凯塞林感到惊恐。"与此同时，丘吉尔仍对后勤人员的焦虑持蔑视态度。他告诉亚历山大："将军，我希望你将这一大批卡车和大炮送上滩头时，能为少量步兵找到些空间，尽管他们只被派作看守那些卡车而已。"正如哈罗德·麦克米伦所言，"温斯顿变得越来越武断……而且相当啰唆"。

"鹅卵石行动"并不是个惨淡的计划，它从某种程度上展现出了盟军的胆略和出其不意的战略素养。但是，还是有许多运转失当的小环节影响了整个计划的进展。像是，寄希望于凯塞林会忽略刺向他肋部的矛头，率部撤向北方，只能算是盟军的一厢情愿。亚历山大后来承认："这是一场虚张声势的行动，试图以某种声势吓退德国人。"然而，现实又一次一次证明，盟军缺乏对其对手的有效预判。

另外，"鹅卵石行动"的兵力规模并非由实际需要来确定，而是由现有能力决定。"你们需要更多的兵力。"对作战计划进行了审核后，米德尔顿将军告诉盟军司令部，"现在的兵力可以勉强支撑登陆行动，但想顺利离开滩头，不太现实。"该由一个集团军完成的任务，一个弱旅怎么承担得起？一位备受尊敬的人原本能制止这次行动，但没人听见他的呼吁：12月，肯特·休伊特中将曾公开就"鹅卵石行动"提出质疑，但随后就被召回华盛顿，直到1月下旬才重返地中海战区。

诚然，盟军的空中和海上力量还是会令德军统帅部胆寒。"敌人会在哪里登陆？哪里？"12月，凯塞林的参谋长西格弗里德·韦斯特法尔将军感叹道："他们何时登陆？这群不受制于任何季节的家伙。"尽管，制海权优势使得盟军指挥官可以攻击任何一处他们想攻击的目标（英国人正是依据这个原则建立起一个帝国），但丘吉尔还是低估了一支机动化守军的能力。德军利用内线的公路和铁路，在陆地上集结兵力远比将他们聚集在海滩上快得多。

盟军又一次下注，赌上一大批人的命运。塞缪尔·艾略特·莫里森在地中海美国海军史中总结道，丘吉尔"将他的意志强加给陆海军将领，这妨碍了他们更好地发挥自己的判断力"。亚历山大接受"鹅卵石行动"是出于对其上级的忠诚"，一名英国军官写道："这种做法是错误的。"丘吉尔也不确定队伍到海滩上要做些什么，但是，面对如此庞大的计划，模棱两可怎么行？

现在，盟军陷入一阵阵忙碌和喧嚣中，其间将官们对作战目的和战况进展的各种可能性多少有些自己的判断。听到消息后，克拉克在 1 月 8 日的日记中写道："'鹅卵石行动'开始了！"打破冬季僵局的机会就在手中。无论克拉克的心态有多么矛盾，英国首相的这句话无疑是正确的：没有风险哪来的荣誉，没有冒险就没有成就。

至于丘吉尔，他像只病后痊愈的狮子。结束了两个月来的缺席，他的活力和他的吼声又很快恢复过来，他将飞回英国，为消除这个地球上的纳粹势力继续奋战。1 月 8 日，他发报给罗斯福：

> 两国的负责官员对于建议采取的行动，达成了一致意见……每个人都很振奋，而且，后勤补给似乎也足够。对此，我们做过全面的考量。

部下们的谨慎丝毫不令他感到忧虑。也许是受到马拉喀什郁郁葱葱的环境的影响，丘吉尔以园艺打了个比方。"他们也许会怪我把他们领上了花园的小径，"他说道，"但在那里，他们会找到美味的果实和有益健康的蔬菜。"

强渡拉皮多河

盟军抵达"紫心谷"的末端。1 月 16 日，在这个寒冷的安息日清晨，圣皮耶特罗因菲内东北方 4 英里处，美军第 34 步兵师辖下的一个团历经多番周折，终于爬上了特洛奇奥山的石灰岩侧壁。橄榄树遮掩着低矮的山坡，一些被炸碎的香柏树环绕着山峰。拂晓前，大批美军炮弹（这些复仇的炮弹上用粉笔写着在最近的战斗中阵亡或负伤的美军士兵姓名）猛轰整个特洛奇奥山，玛格丽特·伯克·怀特写道，炽热的弹片"像暴风雨般落下"。此刻，步兵们缓慢地向上攀登，查看每一块被青苔覆盖的岩石是否布设了诡雷，留意"鞋盒子"地雷被触发的迹象。偶尔会有"砰"的一声枪响穿过山坡，随后便是痛苦的惨叫，但是，德军已经撤离。正午时分，前方的侦察兵登上岩石嶙峋的山顶，身后地狱般的全景尽收眼底，然而，前方等待着他们的仍是地狱。

他们身后矗立着米尼亚诺山口和长达 7 英里的血腥山丘：卡米诺、迪芬萨、罗通多、伦戈、萨姆科洛及曾被称作"圣皮耶特罗"的熔岩堆。为跨越这 7 英里并突破"伯恩哈特"防线，第五集团军耗费了 6 个星期，付出了 1.6 万人伤亡的代价。

前方是一片 3 英里宽、田园诗般的冲积平原。6 号公路将这片从特洛奇奥至卡西诺镇（当时，那是意大利防御最严密的镇子）的平原一分为二，随后便向上急转至 8 英里外通往罗马的利里河谷，最终消失于正午的雾霾中。卡西诺镇后方，同名的卡西诺山隐约可见，山顶白色的本笃会修道院闪闪发亮。15 个世纪以来，它一直是基督教中最受尊崇的圣地。

1944 年 2 月 6 日，盟军炮火轰击着卡西诺镇上方的城堡山。卡西诺山上著名的本笃会修道院隐约可见，这座修道院还能存在 9 天，随后将被盟军轰炸机夷为平地。

一条蜿蜒的河流穿过冲积平原，从右至左穿过卡西诺镇。这条复杂的河道有几个名字，但美军工兵将其称作拉皮多河（他们以数千张航拍照片为基础，为这片地形建造起复杂的石膏模型）。顺流而下数英里后，拉皮多河汇入利里河，形成加利格里阿诺河，随后向西南方流淌 15 英里后汇入大海。拉皮多—加利格里阿诺的冲积平原及前方陡峭的高地构成了"古斯塔夫"防线的西端，这是凯塞林设在罗马以南的防御工事中最为不祥的一段。这条防线延伸 100

英里，跨过亚平宁山脉，直抵奥尔托纳北面的亚得里亚海，但这条防线最顽强之处当属卡西诺镇周围，那是一扇门户，通向诱人的利里河谷。一月份的降雨已引发洪水，德国人的"洪水计划"已将拉皮多河及其他河流的水势加大，根据这项计划，堤坝被炸毁，支流被改道，穿过平原形成了浅圩田。

美军士兵拖着长长的身影，沿着米尼亚诺山口北面的 6 号公路赶往卡西诺。

卡西诺上方的高地峡谷中隐藏着德国人的 400 多门大炮和火箭炮。各炮兵连与观察哨之间以电话线相互通气，身穿原野灰制服的炮兵观测员像栖息在巢内的鸟儿一样隐蔽在高高的山顶，犹如无所不知的神灵监视着下方生物的一举一动。两个多月来，德军工兵和强征的意大利劳工已在岩壁上炸出多个炮位，并以锯成 8 英尺长的电线杆加强了掩体，顶部覆盖上橡木横梁、电线杆及数英尺厚的泥土。防御纵深已经扩展至 3 000 码。卡西诺镇内，火车站和大陆酒店周围的射界已被肃清。希特勒提供的防御物资之多，超过了凯塞林的要求：混凝土、地雷和铁丝网；反坦克炮、工兵和劳工；三吨重装甲炮塔，炮塔内配有供炮手们取暖的炭炉。

正是在这里，凯塞林希望"崩掉英美联军的牙齿"；也正是在这里，盟军打算发起他们的进攻。

即将于 1 月 22 日发起的安齐奥登陆令第五集团军深感形势紧迫，他们急于对"古斯塔夫"防线展开进攻。在这条南部战线上，克拉克的集团军目前辖有 7 个师，分成三个军，占据着一条 35 英里长的前线。尽管冬季的战斗已令许多部队建制混乱、缺乏预备队,但克拉克还是打算立即发起进攻,将德国人的注意力从海滩上吸引过来。"我们必须不惜一切代价保持前进势头。"在离开马拉喀什的4天后,亚历山大督促道。

盟军充满信心地将第34号作战令命名为"罗马战役",亚历山大在指令中要求克拉克迫使敌军撤离罗马,并一路追击至佛罗伦萨和比萨。第十五集团军群的情报分析人员预计,一旦凯塞林面临从东南方而来的第五集团军和从西北方杀至的"鹅卵石行动"部队的钳攻,便会后撤。为加速驱离敌军,第五集团军将把全部三个军都投入到对"古斯塔夫"防线的进攻中。由两个师组成的法国远征军刚刚抵达意大利战区,为挽回法国的荣誉,已于1月12日从克拉克战线的最右端向前推进,通过刺刀和手榴弹,每天行进1英里,其中多数是上坡路。左翼,英国第10军将于1月17日发起进攻,跨过加利格里阿诺河,该军的两个师位置近海,另一个师位于上游8英里处。

这场进攻的核心将落在中央地带。1月20日,美国第2军将在距离特洛奇奥山1英里,距离卡西诺镇下游3英里的地方跨过拉皮多河。第36步兵师(就是那些曾在萨勒诺和圣皮耶特罗血战过的得克萨斯人)保住一处桥头堡后,第1装甲师的坦克将冲过两座新铺设的桥梁,从利里河谷转身向上,赶往弗罗西诺内,与来自安齐奥的登陆部队会师后大举开进罗马。

后来,克拉克否认该计划出自其手笔,并称那是亚历山大制订的。但这个计划与这位第五集团军司令在12月中旬策划的一个方案惊人地相似。与"鹅卵石行动"一样,它呈现出大胆和战术合理性。尽管拉皮多河河水很深,河岸很陡峭,但即便在洪水泛滥期间,其宽度也不到50英尺。这是进入利里河谷,再转向滩头和罗马最直接的路径。

但与"鹅卵石行动"一样,拉皮多河计划也存在缺陷。控制住利里河谷的口部,特别是卡西诺山,能让德国人对该河的情况一览无遗,并对所有道路施以猛攻。第3步兵师在被派去执行"鹅卵石行动"前,曾短暂参与进攻拉皮多河的任务。12月,该师师长特拉斯科特曾告诉克拉克,如果不能夺取那些高地,或对其投以足够火力以吸引敌人的注意力,这场进攻必将失败。

"只要这种情况存在,河上的桥梁就无法长时间留存。那些成功渡河的部队将被切为碎片。"特拉斯科特的参谋长唐·E. 卡尔顿上校后来评论道。但克拉克似乎相信,"他会得到上帝的眷顾,在卡西诺掘壕据守的敌人会渐渐撤离,届时美军坦克将横扫利里河谷"。

★ ★ ★

部队被切成碎片的前景令弗雷德·沃克少将深感不安。在经历了萨勒诺和圣皮耶特罗血战后,这位第 36 步兵师师长的目光便盯住了指挥部大幅作战地图上的拉皮多河。他感到,命运正把他拉向卡西诺下方这条名不见经传的河流。1 月初前,他已说服自己,拉皮多河与马恩河相似。1918 年 7 月,作为一名 31 岁的营长,他曾在马恩河击退了 1 万名德军的渡河进攻,从而获得杰出服役十字勋章。他从未忘记倒在泥泞的河岸上,或顺着河水漂走的那些湿漉漉的敌军尸体。"我不认为我们师或其他师能成功跨越拉皮多河。"他在 1 月 8 日的日记中写道。一周后他又补充道:"这将是一项艰巨的任务,我并不看好它。一切都对我们不利。"

弗雷德·沃克少将,方下巴,浓浓的眉毛,大大的鼻子,这使他看上去比实际上的 5 英尺 10 英寸、173 磅的身材更加魁梧,熟悉他的人都认为他像一只"和蔼可亲的獒犬"。他出生于俄亥俄州,在俄亥俄州立大学获得过矿山工程学位,1911 年入伍成为一名列兵;在经历了 1916 年对墨西哥的讨伐战后,他在法国赢得了名声,并从芥子气灼伤中生还。沃克极具求知欲、警觉、常常语带讥讽;尽管棋艺不佳,但他喜欢下棋。

与此同时,沃克还是一位优秀的舞者。他是那种会把生僻的单词牢牢记下,并引述爱默生名言和卡尔·范多伦的《本杰明·富兰克林》中励志短文的那种人。20 世纪 30 年代在陆军战争学院担任教官时,沃克曾教过一个名叫马克·克拉克的年轻的后起之秀。尽管他们的年龄相差 9 岁,但在沃克看来,两人"成了非常好的朋友"。珍珠港事件爆发前不久,在军界冉冉上升的克拉克说服陆军地面部队司令莱斯利·J. 麦克奈尔中将任命沃克为第 36 步兵师师长。

如今,这对曾经非常要好的朋友已渐行渐远。也许是对自己过去的门生心生嫉妒,第 36 师尚在北非训练时,沃克便开始对克拉克的战术敏锐度产生怀疑。经过萨勒诺和圣皮耶特罗的激战,他的不满爆发了。在一个镶着红边的黑色布面笔记本上,他以曾用来记录生僻词的整齐草书写下,"夺取一座又一座的山峰,如此奢侈的策略不具备任何战术优势"。圣诞节前,他写道:"前

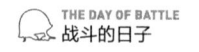

方总是有另一座山,而德国人就在上面严阵以待。"

冷淡的克拉克与沃克保持着距离,不愿听取这位过去的恩师的建议,但又对沃克在萨勒诺的表现钦佩不已。克拉克怀疑,沃克因道利被解职后没有派他接任第6军军长一职而心生怨恨。沃克让他的一个儿子担任作战参谋,另一个儿子则担任自己的副官,克拉克在私下里对此极其不满;士兵们抱怨说,师长想以此让自己的孩子免遭伤害。

56岁的弗雷德·沃克现在是战场上年纪最大的师长。年龄和压力已令其深感力不从心,但他小心翼翼地将此掩盖起来。自1942年夏季以来,他患上了严重的慢性头痛且常常心跳过速。他穿着厚厚的羊毛内衣,以抵御肩膀、臀部和膝盖处严重的关节炎。他很容易疲惫不堪,"部分失明和缺乏正确表达能力"的情况时有发生。他一周总有几次觉得心脏疼痛、头晕目眩。一名医生曾诊断出他患有动脉硬化,沃克在私下里抱怨自己"记忆力衰退、缺乏耐力、情绪紧张不安"。1月的第3个星期,他患了一场重感冒。

沃克还隐瞒了他对拉皮多河的恐惧。他在1月13日的日记中写道,在与克拉克和其他高级军官商讨时,"我提及这场行动所涉及的困难,可他们不想讨论这些"。他建议将进攻放在拉皮多河上游,那里可以涉水而过,但这个提议未被采纳。他写道,"他们不理解我所说的,也不明白我在说些什么"。参谋人员加剧了他的焦虑。"将军,要我隐瞒对此次行动的悲观,这非常困难。"他的情报处长提醒道。师里的工兵预见到这场进攻"将以失败告终,并导致大批人员丧生"。1月17日,星期一,沃克在日记中写下整整5页的"焦虑":"我们将跨过拉皮多河,可如何跨越呢?……我们接受的是一个不可能完成的任务,但又不能声张。"

星期二早上,沃克离开设在罗通多山东面的师部,驱车向南,穿过6号公路上的米尼亚诺镇。1月的太阳低低地挂在南面的天空中,一名中尉注意到他的师长"面带病容、脸色苍白、虚弱无力",就连羊毛内衣也未能温暖沃克冰冷的身躯。潮湿帆布的气味和咖啡的焦煳味充斥着第2军军部的帐篷,参谋人员正用彩色油脂笔在地图上涂画着。凯斯将军迎接了沃克,这位军长穿戴得整整齐齐,锃亮的皮靴一尘不染。

沃克开始检查他的进攻计划,就像在军校授课时那般干净利落。星期四晚上8点,第141步兵团将在圣安杰洛镇上游1英里处的一个渡口,以小舟渡过拉皮多河；与此同时，第 143 步兵团将在下游的两个地段渡河。在这里，拉皮多河由北向南蜿蜒流淌，所以在夺取圣安杰洛镇前，这场进攻的方向是由东向西，随后才转身向北进入利里河谷。按照凯斯将军的命令，开展"大规模、强有力的战斗巡逻"，以"保持与敌人接触"，并对德军的防御做出评估。

敌人的防御非常顽强，沃克似乎会意地说道。德军第 15 装甲掷弹兵师的士兵（逃离西西里岛后，曾参加过萨勒诺和卡米诺山的战斗）"组织得非常好，有宽度，也有深度，并获得自动武器和轻武器火力，以及做好防御准备的大炮和迫击炮火力的支援"。

前一天晚上，第 141 团投入 7 艘小舟，5 艘损失在流速为每小时 4 英里的河中。侦察兵报告说，对岸设有双层铁丝网，还有一片近 1 英里深的雷区。不出所料，德军爆破组已于 3 天前炸毁了圣安杰洛镇的桥梁。两年前，这条河流已得到疏浚，挖出的淤泥堆砌在两岸，形成陡峭的砂石岸堤。尽管最近天气干燥，但淤泥"仍能让鞋子深陷其中"。六人排雷组每晚都手足并用地爬过去，但德军工兵也会溜过河来，在清理过的地方重新埋设地雷。昨天，师里的一名军医汇报说："一条或两条腿的外伤性截肢的伤员……明显增加。"在结束了对计划的介绍后，沃克再次皱起了眉头。

凯斯听得很仔细。他小心翼翼，没有流露出自己对这场进攻和沃克的怀疑。跨河发起一场正面进攻是"靠不住的"，凯斯曾提醒过克拉克；鉴于德军控制着高地，渡口将"毫无遮掩"。早在西西里岛战役时，凯斯就曾为这种战术难题制订过替代计划。他中意的方案被称作"大卡西诺"，是以第 2 军和英国第 10 军发起一场进攻，跨过加利格里阿诺河后攀登卡西诺西南方的山丘，对利里河谷设防的口部实施侧翼包抄。这个方案吸引了克拉克，但亚历山大和第 10 军军长麦克里里认为这很"荒谬"。因为英国士兵既未接受过山地战训练，也没有相应的装备。此时，克拉克转而支持英国人的看法（美军坦克轰鸣着冲入罗马的情景对他的吸引力越来越大），就此，"大卡西诺"方案被束之高阁。

凯斯并未就此放弃。12 月下旬，他建议在安齐奥登陆发起"一到两天"后再跨越拉皮多河。"如果敌人撤出我们正面的部队去对付在安齐奥登陆的第 6 军，第 2 军就有机会达成一场真正的推进。"他这样写道。克拉克对此表示反对，他坚持对拉皮多河的进攻要先于"鹅卵石行动"。1 月 13 日，凯斯对英军第46步兵师发出警告，该师将保护沃克的左翼，他们计划以两个营的兵力发起一场较为温和的进攻，渡过加利格里阿诺河。"第46师的行动应投入整个师的力量。"凯斯写道，否则就是冒"渐进主义"的风险，进而暴露美军的侧翼。然而，克拉克又一次拒绝干预此项决定。

杰弗里·凯斯熟悉自己所从事的这个行当。在乔治·巴顿看来，凯斯拥有"我所认识的军官中最棒的战术头脑"。作为一名骑兵军官的儿子，凯斯在墨西哥边境的马背上长大。他比艾森豪威尔早两年进入西点军校，在一场橄榄球赛中，他获得两个触地得分，两次追加射门，还踢了个43码射门得分，从而得了17分；西点"剑神"马蒂·马赫宣称，凯斯是橄榄球场上"唯一一个能阻止吉姆·索普（曾是世界上最伟大的全能运动员。——译者注）的人"。"军队里也许有人比他更受欢迎，"西点军校年鉴中指出，"但这个人我们尚未发现。"

离开地中海返回英国前，巴顿（左）于1944年1月中旬最后一次赶往意大利，去看望他过去的副手，时任美国第2军军长的杰弗里·凯斯少将。陆军部的一名观察员向华盛顿报告道："鲁莽、刻薄、装腔作势的巴顿，受到沉稳、深思熟虑、谨慎的凯斯潜移默化的影响。"

作为一名骑兵，凯斯曾就读于巴黎的高等军事学院，并在进攻摩洛哥和西西里岛的战役中担任巴顿的副手。"鲁莽、刻薄、装腔作势的巴顿，受到沉稳、深思熟虑、谨慎的凯斯潜移默化的影响。"一位陆军观察员从巴勒莫向华盛顿发去报告。瘦高、和蔼而又机智的凯斯是个虔诚的天主教徒，每天早上都参加弥撒，嘴里从来不吐脏字——"就连'见鬼'或'×的'都不说。"一位战友评论道。艾森豪威尔给他的评价是"什么都好，就是缺乏幽默感"，但实际上，他很喜欢恶作剧。奥马尔·布拉德利被调回英国后，在巴顿的支持下，凯斯于9月接掌了第2军。"在与下属接触的过程中，不要担心自己流露出愉快的反应。"艾森豪威尔告诉他,"从长远来看,每个指挥官都是由其下属打造而成的。我们都是非常富有人性的。战争是一场戏,不是一盘棋。"

与许多美国将领一样,凯斯不信任英国人。随着对拉皮多河的进攻日益临近,他那简练、令人迷惑不已的日记中流露出一种强烈的仇英情绪。"上帝不会允许我们再帮英国人的忙或再度接近他们。"他在1月16日写道。一天后他又补充道:"克拉克坚持认为我们并未遭到出卖,但我不太相信。每个举动都是英国人策划'爱斯基摩人行动'和西西里岛战役时使出的花招的翻版。"沃克到访当天,他写道:"一如既往,英国人打算出工不出力。"

第2军军部里的会议接近尾声,许多问题尚未得到解决。在一阵沉默中,不信任和对立情绪甚嚣尘上。沃克私下里认为凯斯"一副骑士脑筋",对即将到来的残酷的步兵战抱以一种"天真的态度"。沃克认为,以"谢尔曼"坦克冲入利里河谷的构思是个"幻想",这个词可不是恭维。觉察到沃克的敌意,凯斯也回报以一种反感。

更要命的是,虽然二人都相当不安,却均保持沉默。乐观进取的热情要求服从和一种近乎虚张声势的乐观情绪。在结束了自己的简报后,沃克卷起地图和文件说,他更愿意在其他地方发起进攻。也许是感觉到自己与拉皮多河的相逢是无法避免的,最后他告诉凯斯,他"确信能获得胜利"。他又补充道,第36师"将在21日上午进入圣安杰洛"。

但在日记里,沃克说出了心里话:"我们已竭尽所能,但现在我不清楚,如何才能取得成功?"

★★★

圣安杰洛是个单调的农庄,坐落在蓝绿色的拉皮多河上方40英尺处的一片峭壁上。当地的饭店提供沛罗尼啤酒和一种以后劲强著称的葡萄酒。铁阳台和红瓦屋顶的彩色房屋拥挤地伫立在狭窄的主街道上。飞拱支撑着嵌有漂亮钟楼的圣若翰洗礼堂。镶有黑边的死亡通知书张贴在教堂前厅下方的一块布告栏内。

自9月10日第一批炸弹落在圣安杰洛,炸死一名三岁女童和她的父母以来,这里的死亡通知书已成倍增加。德国人很快便从附近的卡西诺赶来,带着拖开干草垛的大钩子,以搜寻违禁品和可供劳工营使用的年轻劳力。电力和自来水供应时有时无，随后便彻底中断。邮件递送中断，电话不通，农民们在夜间劳作，将牛套上犁，聆听着被当地人称作"母狼"的声响，那是德国人的六管火箭炮，炮弹飞行时带着一种哀号。随着盟军的逼近，德军工兵在当地的磨坊布了雷，并将一些房屋炸毁，以加强镇中心的防御。教区长的住宅幸免于难，这座房屋有一个深深的地窖，已被充作指挥所。

300名被强征来的意大利人受命挖掘战壕，并清理拉皮多平原上的灌木丛，以便让德军获得更好的射界。德军指挥官现在认为，圣安杰洛是"防线上最强的地段"。河西岸由德军第15装甲掷弹兵师的两个营守卫，该师被盟军情报部门描述为"意大利战场上最强的一个德军师"，齐装满员，重武器充足。他们对美军积极的巡逻感到不安，并保持警惕。"第15装甲掷弹兵师左翼对面，发现大批敌人活动，"第十集团军在1月17日的战时日志中写道，"敌人已悄悄逼近河岸。"

当晚9点，英军在加利格里阿诺河下游发起进攻，德国人更加不安。英军第5和第56师在距离圣安杰洛十几英里处的下游迅速渡河。"等待之时是最糟糕的一刻。"皇家炮兵通讯兵斯派克·米利根在突击发起时写道，"我给我的汤普森冲锋枪涂上润滑油，可不知为何，它已经抹过油了。"令德国人和英国人都感到惊异的是，1月18日拂晓前，10个营已占领对岸。德军指挥官们曾认为盟军会在一个没有月光的夜晚发起进攻。"搭乘卡车出发时，我们的心都快跳出来了。"一名苏格兰近卫团中尉在日记中写道，"返回的卡车沾满鲜血，与我们的车辆交错而过……我不知道，黑暗中的我们看上去是否还算一支英勇的队伍。"

他们占领了河对岸，但仅此而已。第10军的桥头堡勉强扩大至3英里，德国人发起的一场凶猛反击差一点将英军先头连队赶下河去。接下来的3个月，这里的渡河点将一直处在德军的炮火轰击下，英军士兵抱怨说，这片冲积平原就像是一片"地雷沼泽"。尽管如此，他们还是取得了一个不错的开端。1月18日上午10点，凯塞林对第十集团军司令菲廷霍夫说道："我相信，我们最大的危机尚未到来。"他又补充道，美国人现在很可能已对卡西诺下方发起进攻，试图冲入利里河谷。

但事实上，美国人并没有那么做。1月19日（星期三）晚上，英军第46师来自约克郡和北部地区的士兵们，在距离圣安杰洛4英里处的下游悄悄穿过加利格里阿诺河的雾气。这是个"荒凉、令人不安的地方",云层下呈现出一片灰黑色的景观。突击队员扎紧"梅惠斯"救生衣,斜挎步枪,将第一批船只推入黑色的河水中。

"接下来的一切乱了套。"皇家汉普郡团报告道。在远处的上游,德军工兵已将一组水闸打开,水位提高了数英尺,加利格里阿诺河变得湍急起来。船只在河中打横、旋转,筋疲力尽的桨手们不得不将小舟划回下游1英里处的岸边。他们一次次尝试。尽管只遭到德军零星的抵抗,但清晨来临前,只有一个连到达河对岸。炮火将他们的船只炸得千疮百孔,孤立无援的先头部队很快遭到包围。寥寥无几的幸存者在烟雾的掩护下泅渡回安全处。星期四拂晓,德国人的炮火将渡口炸毁,麦克里里命令第46师放弃进一步的尝试。

几个小时后,身材魁梧的英军师长约翰·霍克斯沃思少将(朋友们称他为"金杰")出现在弗雷德·沃克设在罗通多山背风处的师部。第一次世界大战中的三次负伤令他步履蹒跚,此刻的他拄着一根手杖。他告诉沃克,进攻失败了。河水上涨得比预期的更高:简直就像一头倔强的野兽。不会再有进一步的尝试了。沃克即将于今晚对拉皮多河发起进攻,而他的左翼将暴露无遗。霍克斯沃思对此深感遗憾,但只能如此了。沃克点点头,重新回到准备工作中。"英国人是世界上最出色的外交家。"他在日记中写道,"但是他们的话你只能听听,任何事都不能指望他们。"

凯斯和克拉克同样感到震惊不已。"老是这样。"凯斯在他的日记中写道,"兵力太少,准备极其不充分。今晚的行动会很麻烦。"克拉克将英军中止渡河行动归因于"缺少师一级指挥官强有力的领导"。第五集团军的工兵报告说,霍克斯沃思没有对河流或渡河点进行妥善的侦察。在星期四口述的一份备忘录中,克拉克补充道:"第46师的进攻未能达到目的……这是个沉重的打击。我担心霍克斯沃思将军会因此有所保留。"这位集团军司令派格伦瑟去拜望麦克里里,后者警告说,进攻拉皮多河,"胜算微乎其微",应该取消行动。但是,麦克里里没有说出口的是,他现在越来越担心克拉克会为了可疑的收益而情愿付出高昂的伤亡;这位英军指挥官认为,"不知何故,我觉得克拉克一直想当拿破仑"。

这种看法当然不够公正,但却并非完全不当。艾森豪威尔离开后,站立在中央舞台灯光中的克拉克已成为地中海战区最为突出的美军指挥官。

但这位"拿破仑"很难自行其是。亚历山大已命令克拉克迅速发起进攻,将德国人赶出罗马;实际上,他也接到了丘吉尔的命令,将于后天把两个脆弱的师投入到德军防线后。如果削弱对拉皮多河的进攻,此刻正起航赶去执行"鹅卵石行动"的近5万名将士将孤立无援地陷入德军凶猛的反击中。

命运牢牢地束缚住克拉克,但不仅仅是他一个人。悲剧、厄运和人类的愚蠢如滚滚潮水席卷着他们。此时的他们,就像那些包裹在雾色中,与加利格里阿诺河的湍流苦苦搏斗的小舟。

"重要的是,我完全能预料到这场进攻将带来的严重损失,但我的目的是拖住前方的德军,并吸引更多敌人,从而为'鹅卵石行动'肃清道路。"克拉克于1月20日星期四写道,"进攻打响了。"

★ ★ ★

自19个星期前在萨勒诺登陆以来,战斗已令第36步兵师元气大伤。第141步兵团辖下的步兵连损失超过60%。拿第143步兵团一个典型的营来看,四分之三的军官是在意大利加入该营的。说话慢吞吞的得克萨斯人在师里不再占据主导地位。"我们不再是一个团队。"一名上尉抱怨道,"你能够体会那种身旁的伙伴瞬间消失的感觉吗?"与另外两个突击团拼凑起来,他们也不过4 000余人;许多单位兵员不足,通常是缺三分之一,而且缺乏训练。新组建的"巴祖卡"小组来到前线,却从未发射过这种火箭弹。渡河攻击的训练仅限于在平静的沃尔图诺河上划划船。第141团的一名排长认为,他的部下"在身体、精神和心理上都未做好准备"。

数百名补充兵在对拉皮多河发起进攻的前夜赶到,却发现所有士兵都已将所属单位的标记去除,以此来迷惑敌人;为确定这些补充兵的分配,军士们耗费了好几个小时。许多新兵始终没找到该去的连队,一些人直到阵亡也没见过他的班长或是结识排里的任何一名战友。"无法指望这些补充兵成为优秀的士兵。"一名军官告诉记者威尔·朗,"他们并不出色。"

沃克私下焦虑不已。"这个任务不该分派给任何部队,尤其是因为渡河时,我们的两翼将暴露无遗。"他在1月20日的日记中草草写道。星期四下午,克拉克打来电话祝他好运。"他担心自己是不是做了一个不明智的战术决策。"沃克总结道,随即又做出补充:

第 7 章 战场上的赌局

> 如果能得到一段休整，我们也许能成功。但这要靠奇迹……我已无法对这场战斗再发挥任何实质性的影响，因为我已投入手上所有的兵力，再没有预备队可以补充。

随后，进攻开始了。随着最后一抹紫色的光线消失在西面，数百名士兵从特洛奇奥山上的战壕中、从拉皮多平原上的沼泽小丘后探起身。安装刺刀时发出不祥的金属撞击声，他们将额外的子弹带披在斜纹布野战外套上。雾气从河床腾起，悄无声息地越过田野，吞噬着满天星斗和一轮升起的新月。一名连长给他的每一位军士发了根雪茄，以此作为护身符。

晚上 7 点 30 分，16 个炮兵营伴随着阵阵白色火焰开炮了。士兵们缩回身子，在这场炮击中，每分钟有一千多发炮弹尖啸着掠过头顶，引燃了雾气，并被校准为在对岸每隔 6 码半便落下一颗炮弹。50 辆"谢尔曼"坦克隐蔽在距离河岸 400 码处，车组人员掀开伪装网，黄色的火舌很快便舔舐着炮口，加入到这场炮击中。60 架战斗轰炸机朝河流俯冲而下，其喷吐出的银色炮弹在火焰中绽放开来，圣安杰洛腾起黑烟，将毁灭添加到这片废墟中。400 发白磷迫击炮弹以地图坐标般的精确度落在河岸线上；这是个无风的夜晚，硝烟并未滚滚而起，形成一片低矮的云层，而是呈螺旋状垂直上升了 150 英尺，将河岸框入一道道白色的烟柱中。

进攻落在一条 3 英里长的战线上，中央位于圣安杰洛。右侧，第 141 步兵团沿着一条乡间小路向 U 形河曲内的一片土地而去，引领进攻的是第 1 营的 4 个连。潮湿的雾气浓得就像棉絮，士兵们勉强能看见自己的双脚。他们挤在一起，紧盯着前方晃动着的钢盔。掉队者和逃兵消失了。队伍停顿下来时，一些士兵打起了瞌睡，醒来时却发现前面的战友已消失不见。各支队伍均陷入混乱，黑暗中传出低低的询问声，寻找着第 3 排或是 B 连。

沿着特洛奇奥南面的铁轨，一座隐蔽的仓库已将船只准备好：橡皮艇可以搭载 24 名士兵，将由其中的一半人划桨操作；M-2 胶合板平底船，每艘重 0.25 吨，能搭载 12 名士兵和 2 名船员。德军炮火在当天下午已射穿 20 条橡皮艇，几艘 M-2 也被丑陋的切口所毁。木板散落在仓库四周：这些木板将被搭在橡皮筏上充当浮桥。两座坚固的活动便桥，分别被命名为"哈佛"和"耶鲁"，随后将搭设起来，以便让等待在特洛奇奥后方的 200 辆坦克冲入利里河谷。

举着沉重的船只，步枪不时撞击船舷，士兵们沿一条狭窄、泥泞的道路向河边蹒跚而去。敌人的大炮现在对美军炮火展开还击，炮火向西齐射的尖啸被向东而来的德军炮弹和火箭炮的呼啸声压倒，这种火箭炮也被称作"尖叫 Meemies""呻吟明妮"或"号叫的德国佬"。一名士兵承认，"这种该死的声音几乎让你的血液凝固起来"。

落在平原上的迫击炮弹腾起阵阵棕色硝烟，疯狂的机枪火力从圣安杰洛镇而来，其中包括令人恐惧的 MG-42，这种德制机枪被称为"希特勒的电锯"。步兵们丢掉累赘的子弹带，这些子弹带看上去就像一串串铜项链，很快便在道路上堆积起来。作为一种欺骗手段，1 000 个发烟罐在特洛奇奥南面被拉发，两个小时内引来 500 多发德军炮弹。美军各炮兵营都接到一道疯狂的命令，要他们"检查所有的炮弹是不是芥子气毒气弹，因为某个弹药库将一批毒气弹错发出来"；最终，没有发现芥子气弹，也没有任何毒气弹被发射出去。

其他事情进展也不顺利。一名工兵指引 B 连赶往 U 形河曲内的那片土地时，与通往河边的小径错过了数百码；这些士兵带着船只转身返回时发出的声响引来德军炮火的齐射，30 名士兵被炸倒，包括那位分发雪茄的上尉。

船桨、步枪和残肢断臂雨点般地落在路上。幸存者散开，寻找隐蔽之处，但雷区中被清理出的路径已消失不见：排雷小组起初用白色胶带标示出通道，但后来又换成棕色胶带，因为这个颜色不会被德军观测员发现。慌乱的美军士兵在雾气中穿行，触发了"鞋子"地雷，这引来德国人更猛烈的迫击炮火，

1944 年 6 月 5 日，美军步兵隐蔽在一辆"谢尔曼"坦克的炮塔后。注意路标"O"字母下方，有一个德军狙击手留下的弹孔。

而军士们则试图让那些负伤者安静下来。一名排长评论道："要让一名垂死者保持安静，真的很难。"另一名昏头昏脑的向导也将 A 连带入一片雷区。"我们像奶牛场里的人那样走着，"一名士兵说道，"每只脚都小心翼翼地落在预先选定的地方。"

尸体和被遗弃的 M-2 堵住了通往河边的车道。火箭弹的尖啸令一名军官想起"一辆带着刹车声的电车冲向人行道"。气喘吁吁的士兵们举着笨重的橡皮艇走完最后几百码，却触发了更多的地雷。德国人的照明弹将河面照得亮如白昼，曳光弹拖着鲜红色的轨迹穿过雾气，或是像燃烧的弹珠在拉皮多河上弹开。那些扛着船只冲下陡峭河岸的人发现，许多橡皮艇都已被射穿，放入水中立即沉了下去；还有些发生倾覆，船上的人和装备落入冰冷的河水中或被水流卷走。

许多士兵甚至未开一枪便倒了下去。"就像是在一只扭曲的麻袋里与一只章鱼做搏斗。"C 连的一名排长威廉·E. 埃弗里特中尉回忆道。他斥责几个躲在沟里的士兵，随后才意识到他们已经阵亡。"我听见船桨的划动声、撞击声及翻船时士兵们的喊叫声。"另一名中尉写道，"某一刻，当眼睁睁看着那些人被活活淹死，你的神经会凝固起来。"湿透的斜纹布裤子和野战外套将落水的士兵们拖入水下。"我不得不松开一个年轻的小伙，他已经被淹死了。"一名士兵后来告诉他的战友："我们当中有 8 个人被淹死，还有 4 个游到了德国人那一侧。"

晚上 9 点，进攻发起后的一个小时，到达西岸的士兵不到 100 人。许多人躲入沼泽中，用钢盔在几英寸深的隐蔽处挖掘着，并将掘出的泥土堆在浅浅的战壕四周。3 100 发炮弹并未能哑圣安杰洛镇德军猛烈的火力。伴随着爆炸，灼热的弹片在镇子下方四散飞溅。"近距离的爆炸把人震得就像把音叉。"一名士兵这样说道。至少四挺 MG-42 以机枪火力封锁着 U 形河曲内的渡河点。拉皮多河上的 4 座步行桥，两座被炮火摧毁，第三座毁于地雷。工兵们忙碌了几个小时，将最后一段桥梁跨度拖入河中，1 月 21 日星期五清晨 4 点前，拉皮多河上终于架起了一座桥梁。

东岸打着瞌睡的士兵们被唤醒，他们争先恐后跨过摇摇晃晃的桥面，一个班接着一个班，一个排接着一个排。"德国人手上所有的自动武器都开火了。"一名军官说道，"木板与河水的撞击声会引来敌人的火力。"另一名军官承认，他觉得自己就像是"一只犹大羊（犹大羊指的是畜牧饲养场一种经过特殊训练的羊，它们的任务就是领着羊群进入某些特定场所，比如屠宰场或运羊的卡车。——译者注），带着羊群走向屠场"。

6点30分前，就在天际隐隐出现一抹曙光之时，第1营已有半数兵力登上西岸。炮火破坏了桥梁，一段段桥面没入水中。所有的电台都在渡口处被毁；大部分炮兵观测员不是阵亡就是身负重伤；所有通往东岸的电话线也很快被炸断。大批抬送担架者倒下，很少有伤员能被撤过河去。"我不知道那里究竟有多少人阵亡和负伤，"A连的一名医护兵后来回忆道，"只知道非常多。"

第141步兵团团长小亚伦·A.怀亚特中校本打算让第3营紧跟在第1营身后渡河，但由于对岸的桥头堡只有200码深，便取消了这道命令。一晚混战之后，第二天的光景并未好转，就连下达的命令都前后矛盾：到达西岸的士兵最初接到的命令是坚守，而后又被建议撤离。有些士兵冲过被河水淹没的浮桥或是游过河去，抓住岸边的树根攀上东岸；但大多数士兵在西岸掘壕待援或干脆举手投降。工兵们在拉皮多河上拉起一张网，捕捞着漂在水面的尸体。

★★★

身处下游的该师左翼，进攻行动同样英勇，但也同样未获更大的成功。第143步兵团L连连长说道："我们向前冲去，开始渡河时，我看见团长站在那里，眼里噙着泪水，便知道情况不大对劲了。"

第143步兵团选中了两个渡口。1月20日星期四晚上8点，尖刀排在位于上方的渡口划桨渡河，并未遭到敌炮火的袭击。但德军炮手们反应过来，开始击沉船只，破坏正在铺设的浮桥。焦头烂额的工兵们逃回存放船只的地方，团长威廉·H.马丁上校随后发现他们蜷缩在散兵坑里。经过一番威胁和恳求，这些工兵重新聚集起来，拖着更多的M-2赶往河边。星期五清晨6点前，第1营（就是亨利·瓦斯科上尉曾指挥过的那个营）里的大多数人已到达西岸。

队伍在那里没能待多久，德国人机枪和坦克的低伸火力便扫向桥头堡，那些没有紧趴在地上的士兵被击中了臀部、背部和双腿。眼见全营面临覆没的危险，戴维·M. 弗拉奇奥少校于清晨 7 点过后便要求沃克允许他的营撤回东岸，但沃克没有批准。然而当坚守令送到时，弗拉奇奥已带残部放弃了桥头堡。

下游 500 码处是第 3 营的渡河点，那里没有必要实施后撤，因为没有一名士兵到达河对岸。该营的工兵笨手笨脚，步兵惊慌失措，几个连在雷区内外徘徊了几个小时。"闪烁的炮火将从河面升起的雾气变为一片红光。"一名军官写道，"士兵们甚至无法看清脚下的道路。"午夜时刻，该营营长报告说，他还剩下 5 条船，但仍无法确定河流在哪里；清晨 5 点他被撤职，而继任者则很快便取消了进攻行动。

这些坏消息被潦草地写在一张便条上，由拉皮多河附近第 2 军的一名联络官所带的信鸽交给凯斯将军。早上 7 点 25 分，伴随着一阵翅膀的扇动，信鸽被放了出去，也许是被雾气和枪炮声弄得没了精神，这只鸽子径直落在附近的一棵树上。"我不得不用泥块朝它砸去，好把它赶走。"那名联络官描述道，"然而，它又飞到另一棵树上，只好随它去了。"

事实上，凯斯和沃克都不需要信鸽来告诉他们昨晚的行动进展不顺。整个晚上，沃克一直坐在师部的电话机旁，并在 1 月 21 日的日记中写道："昨晚的进攻相当失败。"但现在该如何是好呢？他相信，在白天渡河是愚蠢的行为。起草新命令，找到新船只，替换阵亡或负伤的各级指挥官，但这一切都需要时间。上午 8 点 30 分，沃克告诉第 141 和第 143 团，12 小时后，也就是晚上 9 点，重新发起进攻。

凯斯却另有想法。上午 10 点，他大步走进沃克设在罗通多山的师部。几分钟前，克拉克已通过电话敦促凯斯"想方设法让坦克和坦克歼击车及时渡河"。凯斯同意了。他问沃克，第 141 团是不是还有些士兵仍在西岸？应该不遗余力地增援他们，最好是在中午前，因为初升的太阳会让德国守军睁不开眼。第 2 军军部的一名参谋带着一块写字板，上面勾勒着一幅拉皮多河的粗略地图，一个箭头从东岸指向西岸。沃克争论了一番，随后便同意将进攻发起时间设在下午 2 点。

"谁都能在地图上画出几条线。"军长驱车离开后，沃克写道，"我想说的是，仅靠一厢情愿而忽略事实，是无法打赢这场战斗的，但这里不是违抗命令的地方。"于是，他将自己的无奈发泄到日记中："某些高级指挥官似乎愚蠢至极。"

其实，凯斯和沃克都不知道的是，第五集团军的进攻已完成了克拉克的部分构想。两天前，"超级机密"拦截到的情报表明，凯塞林元帅已命令驻扎在罗马附近的第 29 装甲掷弹兵师（这是他的半数预备队）增援位于加利格里阿诺河的第十集团军；很快，另一份拦截到的情报透露，德军的另一半预备力量，第 90 装甲掷弹兵师也已奉命南移，安齐奥滩头已几乎无人镇守。尽管徒劳无益，但英国第 10 军的进攻却把德国人吓坏了。凯塞林觉得第十集团军已"危在旦夕"。

这些情报被直接交到克拉克和亚历山大的手上，其下属并不知情，因而对拉皮多河的战斗毫无影响。克拉克相信，继续实施进攻能进一步将敌人调离"鹅卵石行动"。如果沃克能在圣安杰洛实现突破，并放出装甲部队冲入利里河谷，就更好了。

★ ★ ★

他们向前而去，就像被送上断头台的人那般步履沉重。一名士兵沿着通往拉皮多河的凹陷路面走去时评论道："每隔 10 码就有一具死尸，就像是在排队。"靠近河边时，地上的尸体越来越多。另一名扛着橡皮艇的士兵后来写道："我们脚下所踩的似乎不是泥土和碎石块，而是那些阵亡的美国兵。"

该师左翼——第 143 步兵团于星期五下午的渡河行动要比前一天晚上熟练得多。混乱导致进攻被延迟了两个小时，但下午 4 点，在一堵呛人的巨型烟墙的掩护下，第 3 营开始划着桨向西岸而去。6 点 30 分前，该营的几个步兵连都已到达对岸，马丁上校命令第 2 营在当晚跟着过河。上游 0.25 英里处，第 1 营也在黄昏渡过河去，尽管该营营长弗拉奇奥少校后来用电台简短汇报说："我的两根手指被打断了。"三个营挤在一个仅有 500 码深、600 码宽的桥头堡内。"暮色渐渐落下时，"一名士兵后来写道，"我在想，这或许将是我活在世上的最后一天。"

该师右侧的第 141 步兵团的行动一次又一次地遭到延误。最要命的是，工兵们忘了带上给 50 条橡皮艇充气的空气压缩机。团长怀亚特中校瞒着沃克，将进攻推迟到晚上 9 点。星期六凌晨 2 点前，两座浮桥架设起来，两个营的 6 个步兵连迅速渡过河去。他们没有发现昨晚激战的幸存者。工兵们不禁想知道，德国人是不是故意留下完好的浮桥，以便"把我们更多的人引过去"。

一些士兵畏缩着不肯过河，还有些人故意落入水中。其他人则展现出非凡的勇气。第 2 营的 E 连（该连的花名册上大多是西班牙名字，如特维诺、冈萨雷斯、里维拉、赫尔南德斯等，他们对此深感自豪）挺着刺刀，穿过从三个方向射来的弹雨向前推进。"全力射击，伙计们！全力射击！"他们的连长约翰·L. 查宾上尉喊道，随后他便被飞来的子弹打死。第 141 团被雷区和铁丝网困住，他们坚守着一片 25 英亩的河边洼地，随着时间的推移，这里已变得越来越血腥。"好吧，我猜就是这样了。"一名少校对他的一位同僚说道，"我们握握手吧。"过了一会儿，一发坦克炮弹的碎片撕开了他的胸膛。他跟跟跄跄地踏着被河水淹没的浮桥返回对岸，终于得到医护兵的施救。"我亲眼看见一个人的心脏在他的胸腔跳动。"一名目击者说道，"这是有生以来唯一一次。"

德国人的大炮和火箭炮以猛烈的火力有条不紊地轰击着两个桥头堡，而机枪则带着人道或不人道的声音开火射击。美军士兵一寸寸地向前挪动，时刻体验着地雷绊发线的触感，聆听着德军机枪组换弹链的声音。"出来，你们这些胆小鬼！"一个愤怒的声音压倒了战场上的喧嚣，但谁都明白，这时站起身，哪怕是跪着，都将中弹身亡。第 143 步兵团的一名中士描述说："一个小伙子被机枪火力射中，子弹推着他的身子，就像一个被击中的铁皮罐。"营里另一名负伤的中士后来写道："移动时，我能听见骨头的破裂声，我的右腿严重错位，甚至无法把靴子脱掉，因为它扭向了后方。"德国外科军医将为他去掉靴子，当然是连同他的两条腿。

一名士兵抽泣着，看着负伤的战友被裹在半幅帐篷布中拖上湿滑的东岸。救护车将伤员们送至特洛奇奥山后设于一条潮湿的峡谷中的急救站。记者弗兰克·格维西写道，拥挤的帐篷"闻上去就像个屠宰场"。山腰处的一个小山洞外，竖立着一块粗陋的木板，上面印着字："部件"。洞内堆放着一个个麻袋，里面装着被截肢者的四肢。在拉皮多河负伤的士兵，平均在中弹 9 小时 41 分后获得"彻底治疗"。一项医学研究后来发现：被送至一所急救站需要 6 个小时，接着又要花 3 个小时赶往伤员运送站，最后被送往后送医院还需要 1 个小时。对阵亡者的处理容易得多：他们穿着军装被埋葬，不需要接受什么检查。

当然，处理活着的伤员仍然令军医们忙碌不堪。第 111 医疗营的伤员运送站只有 5 名医生。1 月 21 日星期五，他们救治了 300 多名伤员，经常是奋力救挽那些已不可能救活的人，他们在星期六还将救治这么多伤员。一名中士在局部麻醉的情况下接受了手术治疗，他后来说道："医生在手术过程中停了下来，吸了根烟，他也塞给我一根。"同一个连里的另一名中士则告诉医生："帮我把这些伤口缝好，再给我支枪，我要把那些婊子养的德国佬全干掉。"

★ ★ ★

1 月 22 日星期六拂晓前，300 发德军炮弹掠过罗通多山，给美军第 36 步兵师师部造成了伤亡和混乱。来自拉皮多河可怕的报告令这个早晨变得更加糟糕：损失惨重、尚没有一支部队对圣安杰洛构成威胁、弹药短缺、浮桥损毁。

"渡河的部队近 6 个营，却没有桥梁，"凯斯在日记中写道，"不太对劲。"尽管美军在西岸获得的桥头堡非常浅，但这位军长还是下令搭建两座活动便桥，但这项任务（即便在完美的条件下也需要 6 个小时）却因为工兵部队中的混乱而未能完成，满是车辙印的道路阻止了卡车驶向拉皮多河，沿途还不停地遭到敌人的炮击。"说话或咳嗽声都会引来敌人的火力。"跟随着第 143 步兵团的一名工兵说道。星期六早上，一名赶来视察情况的将军发现，这些建桥者"缩在战壕中，并未搭桥"。

烟雾几乎没有什么帮助。为掩护渡河行动，沿着拉皮多河投下了数百个发烟罐和迫击炮弹。一些卖力的迫击炮手每分钟射出 21 发炮弹，这个发射速率太过激烈，以至于许多炮管被烧蚀。星期六早晨的能见度只有 50 码，这有效遮蔽了特洛奇奥山上的观察哨以及隐蔽在河流附近的德军狙击手。美军炮兵不得不根据声音来定位他们的炮火，这种方法在一片嘈杂的战场上很难奏效。第 36 师和第 2 军的化学战军官们对德国人的烟雾抱怨不已，却没有意识到那些发烟罐是他们自己的。

随着时间的流逝，当日伊始，"美军指挥官似乎都被一种可悲的惰性所主导"。拉皮多河战役陆军官方战史作者马丁·布鲁门森写道。疲惫、愧疚、后悔、失望，一切的一切折磨着他们。第 2 军一名曾参加过阿尔及利亚和突尼斯战役的少校说，"我十分清楚所见到的状况，因为在圣克劳德和凯塞林山口时，我见识过同样的情形"。尽管略显鲁莽，但凯斯依然好斗。

星期六上午 10 点，凯斯命令沃克做好准备，将预备队（第 142 步兵团）投入战斗，增援西岸的 6 个营。他告诉沃克，他相信德国人已"立足不稳"，投入新锐部队将把他们打垮。但克拉克打来电话提醒，他反对继续往这无底洞里投入有生力量。令凯斯恼火的是，第 142 团也报告说，他们需要 15 个小时的准备时间，要到星期日早上才能发起进攻。河对岸再次发来的急电，暗示第 141 步兵团已"近乎全军覆没"，凯斯因而取消了他的命令。"反正你也不打算执行这道命令，"他对沃克说道，"还不如干脆取消。这样消极应对，行动是不会取得成功的。"在日记中，凯斯写道："我们失败的原因是这个师太烂，缺乏灵活进攻的能力。"

随后，指挥官们开始相互指责。凯斯写道，克拉克"似乎想对我们强攻拉皮多河的决策加以指责"。这位军长补充说，相关记录将证明，几个月来，他曾"指出过冲入河谷的错误，除非两侧的高地遭到攻击！可我的意见每次都被集团军否决"。而沃克则因凯斯不从命而气愤不已。对驻守在离河四分之一英里处的第 760 坦克营进行简短视察时，沃克告诉一名坦克组员："我从一开始就知道这场行动不会奏效，河对岸该死的德国佬太多了。"

克拉克似乎意识到，相互指责就算无害也是不得体的。与凯斯和沃克在罗通多山共进午餐时，他显得和蔼而又热心。"告诉我，那里究竟发生了什么状况？"他问道。凯斯回答说，这场进攻已显示出其价值——危险但必要。克拉克打断了他的话："我犯的错和你们一样多。但各个团长称职吗？师里的参谋人员表现如何？"

克拉克和凯斯刚刚驱车离去，沃克便要求副师长威廉·H. 威尔伯准将写下一份证词，记录下刚才的会谈，包括克拉克对自己所犯错误的承认。"我完全料到克拉克和凯斯会将我撤职，以此来掩饰他们的愚蠢……但他们的心情还不错。"沃克写道。他将威尔伯的备忘录贴在自己的日记中，以防万一。

就在这些将军午餐会谈之际，两个团的残部正挣扎着从拉皮多河这片杀戮场挽救自己。星期日中午前，第 141 步兵团的所有指挥官，除了一名上尉外非死即伤，各个营的参谋同样如此。第 143 步兵团的情况也没好到哪里去。后撤的命令渐渐散布开来。第 2 营营长米尔顿·J. 兰德里少校刚刚在河曲部度过其 30 岁生日，此时，他已三处负伤，一块餐盘大小的弹片令他髋关节脱位，另一块弹片击中了他的胸部，却因放在上衣口袋里的一支派克笔而发生偏移。他撑着一副船桨蹒跚而行时，又被机枪子弹击中双腿。兰德里倒了下去，一根动脉被切开，一条坐骨神经被切断。

"少校！"一名医护兵告诉他，"我觉得拉皮多河这一侧没有足够的绷带能将你身上所有的伤口包扎起来。"被送至东岸后，兰德里听见另一名医护兵说道："你的一只靴子还在某样东西上，我猜那是你的腿。"

兰德里活了下来。另一名被炸飞一条腿的士兵游过河来，也活了下来。暮色降临，几十名士兵挣扎着返回东岸，他们抓着河里的漂浮物，子弹在河面上噗噗作响。该师的作战日志估计，截至星期日傍晚，他们损失了 100 名军官和 1 900 名士兵。炮火渐渐沉寂下来。黑暗中传来要水喝的声音，还有呼叫救护兵的微弱喊声，但交战双方都已对这种恳求见怪不怪。随后，一片沉寂。"据报，"晚上 8 点 30 分的作战日志中指出，"河西岸美军的射击声已平息。"

第 143 步兵团一名安全返回东岸的士兵后来回忆道："一夜之间我已变成了一个老人，我知道，我再也不是原来的那个我了。"

★ ★ ★

该师作战日志的初步伤亡统计很接近事实。官方医疗记录列出 2 019 名伤员，其中 934 人负重伤。有些数字统计得偏低，还有些数字偏高。然而，克拉克却无理地指责沃克夸大了他的损失，想以此博得同情。德国人在西岸找到 430 具美军尸体，并俘虏了 77 人；德军第 15 装甲掷弹兵师的损失是：64 人阵亡，179 人负伤。对胜利者来说，这足以让他们感到自豪。第 2 军被俘获的一只信鸽又被放了回来，还带着一张纸条："我们期待你们再次光临。"

无论怎么看，美军的两个步兵团已在这场战争期间最糟糕的一次惨败中被全歼；此次行动的损失堪比 6 个月后的奥马哈海滩，只不过那场传奇性的突击取得了成功。"我原有 184 名部下，"第 143 步兵团的一位连长说道，"48 小时后，只剩 17 个人。如果这还不算大屠杀的话，什么才算？"第 141 步兵团两个残破的营奉命集合时，一名上尉只勉强召集起 200 名士兵。工兵们报告说，"在一片混乱中"清理出 8 艘 M-2、323 支船桨和 4 100 英尺马尼拉麻绳。沃克在将一枚银星勋章颁发给一位双腿被截肢的士兵后，于日记中写道："上级愚蠢的命令直接造成这些毫无必要的伤残和丧生，这就让我欲哭无泪。"

克拉克很快便将沃克召至米尼亚诺会面。两人握了手，随后便在清晨的阳光下沿着山间散步，身材高大、瘦骨嶙峋的集团军司令比他这位敦实的前教官高出一头。克拉克对第 36 步兵师的士气感到担心。该怎么做呢？沃克承认，在经历了"近期的挫败和军官的严重损失后"，队伍士气有些令人沮丧。确实如此，克拉克对此表示同意，但这些挫败恰恰反映出该师的重要位置上缺乏有能力的军官。他打算来个大换血，换掉威尔伯准将、参加拉皮多河战斗的两个团长、师参谋长及沃克的两个儿子。

目瞪口呆的沃克问道，自己是不是也将被撤职。"不，你没做错什么。"克拉克回答道，"但是，这样的话，你身边就只剩那些能力不足的军官了。"沃克对自己得以幸免深感怀疑。"这是一个沉重的打击。"他在日记中写道，"只要克拉克找到个简单易行的办法，我就会被解除师长职务。"一名新团长赶来接替第 143 步兵团的马丁上校时，沃克告诉他："在我看来，你的前任没有任何过错或疏漏。"

他说错了。拉皮多河上的每一个高级军官都犯了错，没有谁是无辜的。陆军战史不常指责谁，但其中提到这一役时却说"一系列灾难及不幸"，包括"导致歇斯底里和恐慌发生的混乱"。克拉克很快发现，他不得不为自己的指挥能力做出辩解。"如果我受到某种指责的话，感谢上帝，那是因为进攻，而非撤退。"他说道。

但是，虚张声势的好战并没有什么效果，就连克拉克也觉察到这一点。他在 1 月 23 日的日记中提到了拉皮多河："不得不付出一些血的代价，要么在地面上，要么在'鹅卵石'海滩，我更倾向于选择拉皮多河，相比之下，我们在那里比较安全，而在安齐奥，我们背靠大海。"也许真是这样。一些军事家将拉皮多河的灾难与诺曼底联系起来，并认为是登陆艇的短缺导致了在意大利发起一场快速的行动。W.G.F. 杰克逊写道："责任应归咎于那些允许'霸王行动'的统治权主导所有战术和战略战场的人。"当然，克拉克和凯斯没能让沃克明白，他对圣安杰洛的进攻是对安齐奥和西欧这些更大的战略行动的一种配合。

伤亡 2 000 人，甚至没能在拉皮多河上获得一个立足点，这意味着战术失当。凯塞林在战后评论道："从军事角度看，这是个不可能完成的任务。"

德国守军并不知道发起进攻的是一整个美军师；尽管凯塞林将两个预备师从罗马调至加利格里阿诺河，但他并未给圣安杰洛派遣援兵，因为那里完全不需要。美国人没能夺取制高点，从而与相邻的第 46 步兵师协调配合有效使用坦克炮火，没能压制住侧翼的德军炮火。

"这场进攻策划得不够周密，时机也不当。"凯塞林补充道，"没有哪位将军会让自己的侧翼暴露在外。"比利·科比中士来自得克萨斯州盖茨维尔，尽管他不是元帅，但他也同意这个看法："任何一个有点经验的人都知道，那里不是渡河的地方。"一名坦克排长对此表达了不满，他说道："当个大头兵多好，谁也不会指责你的指挥能力。"

士兵们心情抑郁，"处在兵变的边缘"。第 141 步兵团的一名中尉报告道。一些人对自己被当作"炮灰"愤恨不已，就像离任的马丁上校所指出的那样，许多人赞同他的看法，"一个出色的国民警卫队师被西点指挥官错误的命令所毁"，这个西点指挥官似乎说的就是克拉克。沃克不知道的是，拉皮多河战役后，他手下的得克萨斯军官召开了秘密会议，坚决要求在战后举行一次国会听证会。

他们达成的协议于 1946 年 1 月得以实现，第 36 步兵师协会要求对这场惨败展开调查；这些得克萨斯人指控克拉克"既无能力也缺乏经验"，并想"让这个国家的年轻人损失殆尽"。参议院和众议院都召开了听证会，但没有结果。得克萨斯人指责克拉克，克拉克则埋怨沃克。"沃克的精神状态导致了一场无法避免的失败，这是个决定性因素。"克拉克告诉五角大楼。陆军部长确定对拉皮多河的进攻"非常必要，克拉克将军做出了合理的判断"。调查结束了，但争论持续了几十年，如今依然是个令人厌恶的伤口。

眼下，惨遭屠杀的报告传遍整个意大利，军官们摇着头，暗自庆幸自己逃过一劫。基彭贝格尔准将的新西兰士兵在冬季防线上经历了一番磨难，此刻仍在恢复中。他研究了战地报告后得出结论："除了勇气，一无所有。"

★ ★ ★

拉皮多河上最后的枪声渐渐平息。几个小时后，一名被俘的美军士兵被释放。作为信使的他跌跌撞撞地冲入第 141 步兵团团部，带着一封写给"美军指挥官"的信件。德国人建议停火 3 小时，以便搜寻伤员，并将阵亡者的尸体带回。美军士兵用毛巾和碘酒做成红十字旗，没等规定时间到来便渡河来到两个团曾占据的桥头堡。

他们找到些幸存者，列兵阿瑟·E.斯塔克就是其中的一个。他带着营里的电话交换机渡过河去，随后便被弹片击中。一连3天，就这样暴露在1月份的寒冷天气下。"圣诞节过得好吗？"月初时，他曾写信给11岁的妹妹卡罗尔，"这里的男孩和女孩可没有圣诞节过。"获救后，斯塔克仅仅撑了两天，还是牺牲了。还有些人的结局稍好些：一名前进观测员的半张脸被炮弹炸飞，看上去似乎已身亡，但一名医护兵发现他一息尚存。医生们将按照其家人寄来的照片，为他重塑面孔。

在这停战的3小时里，他们归拢阵亡者，收获自己种下的恶果。德军医护兵与美国人并肩工作，不时闲聊几句，并对这场进攻的战术安排提出批评。德国摄影师也来到这片战场，不断抓拍。一名美国记者打量着卡西诺山隐约可见的岩壁和那座能俯瞰一切的白色修道院，说道："迟早会有人不得不把那地方彻底炸掉。"

短暂的和平结束了。暮色从地平线卷土重来，雾气再度聚集。在这片即将消失的光线中，最后一批医护兵用长木杆挑着休战旗出现。他们找到了100多具尸体，但这片战场上仍有数百具尸体，仍将在这里摆放数月，腐烂的肉体吸引了游荡在这片沼泽地中的野狗。这些无梦的死者躺在这里，尸骨随季节的更替而被侵蚀，就像所有的死者那样，等待着末日的号角。

"比斯坎"号的囚徒

曾被称为"普特奥"的半月形港口，古时候曾发生过许多事情。据说埃涅阿斯曾从内陆的阿佛纳斯湖进入阴间，跨过冥河，在哀伤的原野上寻找着那些"被苛刻、消耗性疾病、残酷的爱所耗尽的亡灵"。圣保罗在马耳他遭遇海难后，搭乘一艘运粮船最终经此普特奥码头到达意大利。这里伫立着半岛上的第三大罗马露天剧场，剧场由60扇活板门组成，活板门可以抬起，从而将购自非洲的野兽放出。据说，公元305年，放出的狮子不肯吞噬圣真纳罗，当局只得砍掉了他神圣的头颅。

1944年1月，一个瘦小的9岁女孩（同学们称她为"牙签"）就住在这里，此时，这座城市已被更名为波佐利。战争结束后，小姑娘不再那么瘦弱，"牙签"的绰号也被"索菲亚·罗兰"这个更出名的名字所代替。

数千名盟军士兵也暂时居住在波佐利。这里位于那不勒斯西北方 10 英里处，拉皮多河战役第一份粗略的报告从北面 50 英里处送来时，"鹅卵石行动"的中途集结已接近完成。第 6 军在安齐奥投入的突击部队包括两个步兵师（美国第 3 步兵师和英国第 1 步兵师），以及伞兵、美国的游骑兵和英国的突击队，总计 4.7 万人，5 500 部车辆。另外 1.1 万名士兵紧随其后，包括一个装甲旅。

400 艘船只正在波佐利和那不勒斯附近的三个港口搭载人员和物资，其中包括 4 艘自由轮、84 艘坦克登陆舰、84 艘步兵登陆舰和 50 艘坦克登陆舰。这些天，美国海军和英国皇家空军的气象学家们，带着占卜者检查动物内脏的认真劲，研究着他们的气压表和气象图。1 月 22 日（星期六）上午进攻发起时，他们给出的天气预报鼓舞人心：1 级风，海面平静，有雾，55 华氏度（约 13 摄氏度）。

各个码头上洋溢着节日般喜庆的气氛。坦克登陆舰已沿着波佐利海滩靠岸，舰艏门敞开在平坦的岩石上，这些岩石曾被渔民们用来摊放渔网。一队队吉普车和满载的卡车穿过弯弯曲曲的街巷，向那些船只驶去。意大利商贩在街头巷尾大声喊叫，兜售着水果、葡萄酒及令安保人员深感沮丧的安齐奥明信片。伴随着乐队演奏的"圣帕特里克节"，爱尔兰近卫团列队走向船只；在踏上一座塑像的底座时，指挥官带领他们举手敬礼。供 15 天作战行动所用的补给物资被吊入船舱。一些无关物品被警惕的军需官发现后，又被吊了出来，其中包括一台便携式风琴和几千册赞美诗集。

小贩们的船只涌过锚地，向皇家海军的水手们兜售橘子，并高呼："祝你们好运！"一名飞行员在日记中写道："当地的意大利佬迅速沿着我们的船只排开，兜售坚果、苹果到利口酒的一切。"在附近一座仓库等待登船的士兵们观看了一部电影，但这部电影被多次打断，因为不停地有部队被叫去登船。士兵们耸耸肩，收拾起他们的装备，重复着美军士兵常说的一句话，这句话表达出某种讽刺意味（如果不能称之为蔑视的话）："演出必须继续。"

罗伯特·卡帕带着摄影包和从黑市上买来的价值 150 美元的西班牙白兰地赶到了波佐利。他找到比尔·达比，达比最近被晋升为上校，指挥刚刚以 3

个游骑兵营组建的第 6615 游骑兵团。"这些小伙子们奉命四处散布谣言,说他们马上要回家了。"卡帕写道。数百名意大利姑娘涌上了码头:

> 她们来道别,来提醒她们的朋友不要忘记把签证寄来,来收集多余的 C 级口粮。这是个怪诞的场景:士兵们坐在码头上,雇鞋匠把自己的皮靴擦亮;他们的左手握着一盒口粮,右手则搭在情人的腰上。

"比阿特丽克斯公主"号、"温彻斯特城堡"号、"皇家阿尔斯特人"号和三艘坦克登陆舰上,游骑兵们悬挂着他们的吊床,用大咖啡壶里的酸橙汁灌满餐杯,并走上露天甲板去做健身操。"他们觉得这次的行动会充满爱和廉价啤酒。"达比说道,"我可不这么认为。"

那不勒斯岸边,宽阔的维苏威火山下方,第 3 步兵师的乐队演奏着一连串进行曲,瘦削的步兵们跺着脚,从挥动旗帜的人群中穿过。"这般大张旗鼓似乎不太合适。"一名参谋军官写道,"整件事有点不太真实。"乐队奏响第 3 步兵师师歌时,列队行进的士兵们高唱:

> 我只是个普通的步兵,
> 步枪扛在我的肩头,
> 每天我都以德国佬为早餐。
> 所以,给我弹药,
> 把我留在第 3 步兵师,
> 步兵小伙真是棒!

美国海军"比斯坎"号水上飞机母舰现已成为旗舰,士兵们吼出的歌声令舰上的卢希恩·特拉斯科特特别高兴。他穿着皮夹克,戴着涂有两颗将星的钢盔站立在船艉。美国兵跟他们一战时期的父辈一样,很少唱歌。正如特拉斯科特后来所说,"他们没有兴趣以唱歌来减轻心理负担"。但是,此刻爆发出的合唱却暗示着经历了残酷的冬季防线战役后士气的恢复。许多新兵已被补充进第 3 步兵师,自西西里岛战役以来,尉官的补缺率已超过 100%。

特拉斯科特知道,在接下来的几周,士气至关重要;而健壮的体格同样重要。因此，过去的一个月里，为了让该师准备妥当，医生们努力替士兵们治疗战壕足、支气管炎、淋病等各种疾病。为了缓和自己的慢性咽症，特拉斯科特打算在赶赴安齐奥的 120 英里航程中，用硝酸银涂抹 3 次喉咙。

码头上激昂的鼓声传入"比斯坎"号拥挤的甲板室，这里已成为陆军部队的海上指挥部。另一位少将带着骄傲和抑制不住的恐惧聆听着这种战争的节拍。"我有许多疑虑，但也很乐观。"星期四下午登船后，约翰·卢卡斯在日记中写道，"我努力做到不动声色。"

对卢卡斯来说，努力刚刚开始。作为第 6 军军长和"鹅卵石行动"的指挥官，他看上去并不像一群勇士的首领。身材矮胖的他面色忧郁，短短的"美人尖"，戴着金丝边眼镜，蓄着一战期间法国将领们青睐的白胡子。他不停抽着一只玉米芯烟斗，拄着一根包有铁头的手杖，这是奥马尔·布拉德利送给他的。"今天我 54 岁了。"1 月 14 日，他在日记中写道，"每年都要感受到这一点，这让我感到害怕。"一个英国人认为他似乎"比圣诞老人还大 10 岁"。卢卡斯给一名爱尔兰近卫团士兵留下的印象是，"一位和蔼可亲，温和，需要人照料的老人"。

卢卡斯出生在西弗吉尼亚州，1911 年毕业于西点军校后被任命为骑兵军官，随后便骑着马跟随潘兴的讨伐军进入墨西哥。一战期间，他在法国亚眠身负重伤。珍珠港事件爆发时，卢卡斯任第 3 步兵师师长，后来又在北非担任艾森豪威尔的副手。这是他第三次担任军长职务，其中包括接替布拉德利短期出任第 2 军军长一职。马歇尔和艾森豪威尔最终选中他在萨勒诺接替道利的职务。

私下里，克拉克更倾向于马修·李奇微，但他耸耸肩，接受了卢卡斯（1942—1943 年，卢卡斯是第 3 军军长；1943 年 9 月暂时接掌第 2 军，随即出任第 6 军军长职务。——译者注）。卢卡斯驾驶的吉普车名为"搞笑者"（"搞笑者"这个名字来自卢卡斯和他的好朋友辛普森将军，这是他们俩之间相互的称谓，于是，卢卡斯把这个名字涂在自己的吉普车上。——译者注），引自吉卜林的"按码计算"，而卢卡斯自己也有几个绰号，包括"老卢克"和"花心老爹"；在安齐奥，他还将获得更多的绰号，最出名的是"狡猾的爷爷"。尽管他把德国人视作"十足的猪猡"，但据一名参谋军官说，"他似乎从未想过伤害任何人——有时候也包括敌人"。一位英国将领觉得卢卡斯"其貌不扬"；另一名近卫团指挥官则承认，曾经有一个奇怪的谣言，说卢卡斯注射过有问题的黄热病疫苗。卢卡斯视察设在那不勒斯湾上方的营房时,"看见这个老人吐着烟在各个连队间转悠,每个人的劲头不禁为之一沉"。

卢卡斯的缺点很明显。同情心可能会让一个人显得高尚,但也会使一名将军变得软弱。"我经常会想到我那些部下在山脉中被消耗殆尽。"他曾在冬季战役期间写道,"我的心肠太软,在这个行当,不会有什么作为。"

登上"比斯坎"号的前几天,卢卡斯补充道:"我必须忘掉这个事实,我的命令将让这些年轻人投入到一场殊死的进攻中。"听说"鹅卵石行动"已获得批准后,卢卡斯将自己描述为"待宰的羔羊",并因此修改了自己的遗嘱。上司乐观的保证令他感到迷惑。"你的部队登陆时,德国人已经撤过罗马了。"皇家海军地中海舰队司令、约翰·H.D. 坎宁安上将告诉他。亚历山大则声称,夺取罗马以及随之而来向北的快速追击意味着"'霸王行动'不再必要"。

他感到奇怪,亚历山大和其他人是不是因为智力超群才有如此的信心?盟军司令部断言:"2月中旬后,敌人是否打算在罗马南部继续进行防御战,这一点非常值得怀疑。"第五集团军司令也声称,敌人的实力"已因伤亡和疲惫而衰减,士气也可能因此而下降"。根据第五集团军分析人员的说法,在安齐奥登陆的4天后,参与"鹅卵石行动"的突击部队面对的敌人不会超过3.1万人,德国人要想从意大利北部调来两个师,至少需要两周以上时间。指定的罗马军政府长官已申请了1 000美元作为首都的一项"娱乐基金"。

卢卡斯的看法则不同。第6军情报分析人员认为,德国人将于D日当天在安齐奥集结起12个营和100辆坦克,这股力量将在一周内增加至29个营,到D日后的第16天前,德国人将扩充至5个师和150辆坦克。第6军还预计,"即便在有利条件下",从卡西诺前线赶来增援滩头阵地的部队"也无法指望在30天内赶到"。卢卡斯在日记中透露,"整件事有一种加里波利的强烈气息",那是1915年英国人对土耳其发起两栖进攻所遭遇的惨败。

一位老朋友分享了他的预感。返回英国就任集团军司令职务前,巴顿从巴勒莫飞来与卢卡斯道别。"约翰,军队里没有哪个我看不惯的家伙杀的人比你多,我担心你无法活着摆脱出来。"巴顿对他说道,"当然,你身受重伤。对一名负伤的将军,没人会说三道四。"巴顿建议他读读《圣经》。他又对卢卡斯的副官说道:"如果情况恶化,就对这老家伙的后背来上一枪。"

卢卡斯胆怯的举止掩盖了其敏锐的战术头脑。他和他的极少数上司都意识到,"鹅卵石行动"的野心太大,已超过盟军的现实能力。更糟糕的是,这些野心混乱而又矛盾,尤其是对安齐奥东北方重要制高点的关注,那里被称作拉齐奥山或阿尔班丘陵。按照亚历山大 1 月 12 日下达给克拉克的指示,投入"鹅卵石行动"的部队"将要切断敌人位于罗马东南方,拉齐奥山区的主交通线",并对卡西诺前线敌军的后方形成威胁。两股盟军部队随后将"尽快会合",并以"最快的速度"迅速通过罗马。

但第五集团军在当天稍晚些时候给卢卡斯下达的命令是"夺取并确保安齐奥的滩头阵地",然后"向拉齐奥山推进"。第 6 军是否应该越过阿尔班丘陵,还是朝这些山丘缓缓进军,克拉克依然含糊其词。遭遇过痛苦的挣扎后,这位第五集团军司令预计德国人会殊死抵抗,先是争夺滩头,随后将争夺进入罗马的各条道路。亚历山大的想法也许不同,但他只是"一颗花生和一个鸡毛掸",克拉克在他的日记中用了个古怪、不够恰当的比喻。克拉克在私下里建议卢卡斯先确保滩头阵地,并避免自己的部队受到威胁;如果发现敌人的防御很懈怠,就让第 6 军冲向山丘,切断 6 号和 7 号公路,这是从罗马通向凯塞林位于加利格里阿诺河和卡西诺守军的主要补给道路。

"约翰,别把你的脖子伸出去。"克拉克告诉卢卡斯。"我在萨勒诺就是这样干的,结果遇到了大麻烦。"他补充道,"你可以忘掉罗马这个该死的任务。"

亚历山大的"鹅卵石计划"中充满了幻想和一厢情愿;克拉克为其添加上现实性、灵活性和不够顺从的傲慢。此刻,混乱蔓延整个指挥链。第 12 空中支援司令部(第 12 空中支援司令部即后来的第 12 战术空军司令部。——译者注)将为进攻部队提供空中支援,他们认为"鹅卵石行动"的目的是"推进并夺取高地"。英国第 1 步兵师师长威廉·R.C. 彭尼少将也认为,他的部队将"向北推进,完成第 6 军夺取拉齐奥山的任务"。

然而,卢卡斯在 1 月 15 日签发的第 19 号作战指令中却没有越过登陆域并实施进一步行动的详细计划。例如,特拉斯科特的第 3 步兵师只被告知建立一个滩头阵地,并做好接到命令后向山城韦莱特里推进的准备。困惑的彭尼将军在 1 月 20 日的日记中写道:"军里至少谈到了冲出滩头阵地的计划。"难怪克拉克的副参谋长查尔斯·理查森爵士后来评论道:"登陆安齐奥从一开始就是场彻底的闹剧。"

另一个问题令卢卡斯更加不安：在萨勒诺下方的海滩上为"鹅卵石行动"所进行的演练遭遇了惨败。英军的旅级或师级指挥部未能登陆；而美国人在一场代号为"步兵"的演习中表现得更加糟糕。海军突然改变了登陆海滩，37艘坦克登陆舰只出现了11艘。1月17日夜里的恶劣气候和错误领航使舰队停在距岸15英里的海上，40辆实施登陆的DUKW沉入远海，导致21门榴弹炮、无线电设备和一些人员被海水吞没。"我站在海滩上，带着一种不祥的念头等待着。"卢卡斯说道，"没有一支部队在既定的海滩登陆，没有一支部队以正确的顺序登陆，没有一支部队不延误一个半小时以上。"

特拉斯科特对登陆安齐奥的准备工作恼怒至极，以至于在给格伦瑟将军的信中写道："如果这是次孤注一掷或自杀性行动，那么我想知道的就是事实真相。"登上"比斯坎"号前，带着卢卡斯祝福的特拉斯科特也给克拉克发去一份"步兵"演习的记录。集团军司令对"严重管理不善的海军"深感震惊，但他告诉特拉斯科特："卢希恩，我已接到你的报告，很糟糕。但上层已确定了行动日期，不可能再推迟一天。你必须奉命行事。"

★ ★ ★

长期以来，意大利一直是片充斥着征兆和占卜、谶语和战争预言的国度。据说，在这座半岛早期发生的战役中，空中升起两个月亮，山羊长出了绵羊毛，还有一只狼从哨兵的剑鞘中拔出剑，叼着跑掉了；据说，炽热的石块雨点般落下，河中流淌着鲜血，一只母鸡变成了公鸡，一只公鸡变为了母鸡，还有个6个月大的婴儿在罗马高喊着"胜利"；据说，士兵的投枪在飞行中变成一团火焰。

当然，现在人们不需要这种预兆或迷信。可尽管如此，参加"鹅卵石行动"的部队忽视了古代水手们星期五（这是耶稣的受难日）不出海的禁令，这一点令人感到惊异。1月21日，星期五，清晨5点20分，前往安齐奥的舰队起锚，先是假装向南，随后便驶向公海。一些士兵捻着念珠或跟一名牧师聚在一起；其他人在甲板上打盹、晒太阳，望着遥远的海岸搜寻着位于库迈的朱庇特神殿，那里的一支盟军雷达组正播放着"卡罗莱纳之月"的唱片。"大多数交谈是关于家庭和普通士兵的事情。"一名飞行员在日记中写道。懒洋洋的舰队以5节的航速前进，"看上去更像是一支接受检阅而非作战的舰队"。一名英军中尉写道。

拥挤的"比斯坎"号上,卢卡斯在舱室中摊开铺盖,并将背包丢在角落。特拉斯科特用硝酸银涂抹了喉咙,睡在沙发上。"进行更多的训练无疑是必要的。"卢卡斯在日记中写道,"但是,现在没时间。"他已听天由命。"我将按命令行事,但这场大小角河战役(大小角河战役指的是1876年,美军著名的卡斯特中校麾下第7骑兵团遭遇苏族3 000名勇士的伏击,全军覆没。——译者注)不太好玩。"

演出必须继续。

THE DAY OF BATTLE

第 8 章　死亡圣地聂图诺

"撒坦行动"中途夭折，盟军策划者又另起炉灶。东多塞尔是盟军在麦杰尔达河南岸的第一道防线，交给了法军。面对来势汹汹的轴心国部队，法军是否靠得住？本以为马克纳西大捷可以弥补法伊德溃败之过，不料却在舍涅德车站苦战了一天。美军的进攻成了强弩之末。指挥官之间的信任轰然崩塌，安德森和法国人怀疑美国人，艾森豪威尔怀疑弗雷登多尔……东多塞尔对面新鲜猎物（美国人）的味道，将成为"老狐狸"隆美尔的一剂良药。

鬼魅的锚地

1月22日（星期六）凌晨，只有面包师起床了。玛格丽塔·里奇的小店里，新鲜面包的香味从木制烘焙炉中飘出，经过百叶窗帘遮掩的烟草店和一个骑着大鱼的海神铜像，传至黑暗的街道上。在聂图诺和相邻的安齐奥（鲍格才别墅的林地散布在这两座姊妹镇之间），面包铺工人是少数仍被允许待在德国人4个月前设立的沿海禁区内的公民。1.5万多名流离失所者居住在彭甸沼地附近或是拉齐奥山坡上的窝棚里。任何人在离岸3英里内被逮住，都要冒上后颈吃颗子弹的危险。他们通常会被押至安东尼奥·葛兰西大街的一堵墙前，被告知转过头来，最后看一眼大海，然后便被枪毙。

撒着面粉，闻着酵母的气味，奥兰多·卡斯塔尔迪将其平木铲塞入烤炉中一批正渐渐变成褐色的面包下。6个月前盟军进驻时，卡斯塔尔迪一直住在西西里岛，最后逃到了聂图诺，他的哥哥和叔叔在另一家面包铺工作，就在北面200码处的加富尔大街上。去年9月，当地居民对德国人的占领展开了短暂而英勇的抵抗，但多数不幸遭到处决、驱逐或被强行送往劳工营。那些被流放到沼泽地里的人经历了一个痛苦的初冬，他们用灰烬当肥皂，靠里奇的小店每天早上送来的面包为生。有些人偶尔会冒险溜入罗马，用金耳环或居家用品在黑市交换些面食或几升食用油。盟军对沿海地带的轰炸破坏了防波堤，并迫使"优雅的圣母"（一尊聂图诺守护神华丽的木制雕像）转移至罗马的一座教堂内保存。

卡斯塔尔迪歪着头，高举木铲，就像是持着一柄铁戟。一阵喧嚣透过敞开的窗户从海上传来。"待着别动！"他对两名同事说道，"出事了！"黑夜中，一阵金属撞击声和发动机的转动声叮当作响。卡斯塔尔迪分辨出这种声音来自西西里岛。"我听到了。"他说道,"我听到了。美国人来了!"他一把抓过自己的外套,猛地拉下百叶窗,冲出门去告诉他的哥哥和叔叔。就在他转过拐角跑上加富尔大街时,一道耀眼的光芒照亮夜空,地面震颤起来,仿佛是海神用他的三叉戟刺穿了大地。

★★★

美国人的确来了,同来的还有英国人。0 点 04 分,伴随着死一般的寂静和透明的雾霭,舰队离岸 3 英里驻锚——他们迟到了 4 分钟。凌晨 1 点 50 分,就在年轻的卡斯塔尔迪飞奔到大街上时,盟军舰队的侦察艇漫不经心地朝岸边驶去。两艘英军的火箭艇随即开火,他们射出 1 500 发 5 英寸口径的火箭弹,引爆滩头埋设的地雷,意图恐吓岸上的守军。5 分钟的轰击"制造出巨大的声响并未取得太好的结果,不利于给敌人以出其不意的打击",一名情报官说道。然而,回应这番炮击的只是沉寂。凌晨 2 点过后,第一批步兵涌上滩头,决心给火箭弹的破坏再添把力。

战前,这里没有杀戮,没有驱逐,也没有那些望向大海的最后一瞥,安齐奥—聂图诺曾是个繁华的度假胜地。从这里驾驶一辆飞快的菲亚特汽车到罗马只需两小时。这里有个优良的港口,还有许多装修俗气的浴室。海滨的餐馆以海鲜汤著称,遇到节日,食客们还能观赏到烟火表演。聂图诺在近代得以稍稍扩大,而在古代被称作"安提乌姆"的安齐奥则早有恶名。尼禄和卡利古拉都出生于此。

据说,罗马的大火燃烧起来时,前者正在安提乌姆的剧院里拉小提琴。另据传,公元前 490 年,叛变的贵族科里奥兰纳斯就是在这里被处决的。"银喉"西塞罗在安提乌姆有一座别墅;图拉真曾扩大这里的港口;多位皇帝曾沿着这里的海岸喂养大象。安提乌姆曾将幸运女神供奉为自己的保护神,但她却反复无常。随着罗马的衰败,这里的港口也已被淤泥所堵塞,海盗行径令这里的旅游业黯然失色。几个世纪来,幸运女神时而微笑,时而蹙眉,反复无常。

现在,幸运女神的脾气将再次受到考验。在第 6 军锚地的左侧,英军沿着 5 英里宽的海滩,从红滩、绿滩和黄滩登岸。德军断断续续的几发炮弹落在浅滩处,但盟军舰炮迅速做出回应,炮弹跨越滩头鹅卵石仅有的障碍凶猛袭来。伴随着登陆行动，大量手提式扩音器里不断传出士兵们的吼叫声。随后的一份分析报告表明："即便扬声器里传出的喊声再多，也无法引领部队穿过雷区。"英国人的卡车缺乏四轮驱动，陷在狭窄的沙丘通道上。海滩上的一名指挥官哀叹道："时间全都被浪费了。"英国人怒了。一艘登陆艇剐擦到皇家海军的旗舰"布洛洛"号时，一名海军军官朝登陆艇的舵手吼了起来："别像个被拔了一半毛的傻鸟一样站着，快让开！"

工兵们很快在雷区中扫出一条 12 英尺宽的车道，并用发光漆加以标识。数百名，随后便是数千名英军士兵进入遍布松树的帕迪廖内树林搜寻敌人。睡在一间牛棚里的三个德国兵被发现了，其身边还摆放着搜刮来的一瓶瓶意大利香水和指甲油。其中一个穿着内衣举手投降，而另外两个驾驶一辆装甲车逃走了。"多么有绅士风度，平静而有尊严。"爱尔兰近卫团的士兵们描述道。他们的指挥官带着一把大黑伞，乘坐一辆 DUKW（美军水陆两用运输车，代号"鸭子"。——译者注）赶到，"神色就像是一名拜访南海诸岛的传教士惊异地发现岛上没有食人族一样"。

右翼也没有出现"食人族"。特拉斯科特的第 3 步兵师在聂图诺南面登陆，达比的游骑兵则搜索着"天堂"的白色圆顶和阳台：一座俯瞰着安齐奥港口的赌场。即便不能说身上滴水未沾，但大多数士兵上岸时最多只湿到膝盖。一具火焰喷射器的几次喷射令一座高射炮台里尖叫着的投降者乖乖现身；19 名敌军士兵从一座仍保留着锯齿状圣诞树的掩体中高举着双手走出。在此，工兵们发现码头和出入口被塞了 20 多吨炸药，但冬季的气候已令这些炸药变潮，而德国人炸毁防波堤的新计划尚未制订。囚犯被释放出来，包括一些德军中的偷牛贼，他们是为喂饱自己的部队而去偷牛时被捕的。

在"比斯坎"号上用望远镜查看一番后，卢卡斯将军在日记中写道："我站在舰桥上，没看见机枪或其他火力扫向滩头，我简直不敢相信自己的眼睛。"凌晨 3 点 05 分，他给克拉克发去一份密码电报："巴黎—波尔多—都灵—丹吉尔—巴里—奥尔巴尼。"意思是"天色晴朗，海面平静，微风，我们未被发现，登陆行动正在进行"。清晨时，卢卡斯又发出一份电报："还没有天使，可爱的克劳德特。"意思是：坦克尚未登陆，但进攻进展顺利。

顺利的进展将持续一整天。清晨 6 点 15 分，特拉斯科特搭乘一艘救生筏上了岸。咽喉炎症使他说不出话来，红肿的喉咙令他苦不堪言，只好躺在海滩附近的一片灌木丛中打了个盹。部下们现在并不需要他。3个团已从滩头向内陆推进了3英里，只与后撤中的德军侦察兵对射了几枪，随后便将墨索里尼运河上的桥梁炸毁，以防德军装甲部队从右翼发起反击。

日出前，7点30分，游骑兵们占据了安齐奥。不久后，伞兵们报告说，聂图诺也被拿下。当地的面包师，包括兴奋的奥兰多·卡斯塔尔迪在内，都接到熄灭炉火的命令，以防德军炮手瞄准烟雾开炮射击。盟军士兵解救了6名被锁在马志尼广场马厩的拴马环上的妇女，她们在从罗马乘火车返回时遭到逮捕，身上还带着从维托里奥广场购买的黑市食物，4天前甚至被判了死刑。美国人给了她们一些奶粉、巧克力和内衣，把她们送回了家。

DUKW像游行的花车隆隆地驶过街头。俘虏们穿着原野灰色的长大衣，拖着沉重的脚步走向海滩上的收容地。"满身尘土，浑身是汗，不知所措。"一名目击者评论道。"快走，超人！"一个美国兵嘲弄着说道。德军指挥部门外竖着块大牌子，上面写着"kommandant"（司令部），有人潦草地添了几笔注释：已辞职。几颗炸弹落在海岸处，德国空军发起了一场毫无效果的空袭。一名中校说道："也许战争已经结束，而我们还不知道。"一个美国兵补充道："毫无疑问，这不对头。但我很喜欢这样。"宪兵们竖起路标，很快，吉普车和卡车拥堵在街道上。一名老妇站在镇外的一个路口处，亲吻着每一个从她身边走过的士兵的手。就像一名士兵所说的那样："她一个都没漏过。"

★ ★ ★

成功的登陆将观光客带至滩头。上午9点，伴随着水手长哨声的颤音，乘坐巡逻艇从沃尔图诺河赶来的亚历山大和克拉克登上"比斯坎"号。卢卡斯面带微笑地总结战况：敌人的抵抗可以忽略不计，人员伤亡极少，大部分攻击部队已登岸。安齐奥港的条件非常好，至少可同时停泊6艘坦克登陆舰，第一批船只将在当天下午卸载。

他们从"比斯坎"号搭乘DUKW登上滩头。衣冠楚楚的克拉克头戴大檐帽，扎着丝巾，穿着条皱巴巴的裤子。他视察了第3步兵师，并宣称自己很高兴。可怜的特拉斯科特用嘶哑的声音表示感谢。亚历山大的打扮毫不逊色，他戴着顶红色的帽子，穿着毛皮镶边的外套和马裤，站在装甲车的炮塔上巡视英军各个营。在一名苏格兰近卫团士兵看来，他很像"一名查看足球场前场的主裁判，正寻找着令他满意的东西"。实际上，亚历克斯将军已明确地告诉一位英军上校："我非常满意。"回到"比斯坎"号重新召开会议时，两位将军对卢卡斯赞不绝口，随后便跳上巡逻艇，加速驶向那不勒斯，既未留下命令，也未让人察觉到丝毫的紧迫感，就像一位聪明人所说的那样："他们来了，看了，对现状表示满意。"

卢卡斯留下来继续指挥战斗。他从"比斯坎"号迁至市场广场 16 号，这是一座位于聂图诺的双层别墅，有 4 间卧室，楼上还有个壁炉。梧桐树环绕着这座小广场，骑着大鱼的海神塑像也被框入其中。16 号原先的居住者是德军指挥官，盟军进驻时，他迅速冲出别墅，却不幸死在了海滩上，香肠和喝了一半的白兰地酒杯安稳地躺在餐桌上。

盟军赢得了最意想不到能赢得的东西，出乎意料。D 日午夜前，2.7 万名美军士兵，9 000 名英军士兵和 3 000 部车辆将登上这片 15 英里宽，2 到 4 英里深的滩头阵地。盟军士兵只阵亡 13 人。就像一名伞兵所写的那样，大多数士兵发现"很难相信，战争正在进行，而我们正置身其中"。

卢卡斯也觉得难以置信。从 16 号别墅的北窗，他能清楚地看见自己的目标。15 英里外，拉齐奥山上的大片香桃木和五针松被夕阳映照得熠熠生辉，在落入第勒尼安海之前，残阳亲吻着红瓦屋顶。山丘上腾起白色的雾霭，这座周长近 40 英里的火山山体从海岸平原拔地而起近 3 000 英尺。微风拂过的栗子林软化了凝灰岩脊，并为杜鹃、树精和古老的女妖提供了栖息地。教皇的夏季行宫冈多菲堡也在这里。过去几年，人们在这里能看见教皇骑着一头白色的骡子穿行于柏树间，披着红色长袍的枢机主教跟随在后。

黄昏洒落在滩头。内陆的村庄闪烁着点点亮光，车辆的大灯排成一条浮动的长链，像航行于远方地平线处的船只跨过山丘。卢卡斯以整齐、从容的草书写道："我们知道灯光意味着敌人正在获得补给物资，但他们在射程外，对此我们无能为力。"

距离这扇窗户 34 英里外便是罗马，在盟军的密码本上，它被称作"植物学"。两条道路跨过"腹地"，英国人就是这样称呼位于滩头前方的那片地带的。一条道路从聂图诺向东北方倾斜，穿过彭甸沼泽后通往 12 英里外的奇斯泰尔纳，而后又经过 15 英里直达瓦尔蒙托内，横跨利里河谷中的 6 号公路。另一条道路被称作"安其亚特大道"，从安齐奥向正北方延伸近 20 英里与 7 号公路相交，位于阿尔巴诺的 7 号公路是一条有着 2 300 年历史的亚壁古道。两条道路都通向荣耀，卢卡斯打算双管齐下。除了他，全世界都认为"植物学"是重中之重。周日出版的《纽约时报》报道说，盟军"距罗马仅剩 16 英里"。在滩头听到的电台广播甚至更加乐观。"亚历山大英勇的部队正冲向罗马。"BBC 在周日播报，"48 小时内便可到达目的地"。

★ ★ ★

然而，《纽约时报》和 BBC 广播电台的报道都未征求陆军元帅凯塞林的意见。

最初的警报来自一名德军下士。他是一名铁路工兵，被派往安齐奥购买木材。1 月 22 日星期六凌晨 4 点，浑身是泥的他乘坐一辆摩托车冲入阿尔巴诺，气喘吁吁地说，目所能及之处全是敌人的舰船。一名少校用电话将这个消息通知罗马，罗马城内惊慌失措的官员们开始收拾行李，焚烧文件。一份德国海军日志指出："盟军登陆对我们而言是极其糟糕的时刻。"

他们当然没有料到。不到一周前，希特勒的情报头子威廉·F. 卡纳里斯海军上将曾告知柏林最高统帅部："没有丝毫迹象表明敌人会在近期发起新的登陆。"随后，凯塞林的参谋长西格弗里德·韦斯特法尔将军在 1 月 15 日奉劝驻意大利的高级指挥官们，"我认为在接下来的 4～6 周内，不必考虑敌人会发起一场大规模登陆行动"。因此，凯塞林放心地派出他的预备队（第 29 和第 90 装甲掷弹兵师），以加强威胁到南部战线的加利格里阿诺河防线。于是从台伯河河口到聂图诺下方，德军在 40 英里的海岸线上只剩下 3 个营，41 门大炮。

很少有比阿尔贝特·凯塞林更享受第二次世界大战的战地指挥官。去年 9 月，其设在弗拉斯卡蒂的司令部被炸毁后，他便在萨比尼山设立起新的指挥部，这里位于罗马东北方 20 英里处，就在索拉特山西侧，拜伦勋爵曾将其描述为"即将突破的一股巨浪"。台伯河河谷上方的景象激动人心，当地的葡萄酒堪比弗拉斯卡蒂的白葡萄酒。

凯塞林经常在此设宴款待到访的政要和外交官。他沉溺于将身上的蓝色空军制服换成他自己设计的卡其军装，想极力展示自己既是一名军人学者，又是一位博学的健谈者。1 月初，他驾驶的"鹳"式轻型飞机再次被击中。

他设法将飞机迫降在一片池塘中，带着一身绿色淤泥赶到会议厅，但一如既往地带着巴伐利亚人和蔼的微笑。在过去的 14 个月里，为对付盟军在北非、西西里岛和萨勒诺的攻势，他曾展现过类似的敏捷和派头，而盟军此次又将在安齐奥面对他。

在那名铁路工兵下士发出警报一小时后，敌人发起登陆的第一份报告于清晨 5 点被送至索拉特山。凯塞林立即意识到，这对第十集团军的后方及罗马构成了严重的威胁，他下令在所有接近罗马的道路上布设路障。

清晨 6 点，他将敌军登陆的消息告知柏林，并获得了执行"理查德行动"的授权，这是预防盟军在意大利各沿海地点发起登陆行动的 5 个应急计划之一。7 点 10 分，他命令意大利北部指定用于"理查德行动"的部队，按照预先安排的路标、燃料及指定用于清理亚平宁山口积雪的单位，沿预先安排的行军路线南下。

8 点 30 分，他命令菲廷霍夫将军将第十集团军所能腾出的所有预备力量派往滩头，同时还包括第 1 空降军。不到 6 个小时，凯塞林已命令 11 个师的部分或全部兵力集结于拉齐奥山周围，这些部队后来被他称为"杂乱无章的大杂烩"。傍晚 7 点前，奉命调动的部队不仅仅来自意大利北部，还来自法国、德国和巴尔干地区。抱有美好愿望的意大利人甚至向从克罗地亚赶往滩头的德军士兵投掷鲜花。就在约翰·卢卡斯看见亮着大灯的车队穿过山丘时，德军的第一股援兵已经赶到，甚至还没等到 D 日的第二天。

这仅仅是个开始。盟国空军的战略家们曾断言，空中轰炸能够破坏意大利的铁路系统，以阻止德国军队集结于安齐奥周围。盟国空军目前在地中海拥有的飞机数量超过 7 000 架，而德国空军在整个战区的飞机数量则不到 600 架。但是，盟军对铁路编组场的地毯式轰炸被证明是全然无效的，这令德军后勤人员感到惊喜，他们灵活地让列车在被堵路线周围改道，并在支线道路上组织起卡车车队。大部分意大利铁路工人仍待在自己的岗位上。8 个德军师的部分部队将在 3 天内到达或逼近滩头，另外 5 个师仍在途中。

他们发现这里的地形有利于防御方。正如一份近卫掷弹兵团团史中感叹的那样，在拉齐奥山上，"在晴朗的天气能看见几乎每一个海浪拍打滩头及开阔地之间的举动……德军炮手能留意到每一发炮弹的落点"。炮口的闪烁暴露了盟军火炮的位置，平坦的地面上几乎没有可供人员或大炮隐蔽的皱褶。

为了将这群"杂乱无章的大杂烩"组织起来，凯塞林命令第十四集团军司令艾伯哈德·冯·马肯森将军将其司令部从维罗纳转移至南面。长着方下巴、戴着眼镜的马肯森，因其普鲁士血统而深感骄傲，他经历过波兰、法国和东欧战役，有着丰富的实战经验。他的父亲是一名骠骑兵，德皇威廉二世是其父的政治庇护人。一战中，作为德国陆军元帅的老马肯森曾带兵占领过塞尔维亚和罗马尼亚。

凯塞林曾预料盟军将夺取拉齐奥山，但在周日晚上，他打电话告诉菲廷霍夫，敌人派出一支快速突击队切断6号和7号公路补给线的危险已然过去。凯塞林猜测第6军的实力包括三个步兵师和一个装甲师（其实没那么多）。他认为，考虑到敌人还要对滩头阵地暴露的侧翼加以保护，他们的这股力量"并不足以对阿尔班丘陵这样的战略目标发起进攻"。另外，盟军还遭受到凯塞林所说的一种"萨勒诺似的复杂状况"。他预测，只有集结起压倒性力量，敌人才会冒险离开滩头，离开海军舰炮的保护。在对方集结起这种进攻势头前，马肯森必须对整个安齐奥前线发起打击，将敌人赶入大海。希特勒欣然同意，并用他独特的话语建议道："必须满怀神圣的仇恨投入战斗。"

★ ★ ★

"请立即回答以下问题。"1月24日，克拉克给卢卡斯发去电报，"你的巡逻行动前进了多远？你打算立即采取的行动是什么？你对敌情作何估计？"这位第五集团军司令曾提醒卢卡斯"别把脖子伸出去"，可现在他却在日记中

1944年1月24日，拉皮多河附近，一名迫击炮组成员将一发炮弹滑入炮管。进攻发起前，第36步兵师长弗雷德·L.沃克少将在他的日记中写道："我们接受的是一个不可能完成的任务，但我又不能声张。"

写道:"卢卡斯必须积极些,他必须抓住机会。"

在回电中,卢卡斯准确地推测到敌人"会试图牵制我军,等待援兵到达,对我方滩头发起反击"。"鹅卵石行动"最初的几个登陆波次中几乎没有坦克,因为盟军预料滩头将发生一场激烈的步兵战。但是,这场登陆到目前为止更像是一场野营探险。英军近卫旅的军官们穿着睡衣入睡,玩着桥牌。他们的士兵泡着茶、一根接一根地吸着烟,跺着脚以保持温暖。

夜间的沼泽草地上凝结起白霜,水坑上结起薄薄的冰层。寂静的树林中传出猫头鹰的叫声。士兵们发现,在沙质土壤上很容易挖掘散兵坑,只要别挖得太深,因为窄窄的战壕很快会因地下水而变得潮湿不已,但这似乎不是个大问题。第56后送医院的一名军官指着北面的地平线宣布道:"伙计们,那些山丘都是我们的!不需要挖掘散兵坑。"在接下来的几周里,第56后送医院的士兵们经常遭到敌人的炮击和空袭,而他们则嘲弄地喊叫道:"伙计们,那些山丘都是我们的!"

正如盟军巡逻队发现的那样,海滩与那些山丘之间的腹地十分怪异。彭甸沼泽由拉齐奥山流出的数条溪流汇集而成,几千年来一直是个疟疾滋生的死亡地带。1928年,意大利政府对整个平原进行的一次人口普查发现,这里只有1 637人,且均没有固定的居住地;据说,这片地区"只有寥寥无几的蹼足、热病缠身的软木塞加工者"居住在一些草棚里。意大利红十字会报告说,在温暖的月份里,只要在彭甸沼泽过上一晚,每5个旅行者中就会有4人感染疟疾。当地地名的英文翻译正表明了此地对死亡的某种迷恋:死女人、死亡之地、坟墓潭,还有个向阴沉的死亡摆渡者致敬的名字——卡戎。

墨索里尼曾在此开垦过许多土地,他将这项雄心勃勃的计划称作"全面开荒",旨在将沼泽地变为"欢乐的田野"。巨大的水泵抽干了沼泽地,并辅以1万英里的运河和灌溉沟渠,一百多万棵松树被种下,以构成防风林。5个样板镇被建起,还有18个附属村和数百座两层楼的石制农舍,这些房屋通常被漆成亮蓝色。大萧条期间,成千上万名寻找工作和住处的意大利人已搬迁至这些处女地,墨索里尼将这些地方设想为"人力托儿所",能为一个全新的罗马帝国养育"出色的农村勇士"。

战争摧毁了他的这个梦想。凯塞林和他的工兵将沼泽地视作一道潜在的屏障,希望以此来抵御从南面而来的盟军。经过从大萨索获救的墨索里尼象征性的同意，德国的水道测量员开始研究"采取何种措施能让这片地区迅速而又彻底地变为不可逾越的泽国"。爆破人员炸毁了泵站，堵塞了水渠，推平了堤坝。海水涌过田地，最终导致 10 万英亩农田被淹没。

几个世纪来，彭甸沼泽一直是一片传播疟疾的死亡地带，墨索里尼动用了巨大的水泵，挖掘了 1 万英里的灌溉沟渠，再加上其他一些拓荒措施，才将这片地区变为"欢乐的田野"。盟军逼近罗马时，德军爆破组将 10 万亩农田变为一片泽国，整片地区不仅无法通行，还成了携带疟疾的蚊子的滋生地。

凯塞林的一名参谋报告说，某些地方"只能看见树木和房屋"。结实的农场建筑将被改为坚固的碉堡。更要命的是，德国的疟疾学家知道，随着春天的到来，泛滥的洪水将为羽斑按蚊提供幼虫的滋生地，这种彭甸蚊子擅长在咸水里繁殖。据耶鲁大学历史学家弗兰克·M. 斯诺登说，这个方案依然是"欧洲 20 世纪实施生物战的唯一可循的案例"。

进入这片"沼泽、灌木丛和水"的地带后，盟军开始向前推进。在第 6 军左侧，英军巡逻队逼近了安其亚特大道。尽管偶尔落下的炮弹令长着白色犄角的牛在田地里四处乱撞，但田地里的意大利农夫还是站在犁后朝他们喊道："没有德国人。"小农场门前的意大利妇女们拍着手，挥舞着手帕。一名英军上尉评论说："这些农民真是好人，不是吗？"英军近卫团士兵们带着一个坦克中队将德军的一个装甲掷弹兵营赶出阿普里利亚镇（这是法西斯的五个样板镇之一），并抓获 100 名俘虏。1 月 25 日（星期二）前，英军第 1 步兵师正在赶往阿尔巴诺和 7 号公路路口的途中。

尽管特拉斯科特身体有恙，但第 6 军右翼的美军部队也扩展了他们的桥头堡。第 3 步兵师参谋长在星期日写道："今天，师长的喉咙很疼，在指挥所待了一整天后，他早早上床休息了。"星期一，四个连向奇斯泰尔纳赶去，却

405

遭遇到出人意料的抵抗；星期二拂晓，一支较为庞大的美军部队几乎在每一座农舍中发现了携带着机枪和反坦克炮的"赫尔曼·戈林"师士兵。奇斯泰尔纳（穿过这个镇也就穿过了 7 号公路）仍在 3 英里外。

尽管如此，盟军士兵的士气依然高昂。一名游骑兵中尉在一座被遗弃的别墅内翻寻一番后，穿着燕尾服，戴着黑礼帽走了出来，另一个游骑兵打扮成管家的模样侍候他吃午饭。丘吉尔发电报给亚历山大："我很高兴你们正向前推进，而不是在滩头掘壕据守。"

1月25日星期二中午过后不久，克拉克和亚历山大再次来到滩头。此刻，正是 D 日后的第三天，4 万名美军士兵和 1.6 万名英军士兵占据着滩头，还有近 7 000 部车辆。克拉克一面提醒卢卡斯准备迎接一场必然到来的进攻，一面督促他完成夺取左侧卡波罗纳和右侧奇斯泰尔纳的任务。亚历山大似乎对第 6 军的进展颇感高兴。"干得好！"他对卢卡斯说道，"这可够德国人受的。"

"我必须脚踏实地，控制住自己的部队，不干蠢事。"上司们离开后，这位军长在日记中写道，"这是我所做过的最重要的一件事，绝不能惊慌失措。"

★ ★ ★

凯塞林是一名飞行员，尽管德国空军所能集结起的力量尚不及盟军的十分之一，但德国人却首先从空中发起反击。第一次造成严重损失的空袭发生在 1 月 23 日（星期日）黄昏，一枚空投的鱼雷炸毁了皇家海军"两面神"号驱逐舰的舰桥和艉楼，军舰解体，在 20 分钟内带着 159 名舰员一同沉没。抱着漂浮物的幸存者高唱着"啤酒桶波尔卡"。

1 月 24 日星期一，又是在黄昏时刻，100 多架德军轰炸机袭击了运输锚地，美国海军"普朗基特"号驱逐舰上的 53 名水兵丧生。但是，最令人震惊的打击落在"圣大卫"号医院船上。该船在搭载了负伤的士兵后，于黄昏时刻驶离安齐奥。尽管船上所有的灯都亮着，甲板上还标有一个巨大的红十字，但在晚上 8 点，离岸 20 英里处的它还是遭到了伏击。

德国空军的飞机先是撒出照明弹，随后便投下炸弹。爆炸令"圣大卫"号摇晃起来，灯光也熄灭了。伤员们步履蹒跚地走上或是被担架抬上甲板。"船要沉了，"一个声音喊道，"跳吧！"听见其他遇难者发出的尖叫声，外科护士劳拉·R. 欣德曼中尉跳入一条救生艇内。她抬头看见"船翻了过来，似乎正朝我们头上砸来"。落入海中的她后来回忆道：

> 我被船只的吸力拖了下去。我挣扎着，试图游动，试图离开，但这只让我的头撞上某个坚硬的东西，它似乎是船的一部分……我疯狂地挣扎着，觉得自己被困在船下，突然，我的头迅速浮上水面。我看见了星星。

被击中后不过5分钟，"圣大卫"号便沉没了。船上的229人中有96人丧生。

空袭持续了一周，曾在萨勒诺出现过的制导炸弹频繁出现。德国飞行员们在电台里聊个没完，有时候甚至能听见他们正在罗马附近的机场跑道上滑行，这使安齐奥滩头的监听者获得了空袭即将到来的郑重警告。盟军战斗机和高射炮手们击退了敌人的多次袭击，击落20余架轰炸机，并将其他飞机驱散。尽管如此，德国人的空袭对盟军舰队的威胁还是太大了，特别是在黄昏时分空中掩护最为薄弱之时，以至于盟军所有巡洋舰和大部分驱逐舰奉命在每天下午4点后撤入远海。YMS-30号扫雷舰及17名舰员的损失非常典型。"出现了一堵可怕的火墙。"一名目击者说道，"随后，军舰便消失了。"

潜伏在下方的危险与来自上方的打击一样。1月26日（星期三）清晨5点后不久，422号坦克登陆舰在离岸12英里的海上驻锚，等待着安齐奥港的泊位。这艘登陆艇建造于巴尔的摩，但驾驶它的却是英国皇家海军，舰上搭载着来自那不勒斯的700名士兵。他们当中的第83化学迫击炮营的两个连将与达比的游骑兵会合，从而为后者提供额外的火力。

渐渐恶劣的天气激起20英尺高的海浪，一股猛烈的西风将这艘坦克登陆舰吹得侧过身来，拖着它的船锚一码码移动，直到撞上一颗德国人布设的水雷。剧烈的爆炸在右舷舰体炸开一个50英尺的大洞，引燃了柴油和桶装汽油。火舌舔过通风设施，没用两分钟，上层甲板和舰桥都已着火。几乎在同时，大多数迫击炮手们所在的船舱内也被火焰吞没，成为一个火葬场。火箭弹和白磷弹嗖嗖地穿过一扇尾舱舱门，迫使那些甲板上的人隐蔽到火炮护盾后。随着动力的丧失，这艘登陆舰开始下沉，舰上的人纷纷跳入冰冷的海水中。

赶来救援的船只用探照灯扫射着起伏的海浪。32号步兵登陆艇赶来时也撞上一颗水雷，3分钟后便连同30名船员沉入海底。"巨浪和狂风使船只难以靠近遇难者身旁。"YMS-43 号扫雷舰的作战日志在早上 7 点写道,"使用钩头篙是最好的办法,只是许多救生带在拉紧状态下被扯坏了,幸存者多在我们四周淹死了。"

8 点 45 分,随着冰雹像霰弹般落下,扫雷舰的日志中写道:"没有看见更多漂浮的尸体。"两个迫击炮连损失了 300 人,共计 454 名美军士兵和 29 名英国水手丧生。422 号坦克登陆舰断为两截,于下午 2 点 30 分沉没。找到的尸体和用于加重的高射炮弹被一同缝入帆布袋后沉入大海。被淹死的美国人中包括来自艾奥瓦州阿尔比亚的列兵比利·C. 罗兹。他的兄弟在多年后说道,这个惊人的消息通过电报被送至家里的前门:"这实在令人悲痛,母亲至今未能真正摆脱它。"

空袭加剧,德国人的炮击也变得猛烈起来。1 月 26 日中午,正当 422 号坦克登陆舰上的幸存者到达安齐奥时,滩头阵地已形成一个不规则的矩形,7 英里深,15 英里宽。特拉斯科特的第 3 步兵师离奇斯泰尔纳仍有 3 英里,彭尼少将的英军第 1 步兵师控制着阿普里利亚镇,但他们离位于铁路和公路交界处的卡波罗纳仍有 1 英里,距离阿尔巴诺还有 10 英里。每一平方英寸的滩头阵地都在德军炮火的射程内,脆弱无比。一发炮弹击中了一个香水店,空气中弥漫着无烟火药和古龙水相混合的奇特气味。另一发炮弹击中了一个英国人的仓库,引燃了弹药,英军士兵疯狂地将泄漏的汽油罐拖开。一个名叫 E.P. 丹吉尔的近卫掷弹兵团下士在日记中写道:"每个人都像疯子一样四处乱窜。"

"猛烈的炮击开始令我们极度慌乱。"丹吉尔下士补充道。他的一个美国表兄说:"安齐奥就是个鱼缸,而我们正是缸里的鱼。"

★ ★ ★

卢卡斯曾宣称,他不能惊慌失措,否则他的余生将因此艰难无比。怀疑者已开始质疑,滩头阵地为何还是如此狭小?敌人为什么没被击溃?这场战役为何没有获胜?皇家空军派驻地中海的高级军官、空军中将约翰·斯莱瑟爵士在登陆行动发起 5 天后写信给伦敦的一位同事:

> 我毫不怀疑,要是派德国人或俄国人在安齐奥登陆,我们在两天前就能拿下 6 号公路,也许罗马现在也已落入手中,第五集团军对面

的敌军防线的整个右翼也将崩溃。

尽管亚历山大在两次视察滩头阵地后都给予了热情的称赞,但卢卡斯越来越感到不安,也许是受了不耐烦的丘吉尔的影响。卢卡斯仿佛要说服自己和历史似的在日记中写道:

> 某些高层人物显然认为我没有以最快的速度前进。我觉得我所完成的,比任何人期待的都多。这场冒险从一开始就是个令人绝望的行动,我从未觉得它有任何胜算,如果目标还是想将德国人驱赶至罗马北面,就更是如此。

大家开始纷纷苛责"老卢克"没有勇气,不够大胆,缺乏想象力。战争结束很久后,他被嘲笑为乔治·B. 麦克莱伦的现代版化身。麦克莱伦,这位南北战争期间怯懦的将领被称为"动作缓慢"的懦夫。就连那些赞同卢卡斯谨慎行事的人也对他没能迅速夺取卡波罗纳的路口和奇斯泰尔纳感到遗憾,因为那必然将给德国人包围滩头阵地造成麻烦。审慎的官方历史学家马丁·布鲁门森总结说:"登陆行动获得出其不意的效果后,卢卡斯忽视了他所占得的先机。"

也许盟军在登陆后的 48 小时内便开始向北面和东北面推进,情况仍会是这样,依然会在安齐奥遭到惨败。从 60 多年后的今天来看,鉴于克拉克含糊的指示和亚历山大友好的赞许,卢卡斯的谨慎似乎是明智的更是必要的。对第 6 军遭遇到的困境进行过仔细审核的人倾向于同意这种观点,对拉齐奥山发起一场混乱的冲锋太过鲁莽。

亚历山大的新任参谋长、未来的英国陆军元帅约翰·H. 哈丁的结论是,卢卡斯"很可能从一场灾难中挽救了安齐奥的部队"。克拉克的看法与之类似。G.W.R. 坦普勒少将(一位讨厌卢卡斯的英军将领,很快将在安齐奥指挥一个英军师)认为,如果全军挥师向北,"一两周内,桥头堡内就不会剩下哪怕是一名英军士兵。他们将悉数阵亡、负伤或被俘"。就连很少屈尊裁决战术争论的乔治·马歇尔也指出,"鉴于每前进 1 英里便会让环形防御增加 7 英里",这种推进会使盟军的侧翼变得更加脆弱。

战争结束 5 年后，亚历山大承认："这起事件的发展进程，到头来可能是最为有利的。"艾森豪威尔的继任者威尔逊元帅对他的评价表示赞同，并认为："以一支实力不济的部队向阿尔班丘陵推进，可能会导致一场无法挽回的灾难。"作为一名战地统帅的乔治·卢卡斯可能被认为不够合格，他那显而易见的焦虑和慈祥的模样无法激励起身处压力下的士兵们的斗志。"他的惰性太强，无法下定决心。"坦普勒将军后来抱怨道，"他不具备一名指挥官的素质。"但是，从市场广场那座别墅的北窗向外凝望，卢卡斯找到了坚持信念的勇气。这将挽救他的军部，哪怕要以自己的名声为代价。"我能冲上那片高地吗？"当德国人的炮火和空袭加剧时，他在日记中写道：

> 除了削弱我军的力量外，什么结果也不会有。因为被派出的部队完全超出了火力支援范围，他们会立即被歼灭。我能做的就只有这么多了。

罗马前战——卡塞塔

1752 年 1 月，一个寒风凛冽的日子，一队长达半英里的士兵在那不勒斯北面 20 英里处穿过卡塞塔村外的一片田地。卡塞塔所在的省在古代以"漂亮女子"及公元前 73 年角斗士斯巴达克斯率领奴隶起义而闻名。随着 4 门大炮摆放于四角，士兵们排列成一个矩阵，勾勒出未来一座深受凡尔赛宫影响的王宫的围墙位置。这座建筑需要一个团的石匠苦干 20 年，与此同时，他们还有战俘和囚犯的帮助。完工后的宫殿成为波旁皇族骄奢淫逸的一座纪念碑：1 200 个房间；4 个相连的庭院；一座宽阔的大理石楼梯甚至比路易十四所继承的一切更为宏大；一座拥有 40 个包厢的剧院；一个镶嵌着天青石的教堂。

据说，室内的陈设耗资 600 万金币。王后的浴缸镶着金边，墙上装饰着人物浮雕，他们闭着眼睛，以免偷窥皇族人员的屁股；一面镜子上装有窥视孔，这种巧妙的设计可以让王后在洗澡时看到外面街道上穿行的百姓。这座建筑的南端长 830 英尺，高 134 英尺，有 243 扇窗户。1 月的那天，一把银质泥刀为这座建筑奠基时，那不勒斯国王查理三世选中一篇拉丁祷文，请求让这座宫殿和这片土地"永远属于波旁皇族"。

可惜，近两个世纪后的今天，英国人和美国人进驻到这里。它在 1943

年10月8日被夺取，克拉克第五集团军和亚历山大第十五集团军群的司令部设在宫殿的5楼。每一幅地图，每一件家具，包括亚历克斯将军的一对红色丝绒椅，不得不被抬上124节台阶，来到被一名英军少校描述为"很容易让人走丢的迷宫"内。

王宫的底楼曾被意大利培训飞行员的一所学校占据，这里堆满了飞机引擎、风洞，甚至还有一架轰炸机的机身。哈罗德·麦克米伦在日记中写道："这里的一切都杂乱无章。"作战室已建起，门口布设了哨兵，墙上挂起了地图。亚历山大在王宫的犬舍用餐，睡在两英里外的一座营地，因而经常喘着气在这124节台阶上上下下。"超级机密"的情报人员在宫殿附近的篷车内忙碌，一座优雅的砖炉内不停地焚烧着机密文件。这座焚烧炉伫立在陡峭的台阶上，就像个异教的神庙。

最终有1.5万名盟军士兵在卡塞塔工作，这里很快变为五角大楼的一个巴洛克风格的翻版。这个地方是那么深邃，以至于一位居民声称这是"我所住过的唯一一座在室内帽子会被吹飞的房子"。在研究了一捆宫殿的设计图后，通讯官们得出结论，无法让电线穿过2英尺厚的墙壁；因此，电缆和电话线"只能从窗户出入，并从外部绕行"，这使这座宫殿看上去像是被五花大绑了。战略情报局的一名官员认为，卡塞塔像是"新英格兰的一座棉纺厂"，而另一名军官则将其比喻为"没有海湾的恶魔岛"。一阵轻快的微风会令数百扇百叶窗齐响，这使司令部"听上去像是座午夜疯人院"。

这座建筑几乎没有取暖设施，也缺乏卫生设备，还"积聚了180年的跳蚤"。参谋人员坐在胶合板和锯木架构成的办公桌后，"一会冷得发抖，一会抓挠着被虱子咬过的地方"。英国人想让窗户开着，美国人则坚持关上窗，亚历山大不得不下达了一道充满智慧的命令，"谁第一个到达办公室，就有权在这一天里按照自己的意愿决定窗户的开闭。"操各种口音的人在这座宫殿出入入：英国佬和美国兵；皇家空军飞行员和红十字会姑娘；穿着燕尾服戴着三角帽的宪兵；扎着头巾的印度人；身穿英国军装佩戴红白色肩章的波兰人；头戴土耳其毡帽身穿山姆大叔橄榄绿色斜纹布军装的法属殖民地士兵。偶尔还有穿着条纹长袍的摩洛哥民兵经过，美国兵说他们穿的是"哈伯德大妈"牌女士长袍。

1 200个房间已被改为宿舍、餐厅、办公室、面包房、洗衣店，还有一间理发室，在那里剪个头只要 4 美分。一间宽敞的客厅现在成了室内篮球场，一个三居室套房被用于展示性病的危害，通过生动的彩色照片来给士兵们灌输对神和放荡的女人的畏惧。保护性纸带覆盖住宫殿里巨大的镜子，但没有什么能阻止美国兵的指纹印在正殿和大臣室内的丝绸墙纸和挂毯上。

一颗误投的炸弹炸毁过王宫教堂内的管风琴，隆隆的火炮声有时会从卡西诺前线传来。但对卡塞塔的"守军"来说，战争似乎越来越远了，这些人就像比尔·莫尔丁所说的："太靠前就无法佩戴领带，太靠后又怕挨枪子。"一名外科军医将高级军官食堂描述为"一个沉闷、乏味的私人餐厅，在这里吃着烤牛排和其他精美食物的都是些年迈的上校"。餐桌上摆着镶有金边的宫廷瓷器和刻着皇冠的玻璃器皿。厨师曾在纽约的里兹酒店干过，但服务员大多是患有"弹震症"、正在恢复中的美军士兵。"可以毫不客气地说，如果有人碰落一个盘子，这些人马上会卧倒隐蔽。"一位来访者说道。

军官们在王宫的酒吧里喝着朗姆酒或是兑上可口可乐的白兰地；乔治·比德尔发现，他们的脸与杰克·托菲那帮前线将士相比，"柔软而又肥胖"。一名女上尉写道，在聚会上，"比尔、拉尔夫或是其他什么人用极其廉价的酒把自己灌得大醉，变得越来越不理智，越来越放荡"。马拉松式的扑克游戏在皇家套房内肆虐，参与者之一是总统的儿子埃利奥特·罗斯福上校。

据说，他输的钱多达 3 000 美元；又有传闻说，他最终以"大如白菜叶"的一捆 5 英镑面额的钞票还清了赌债。圣卡洛剧院公司每周两次从那不勒斯赶到这里，在王宫的剧院内上演《托斯卡》或《蝴蝶夫人》。每个包厢的票价为 1.25 美元，演员们的酬劳主要是以军用口粮支付。

一名军官写道，卡塞塔就是个"镜中的世界"，并补充道，"没人会讨厌填饱肚子和热水澡"。为了保持军旅生活的样子，一些指挥官坚持要求他们的部下至少在户外露营。露营地很快便穿过王宫的花园，延伸出去两英里，成为他们自己的世外桃源。这里带有淋浴房、垒球场、西洋双陆棋棋桌和排球场。近卫掷弹兵们拖着他们的突击舟穿过玫瑰花丛，在观赏池塘内奋力地划动双桨。没多久，池塘里的鱼便被这些饥饿的士兵捕捞一空。在一个四分之一英里长的倒影池里，克拉克的水上飞机降落在一片睡莲中。

工兵们在王宫的北面为将军们修建了一个居住区，被称作"瀑布"。附近一座精美的喷泉描绘了戴安娜女神和她的侍女们在洗澡时被猎人阿克泰翁撞见，

第 8 章 死亡圣地聂图诺

一名随军牧师在卡塞塔华丽的喷泉中为一名下士洗礼。这座庞大的 18 世纪宫殿拥有 1 200 个房间，克拉克和亚历山大都将他们的指挥部设在这里。附近还有一座倒影池，大得足以让克拉克的水上飞机起降。

恼怒的戴安娜把他变成一头雄鹿，结果他被自己的一群猎犬撕成碎片。"瀑布"包括一个带有壁炉的酒吧、一个网球场、一个 U 形舞厅，还有一个满是泥泞、有鳝鱼出没的池塘充当游泳池。建造这座建筑的工兵在他们的部队日志中抱怨："他们来这里是为了赢得战争，修建'夏宫'和游泳池显然不属于此类。"

卡塞塔最奇怪的事情是，第 6681 信鸽连带着 8 000 只咕咕鸣叫的鸽子占据了 22 座阁楼，其中的一只蓝色雄鸽名叫"美国兵"，就是它带回了卡塞塔已被英军占领的消息，从而避免了一场炮击。卡塞塔的树林中充斥着夜莺的鸣叫。一名军官写道："所有人都同意，夜莺的歌声非常优美，但从未有人提过，它们的鸣叫声也非常嘈杂。"一名英军中士更是直言不讳："等你在每个该死的夜晚都听到它们的叫声时，那种血腥的鸣叫便会深邃入骨。"

★ ★ ★

克拉克很少错过逃离卡塞塔这种物质享受赶赴前线的机会。1 月 28 日（星期五）凌晨 3 点 45 分，他跳上一辆指挥车，加速驶下宽大的车道，经过几座丝绸厂和麻绳厂，这些工厂将麻类植物浸泡在浅坑中，以软化纤维。在正西面 25 英里处，沃尔图诺河河口附近，一艘颠簸的汽艇将他送至下游，两艘 78 英尺长的鱼雷艇（PT-201 和 PT-216）在那里的锚地摇晃着。在撞上

413

一道沙堤后，这艘小小的汽艇进了好多水。克拉克爬上 PT-201 舰桥后的一张凳子时，浑身都湿透了。拂晓的第一道灰光照亮了东面的天空，两艘鱼雷艇带着他们向西北方而去，跨过靛蓝色的第勒尼安海，开始了赶赴安齐奥的 70 英里航程。两艘鱼雷艇上的舰组人员都没有用电台将发航信号通知给位于滩头阵地附近的盟军舰队。

1 月 27 日星期四，亚历山大催促克拉克去安齐奥视察。他很想知道，卢卡斯是否在积极行事，也很想知道，滩头阵地"是不是需要一个像乔治·巴顿那样的推进器"。第 6 军当然应该向前推进，以夺取卡波罗纳和奇斯泰尔纳。"必须承担这样的风险。"亚历山大补充道。克拉克答应传达这个信息。

自克拉克在萨勒诺登陆已有 5 个多月的时间，这段漫长的岁月让他老了许多。1944 年 1 月初拜访卡塞塔时，巴顿曾带着显而易见的快活劲指出过压力给这位第五集团军司令造成的痕迹。"克拉克的左嘴角轻微下垂，仿佛已瘫痪。"巴顿在日记中写道，"他非常紧张。"

1 月 18 日，克拉克让蕾妮给他寄些"克雷姆尔"护发素："我发现，用它按摩头发能防止脱发，我的脱发情况一度很严重。"随着更多的人搬入拥挤的王宫，克拉克打算把他的前进指挥部搬至普雷森扎诺下方山坡上的一个橄榄园里，距离圣皮耶特罗 10 英里。亚历山大"和许多次要人物已迁入卡塞塔，就在我的指挥部楼上"，1 月 23 日，克拉克在日记中写道："战争史上从未有过这么少的人被这么多人指挥的情形。至于安齐奥战役，亚历山大显然认为似乎是他在全盘操控。我没什么权力可言。"

高级将领的孤独感压迫着他。"一个人的将星越多就会变得越发孤独。"他告诉蕾妮，"以前总有朋友在晚上来访，可现在他们不来了。"为了有个伴儿，他提议她把家里的可卡犬寄来。作为一个忠实但却有些冷漠的写信者，他有时会朝她发泄自己的沮丧。蕾妮提醒他注意安全时，他回答道："你管好炉子上的羊排就行，我会带好部队的。"1 月 11 日，她告诉他自己太忙，无法接受埃莉诺·罗斯福的一次午宴邀请后，克拉克回复说："我很心疼……可我认为你应该抽时间去应付这些事。"

就在他辛苦忙碌时，她也是如此。有时候，她会跟随格伦·米勒和其他名人出行数月，成功地销售出 2 500 万美元的战争债券。她还四处演讲，宣扬美国的事业和她丈夫的功勋，她将克拉克描述为"冒着敌人的炮火，在自己的帐篷里冷静工作的人"。在印第安纳波利斯举办的一次苏格兰礼拜式午餐会上，她面对1 200名妇女大声疾呼，克拉克"是个非常好的男人，一个极其虔诚的男人"。她经常公开朗读他的来信，甚至展示他那条浸过地中海海水后有些缩水的裤子，那是1942年10月，克拉克赶赴阿尔及利亚执行那次著名的秘密使命时弄湿的。乔治·马歇尔曾提醒克拉克不要太过炒作自己，这与这位参谋长所提倡的无私精神反差太大。他还向艾森豪威尔抱怨说，这位集团军司令"正在成为他妻子的牺牲品"。

"这让我有些尴尬。"艾森豪威尔于11月下旬写信给克拉克，"但你正不知不觉地受到美国国内某些特殊类型的宣传的伤害……马歇尔已明确指出，某些时候，这已引发笑声，甚至是嘲讽。"

克拉克恼怒不已，他两次斥责蕾妮。如果要吸引公众的注意力，他情愿自己来干。"我不希望你在发表讲话时提到我，"在读完艾森豪威尔的来信后他写信给蕾妮，"绝不要引用我的话，因为这令我一直很尴尬……我不愿写信跟你谈论宣传事宜，因为我觉得你的工作很出色。"一个月后，某份杂志又引用了他的信件，克拉克气急败坏地写信给她责怪道："我对此深感遗憾。我多次谈到这种事，真不知如何是好。看在上帝的分上，别再出这种事了。"

不用蕾妮宣传，作为一名指挥官克拉克的功勋也是众所周知的。他纪律严明，无所畏惧，正如一名对他钦佩不已的上校所言："他心胸开阔。"他醒着的时候，大部分时间都跟自己的部队待在一起，经常处在危险的环境下。前往所谓的"赛场前台"视察时，他会把一条长腿搭在吉普车的挡泥板上。集团军庞大的后勤和行政工作的复杂性丝毫没有令他感到烦躁。他乐于倾听前线的声音，关心前方将士返回后方休整时应得的津贴。至于士气，他托人写了首第五集团军军歌，并将油印的歌词散发下去，这样一来，那些被搞糊涂的戏迷们便可以在卡塞塔的剧院内引吭高歌。"我希望我的司令部是个快乐的大家庭。"他说道。

"将军是个很难伺候的人。"克拉克过去的副官弗农·A. 沃尔特斯回忆道，他后来成为三星中将并担任美国驻联合国代表。"我选择在夜间躺在睡袋里，打着手电筒阅读寄给我的嘉奖状和表扬信，且只是为了增加自信，毕竟我还不是个十足的蠢货。"克拉克不愿意虚心请教或是承认错误，十分傲慢：毫不夸张地说，他总是会不自觉地端出一副居高临下的架势。"他是个非常急躁的人。"一名高级参谋曾这样说过，在意大利战场上，这可未必是一种美德。

他有时候会申斥他的副官，痛骂参谋人员，包括长期受罪的格伦瑟在内。皮肤苍白、鼻梁瘦削、额头高耸的格伦瑟令一位评论者想起"文艺复兴时期的佛罗伦萨人"。每天一大早，克拉克便会打电话给他的各个军长，然后便斥责参谋人员对夜间情况发展的了解还不如他；格伦瑟对此的应对措施是，每天深夜派人赶往前线，这样便能在克拉克醒来前用电话汇报情况。

克拉克已开始考虑独占罗马的问题。1月下旬，他告诉威尔逊元帅，第五集团军"在意大利半岛经历了漫长而又血腥的战斗"，"有权夺取罗马"。他鼓励记者C.L.苏兹贝格紧跟在自己身旁："这样你就可以告诉全世界，马克·克拉克是如何夺取罗马的。"另一名记者埃里克·塞瓦赖德得出的结论是，在克拉克看来，意大利战役"是进行个人宣传最重要的机会，没有这个，战争就是个乏味的活儿，缺乏魅力和报酬"。

当然，这种说法太过苛刻。他那稀疏的头发、下垂的嘴角及对罗马越来越强烈的痴迷，都是深感压力的表现。夺取罗马不仅仅是完成军事和政治任务，也确认了这场惨烈的战役是值得的。自萨勒诺战役以来，光是第五集团军的伤亡便已超过3.7万人。如果说死一个人是场悲剧，死一百万人则是个统计数字的话，那么为夺取罗马需要让两万人送命又是什么呢？有一次，克拉克对弗农·沃尔特斯袒露了心声：

> 有时候，如果我显得很不近人情，你必须记住，我的负担非常沉重。我往往不得不下达一些会导致大批优秀青年丧生的命令——这种责任我无法与任何人分担，只能自己一人承担。

★ ★ ★

鱼雷艇以40节的航速向北行驶了两个小时，绕过奇尔切奥山附近的德军海岸炮台，太阳神的女儿、女巫喀耳刻曾在那里将奥德修斯的手下变成猪。清晨的薄雾笼罩着大海，引擎的轰鸣淹没了交谈声。克拉克坐在凳子上陷入了沉思。瞭望者扫视着前方的波浪。安齐奥的一名老兵警告说："有时候，看上去像是块浮木的东西，却是具尸体。"

上午 8 点 40 分，安齐奥以南 12 英里处，美国海军扫雷舰"统治"号以其 12 英寸探照灯发出盘问信号，要求伴随着初升的太阳靠近的船只表明自己的身份。能见度很低，德国人对滩头阵地的空袭刚刚引发过一次警报，而"统治"号在几天前的晚上也曾遭到过德军鱼雷艇的攻击。克拉克站起身，以便看得更清楚些，PT-201 在 2 000 码距离上用灯光做出回复，随即发出当日的识别信号：绿色和黄色信号弹。

离发出第一次盘问仅过了 1 分钟，"统治"号便开火了。3 英寸口径的炮弹呼啸着掠过海面。PT-216 向左转向，加速驶离；PT-201 却对掠过船舷的射击做出了反应，它停了下来。接下来的一轮射击撕裂了胶合板和桃花心木。一发炮弹在 PT-201 的舱面船室爆炸，击碎了克拉克的凳子；另一发炮弹穿过下方的小厨房后炸开。点 50 口径的子弹和 40 毫米口径的炮弹像黄蜂那样布满鱼雷艇四周。"机枪子弹和更为猛烈的东西撕开了头顶上的空气，制造出呼啸声和嗖嗖声。"弗兰克·格维西在报道中写道，这位《科利尔》杂志社的记者也跟着来凑热闹。最初的一轮齐射令 5 名船员负伤，其中两人伤势严重。一名军官的股动脉断裂，喷涌出的鲜血令甲板十分湿滑，另一名水手的膝盖骨被炸飞。有那么一刻，这艘鱼雷艇上没人操舵，最后才由一名少尉接过了舵轮，尽管他的双腿也负了伤。克拉克抓过信号枪，又发射了几发黄色和绿色的信号弹，他没有意识到，雾霾使得黄色的烟火信号从"统治"号上看去呈红色。射击继续着。

"我们该怎么办？"克拉克问一名负伤的中尉。

"不知道。"

"那我们赶紧逃命吧。"

舵手在克拉克的帮助下撑起身子，他打开油门，转动舵轮。鱼雷艇迅速转身，裹挟着大团水雾飞速逃离，扫雷舰的炮弹追踪而至。半小时后，PT-201 与皇家海军的"敏锐"号平安会合，并将伤员送上了英国军舰。PT-216 的艇长登上 PT-201，指引着它在中午时刻进入安齐奥港，但德国空军对港口的又一次空袭再度耽误了克拉克。"统治"号上的舰组人员并不认为自己犯了什么错。"那该死的灯是坏的，我们根本就没看见你们那该死的信号。"一名水手对格维西说道。

尽管承认这起事件"令舰上每一位军官和士兵的良心深感不安"，但"统治"

号扫雷舰舰长却将这起意外事故归咎于鱼雷艇。海军方面进行的调查对此表示认同,但克拉克在私下里指责扫雷舰"判断完全错误……就像我所看见的那样"。如果当天早上用克拉克讥讽的话来说是"冒了些风险",那么下午在卢卡斯的指挥部,这种危险几乎没有得到任何缓解。第 6 军军部的参谋人员在聂图诺市场广场附近的一座前意大利兵营内忙碌着,但炮火和那些穿透天花板而又未爆炸的炸弹很快将迫使这个指挥部迁至罗马大道 9 号一座旅馆的地下室中。兵营四周的沙袋现在越垒越高。驶入安齐奥港的水手们开始打赌,等他们下次回来时,这座白色公寓或那座粉红色别墅是否还存在。

穿着束腰军用风衣、叼着玉米芯烟斗的卢卡斯用一幅硕大的地图向克拉克说明了自己目前的状况。偶尔出现的巨浪封闭了登陆滩头,海军的驳船还没来得及从水里吊起,便被周二一股突如其来的风暴吹上了岸。敌人的空袭经常打乱港口的业务,并骚扰货运船队。更大的担忧是,大部分坦克登陆舰即将返回英国;2 月 10 日后,只有 12 艘会留在地中海战区,但是到 2 月中旬前,安齐奥至少需要 72 船物资。每天的物资需求已从 1 500 吨升至 2 300 吨。一些从那不勒斯驶来的步兵登陆艇现在携带着 100 吨弹药,3 倍于安全负载,海军人员已开始物色民用帆船来充当货船。

至于敌人,卢卡斯的 G-2(情报处长)每天都识别出更多的德军单位集结于滩头:第 29 装甲掷弹兵师,接着是"赫尔曼·戈林"师,随后是从法国南部调来的两个装甲师,然后是第 90 装甲掷弹兵师。就在昨天,估计有 4 000 名德军步兵和装甲部队占领了阿尔巴诺,其中包括两个伞兵营和数百名骑着马匹或摩托车的士兵。尽管目前尚不能说盟军已寡不敌众,但这只是个时间问题:估计到周日前,6.1 万名盟军士兵面对的将是 7.2 万名德军士兵。

1944 年 2 月 10 日,聂图诺第 6 军军部里的约翰·P. 卢卡斯少将,德国人不久后发起的反击几乎将盟军的滩头阵地彻底摧毁。对于登陆安其奥,"老卢克"在日记中写道:"这场冒险从一开始就是场令人绝望的行动。"

敌人的意图似乎是想把盟军的滩头阵地挤入大海，尽管这一点尚不确定。就像情报官员喜欢说的那样："我们的判断不一定是事实，但很可能是这样。"

卢卡斯吸着烟斗。他很快会给罗伯特·弗雷德里克准将写一封私人信件，后者的第 1 特种勤务队将赶往滩头，"敌人并未按照我们预计的方式做出反应，他们冲了过来"。

这一切并未让克拉克感到震惊。"超级机密"拦截到的情报提供了德国人"理查德行动"的细节，包括从驻扎在法国、德国、南斯拉夫北部和其他地方的 14 个师里抽调的部队。就连罗马的德军性病医院也被仔细梳理了一遍。但在大多数情况下，这些敌军部队只有一部分到达滩头。克拉克告诉卢卡斯，敌军累计"不超过三个整师"，而且，"有迹象表明，凯塞林在强化你面前防线的问题上遇到了困难"。克拉克补充道，这一切促使我们更有理由迅速夺取卡波罗纳和奇斯泰尔纳。

卢卡斯同意这种看法，实际上，特拉斯科特今天已起草了进攻奇斯泰尔纳的命令，由渗透的游骑兵和第 3 步兵师的两个团执行，他们都将赶往 7 号公路。第 6 军的第 20 号作战令将派美军在右翼发起突击，以配合英军在左翼发起的冲锋，二者的目的都是"夺取拉齐奥山附近的高地"，并"做好继续向罗马推进的准备"。进攻将于第二天（1 月 29 日，星期六）发起。

克拉克点点头。他希望这个安排能安抚亚历山大和那些在伦敦不断鞭策他的人。说了几句赞扬的道别语后，他大步离开第 6 军军部，登上一辆吉普车，驶往不远处的鲍格才别墅。这座 17 世纪的豪宅拥有上百个房间，克拉克打算在别墅后的一片松林中设立第五集团军的另一个指挥部，以便密切留意滩头阵地的状况。

令卢卡斯深感兴奋的前景，并不比亚历山大待在卡塞塔更令克拉克感到高兴。卢卡斯在日记中写道：

> 他那悲观的态度肯定对我没什么好处。他认为我在 D 日当天应该更积极些，应该将坦克和其他东西送往前线……尽管非常艰难，但我已经做了他命令我做的一切。如果没人来干涉我，我能打赢，但我不知道自己是否能承担那么多人置于我肩头的压力。

在周六早上发给克拉克的一封电报中,卢卡斯显示出一种坚定的决心。"明天将全力以赴。"他写道,"如果条件许可,也许是现在。"

★ ★ ★

克拉克在安齐奥获得的最令人鼓舞的消息不是来自滩头,而是来自 1 英里外的上空。1 月 27 日和 28 日,一个并不出名的战斗机单位,正式番号是"第 99 战斗机中队(独立)",在空战中取得了他们的首次重大战果,一举击落 12 架德军飞机。他们的英勇奋战激励了卢卡斯的部队,20 余名黑人飞行员(他们在阿拉巴马机场学会飞行后,便被统称为"塔斯基吉飞行员")做出的贡献,将超越滩头,超越意大利,超越整个战争。

1944 年 1 月 29 日,第 99 战斗机中队的四名飞行员,不久前,他们每个人都在安齐奥上空击落了一架德国飞机。空战在滩头阵地上方持续了两天,12 架德国飞机被这些"塔斯基吉飞行员"击落。从左至右:小威利·阿什利中尉、W.V. 伊格尔森中尉、C. B. 霍尔上尉和 L. R. 卡斯蒂斯上尉。

这一时刻人们已等待了很久。自独立战争以来,黑人参加过美国的每一场战争:南北战争期间,20 多万名黑人在联邦军队中服役,3.3 万人阵亡;内战结束后,美国国会批准建立 4 个黑人陆军团,其中包括两个骑兵单位。他们后来被高原印第安人称作"野牛士兵",因为他们的头发看上去很像野牛的毛皮。

第一次世界大战期间,在军中服役的黑人超过 100 万,但参加战斗的只有 5 万人。一支黑人部队的白人指挥官痛斥他那些士兵"拙劣、懒惰、迟钝得无可救药……如果你需要作战士兵,特别是如果你急着要,千万别把时间浪费在这些黑鬼身上"。1924 年美国陆军部的一份研究报告中引用了一名中校的话,阐明了普遍流传于白人中的偏见:"几千年来,黑人在更高的心理发展方面,落后于高加索人种。"两次世界大战之间,位于美国南部的军营越来越来越多地采用当地的种族隔离法和习俗；陆军部在 1936 年下达指令，批准"有色人种"可加入任何一支由非白人组成的部队中。

但是，总体上看，军队中黑人数量并不多。1939 年 9 月，第二次世界大战爆发时，美国陆军中的黑人不到 4 000 人；两年后，美国海军里只有 6 名黑人水手（不包括食堂的服务员），外加 20 来个重新服役的黑人老兵。1940 年签发的白宫七点政策以这样一个前提为开始，"军队中的黑人人数将与其总人口（约为 10%）相对应"，并以一个顽固的承诺结束："种族隔离将保持不变。"黑人几乎没有机会来证明自己的领导能力。安齐奥登陆时，美军 63.3 万名军官中，只有 4 500 名黑人。美国海军更加糟糕，8.2 万名黑人水兵中没有一个军官；海军陆战队干脆拒绝黑人加入，罗斯福总统不得不对此做出干预，直到战争结束的几个月后，海军陆战队里才出现第一位黑人军官。

陆军部在 1940 年签发的另一项法令中宣称，种族隔离"经过长期检验，令人满意"。1942 年对白人士兵进行的一次调查表明，他们对"与黑人共享娱乐、剧院或兵营福利设施抱有强烈的偏见"；在接受调查的南方士兵中，只有 4% 的人赞同军队里的福利社为他们的黑人战友提供同等优惠。白人士兵"已经说出了他们对黑人的看法"，美国陆军副官长得出结论，"军队不是个社会学实验室"。种族隔离造成部队人员的冗余。1943 年 7 月，陆军的一份备忘录指出："第 93 师有三支乐队，第 92 师有四支乐队。"但这种状况无法改变。乔治·马歇尔警告道："在军队中进行解决社会问题的实验，对效率、纪律和士气充满危险。"

1940 年的征兵法禁止种族歧视，但全国各地的 6 400 个征兵局中，只有 250 名黑人工作人员；大多数南方州禁止任何非洲裔美国人成为征兵局人员。美国白人对成千上万名黑人志愿兵和征召兵的态度，可以说从令人遗憾到卑鄙不等。密西西比州议会代表团要求陆军部在整个战争期间让所有黑人军官待在本州以外的地方。歧视和隔离依然主导着兵营、教堂、游泳池、图书馆和军人俱乐部。德国和意大利战俘可以使用佐治亚州本宁堡的福利社，美国陆军中的黑人士兵却不能。《时代》杂志报道说："黑人士兵乘船经过得克萨斯州的艾尔帕索时，港口处的'哈维家'餐厅不许他们入内，只给他们提供了冷食，但他们却看见德国战俘坐在餐厅里吃着热饭菜。"

陆军部在 1944 年 2 月发行的《黑人部队指挥官》手册中提醒白人军官，黑人士兵不愿被称作"孩子、黑人、黑鬼、大妈、保姆、黑妞、大叔"。强烈的怨恨导致白人和黑人士兵间的流血冲突不仅发生在南方腹地，还发生在底特律、洛杉矶、纽约、亚利桑那和英国。南卡罗来纳州一家"仅限白人"的咖啡店拒绝为 16 名黑人军官提供服务时，他们喊了起来："希特勒万岁！"许多黑人支持匹兹堡一家报纸倡导的"双 V"运动：这是一场正义之战，既要打败海外的敌人，也要战胜国内的种族主义。

但是，投身于战争本身就是一场斗争。普遍存在的旧观念之一，是黑人太蠢、太懒、太冷漠，不适合加入作战部队。军方进行的一项研究指责他们"缺乏教育和机械技术，性病感染率是白人士兵的 8～10 倍，有滥用装备的倾向，缺乏对战争的关心，来自北方的黑人士兵特别关注种族权利，这经常以一场骚乱而告终"。1943 年夏季，黑人士兵中只有 17% 的人高中毕业，相比之下，白人士兵则为 41%。在军方对教育成效而不是天生的智力进行的一系列测试中，超过五分之四的黑人士兵在两个类别中得分最低，而白人士兵中的这一比例不到三分之一。陆军地面部队司令麦克奈尔将军宣称："一个有色人种师的黑人士兵太多的话，会影响其作战效能。"

因此，黑人士兵被分配到各军需连，担任卡车司机、面包师、洗衣工、劳工等。1944 年 1 月前，75.5 万名黑人穿上了军装，这个数字约占美军总人数的 8.5%，但 10 个人中只有 2 个在作战部队服役，相比之下，白人则为 4 人。面对来自黑人公民领袖的压力及对士兵的迫切需求，三个黑人陆军师被组建起来：第 2 骑兵师，该师到达北非后解散，以便为其他部队提供兵力；第 93 步兵师，被运至太平洋；第 92 步兵师，该师将于 1944 年夏末到达意大利，是唯一一个在欧洲参战的非裔美国人师。第 92 步兵师排级以上军官几乎都由白人担任，该师将经历战火的考验，但这种考验只有一部分是来自德国人。他们的训练暂停了两个月，以便教会这些士兵阅读，因为该师的文盲比例超过 60%。

一名黑人老兵后来描述说："愤恨、苦涩，甚至是失望和绝望，这种无形的、难以捉摸的暗流存在于该师的黑人军官和士兵中。"这种情绪在一定程度上要归咎于第 92 师师长爱德华·M. 阿尔蒙德少将，这个傲慢的弗吉尼亚人直到去世都反对取消军队中的种族隔离。"出于爱国……白人士兵愿意为国捐躯，黑人则不然，"阿尔蒙德宣称，"没有哪个白人愿意被指责逃离前线，黑人就不在乎……人们认为我们不喜欢黑人是因为我们来自南方。不是这样。我们了解他们的能力，我们不希望跟他们同坐一桌。"在战后的一份秘密报告中，阿尔蒙德断言，黑人军官缺乏"自豪感、进取心和责任感"。他的参谋长补充道："黑人士兵学得慢，忘得快。"

第 99 战斗机中队也面临着这些和更多的障碍。美国在战前只有 9 名黑人拥有商业飞行员证书，有私人驾照的还不到 300 人。1941 年 7 月，他们在塔斯基吉陆航队基地开始了训练；第二年春天，第一批飞行员获得了飞行徽章，一年后，他们被部署到北非，成为作战区域内唯一一支黑人陆航队战斗机单位。指挥该中队的是小本杰明·O. 戴维斯中校，这位 30 岁的年轻人是美国陆军中唯一一位黑人将军的儿子。年轻的戴维斯在西点军校忍受了 4 年的孤寂，因为他是黑人，所以同学们都拒绝跟他说话，这使他成了所谓的"一个看不见的人"。通过这场严峻的考验，通过塔斯基吉基地隔离的厕所、剧院和俱乐部，戴维斯认为，黑人"战胜种族主义的最好办法是成就"，包括在驾驶舱内的超凡技艺。

证明成就绝非一时之功。进驻西西里岛的一周前，一名黑人中尉在地中海上空击落了一架敌机。但此后的几个月，第 99 战斗机中队退居至日常勤务中，没有遇到一架轴心国飞机，更别说击落了。偶尔发生的事故还造成数名飞行员丧生，使该中队获得了"霉运"的名声。白人上司怀疑黑人飞行员"缺乏进取精神"，并对这些塔斯基吉飞行员在体力、耐力和耐寒能力方面的不足大加指责。

一位将军断言："黑人无法做出正确反应，从而成为一流的战斗机飞行员。"陆航队司令哈普·阿诺德建议将第 99 战斗机中队调至后方，"从而腾出一支白人中队，调至前方作战区域"。《时代》杂志引用了泄露的机密信息，在 9 月下旬报道说："陆航队司令部高层对第 99 中队的表现并不完全满意。"

而此时负责指挥一个全黑人战斗机大队的戴维斯于 10 月返回华盛顿，在陆军部的一个委员会面前对这些批评做出反驳。其他人也团结起来为第 99 战斗机中队申辩，还包括一位战绩斐然的白人飞行员。他将第 99 中队描述为"一群天生的俯冲轰炸机飞行员"。地中海战区美国陆航队高级指挥官艾拉·C. 埃克中将得出的结论是："与黑人士兵有关的麻烦事，90%

都是白人士兵惹的。"第 99 战斗机中队迁至那不勒斯郊外的一座机场，与作战行动更加靠近。尽管如此，该中队在 6 个月中还是执行了 225 次任务，飞了 1 400 个架次，却没有击落一架德国飞机。

随后便迎来了 1 月 27 日的早晨。16 架执行巡逻任务的 P-40 "战鹰"在克拉伦斯·贾米森中尉的率领下，飞行在安齐奥北面数英里 "彼得海滩"上空 5 000 英尺处。就在这时，德国空军的 15 架 FW-190 赶来对盟军舰队的锚地发起攻击。美军 "战鹰"密集地俯冲下去，每位飞行员都用战斗机上的六挺点 50 口径机枪打出阵阵短点射。

"我看见一架福克 - 沃尔夫 190，便直接朝它的尾部冲去，"小威利·阿什利中尉后来报告道，"我在近距离内开火，近得甚至能看见对方的飞行员。"火焰从敌机机身处蹿出，接着又有两架敌机中弹起火。一名德国飞行员俯冲至树梢高度，试图逃往罗马，结果却撞向地面，燃起一团大火。子弹从机鼻至机尾扫过第 5 架敌机，瞬间失速的飞机摆动起来，随即带着一只起火的机翼坠落。"整场战斗持续了不到 5 分钟，"斯潘其·罗伯茨少校说道，"这是一场追逐战，因为德国人一直在逃跑，我们则紧追不放。"

返回那不勒斯重新加油后，第 99 战斗机中队再次返回滩头，随后在下午 2 点 35 分发生的另一场混乱的缠斗中又击落三架来袭的敌机，其中一架敌机在逼近一架 "战鹰"的尾部时坠入丛林。星期五早上，就在克拉克搭乘 PT-201 设法赶至聂图诺时，第 99 战斗机中队冲入一群来袭的敌机中，击落四架德军飞机。在两天的空战中，该中队共击落 12 架敌机，另外 3 架可能被击落，4 架严重受损。只有一名美军飞行员阵亡。

这是一场追逐战，就像罗伯茨少校说的那样，这场追逐战还将继续下去。但没有什么事情会是完全一样的了。一名一年后阵亡于意大利的黑人士兵写信给家人："黑人在这里恪尽职守，他们干得很出色，我觉得这不是为了荣耀，也不是为了荣誉，而是为了即将到来的一个时代。"

突袭奇斯泰尔纳

1 月 29 日（星期六）下午，卢希恩·特拉斯科特沿着狭窄的楼梯，一瘸一拐地走上二楼的新指挥部，这座老旧的石制修道院屋顶上覆盖着红瓦，坐落在聂图诺与奇斯泰尔纳之间的一座中世纪村落——孔卡。桉树和梧桐树给予这片村庄的宁静,已被附近轰鸣的炮火所驱散。

一座看上去很像碉堡、又粗又矮的塔伫立在屋顶轮廓线上方;塔顶曾短暂地飘扬过一面美国国旗,直到德军炮手将其作为瞄准标杆才作罢。第3步兵师师部的作战室占据了修道院的一楼,地图、刺耳的电话及电流的嗡嗡声预示着一场即将到来的大攻势。特拉斯科特已把铺盖摊放在铺着瓷砖的厨房里,并未指望能睡上一觉。

他仍能以刺耳的嗓音低声说话,此时,他那患病的喉咙随着腿部负伤而有所改善。1月31日星期一下午,一发20毫米高射炮弹落在特拉斯科特左脚6英寸处,纷飞的弹片撞上了他的马靴、马裤和脚踝。军医用镊子将碎弹片夹出后,卢卡斯将军坚持颁发给他一枚紫心勋章。

"这点伤真的算不了什么,但医生还是把我的脚包扎起来,这让我走路时有些麻烦。"一天后,特拉斯科特写信告诉莎拉。至于安齐奥登陆,他告诉她,后方的人们不应"想当然地认为这场战争即将结束。远非如此,相信我"。他请她寄一本《拿撒勒的耶稣的生平和品行》,这是托马斯·杰斐逊1804年开始编撰的理想主义版《新约》,通常被称作《杰斐逊圣经》。但它似乎很适合在滩头阅读。

二楼的一扇百叶窗使特拉斯科特能够扫视整个彭甸沼地。墨索里尼运河的西部支流蜿蜒穿过一英里前方的农田。在孔卡村,向北延伸的道路通过一座木板桥跨过运河,前伸3英里后到达伊索拉贝拉,这个村子标志着滩头阵地的外缘。再往前两英里便是7号公路和被圣保罗称作"三馆"的奇斯泰尔纳。

公元1世纪,遭到逮捕的圣保罗被押送至罗马,在这里遇到一群来自罗马的基督徒后,他"感谢上帝并鼓起了勇气"。现代的奇斯泰尔纳坐落在五条主干道和一条铁路线的交会处。特拉斯科特曾在星期三时建议立即夺取该镇,投入他的一整个师,再加上英军部队及美军第45步兵师刚刚抵达的一个团。但卢卡斯更倾向于等待,等第1装甲师更多的坦克到达后为英军在左翼的行动提供支援,那是通往拉齐奥山和罗马的一条更为直接的路线。

这种延误并非不明智。对俘虏的审讯和缴获的日记显示敌人"士气并不特别高昂,因为4年半的战争已把人折腾得心烦意乱"。德军第71步兵师的一名士兵在1月26日的日记中写道。两天后,他的一位同志补充道:"空中充斥着轰鸣和呼啸。炮弹在我们四周炸开。自1月21日以来,我就没能脱下过靴子。"第3步兵师当天早上的情报报告指出:"我们面前的敌人完全处于防御状态。"他们的主力据守在奇斯泰尔纳前方5英里的山丘上。敌人的"巡逻一直不太积极……有迹象表明,德军排和班一级的指挥能力已开始下降"。"赫尔曼·戈林"师的士兵们据守在"我们的右翼和正面",还有其他一些部队"陆续到达,零零碎碎地进入前线……敌人目前似乎不大可能以师级规模的兵力发起一场大规模反击"。

第6军的进攻,原本打算在今天凌晨(1月29日)发起,但由于英军防区内发生的一起不幸事件(第5近卫掷弹兵团的几名军官乘坐的三辆吉普车,在通往卡波罗纳的路上错过了拐弯口,结果一头撞上德国人的伏击圈,七人被打死或被俘,这使得四个掷弹兵连只剩下四名军官,彭尼要求更改进攻日期),已被推迟到次日早上。卢卡斯同意了。

特拉斯科特用望远镜扫视着沼泽地,并不知道情报评估大错特错,也不知道当天的延误将造成灾难性后果。凯塞林本打算在1月28日发起大规模反击,随后又决定推迟4天,以便让更多援兵穿过勃伦纳山口。盟军的空袭暂时切断了穿越意大利北部的铁路线,但由于恶劣的天气至少让半数重型轰炸机架次无法轰炸铁路目标,这使得德军部队和补给物资得以赶至滩头。当晚,德军第26装甲师大批兵力将从亚得里亚海前线赶到。

克拉克后来承认:"我们没有认真考虑过这种可能性。"数千德军援兵赶至奇斯泰尔纳,加固了"赫尔曼·戈林"师薄弱的防线。所以在星期日早上,达比的游骑兵和特拉斯科特的步兵在一条宽大的战线上遭遇到的敌人不是1个师,而是2个。11个营守卫着奇斯泰尔纳,约为盟军所预计的3倍。包围滩头阵地的德军总计33个营:7.1万人,238门大炮。就像彭尼将军在日记中写的那样:"德国人不会让(我们所犯的)错误轻易逃过惩罚,他不会再给我们第二次机会。"

鸟儿在沼泽的草地中歌唱,一轮苍白的太阳令满溢的灌溉沟渠熠熠生辉。不时有士兵从一片潮湿的灌木丛跑至另一片灌木丛。孔卡村的修道院外,优雅的梧桐树枝在微风中轻轻摆动。特拉斯科特看着这一切,什么也没发现,随后便走下楼来完成他的计划。

第 8 章 死亡圣地聂图诺

★ ★ ★

1月29日星期六下午,达比的游骑兵们在聂图诺附近的一片松树林里磨砺着匕首,清理步枪,躺在松枝铺就的床铺上打盹。一名游骑兵回忆道,在滩头阵地作战一周已令他们"严肃、疲惫、安静"。从波佐利起航后,几乎就没人刮过胡子,一名心生厌恶的伞兵写道,他们"看上去就像杀人犯或是酒吧里的流氓",连里的几名理发师一直忙碌到天黑。每个步兵都往自己的口袋里塞了几颗手雷,又将两条额外的子弹带挂在肩头,曳光弹已被去除,以免在夜间暴露射手的位置。铺盖卷和背包堆放在一块帆布上,由连里的厨师负责保管;大家纷纷藏好自杰拉和马奥莱收集来的纪念品:一把德军匕首,一顶英军突击队军帽,一块维苏威火山的浮石。

邮件在星期六晚间送达,但已没时间分发下去(游骑兵们绝不能带着私人信件投入战斗)。文书们答应,星期日早上会把这些装着信件的麻袋扛到奇斯泰尔纳。从聂图诺赶来的卡车司机送来了额外的弹药。炮弹像枯骨一样在车厢内叮当作响。

自天亮以来,达比便一直在忙碌。在与三位营长召开了作战会议后,他于下午1点来到孔卡修道院与特拉斯科特商讨情况,随后又侦察了通往伊索拉贝拉的道路。他的第4营以一个8人扫雷组为先锋,将在星期日凌晨2点沿这条道路前进,为重武器和补给物资打开一条通往奇斯泰尔纳的道路。

第1和第3营将悄悄逼近潘塔诺沟,这条深深的灌溉农渠与从墨索里尼运河通至距离奇斯泰尔纳1英里处的道路大致平行。游骑兵的渗透行动曾在突尼斯取得过令人钦佩的成功。达比强调,穿过这片地带时,尽可能"避免与敌人发生接触",而这片地带已被游骑兵们称作"德国佬的地盘"。在这些游骑兵身后,特拉斯科特的第7步兵团居左,第15步兵团居右,将沿一条7英里的战线向前推进,以切断奇斯泰尔纳南面和北面的7号公路。

尽管达比小心翼翼只展示出对自己部下强烈的信心,但他其实对今晚的任务抱有一种罕见的矛盾心态。进攻的规模令他振奋,情报表明,通往奇斯泰尔纳的道路防御并不严密,也许只有一个保护着炮兵和反坦克连的德军步兵团。一名战略情报局的特工(他是从那不勒斯招募的一名反法西斯战士,居住在聂图诺的兵营中,配备着一部电台和一张乒乓球桌)两天前刚从敌后返回。据他报告，只看见 4 个德军营驻守着孔卡—奇斯泰尔纳通道。

游骑兵们似乎斗志高昂。达比问一个年轻的一等兵是否觉得紧张时，这名士兵回答说："我不紧张，只是我的爱国心在战抖。"达比曾对战略情报局的一名官员说过："他们是有史以来聚集在一起的最优秀的士兵。他们绝不会投降，会奋战到底。"

但是，这支部队已从一个营扩编至三个营，再加上自 15 个月前"火炬行动"登陆以来老兵的损失，导致这支部队在作战技能、噪声管制纪律及地形应用能力上都有下降。许多人仍在穿越田野时聚成一团，或是在照明弹升起时不能做到保持不动。有多少人会用一只旧袜子包住水壶？有多少人懂得用手指压住喉结来抑制咳嗽？又有多少人知道用污泥或木头燃烧发出的烟雾涂抹掉钢盔的闪烁？

突袭奇斯泰尔纳的计划也令达比感到不安。这是不是太冒险了？特拉斯科特的步兵能迅速增援渗透的游骑兵吗？由于担心惊动德国人，游骑兵的侦察行动一直没有越过伊索拉贝拉。看看航拍照片，田野上似乎纵横交错地布满了树篱，但实际上是堵塞了灌溉沟渠的荆棘。1 月 26 日星期三，422 号坦克登陆舰上两个迫击炮连损失惨重。今天下午，达比意识到，对那些穿越潘塔诺沟的迫击炮手来说，地面太过湿软；沉重的迫击炮不得不与机枪一起，跟在第 4 营身后沿道路行进。最后，一份情报在日落后一个小时的 6 点 35 分送抵："该镇实施抵抗的可能性非常大。"

此刻，士兵们已从藏身的松林中走出，唱着"带枪的娘们儿"，在阴暗的天空下排成两路纵队，朝北面 7 英里处的出发线行进。作战行动的口令通常会选择那种对说德语的人而言难以发音的单词，例如 thistle 中的 th，或是 price 中 r 这样的卷舌音。今晚的口令很简单："bitter—sweet"（苦—甜）。到达奇斯泰尔纳（该镇已被取了个不幸的代号："容易"）后，游骑兵们将发射几发红色信号弹，示意他们已获得成功。

歌声停止了。第 1 营的作战日志指出："战士们的士气非常高。"第 3 营营长阿尔瓦·H. 米勒少校最近写了首诗，描绘了深夜时穿过游骑兵宿营地，倾听酣睡的部下们所发出的各种声音：一个人哈哈大笑，与他从未见过的儿子玩闹着；一个人低声呼唤着妻子的名字玛丽莲；另一个人抱怨着朦胧的炮声打扰了他的安睡。

午夜时刻，达比在孔卡村的路旁最后一次与他的几位营长会面，几名军官冻得直跺脚。他提醒他们，尽可能长久地保持无线电静默。

达比对他们说道："祝你们好运。"说罢，他迈开大步走向道路右侧一座孤零零的农舍，他的指挥部就设在那里。几位营长重新回到等候着的部队中，在这个没有月光的夜晚，他们看上去模模糊糊，用烧焦的软木塞涂抹过的脸上，只有一双眼睛闪闪发亮。在距离奇斯泰尔纳 4 英里处跨过墨索里尼运河后，3 个营分散开来。第 4 营转身向左，朝道路而去。第 1 和第 3 营排成单路纵队，越过一片休耕地。这支队伍很快像条滑入洞中的蛇一样钻进潘塔诺沟。军官们借着火柴的光亮看看指南针，随即率部向北而去。

★ ★ ★

凌晨 3 点，伊索拉贝拉附近。沿着孔卡村那条路只走了不到半英里，第 4 营便遭遇麻烦。一支德制冲锋枪的长点射撕破了夜色，火舌很快从几座红色的农舍中蹿出。一个游骑兵连在道路东侧 300 码处遭到压制，15 分钟后，第二个连也前进不得。每隔 30 码便有一个敌人的步枪掩体，每隔 100 码设置着一座机枪阵地。低伸火力以离地 1 英尺的高度扫来，一名游骑兵上尉和另外几名士兵当场阵亡。迫击炮弹轰击着这片地带，泥土被翻起，空气中充斥着火药味。两辆被摧毁的吉普车和一辆意大利卡车构成的粗糙的路障挡住了第 4 营的其他部队。

当晚剩下的时间里，300 名游骑兵趴在冰冷的坑洼中，朝着 50 码外枪口的闪烁还击。更糟糕的是，距离安齐奥锚地 12 英里远的地方，一艘燃烧的弹药船在凌晨 4 点爆炸，发出一道白色的火柱，长长的阴影投在孔卡村的公路上，背后被照亮的游骑兵暴露在德军狙击手的枪口下。农舍指挥部里，达比竖起耳朵，仔细聆听着北面 2 000 码外的混乱。"这是第一个暗示，"他后来写道，"一切都不顺利。"

潘塔诺沟的行动也不够顺利。1 英里长的队列蜿蜒穿过泥泞的陡坡时，800 顶钢盔在水平线下方轻轻摆动，士兵们经常要在齐膝深的黑水中跋涉。"我们听见迫击炮和大炮的齐射落在左翼，"一名游骑兵后来说道，"有人低声说道，'第 4 营的日子肯定不好过了。'"距离奇斯泰尔纳两英里处，第 1 营营长杰克·多布森少校意识到第 3 营已经落在身后，于是命令

3个连原地等待，自己带着另外3个连继续前进。一名寻人的传令兵很快便带着不幸的消息返了回来：第3营的诗人营长阿尔瓦·米勒偶然间遇到德军的一个前哨阵地，结果被一发平射的坦克炮弹炸成碎片。复仇的游骑兵们用黏性手榴弹炸毁了敌坦克，但暴露的队伍也被隔离开来。

多布森的150名游骑兵组成的先头部队小心翼翼地从德军的两门多管火箭炮旁溜过，近得甚至能听见德国人的说话声，能看见鞭状天线映衬在天空中的剪影。距离奇斯泰尔纳1英里处，沟渠转向西北方，结束于孔卡公路下方的一个涵洞。德军车辆呼啸着来来往往，200码外的两门自行火炮夹杂着单调的轰鸣声轰击着滩头。多布森压低声音，试图用无线电联络达比。敌人的力量似乎远远大于预计，米勒的阵亡也许意味着应该将两个营转至东面，在那里，墨索里尼运河将使他们的侧翼得到掩护。忙碌了10分钟也无法联系指挥部，多布森只得放下手中的电台。没有达比的批准，他无法更改行动计划。

游骑兵们悄悄地越过公路，溜入远处的一片橄榄园中。一名德军哨兵扑通一声倒在银白色的树枝下，鲜血从他被割断的喉咙涌出。灰色的微光开始染白东方的天际。多布森率领部下沿一条与孔卡公路相平行的小径转身向北，这些游骑兵们小跑着，奔向黎明。一个喊声，又是一声，接着便响起枪声。裹着毛毯的黑影从地上爬起，跌跌撞撞的游骑兵们意识到，他们误闯了德军的一个营地。又一名哨兵倒了下去，他的喉咙被割开个鲜红色的新月形，惨叫声唤醒了所有人。

一场混战在整个营地爆发开来——"混乱加剧了"，有人这样描述道——手榴弹的爆炸声与噼啪作响的步枪声中，突刺的刺刀和匕首所发出的独特的声音清晰可辨。一名游骑兵后来说："我打空了那么多M-1弹匣，速度快得甚至连木制枪托都开始冒烟。"第1营跟在身后的士兵们奔跑着穿过公路，朝枪响处冲去，第3营的几个连尾随其后，包括几个"巴祖卡"小组。伴随着强烈的橙色火焰，两辆坦克被摧毁。

黎明，这个严厉的困境揭示者，将这片战场暴露出来。游骑兵们占据了一片半英里宽的三角形区域，以东面的孔卡公路、北面的罗塔桥公路及西面沼泽般的灌溉沟渠为界。交叉公路数百码外伫立着一道铁路路基和奇斯泰尔纳火车站。一座被称为卡尔卡普利尼屋的摇摇欲坠的农庄，成为多布森的指挥所。从林木线到北面和西面，他估计至少有7挺德军机枪扫射着他的阵地。

游骑兵们还没来得及挖掘战壕，南面便已传来叮当作响的坦克履带声。肯定是第 4 营带着一支装甲先头部队取得了突破，游骑兵们兴奋地欢呼起来。但草丛分开后，一辆四号坦克的铁十字徽记出现在眼前。

"随后，它朝我们开炮了，"本·W. 马塞尔下士回忆道，"第一轮射击过后，你有一种无遮无掩感。"很快，数辆自行火炮也出现了。游骑兵们蜂拥向前，朝着坦克的观察孔开枪射击。他们跳上车身，拉开舱盖，用冲锋枪扫射车内的组员。多布森用他的点 45 口径手枪击毙一名坦克车长，又往炮塔内扔了颗白磷手榴弹。乳白色烟雾从通风口涌出，他从坦克上跃下时，一发火箭弹在坦克的负重轮处炸开，重伤了他的左臀。

从 7 号公路和奇斯泰尔纳上方的山丘，德军援兵冲入战场。此刻，阴云密布的天空使得盟军战机无法升空。游骑兵们一步步后撤，9 个连被逼入一片 300 码宽的开阔地，就位于罗塔桥公路的下方；另外 3 个连则被驱赶至主力部队东南方的一处空地。负伤的士兵挤在卡尔卡普利尼屋附近的一座石制建筑中，那里已被改为一所急救站。

一名德军士兵攥着颗手榴弹，蹑手蹑脚地凑近窗户时，医护兵米奇·T. 罗米尼举起一支 4.5 毫米口径手枪击中了他的面部。"在梦中，我已上千次击毙了这家伙。"他后来承认道。坦克上的机枪扫射着沟渠和沼泽上的灌木丛。"你得跑 20 码，然后一头趴倒在地，"托马斯·B. 费尔根中士回忆道，"如果你待的时间过长，他们便会击中你。"一名面部重伤的游骑兵请求费尔根开枪打死他。"我们完蛋了。"他说道，"我可不想落入他们手中。"费尔根摇摇头，低声说道："别发疯了。"

游骑兵的预备队将他们的半数弹药分给前线的战友，但到上午晚些时候，宝贵的弹药已所剩无几。德军狙击手从树木、房屋、孔洞和农场的地窖中开枪射击，每一声可怕的"砰"都造成更大的喧嚣。一名游骑兵说道："飞行中的曳光弹近在咫尺，你甚至能用手拦住它们。"一位排长胸部中弹，伴随着每一次呼吸，鲜血喷涌而出；已有太多的军官倒下，以至于他们那些经验不足的部下不得不努力适应着炮火。

中午过后不久，有人喊了起来："那帮混蛋投降了！"南面 300 码处，第 3 营十来名被俘的游骑兵高举双手，朝着卡尔卡普利尼屋走去，身后跟随着德军的一个伞兵班和两辆装甲运兵车。这群人靠近时，侧翼的游骑兵们开

431

火了，两名德军看守被击毙，其他德国兵从背后用刺刀将两名美军俘虏捅倒。

"快投降，"一个德国兵用口音很重的英语喊道，"否则我们就把这些俘虏全毙掉。"更多的游骑兵丢下步枪，高举着双手加入到俘虏中。这群衣衫褴褛的俘虏走近到距离指挥所150码处时，一名游骑兵"朝着俘虏的队伍开了一枪，打死一个我们的人"，查尔斯·M.桑斯托姆上尉后来回忆道，"这一枪使得其他人也扣动了扳机，结果队伍中我们的人被打死两三个，德军看守也死了一两个"。

德国人迅速散开，掷弹兵和装甲车车组人员"开始用自动武器扫射我们的俘虏群"。桑斯托姆说道，更多的游骑兵举手投降，"我们朝他们开枪，但就是这样也无法阻止他们投降"。

★★★

几个小时里，达比一直抱有美妙的幻想，就像他用电话告诉特拉斯科特指挥部的那样，尽管第4营的行动很艰难，但渗透"显然没什么问题"。清晨5点前不久，他又补充道："一切顺利。"但在天亮前，他开始担心起来。6点15分，他报告说，游骑兵们"此刻的处境不妙，我与第1和第3营已失去联系"。一支侦察队驾驶着吉普车冲上孔卡公路，却撞上"一张机枪火力和手榴弹构成的坚实的火力网"；43人中只有1人逃脱了被打死或被俘的厄运。

特拉斯科特麾下几个团发回的消息同样冷酷无情。在达比的侧翼，第7和第15步兵团各自渗透进去一个营，坦克尾随其后。第15步兵团第1营随即遭到压制，到1月30日天黑前，他们只前进了1英里。第7步兵团第1营的表现更加糟糕，他们在铁丝网、陡沟和德国人的照明弹中挣扎着。

日落前，伤亡已使该营的实力从800人下降为150人。杜鲁门·O.奥尔森中士是B连的一名机枪手，身负重伤前射出3 000多发子弹；由于在奇斯泰尔纳的战斗中表现出的勇气，第3步兵师有四名士兵获得荣誉勋章，奥尔森是其中的一个，另外三人则是死后追授。

上午7点，多布森少校的第一封急电终于发了过来。除了说明米勒少校已阵亡外，他还告诉达比，他的整个指挥部已岌岌可危。一个小时后传来的消息更加可怕，电台联络随即中断，直到下午才恢复，此刻，游骑兵们已被包围在卡尔卡普利尼屋。第1营的一名上尉抽泣着，声音听上去紧张万分，于是，达比要求跟老资格的军士长罗伯特·E.艾哈特通话。

"有些家伙正在投降，"艾哈特不急不忙，他的声音很镇定，"我们非常抱歉。不过那些家伙也没办法，因为我们没有弹药了。但我绝不会投降。"

在孔卡村，一名偷听的速记员草草记录下达比疯狂的答复。"要是他们再靠近就开枪，"他说道，"下达命令，但不要让小伙子们投降……是谁举起双手走了出去？别让他们这么做！让军官们开枪……把老兵们凑起来，监督这种行径……我们正在赶来……保持无线电联络到最后一刻。你还剩下多少人？把他们归拢起来。"模糊的枪声通过话筒传来。"他们冲进来了，"艾哈特说道，"再见，上校。也许等这一切都结束后，我还能再见到你。"

"动动脑子，妥善行事，"达比说道，"你在那里，我在这里，不幸的是，我帮不了你。但无论发生什么，愿上帝保佑你……愿上帝保佑你们所有人。"

达比加大了声音："艾哈特，我把一切都交给你了，告诉弟兄们，我永远跟他们在一起。"

过了一会儿，他打电话给特拉斯科特："我的老军士长跟最后 10 名部下待在一起。显然这对他们来说太艰难了。"随后他让参谋人员出去，自己抱着头抽泣起来。自北非战役起便给达比担任司机的卡罗·孔特雷拉中士后来评论道："想到那些部下所遭遇的事情，他根本无法忍受。"

★ ★ ★

从周日凌晨 2 点到天亮，特拉斯科特一直站在孔卡修道院的二楼上凝视着。北面，德军曳光弹击打着一片笼罩在冰冷闪光下的地带，大炮的闪烁勾勒出地平线的轮廓。第 3 步兵师的作战日志指出："形势一片混乱。"拂晓时，一队"谢尔曼"坦克和坦克歼击车隆隆地驶上了孔卡公路。"硝烟、尘埃、向前冲锋的士兵们微小的身影、巨大的噪声。"另一名透过楼上的窗户观看着这一切的军官写道。

混乱和噪声持续了一整天。在伊索拉贝拉，坦克从游骑兵第 4 营身边驶过，只前进了 200 码便被反坦克地雷所阻；最终，德国人的路障被清除，但位于"死女人"的一个更强大的拦阻阵地再次挫败了美军的推进。达比与艾哈特的交谈记录令特拉斯科特深受打击。"整个行动遭到失败，"师里的作战日志中记录道，"将军非常不安。"

担架员"抬着伤员"跟跟跄跄地退过圩田。筋疲力尽的士兵咀嚼着麦

奥迪·墨菲是得克萨斯州佃农的儿子，五年级便辍学，他成为美国陆军中最著名的士兵之一。1945年拍摄这张照片时，墨菲已晋升为中尉，脖子上挂着荣誉勋章。（得克萨斯军事博物馆）

芽和葡萄糖片，他们的眼皮"重如银币"，迫击炮手汉斯·于尔根森写道。现在已是一名中士的奥迪·墨菲在得了一场疟疾后刚刚回到第3步兵师，他描述道："吉普车拉着装满尸体的拖车……搭在车辆两侧的胳膊和腿怪异地跳动着。"德国人的一发炮弹震晕了墨菲，恢复知觉后，他发现身边的一名士兵已被炸死。"活着，现在成了个命运的问题，或者说纯粹靠运气，"他写道，"医护兵像屠夫那样浑身血污……我看见一名医护兵在给一个伤员包扎伤口时阵亡，一块弹片切断了他的脊柱。"

对于1月31日（星期一）重新发起的进攻，五六位将军挤入了孔卡的修道院，包括克拉克和卢卡斯。从阿尔及尔赶来的雅各布·L.德弗斯中将给特拉斯科特带来一瓶钻石金酒。由于抽烟太多，睡眠太少，特拉斯科特的喉咙现在"相当糟糕"。

低垂的阴云再次妨碍了空中支援，这些高级将领将他们的希望寄托于杰克·托菲中校。他所率的第15步兵团第2营将转向伊索拉贝拉的西面，然后向北直奔奇斯泰尔纳。托菲本人在安齐奥差点送命，一颗地雷炸毁了他的吉普车，他的军用夹克被撕碎，但幸好只负了轻伤。"总的来说有点老了，但仍能冲锋陷阵。"他在1月29日的信中告诉海伦。他的部下麻利地夺取了墨索里尼运河上的三座桥梁，并将另外四座炸毁。"疲惫，但却毫不松懈；从未失去沉着或幽默感，"跟随托菲跨过滩头的记者威尔·朗在他的笔记本中写道，"没有谁让自己的武器闲置不用。"

"托菲前进了。"中午时，修道院里的一名参谋说道。尽管全营的武器都在开火，但敌军的防御火力非常凶猛。托菲前进了2 500码，几乎已逼近卡尔卡普利尼屋，随即被德军猛烈的火力所压制。托菲的左侧，第 7 步兵团第 1 营的士兵们越过了奇斯泰尔纳西北方两英里处的铁路线，这是个在接下来的四个月里都无法重复的壮举；但在星期二早上，一名上尉报告说该营"作为一支战斗部队几乎已不复存在"。敌人丢失了一些防线，沿一条 5 英里的前线收缩了一英里，盟军还在"死女人"附近抓获了 200 多名德军俘虏。随后，敌军的防线加强了。"整个下午，我们朝着敌人发起冲锋，"奥迪·墨菲写道，"如果我们遭受的痛苦能发挥作用的话，德国人的防线早就被撕开了个大口子。但我们未能达成任何突破。"

整个师已筋疲力尽，特拉斯科特知道这一点。通往奇斯泰尔纳的最后一英里被证明太过遥远。某些连队剩下的兵力已不到 20 人。出于对德军发起反击的担心，特拉斯科特命令部下挖掘战壕，紧守阵地。他将为托菲在一场徒劳的战斗中所表现出的"无畏的领导能力"而颁给他一枚银星勋章。

至于那些游骑兵，周末的血腥一直延续到周一。一阵迫击炮齐射击中了指挥部，达比的情报官和五名士兵当场阵亡。当天晚些时候，双目通红、憔悴得远远超过 32 岁实际年龄的达比驱车来到墨索里尼运河附近的一处营地，这里，数百个铺盖卷和背包堆在帆布上，整齐地印着那些再也不会回来收拾这些行李的士兵们的姓名和兵籍号。

★ ★ ★

被俘的游骑兵们排成五行，绕着罗马斗兽场踯躅而行，以便让德国摄影师拍照。蜿蜒的战俘队列走向临时设置的战俘营时，意大利的法西斯分子们嘲笑着，从阳台上吐着口水，就连罗马有轨电车车库里的油脂坑也成了战俘的容身地。少数人得以逃脱，大多数战俘将在德国战俘营里度过战争剩下的时间，他们与一年前在凯塞林山口被俘的美军士兵关在一起。3 月中旬，厚厚一摞明信片将被寄往美国各地的亲人："我作为战俘被囚禁在德国，但身体很健康。"

2 月 1 日早上，在游骑兵第 1 营的一份报告中，从"在役"改为"战斗中失踪"状态的游骑兵人名罗列了一页又一页：布朗和亨德里克森、胡克斯和基奥、帕迪利亚和佩里、乌尔塔多和巴登哈根。第 1 营和第 3 营 767 名辛苦赶至潘塔诺沟的士兵中，只有 8 人逃脱了奇斯泰尔纳的灾难。阵亡人数估计为 250 到 300 人，包括军士长艾哈特在内的其他人均已被俘。另外，游骑兵第 4 营有

50% 的伤亡。1 月 30 日这天，英军和美军损失了近 1 500 人，是萨勒诺登陆当天伤亡人数的两倍。德军在这个周末的阵亡、负伤和失踪人数超过 1 000 人。第十四集团军的作战日志在 1 月 31 日指出："敌人遭受到沉重的伤亡，但我们的损失也很高。"

寻找替罪羊的勾当迅速展开。克拉克在日记中写道，他"痛心"地发现，轻装的游骑兵被用于充当第 3 步兵师进攻奇斯泰尔纳的先头部队，"这是个明显的判断失误"。克拉克惊讶地发现，达比的渗透战术仅仅是辛苦赶至一条沟渠。他起初对特拉斯科特做出指责，并打算解除后者的职务，直到卢卡斯指出，自己作为军长批准过特拉斯科特的计划，此事才作罢。

这场灾难保密了 6 周，随后，德国人拍摄的被俘游骑兵的新闻纪录片，以及来自滩头阵地的故事激发起报纸引述阿拉莫和大小角战役典故的热度。克拉克下令展开调查，但进展甚微（大部分证人不是阵亡就是被俘），第 6 军的一名参谋军官暗示，这场屠杀"是由多种因素造成的，不能仅仅归咎于侥幸心理"。

今天令昨天黯然失色，就像战场上总是发生的那样，上级指挥官很快将注意力转向更为紧迫的问题。第 6 军右侧的滩头阵地在三天内扩展了近 3 英里，而左侧的英军和第 1 装甲师朝卡波罗纳的推进形成了一个 4 英里深、2 英里宽的突出部。由于美军对奇斯泰尔纳的进攻，凯塞林的反击战再次推迟到 2 月 4 日。多亏了"超级机密"，克拉克已于一天前获悉这一情况。从卡塞塔发来的一封电报中，这位集团军司令告诉卢卡斯，夺取奇斯泰尔纳的命令"已被撤销……你现在应该加强你的滩头阵地，并做出适当的部署以应对敌人的进攻"。

比尔·达比的战争远未结束，但对他的第 6615 游骑兵团来说，这场战争已画上了句号。随着三个游骑兵营几乎全军覆没，乔治·马歇尔解散了这支部队。3 月份，原第 1 营近 200 名幸存的老兵离开那不勒斯回国，帮助训练其他部队，包括那些将在诺曼底攀登峭壁的新游骑兵。另外 250 名新近加入达比部队的游骑兵转入罗伯特·弗雷德里克的第 1 特种勤务队，目前正据守着墨索里尼运河附近的阵地。

部下们拿起工兵铲挖掘战壕时，卢卡斯邀请记者们来到市场广场 16 号楼上的套房里，畅谈过去和未来的战事。卢卡斯坐在一张扶手椅中，拿着未点燃的玉米芯烟斗，说话声非常低，以至于位于外圈的人几乎听不清他在说什么。BBC 广播电台的记者温福德·沃恩 - 托马斯写道，这位军长"长着张圆脸，留着花白的胡子，看上去就像个和善的乡村律师"。仅仅为构建一个滩头阵地，第 6 军已付出了 6 000 人伤亡的代价。"还有人建议说，我们应该着眼于夺取那些山丘。"卢卡斯说着，透过北窗朝拉齐奥山含糊地打了个手势。他转过身来问情报官："乔，那些山叫什么名字？"

但敌人是强大的，"远比我们所想的更加强大"。卢卡斯继续说道。他停顿了一下，盯着炉膛凝视了好一会儿，小小的火焰在他的眼镜片上舞动着。"先生们，我来告诉你们吧，"他说道，"德国是个强大、坚韧的对手。没错，一个强大而坚韧的对手。"

THE DAY OF BATTLE

第 9 章　杀戮场

卡西诺山上的修道院固若金汤，盟军陷入停滞不前的困境。有没有可能在不夺取这座建筑的前提下占领山丘呢？难道德军还没有占据这座完美的观察哨吗？如果不先铲除这座俯瞰一切的修道院，又怎能要求盟军士兵对山丘发起进攻呢？但是决策者忽略了最重要的一点：轰炸修道院的后果竟然对德军更有利。

如何占领卡西诺

卡西诺山上的道路形成了七个发夹弯，每一个都比前一个转得更加激烈。山坡上的坟墓和一座罗马圆形剧场伫立在第一个弯道下方，此外还有古老集镇卡西努姆所留下的奥古斯都时代繁荣的遗迹。马车的车辙印仍蚀刻在铺路石上。据西塞罗说，耽于酒色的马克·安东尼，曾在附近的一座别墅里"沉溺于花天酒地之中"。

第二个转弯处伫立着亚努拉城堡，这座城堡属于19世纪的一位修道院院长，"像一位传教士俯瞰着他的会众那样"屹立在今天的卡西诺镇上方。这条道路穿过橄榄树和矮栎，沿着几个世纪来朝圣者、诗人和武装入侵者所留下的足迹，一直向上蜿蜒攀升了6英里。每个向上延伸的弯道都将拉皮多河和米尼亚诺山口的全景暴露给南方，朦胧的利里河谷向西北方延伸，直通罗马。后者的远景激发了一位11世纪意大利诗人的灵感，他写道："这里便是通往使徒之城的道路。"

转过最后一个弯道，位于谷底1 500英尺上方，庞大的修道院突然间朦朦胧胧地出现在山顶上，这座修道院呈不规则的四边形，庄严宏伟，其正面宽度相当于白金汉宫的两倍。城堡里有一座废弃的罗马塔，公元529年，一个名叫本笃的流浪隐士来到了这里。这位年轻的牧师生于一个贵族家庭，为躲避敌对的修道士端上的毒酒，他逃离荒淫的罗马，定居于这片岩石丘陵，唯一渴望的只是"尽心侍奉我主"。

通过强调虔诚、谦卑及闪闪发亮的"服从的铠甲"，本笃的教条构成了西方的隐修制度。身穿黑袍的本笃会修士不仅将福音传播给平原上的异教徒，而且在风雨飘摇的几个世纪里保护着西方文化。据说，547年春季，本笃去世时举起双臂，"沿一条铺着地毯的明亮街道"进入了天堂。他和孪生妹妹圣思嘉的遗骨都安葬于山顶凿出的一个墓穴中。在过去的 15 个世纪里，修道院反复遭到伦巴第人、撒拉逊人、地震及 1799 年拿破仑一世这个恶棍的破坏，但它总是能得到重建，这与其座右铭完全一致："Succisa Virescit."（被击倒后焕发出新的生命。）拜访过卡西诺山后，诗人朗费罗将这里称作"人世与阴间纷争之处"。

但这些都比不过 1944 年 2 月的破坏。修道院下方的城镇第一次遭到轰炸是 9 月 10 日。数周内，在修道院里避难的难民已超过 1 000 人，外加 70 名修道士。"修道院被弄得污秽不堪，"院长格雷戈里奥·迪亚马雷抱怨道，"这是表达感恩的糟糕方式。"随着战事日益临近，水井也渐渐干涸，大部分难民撤往山中或北部的城市。奥地利的朱利叶斯·施莱格尔中校战前是一名艺术史学家兼图书管理员，他说服迪亚马雷将修道院里的艺术珍品转移，以便妥善保存。

整个秋末，德军的卡车隆隆驶过 6 号公路，赶往罗马的圣天使城堡，车内搭载的木箱是用一座废弃工厂内找到的木板拼凑而成的，而箱内的艺术珍宝令人叹为观止：达·芬奇的《丽达与天鹅》；来自庞贝古城的花瓶和雕塑；8 万册书籍和卷轴，包括贺拉斯、奥维德、维吉尔和塞内加的著作；长方形的金属盒中存放着济慈和雪莱的手稿；提香、拉斐尔和丁托列托的油画；熟练的金匠打造的教士法衣和圣礼仪式使用的容器；甚至还有 8 世纪被撒拉逊人杀害的贝尔塔里乌斯的遗骨。一具 13 世纪的锡耶纳十字架"如此庞大，只能斜着放在一辆卡车上"。本笃和圣思嘉的大部分遗骨仍留在修道院的墓穴里，但丝绸包裹的圣骨匣装着圣人重要的骨片，接受了院长的特别赐福后也被送往罗马。每辆卡车都由两名修道士押车，以防德国人监守自盗；尽管如此，还是有 15 个箱子不翼而飞，这些东西后来出现在柏林郊外赫尔曼·戈林的总部里。

疏散行动结束后，根据希特勒的命令，卡西诺山成为"古斯塔夫"防线的关键。凯塞林在 12 月中旬向天主教主教团保证，不会有德国士兵进入修道院，他们会围绕着建筑的外墙设立起一个禁区。但卡西诺镇和周围的山坡变得越来越戒备森严。德国第十集团军的一道命令指出，"只有建筑物本身可以幸免"；此外，希特勒在 12 月下旬下令："必须以最好的预备队守住山体，在任何情况下都不能让其丢失。"

更多的观察哨和火力点布满了卡西诺山的南坡。一名德军军官说，德国工兵已将"罗马附近的每一台凿岩机都搞来了"。他们炸毁了修道院的附属建筑和镇内被选定的一些房屋，以此来改善射界。更多的掩体、暗堡和钢铁防空壕密密麻麻地出现了；那些非强征来的意大利劳工，如果挖得又快又深，便能得到香烟的奖励。卡西诺镇里的学校已成为德军的战地医院，挤满了呻吟的伤员，这些伤员先是来自西西里岛，接着是萨勒诺，随后又是沃尔图诺、圣皮耶特罗及另外十来个南部战场。但到了1月下旬，部队的后方单位和平民都已逃离该镇，只有作战士兵仍留在地下巢穴中，他们接到的命令是：拼死抵抗。

1月中旬，第一颗偏离的炮弹击中了修道院。修道士们正在进行每日的宗教仪式，这种仪式始于拂晓前的晨祷。他们每天7次聚集在胡桃木雕刻成的唱诗班座位上诵读经文。79岁高龄的院长迪亚马雷和他的修道士们撤入修道院最底层两条走廊上的6间房间。德军征粮者强行带走了14头奶牛和100多只绵羊，只支付了少许钱；随后幸免于难的山羊、猪、鸡和驴子都在修道院中得到了庇护。有人在修道院的日志中恳求道："愿上帝缩短这些可怕的日子！"

数百名难民躲在围墙处、农舍内，甚至是养兔场里。此刻，炮火彻夜连天地轰击着卡西诺山的两侧，折磨着他们的神经，也炸死了许多无辜者。2月5日（周六）早上的一场炮击尤为令人不安。40名被吓坏的妇女赶到修道院大门前，恳求放她们进去。被不情愿的修道士拒绝后，妇女们猛敲橡木大门，直到指关节流血。"她们尖叫着，祈求获得收容，带着恐惧的疯狂，甚至威胁要放火烧门。"一份记录中这样写道。

大门打开了，妇女们冲了进去。先是几十人，随后便是数百人，最后约有1 000名饱受惊吓的难民挤入了修道院。散发着恶臭的露营地雨后春笋般出现在门房、邮局、木工车间和主教大厅。还有400人露宿在修道院硕大的楼梯上。

修道士们在时辰颂祷礼上吟唱、祈祷，寻求着上帝的旨意。可怕的日子一天接着一天，被日课经文的节奏所打断：夜祷、晨曦祷、第一时辰、第三时辰、第六时辰、第九时辰、晚祷、睡前祷。本笃曾提醒过他们："懒惰是灵魂的大敌。"坚固的围墙外，大炮也吟唱着歌谣。

★ ★ ★

跨过拉皮多河发起正面进攻的失败迫使马克·克拉克将注意力转向两翼，试图绕过"古斯塔夫"防线。在第五集团军左侧，英国第10军很快便沿着加利格里阿诺河停顿下来。1月的最后两个星期中，他们损失了4 000余人，没有获得任何实质性的进展。而第五集团军右侧，只留下一片"湿漉漉、令人沮丧的地带"。盟军指挥官期盼通过向西推进，跨过一片布满陡坡和暴露的鞍状地带所构成的原始内陆，从而对卡西诺山实施侧翼包抄，并冲入修道院身后的利里河谷。

法国人几乎赢得了胜利。一支主要由北非士兵组成的法国军队，在白人军官的率领下已到达意大利，这支部队有1.8万多人，身穿美国陆军的斜纹布军装。"只要看见一个家伙穿着最新、最好的军装，那么他肯定是法国佬。"一名美国兵抱怨道。在4天内，法国远征军（FEC）将德军防线逼退了4英里，重创了德军的一个山地师。

在一个英勇的阿尔及利亚人（他就是阿尔方斯·皮埃尔·朱安将军，通过贝雷帽和左手敬礼的方式可以很容易地辨别出他，他的右臂在1915年致残）的指挥下，法军于1月25日重新发起进攻。一天后，第3阿尔及利亚师占领了卡西诺镇正北面5英里处的观景山，几乎已深入到"古斯塔夫"防线中。法军士兵还短暂地控制了观景山上方的阿巴特山，这道陡坡至关重要，凯塞林曾预计，如果这里丢失，整个"古斯塔夫"防线就将弃守。

"从事战斗的都是些普通人，"第2摩洛哥师的一名军官写道，"完全是凭借人性的努力。"但在意大利山区，人性难以捉摸。另一名军官说道，德国人的炮击令法军士兵"大声咒骂着整个世界，以此来让自己冷静下来"。一名阿尔及利亚中士的头骨被弹片切开，"他尖叫着狂奔，用双手撕扯着脑浆，随即倒地身亡"。一名突尼斯中尉被子弹击中前额后阵亡，而他曾发誓要第一个冲上862高地；三名土著士兵扶着他的尸体坐上步枪枪托做成的一把"座椅"，把他抬上山顶，"以兑现他的誓言"。

6个德军营（有些营只剩下100人）发起反击，堵住防线上的漏洞，并重新夺回了阿巴特山。法国师的一份作战日志中写道："700高地被我们

"树立起信心，享受冒险吧。"法国远征军指挥官阿尔方斯·皮埃尔·朱安将军建议道，他认为只有"攻上山头"才能对古斯塔夫防线上敌军强大的防御阵地实施侧翼包抄。

四次夺取；771高地被我们三次夺取；915高地也被我们夺下，敌人发起四次反击，均未获成功。"一些口渴难耐的殖民地士兵跑到暴露的山泉处喝水，结果却因此而丧生；在一名阵亡的法国军官身上找到的一张纸条上写道："自打我们出发后，就没有吃的和喝的。"其他人则靠缴获的干粮和补给物资生存下来。

一名法军上尉在被机枪子弹打死前不久，于日记中写道："人体机制有其局限性。"朱安勉强对此表示同意，并在给克拉克的信中写道，他的军"付出了令人难以置信的努力和巨大的代价"，已将"古斯塔夫"防线削弱。光是一个阿尔及利亚团便损失了1 400人，包括团长。德军每日的伤亡数相当于一个营，但凯塞林仍控制着高地。令朱安感到遗憾的是，法国远征军"再也无能为力了"。

这个吃力不讨好的任务现在落在美国人头上，特别是第34步兵师。该师最初由艾奥瓦州和明尼苏达州的国民警卫队组成，在突尼斯战役中一直饱受批评，直到战役最后几天才在609高地挽回了声誉；新加入该师的单位包括第100步兵营，由1 400名来自夏威夷的日裔美国人组成。查尔斯·W.莱德少将是艾森豪威尔的堪萨斯同乡，还跟他是西点军校同班同学，自"火炬行动"起，他便一直指挥着第34步兵师。莱德将军身材高大，长着对大耳朵，有厚厚的嘴唇和高挺的鼻子。他在第一次世界大战中表现英勇，获得了两枚杰出服役十字勋章、一枚银星勋章和一枚紫心勋章，彰显了他的战术才能和部署水平。

法军在莱德右侧重创"古斯塔夫"防线之际，第 34 步兵师对卡西诺镇北部发起进攻，那里的拉皮多河浅得足以涉水而过。1 月下旬，步兵们一连三天挣扎着穿过火力封锁、雷区和泥沼。到 1 月 27 日上午，步兵和 4 辆"谢尔曼"坦克在河对岸控制住两个小小的桥头堡，而工兵们则为赶来增援的装甲部队铺设起一条木板路。但太迟了。下午 1 点前，4 辆"谢尔曼"都已起火燃烧，一个紧张不安的步兵连撤离了他们刚刚夺取的山丘，数百名士兵很快惊慌失措地朝着后方溃逃。莱德没有将他的 5 个连派过河去，他什么也没做。

1 月 29 日，进攻在更北面重新发起，但还是遭到遏制，坦克组员们平射了 1 000 发炮弹，试图在拉皮多河陡峭的对岸炸开一道斜坡。用石块仓促铺设的一条堤道被证明更加有效，虽然有几辆"谢尔曼"深深地陷入淤泥中，但还是有 20 多辆抵达西岸。坦克在黑暗中以每小时 5 英里的速度向前行进，对付步兵的 S 型地雷像爆竹那样在它们的履带下炸开。每个驾驶员都紧跟着前方 20 码处坦克排气管冒出的微弱光芒，炮塔上坐着一名步兵，用汤普森冲锋枪的火力击退逼近的德军士兵。步兵们跟在坦克身后，在履带碾出的 6 英寸宽车辙印中寻找着浅浅的遮掩处，以躲避敌人的炮火。身穿原野灰军装的"幽灵"躲在他们的洞穴和钢铁碉堡中（这种碉堡被美军士兵称为"螃蟹"），只有被击毙或被俘才能将他们逐出；最顽固的家伙则遭到了白磷手榴弹的"洗礼"。

1 月 30 日（周日）夜晚前，就在那些法军士兵高声叫骂时，美国人守住了几个关键的高地，并牢牢控制住修道院北面 3 英里处的开罗村。第 2 军军长凯斯将军在 2 月 1 日的日记中写道："相信我们将在明天傍晚前拿下卡西诺。"克拉克给亚历山大发去电报："目前的情况表明，卡西诺的高地很快就能拿下。"

想得多美啊！凯塞林已将第 1 空降师和第 90 装甲掷弹兵师从亚得里亚海沿岸调来。2 月初之前，"古斯塔夫"防线的守卫力量已从 4 个师增加到 6 个师。正如克拉克在日记中承认的那样，两支交手的军队此刻很像"擂台上的两名拳手，两个人都快支撑不住了"。

2月3日（周四）前，莱德的部下已在卡西诺镇的北郊获得了一个立足点，他们先往每座房屋内投入手榴弹，然后冲入屋内。一天后，第135步兵团的一个营逼近至距离修道院200码处；一支巡逻队甚至冲到修道院的东面，并抓获了19名俘虏。一座座山头得而复失，失而复得，尤其是593高地，当地人称之为"卡瓦里奥山"，位于修道院东北方一英里处，是一个被称为"蛇头岭"的重要山口的最高点。第34步兵师的一名军械官在日记中写道："每天都报告说卡西诺镇已被夺取，每天晚上都被证明是谣传。"

每一码，无论是夺取还是丢失，都消耗着美军的实力。在一片遭到德军炮火轰击的两英亩地面上，生还者数出90具尸体。6名新派来的中尉被分至第135步兵团第2营，一天后就只剩下2个。医护兵隔着伤员的绿褐色斜纹布军装注射吗啡，根本没时间卷起他们的衣袖；许多人将磺胺粉倒入盐瓶中，以方便撒用。雪花落在死者身上，活人在洞穴中醒来，发现他们的军装已被冻得坚硬如冰。此刻，几乎没什么人还带着铺盖卷。一个多星期以来，许多人除了硬邦邦的干粮就没吃过其他东西，饮水则是靠融化的积雪。一位来访的新西兰准将发现，第34步兵师那些饱经风霜的士兵，双脚被冻得步履蹒跚。他认为，这些士兵已无力再发起新的进攻。

尽管如此，他们仍在尝试。2月的前两周，他们进行了3次努力，试图突破通往利里河谷的最后一英里，每次都遭到失败。2月11日这一天，1 500名士兵都未能将德国守军逐出593高地附近那片被称作"阿尔巴内塔农场"的血腥战场；当天结束时，第36步兵师的两个加强营总共只剩下170人，仅为编制兵力的十分之一。他们的团长曾在三周前拉皮多河的那场惨败中幸免于难，这次却因为一发跳弹炸毁了指挥所的沙袋而阵亡。

一名德军军长认为，美军离成功"已不到100米"。亚历山大和克拉克发起的这场进攻的正面可能过于辽阔，未能敏捷地利用轴心国防线上的裂缝，但他们的部下已竭尽所能。法军伤亡8 000人，美军伤亡1万人。2月中旬，第34步兵师各个连队的伤亡率已达65%。"就个人而言，我很高兴我们没能夺取目标，"第135步兵团的一名士兵在给家人的信中写道，"否则他们会认为我们是铁打的金刚，永远让我们继续向前冲，哪怕我们已疲惫不堪、惨遭屠戮，几乎全军覆没。"

盟军战地指挥官们望向天空，双眼避开下方的屠宰场。"皑皑白雪覆盖着的开罗山映着粉红色的美丽光辉,"凯斯在日记中写道,"一轮满月挂在修道院上空。"

敌人的照明弹也在修道院上空飘摆,"仿佛牵着一根看不见的线",一名士兵写道。一个刚刚赶到前线的迫击炮组未被告知修道院是"禁射区",结果,几发炮弹炸毁了修道院的屋顶,美军防线上的士兵们发出了兴奋的欢呼声。

2月14日一早,第4印度师赶来接替美国人。衣衫褴褛的美军士兵跌跌撞撞地走向后方或是躺在担架上被抬走,如果没人帮忙的话,许多人已无法从藏身的散兵坑中爬出来。光是第34师便使用了700名担架员。阵亡的美军士兵像锯下的圆木那样堆在一起,等着骡子将他们运走。这些骡子排成长长的、喷着热气的队列,嗒嗒作响地走上山坡。第34步兵师使用了1 000匹骡子。一名英国军官写道:"感谢上帝,没让他们的母亲看见悲伤而又屈辱的这一幕。"

第141步兵团新来的哈罗德·邦德中尉发现,他在莎士比亚身上找到了安慰。"人只能死一回。我们都欠着上帝一条命,"他背诵着《亨利四世》第二部中的话,"今年死了,明年总不会再死。"罗伯特·卡帕在狭窄的战壕中跟跄穿行,战壕内满是第34步兵师阵亡的小伙子,他喃喃地祈祷:"我真希望穿着白鞋白裤,走在加利福尼亚的阳光下。"

就在美军开始后撤几英里以便休整部队时,一名德军信使打着白旗出现了,提议在2月14日短暂停火,以收集开罗山附近的阵亡者。很快,德军士兵用小树苗和半幅军用帐篷做成担架;一支美军特遣队向对方交付了150具放在血迹斑斑的担架上的尸体,也带回数目相当、身穿绿褐色军装的战友的遗体。一个美国兵在日记中写道:"山上到处是尸体,气味糟糕至极。"

休息时,双方士兵交换着香烟和家人的照片,叽叽喳喳地谈论着意大利姑娘和自己喜欢的电影明星。一名美军军官用德语问道:希特勒现在还好吗?一个穿着蓝灰色大衣、来自汉堡的红发德军中士耸了耸肩:很好,很好。德军士兵指出,罗马非常令人愉快,但这座城市"无法与柏林相比"。卡西诺山传来噼啪作响的步枪射击声,这场局部停火于中午结束。再见!他们相互道别,带上最后一些死者慢慢离去。一名德军士兵快步走上前来,与美军士兵最后一次握手，说道："这种生活真是个悲剧。"

最可悲的是那些彻底消失不见的人，例如奥托·亨利·汉森，对美国陆军来说，他就是兵籍号 37042492 的一名士兵，但对他在艾奥瓦州蒙蒂塞洛的家人来说，他是"巴德"。作为九个孩子中的老三，汉森在战前是一名农场工人，每周挣 10 美元。加入陆军后的收入稍好些，但工作也更繁重，因为他已成为第 168 步兵团 G 连的一名副排长。陆军部的一封来信中说，2 月 4 日，汉森中士在修道院附近巡逻时遭遇德军伏击，随后失踪；陆军副官长在信中表达了"在这段不确定期间内的由衷同情"。

差不多一年后，一名在同一场遭遇战中失去一条腿并被俘的士兵，从德国战俘营因伤遣返后写信给汉森的家人："我很抱歉，我不得不告诉你们，我认为他已在战斗中阵亡……我们的人在那里从未想过会被打死。"1945 年 4 月，政府方面宣布兵籍号为"37042492"的士兵已在战斗中阵亡（另一名战友报告说，亲眼看见他死于炮火），但他的尸体一直没能找到。汉森阵亡时年仅 29 岁。

厄尼·派尔在卡西诺附近加入到同一个营的 E 连中。该连的 200 名士兵大多来自艾奥瓦州。两年前，他们乘船赶赴海外，现在只剩下 8 个人。对于这些老兵，派尔写道：

> 他们已在战场上待了这么久，看上去更像是战士而不是平民。他们的生活完全由战争组成，也只有战争……他们能活下来是因为命运的眷顾，当然，也是因为他们已变得坚强，已学会明智地采用动物那样的自我保护方式。

弗兰克·"巴克"·艾弗索尔中士是 E 连的老前辈之一，这位 28 岁的艾奥瓦州前牛仔已获得两枚银星勋章和一枚紫心勋章，并与汉森一样，他已升任副排长。他告诉派尔："我对这一切极为厌恶，但抱怨是没有用的。"尽管如此，损失还是令他感到震惊。"我的感觉就像是我杀了他们，而不是德国人干的。我觉得自己就像杀人犯，"艾弗索尔说道，"新兵加入时，我讨厌见到他们。"

★ ★ ★

1月，派尔写道："生存与死亡的方式都如此痛苦，他们却下定决心接受这一切。对他们的钦佩之情使人对战争其余的一切视而不见。"很少有比厄尼·派尔更精明的记者，但他的赞美之情也许会使他忽视前线兵士的不满。2月初，按亚历山大的要求视察了卡西诺前线后，莱曼·L.莱姆尼策准将汇报说，士气"正逐步恶化"，部队"心灰意冷得几乎要发生兵变"。

卡西诺的生与死确实很悲惨，这片战场开始于"狗屎角落"，就是在这里，6号公路从特洛奇奥山的阴影中出现了。从这个北角开始，一举一动都处在德国人的观察下。许多从那不勒斯和卡塞塔到访的军官误入到卡西诺的杀戮场中，英军宪兵在这里竖起一块巨大的牌子："止步！这里是前线！"第五集团军赶赴前线的补充兵后来收到一份指导手册，上面提醒道："别害怕……请记住，你们听到的许多响声是我们发出的，没有危险。"但这种安抚人心的保证，效果却因"如果你被击中"和"如果你的同伴被击中"这样的标题而大为减弱。

幸运者找到了栖身处，也许是一处没有屋顶的废墟，用防雨布遮住屋顶后，他们可以用劈碎的家具生火，烹煮晚饭，喝着被称作"蒸汽"的加拿大烈酒，或是散发着"香水和汽油"味的意大利白兰地。一名来自印第安纳州的中士后来写信告诉家人："我们坐在一起，像一群老妇喋喋不休地争辩：轮到谁去打水？谁最后一个煮了鸡蛋而没有洗锅？谁昨晚收到了邮件？"到了晚上，他们可能会收听"轴心莎莉"的节目，她也被称作"柏林的婊子"。"你在这里作战，可今晚，谁在跟你的老婆睡觉呢？"她用愉快的嗓音说道，随后便准确无误地读出了第五集团军的日常口令。

不走运的人蹲伏在潮湿的石砌矮墙后，四周环绕着石墙或是雪堆，许多人饱受敌方狙击手的折磨，不敢暴露自己，哪怕已被批准撤回后方。身穿大衣、头戴羊毛套头露脸帽的皇家工兵以木犁和岩盐确保了高处通道的畅通，而滑雪者则为偏远的哨所运去补给物资并把冻伤者带回。步兵们用火柴烘烤机枪，有人建议他们，如果必要的话，将小便浇在步枪枪管上。

美军坦克指挥官亨利·E.加德纳中校在2月7日的日记中列举了他的全套行头：加厚内衣、防风套头衫、羊毛衬衫和长裤、无袖毛衣、围脖、棉袜、羊毛袜、连体服、野战外套、坦克靴、套鞋、羊毛帽、钢盔、风衣和护目镜。1月发放给前线部队的冬季服装中包括粗绒布衬里的裤子和9.9万套军需官所说的"添加了一个扳机指的连指手套",但"极地使用的羊毛袜"对大多数美军士兵的靴子来说太厚了,而专为阿拉斯加设计的风雪大衣,对这些攀爬于意大利群山区中的步兵来说太过笨重。一名步兵的命运,正如一位老兵评述的那样,"就是一种极端的生活,要么不足,要么太多"。

食物太多的情形很少见,在数量和质量上都是如此,尽管2月中旬的一顿猪排晚餐惹得加德纳中校大加猜测——"军需官肯定在竞选连任"。比较典型的是一名护士对她父母所说的讥讽之词:"我们已是死人,可我们的肉不能吃。"有些部队将物资的匮乏记录到作战日志中。一名少校抱怨道:"我已有9个月没喝到新鲜牛奶,10个月没吃到冰激凌,12个月没喝过可口可乐,一年多没尝到浇着冰激凌的苹果派、生菜西红柿三明治或巧克力热饮了。"

据莱姆尼策准将的观察,糟糕的食物加剧了士兵哗变的念头。一个以第三人称称呼自己的工兵在日记中写道:"有时候他会觉得,仿佛是他自己在独立从事这场该死的战争。他端起步枪,走向前线,咒骂着,打着满是花生酱和果冻味儿的饱嗝。"心怀不忿的英国人有他们自己的怨言:"如果茶水冷得像一具尸体,把食物运上来又有什么用?"

前线的英军士兵一如既往地比他们的美国表兄更注重个人卫生问题,美国兵就像一位皇家工兵军官指出的那样,"衣冠不整、胡子拉碴、蓬头垢面"。在战斗间隙,每个英国兵都希望掏出他的剃须刀、梳子和牙刷,从而使"外表焕然一新,有益于身心健康"。英国人对非正统作战服装的宽容也在"古斯塔夫"防线得到充分的体现,他们在这里的服饰包括皮上衣(配以用美国军用毛毯切割而成的长袖套)、用空沙袋制成的绑腿(涂上了厚厚的泥泞,以起到绝缘作用)、被称作"妓院攀爬者"的软底沙漠靴,一名军士长甚至戴着用豹皮缝制的耳罩。

炮火折磨着每一个人,加剧了孤独和生命无常感。炮火彻夜连天,"规律得就像一把镰刀划过"。一名美军士兵写道:"大口径火炮极不人道,而且非常可怕。你永远不知道自己是在逃离还是正跑入它的打击范围,它就像是上帝的手指。"2月的头两周,盟军对卡西诺发射了20万发炮弹;用于炮击的包括美军新式的 240 毫米口径榴弹炮，其射程高达 14 英里，每发炮弹重达 360 磅。

某个营发射了 4 000 发炮弹，营里的一名迫击炮手写信给家人："这肯定耗费了不少战争债券。"开罗村据说是"意大利遭受炮击最猛烈的地点"，但卡西诺镇、"狗屎角落"、593 高地和修道院附近其他一些饱受战火摧残的地点也在争夺着这一头衔。一个想在炮兵连附近睡上一会的救护车司机在 2 月中旬的日记中写道："伴随着炮火，我觉得就像有人用一块厚重的木板猛敲我的脚底板。"盟军集结起 60 门或更多的大炮，对单独一个目标实施炮击，这被称为"小夜曲""宾戈""醉酒"或"猛轰"；而暴露在炮火覆盖下的开阔地则被称为"杀戮场"。最令敌人恼火的是白磷弹：一份缴获的德国伞兵文件（签发日期为 1 月 29 日）中建议，"用湿毛毯扑灭燃烧的衣服……将白磷微粒从体肤上剐掉。担架员必须配发橄榄油。湿土能使情况得到缓解"。

尽管德军不太挥霍弹药，但炮火同样凶猛。挤在洞中动弹不得的美军士兵学会了张大嘴巴艰难呼吸，以缓解炮击造成的超压。1 月，一名英军炮手连续三天在日记中写道："挖掘，咒骂。"随后是"挖掘，咒骂"，接着是"挖掘完毕，咒骂停止"。炮击的间歇，大摇大摆的乌鸦便啄食着腐肉，步态僵硬、毫无感情；炮弹再次落下时，它们便像一片黑色的旋涡般腾空而起。"把你们的脑袋趴下，"一名老兵提醒着新来的士兵，"抱着'死亡或荣耀'心态的小伙子撑不了多久。"

那些在战争中撑下来的人变得坚强而机智，就像派尔所见到的那些人。玩世不恭有时候也有所帮助。"普通士兵希望一切都被搞砸，"一名美军下士解释道，"这种自负建立在自他们应征入伍那天起便获得的经验上。"一名英军上校总结说，面对枪林弹雨，大多数步兵排中只有少数是"敢去任何地方、敢做任何事的勇士"，还有少数逃兵，大多数人"只要得到好的指引，便会跟随在身后不远处"。而那些在卡西诺得以生还的勇士，除了勇气，还需要机智和运气。盟军的一份战术研究提醒道："运用出色的判断力，但速度要快。"

几乎没有哪片战场上的士兵忍受着比这里更加苛刻的条件，目睹着比这里更加糟糕的屠戮。"我遇到三个阵亡的美国兵，"一名 22 岁的美军工兵在日记中写道,"他们被炮弹的冲击波震死,脸上的皮肤被烧焦并卷了起来,已没有眼皮和头发。"不远处扔着一顶德军的煤斗式钢盔,"半个脑袋还在里面"。他们尽可能地寻求慰藉:通过 BBC 广播电台播放的舒伯特《未完成交响曲》;通过家里寄来的长信,信纸中洋溢着被一名军官称作"回忆和希望的快乐点滴";或是通过另一个黎明杏黄色的微光,另一个他们能活着看见的黎明,那一刻的炮击已暂时平息,整个世界似乎焕然一新,纯洁无瑕。

一声步枪的射击声就可能打破这种魔咒。第 4 印度师的一名通信兵后来写道:

> 最初的枪声会引来两声回击,随即招致一阵"布伦"机枪的点射,这又迅速引发了德军机枪火力的还击,迫击炮立即参与其中,随后便是 25 毫米和 88 毫米口径的火炮,最后赶来的是中型和重型火炮,整片区域舞动、轰鸣、震颤起来。

新的一天就这样开始了,和前一天完全一样。在写给家人的信中,亨利·加德纳用 10 个字总结了意大利战役:"他冲上山,随后又冲下山。"但无论他们冲向哪里、在哪里挖掘战壕、阵亡于何处,卡西诺山顶上的修道院似乎总是遥不可及。"你绝不会看不见它,"一名英军士兵说道,"它总是在那里看着你。"另一名年轻的英国军官弗雷德·马奇德拉尼说出了许多人的心声:"那座黑压压的修道院侵蚀着我们的灵魂。"

★ ★ ★

一位新将领于 2 月抵达卡西诺,决心采用一切必要的手段将敌人烧出和炸出"古斯塔夫"防线。美军撤回实施重组时,新西兰人、印度人和英国人在伯纳德·C. 弗赖伯格中将的指挥下向前推进,这位前牙医已成为大英帝国最出名的士兵将军之一。2 月 11 日,格伦瑟将军从卡塞塔给他打来电话:"火炬现在交到你手中了。"弗赖伯格哼了一声,回答道:"抛向我们的火炬已经够多的了。"

弗赖伯格是个身材健壮的人,却长期被称作"蒂尼"(Tiny,在英文中有"微小"的意思。——译者注)。"我叫弗赖伯格,是新西兰人。"他会用

第 9 章 杀戮场

在卡西诺指挥新西兰军的伯纳德·C.弗赖伯格中将,这位前牙医已成为大英帝国最出名的军人之一。一个熟人认为,"他的英勇无畏中欠缺某种想象力"。

房门铰链般刺耳的嗓音这样介绍自己。"他浑身上下似乎哪里都大,但不只是胸膛厚实,还心胸宽广。"一名崇拜者说道。弗赖伯格长了个大脑袋,下巴突出,鼻子精致,有一双灰色的眼睛,倒抛物线形的嘴巴上方留着一抹装饰性的胡子。他在 17 岁时,曾赢得新西兰长距离游泳赛冠军,也就是说,他在惠灵顿港游泳的话,可能会被误认为是一头海豚。排列在胸前的勋章包括一枚获自索姆河的维多利亚十字勋章和四枚杰出服务勋章,这体现了他在两次世界大战的炮火下所赢得的名声。

弗赖伯格觉得"一场小小的炮击对每个人都有好处"。但他的一个熟人认为"他的英勇无畏中欠缺某种想象力"。从一战以来,他身上已留下 27 处伤疤(他的一个朋友说,"疤痕累累,就像圣塞巴斯蒂安"),在这场战争结束前,他还将增添更多伤疤。"每颗子弹或弹片几乎总是给你留下

453

两处伤口，"他耸耸肩说道，"因为它们怎样钻进来的，还会怎样钻出去。"一名护士坚持认为他的身躯是由印度橡胶构成的，而非血肉。在两次世界大战之间，医生诊断出他患有"舒张期杂音"，弗赖伯格不服气，要求他们跟他一同攀登斯诺登峰，到达山顶后再对他重新检测。"我喜欢他的一本正经和他对战斗坦率的热情，"一位朋友在她的日记中提及弗赖伯格，"他在任何时候都有一种独特的严峻。"

丘吉尔在北非曾为弗赖伯格在战火中展现出的能力而称赞他为"大英帝国的火蜥蜴"，但弗赖伯格更像是一匹骏鹰，即雄鹰、猛狮和骏马杂交的后代。他既注重情感（为朋友鲁珀特·布鲁克挖掘了墓地后，他将开花的鼠尾草排列在四周），又对警句格言情有独钟，包括他的另一个朋友 J.M. 巴里（《小飞侠》的作者）曾说过的一句话："上帝给了我们记忆，所以我们在寒冷的 12 月也有玫瑰。"到达那不勒斯后，他曾问道："曾有人在意大利买到过非常好的手套，你们还能买到吗？"他的冲动激怒了一名下属，后者告诉另一名同僚："明天轮到你去违抗命令了。"

就连弗赖伯格的崇拜者也承认，他的能力最多只能指挥一个师。在非洲时他曾临时指挥过一个军，但似乎力有未逮；因而在突尼斯南部对马雷斯防线实施侧翼包抄后，他又被降为第 2 新西兰师师长。"如果一名将领能做到思路清晰，那不是很好吗？"他麾下最具才华的新西兰准将基彭贝格尔说道，"如果他根本不试着去思考，那也很好。"可是，弗赖伯格再次以军长的身份抵达卡西诺，因为亚历山大在 2 月初将第 2 新西兰师、第 4 印度师和英军第 78 师合并成一个新的单位——新西兰军。

一名英国观察者将这个军形容为"熟练、生机勃勃、精力充沛、强大"，该军最初被称作"麻雀部队"，以迷惑德军的情报部门；但在这场欺骗结束许久之后，弗赖伯格在盟军的会议上仍被称为"麻雀"。他手下的新西兰人和英国人已是色彩斑斓，但只有极少数单位能够媲美印度人那华丽的色彩。锡克教徒、旁遮普人、拉其普特人、马拉塔人和廓尔喀人搭乘着马戏团般的卡车队赶到，就像第 4 印度师里一名通信兵所写的那样，车队"载着各式各样多余的东西，例如一箱箱活鸡、消防水桶、水袋、一堆堆家具和飘摆在风中的衣服"。

弗赖伯格起初打算发起一场深远的侧翼包抄，以突破"古斯塔夫"防线。

但正如新西兰官方史后来指出的那样，由于骡子缺乏、山地战经验有限，他选择了一个更加平淡无奇的计划，遵循美军失败的进攻路线，对准了"实力非凡的防线上的最强点"。在一些下属看来，这个计划证明弗赖伯格"没什么头脑，也没什么想象力"，用第4印度师师长弗朗西斯·图克少将的话来说就是这样。两名高级助手建议就卡西诺困难的战术问题召开会议时，弗赖伯格却拒绝支持"任何师级军官会议"。

但这个"麻雀"越是研究西北方山脊线的暗淡剪影，他的目光就越是被那座白色修道院所吸引。有没有可能在不夺取这座建筑的前提下占领山丘呢？难道德军没有占据这座无比诱人的观察哨吗？不首先消除这座俯瞰着一切的修道院，又怎能要求盟军士兵对山丘发起进攻呢？

第4印度师最初提议于2月4日对修道院展开轰炸，"以飞机和大炮实施几天几夜无休止的轰击"，从而使德国守军陷进"无助的疯狂状态"。弗赖伯格越来越发现这是个明智而又必要的办法。对修道院沉重的大门能否承受轰炸的挑战进行了一场严峻的讨论后，他派一名中尉去那不勒斯的各个书店搜寻资料。这位年轻人在那里找到些历史和卡西诺山上建筑的研究资料。一本1879年的书籍中收录了这座修道院在1799年遭到法国掠夺后，重建为一座城堡的建筑大样，这座堡垒配有射击孔，无法攀登的外墙厚达10英尺，各处的高度均不低于15英尺。意大利陆军参谋学院战前的分析报告认为，卡西诺山固若金汤。

弗赖伯格对此深以为然，在发给克拉克和亚历山大的一份备忘录中，他写道：

> 在战地工兵的能力范围内，没有切实可行的办法可用于对付这个地方。采用重磅炸弹轰炸可以一劳永逸地解决……几周来，这座堡垒对我方来说犹如骨鲠在喉。

其他人并不赞同他的看法。"'麻雀'还是希望夷平修道院，"凯斯将军在日记中写道，"我坚持认为，没有证据表明它妨碍了我方的进攻，因而拒绝批准。"克拉克也不同意，尽管他觉得弗赖伯格可能已得到亚历克斯将军的同意。克拉克私下里认为，"弗莱贝格（他的日记中一直把这位新西兰人的名字拼错）就像是冲进瓷器店的一头公牛"。

可面对来自上级和下属的压力，克拉克也不知道自己能顶多久。更重要的是，按照他的计算，盟军付出的牺牲正与日俱增。2月中旬，一名高射炮手在写给家人的信件中充分表达出当时的情绪："如果里面的德国人能被炸死，我会很高兴地夷平梵蒂冈。"

地狱般的滩头

60英里外，9.2万名被困于安齐奥的盟军士兵已接到挖掘战壕的命令，于是，他们就地挖掘战壕。整个滩头阵地上响起镐头和铁锹的叮当声，随着每一小时的流逝，这里变得更加隐蔽。彭甸沼泽附近的士兵们发现渗入散兵坑中的水已达18英寸，但在聂图诺附近砂岩中打洞穴居的那些士兵却用干粮箱的硬纸板精心布设了他们的巢穴，并配以搜刮来的镜子、便桶，甚至还有烛台。有些士兵干脆住在从农舍地下室里找到的巨大的空酒桶中，他们的军装上沾满了陈腐的红葡萄酒味。地下墓穴和酒窖则成为第6军的办公室（砂岩似乎能传递地表的每一次震动和冲击），但工兵们未能找到传说中尼禄修建于安齐奥与罗马之间的一条地下隧道。这一切似乎有些眼熟，就像第6戈登营的一名士兵在日记中所写的那样：

> 就这样，我们又回到了第一次世界大战。渗水的厚淤泥；废弃的坦克车身；冷得要命；以钢盔为标记的墓地被弹片炸得遍体鳞伤；被撕碎的铁丝网；树木犹如断裂的鱼骨。

第179步兵团的一名美军医护兵倾向于强调积极的一面，他在一封家书中写道："我的生活费用非常低。"

德国空军的空袭令每个拥有洞穴的人深感高兴。"我们已建立起自己的避难所，"一名士兵在日记中写道，"尽管提心吊胆，但挺管用。昨晚遭遇到五次空袭。"滩头阵地的面包铺中，15具烤炉都被弹片刺穿，揉面机也被炸坏。80名头戴钢盔的面包师将弹片从面粉中筛除，修补好漏洞，很快便能每天烘焙出14吨面包。各部队如同身处一座孤岛，滩头阵地上的一切都需要从海上运来。

2月赶来这里采访的厄尼·派尔写道："海岸与船只锚地间，小型船只构成的一条细细的黑线不分昼夜地来回。"每天下午，德军侦察机离开后，船长们借着最后的日光起锚，以争抢锚地，船速缓慢，以免激起暴露行踪的尾迹。照明弹、曳光弹和炮弹的爆炸将安齐奥港照得亮如白昼，以至于一名水手声称，"这里比扬基体育场更明亮"。

再次结束了赶往滩头阵地的恐惧之旅，返航那不勒斯时，坦克登陆舰上的水手们唱道："安齐奥，我的安齐奥，请不要再让我回来。"

最暴露的是那些被交给"半亩地狱"的部队，即聂图诺郊外的野战医院，距离前线哨所仅6英里。2月7日下午3点30分，德国空军的一架轰炸机遭到一架"喷火"式战斗机追逐时，在第95后方医院上空抛下5枚杀伤性炸弹。医院的各个帐篷内此刻躺着400多名伤员。火焰和钢铁席卷这座医院时，救护车刚刚送来新伤员，手术室里拥挤不堪。"我走到外面，看见接收帐篷前方的停车场上躺着一些尸体，"医院负责人保罗·萨奥尔上校说道，"第一座手术帐篷中，一名护士哭喊着'我要死了，我要死了'，我过去查看时，她的脸色惨白，已没有了脉搏。"28人身亡，其中包括3名护士、2名医生和6名伤员；另有64人负伤，29顶医疗帐篷被炸得粉碎。那名德军飞行员被击落，在同一座医院中接受了治疗。两天后，第6军的一名外科军医走出卢卡斯设在聂图诺的指挥所时被弹片打死。

"上帝啊，救救我们，"野战医院遭到轰炸后，第1装甲师的一名伙食中士祈祷道，"你亲自来吧，别派耶稣来，这里不适合孩子。"截至2月初，冯·马肯森将军的第十四集团军已用370门大炮将滩头阵地团团围住，使每个盟军士兵都处在危险中——"就像冰山上的一条狗"，第五集团军的一名后勤军官评论道。

各种口径的德军大炮发出不同的音调，88毫米炮的声音犹如猫的尖叫声，而铁道炮的声响则被比作"一座上下颠倒、敞着门、厕纸飘摆的室外厕所飞了过来"。炮弹炸死了烘焙中的面包师、烹饪中的厨师和工作中的文书。"有时候我们能听见炮弹飞来的声音，有时候听不见，"派尔写道，"有时候，我们听见爆炸声后才听到炮弹的呼啸。"一名英国军官描述了死里逃生时的情形，"就像有人朝我的心脏投来一张餐桌"。炮弹落下后，经常伴随着喊叫声,"吗啡,看在上帝的分上,吗啡!"连里的一名文书承认自己越来越不喜欢意大利,"这里的空气中,钢铁太多了"。

他们已倾尽所能。深深的防空洞被挖得更深了,包括地下车库也同样被挖深,以防车胎和散热器爆裂。每个士兵都学会了"安齐奥步态"(也被称作"安齐奥缓行"或"安齐奥佝偻"),这需要以半蹲的姿势行走,头部缩在肩膀间,并将钢盔压低。工兵们沿着墨索里尼运河肃清了防风林,以避免爆炸引发的树木碎裂,留下一片与佛兰德斯同样平坦、同样饱受蹂躏的地带。

在一次猛烈的火箭炮袭击中,一名苏格兰近卫团的士兵唱道:"先知的门徒坚强而又大胆,不习惯于恐惧。"但一名美军坦克兵用颤抖的手将一支香烟凑到烟蒂上点燃,像哲学家那样说道:"你无法习惯于恐惧。"传说中的"百万美元伤口"引发纷纷议论,据说它能让受伤的士兵免除后续的作战行动。所有人一致认为,"百万美元伤口"不应该是毁容,更不能影响性能力。"失去一只耳朵可以忍受,但不能两只都失去。"保罗·W.布朗写道。这位普通医护兵后来成为耶鲁大学医学院的一名矫形外科教授,他说:"手指和脚趾被认为是可被牺牲的,但究竟能失去几只,这一点没有达成共识。"

为发泄愤怒和焦虑,步兵们检查武器时,会对着远处山坡上阵亡德国兵的钢盔开枪射击。英军的一个连队甚至为狙击手们设立了一个前线靶场,将目标分为"大德国佬""小德国佬""爬行的德国佬""来回移动的德国佬"。

每天都有新来的士兵踏上港口的码头,宪兵们在那里喊叫着:"快点,快走!"他们飞奔着穿过遭到炮火侵袭的海边别墅(这些建筑砖石剥落,作家约翰·拉德纳将其形容为"就像被晒伤的皮肤"),赴往那片"小小的、潮湿的世界",那里的人们已将其称作"地狱般的滩头"。第3步兵师的一名士兵回忆道:"你能看见白色曳光弹的轨迹,它似乎飘向我们的防线,那是德国佬打的。我们以点射还击,射向他们的是红色曳光弹。"

英国人转身向左,朝一片被称作"地狱帽盒"的区域前进,那里的地标依据其在地图上的形状或周围的环境来命名:龙虾爪、羊圈农场、皮卡迪利大街或上帝的干河床。一名英军中士写道:"在这个孤独的世界里,我独自一人。"一名过分沉浸于经典著作中的英国军官回忆起维吉尔每次踏上旅程时所说的话:Facilis est descensus Averni.(下地狱是很容易的。)

1944年4月初,安齐奥"半亩地狱"处,士兵们冒着德军的炮火和空袭,挖掘着另一片医院营地。两个月前,在安齐奥上空展开混战的一名德国飞行员将机载炸弹抛弃,爆炸造成野战医院中28人身亡,其中包括3名护士、2名医生和6名伤员。

美国人向右前行,赶往壕沟和茅舍构成的一片养兔场。在那里,这些年轻人像患了鼻炎的老人那样气喘吁吁,用匕首刮去沾上军装的粪便。奇特的哭喊声穿过中间地带,包括撕心裂肺的德语喊叫声:"Otto, Otto! Ich sterbe, Otto!"(奥托,奥托!我要死了,奥托!)一名中尉写道:"神经被绷得紧紧的,排里少数性格粗暴的家伙似乎变得更加粗暴了。"在聂图诺郊外的一个回收仓库中,军需官们每天都分拣着用卡车运来的阵亡或负伤士兵的服装和装备:分类堆起的鞋子、护目镜、餐叉、饭盒、血淋淋的绑腿。"最好不要太过凑近去看那些东西,"厄尼·派尔建议道,"有时候,无生命的东西更能说明问题。"

不远处,更多的卡车拖着当日的阵亡者来到一片竖立着白色十字架和六角星的区域。一座可容纳7个人,用铁路枕木构建成的暗堡内,掘墓工放下手里的扑克,匆匆走出他们的"办公室"。与"地狱般的滩头"的其他地方一样,墓地也频繁遭到炮火袭击,因此,葬礼通常都很短暂,而且大多在夜间进行。悲伤也是短暂的。掘墓工们试图预先保留50个墓坑,但这个进度有些困难，因为炮弹经常将入葬的死者翻出，这就需要为他们重新下葬。生活仍需继续，悲惨而又无比珍贵。一名炮手在留给自己的一张便条上写道："记住，没有什么会像安齐奥那样糟糕。"

★ ★ ★

情况变得更加糟糕了。盟军的空中打击及美军对奇斯泰尔纳运气欠佳的进攻打乱了马肯森旨在消灭滩头阵地的计划安排，尽管他已拼凑起 9.6 万名士兵、近 100 辆坦克、200 多门重型反坦克炮和突击炮，外加大批火炮。"我们的大战略要求迅速消灭敌方滩头阵地。"马肯森告诉助手们。他们很快开始行动，首先要消灭一个 4 英里深、2 英里宽的突出部，那里由卡波罗纳附近的英军第 1 师据守，就位于第 6 军的左侧。

最猛烈的攻击落在爱尔兰近卫团和第 6 戈登营头上，这两支部队分别位于突出部的左翼和右翼。2 月 4 日（周五）清晨，1 000 只绵羊被作为探雷器赶上前线，引领着德军发起对爱尔兰近卫团的进攻。近卫团营长汇报说："巨大的羊群像一股肮脏、起伏的浪潮，涌过瓦莱拉塔山脊，疯狂地奔跑过第 3 连的阵地。"德军坦克和掷弹兵跟在这群咩咩叫的"先锋"身后，冒着大雨朝突出部的根部冲去，对英军第 3 旅形成包围态势。一名英军连长用无线电呼叫道："德国人已出现在门前。"

坦克摧毁了农舍的后墙，驶入屋内，开炮射穿了前窗。猛烈的火力扫过安其亚特大道。一名爱尔兰近卫团下士后来说："我这一辈子从未见过那么多人死在我四周。"盟军完全是凭借勇气和炮火（第 6 军集结起 438 门大炮，包括 84 门驱逐舰和巡洋舰上的大口径火炮）才避免了被歼灭的厄运。卢卡斯建议英军第 1 师师长彭尼少将："最好让你那些小伙子撤退出来。"

他们伴随着草垛燃烧所发出的火光撤离了。"铺天盖地的炮弹朝我们落下，"一名年轻的士兵告诉 BBC 广播电台，"除了黑色的硝烟，什么也看不见，那种气味闻起来就像是油炸尸体的味道。"截至周六早上，近 3 英里的阵地被放弃，英军伤亡 1 500 人，另有 900 人被俘；马肯森的损失也很惨重，近 500 人阵亡。2 月 7 日（周一）晚上，德军恢复了进攻。午夜前沿着英军第 24 近卫旅的前线突破了荒原上的沟壑地。"已与第 1 连失去联系达 45 分钟，"一名近卫掷弹兵上尉通过无线电汇报，"第 3 和第 4 连相信已被打垮。

我们自己也遭到包围。一个德国佬正从上方的田埂上朝我们投掷手榴弹。"

周二前，安其亚特大道西面的敌军已控制住一道关键的斜坡（这道山坡有个名不副实的名字——"休憩地"），并通过寒冷的空气中冒起的呼吸雾气猎杀着英军士兵。"情况非常尴尬，"一名近卫掷弹兵军官抱怨道，"如果我们面朝下趴着，屁股会中弹；可如果我们面朝上躺着，生殖器又会挨枪子。"德军渗透者蹑手蹑脚地逼近到近距离内，这迫使英军迫击炮几乎要以垂直角度开炮，以便轰击仅有 100 码距离的目标。野猪啃食着阵亡战友的尸体，看见这一幕，一名痛苦不已的中士不禁问道："难道这就是我们为之奋战的目标？被猪吃掉？"

通过缴获的地图掌握英军布设的雷区后，4 个德军步兵团在"黑豹"坦克的支援下，涌向卡罗塞托的高地，于 2 月 8 日俘获另外 800 名俘虏。一个苏格兰近卫营据守着卡罗塞托的铁路停车场，他们的一个观察哨隐蔽在二楼站长的房间里。两个德军排钻入附近的一条沟渠后，苏格兰人在窗口架起一挺维克斯机枪，用粮食袋固定三脚架，将那些德军士兵悉数击毙。敌人调来一辆坦克，停在距离车场 40 码外，用机枪火力扫射每一扇窗户和房门，距离如此之近，子弹甚至穿透了砖墙。随后，坦克的主炮开火了，在车场的墙壁上钻出一个个大洞，直到里面的楼梯坍塌为止。"这种情况令人不快。"苏格兰士兵们说道。他们后撤了 300 码，隐蔽至一道铁路的路基后。

更令人不快的是对阿普里利亚镇实施渗透和正面进攻所造成的损失，这座法西斯样板镇被称作"工厂"，因为市政厅上方的一座高塔使这个镇子看上去像是工业镇。截至 2 月 9 日（周三）夜晚前，德军控制了 20 座建筑，包括警察营房、酒店和剧院；坦克在罗马广场重新加油，广场上伫立着一尊圣米迦勒的青铜塑像，一手握剑，另一只手里攥着一只恶龙的脑袋。突出部被消灭了，滩头阵地岌岌可危。不祥的声音从河谷和林地飘来，敌人正在实施集结。"我只想知道大海在哪里，"一名被俘的德军军官说道，"因为你们很快就会被赶下去。"

★ ★ ★

在一个个不眠之夜（最近特别多），卢卡斯吸着他的玉米芯烟斗，与值班军官们聊着西点、福尔摩斯或是幸福的家庭生活。他很少离开目前设在阿蒂格利尔酒店下方 20 英尺处的第 6 军军部，工兵们打穿墙壁，将两座地窖连在一起。没有灯罩的灯泡在带有铁箍、巨大的橡木酒桶上方摇晃着，用于滚运酒桶的斜坡通向蒙塔诺巷，旁边是一条陡峭的楼梯，通往堆满沙袋的入口。

巨大的石拱门下，参谋人员俯身于胶合板办公桌，眉头紧锁，思考着来自前线的急电。丁零零的电话声回荡在屋内；就连低声细语也会被传至地下室的阴暗角落处。一幅硕大的挂图上，蓝色油彩笔标出第 6 军的阵地，红色标记则表示正渐渐侵入的敌人。盟军构成的半圆形防御阵地顺时针延伸，最左侧是沿莫莱塔河设防的美军第 45 步兵师，中间是英军和美军第 1 装甲师的几个团，而美军伞兵、第 3 步兵师和第 1 特种勤务队位于右侧。

德军对突出部发起进攻时，卢卡斯在他的日记中写道："德国佬正准备朝我扑来，他们觉得能将我赶入大海。也许是这样，但他们得付出很大的代价。"突出部被消灭后，这种自豪感也随之消失。"从进攻转入防御，形势的变化太快了，我甚至没法站稳脚跟。"他这样写道。尽管盟军在地中海地区的空中力量已超过 1.2 万架飞机（这是世界上最庞大的一支空军），但阻止德军援兵的行动显然未能奏效：27 个德军营已从意大利北部赶至滩头，另有一个德军师已在短短的 10 天内从法国南部赶来。而卢卡斯获得的援兵却无法弥补他遭受的损失：平均每天伤亡 800 人（相当于一个营），获得的补充只有一半。据卢卡斯估算，第 6 军正以每个月损失 9 000 人的速度萎缩。

他开始指责英国表兄。"每天都设法让英国人动起来，这真是一场可怕的争执，"他在 2 月 8 日的日记中写道，"我真希望在那里的是一个美军师。"两个国家的军队混编成一个两种性格截然相反的军。一天后，他在给克拉克的信中写道："我现在唯一担心的是，我麾下的某个师无法保持旺盛的斗志。"毫无疑问，克拉克知道他指的是哪个师；他嘲笑彭尼将军是个"出色的电话接线员"。这位小心翼翼、尽心尽责、容易焦躁的工程师曾在北非战役期间担任亚历山大的通讯主管。克拉克透露卢卡斯无法对彭尼抱有敬意时，亚历山大厉声说道："是吗？我尊敬他。"

卢卡斯的鄙视也得到了同样的回报。彭尼在与卢卡斯进行了一次闲聊式的会议后，在日记中写道："完全是胡扯，没有做出任何决策。"他后来又补充说:"拖拉、软弱得令人生气……卢卡斯含含糊糊,没有下达军一级的命令。"对"玉米芯查理"(英国人现在这样称呼卢卡斯)的怀疑已蔓延到整个作战指挥链。G.W.R. 坦普勒少将率领的第 56 师刚刚赶到,他提醒亚历山大:"如果不把卢卡斯调走,我们就将失去滩头阵地。"就连白厅也对此深感不安。

"我相信,你对卢卡斯指挥滩头阵地深感满意,"丘吉尔于 2 月 10 日发电报给亚历山大,"如若不然,你应该换上一个你所信赖的人。"由于每一天结束时都未能实现大肆宣扬的进军罗马,英国首相变得郁郁寡欢。他在发给威尔逊元帅的电报中补充道,盟军目前在滩头阵地拥有 1.8 万部车辆,"司机的人数肯定非常多"。对于安齐奥战役,没有谁承担的责任比丘吉尔更大,他用暗淡的目光寻找着替罪羊。来自华盛顿的一份报告表明,马歇尔认为"该走的那个人也许应该是克拉克",这一点吸引了丘吉尔,但更有可能被调走的似乎是卢卡斯。这位英国首相叹了口气:"这一切令我深感失望。"

马肯森收紧了对阿普里利亚和卡罗塞托的包围,等待希特勒批准他的下一步行动时,盟军在挣扎着进行重组。2 月 10 日(周四)清晨 5 点 30 分,彭尼提醒卢卡斯:"形势已难以维系。"他的师已被削弱了一半,一些团已损失殆尽:北斯塔福郡团的一个营在 8 小时内有 300 多人阵亡、负伤或被俘,而 800 人的第 5 近卫掷弹兵营损失达四分之三,外加 35 名军官中的 29 位。在当天下午一张尖刻的便条中,彭尼要求卢卡斯"立即制订全军的前景计划及总体规划,包括军指挥部的意图"。卢卡斯在日记中写道:"事情变得越来越糟糕了。"

他跑出指挥所,在外面待了很久,以激励美军第 45 步兵师的两支预备队(第 179 和第 180 团)守住防线。他的计划一如既往地缺乏精确度和神来之笔,只是根据地图而非仔细侦察的结果而定。"好吧,比尔,"他告诉第 45 师师长威廉·W. 伊格尔斯少将,"给他们分派任务,祝你们成功。"在给彭尼的回电中,他写道:"援兵正在途中。"

太少,也太晚了。盟军在周五拂晓发起的一场反击使其在阿普里利亚东南角获得了一个立足地,但美军步兵与坦克连之间糟糕的协调拖累了这场进攻。2 月 12 日(周六)早晨,德军掷弹兵从"工厂"的地下室中涌出,

"身穿灰色大衣的步兵队列"跟随在坦克身后,将美国人逐出该镇。第 179 步兵团的美军士兵承认,"德国人把我们打得屁滚尿流"。

亚历克斯将军一向以他在滩头阵地的气魄而著称。他在敦刻尔克的派头已成为传奇,而他在最危急的时刻对萨勒诺的视察,对英军和美军都起到了激励作用。现在,他作为一个解围者赶来。2 月 14 日(星期一)早上,他乘坐皇家海军的一艘驱逐舰,穿着毛皮外套,读着德文版的席勒著作,以锻炼自己的语言能力。可是,旧有的魔力在这个情人节似乎难以把握。对前线进行了简短的视察后(那里的美军士兵抱怨说,他的红帽子引来了敌人的火力),空袭警报在聂图诺上空响起,他走入第 6 军军部的一间地下室。一群鱼贯而入的记者被招来听取他对形势的判断,墙壁上的海报画着朝气蓬勃的美国姑娘,她们正敦促自己的士兵男友,要"干干净净地回家"。

亚历山大承认,这场战役未能精确地按计划展开。"我们希望在一周内获得突破和一个完整的答案,"他说道,"可一旦你停顿下来,这就成了个组织和苦斗的问题。"任何人都不应认为进军罗马的行动已止步不前,失败情绪只会对敌人有利。"我向你们保证,我们对面的德国人正处在极不愉快的状态下,"他说道,"不要拿目前的形势与敦刻尔克或萨勒诺作比较。"来自滩头阵地的报道充满了"悲观主义的废话"。但气愤不已的亚历山大没有注意到这样一个事实,即所有报道都在滩头阵地遭到审查,在那不勒斯又被审查了一遍。"你们当中有谁去过敦刻尔克?我去过,而且我还知道这里绝不会成为第二个敦刻尔克。"亚历山大对他们"写出这类胡说八道之辞深感失望"。此后,使用电台发送滩头阵地新闻报道的权利将受到严格限制(丘吉尔就曾呼吁采取这种控制措施),记者们将迎来更为严厉的审查制度。

卢卡斯试图加以干涉。他指出,失败主义者早已离开。"我试图阻止长篇大论的批评之词,并告诉他错怪了好人,可他不听。"这位军长在日记中写道。亚历山大离开第 6 军军部,很快便登上他的驱逐舰驶离。他显得很紧张,显然需要刮刮胡子,而这种情况很罕见。记者们冒着冰冷的雨水赶往他们所住的破旧的海滨别墅,心中充满了困惑和愤怒。为了安慰自己,一名记者在一架饱受摧残的立式钢琴上弹奏起《茶花女》中的片段。

卢卡斯独自一人研究着大幅挂图上的红蓝色符文。亚历山大似乎确信敌人已被击退,但地图上的态势显然不是这样;他还对第 6 军兵力及炮弹的短缺显得漠不关心。这一次卢卡斯没有获得亚历克斯将军友好的称赞，没有得到"干得真棒"这样的鼓励。

"恐怕上级对我的工作并不完全满意，"卢卡斯写道，"我对此无能为力。他们当然会感到失望，因为我没能将德国佬逐出意大利。"

★ ★ ★

身为"德国佬"的马肯森将军，几乎不需要单片眼镜便能欣赏到他一心予以摧毁的滩头阵地的壮观景象。他的前进指挥所设在拉齐奥山西面，神秘的内米湖西南方两英里处的一所农舍内，从那里望去，"来自两边的炮口闪烁或炮弹的爆炸都无法逃出他的目光"。一名德国到访者这样说道。透过望远镜，穿过盟军在海滨施放的烟雾屏障，马肯森甚至能识别出18英里外的自由轮、坦克登陆舰和曲折行进的驱逐舰。

但2月15日（周二）的白昼渐渐消逝时，令这位第十四集团军司令更感兴趣的还是近处那片地带。3英里的开阔地在阿普里利亚与盟军最后一道防线之间延伸，像一道环绕着城市的护城河。如果目前集结于"工厂"和卡罗塞托的德军突击部队能够跨越这3英里的开阔地，到达遍布短叶松的帕迪廖内树林，那么他们几乎肯定能突破通向海边的最后4英里，并将滩头阵地一切为二，就像菲廷霍夫的部队在萨勒诺的塞莱河通道差一点做到的那样。这里发起的反击将把6个师投入到安其亚特大道；另外2个师和200辆"黑豹""虎式"及其他坦克充当预备队，以便对遭到突破的盟军防线加以利用。今晚的一场冰冻将使装甲部队获得出色的行进地面，不过这场进攻要到周三拂晓时才发起，因为刚刚到达的各个团对眼前的地形太过陌生，无法在黑暗中发起攻击。

事实上，马肯森和凯塞林都对这个进攻计划颇有微词，这是希特勒强加给他们的。隔着半个欧洲大陆的元首，越来越纠结于战术细节问题，他下令集结装甲部队和火炮，沿一个狭窄的正面发起一场"集中力量、压倒性的、无情的"进攻。希特勒的结论是，切除滩头阵地这个"脓疮"，将迫使英美联军推迟他们预计将在春季或夏季发起的对西北欧的进攻。他对战地指挥官们的抗议声置若罔闻，这些指挥官提醒道，一场穿越开阔地的密集突击，只会为盟军炮手提供大量的活靶子。

尽管如此，德军还是采取了一些煞费苦心的安排，以确保"钓鱼行动"的成功。进攻发起日期被严格保密，以至于从柏林赶来视察的军官们都被禁止使用电话。德军的空袭和炮击将掩盖装甲部队逼近时发出的叮当声。弹药短缺使得进攻队伍前方的徐进弹幕射击无法实施，但幸运的是，大多数河床与盟军的防线相垂直，这为逼近中的德军提供了掩护。各部队采取严格措施以节约燃料和减少车辆的磨损："赫尔曼·戈林"师本周给每个排配发了三辆自行车，"供短途差事使用"。

安齐奥滩头的第 25 个夜晚，黑暗笼罩着整个战场。闪烁的星光并未给交战双方带去丝毫"一个更美好的明天"的希望。炮弹一如既往地来回穿梭，并在午夜过后渐渐平息，带来了几个小时难得的平静。在 BBC 广播电台的记者沃恩·托马斯看来，"这就像是剧场内的灯光都被减弱似的"。

★★★

寒冷、多雾的 2 月 16 日周三清晨 6 点 30 分，德军炮火的轰鸣拉开了帷幕。75 分钟内，雨点般的炮弹落在安其亚特大道两侧，用一名士兵的话来说，混成一片的爆炸声"就像一个滚动的鼓"。鸟儿从树上跌落，被冲击波震死。随后，硝烟和雾色的旋涡中传来哨声、喊叫声和坦克引擎的轰鸣，这让一名美军士兵想起"大批咖啡研磨机"。德军步兵穿着长及脚踝的大衣，喊叫着，唱着歌，如同灰绿色的波浪涌过公路，穿过休耕地。

他们没能做到出其不意。空中侦察和俘虏的交代已让第 6 军的指挥官们对"显著增加的敌军活动"产生警惕，周三凌晨，"超级机密"提供了"时间、方向和攻击力度"的细节。尽管如此，几乎没有哪支盟军前线部队能用足够的地雷、铁丝网、沙袋和坦克障碍物将自己环绕起来。德国人的进攻压缩到一条 6 英里的前线，其先头部队一头撞上美军第 45 步兵师，而在美军的左侧，首当其冲的是英军第 56 师。

美军第 157 和第 179 步兵团的几个营（分别盘踞在"工厂"下方公路的左右两侧）被打垮，只有坚定的预备队和化冻的泥泞才能减缓敌人的推进。"医护兵！"的叫喊声响遍田野，又被喧嚣声所吞噬。德军的坦克组员试图干掉二楼上的一个机枪阵地，因为这挺机枪阻挡住他们的渗透路线，坦克发射了十发炮弹才将一名士兵炸死。第 157 步兵团的一辆坦克歼击车上的射手用皮带将自己和一挺机枪捆在一起，他不停地开火射击，直到被敌人打死。"我看见子弹击中他时，尘土从他野战外套的背后喷出。"一名军官汇报道。该团的 E 连很快便只剩下 14 名士兵。他们和遭到包围的第 2 营残部在安其亚特大道东面砂岩荒地的洞穴中"像野蛮、粗鲁的穴居人那样"坚守了一个星期。

这个营的 1 000 名士兵在被人称作"一个混账地方"的战场上进行了英勇的抵抗，他们当中只有 231 人活了下来。

皇家燧发枪手团与"牛津郡和白金汉郡"轻步兵团的前哨连队也被打垮。敌人穿过战场的子弹如此之多，以至于一名伞兵说："这是一种奇特的鸣叫，就像一群金丝雀。"德军炮火切断了电话线，炸毁了电台，炸死或炸伤了呼叫反击炮火的前进观测员，光是第 179 团就伤亡了 6 名观测员。一份加急电报发至聂图诺，要求很简单："把你们手上的一切都给我们。"

白天的形势持续严峻，截至黄昏前，德军在各处所获得的进展被限制在一英里或更小的范围内，而他们付出了伤亡 1 700 人的代价。第十四集团军的作战日志指出："敌人的抵抗坚决而又顽强。"被希特勒吹捧为精锐部队的步兵教导团都是些狂热的纳粹分子，他们一直冲到"工厂"下方，随后未经许可便匆匆逃离。元首的另一个新玩意也遭到可耻的挫败，那就是"歌利亚"。这种小型装甲车载有 250 磅炸药，由一根 500 码长的电线加以遥控，电线卷绕在一个线桶上。

周三，13 辆"歌利亚"被投入战场，盟军炮火炸毁了其中的 3 辆，另外 10 辆被泥泞、沟渠和子弹所阻后，由德军操作手卷绕线缆将其收回；对此嘲笑不已的美军士兵给它们起了个"小甲虫"的绰号。凯塞林在罗马附近的指挥部里查看着前线发来的电报，他对德军弹药储备越来越少感到惊慌，随即命令马肯森将充当预备队的第 26 装甲师和第 29 装甲掷弹兵师投入战斗。下午 6 点 30 分前，马肯森打来电话说："时机还没到。"

时机还没到，不过他们在周三的夜晚越来越接近时机。数千名实施渗透的德军士兵爬下河床和羊肠小径，晃动的钢盔映衬着天际线。周四早上 8 点，德军轰炸机实施了一轮轰炸后，60 辆坦克和 3 个师的步兵沿着安其亚特大道压上，稍稍向东，冲向第 157 与第 179 团之间的结合处。中午前，更多的空袭和 14 个德军营已冲开一个 2 英里宽、1 英里深的缺口，深入到第 45 步兵师的腹地。第 179 团团长马尔科姆·R. 卡默勒上校命令辖下的两个营后撤 1 000 码;尽管施放了乳白色烟雾,但那些完全暴露在外的士兵还是被炸为碎片。幸存的士兵们跌跌撞撞地后撤了 1 000 码,来到一条被称作"死路"的狭窄的农场小径。一名连长报告说:"弟兄们处在恐慌的边缘。"

"第 179 团损失了 1 000 人,大多是举手投降,"第 45 师炮兵主任雷·麦克莱恩准将在日记中写道,"指挥能力太糟糕了。"伊格尔斯少将同意并下令将卡默勒上校撤职。一位中士所在的班被歼灭后,独自一人踉跄后撤,他蹲在地上,"一连两个小时,任由泪水从面颊上滚落"。一名排长带着援兵从帕迪廖内树林赶来,经过一堆被炸得支离破碎的尸体时,他低声嘟囔着:"我真希望自己没见到这一切。"他身旁的一名年轻士兵竖起耳朵,聆听着前方传来的激战声,不禁问道:"中尉,我现在是不是应该把子弹上膛?"

盟军的 400 门大炮一整天里轮番轰击,朝德军炮口的闪烁处投下"凶猛的火力"。冒着烟的铜弹壳散落在炮位旁,炮手们被火药染成黑色,喊叫着那些被无情的轰鸣震得半聋的战友们。30 多辆坦克加入到这场炮击中,4 个连的 90 毫米反坦克炮也被推入防线,对地面目标实施狙击。根据美国海军的一份记录,驱逐舰和两艘巡洋舰沿着海岸贴近到"足以让德国人看清舰身上的铆钉"的距离内;它们射出的炮弹拖着深红色的抛物线飞入敌军后方。800 架飞机沿着前线投下 1 000 吨炸弹。迄今为止,这是战争中实施近距离空中支援投弹量最大的一天。三分之一的投弹量由执行战术任务的重型轰炸机完成,就像在萨勒诺干过的那样。炸弹的落点近得危险,有些甚至落在盟军防线 400 码内,但没有一个步兵发出抱怨。

又一天过去了,滩头阵地完好,尽管缩小了几平方英里。第 157 步兵团前方的尸体堆积如山,射手们甚至无法瞄准新的目标。返回后方的吉普车通常携带着五六具尸体。聂图诺的地下室里,参谋人员分析着零零星星的报告。"别离开电话,孩子,"一名上校对一个忙得不可开交的中尉喊道,"我要知道究竟发生了什么状况。"当然,没有人确切地掌握战场上的情况。战斗就以这种令人绝望的方式进行着。有些事情还是不知道为好:"牛津郡和白金汉郡"的一名营副官报告说,一名死于敌狙击手的英军机枪手被发现时,尸体已经僵硬,但仍弯着腰,保持着坐姿;另外两名士兵

"不得不屈膝而坐,以便让布伦式轻机枪投入战斗"。

2月18日(星期五),危机到来了。在击退了美军三个营在午夜发起的一场虚弱的反击后,一群群"原野灰"幽灵冒着瓢泼大雨冲入莫莱塔河河谷。拂晓前,德军的炮火齐射再度落下,寒冷、潮湿、沮丧的美军士兵躺在洞中,将尿排泄到钢盔或C级口粮罐里,并将污物丢过战壕,抛往敌人的方向。防线上负伤的士兵用污泥涂抹身上的绷带,以免发出白色的亮光。

尽管盟军防线尚未破裂,但是马肯森得出结论,现在是投入预备队的时候了。几个新锐装甲掷弹兵营都是些经历过西西里岛、萨勒诺和冬季防线战役的老兵,他们唱着歌、喊叫着、嘲讽着冲入战场,凶猛的坦克在战场上游弋,偶尔击中装甲车身的炮弹发出教堂钟声般的巨响,但这并不能阻止它们。第157步兵团的一名中士告诉他的部下:"尽量把身子蜷缩得小一点。"

到中午前,第179步兵团已元气大伤。幸存者几乎已撤至"天桥",这座立交桥标志着美军在帕迪廖内树林前的最后一道防线。一名连长后来回忆道:"弟兄们歇斯底里地喊叫着,三五成群地向后撤去。"

下午2点,一个沉着镇定的身影走入团部:比尔·达比上校被卢卡斯派来接替指挥。一名少校说道:"长官,我想你会将我撤职,因为我失去了我的营。"达比笑了起来,说道:"振作点,孩子,我刚刚失去了3个营,可战争还要继续下去。"他指着后方100个炮兵连闪烁的炮口说道:"看看那个,那可是世界上最美丽的景象。没有谁能在这样的炮击下继续发起进攻。"

他说得没错,尽管8个德军师拼尽全力,却只是在盟军防线上形成了一个4英里宽、3英里深的突出部。混乱席卷着战场,同时也充斥着恐怖、勇气和意义深远的牺牲。一个指挥官倒下,又一个指挥官挺身而上。彭尼将军的拖车停在一片松树般茂密的灌木丛中,德国人的一发炮弹在树梢上炸开,弹片飞舞,军装被撕碎的彭尼从车辆的残骸中爬出。"我的脸,"他随后写信给妻子,"现在不太有吸引力。"坦普勒少将接掌了第1师的指挥权,同时还指挥着自己的第56师。

在这场危机中,卢卡斯不知所措地读到克拉克发来的一封电报,特拉斯科特已被任命为第6军副军长;第3步兵师师长一职则由约翰·W.奥丹尼尔准将接任,这位矮小、热情洋溢的前特拉华州国民警卫队军人因雾笛般的嗓音而被称作"铁麦克"。特拉斯科特赶到设在地下室的军部时显得满不在乎,但实际上他忧心忡忡。他建议道,如果滩头阵地失陷,"我们就杀开血路返回卡西诺"。卢卡斯在自己的日记中写道:"我觉得这意味着我已被撤职,而特拉斯科特得到了这个军。我希望自己没有被解职……我已经尽力了。我执行了接到的命令,对得起自己的良心。"

但目前,这场战斗仍需要他来指挥。铺天盖地的炮击,接二连三的轰炸,啾啾作响的子弹,盟军的火力开始还击。周五,密布的阴云使大多数飞机无法起飞,但中午前,一架"派珀蚱蜢"的飞行员发现 2 500 名德军士兵正从卡罗塞托向南而去;第 6 军的炮手们在 12 分钟内投入了 224 门大炮,将那支德军队伍炸成碎片。一名爱尔兰近卫团中士报告道:"到处都是德国佬的残肢断臂。"

在接下来的 1 个小时里,这位观察机飞行员又调集炮火对另外四个目标实施了打击。英军"忠诚"团第 1 营报告说:"硝烟散去,原野中灰绿色的身影挣扎着。"德军军官大声威胁着惊恐的部下,放下汽车挡板所发出的叮当声标志着更多的炮灰被运到战场。盟军炮火逮住从卡罗塞托而来的一条车道上的另一队德军时,一名前进观测员在电台里喊道:"不要停火。我们正把他们炸得人仰马翻,就像保龄球道里的木瓶。他们还在往前冲,踏着自己人的尸体而来。"这条道路就此出名,成了"保龄球道"。一个英军机枪连在周五发射了 3.2 万发子弹,敌人的攻击轴线转向东面时,美军第 180 步兵团死死守住右肩,并将对方赶了回去。一名美军军官后来描述了一些德军掷弹兵是如何"转身跑上斜坡,背后的饭盒闪闪发光"的。随着各个突击营的兵力缩减为 150 人,德军的损失被比作"没有马匹的轻骑兵"。

晚上 9 点 30 分,寂静笼罩着这片闪烁着照明弹、血流成河的战场。坦克从帕迪廖内树林中的仓库缓缓驶出,为那些焦渴、饥饿的士兵送去饮用水和干粮。士兵们的目光掠过他们被打穿的沙袋,凝视着那些倒伏在战场上的绿褐色和灰绿色的身影,他们都曾是活生生的人。马肯森将军已投入了他的最大力量,阵亡的掷弹兵、冒着烟的车辆残骸,这幅毁灭的场景标志着进攻的退潮。一名参谋军官在第十四集团军的作战日志中写道,这片地形"就像事先估计的那样,并不适于坦克作战"。他又补充道:"没有取得决定性的突破。"

第 9 章 杀戮场

★★★

卢卡斯感觉到转机已经到来。在特拉斯科特的催促下，他下令于 2 月 19 日（周六）拂晓发起一场反击，这是两支精疲力竭的军队间进行的生死之战的第四天。但德国人在凌晨 4 点抢先发起进攻，冲到了安其亚特大道，盟军部队里的厨师、司机及安齐奥的码头工人冲上前去，堵住了防线上的漏洞。德国空军投入锚地的水雷，使得英军援兵未能按计划参加此次反击。但在清晨 6 点 30 分，两个获得休整的美军团（第 30 步兵团和第 6 装甲步兵团）跟随着 20 余辆"谢尔曼"坦克冲出帕迪廖内树林，转向西北方，踏上了"保龄球道"。美军炮火的齐射落在推进部队前方的道路上。

卢卡斯派出了一个得力的指挥官：每天早上醒来都急于求战的欧内斯特·N. 哈蒙少将。这位第 1 装甲师师长有着酒桶般的身材，两条粗短的腿，肺就像铁匠的风箱，一个排障器似的方下巴被克拉克·盖博式的胡须稍稍柔化。出生于佛蒙特州的哈蒙曾是马克·克拉克在西点军校的同班同学，保持着军校中量级拳击冠军的头衔。第一次世界大战期间他曾加入美国唯一的一支骑兵部队，并一直穿着马裤和高筒马靴。

崇拜者认为哈蒙是"穷人版巴顿"：他没有巴顿的财富，但嘴里吐出的脏话和巴顿一样激烈，尽管稍欠创意。"他是个特立独行的人，"他的下属——后来升为四星上将的汉密尔顿·H. 豪兹说道，"但他热爱战斗。"哈蒙从来不愿意指责"上级的愚蠢"，只是在一周前批评卢卡斯对滩头阵地的防御缺乏"一个完善的计划"。"敌人有他们的困难，"哈蒙告诉他的部下们，"他们跟你们一样害怕。"

他现在打算给德国人制造更大的困难。在路旁的散兵坑里，第 45 师的士兵们朝着身穿雨披、从身边经过的各个排欢呼着。他们喊道："狠狠教训他们！"哈蒙迅速夺回了一英里，但在 8 点 30 分，进攻陷入停滞状态，他们遭到来自"保龄球道"北面灌木丛下方猛烈的坦克炮击。工兵们一连 5 个小时忙着抢修一座被炸毁的桥梁，坦克和机枪的火力在四周飞舞。哈蒙跛着步，咆哮着，向下属讨要香烟。直到下午 1 点 30 分进攻才得以恢复，他们伴随着坦克的叮当声冲入德军防线。惊呆了的德军掷弹兵举起双手投降或朝后方逃窜。12 辆"谢尔曼"坦克向北猛冲了一英里，跨过斯帕卡萨西溪，朝"工厂"扑去，直到黄昏时哈蒙才将他们唤回，布成车阵过夜。

200名俘虏快步跟着他们；被打死的德国人不计其数，堵住了被鲜血染红的溪流，塞满了"保龄球道"。主动权这个"大叛徒"又重新回到盟军阵营。在聂图诺，当记者们问及对溃败之敌的意图作何评估时，第6军的情报处长回答说："我们已让对方担心不已。"

★ ★ ★

马肯森的部队连续两天拼死奋战，但并未取得太大战果。凯塞林在2月19日周六建议中止这场反击战，希特勒同意了。一名德军参谋感叹道："即便是速度最快的野兔最终也难逃大批猎犬的追捕。"

第十四集团军为"钓鱼行动"付出了5 400人伤亡的代价。"疏散伤员变得非常困难，"集团军的作战日志中指出，"所有救护车，甚至是装甲救护车，都已损失殆尽，因而不得不使用突击炮和'虎式'坦克来撤离伤员。"有些部队只剩下一个番号：第65步兵师在2月23日的全部兵力只剩673人。如果说野兔已经受伤，那么猎犬也同样伤痕累累。第6军的伤亡也超过5 000人。自2月16日周三以来，光是第45步兵师便阵亡了400人。军医们的白大褂上沾满鲜血，只得穿上护士们的夏季工作服。自安齐奥登陆一个月来，20万名轴心国和盟军士兵的战斗和非战斗减员总计4万人，如此大的伤亡使得滩头阵地至少陷入暂时性的僵持状态中。

还有一个减员将被计入其中。"克拉克发来电报，"卢卡斯在2月22日（周二）的日记中写道，"他和另外八名将领将在今天赶到。搞什么名堂！"

就在英军和美军士兵浴血奋战之际，"该如何处置他们的指挥官"这一敏感问题困扰着统帅部。亚历山大在私下里告诉伦敦，卢卡斯"已被证明是个老太婆"，他批评卢卡斯缺乏"完成任务所必要的动力和积极性"。布鲁克提议让一名英国将领来指挥第6军，却激怒了五角大楼。身处伦敦的艾森豪威尔罕见地从策划"霸王行动"的忙碌中抽出空来，给马歇尔发去一封绝密提醒电报，随后又写信告诉布鲁克："在一场危机期间，绝不可能将一支盟军部队的指挥权从一个国家转至另一个国家手中。"他补充说，特拉斯科特会成为一名出色的军长，如果必要的话，巴顿可以去滩头阵地指挥1个月。

克拉克仍拒绝将卢卡斯撤职,并认为后者"在安齐奥做了他所能做的一切"。但随着战役处于危急状态,亚历山大精明地意识到,这位第五集团军司令"自己的野心是其作战行动的关键"。抱怨卢卡斯"在身体和精神方面都垂垂老矣"的亚历山大告诉克拉克:"我们有可能被赶入海中。这对我们俩来说都很糟糕,你肯定会被撤职。"克拉克仍对战役进行的过程中更换指挥官犹豫不决,但他也采取了以防万一的措施,同意任命特拉斯科特为副军长,并于2月18日悄悄告诉特拉斯科特(没有通知卢卡斯),很可能在四五天内由他来接掌全军。

现在,这一时刻已经到来。2月22日上午,克拉克和他的随行人员在那不勒斯登上两艘巡逻艇。他们抵达滩头时,适逢"安齐奥的安妮"(这种德国铁道炮所发射的炮弹有冰箱那么大)在港口内激起几个巨大的喷泉。克拉克视察着前线,躲避着断断续续的坦克炮火。下午4点,他走入自己设在17世纪鲍格才家族宅邸中的指挥部。来自直布罗陀的加拿大矿工已在这座宅邸下挖出一些房间,将地窖与附近的一条铁路隧道连接起来,安装好电灯、通风设施和一部索滑轮电梯。他们还把一口古老的罗马水井改造成化粪池,它立即被称为"克拉克的马桶"。一块标牌竖立在这座铺有瓷砖的厕所前,上书:只供将级军官使用。

晚上8点,在克拉克地下办公室紧闭的房门后,卢卡斯像个出色的士兵那样听到了这个消息。克拉克表示,自己"再也无法顶住来自上级的压力了"。而卢卡斯则在当晚的日记中挖苦道:"我想我已赢得了某种胜利。"他将去卡塞塔暂时担任第五集团军副司令,慢慢消化他对克拉克和英国人的怨恨,然后回国去得克萨斯州指挥一支训练中的部队。在写给儿子的信中,卢卡斯引用了沃尔特·斯科特爵士的话:

> 生命中充满光荣的行为、充满高尚的冒险的一小时,抵得上一整年遵守琐碎礼仪的平庸生活,后一种活法的人纯属苟且偷生,就像穿过沼泽的滞水,毫无荣誉可言,也不值得关注。

特拉斯科特也被召至这座宅邸的地下室中。尽管身体欠佳(他患了鼻窦炎,且牙床脓肿、喉咙发炎),但在过去5天里,他一直是第6军的实权指挥官。他采取了一系列创新，其中包括授权给一名颇具天赋的年轻炮兵军官，即绰号"荷兰人"的小沃尔特·T. 克尔温，协调指挥滩头阵地上的每一门大炮，以便更好地集中火力；他还给克尔温派去一名准将，以确保那些炮手听从这名年仅 26 岁的少校的命令。但现在，特拉斯科特压低声音，反对以莫须有和不公平的罪名罢黜卢卡斯。克拉克表示自己不想伤害卢卡斯的自尊时，特拉斯科特咆哮起来："你不可能将一名军长撤职而又不伤害到他。"克拉克不愿再做讨论，决定"已经做出"。他私下里倒是很想知道："如果换个位置，特拉斯科特是否会心甘情愿地就任二把手呢？"

这位新军长返回聂图诺的别墅，再次给他的喉咙涂抹上硝酸银。吃罢晚饭，他坐在噼啪作响的炉火旁，就着一瓶"B&W"牌威士忌度过了午夜。"我唯一的愿望是为国效力，"他写信告诉莎拉，"如果这道命令提供了一个更大的机会，我就必须接受，尽管我觉得自己尚有不足之处。"

尽管克拉克也觉察到自己的不足之处，但他努力保持着对自己的信心。鲍格才指挥部里的一名参谋军官认为他"冷静、坚定、沉默寡言"。没有谁比马克·克拉克更会摆出统帅的派头，但他身上的担子也很重。克拉克在日记中指出，自萨勒诺登陆以来，第五集团军已伤亡 72 982 人，6 个多月来，每 3 分钟便有一名士兵倒下。现在，另一名士兵倒下了，是精神而非肉体。

"早上让卢卡斯跟我一起回去，"他发电报给格伦瑟，"也许会直接把他送往索伦托休息。"克拉克又给女儿安写了封便笺，感谢她寄来热情洋溢的胜利邮件（指的是战时来往于国内和战场的信件，被翻拍成胶片，送至收件人手中再冲洗成照片并放大，以此来减轻运输部门的压力。——译者注）。"正如你所想，这些天里我很少微笑。我很高兴听到你表达了对爸爸的信心，我希望永远不会让你失望。"

在给蕾妮的信中，他才流露出自己的受挫感。他告诉她，安齐奥的军官和士兵们"做到了该做的一切"。伦敦和华盛顿那些坐在扶手椅上吹毛求疵的将军们激怒了他。他写道："那些人批评他们没能杀向罗马，这纯属一派胡言。部队本来就会被切断的。争论毫无用处，我们让历史来评判吧。"

★ ★ ★

在希特勒的催促下，凯塞林和马肯森将于 2 月 29 日再次发起进攻，这次对准的是盟军的右翼。唱着歌、高声呐喊着的灰绿色大潮一如既往地涌过圩田,盟军一天内发射了6.6万发炮弹才将其攻势遏制住;德军的伤亡高达3 500人,一无所获。当亚历山大问及奥丹尼尔将军,在敌人的这场反击中,第3步兵师失去多少阵地时,"铁麦克"回答说:"一寸都没丢,长官!"

特拉斯科特将比尔·莫尔丁的一幅漫画钉在自己的办公桌上,漫画上,一名衣衫褴褛的美国兵告诉另一个士兵:"这终究不是世界上最重要的洞。我在里面呢。"下巴突出的特拉斯科特告诉记者们:"我们即将迎来几个月的艰难时期。但是,先生们,不管发生什么,我们都将守住这片滩头。"

尽管如此,2月的形势对盟军仍非常严峻。对美国人来说,这是迄今为止他们在地中海战区最血腥的一个月,1 900人阵亡。通过滩头阵地的侧翼不会取得快速、决定性的成功。亚历山大认为,安齐奥和卡西诺之战揭示出盟军的虚弱和德军的力量。"他们的速度比我们快,"他写信给克拉克,"部队重组的速度更快,收缩防线,抽调部队至关键地点封堵缺口的速度更快……在战场上做出决定的速度也更快。相比之下,我们做出决策的过程往往缓慢而又烦琐。"

这的确是事实,但并非全部事实。这两场战役揭示出的更大的问题是盟军的力量和德军的虚弱。一名德军参谋人员抱怨说:"没有空中支援,所有的计划都是一场空。"美军陆航队驻地中海战区高级指挥官艾拉·C.埃克中将对此表示赞同。"在意大利的空中,"埃克写道,"德国人处于绝对的劣势。"德军炮兵的情况尽管没那么严重,但也暴露出弹药短缺问题。

"钓鱼行动"期间,第6军发射了15.8万发炮弹,与德军的大炮相比,占有十比一的优势。美军的炮兵自墨西哥战争以来便举世无双,一直保持着出类拔萃的水准,并获得大量电台及灵活的火力控制的辅助。特拉斯科特要求反制火力可在4分钟内获得,是过去所需时间的一半。一门105毫米榴弹炮,每30秒钟可开炮一次,一个小时内可将2吨致命的钢铁弹片覆盖4.3万平方码的区域。在安齐奥,德军战斗减员中的四分之三是由盟军炮火造成的。

未能消灭盟军滩头阵地对德军起到了清醒作用,这种影响超越了意大利南部,就连凯塞林的乐观情绪也变得黯淡起来。2月下旬,他告诉一名从柏林到访的将军，德军不仅仅是在空中和地面火力上被打败，而且"决死精神明显减弱的问题"也困扰着部队。他相信，这已是"战争的最后一年"。根据凯塞林的参谋长西格弗里德·韦斯特法尔将军的计算，除塞瓦斯托波尔外，"钓鱼行动"所投入的作战物资已超过自1940年以来的任何一场战役，严峻的结果揭示出"经过四年半的作战，德国陆军的实力已日渐衰竭"，"毯子已变得太薄、太短了"。

凯塞林认为最高统帅部肯定已获知"战争的转折点已到来"，便派韦斯特法尔赶赴贝希特斯加登，在与元首及其军事智囊团举行的三小时会晤中说明这一点。韦斯特法尔说道，"希特勒非常平静"，他批准第十四集团军在安齐奥转入防御。国防军最高统帅部参谋长威廉·凯特尔元帅对希特勒"听到这么多令人不快的消息"而深感惊讶。返回意大利后，韦斯特法尔告诉凯塞林，"过度的忧虑已将元首压垮"。

这种战略上的细微差别，在整个战役期间已超出那些陷入滩头阵地者的见地。德军工兵的卡车拖着从罗马强征来的意大利木匠（包括来自罗马影城的电影布景工匠，而这座影城是由墨索里尼修建的），在拉齐奥山建造虚假的坦克、大炮及其他军事假布景。而在盟军阵营，卢卡斯的离去激发起一些感慨，但更多的是希望，就像一名英军炮手后来指出的那样，"他的继任者很快会让我们摆脱眼前的这场混乱"。许多人舔舐着身心遭受的创伤，努力让自己为仍将继续下去的战斗做好准备。"我有些疲惫，"一名爱尔兰近卫团中士离开地狱般的莫莱塔沟渠后承认，"不过，我现在已是一名老人。"

"复仇者行动"

"钓鱼行动"在安齐奥发起之际，对于卡西诺山和包围修道院的军队来说，忙碌的时刻正一分一秒地逝去。弗赖伯格这位新西兰人强烈要求在进攻发起前将那座修道院夷为平地，他唯一的儿子是近卫掷弹兵营里的一名年轻军官，已在安齐奥失踪，这个消息激发起弗赖伯格的好战心。一名皇家炮兵的炮手谈及那座隐约可见的白色建筑时说道："不知何故，它妨碍了我们所有人的生活，使我们远离家园。这一点被我们所厌恶的一切遭遇更加强烈地印证了。"

对无价的文明象征实施不分青红皂白的轰炸，这不仅不符合惯例，也不被法律所允许。几个月前，联合参谋长委员会曾提醒艾森豪威尔，"在与军事需要相一致的情况下，教堂和所有宗教设施的所在地应该得到尊重，尽可能对当地的档案、历史、经典古迹及艺术品加以妥善保护"。艾森豪威尔又在12月底告诫他的幕僚们，"军事必要性"不应作为一种达成军事便捷性的权宜之策而加以滥用。

1月中旬，亚历山大的司令部将卡西诺山上的修道院和冈多菲堡的教皇庄园确定为"希望加以妥善保护的两个教会中心"。盟军一份名为《保护意大利艺术品》的小册子中，有一章的标题是"为何意大利拥有如此丰富的艺术品"，并断言"人与野兽的区别在于他拥有思考和构建抽象的希望和想法的能力"。轰炸机机组人员的文件包中放着从旅游指南复制来的街道地图，图上强调了应加以避开的历史建筑。被派去修缮意外受损处的盟军参谋人员被称为"维纳斯修复者"。

这些"维纳斯修复者"忙得不可开交。单在那不勒斯就有40座教堂被炸弹损坏，城北一座大教堂宏伟的青铜大门被炸为齑粉。2月初，误投的炸弹多次击中冈多菲堡，其中一次令17名修女丧生。但故意破坏卡西诺山上的修道院，将加剧这场"博物馆里的战争"（凯塞林这样称呼意大利战役）。在盟军的军事会议上，支持和反对的呼声都很激烈。

奉命夺取这片区域的第4印度师仍渴望用炸弹来"覆盖"整个山头。他们从一名德军俘虏身上缴获了一份值得怀疑的报告，上面声称德军伞兵已在修道院内建起指挥部和急救站，这使得第4印度师在2月12日发布了一份题为"违反《日内瓦公约》"的情报汇总。还有一些出自想象的目击报告：一名意大利平民说，修道院里架起了30挺机枪；第34步兵师的一名上校说，他看见修道院的窗户里有望远镜的闪烁；美军炮手则发誓，敌人的轻武器火力从修道院内射出。2月11日出版的一份英国报纸刊登出煽动性标题："纳粹将修道院变成了堡垒"。

2月14日，两名美军高级将领艾拉·埃克和雅各布·德弗斯在视察过程中，从1500英尺高度俯瞰卡西诺山。他们报告说看见"德国兵在院子里，那里还有他们的天线"，另外，距离修道院院墙50码处还设有一个机枪阵地。另一位陆航队将领约翰·K.坎农少将则做出承诺："要是你们允许我使用全部轰炸机力量去对付卡西诺，我们会像拔除坏牙那样把它连根拔起。"

一名美军炮兵指挥官告诉《纽约时报》："在我这个炮兵连里，有些炮手是天主教徒，但他们已要求我批准对修道院开火。"实际上，恶念已在心中生出。美军陆航队某联队的情报分析在 2 月 14 日宣称："这座修道院已涉及 2 000 多名小伙子的生死存亡……修道院和里面的人必须予以摧毁，因为除了德国人，没人在里面。"

也有人提出了强烈的反对意见。法国的朱安将军恳求克拉克饶过这座建筑。凯斯将军也是个虔诚的天主教徒。2 月 14 日早上，他搭乘自己的飞机飞至修道院上空，并未看见"任何敌军活动迹象"。他在日记中写道，轰炸这座建筑将"激起不必要的愤怒"，特别是因为第 2 军情报部门发现居住在修道院里的难民多达 2 000 人。另外，"一座部分遭到摧毁的建筑物，比一座完好的建筑更有利于防御"。凯斯对弗赖伯格恼怒至极，就连克拉克也批评他"太过好斗"。两人交换了礼物，以示和解，凯斯送给弗赖伯格一个装着黄油、番茄酱和雀巢咖啡的包裹，而"麻雀"回赠以新西兰羔羊舌、牡蛎罐头和蜂蜜。仍有些激动的凯斯在日记中写道："我们美国人为何要对英国人和那些听命于美军指挥官的人卑躬屈膝？"

弗赖伯格的要求并未遭到拒绝，趁克拉克赶赴滩头阵地之际，他催促格伦瑟尽快做出决定，尽管他认为实施轰炸后夺取卡西诺山头的概率也不会超过 50%。弗赖伯格以威胁的口吻补充说："如果克拉克拒绝摧毁修道院，他必须对新西兰军遭受的伤亡承担责任。"

亚历山大的新参谋长约翰·H. 哈丁中将也对格伦瑟施加了压力。"亚历山大将军的立场非常明确，"哈丁在电话中说道，"修道院有可能被摧毁，他对此很遗憾，但认为别无选择。"亚历克斯将军"对弗赖伯格将军的判断力深具信心"。

克拉克却不太有信心。"目前，我的麾下有五个军，两个是美国军，其他的都来自不同的国家，"他在日记中写道，"我认为拿破仑是对的，他的结论是，打击盟友比成为他们中的一员更好。"但他感觉到，另一个骰子已被抛出。在亚历山大打来的一通电话中，克拉克做了最后的努力来阻止这场攻击。没有明确的证据表明德国人已进入修道院。"过去曾轰炸过建筑物或城镇，以防德国人对其加以利用……但总是失败，"他补充道，"摧毁修道院和里面的宝藏是件耻辱的事。"更别说里面还有无辜的平民了。克拉克说道:"如果德国人现在不在修道院里,那他们肯定会进入轰炸后的瓦砾堆。"

亚历山大承认这些看法没错,但他却耸耸肩说道:"砖头和砂浆,不管多么令人尊敬,都无法与人的生命相提并论。"弗赖伯格是"英联邦作战行动中极为重要的一个齿轮。如果他遭到失败并告诉部下,'我损失了5 000名新西兰士兵,是因为他们不让我动用我想用的空军',我可不愿对此承担责任。"最重要的是,亚历山大感觉到来自伦敦的沉重压力。"你坐在那里无所作为,究竟在搞什么?"英国首相在一封荒谬的电报中询问道,"你为何不使用你的装甲部队,以一个大范围的迂回行动绕过那些山区?"

克拉克让步了。他告诉亚历山大,如果弗赖伯格是美国人,他将拒绝后者的要求。但"由于眼下对政治的过分讲究"("麻雀"实际上指挥着一个小国的军队),除了执行这个代号为"复仇者"的行动外,别无他法。在一份口述备忘录中,克拉克谴责亚历山大"过度干涉第五集团军的行动",并称"毫无必要地破坏世界上的艺术珍品之一,太过糟糕"。

进攻很快就将发起,以便对好天气加以利用。弗赖伯格曾建议先投下一颗假炸弹,以警告栖身于修道院内的难民。但在2月14日(周一)晚上,盟军炮手发射了20多发炮弹,在卡西诺山上空300英尺处炸开,大批传单飘入修道院内。传单上写着:

> 意大利的朋友们,请注意!我们即将把战火烧至你们的圣墙,尽管我们不愿意,但不得不将武器对准修道院。立即离开这里,重新找个安全的藏身处。这是我们的紧急警告。

2月15日,星期二,这是个令人愉快的早晨,太阳偷偷地出现在阿布鲁佐峰上空,这是意大利的春天即将到来的征兆。一辆弹痕累累的敞篷大众汽车从罗卡塞卡一座破旧的宫殿冲下山来,驶过圣托马斯·阿奎那出生的城堡废墟,然后向左驶上利里河谷的6号公路。越过皮耶迪蒙泰村,在修道院西北方3英里处,汽车驶上一条农场路,随后便缓缓地停了下来。一名身材高大、修长,身穿德国国防军中将军装的男人从车辆的前座钻出。他扫视着刀锋般的山脊,用赞赏的目光打量着卡西诺山顶闪亮的景色。5个月来，弗里多林·冯·森格尔·翁德·埃特林已踏遍这片山头。他摆动着 6 英尺长的桦木手杖，迈开大步的样子更像一名水手，而不是军人。他还经常用差强人意、口齿不清的意大利语跟当地农民搭讪。

自去年 10 月以来，他便在菲廷霍夫第十集团军麾下指挥第 14 装甲军，先是负责守卫"伯恩哈特"防线上的一段，现在则据守着"古斯塔夫"防线上一条 50 英里的前线。盟军在圣皮耶特罗、拉皮多河和卡西诺遭受的惨败，没有谁比森格尔做出的贡献更大。森格尔高高的额头、向下弯曲的嘴角及凹陷的面颊使他看上去像个朴素的修道者，尽管他那修长的手指和唯美主义者的言谈举止让人觉得"他更像个法国人，而非普鲁士人"，他的女儿后来这样说道。森格尔是一个古老家族的后裔，这个家族在拿破仑战争时期失去了庄园，又在魏玛共和国的通货膨胀中丧失了财产。

作为一名罗德奖学金获得者，森格尔曾就读于牛津大学，随后便在第一次世界大战中受到了使命的召唤。1917 年，他的弟弟在康布雷阵亡后，森格尔在中间地带的万人坑里挖了几个小时，一心想让弟弟获得更加体面的葬礼。"最后，我们把他的尸体挖了出来，他被压在三层尸体的最下面，"他后来写道，"我紧紧攥着我弟弟的两条腿，把他拖上我的汽车。在我的座位旁，坐着我那了无生气的兄弟。"

在这场战争中，他曾帮助德军夺取了瑟堡，随后在斯大林格勒附近指挥一个装甲师，后来便在西西里岛的意大利军队中担任凯塞林的高级联络官。作为科西嘉岛和撒丁岛德军部队的指挥官，森格尔拒绝执行希特勒枪毙叛变的意大利军官的命令，这一莽撞之举在他成功撤出德国守军后才获得赦免。自接掌卡西诺防线以来，他严格遵守命令，不许自己的部下进入修道院，以免激怒梵蒂冈。迪亚马雷院长邀请森格尔到卡西诺修道院的地下室参加圣诞晚餐和弥撒时，他坚决不肯透过窗户扫视盟军的阵地，以免破坏修道院的中立性。德军的观察哨设在山顶的下方，以便获得更好的伪装。

"最糟糕的事情就是继续打下去，一直打下去，而我们早已知道，我们已经输掉了这场战争。"森格尔抖动着两条浓眉，告诉自己的一名副官。他的军每天都要损失一个营或更多的兵力，"灭亡只是时间问题"。凯塞林的乐观态度令他费解。

在意大利山区奋战了 5 个月后，森格尔认为，"乐观主义是弱者的仙丹"。他尽己所能地承担着重负及为自己厌恶的纳粹体制服务而造成的污点，在罗卡塞卡的掩体中喝着酒，聆听着广播电台里的晚间音乐会，或是跟同志们再次观看他最喜爱的电影——《白色的梦》(*Der Weisse Traum*)，这部电影讲述的是一个维也纳剧场经理为情所困的故事。他阅读阿奎那的著作，却发现神学家所说的"没有谁应该为超出他能力范围的罪行负责"，对自己毫无安慰作用。获知德国在波兰犯下的暴行后，森格尔写道："一个人听说了那些事而又必须保持沉默，真是孤独无比。"

现在，他还将听说一些其他事情。上午9点45分，他与掷弹兵军官们在皮耶迪蒙泰村附近一座圆柱形混凝土指挥所里商讨战况时，轰炸机引擎的嗡嗡声将他吸引至屋外。他伸长脖子，手搭凉棚朝空中望去。卡西诺山上方3英里的蓝天里，布满了小小的十字架形飞机，它们的飞行路径上充斥着乳白色的凝迹。随后，大批闪亮的炸弹投向修道院，仿佛是天空投下了银色的石块。

★★★

第4印度师的一名军官在作战日志中写道："有人喊道，'空中堡垒'，随后，伴随着哨声、嗖嗖声和爆炸声，第一批炸弹撞上了修道院。"一名B-17飞行员从驾驶舱向下望去，"整座山丘像火山那样向上卷起一阵狂风"。第一批炸弹命中修道院的屋顶时，尘土从各扇窗户喷出，这让第34步兵师的一名中尉联想到"从一个人的耳朵里冒出的烟雾"。

它们是250架轰炸机（B-17、B-25和B-26）中的第一批，到当天结束前，将对卡西诺山投下近600吨高爆弹和燃烧弹。数百发炮弹也加入到这场轰炸中，其中包括240毫米和8英寸口径大炮射出的巨大的炮弹。拉皮多河谷的一片杨树林已被砍伐掉3/4，以便让炮手们获得更好的射界。硝烟和火焰从山顶腾起，山丘两侧的士兵们呆呆地看着。

"我们这些美国、英国、印度和新西兰人，站在山脊上，用望远镜观察破坏效果，"一名美军救护车驾驶员在日记中指出，"每当一排炸弹落在山上时，三名中尉便兴奋得手舞足蹈。"一名皇家炮兵的炮手写道，眼前的景象"刺激无比……堪比过去目睹基督徒被狮子吃掉的情形，我们发出疯狂的欢呼，相互拥抱。我们在这里，为基督教最伟大的古迹之一遭到破坏而欢呼"。记者玛莎·盖尔霍恩发现自己正像"其他傻瓜那样"尖叫着,而她的同事弗兰克·格维西听见有人低声嘟囔:"真够准的。"准备强攻卡西诺火车站的毛利人和新西兰人吼着:"端掉它!""让那些王八蛋下地狱吧!"

他们真的下了地狱。前一晚的传单攻势已让修道院里的难民(人数在800~2 500人)惊恐万状,他们慌忙联系德国人,试图获得一条离开卡西诺的安全通道,但是失败了。一些难民甚至怀疑警告传单是假冒的,是修道士们试图将他们赶出去的诡计。

2月15日周二早上,迪亚马雷院长打算按他自己的时间安排疏散修道院。那些修道士被一名发烧致死的年轻同伴搅得心烦意乱。他的尸体穿着长袍,躺在他自己用床板打造的一具棺材中,放在一座小小的圣安妮教堂里,被敬奉给上帝。当天早上,他们一如既往地在修道院深深的地下室里举行了时辰颂祷礼,跪在一幅圣母画像前,唱着"以我们的名义恳求基督",就在这时,第一阵剧烈的震颤令整个建筑晃动起来。爆炸接二连三,走廊里满是呛人的尘埃、硝烟和破碎的砖石。院长为每一个修道士作了赦免。他们用棉花团塞住耳朵,抵御着上方炸弹的轰鸣和妇女儿童们的尖叫声。

截至下午2点,修道院已成为一个闷燃着的记忆。1 300颗炸弹及1 200颗高爆燃烧弹粉碎了修道院的回廊,切断了院内的棕榈树,就连圣本笃塑像的头也被炸飞了。巨大的楼梯倒在废墟中。15英尺高的瓦砾堆充斥着教堂的过道,那里的壁画、一架古老的管风琴和那不勒斯工匠雕刻成的唱诗班席位都已被炸为碎片。隐蔽在地下室里的修道士们强行打开一条上楼的通道,穿过废墟寻找死去的难民(有些难民逃向修道院外,结果却被炮火炸死)和那些还活着但惊恐万状的人。"父母丢下尖叫的孩子逃往安全处,"德国方面的一份文件指出,"子女逃跑了,丢下他们年迈的父母自生自灭。一名妇女的两只脚都被炸掉。"

没人知道究竟有多少人丧生。估计的数字从一百多到四百多人;英国官方史将这个数字定为"三四百人"。战争结束后,从废墟中找出148个头骨,其他的无疑已成齑粉。"有些尸体在小房间中被发现,他们在里面窒息身亡,例如一位老人曾试图用自己的身体保护一个孩子。"赫伯特·布洛赫写道。他是哈佛大学的古罗马文学学者,也是《中世纪的卡西诺山》一书的作者。死者的姿势让人想起庞贝古城的考古发现。

亚历山大的司令部宣称，发现 200 名德国人逃离修道院的废墟，这是个荒谬的说法。中午过后不久，森格尔不情愿地离开了卡西诺山顶迷人的风光，他给菲廷霍夫发去电报，报告修道院破坏非常严重，"大批难民身处修道院内"。按照柏林的命令，德军掷弹兵在轰炸停止后对废墟进行了搜索，他们发现修道院的围墙严重受损，但尚未被夷为平地。正如克拉克曾预言的那样，森格尔立即命令他的部队占据这片废墟。建筑内架设起机枪阵地，破碎的城墙上布设了炮兵观测员，一座战地厨房也在本笃的小屋内投入使用。

直到周四拂晓，迪亚马雷院长才带着幸存者走出这片废墟。40 名修道士和难民出现在修道院的拱形入口，巨大的橡木门及其上方刻着圣像的石质过梁依然完好。一名修道士举着一个巨大的木制十字架，带领队伍走过一个接一个的发夹弯，沿着蜿蜒的道路而下。一个瘫痪的小男孩骑在一名修道士的肩头，一名失去双脚的老妇被抬上担架，但随着负担越来越重，她不得不被放在半山腰等死。他们拖着沉重的脚步朝山下走去，经过路面上张着大口的弹坑和韦内雷山的石丘，这里已被称作"刽子手山"，因为被炸毁的缆车塔看上去就像绞架。一路向下的人群朝着沸腾的山谷走去，年迈的院长和他的修道士们低颂着《玫瑰经》，沉浸在上帝最深沉的神秘、喜悦、睿智、辉煌和悲伤中。

★ ★ ★

第 4 印度师原以为"复仇者行动"将于 2 月 16 日周三下午展开，但是直到周二早上，就在轰炸机编队出现在上空 15 分钟前，前线部队才获悉进攻行动已提前，以便利用良好的天气。由于来不及从最前沿的散兵坑撤至更好的藏身处，20 多名印度士兵在轰炸中受伤，许多伤员是被纷飞的碎石所砸伤的。"他们通知了修道士，通知了敌人，却没有通知我们！"皇家苏塞克斯团一名被激怒的军官说道。

从这一刻起，历史再次重演，除了空怀勇气之外一切都不对劲。几个小时过去了，进攻并未紧随着轰炸而发起。战术能力的欠缺使得弗赖伯格未能将蜂拥而上的步兵进攻与轰炸行动相结合，而这个失误又因第 4 印度师能力出众的师长缺席而加剧。身患疟疾和风湿性关节炎的图克少将卧床不起，接替他的 H.W. 迪莫兰准将是一名炮兵军官，几乎没有步兵作战的经验，"他对此茫然无知，"另一名高级军官后来抱怨说，"师部就没下达过任何出色的命令。"

直到周二晚上进攻才开始，但只派出一个连去夺取 593 高地，这座棘手的山丘位于修道院废墟后方一英里处。该连还未前进 50 码，便遭到德国人的机枪和迫击炮火力打击，死伤近半。周三夜间发起的另一场进攻以一个营的崩溃告终，敌守军在偶然间发射了三发绿色信号弹，巧的是，这与皇家苏塞克斯团的撤退信号相一致。2 月 18 日（周五）清晨，廓尔喀士兵直接对修道院发起进攻，但诡雷、手榴弹、高至喉咙的茂密荆棘和冰雹般的机枪火力又将他们赶了回来。后来发现，几十名阵亡的廓尔喀士兵，腿上被捆了绊发线。

下方的卡西诺镇，毛利人步兵在周五拂晓将德军掷弹兵逐出火车站和车库。但新西兰人发射出 9 000 发烟幕弹以掩护这片区域，这也遮蔽了德军的渗透行动，他们在当天下午晚些时候发起反击，重新夺回了铁路站场。补给运输队试图在夜间溜过拉皮多河河谷，却发现敌人占据了险要的高地，而视界比以往更好。"一发照明弹腾空而起，接着又是一发，"第 4 印度师的一名通信兵写道，"不出我们所料，德国人已变得多疑。一连串照明弹很快以一种怪异的蓝光照亮了整个山谷。"200 匹赶往前线的骡子，只有 20 匹得以通过。

在第 4 印度师伤亡近 600 人，新西兰人死伤 200 多人后，"复仇者行动"结束了。力量不足，欠缺协调，缺乏想象力。森格尔后来写道，这场进攻"没有达成突击的效果，这其中没有任何新东西"。摧毁修道院"没有带来任何军事优势"，英国官方史得出结论，就像美国陆军史补充的那样，"除了破坏、愤慨、悲痛和遗憾外，一无所获"。

甚至还没等卡西诺山上的硝烟散尽，为轰炸行动进行的辩护便已开始。军事部门给战略情报局施压，试图获得德军已占据修道院的证据，但未获成功。在发给伦敦的一封电报中，威尔逊元帅写道："建议我们应当将我们的声明限制在这样一个事实上，相关军事部门有无可辩驳的证据表明，卡西诺修道院已成为德军主防线的一部分。"战争结束很久之后，美国军方声称，修道院内没有发现平民的尸体。鉴于罗马很快将成为一个新战场，盟军宣传部门严厉谴责德国，希望重新占据道德制高点，并对柏林施压，以免意大利首都沦为焦土战术的受害者。

但森格尔和凯塞林已抢先一步。迪亚马雷院长在周四早上下山后，一辆德军指挥车带上他赶往第 14 装甲军军部过夜。第二天，摄影机转动起来，一名德国电台记者在场，森格尔展开了一场访谈。

"德国军队做了他们所能做的一切，"森格尔说道，"就是为了不让敌人有借口对修道院发起攻击。"

"将军，我能证明这一点，"院长说道，"直到卡西诺修道院被摧毁的那一刻，修道院内没有一名德军士兵，没有一件德国武器，也没有任何德国的军事设施。"森格尔点了点头，说道："发出轰炸通知的传单在修道院上空撒落，我注意到时已经太晚了。"

"我们根本不相信英国人和美国人会对修道院发起攻击，"迪亚马雷说道，"我们把白色的衣服挂出去，就是为了告诉他们，别对我们开火……可他们摧毁了修道院，杀死了数百个无辜的人。"

森格尔将身子凑了过去，殷勤地问道："我还能为你做些什么吗？"

"不，将军。能做的你都已经做了。"

柏林方面有些玩过了火，他们试图让院长签署一份更具恶意的声明。他拒绝了，但损害已经造成。修道院被炸毁的海报和迪亚马雷的评论出现在罗马街头和维也纳。卡西诺修道院遭到轰炸的一周后，罗马宗座考古学院院长将这起破坏事件谴责为"我们这个时代和我们的文明中，一个永远的耻辱"，仿佛轴心国挑起的二战比这更文明似的。英国军事战略家 J.F.C. 富勒后来谴责这起轰炸"与其说是蓄意破坏，不如说是一种愚蠢至极的战术所造成的行为"，他认为，"经过 1915—1917 年的战争，战术想象力已然僵化"。

已成废墟的修道院（用一名美军下士的话来说，"那座误判的坟墓"）迅速成为意大利战役沦为消耗战的象征。第五集团军最近的 7 英里进展令麾下的 8 个师筋疲力尽，并付出了 1.6 万人的伤亡代价。正如新西兰的一份评估指出的那样，前方似乎笼罩着"无尽的僵局"。在卡西诺前线寻找替罪羊的工作也已开始：2 月 18 日，马歇尔在发给德弗斯的一封电报中暗示，凯斯和他的各个师长"显得不称职……没有什么比获得指挥能

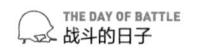

力这一必备素质更重要"。

美国国内的公众舆论似乎对这场破坏漠不关心。27个月的全面战争已切断了这个世界对卡西诺山的情感眷恋。修道院遭受轰炸后不久，一项盖洛普民意调查发现，如果军方领导人认为有必要轰炸欧洲的宗教历史建筑和圣地，74%的美国人会赞同，反对者只有19%。恶念也已在后方民众的心中生出。

可是，当炮击和零星的轰炸行动继续切掉卡西诺的山峰时，那些盘踞在拉皮多平原的士兵不禁产生了一种再次回到黑暗时代的失落感。就连沃克少将（他的第36师在卡西诺下方的拉皮多河遭到重创）也深感不安。"每当我拿起一个本笃会酒杯，"他在日记中写道，"我都会遗憾地想起，这座修道院本是不必要被破坏的。"当然，更深的遗憾超越了宗教的标志性建筑。战争削掉了这一切：文明和中庸、年轻和天真、山丘和人。

THE DAY OF BATTLE

第 10 章　"四骑士"：战争、饥荒、瘟疫和死亡

卡西诺是块难啃的硬骨头，"四骑士"仿佛阴魂不散。原本发起安齐奥登陆是为了打破卡西诺的僵局，现在主次颠倒了，盟军认为应对卡西诺再度发起进攻，以协助安齐奥的滩头阵地。然而整个攻势缺乏清晰明确的总体规划，每个战场都由不得他们选择，每场战斗都演变成血腥消耗战。

美式"总体战"

手推车再度出现在那不勒斯,还有散发出臭气的柴油公交车和咯咯作响驶向城市上方华丽别墅区的有轨电车。除了吉普和两吨半卡车,市内几乎看不见汽车,但数百辆双轮马车和破旧的四轮马车,由背部塌陷的老马拖着,充斥着市内的林荫大道。第五集团军的战略情报局主管写道:"海湾呈蓝色,维苏威火山是黑色,而松树依然翠绿,一切都没变。"

那不勒斯人穿着破旧的衣服和更为破旧的鞋子,漫步于弗朗切斯科·卡拉乔洛大道,"手挽着手谈笑风生,又叫又闹,还一边打着手势",弗兰克·格维西评论道。拾破烂的人在阴沟里搜寻着雪茄烟蒂。广场上,邋里邋遢的女人带着租来的孩子在乞讨;江湖郎中兜售着家传秘方;被称作"lustrini"(亮片)的擦鞋匠通过敲击木箱招揽客户;"顶好,顶好,"小混混们模仿着美国兵的口气唱道,"懦夫,少尉。"英国军官兼作家诺曼·刘易斯在二月下旬指出,在公共花园里,"阳光吸引了那些说书人,他们占据了各自的位置"。为了一枚硬币,他们吟诵着"查理曼大帝和圣骑士的传奇事迹",用双手"强调着他们所想表达的想法,就像转轮前的制陶工匠"。

数百年来,那不勒斯曾吸引过彼得拉克、歌德、罗西尼、多尼采蒂、狄更斯和詹姆斯·费尼莫尔·库柏这些名人。据说在写作《埃涅阿斯纪》时,维吉尔将蛇赶出了这座他所喜爱的城市,尽管2 000年后约翰·罗斯金发现这里"是我曾被迫待过的最令人厌恶的人类居住区,在这个地狱中尽是些低能儿"。

眼下,复苏的那不勒斯吸引了成群结队的盟军士兵。鉴于卡西诺就在北面50英里处,与安齐奥相距也不过90英里,那不勒斯显得"自鸣得意和缺乏真实感，比纽约更糟糕"，记者霍默·比加特抱怨道。但对于许多离开前线的人来说，那不勒斯"几乎是每个人眼前愿望的象征"，英国军官弗雷德·马奇德拉尼写道：

> 这是一片充斥着黄金、白银和莫大幸福感的人间仙境……你可以在店铺中购物，你可以找地方喝上一杯，你可以找到女人，你也可以听听音乐。

当然，战争有时也会侵入仙境。每天下午都有一列伤员运送车驶入加里波第广场车站，三层铺位上躺着在卡西诺前线负伤的小伙子，最严重时，连底层铺位都躺满了伤员。德国空军仍在对港口和锚地实施空袭，"每艘舰船都在开火射击，直到一百多条红色曳光弹构成的弹链布满整个那不勒斯港"，艾伦·穆尔黑德写道。一场空袭谣传触发了"施放烟雾"的命令，结果 1 000 名士兵在 8 分钟内打开了油雾发生器和发烟罐，一片浓密的雾毯笼罩住 20 英里外的那不勒斯海岸，雾气之浓使得吉普车驾驶员不得不用手电筒照射路边，以确定自己的车辆没有驶出公路。

尽管有烟雾和曳光弹的保护，偶尔还是会有一架轰炸机突破。轰炸过后，劫掠者尾随而至。他们冲出遭到轰炸的建筑物，车上带着"也许是一扇房门，也许是一个床架、两只水壶或是一个鸟笼"，玛格丽特·伯克·怀特写道。初春的一场空袭过后，诺曼·刘易斯看着从废墟中抬出的被炸死的孩子，他们被并排放在一起，洋娃娃"被塞入他们的怀中，陪伴着他们进入另一个世界。职业哭丧者在街道上来回奔跑，撕扯着衣服，发出可怕的尖叫"。

但对大多数士兵来说，那不勒斯是个避风港，是幸福生活的暂居地。他们登上被称作"激情货车"的卡车，涌入城内寻求"I&I"（性交和一醉方休）。意大利搬运工帮他们将行李送到位于罗马大道的沃尔图诺士兵酒店或是市内的监狱，第五集团军已将那里修葺一新，成为一座能容纳 1 200 人的休息中心。"美国人拥有整座城市的控制权，"英国工兵 C. 理查德·埃克抱怨道，"到处都是身材魁梧的美国兵和挥舞着警棍的宪兵。"

红十字会礼堂每天下午 4 点放映一部新电影，吸引来大批人群，尽管电源故障导致电影的放映频繁中断。在君士坦丁堡大街上的一座音乐厅，每周举办几次舞会,欧文·柏林演出的《这就是军队》座无虚席,迎接他登场表演的往往是这样的吼叫声:"噢,我真恨死早上起床了!"一名士兵在帕尔卡酒店看见了亨弗莱·鲍嘉,便上前询问如何能买到一把演员在电影《撒哈拉》中使用的手枪,这种手枪"能连射 16 发无须填弹"。鲍嘉弹弹烟灰,回答道:"好莱坞是个神奇的地方。"

第五集团军的士兵们在那不勒斯的圣卡洛歌剧院外排队,等待观看欧文·柏林的音乐喜剧《这就是军队》。

庞贝古城也是如此。每天早上 8 点,一列通勤列车拖着数百名士兵来到这片废墟,导游带着他们参观了"两个从未结过婚的同性恋的住房",并暗示说,这座城市可怕的命运是因"骄奢淫逸"所致。第 3 步兵师一名士兵在给家人的信中写道:"古罗马人确实知道如何充分享受生活。"但第 56 后送医院的一名日记作者得出的结论是,这座城市是"由一些喝着葡萄酒的聪明、敏感、内心邪恶的人所建"。

士兵们还涌入了重新开放的圣卡洛歌剧院,全然不顾铺着垫子的座椅上有跳蚤。而剧院内也缺乏暖气设施,他们只好个个穿得严严实实。他们在楼上的包厢里像鹦鹉那样喋喋不休,或者呆呆地望着圆顶天花板上帕纳索斯山的壁画。深红的帷幕升起,序曲奏响,魔法时刻到来了。《波西米亚人》第二幕上演时,来自俄亥俄州的一名士兵拍着膝盖,喃喃地说道:"真棒,真的很棒!"士兵们哼唱着咏叹调走入夜色中,一时间街上出现了大批身穿绿褐色军装的卡鲁索。

新开张的那不勒斯歌舞厅每周开放。这座位于波西利波大街上方的橙色俱乐部被伯克·怀特称为"欧洲大陆最热闹、最受欢迎的夜总会"。圆形露台上的客人们凝望着维苏威火山红宝石色的光芒和下方港口中军舰闪烁的信号灯。护士们伴随着"泽西蹦跳"的音乐翩翩起舞，喝醉的军官们将香槟酒瓶的软木塞对准一名女歌手露背装上的胸针。如果不去卡普里岛游览一番，"I&I"是不够完整的，那里食宿费每晚只要 1 块钱，酒吧早上 9 点便开门营业。

这座岛屿给艾伦·穆尔黑德留下的印象是"一个贪图享乐的奇特小岛"，稍带有"一个过时浪荡子的潦倒气息"。士兵们戴着草帽、穿着凉鞋，或是懒洋洋地躺在岩石上，或是乘坐由装饰华丽的马匹所拉的四轮马车，前往毕可拉码头。酒店的餐厅里，侍者用银质保暖锅为这些自离开美国后便没有握过刀叉的士兵们送上晚餐。一名游客兴高采烈地罗列大海的色调：蓝绿、翠绿、紫、孔雀蓝和蓝紫色。

"我永远不会忘记，"伯克·怀特写道，"这些小伙子中的许多人将回到雨水、泥泞和山上惊人的危险中，再也不会回来。"

★ ★ ★

"这里的人穷得可怕，商店里的东西寒酸低劣，"一名美国护士从那不勒斯写信告诉家人，"他们站在食堂外，翻寻着我们倒剩饭的一个 55 加仑的大桶。"对大多数那不勒斯人来说，这里没有忘忧果可吃，也没有其他东西。战火已经北移，但饥荒、瘟疫和死亡充斥着这里的整个冬季。大多数意大利居民仍依靠盟军运来的食物才免遭挨饿。厄尼·派尔，被比尔·莫尔丁形容为"一个瘦小、干瘪、愁容满面的人，长着一双锐利的眼睛"，在一座被称为"美德别墅"的空军大院中度过了自己的"I&I"之夜，他喝着白兰地，看着意大利人在码头上争抢着前往安齐奥的士兵们从坦克登陆舰甲板上抛下来的东西。"每当一包饼干从上方落下，"派尔写道，"人群便你争我夺，并紧紧护住自己的战果，就像一群橄榄球运动员。"一名在波佐利咖啡厅吃排骨的英军中尉被吓了一跳，因为"一名衣衫褴褛的老妇冲进来，抢走了我盘子里的骨头"。

两个月来，一种传染性极强的斑疹伤寒肆虐蔓延，2 000 多名那不勒斯人被感染，四分之一的人因此丧生。大车在夜间将死者拖走，就像中世纪那样。一战期间和之后，由虱子传播的斑疹伤寒曾在俄国和波兰夺去 300 万人的生命，据说那不勒斯 90% 的居民患有头虱。每天晚上，"悲惨、惊恐、肮脏的混乱人群"挤满了市内的防空洞，这里已成为疾病的滋生地。

军医们在 1 月 1 日将那不勒斯隔离，一连数周，休假的士兵被转移到卡塞塔。大规模灭虱运动已计划在全体居民中展开，他们将在 50 座"公共除虱站"喷洒除虱粉。运输机送来紧急物资 DDT，这种化学制剂首次合成于 1874 年，但直到最近才被确认是一种有效的杀虫剂。一年前，整个美国的 DDT 库存量只有几盎司，而现在，辛辛那提市的一家化工厂每个月生产 7 万磅，最终有 60 吨 DDT 被运至意大利。

在一座征用来的豪华宫殿里，宪兵们拿着几麻袋 DDT 站立在喷枪旁。"人们排成两路纵队，长达几个街区的队伍缓缓前进，踏上大理石台阶，"一名目击者说道，"男人从头到脚被 DDT 喷了一遍。女人们则被喷洒胸部和后背，然后是正面和背面。"其他除虱组清理洞穴和藏身处。伤寒疫情很快便宣告结束。与 DDT 一样，对一百多万名那不勒斯人喷洒除虱粉这件事被当作军事秘密保守了几个月。第五集团军里，只有一名士兵受感染。

性病则是另一回事。"一支胜利大军在意大利找到了漂亮而又热情的女人，廉价、易醉的葡萄酒敞开供应。"这是英国人进行的一项分析所得出的结论。结果"整个该死的军队都投入到这种战地恋情中"，第五集团军的一名军医抱怨道。士兵们开玩笑说，如果有人能给那不勒斯盖个顶的话，那它就是世界上最大的妓院。"梅毒在这里大量涌现，"一名中士警告抵达但丁广场的士兵们，"中招的话，你的下身会肿得像个西葫芦，然后你的卵蛋便会脱落。"一名垂头丧气的英国兵喃喃说道："那为何托马斯·库克（近代旅游业先驱者，也是第一个组织团队旅游的人，这里的"小册子"指的是他出版的旅游指南。——译者注）不把这个写在他的小册子里？"

由于普通工人每天的平均收入只有 60 里拉，还不够买一公斤面包，成千上万名穷困潦倒、走投无路的那不勒斯妇女便成了卖淫女，她们通常每晚能挣上 2 000 里拉。新年那天，经过令人怀疑的研究和实验室检验后证明：60% 的意大利女性患有某种性病。那不勒斯的妓院被封禁，皮肉交易转入街头巷尾和附近的城镇。"他们在那里开发出世界上最忠诚、最优秀的拉皮条体系。"一位宪兵司令介绍道。在罗马大道上游荡的站街女足有几个营，她们的头发被称作"DDT 发型"。一名士兵不断地被皮条客拉扯衣袖，他不胜其烦，索性在脖子上挂了块牌子，上面写着："不要！"卡普里岛上的一名妓女，由于坚持不讲价而被称为"四美元夫人"。

第 10 章 "四骑士"：战争、饥荒、瘟疫和死亡

这种"敷衍了事的臀部运动"（这是诺曼·刘易斯所用的短语）给第五集团军造成了可怕的后果。性病感染率在白人士兵中超过 10%，远远高于黑人士兵。在 2 月感染的淋病通常需要 10 天的恢复期。英国医生解释道："意大利淋病双球菌被证明 70% 具有抗磺胺耐药性。"另一种新的神奇药物是盘尼西林（青霉素），当时在意大利尚不普遍，库存非常有限，在黑市上的价格与吗啡相当。这种情形引发了一场秘密辩论：这些盘尼西林是该给感染上性病的士兵，还是留给那些英勇负伤的战士？丘吉尔亲自下达了指示，它"必须被用于最佳军事用途"，这种药物很快便赢得了床上浪子和战场英雄们的一致好评。

在此之前，盟军指挥官们竭力控制着部下们情欲的冲动。街头竖起警告的标牌：留人住宿的姑娘造成了社会动荡。在那不勒斯，20 座"个人洗浴中心"彻夜开放，为性交后的美国兵提供肥皂、水、碘溶液，并为他遇到的麻烦附上一张回执。尽管如此，在卡西诺和安齐奥激战之际，设在意大利的美军医院里仍有 15% 的病床被性病患者所占据。在那不勒斯，另外 500 张病床被留给受到感染的妓女，结果这些诊所被称为"妓女医院"。那不勒斯郊外的巴尼奥利赛马场上，第 23 综合医院放置了数百张性病患者的病床，他们的病服上印有大大的"VD"（性病）字样。尽管这里布设了铁丝网，安排了哨兵，但据一名宪兵司令报告，一些患者"翻墙而过，与附近的妓女们厮混"。一名少校在巴尼奥利的某个洞中与妓女幽会，被发现后恼羞成怒，用催泪瓦斯手榴弹赶走了捣乱者。

在阿韦利诺附近，萨勒诺上方的山上，甚至采取了更为严厉的措施。"牧师们认为，来自那不勒斯的妓女们一直在使用山谷上下的茅草屋，"一名步兵说道，"于是，他们把茅草屋全烧了。"

★ ★ ★

橙色俱乐部为士兵提供了愉快的去处，歌剧院和卡普里岛的银质保暖锅也为战争提供了一段小插曲。但最重要的是，那不勒斯是个港口，而且到 1944 年冬末，这里将成为世界上最繁忙的港口之一。用约翰·斯坦贝克的话来说，"这种庞大而又夸夸其谈的事情被称作'战争努力'"，但正是这种努力确保了盟军的后勤优势。确保一名美军士兵在意大利战斗一个月需要半吨多的物资，这一点可以做到。安齐奥射出的每一发炮弹，空军投下

的每一颗炸弹，在卡西诺损失的每一辆"谢尔曼"坦克，首先都必须从货船的船舱内运出，用龙门起重机吊起，放入轨道车辆、卡车车厢或坦克登陆舰后送往前线。

现在，美国的战争机器已成为"组织奇迹"，丘吉尔对此钦佩万分，德军指挥官则为此惊恐不已。1943 年，美国飞机总产量达到 8.6 万架，而 1939 年，这个数字只有 2 000 架。其他物资包括：4.5 万辆坦克、9.8 万具火箭筒、100 万英里的通讯电缆、1.8 万艘新建的船只和小艇、64.8 万辆卡车、600 万支步枪、2.6 万门迫击炮和 6 100 万双羊毛袜。美国的军火工厂每天都运出 7 100 万发轻武器弹药。1944 年，几乎所有物资都将增产。

整个国家已从商业经济彻底转为军事经济。汽车业在 1941 年生产了 350 万辆私家车，但在战争剩下的时间里，他们只生产了 139 辆，转而制造坦克、吉普车和轰炸机。在火炮制造领域，肥皂、软饮料、弹簧床垫、玩具和显微镜制造商生产 60 种大口径火炮；他们只是从制造炮架的蒸汽挖掘机公司到生产驻退机的电梯生产厂的 2 400 个主承包商和 2 万个分包商中的一部分。

1944 年 2 月，美国军队将 300 万吨货物运至海外，这些物资分为 600 万个补给类别，不仅有豆类和子弹，还包括防霉鞋带和卡其色烟斗通条。整个战争期间，大批物资根据租借法案被运送给盟国军队，包括 4.3 万架飞机、88 万支冲锋枪和被苏军士兵嘲笑为"第二战线"的大量午餐肉罐头。这种慷慨援助不可避免地激起了怨恨，正如一名英国将领承认的那样，"在很大程度上，（我们）不得不靠美国人的赏赐活着，这是个不断的刺激"。每个英国兵每天配发 3 张卫生纸，而美国人则为 22.5 张，这种对比不禁令英国人大为恼火。

既是天才也是败家子，尤以地中海地区为甚。"每五艘船中，多达一艘船只所载的货物遭到偷窃和浪费。"美国陆军后勤司令部司令布里恩·B. 萨默维尔将军在 3 月 23 日写给高级指挥官们的信中做出统计。"从阿尔及尔到那不勒斯，我们正在损失汽油、润滑油、食物、衣服和其他东西，没人知道为什么会被盗窃。"盟军司令部的埃弗雷特·S. 休斯少将做出答复。

第五集团军在一项研究调查中做出估计，那不勒斯经济的三分之二"源自盟军被盗物资的交易"。窃贼们打开移动中的列车车厢，将货物抛下火车，或是偷偷地在通往福贾的燃油管道上分接龙头偷取燃料。据弗兰克·格维西报道，一列装载着糖的火车连车带糖消失不见，后来发现，黑市上的糖居然卖到 400 里拉一公斤，而原本装载糖的机车和车厢则被扔在一家废旧钢铁回收厂。送葬的马车也塞满了从码头上盗窃来的赃物。一名民政官员声称，"猪肉，牛肉。猪肉，牛肉"，压低的报价声在那不勒斯的小巷里时有所闻，"就连刚拆箱的德国战斗机也能在黑市上买到"。

港口处建起一座监狱，设在那里的临时军事法庭每天判处 80 起案件。尽管市内有 1 500 名美军宪兵执勤，但据说当地的窃贼仍能"趁你打哈欠时偷走你的金牙"。据诺曼·刘易斯描述，被盗的盟军装备出现在福尔切拉大街，并张贴着广告：如果你丢失了装备，而你正在寻找的话，请告诉我们，我们能搞到。

这不是什么大问题。"总体战"在很大程度上是德国人的一个概念，出自埃利希·鲁登道夫将军的构思，以此来替代一战令人难以忍受的僵持。但美国人把这个概念据为己有，并附以美国人的高效和管理天才，结果与轴心国相比，他们的大炮产量多 4 倍，飞机多 5 倍，运输机多 7 倍。光是 1943 年，美国的坦克产量便超过德国在整场战争（6 年）间的总产量。二战最后的 18 个月里，德国生产出 7 万辆卡车，而全体盟国的产量超过 100 万辆。

尽管凯塞林的各个师通常能比其他战区的部队获得更多的补充兵和物资，但随着冬季即将结束，意大利的德国部队已开始感觉到严重的匮乏。燃油桶短缺，随之而来的是燃料短缺；夏季到来前，分配给意大利战区的燃料将被减半，他们只好用葡萄酒、葡萄压榨后的残渣，甚至以从油漆厂搞来的丙酮提炼物作代用燃料。轮胎的短缺迫使德军将卡车时速限制在 40～60 公里，并发起关于木制车轮的试验。德军拥有 3 000 种不同类型的车辆，这给零部件供应造成了极大的困难。

德军军需官报告，碘酒、肥皂、胰岛素、熟石膏、X 线胶片、杀虫剂、假牙和玻璃眼球的库存量越来越少。凯塞林的口粮供应已突破 100 万人，包括空军和各种支援单位，食物的配给量固定在每人每天一公斤。更大的困难是为 9.5 万匹马提供饲料，每天需要 900 吨。此外，每个月还需要 200 吨马蹄铁和铁钉。卡车和挽马的短缺有时会迫使炮兵单位用牛，甚至是奶牛来拖曳大炮。德国人曾打算在意大利北部的工厂里生产弹药，但这个计划失败了，因为工厂管理人员们意识到，从煤、铜、钨到钼，几乎所有的原材料都必须从德国运来。

盟军军需人员也有自己的烦恼，其中包括 155 毫米炮弹、手表和望远镜的短缺。安齐奥持续不断的炮击也给储水罐和战地厨房设施造成了严重损失，更别提人员方面了。从卡宾枪弹匣到掩体炸弹，共有 300 余种弹药，这就需要极其复杂的库存管理：一个月两次的军械请购单一式六份，每次重达 60 磅。

第五集团军的补给单位被称为"半岛基地部门"，截至 1944 年初春，他们动用了 6.5 万名士兵。与每场战争中的后方人员一样，他们激起前线老兵们的愤恨，一份记述中将他们称为"意大利最招人恨的家伙，德国佬只能屈居次位"。但只要参观一下第 6 军设在安齐奥的补给仓库的鞋类部门，就能感受到盟军优势的奇迹：随便哪一天，工作人员都能立即把从 4AA 到 16EEE 尺码的作战靴交到你手中。随着战争的第 5 年进入尾声，这场总体战已经不是对立的意识形态或战术家之间的斗争，而是不同体系之间的一场搏杀，这种体系是政治、经济和必须保持进攻力的军事力量的综合体系。若想进军罗马，进而赢取全世界，勇气、胆识和牺牲当然不可或缺，但每一个装着炸弹、炮弹和 16EEE 军靴的托盘在那不勒斯港从自由轮上吊下，都是对英勇气概的支撑和发扬，确保它不会被白白浪费。

山丘争夺战

意大利 11.6 万平方英里土地上，没有哪里会比卡西诺镇这 600 英亩更令第五集团军挠头。修道院的残垣断壁俯瞰着这里，镇内的四座教堂、四座酒店、一座植物园和一所监狱曾令该镇深感自豪。2.2 万名居民现在不是逃离就是丧生，将鹅卵石铺就的街道让给了冯·森格尔将军和戴着无边钢盔的德国伞兵，他们在 2 月下旬替换了先前据守"古斯塔夫"防线这段区域的掷弹兵。

记者玛莎·盖尔霍恩写道，"这是意大利一块微小、奇特而又危险的地方"，从南面进入该镇的通道都已被"炸毁的房屋、山体滑坡的废墟、撕裂的屋顶"所破坏。6 号公路现在已是一片死气沉沉的焦土，它从特洛奇奥山"像一块笔直的钢铁般"延伸了 3 英里，进入卡西诺镇，随后便突然转向利里河谷。步兵们胡乱射击，双方的炮兵彼此对轰，但一种阴沉的僵持挥之不去，正如一名廓尔喀军官所写的那样，"始终保持着警戒，没有一刻平静"。他在日记中又补充道：

> 时间似乎已停顿。我们仿佛被判处在这片寒冷、潮湿的地带永久待下去，每个人都在岩石后或是地面上的坑洞里寻得糟糕的容身处。

公元前217年，在离此不远处，汉尼拔发现自己被群山和罗马军队所围困。他的士兵将干树枝绑在2 000头牛的犄角上，随即点燃干柴，并将牛群赶上山丘。敌人的哨兵被误导了，将这些燃烧着的牲畜误判为手持火把的一支包围大军。罗马人担心遭到侧翼包抄迅速撤离，而汉尼拔则突围而出。一年后，他率领着迦太基士兵在坎尼赢得了西方军事史上最伟大的一场胜利。

亚历山大、克拉克或他们的助手们没有想到这样的策略。统帅部似乎受控于一种单调乏味的宿命论，仿佛没有谁"是其自身命运的主宰"，一名英国军官写道："高层指挥官缺乏赢得胜利的坚定信念。"在参谋和朱安将军的敦促下，亚历山大倾向于按兵不动，直至春季气候令地面变干、天色放晴后再行动。但面对来自伦敦和华盛顿的压力，他又觉得有义务在诺曼底登陆前尽可能多地牵制住德军部队；他还希望阻止凯塞林继续集结兵力，以防其对安齐奥发起进一步的打击。现在主次颠倒了：发起安齐奥登陆原本是为了打破卡西诺的僵局，突破"古斯塔夫"防线；而现在对卡西诺再度发起进攻被认为很有必要，因为要帮助安齐奥的滩头阵地。

2月下旬在卡塞塔召开的会议上，亚历山大宣布，盟军前线将在春季实施重组，以便把更多的作战力量集中于利里河谷这个无底洞周围。第五集团军将被调至左侧，以一支主要由美军和法军构成的作战力量接手沿岸地带。第八集团军也将左移，在亚得里亚海沿岸地区只留下少量部队，卡西诺前线则被交给英国第10军、第13军，加拿大第1军及刚刚赶到的波兰第2军。克拉克在私下里庆幸自己从英国人手中摆脱出来。他在2月28日的日记中写道："我曾试着指挥麦克里里的第10军和弗赖伯格的军，任何能将我从这一可怕的责任中解放出来的决定都会受到我的欢迎。"

不过，在这个快乐的日子到来前，第五集团军将发起最后一次尝试，以"麻雀"弗赖伯格手下的新西兰人、英国人和印度人强行突破卡西诺。

可该如何行事呢？在过去的两个月里，以法国人向卡西诺东北方推进和美军在拉皮多河遭遇惨败为开始，盟军进攻者一直避免对该镇实施直接进攻。雷区和洪水包围了6号公路两侧，对任何一个从特洛奇奥山而来的营来说，路面已形成一个狭窄、暴露的漏斗。但弗赖伯格认为，除了正面攻击别无他途，他相信，实施一场大迂回侧翼包抄绕过卡西诺山是不可能的，就像印度官方史后来评述的那样，"他把信心全都寄托于金属的重量"。

既然修道院已被夷为平地，那么现在轮到卡西诺镇了。新西兰的情报分析员估计有1 000名德军伞兵藏身于卡西诺镇，他们提议，对每个疑似地点投掷三枚1 000磅炸弹。据弗赖伯格的计算，只需要这一载弹量的半数（也许是750吨，再加上20万发炮弹）就能让盟军步兵和装甲部队穿过该镇，他断言，轰炸结束的6~12小时内，该镇将被坦克肃清。

使用空中力量在"古斯塔夫"防线上炸开个缺口，这个构想赢得了陆航队负责人哈普·阿诺德的青睐，他从华盛顿发来的电报已变得越来越刺耳。2月24日，他询问艾拉·埃克："你和英国人拥有近5 000架战机，为何在意大利每天只起飞1 500架次，甚至更少？为何不保持每日3 000架次，直到形势变得对我们更加有利？"

几天后，在一封暴躁的信件中，阿诺德批评"空中行动毫无策略"，并称"意大利战役已明显陷入困境，我们对此深感不安"，有没有可能"将镇内每一块可供德国人藏身的石块彻底粉碎呢"？这样一场攻击"将真正创造出空中历史，空中力量的整个未来将与这个问题紧密相连"。阿诺德的军事建议后隐藏着一个更大的政治目的：他一直在努力把陆航队从陆军中独立出来。如果这次空中力量能够成功打破卡西诺的僵局，将使他的活动大为受益。

埃克中将对空中力量的热情不输于任何人。他出生于得克萨斯州，在俄克拉何马州东南部长大，1917年成为一名步兵军官，随后便转入航空勤务队。1929年，作为"问号"号的副驾驶，埃克在洛杉矶上空停留了6天，充分展示了空中加油的潜力。数年后，他在完全以仪表导航的情况下完成了首次跨洲飞行。在与阿诺德合著的三部书中，他们亲切地称之为"这种飞行游戏"。

一年前，埃克亲自说服丘吉尔批准"联合轰炸机攻势"，即对轴心国战略目标不分昼夜的轰炸行动，白天出动美国重型轰炸机，而英国轰炸机则在夜间行动。他曾宣称："炮火所能摧毁的目标，炸弹同样能做到。"接掌地中海战区空中力量前，埃克曾在英国指挥第 8 航空队，惨不忍睹的机组人员伤亡和不稳定的轰炸精度并未动摇他的信念，即空中攻势可以击败第三帝国。

但他对卡西诺不太有把握。炸毁修道院只是让德国守军占据了道德和地形高地。与弗赖伯格乐观的估计不同，陆航队的研究报告提出警告："由于弹坑和瓦砾，坦克可能无法在轰炸行动结束后的 48 小时内通过该镇。"埃克在 3 月 6 日写信给阿诺德："别指望这次轰炸行动能取得辉煌的胜利。我不认为能把德国人完全而又彻底地逐出他们所处的阵地，或迫使他们放弃防御。"除非地面部队及时发起进攻，轰炸行动"才能发挥辅助作用"。他又补充道："待天气许可，我们将继续前进并夺取罗马，而非在此之前。"

但是，由于没有合理的替代方案（也就是当代的"火牛阵"），弗赖伯格的计划占了上风：轰炸机将卡西诺镇夷为平地后，第 2 新西兰师将在印度士兵和美军坦克的协助下占领废墟，并在拉皮多河对岸构建一个桥头堡。而印度军队将夺取卡西诺山，并为装甲部队打开利里河谷，从而使后者驶上 6 号公路，直奔罗马。这个计划的代号是"狄更斯行动"，以此来纪念英国作家狄更斯。狄更斯在参观过卡西诺修道院后，沉重地叙述道："钟声深沉……除了雾气什么也看不见，灰色的浓雾郑重而又缓慢地飘移，就像一支送葬的队伍。"

弗赖伯格坚持认为，发起轰炸行动需要连续三天的好天气，干燥的地面才适合坦克展开进攻。这个要求落在第五集团军气象专家戴维·M. 勒德伦上尉肩头，这位前高中历史教师曾在普林斯顿大学获得过博士学位。在萨勒诺最危急的时刻，他身穿睡衣躺在床上睡觉，这种镇定令其他人钦佩不已。也许是为了鼓励他做出有利的预测，对卡西诺镇的轰炸被命名为"勒德伦行动"。

可惜，荣誉并未能带来更好的天气。从 2 月下旬便开始不停地降雨。这位上尉从拂晓起便开始研究气象图，直到午夜才再次做出汇报：还要下雨。一周过去了，接着又是一周。卡西诺山后方的山丘上，印度士兵在潮湿的散兵坑中等待着，只在夜间出来伸展一下僵硬的肌肉。据称，平均每 20 分钟便有一名印度士兵生病或负伤。德军的多管火箭炮轰击着盟军阵地，截至 3 月中旬，卡西诺附近已数出 55 门德军的迫击炮。当整个新西兰军接到进攻将于 24 小时内发起的通知时，新西兰官方史指出，"身体和精神的疲惫不可避免"。

更糟糕的是：3 月 2 日下午，英勇善战的新西兰师师长霍华德·基彭

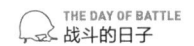

贝格尔登上特洛奇奥山,以探测沿 6 号公路的接近地,结果绊发了一枚未被发现的 S 型地雷。地雷炸飞了他的一只脚,伤势非常严重,以至于军医不得不为他做了截肢手术。不到一个月的时间里,弗赖伯格失去了两名得力干将:先是第 4 印度师的图克,现在又是基彭贝格尔。

弗赖伯格在 3 月初承认,在他充满传奇色彩的职业生涯中从未遇到过"如此困难的行动"。新近赶到的第 13 军军长西德尼·C. 柯克曼中将发现弗赖伯格"对即将到来的进攻沮丧不已",并对克拉克深感愤怒。弗赖伯格抱怨说:"除了发起一连串不顾伤亡的进攻外,就没有别的主意。"

弗赖伯格不知道,柯克曼此行带着第八集团军司令利斯将军的"尚方宝剑",后者授权他在必要时接手弗赖伯格的指挥权。柯克曼与这位新西兰将军进行了几次长谈后,没有祭出"尚方宝剑",并不仅仅是因为"弗赖伯格将遭到极大的羞辱"。柯克曼在 3 月 4 日提醒利斯,"狄更斯行动"很可能得不偿失。地面太过松软潮湿,不利于快速推进。此外,盟军的预备队太少,无法对"古斯塔夫"防线上出现的任何缺口加以利用。

接替蒙哥马利出任英国第八集团军司令的奥利弗·W.H.利斯中将(左),他身旁是英勇的波兰指挥官瓦迪斯拉夫·安德斯将军。

第三周仍在下雨,路况变得更加糟糕。每天晚上,灰色的黄昏在西面渐渐变黑时,沟壑和山间道路便活跃起来。军需官们带着堆放在卡车车厢内的补给物资匆匆向前而去,猫眼般的防空灯爬上泥泞的山坡,直到道路变得太过陡峭或敌人太过大胆为止。晃晃荡荡的骡子队在山脊线后嘚嘚作响,尽管驭手们低声吆喝着,但它们的速度不会超过每小时一英里。每头牲口可以携带 18 发迫击炮弹或同等重量的物资,来自前线观察员的一份报告中指出，"骡子在炮火中显得很平静，而那些意大利驭手们则不然"。最陡峭的山坡只有人能攀上去，气喘吁吁的挑夫带着水壶和绑在背架上的弹链，步履沉重地赶往前哨阵地，每个人都仔细留意着狙击手子弹的呼啸及迫击炮弹出膛时发出的"砰"声。

拂晓时，这片地带再次平静下来，只有一个个爆炸点腾起硝烟。德国人的救护车安然无恙地驶下6号公路，直到窥探武装部队的观测人员从后方攀上为止。新西兰炮兵再次齐射，为利里河谷提供支援。沮丧、愤怒的第五集团军随时可能将怒火发泄到粗心大意的德军士兵头上。据特洛奇奥山上的一名炮手描述，一天早上，一个德军士兵从卡西诺镇内的藏身处出现，"结果遭到一顿猛烈炮火的打击，其中包括8英寸口径的榴弹炮"。

★ ★ ★

3月15日（周三）早上7点，克拉克和格伦瑟离开普雷森扎诺的第五集团军司令部，搭乘吉普车穿过伦戈山，赶往弗赖伯格设在圣皮耶特罗附近的军部。勒德伦上尉终于提供了好消息。他在周二晚间的预测报告中指出，"一股锋系昨天早上掠过法国，正迅速向东南方移动"，这将为轰炸行动提供完美的天气：阳光、无风、少云。等待已久的行动令（引自板球术语）被下达至各个单位：布莱德曼将在明天击球。最靠近前沿的士兵摸近到距离卡西诺镇不足1000码之处。

克拉克和格伦瑟在新西兰人的营地里稍作停留后，便跟随一支队伍向前而去，他们加速穿过"紫心谷"，经过了曾被称作"圣皮耶特罗"的瓦砾堆。"勒德伦行动"已吸引了一群包括德弗斯、埃克、凯斯和弗赖伯格在内的热心人。亚历山大也出现在卡塞塔，他乘坐着自己的吉普车，身后的拖车里带着一群记者。亚历山大身穿羊毛衬里的外套，戴着红色军帽，显示出"一如既往的冷静、超然和魅力"，一名崇拜者写道。几天前，亚历山大在写给三个孩子的信中画了幅画：一个身穿睡衣的孩子看着上空，一个戴着尖帽子的女巫骑在扫帚上飞过。他在说明文字上写道："所以，女巫是存在的！"

在到达特洛奇奥山之前，车队转向右方，爬上圣维托雷，赶往切尔瓦罗村。克拉克跟着一名新西兰军官走进一座破旧的石屋，这里将成为他观看此番进攻行动的正面看台。克拉克站在二楼的阳台上，用望远镜对山谷查看一番后，爬上屋顶，跨坐在栏杆上，两条长腿在屋檐外晃荡着。西面 3 英里处，拉皮多河平原对面便是卡西诺镇：四座教堂、四座酒店、一座植物园和一所监狱，这一切都在清晨的阳光下闪闪发光，它们的命运已定。

他对此不甚在意。截至 3 月 14 日周二，第五集团军共拥有 438 782 名士兵（20.5 万名美国人，17.2 万名英国人，4.9 万名法国人，1.2 万名意大利人）。克拉克认为，他们每一个人都有责任采取一切必要的手段来打破意大利战场的僵局。

降雨、伤亡、内部的争执、安齐奥的僵局、修道院引发的舆论，这一切令他身心俱疲，一如漫长的冬季令他变得更加坚强，更加冷酷。每次视察躺满伤兵的病房都让他"极度抑郁"。一位感同身受的海军将领提醒克拉克："主必责罚他所爱的人。"他回复道："责罚已足够，现在到了停止责罚的时候了。"3 月初，他写信告诉蕾妮：

> 我知道你对意大利的战况心烦意乱，我也一样，可除了恪尽职守外，我别无他法……你必须将意大利战役看作是整个世界大战中的一小部分，我们在这里的艰苦努力也许能让其他地方的成功更容易些。

尽管克拉克心胸开阔、处事果断，且部下称其"反应敏锐，总能观察入微"，但他也时常深感痛苦，偶尔发发牢骚。3 月 13 日周一，他对杰弗里·凯斯若有所思地说出了亲自接手指挥安齐奥滩头阵地的想法。软弱的卢卡斯已被调走，但克拉克发现特拉斯科特"是个难对付的下属，他会提出许多明知不会获准的要求"。

但最令克拉克恼火的是英国人。克拉克在 3 月 8 日的日记中写道："我相信亚历山大正全力挣扎，试图解决这里的战况。"就连身处远方的丘吉尔似乎也执意要激怒他：盟军司令部的一名参谋官指出，发给首相亲阅的所有急电，"theater"（"战区"的美式拼法）这个词必须拼写为"theatre"（"战区"的英式拼法），而"through"（"穿过"的英式拼法）则不能拼写为"thru"（"穿过"的美式拼法）。丘吉尔在 3 月初下令将安齐奥的部队称为"盟军滩头阵地部队"时，克拉克在发给亚历山大的一份便笺中提出异议，称应为"第五集团军的盟军滩头阵地部队"。他在日记中承认自己"大为光火"，随后又补充道:"这是英国人不懈努力的一个方面,以此来增加他们的威望。"

对克拉克来说,"女巫"终究是存在的。他越来越强烈地感到其他人正密谋窃取他的风头,并剥夺第五集团军公平赢得的战斗荣誉,面对压力、疲惫、骄傲和不安全感,他艰难地保持平静。只有等他作为美国军事总督进入罗马,将胜利踩在脚下时,这个世界才会明白,从萨勒诺到卡西诺的牺牲是有道理的。作为一名天生的军人,克拉克拥有在 1944 年从事"总体战"所需要的聪慧头脑和坚硬脊梁,但是有时候,他与心魔的搏斗与打击德国人同样艰巨。

几天前,他寄给蕾妮一枚胸针,上面镶有红、白、蓝三色宝石,以此形成了第五集团军的徽标,这与她偶尔佩戴的三星耳环相配套。"随着日子一天天过去,我的问题依然令人担忧,"他在随礼物附上的一封便笺中透露,"不过,事情会解决的,我会等到亲率第五集团军赢得胜利的那一天。"

上午 8 点 30 分整,空中传来的微弱声响打断了克拉克的遐想。"一架靶机进入到这片寂静中,声音并不比一只嗡嗡作响的蜜蜂大多少,但很快,这种声音变得越来越响。"一名英军工兵写道。他的头部转动,望远镜闪着光。B-25 中型轰炸机组成的机群出现在东面的 7 000 英尺高空,战斗机群提供着护航。机群逼近卡西诺时,一架架飞机向左倾斜,炸弹舱打开了,就像一百双黑色的眼睛。

每个机组都已被告知:"这次轰炸任务是将卡西诺镇彻底夷为平地。"为恐吓德国守军,为首的中队被建议"带上尖啸设备"(这种设备被称作"尖啸者")和"尽可能多的炸弹"。这些飞机只携带 1 000 磅的重型炸弹,引信被设置为基底进深起爆:弹头触地 0.1 秒后,弹尾着地 0.025 秒后。投弹手的瞄准点是以卡西诺镇中心为圆心,半径 0.25 英里。中型轰炸机(B-25"米切尔"和 B-26"掠夺者")将轰炸 A 区的北部,而重型轰炸机(B-24"解放者"和 B-17"空中堡垒")则对南部的 B 区发起打击。德国空军的战斗机没有现身,只有寥寥无几的高射炮炮火玷污了蔚蓝色的天空。

"尖啸者"尖啸着。卡西诺镇突然间消失了。"一股股黑色硝烟从地面腾起,像某种黑暗的森林般向上延伸。"克里斯托弗·巴克利写道。从克拉克所在的石屋(随着远处传来的爆炸,它震颤着、晃动着)望去,首批投下的 800 颗炸弹似乎以硝烟和火焰吞噬了整个小镇。"目标被准确命中。"

为首轰炸机上的机组人员报告道。第一批中型轰炸机飞离后,"空中堡垒"迅速赶到,随后是更多的中型轰炸机,接着又是重型轰炸机,就这样在 A 区与 B 区间来回交替。

"几分钟后,那种喧嚣真让人受够了,"在卡西诺山后方山坡上挖掘了散兵坑的一名廓尔喀军官写道,"但它一直持续着,直到我们的耳膜被震裂,判断力发生混乱。"轰炸机投下所载炸弹的同时,近 900 门大炮也展开了轰击,这些炮击的代号是"扁豆""托洛茨基"和名不副实的"甘地"。三个多小时里,轰炸机中队每隔 10～20 分钟便出现一次。有些炸弹落入第 4 印度师的阵地,这让一名副官在电台中大声嚷嚷:"快让这些疯子停下来!"就连弗赖伯格也被"这一边倒的可怕景象"惊呆了。但 1939 年 9 月 1 日曾在华沙待过的巴克利写道:"我目睹过,所以我还记得究竟是谁该为使用这种可怕的武器负责。"

1944 年 3 月 15 日,一名记者目睹了卡西诺镇在炮击和空袭下灰飞烟灭后写道:"一股股黑色硝烟从地面腾起,像某种黑暗的森林那样向上蔓延。"透过硝烟和尘埃,照片右上角的城堡山隐约可见。

中午 12 点 12 分,最后一架 B-26 消失在视野中,一架孤零零的 P-38

俯冲穿过卡西诺镇拍摄着照片。他们发现建筑物只剩下一个框架、一片灰色的门楣和窗框,"破碎的建筑依然伫立,但整体景象只是一片丑恶的瓦砾堆"。据陆军航空队的汇报,卡西诺"已被夷为平地"。照片还显示,许多弹坑已开始充填地下水。

下午,炮兵继续轰击,每秒钟发射的 6 发炮弹席卷着这片废墟,直到近 20 万发炮弹落在镇内和相邻的山丘上。新西兰军麾下的两个师准备向前推进,第 2 新西兰师将穿过该镇,而第 4 印度师将从卡西诺山的侧翼穿过。克拉克离开屋顶沿公路而下,迈开大步朝镇子前进了半英里,以便靠近看个清楚,随后便返回到切尔瓦罗村的其他观察哨。最后,他再次攀上那座石屋,再次将双腿伸到栏杆外。亚历山大一直观看到下午 2 点,他宣称:"镇内不会再有任何活物。"热衷于帮助阿诺德将陆航队独立出来的埃克公开宣布:"我们今天摧毁了卡西诺镇,战场上的硝烟散尽后,我最希望的是,我们能发现所投下的炸弹没有给我们的人造成损失。"

他应该对此心知肚明。甚至在轰炸结束前就有迹象表明,一些炸弹的落点发生了偏差。上午 10 点 15 分,数十架"解放者"轰炸了距离卡西诺镇 11 英里的韦纳夫罗。6 颗炸弹击中该镇,其他炸弹落在相邻的一座山上。10 点 30 分,另一群"解放者"轰炸了这个镇子,11 点 25 分,又是一场轰炸。炸弹炸毁了朱安将军的指挥部,15 名法国士兵丧生,30 人负伤。更多的炸弹击中了第八集团军设在韦纳夫罗附近一片林间空地内的指挥部,炸毁了一间食堂,参谋人员纷纷躲入他们的办公桌下。利斯将军一回司令部便说道:"啊,我倒要看看我们的美国朋友怎么说。"利斯在打给克拉克的电话中,冷冰冰地说:"出于关心,请告诉我,是不是我们最近做了什么得罪你们的事情?"

其他炸弹则击中了第 4 印度师、第 3 阿尔及利亚师、一座摩洛哥人的战地医院和一个波兰人的营地。两小时里发生了十余起因投弹不准确而造成的误炸事件,近 100 名盟军士兵丧生,另有 250 人负伤,单是韦纳夫罗就有 75 名平民被炸死。"勒德伦行动"共投下 2 366 颗炸弹,其中的 300 多颗出现偏差或被投向错误的目标。轰炸机的总载弹量中,投入卡西诺镇中心方圆 1 英里范围内的不到一半,落入 A 区和 B 区 1 000 码半径内的炸弹不到十分之一。

调查人员发现,轰炸机编队长们所飞的区域没有经过事先侦察。一些轰炸机指挥官对待"勒德伦行动"太过随便。重型轰炸机机组人员习惯于打击位于敌纵深领土内的目标，往往缺乏轰炸夹在友军部队之间的目标所需要的技巧。第15航空队还允许各轰炸机群自行选择轰炸高度，所以，尽管地面上的敌人没有还击，但大多数轰炸机还是飞得太高。

在第459轰炸机大队里，一架"解放者"的1-2号夹钳出现故障，导致四颗炸弹被过早投下；另外三架飞机也跟着投下了炸弹，尽管命令要求，只有在编队长投下炸弹后，他们才能投弹。其他大队类似的违规行为"像传染病那样在整个空袭部队中蔓延开来"。由于经验不足和"马马虎虎的导航"，许多机组人员将韦纳夫罗、伊塞尔尼亚、波齐利、蒙塔奎拉和切尔瓦罗误当作卡西诺镇。更糟糕的是，一架B-24H上的投弹手没有看见前方的轰炸机投下炸弹，因而依赖于领航员朝窗外观察后所发出的投弹信号（通常是从身后飞来的一脚）。克拉克和随行的几位高级将领很幸运，没有被误投的炸弹炸死。

埃克和德弗斯想把14名陆航队中尉送上军事法庭，他们中的大多数是投弹手。军事法庭随即展开一场调查，他们发现"部分被告疏忽大意，至少是判断失误"，但负责调查的约瑟夫·H.阿特金森准将建议对这些飞行员宽大处理，他们的平均年龄才23岁。对这些飞行员的指控被撤销，只有两名中尉除外，因为他们在随后的任务中失踪了。

"让这些年轻人继续投身战斗吧，"阿特金森将军建议道，"这起非常不幸的事件，对所有人来说都是个教训。"

★ ★ ★

弗赖伯格所得到的情报认为，德军第1空降师的1 000名士兵占据了卡西诺，但实际上，当第一颗炸弹落下时，镇内只有300名德国士兵。更多的兵力据守在卡西诺山、593高地和相邻山坡的工事中。这些伞兵因身着绿色军装而被称作"绿魔鬼"，该师的三个团被认为是地中海地区最能打的德军部队。1941年，德国伞兵曾在克里特岛上与新西兰人激战，去年12月，他们在奥尔托纳对付过加拿大人。在冬季战役中遭受了惨重的损失后，新近调来的补充兵已令理查德·海德里希少将所指挥的这个师恢复了元气。对于大腹便便、抽着雪茄的海德里希，第4印度师的一份评估报告后来得出结论："他冷酷无情，但并不过于吹毛求疵。"

周三早上待在卡西诺镇内的德军伞兵近半数逃过了当天的劫难，他们描述了一场与之前或之后的经历都不同的混乱。爆炸将人"像纸屑那样"抛出，将他们埋入地窖或坑道中。"我们已无法看清彼此，"一名德军中尉回忆道，"我们所能做的只是通过触摸感觉身边的人。深夜般的黑暗笼罩着我们，我们的舌头上满是焦土的味道。"另一名德军中尉说："我们就像是一群潜艇组员，而潜艇正遭到深水炸弹的追击。"

对德军的各个炮兵连来说，盟军的炮火特别具有毁灭性，一个团的 94 门火炮中有 89 门被迅速摧毁。尸体腐烂的臭气很快便从卡西诺碎裂的石块中散出，和上方修道院所发生的情况一样。一名中士认为，灰尘中夹杂着骨头的味道。"弟兄们抱在一起，就像一个大肉球，"他说道，"除了哭泣和愤怒，我们无能为力。"一名后来被俘的德军中士告诉审讯者，盟军的轰炸如此可怕，以至于他禁止部下谈论此事。"可以谈女人或是其他的什么，"他说道，"但不能提及卡西诺。"

英国官方史中指出，卡西诺镇"被炸为碎片，成为一堆堆瓦砾"。但与盟军的预期相反，数百颗炸弹和数千发炮弹并未能将该镇炸为齑粉，幸存的守军也没有像他们想象的那样"昏迷不醒"。空军随后进行的研究分析发现，尽管屋顶和上层被炸毁，但大陆酒店南面的"两排房屋，底层和地窖依然完好"，这得益于粗壮的砖石拱门和圆顶天花板。大陆酒店的地下室也得以幸免，另外还包括各种"非常坚固"的地窖、防空洞、山洞和一条从罗马竞技场通往城堡山的隧道。

弹药专家后来得出结论，0.025 秒的弹尾引信使得炸弹刚刚触及卡西诺的屋顶便发生爆炸，如果安装上较慢的引信，让炸弹更深地进入建筑内，效果会更好。另外，如果在这些炸弹后投下燃烧弹，便能引燃建筑内破碎的楼板，并把幸存者熏出来。另一些躲在钟形钢铁掩体中的伞兵也得以生还，这种掩体按照设计只能待两个人，但在遭到轰炸时却挤进去 6 个人。一名俘虏后来交代："炸弹落在一座掩体的三四码外，它被连根拔起，但里面的人却没有受重伤。"

按照菲廷霍夫第十集团军的命令，冯·森格尔将军要求海德里希坚守。这位空降师长急切地答应了，他相信自己据守的是一个坚不可摧的堡垒。海德里希后来说，他认为"从防御的角度看，卡西诺的位置非常理想，正面进攻不可能获得成功"。满身尘土的德国伞兵从废墟中爬出，拿起武器，重新挖掘阵地，为盟军必将到来的进攻做好准备。大陆酒店周围的地窖里，工兵们将下垂的天花板重新撑起。卡西诺镇已从一个位于十字路口的集镇彻底变为一座破釜沉舟的堡垒。

尽管如此，埃克仍在夸夸其谈，仿佛陆航队已打开了通往罗马的大门。"德国人应该牢牢记住，"他告诉记者们，"我们在 3 月 15 日（周三）对卡西诺要塞的轰炸，将应用到他们守卫的每一个地方。"

★ ★ ★

350 辆盟军坦克在阴影中等待着，准备在周三下午 1 点席卷卡西诺镇，而卡鲁索大道上的一个新西兰步兵营，沿着拉皮多河向南而行。这些新西兰步兵冲入硝烟弥漫的镇内，发现了一片"复杂而又危险的废墟"，全镇已沦为"满是石头和砖块的石冢"。侦察兵蹑手蹑脚地穿过镇内监狱断裂的围墙时，警戒哨的一阵火力打破了寂静。子弹呼啸着掠过头顶，卡西诺山低矮的山坡上传来迫击炮的击发声，伴随着一挺德军机枪疯狂的吼叫。

原计划每 10 分钟前进 100 码的速度被放缓至每小时前进 100 码。一个中队的"谢尔曼"坦克也缓缓驶入卡西诺镇，据新西兰官方史的描述，它们"像惊涛骇浪中的舰队那样"，颠簸着穿过镇内的废墟。车组人员下车，拿着镐头和铁铲清理道路，前进了几码后，他们发现弹坑太深、太宽、太多，有些弹坑长达 70 英尺，应该让工兵来搭建一座桥梁。这片坑坑洼洼的地带此刻正遭到来自卡西诺山东侧俯射火力的打击。经过一番测量后，新西兰工兵们估计，就算在太平时期，铲出一条通往镇中心的道路也需要两天时间。

黄昏时下起了倾盆大雨，嘲讽着勒德伦上尉的预测，并迅速将一个个弹坑变为壕沟。第二个步兵营跟随着第一个营进入镇内。奉命夺取卡西诺南部边缘火车站的步兵们，迷失在这片没有月光的迷宫中，甚至没能到达 6 号公路。弗雷德·马奇德拉尼回忆，"每个浑身湿透的士兵……可怜地攥着前一个人的刺刀鞘"。

在微弱的光线下，一个英勇的连队登上亚努拉城堡下方陡峭的山坡，夺取了 193 高地（这里被称作"城堡山"）上古老的城墙和修道院院长的城堡。这是当天的第一个好消息，也是最后一个。海德里希的伞兵在卡西诺西南方区域的高地上控制着几个据点，包括大陆酒店、玫瑰酒店和一座被称为"男爵宫"的宫殿：每一处都从两个方向控制着6号公路。

几个小时过去了，新西兰援兵迅速投入战斗，但总共只有一个步兵连。不过，用不了两天，投入镇内的部队将达到三个营。截至3月16日（周四）中午前，镇内只有9辆坦克，大多数因为碎石瓦砾、弹坑和恼人的炮火而动弹不得。雨水和炮火破坏了电台，电话线也被炸断，留下孤零零的几个连队在镇内打了十来场绝望而孤立的战斗。进攻的气势消失了，获胜的机会也随之丧失。庞大的装甲部队在阴影中等候，倾听着进攻号角的召唤，但它始终没有响起。

镇子上方数百英尺处，第4印度师的进展同样不顺。两个拉杰普塔纳步兵连到达了城堡山，他们接到的命令是夺取塞尔芬迪纳大道上方的发夹弯。但炮火将尾随在后的两个连炸得支离破碎，生还者四散逃窜，营里的军官只剩下一个，其他人非死即伤。另一个营是第9廓尔喀步兵营，面对猛烈的迫击炮和机枪火力，他们勉强前进了600码。一名负伤的上尉躺在担架上，挥舞着手枪指挥着他的连队。3月16日（周四）拂晓前，廓尔喀人的先头部队已控制住"刽子手"山，这个突出的山肩距离修道院的围墙只有300码。

但这种英勇的壮举对弗赖伯格和他的指挥官来说喜忧参半。在这片陡峭的石灰岩山头上，500名廓尔喀士兵所占据的8英亩立足地已成为"全军努力的一种道德留置权"，新西兰官方史如是记载。"狄更斯行动"迅速发生变化，支援这些遭到围困的强悍的廓尔喀人与突入利里河谷同样重要。

廓尔喀人的确陷入重围。一名生还者回忆道："火力异常凶猛，我们甚至无法抬起头来。"这些士兵将尸体堆起来构成胸墙，并在阵亡战友的背包中翻寻饼干和手榴弹。只配备着剪刀和小刀的医护兵在一个涵洞中为伤员们截肢。一座被毁农舍中的水井提供了饮水，但井水有一股刺鼻的味道，后来在井底发现了一头死骡子。奉命为"刽子手"山运送补给的印度挑夫，在炮火纷飞的无人地带前进了不到半英里便四散奔逃。

第二天，补给只能通过空运提供，由A-36在50英尺高度上直接投下或用降落伞。廓尔喀士兵用彩色烟雾标出他们的位置，德军伞兵迅速加以模仿，以混淆飞行员的视听。160个空投架次的物资，大多数未能送达，其中包括用于输血的血浆袋，飘至修道院被德国军医缴获。但充足的食物和弹药落入廓尔喀士兵的阵地中，这使得食物已然短缺的小堡垒得以坚持下去。一桶朗姆酒令涵洞中的伤员得到了些许安慰。但由于无法向上前进或向下撤离，再加上迫击炮和狙击手火力的折磨，一小时接着一小时，一天接着一天，这些廓尔喀人仍处在被围困状态。廓尔喀军官 E.D. 史密斯在日记中写道："显然，继续攻击修道院的守军毫无意义。"他又补充道："上帝会帮助我们的。"

★ ★ ★

焦虑的克拉克一直守在普雷森扎诺，远方传来的模糊炮声像鼓点般洒落在山谷中。克拉克不愿干涉弗赖伯格的作战行动（插手下属的战术安排被认为是不合适的做法），但他对新西兰人缓慢的进展极为不满。

"弗赖伯格对后续进攻的处理显得优柔寡断，缺乏进取精神。"他在 3 月 17 日周五的日记中写道。在拜访"麻雀"的指挥部时，他敦促弗赖伯格将更多的营投入到战斗中。弗赖伯格和他的参谋人员不同意，他们坚信往镇内投入三个营，朝山坡上派出另外三个营已经足够，其他兵力必须留作预备队，以便发起一场追击，进入利里河谷。克拉克坚持自己的看法，他提议让英军第 78 师对卡西诺山底部发起攻击，与此同时，坦克从北面展开突击，而更多的新西兰士兵将冲入镇内。

"我告诉弗赖伯格，投入的这些坦克都是美国人的，"克拉克在周五的日记中补充道，"就算他把这些坦克全部损耗，我也会在 24 小时内给他补充上。"弗赖伯格回答说，一旦新西兰第 2 师的伤亡达到 1 000 人，他就打算放弃这场进攻，除非胜利就在眼前。到周六，克拉克的怒火已在简洁的文字中表露无遗："弗赖伯格毫无进取心，（他的进展）笨拙而又缓慢。"

额外的火力能否撕开德国人的防御，这一点尚无法确定。新西兰步兵夺取了卡西诺火车站并穿过烧焦的植物园，距离大陆酒店已不到 200 码。"前进，你们必须加把劲！"弗赖伯格督促道。但他们从被称为 202 高地的发夹弯冲下山，夺取酒店"员工通道"的尝试严重受挫：敌机枪火力撂倒了冲在最前面的进攻者，并迫使其他人匆匆退回到山坡上。周六晚些时候，弗赖伯格终于向镇内投入了第四个营，但德军伞兵也在他们的据点及城堡山下方饱受战火蹂躏的房屋中加强了防御。

第 10 章 "四骑士":战争、饥荒、瘟疫和死亡

"几乎每一座建筑或建筑的残垣断壁都成为敌狙击手或机枪手的阵地,"新西兰军指出,"这个小镇是个意外频发的所在。"德军伞兵反复出没的建筑物已被肃清。40 名毛利士兵一连三天与敌人待在同一座建筑中,他们偶尔会隔墙对射。地窖中的一座急救站已被撤离,以便让"谢尔曼"坦克轰击这座房屋楼上的一个敌机枪阵地。士兵们开始将卡西诺镇称为"小斯大林格勒"。

3 月 19 日,周日,随着争夺该镇的战斗陷入僵局,卡西诺山对面的两场殊死搏斗决定了这场山丘争夺战的走向。拂晓前,300 名伞兵从修道院冲下山坡,这些"绿魔鬼"踏过地上的鹅卵石,挎在腰间的武器猛烈射击着。埃塞克斯郡和拉杰普塔纳的士兵们设在 165 高地上的哨所据说"已消失在大群敌军中"。片刻之后,吼叫着的德国人从三个方向攻打城堡山的围墙。长柄手榴弹旋转着掠过围墙,落入城堡内。透过窄窄的射孔,150 名守军用他们的"布伦"式轻机枪和汤普森冲锋枪猛烈扫射。红色、绿色和橙色曳光弹在墙壁上弹飞,德国人的迫击炮弹在倒塌的砖石中炸开,喷出大团红色和银色的硝烟。

20 分钟后,一发划出弧线的信号弹召回了进攻者,但当夜色在东面降临时,他们再度发起进攻,像凶狠的撒拉逊人般猛攻城门。而下方的卡西诺镇内,海德里希的部下们为这场激战增添了更多火流。一名狙击手的子弹射穿了英军指挥官的脑袋,另一名军官后来描述:"我们说了几句话,随后他便阵亡了。"守军目前只剩下 60 来人,但他们再次击退了敌人的进攻。

上午 9 点发起的第三次突击中,8 名德国伞兵逼近到近距离内,引爆了放在西墙拱壁下的一个炸药包。滚滚的硝烟和尘埃涌过城墙,22 名埃塞克斯郡士兵被埋入碎石堆下。不过,从缺口冲入的每一个德军士兵都被院内射出的猛烈火力刈倒。英国人拖着装满弹药的袋子,穿过交叉火力,从卡鲁索大道登上城堡主楼。迫击炮的炮管闪烁着,就像丢入火炉中的扑克牌。几门迫击炮发射出 1 500 发炮弹后,炮管弯曲已无法使用。截至下午早些时候,枪声渐渐平息下来,城堡山未被征服,地上铺满了阵亡的德军伞兵,所有埃塞克斯团军官非死即伤。一名被俘的德军军士长对此表示"祝贺",由于身上没有佩剑,他脱下毛皮衬里手套作为战利品上缴。但印度第 4 师对卡西诺山东坡的进攻却变得越来越岌岌可危。

在距离山顶 2 000 码处，卡西诺山西壁的下方，另一场争夺战也在安息日的早晨打响。过去的两周里，工兵们用推土机和一吨炸药粉碎了石灰石，沿着蛇头岭铺设起一条简陋的道路。带着"给德军制造混乱和恐慌"的命令（这与汉尼拔率领着大象翻越阿尔卑斯山没什么不同），一支排成两路纵队，由新西兰人的 16 辆"谢尔曼"坦克，印度人的 8 辆坦克，外加美军第 760 装甲营的 16 辆 M-3"斯图亚特"轻型坦克组成的装甲部队于清晨 6 点踏上这条新建成的道路，向南行进。

上午 9 点前，车队在阿尔巴内塔农场转向修道院时，道路已缩窄为一条起伏不平的崎岖车道。在 593 高地周围，第 34 步兵师六周前阵亡的士兵尸体饱受风雨侵蚀，仍躺在岩石间，已化作累累白骨。坦克兵们可以俯瞰位于右侧的利里河谷，转向左面，行驶半英里，经过被称作"死亡谷"的峡谷，便能看见修道院断裂的围墙。

随后的形势愈加危急。一名德军中尉引爆了埋在路上的三颗地雷，将为首的一辆"斯图亚特"坦克的履带炸断。坦克动弹不得，恼火的美国人对准朝修道院而去的一支骡车队猛烈开火，80 多发坦克炮弹和 2 500 发同轴机枪子弹打死了 15 名德国兵和 5 头牲畜。一名坦克车长后来承认："我并不想朝着骡子们开火，因为它们看上去像是善类。"但这支装甲队列被卡住了，无法在狭窄的小径上机动，远远落在后面的步兵也无法为它们提供保护。

越来越多的坦克遭了殃，不是碾上地雷就是被迫击炮弹击中，钻出车身腹部舱口的车组人员被德军狙击手逐一射杀。下午 5 点 30 分，尚能开动的坦克开始退回蛇头岭，炮塔指向身后，在排气管上方开炮射击。3 辆"谢尔曼"和 3 辆"斯图亚特"被摧毁，另外 16 辆受损。周日的夜幕降临时，燃烧的车体就像橙色的灯塔，停在穿过阿尔巴内塔农场的小径上。

★ ★ ★

冯·森格尔将军拄着手杖大步穿越战场，几次经过 593 高地西北方棘手的山脊。他以修道院为指示标，独自一人徒步出行，以免引起太大的动静（一名副官跟在这位军长身后几百码处），而且他总是在白天出行，以便尽可能多地看清情况。森格尔指出："没有一棵树木保持完好，没有一处地面依然翠绿。"炮火靠近时，他便趴倒在地或是沿之字形路线奔跑。他熟悉"弹片的呼啸声,新翻泥土的气味……灼热的钢铁和燃烧的火药的味道"。有时候,他会想象自己"回到了 30 年前,正蜿蜒穿过索姆河战场"。

卡西诺镇遭到轰炸后的两天里,镇内很少传出可靠的消息。森格尔知道海德里希通常不会汇报失地情况,如果他的伞兵很快就能将其夺回的话。有几次情况似乎表明该镇肯定要丢失,"古斯塔夫"防线肯定要破裂了。"这里的情况不太妙。"德国第十集团军在周五向凯塞林汇报。有些营已缩减到排级规模,只剩 40 人。机枪手们甚至被迫减少开火,以免激起太多尘埃,从而暴露自己的阵地。森格尔期盼着更多的降雨。

但盟军在周日失败的坦克突袭,加之德国伞兵几乎已重新夺回城堡山,这为德军带来了新的希望。挖掘了战壕的德军士兵以迫击炮和机枪据守着修道院的废墟,电话线连接着炮兵观测员的通讯网,没人留意到腐烂的修道士尸体又被翻了出来。盟军的烟雾是有害的(单是周六一天,他们便发射了 2.2 万发烟幕弹,以遮蔽德军炮兵观测员的视线),但德军伞兵戴上了防毒面具,同时也缓解了腐尸的恶臭。空中掉下的发烟罐造成了"一些恼人的伤口",但印度士兵抱怨说,烟雾"没能遮蔽住任何人"。

至于卡西诺镇,森格尔认为盟军最初的进攻缺乏紧迫感。盟军的突击连不停地对德军据点发起猛攻,而非绕过它们,留给后续部队加以扫荡。废墟令盟军装甲部队聚集在一起,德军炮手尽管寡不敌众,但还是设法以大炮、火箭炮甚至高射炮集结起打击火力。这场城市巷战中的许多打法是从斯大林格勒的灾难和奥尔托纳学来的。尽管激战仍在继续,但依然有机会守住该镇。最令人振奋的迹象或许来自脾气暴躁的海德里希,尽管森格尔为他提供了一个装甲掷弹兵团的援兵,但他拒绝与任何不穿伞兵绿色军装的部队分享守卫卡西诺镇的荣誉。

弗赖伯格将军也在低矮的山丘中巡视(一天早上,他停在卡西诺山的迫击炮射程内,聆听着夜莺的歌唱),并得出了与其对手相同的结论:这个城镇不会陷落。"在天气方面,这又是美好的一天。"他在 3 月 20 日(周一)的日记中写道,但这里没有高潮,只有更多的死亡和苦难,进展微乎其微。

他每天分析着伤亡报告,纸上写满了他的统计数据,新西兰士兵的阵亡、负伤和失踪数先是逼近,随后便远远超过了 1 000 人的预测数。克拉克告诉他:"我认为你和德国人都已是强弩之末。"但弗赖伯格选择继续战斗,尽管他私下里也心生疑虑。在3月21日（周二，这是圣本笃在卡西诺山去世的日子）下午召开的一次会议上，他请来亚历山大、克拉克和利斯，希望能取得策略上的突破。丘吉尔给亚历山大发去电报："可以肯定，敌人的情况也很艰难。"

他们没能取得突破。"很不幸，我们面对的是世界上最出色的士兵——他们可真棒！"亚历山大带着可能有些过分的钦佩之情在3月22日周三写信给布鲁克。德国人仍控制着卡西诺的西北和西南角，太多的峭壁隔断了"刽子手"山上的印度士兵和在202高地上据守着发夹弯的新西兰人。周四，轰炸发起的8天后，弗赖伯格要求撤兵。威尔逊元帅敦促他坚持下去时，弗赖伯格以一个令所有英军将领的血液为之凝结的专用名词做出回复——"Passchendaele"（帕斯尚尔），这是1917年间可怕的佛兰德斯战场。

和克拉克一样，亚历山大对此表示同意，并建议对新西兰士兵的伤亡数保密，以免吓到新西兰国内的人。"新西兰师已尽力而为，印度师也是如此，"克拉克在日记中写道，"但我希望取消进攻的建议出自英国人……我不愿看见卡西诺战役失利。这是个最为艰难的局面……新西兰人和印度人都没有奋力拼搏。"

这番中伤的话辜负了数百名阵亡将士及数百名在荒芜、寒冷的"刽子手"山上奋战8天后仍活着的士兵的勇气。廓尔喀人每日的口粮已减少为每人一条沙丁鱼和一块饼干。他们十分虚弱和饥饿，再加上敌狙击手从修道院花园射出的火力威胁，黄昏时，他们偎依在一起，战抖着熬到天亮。为了将幸存者撤出，又怕德军窃听者拦截到无线电命令，山下的三名军官自告奋勇地携带命令上山。每个人的军装里都塞了个纸袋，里面放着一只信鸽，分别被命名为圣乔治、圣安德鲁和圣大卫（这三个名字均来自英国著名的节日名称。——译者注）。

两名军官到达了"刽子手"山，向廓尔喀士兵们传达了撤退的命令，并放出信鸽，以便向后方确认命令已送达。尽管他们"发出大量嘘声"驱赶鸽子，但圣乔治和圣安德鲁只飞出去30码，便停在一块突出的岩石上。它们"完全暴露在敌人的视野中，在廓尔喀士兵焦急的注视下，花了20分钟时间用嘴整理自己的羽毛"，这才飞回到旅里的阁楼上。

3月24日，星期五，晚上8点15分，在掩护炮火构成的"墙壁"间，259名廓尔喀士兵像猫那样悄悄溜下山来。在202高地，他们捎上45名新

第 10 章 "四骑士"：战争、饥荒、瘟疫和死亡

西兰士兵，并将重伤员留下，一同留下的还有一桶朗姆酒和一面用降落伞布制成的硕大的红十字旗。这支队伍向左走下塞尔芬迪纳大道，在夜里 11 点溜过城堡山的边缘。在拉皮多河对岸，吉普车接到了这些士兵，把他们送至波尔泰拉享用食物和热茶。"我永远不会忘记那次噩梦般的行军，"一名廓尔喀军官写道，"有时，我们不得不对一些士兵拳打脚踢，因为他们丧失了一切欲望，包括求生欲。"

周六傍晚前，"刽子手"山上飘扬起一面德军旗。海德里希的巡逻队数出 165 具廓尔喀士兵的尸体，他们已被覆盖上一层白雪。"这里一直下着大雪，"一名德军机枪手在他的日记中写道，"你可能会以为我们是在苏联作战。"

★ ★ ★

3 月 26 日（周日）中午，已失去作用的新西兰军被解散。过去的 11 天里，该军伤亡 2 100 人，几乎是森格尔那些守军所遭受的损失的两倍。印度第 4 师在卡西诺的伤亡尤为严重，自 2 月中旬以来，已超过 4 000 人。在留下被一名英国将领称为"对那片山谷可怕的回忆"后，拉杰普塔纳和廓尔喀士兵跟跟跄跄地来到亚得里亚海边一片安静的区域，静静地舔舐着自己的伤口。其他各个师原地待命。"我们现在抱有一种'对防御试探极其厌恶'的态度，"凯斯在他的日记中写道，"那究竟是什么玩意儿？"

"狄更斯行动"是盟军在两个月里第三次试图在卡西诺取得突破的尝试，也是第三次落败。美国陆军官方史后来承认，部队中蔓延着"一种挥之不去的感觉，某些事情在某些地方出了问题"。大部分被占领的地带是美国人在 1 月份徒劳无益的攻击中夺取的，自那以后进展甚微，许多地段又被丢失。正如一名廓尔喀军官描述，在近期的突击行动中，"欧洲最顽强的防御工事遭到一个军的进攻。这个军由两个师组成，在隆冬时节沿一个狭窄的正面展开攻击，没有尝试任何牵制性行动"。新西兰官方史中承认，"进攻行动没有展现出任何战术创意，即通常所说的出其不意"。

某些事情出了问题。对盟军士兵来说，每个战场都由不得他们选择，每场战斗都演变成血腥消耗战。整个攻势不仅没有清晰明确的总体规划，而且一连串的局部计划毫无协调可言，缺乏分量：这里一个师，那里一个师，不停地试探着薄弱点。"金属的重量"的局限性已暴露无遗，先是在修道院，随

后又是在卡西诺镇，这些地方除了遭到轰炸外，还被投下近60万发炮弹。新西兰官方史得出结论："卡西诺是以二战的武器所进行的一场一战战役。"但有时候，它也很像以一战的武器所打的一场二战战役。

战斗失利通常意味着缺乏将领，卡西诺的盟军显然欠缺出色的将才。克拉克对待伤亡满不在乎的态度，令弗赖伯格和其他英联邦指挥官担心不已。的确如此，但"显而易见的伤亡"策略（就像英国官方史中所称的那样）却是出自亚历山大。英国人仍将坦克视作一支决定性力量，仿佛亚平宁山脉就是阿拉曼，而没有意识到"这种爬行怪兽在意大利除了造成拥堵、混乱和延误外，取得的进展微乎其微"。在卡西诺周围，弗赖伯格拥有600辆坦克，6倍于森格尔的装甲力量，但他从未将这股力量中的十分之一同时投入到战斗中。其他一些军事原理在"古斯塔夫"防线前不是被遗忘就是被置之不顾：

> 制海权已为深入敌军后方提供了一个敞开的侧翼，根本不需要在地面上发起正面攻击；
> 布满碎石瓦砾和弹坑的地面战场妨碍了机动性，实际上，这种情况曾在1917年的帕斯尚尔战役中出现过；
> 发起一场进攻必须集结起三比一的兵力优势，这种古老的战术需求在山区地带尤为必要，而事实上虽然一个个营在这里被吞噬，但新西兰军的兵力甚至从未达到二比一的优势。

在病床上观望的图克将军认为这些累积的错误"不啻军事犯罪"。

"仅凭轰炸从未能将负隅顽抗的敌人赶出阵地，将来也不可能。"克拉克写道，带着被灾难证明自己无辜的些许欣慰。欧内斯特·哈蒙在3月28日写给克拉克的一张充满同情的便笺中指出，卡西诺"是块难啃的硬骨头"。如果海德里希是对的，即正面进攻注定要遭到失败，那么，只有派出一两个灵活机动、做好充分准备的师，穿过人迹罕至的地区，实施一场大范围侧翼迂回，才能打破战场上的僵局。

几个月来，朱安、凯斯和另外几个人一直敦促采取上述行动，如今亚历山大也看出了这一建议的可取之处。他在给首相的信中写道："用不了多久，待山上的积雪融化，河面下降，地面变干，目前无法逾越的地带便有可能得以穿越。"

被一名英国战略家形容为"这场软腹部战役的主导神祇"的丘吉尔，酸溜溜地回复道："目前，战事对我们而言压力沉重。"

山脉的另一侧，压力同样沉重。森格尔继续着他翻山越岭的孤独之旅，为自己仍控制着制高点而自豪。"刽子手"山、593 高地及修道院，一切都还在德军手中。但森格尔是一名出色的军人，不会自欺欺人。"这一切，"他写道，"不会让我看不到这样一个事实，那就是我们只是暂时获得了胜利。"

人性是生存的"绊脚石"

当然，战争中最为沉重的部分落在实际参战者的肩上。9 个月的意大利战事已磨炼了那些幸存者。从西西里岛到卡西诺的严峻考验令他们变得更加顽强，甚至激起了他们的仇恨。"经历了几次打击和羞辱，并目睹战友身亡后，杀戮便成了家常便饭，你很快会对它习以为常。"一名英国士兵解释道。吃力地爬上意大利这只"靴子"（意大利的地图形似靴子。——译者注）时，他们像蜕皮般将随和的平民本性弃在路旁。

在写给印第安纳州家人的信中，一名曾是报社记者的中尉描述了"对死亡的麻木不仁，对德国佬的无比仇恨，他们对我们所做的一切，让我们产生了强烈的报复欲。这一切取代了我们的恐惧"。B-17 投下的每一颗炸弹都成为一种恶意的个人象征。"'空中堡垒'的毁灭行动令我们感到愉快，"一名士兵写信告诉家人，"战争就是这样：你知道自己杀敌无数，并对此欣然接受。"

对 20 多个师里的盟军士兵而言，1944 年初春的战事似乎更加原始了。"一个人不停地战斗、杀戮，只是因为他不得不如此。"身处安齐奥的英军中尉罗利·特里维廉写道。第 1 特种勤务队里，一名来自圣路易斯的士兵告诉埃里克·塞瓦赖德："杀人太容易了。它回答了你所有的问题，没什么可问的了。我觉得自己对此越来越习惯。"

作战部队中的日常生活可归结为噪声、污秽、隔绝、困惑、疲惫和死亡，其他的一切似乎都是多余的。士兵们不信任那些狂热、盲目自信及经历的苦难不及自己的人。"我们学会了原始动物般的生活，也许很久以前我们就是那样，既不对自己怀抱希望，也不同情他人。"B-17 上的机组成员约翰·缪尔海德写道。当人们在猜想宿命和天意时，对上帝的信仰能够起到些许安慰作用，但无论是信徒还是非信徒都心存猜疑地摩挲着十字架、幸运币或圣克里斯托弗纪念章,正如缪尔海德所说:"一个人不会总是交好运。"

他们目睹的场景永久地煎熬着他们:惨遭屠戮的朋友和抽泣的孩子,又或是惨遭屠戮的孩子和抽泣的朋友。"昨晚目睹了一幕惨剧,"一名救护车司机在日记中写道,"一个英国担架员踩上了地雷,他的两条腿被炸飞,一条在膝盖以上,另一条在膝盖以下。"这让软弱者变得坚强,坚强者变得更加坚强。一名反间谍人员指出,战场上的老兵们"有时候会被怒火主导,这使他们什么都干得出来……仿佛魔鬼附身似的"。穿过杀戮场的士兵们,有时会故意践踏阵亡德军士兵肿胀的肚子,以聆听尸体发出的排气声。"慢慢地,我对这一切变得麻木不仁,"一名士兵在日记中写道,"上帝啊,让我保留些人性吧。"

许多人认为人性是对生存的一种妨碍。后来对地中海地区的步兵师所进行的一项调查发现,62%的人认为,对敌人的仇恨可以帮助他们度过艰难的时期。"你的仇恨越大,你就会成为越好的士兵,"一名军士长解释道,"步兵的心中完全不存在爱这个字眼。"就像闪电总是在寻找地面那样,盟军各个作战团中充斥着的强烈敌意会通过一根"导电杆"泻出,那就是德国人。"他没有权利这样对我,"第132炮兵营营长写信告诉他的妻子,"我将以牙还牙。"

第3步兵师的一名军官在安齐奥写道:"他们肯定造成了许多不必要的痛苦。我会毫不犹豫地参与将其彻底消灭的行动,就像消灭疯狗。"敌意在滩头阵地变得越来越强烈,以至于负伤的德军战俘不得不被关在一间单独的医院病房内以保护他们。"这些德国佬,"第504伞兵团的一名伞兵说道,"我当然对他们恨之入骨。"

坊间流传着许多残暴的故事,特别是德国人假投降的伎俩。有些是真的,但无论真假,士兵们都相信是真的。"这场战争毫无规则可言,"第45步兵师的一名士兵说道,"如果他们想这样打下去,那我们就奉陪到底。"一名士兵指出,据说德国人会枪杀被俘的美军士兵,所以第6装甲步兵团的非正式口号已变为"手下不留情"。他补充道:"我们现在做的是同样的事,我们有许多可供枪毙的德国佬。"

突尼斯战役中,四个美军师中出现了许多杀手;意大利战役中出现得更多,除了美国人还有英国人、加拿大人、法国人、新西兰人、印度人、波兰人和其他国家的人。他们在一起构成了一支复仇和胜利之师,一柄可怕的正义之剑。第 6 军的一名军官指出，每个士兵都体现出"三个 R，无情（Ruthless）、冷酷（Relentless）和无悔（Remorseless）"。就像已被夷为平地的修道院和卡西诺镇那样，上千个其他据点也将遭受相同的命运。上帝将把罪人与无辜者分开。战争已经发展到这一步。

"这是一场不会停止的战争，"一名空军上尉从意大利写信给他的母亲，"直到饥饿和屠杀降临到德国领土，我们才会满意。这里不会出现与魔鬼的谈判。"

★ ★ ★

焦急的男孩们不再攀上罗马的钟楼去查看英美联军是否已从安齐奥向北推进。1 月发起"鹅卵石"登陆后的几天里，曾有成千上万名罗马人静静地站立在"永恒之城"的屋顶上。阳台上飘扬着盟军的旗帜，据说书店里的英文词典已脱销。某个晚上，草木皆兵的德国哨兵朝一些疑似危险分子的人影开枪射击，结果发现是排列在拉特兰圣约翰大教堂外的一行石像。

即将获得解放的热切希望早已消失。在这些天里，最靠近的盟军部队是那些位于 4 英里高空，被类比成"阳光下的蜻蜓"的空中编队。紧张不安的罗马人用警惕的目光搜索着晴朗的天空，留意着后来被称作"B-17 日"的到来。自 1943 年 7 月以来，对首都最猛烈的轰炸发生在 3 月 14 日，几个铁路站场遭到空袭，在街道喷泉处排队接水的市民遭受的伤亡尤为严重。现在，市内墙壁上的涂鸦开始责备解放者的磨蹭，一句尖酸的嘲讽是："盟军，别担心！我们来救你们了！"

8 个月的被占领期加剧了罗马人的冷嘲热讽。起初，德国人的铁拳只是轻轻地拂过这座城市。德军将叛变的王室成员的宫殿劫掠一空，如萨沃伊亚别墅，墨索里尼就是在那里遭到逮捕的。"一切都不见了，"一名目击者说道，"甚至包括墙上的钉子。"但电影院和皇家歌剧院很快便重新开放。德国劳工营的征募海报上有一个微笑着的意大利商人，衣服扣眼上别着一朵鲜花，抽着香烟。"你想参加工作吗？你需要吗？"海报上问道，"只在自己的国家里干活，你会得到不错的衣物、不错的伙食、不错的薪酬和不错的对待。"5 万名自愿或非自愿的意大利人，仍在该国西部沿岸的工事中辛苦忙碌着。

阴影很快加深了。柏林方面一直认为墨索里尼在犹太人的问题上太过软弱。1943 年 9 月 24 日，随着领袖沦为可怜的傀儡，党卫队全国领袖海因里希·希姆莱密令罗马的盖世太保头子赫伯特·卡普勒中校逮捕市内所有的犹太人。35岁的卡普勒长着一双灰色的眼睛,是斯图加特一名汽车司机的儿子,自1939年以来一直居住在罗马。他"心胸狭窄、冷酷无情、睚眦必报、婚姻不幸,对伊特鲁利亚花瓶、玫瑰花和摄影深感兴趣";他发怒时,脸颊上那条决斗留下的疤痕便开始发红。两天后,卡普勒命令犹太社区领袖在36小时内交出50公斤黄金,否则就将有200人被驱逐出境。

9月28日,一支出租车和私家车组成的车队,带着赎金赶到位于塔索大街155号的盖世太保总部,这些黄金被放在秤盘里,双方斤斤计较,争论不休。3周后,10月16日(周六)拂晓,党卫队扫荡了罗马的犹太人区,抓获了1 200名犹太人——他们当中只有16人活到了战后。大多数人被立即送往奥斯维辛的毒气室,包括一名在围捕后出生的婴儿。墨索里尼在12月1日下令,逮捕"居住在本国领土内的所有犹太人"。在庇护犹太同胞的问题上,意大利人展现出令人钦佩的勇气:近5 000名犹太人躲藏在罗马的教堂、修道院,甚至是梵蒂冈内。意大利有4万多犹太人活到了战后,有近8 000人丧生。

即便对没有面临灭绝危险的罗马人来说,被占领期的冬季也是漫长而又严酷的。数十万难民涌入市内,砍倒树木、劈开公园里的长椅充当柴火。电力供应越来越不稳定:每周两晚,各个社区轮流停电。结核病和婴儿死亡率急剧上升。凯塞林的部队撤至"古斯塔夫"防线,导致罗马城内居民的生存难以为继,因为罗马的大部分粮仓都位于意大利南部,而盟军战机对补给车队的破坏使得形势更加艰难。

粮价翻了一倍,到夏初还将翻倍。饥饿的家畜可以在鲍格才别墅旁啃食新春嫩草,但罗马的居民已开始挨饿。妇女们在市中心的人行道上兜售自己的皮草,学者们变卖书籍,孩子们叫卖自己的鞋子。每天的面包配给减少为每人两片,这种面包是用鹰嘴豆、玉米粉、榆树髓和桑叶制成的。随着春季的到来,发生了"面包暴动"事件:一家面包店遭到洗劫后,党卫队士兵将10名意大利妇女拖至附近的一座桥梁处,让她们面对着台伯河,随即遭到枪杀。

恐怖行径也与日俱增:黑衫党徒觉得某部电影太过冗长乏味,便朝着银幕开枪射击;另一名暴徒端着冲锋枪跳上歌剧院的舞台,威胁要打死在法西斯颂歌《青春》响起时没有起立的人；在中央电话交换局，据说有 500 名窃听者监听着当地的电话；那些在电车或民族街上被逮住送往劳工营的人，却没人告诉他们会得到不错的薪酬或对待；一名神父拒绝赐福给肩扛步枪的行刑队，结果被判处死刑。

半个罗马据说很快被另外半个所遮掩。塔索大街的审讯者获取口供的办法是往嫌疑人的阴茎里扎针，或是将棉球塞入对方的耳朵后点燃；还有些人的鞋子被脱掉，脚趾被塞入一台油印机的圆柱形鼓轮与底板之间。"他们拔掉我的胡子，借助螺丝和一根钢棒挤压着我的太阳穴，直到我觉得自己的眼球快要迸出来。"一名幸存者述说了他在 3 月 18 日晚上遭到的刑讯。一名囚犯在被处决的前夕在牢房墙壁上刻下自己的遗书："我请求母亲的宽恕，为了忠于自己，我不得不辜负她对我的爱……意大利万岁！"

从布林迪西起飞的盟军飞机往战线后方投放了数吨补给品和大批特工人员。战略情报局的"士气行动"介于巧妙和幼稚之间，旨在激励意大利的叛乱分子，并扰乱德军士兵的军心。散发的传单上列出了各个德国城市遭到轰炸的街道；传单上还告诉德军士兵如何潜逃至瑞士；一本"装病手册"提供了伪装各种疾病的办法，可以此来逃避作战。模仿党卫队"SS"称呼的"狗屎贴纸"（Scheisse-shit-stickers）可用于"贴在舌头上或是飞快地粘在墙上"。一种小小的印刷模板可以在 7 秒内留下一份印刷体信息，其中包括用意大利文所写的"德国佬滚出去"。小小的橡皮图章，配上个小小的印台，勾勒出一个骷髅和交叉的骨头，下面写着"NAZI"（纳粹）。

"玉米片行动"沿着遭到轰炸的意大利铁路线投下 320 袋伪造的信件，装作是从被摧毁的火车车厢里散落出来的样子。这些信封上盖有德国的邮戳，里面装着伪造的颠覆性信件或《新德国》报纸，这份伪造的报纸打着一个地下和平组织的名义，其中有一篇署名"席勒老爹"的专栏文章倡议德国投降，实际上该文出自两名美军中士的手笔。

在罗马，战略情报局于 1944 年 3 月前在首都各条主要街道上建立了十几个观察所，每天数次将交通情况用密码电报发送至安齐奥滩头，有一个秘密短波电台甚至安设在隶属于意大利财政部的船库里。一名意大利特工为凯塞林的司令部服务，担任德军司令部与罗马法西斯总部之间的联络官，这个热心的保皇党人悄悄提供了德军实施"钓鱼行动"的作战序列和行动详情。

身处罗马的战略情报局特工中,没有谁比 24 岁的美国人彼得·汤普金斯更加出色。在他小时候,他的父母搬到这座城市学习艺术,自那以后一直定居此地。他就读于英国的寄宿学校(这部分归功于他母亲传说中的情人——萧伯纳),随后又去了哈佛,担任过驻外记者,随后便加入了战略情报局。1 月下旬,皇家海军的一艘巡逻艇把他送上罗马附近的口岸,他带着一支贝雷塔手枪和证明自己是"罗马王子"的证件。汤普金斯原以为用不了几天便能迎来第五集团军的解放者,但等了一周又一周,从一个安全屋转移至另一个安全屋:先是在孔多蒂大街上的一个裁缝铺,后来又转到洛瓦泰利广场上的一个房间。

汤普金斯喜欢穿一身鲨皮绸西装,松散的意大利烟丝逼真地洒落在口袋里。他将整理好的交通报告、作战序列清单及其他情报通过每天的电报发送至滩头阵地。战略情报局在罗马的行动,与在整个意大利的业务一样,经常是混乱而又不起作用,因相互间的竞争和争吵而支离破碎。即便获得了有意义的情报,与"超级机密"截获的电报相比,也显得黯然失色,而汤普金斯对后者一无所知。

不过,这仍是一场出色战斗的组成部分,需要智慧、运气和难以言述的勇气。汤普金斯不停地更换住处,变换自己的身份证,有时候他是出生于 1912 年的路易吉·德西德里,有时候又是出生于 1914 年的罗伯托·贝林杰里。他一会儿是战争部的雇员,一会儿是社团部的档案管理员,一会儿又是意大利非洲警察的下士。他会将瓶装氨水喷洒在家门口,以此来迷惑警犬。他玩着三人桥牌,喝着白兰地,读着福克纳的《野棕榈》,等待着发送下一份密码电报。"从某种程度上说,这是一种愉快的生活,"他在 3 月中旬的日记中写道,"如果没有察觉自己始终处在被追杀的噩梦中的话。"

监视着公路的间谍有近 20 名,每天只挣 1 美元,他们中的大多数遭到逮捕后即被枪毙。凯塞林司令部里的那名间谍也被枪毙了,历时两个月的刑讯折磨未能让他松口。但德国人的高压政策激起更加猛烈的抵抗。据估计,1944 年 3 月,在意大利有 2.5 万名游击队员积极参与游击战,在接下来的 3 个月里,他们的人数还将增加 3 倍。亚历山大后来宣称,游击队"牵制了 6 个德军师"。他们有的袭击桥梁或抢劫德军补给列车,有的鼓动其他百姓违抗德国人的命令(例如,3 月初 80 万名意大利人举行的罢工,几乎使整个米兰的工业陷入瘫痪),

还有的人策划着如何以恐制恐、血债血偿。

★ ★ ★

3月23日（周四）下午3点40分，又一个美丽的"B-17日"，数百双军靴咔咔作响地踩踏着狭窄的拉塞拉街上的鹅卵石。博岑警察团第3营第11连从隧道街向左转入这条街道时，士兵们唱起了一首名叫《跳吧，我的姑娘》（*Hupf, Mein Mädel*）的军歌。一名士兵后来回忆道："我们放声高歌，挺着胸，抬着头，就像一群报晓的公鸡。"

▶ 一支美国军队蜿蜒穿过罗马的人民广场向北而去，追逐后撤中的德国军队。

他们和以往每天下午的行程一样，从人民广场排成三路纵队穿过罗马市中心，经过西班牙阶梯，经过雪莱住过和济慈去世的房屋，绕过奎里纳尔宫的皇家花园后转身返回维米那勒兵营中的内政部大院。说话的口音表明他们都是南蒂罗尔人，鱼尾纹和钢盔下斑白的鬓发表明他们中大多数人作为作战士兵已年事过高。

在今天的列队出行中，为慎重起见，士兵们带上了步枪，但午后阳光照耀下的首都显得平静而又温和。他们气喘吁吁地朝山上走去，经过理发店、照相馆及接收德国军装的洗衣店。天竺葵从五层楼的阳台上伸出，美洲蒲葵注视着路边的水沟。没人留意到一名圆脸意大利清洁工，在与四喷泉街交界口相距50码的地方吸着烟斗，打扫着街头的排水沟。

实际上，他是一名医科学生，名叫罗萨里奥·本蒂韦尼亚，游击队里的战友都称他为"保罗"。下午早些时候，他在一家小饭店吃过午饭，随后便换上一套环卫部门的制服,并在他那双破旧的鞋子上系上红色鞋带以供识别。本蒂韦尼亚推着从斗兽场后的一座市内停车场中偷来的清洁车,穿过街道,把它停在拉塞拉街 156 号的路边。这里伫立着一座破败的宫殿,20 世纪 20 年代,墨索里尼曾在这里居住过。清洁车里,一层薄薄的垃圾下有一枚强力炸弹:26 磅 TNT 炸药放在一个从煤气公司偷来的铁盒子中,另外 13 磅放在几个松松垮垮的袋子里,还有几根铁管也塞满了炸药。

唱着歌的德军队列走近时,本蒂韦尼亚掀开清洁车的盖子,将他的烟斗伸向一根 25 秒的导火索,这是个精心设置的时间,以便让炸弹在队列中炸开。"车里满是灰尘,花了点时间才将导火索点燃,"他后来描述道,"然后我听到了嘶嘶声。"他摘下带有黑色帽舌的蓝帽子,把它放在清洁车上作为信号,随即转身朝着街上匆匆走去,很快便消失在一条小巷中。他将身上的制服丢在圣彼得教堂附近一个黑暗的角落,然后将靠下棋来度过今晚的时间,以此让自己平静下来。

剧烈的爆炸击中了行进中的队列,他们仿佛被"一股狂风刮倒"似的。其他游击队员从阴影中冲出,用手榴弹和枪支朝着这个连队猛扫一气,随即逃之夭夭。窗户上破碎的玻璃洒向街道,伴随着破裂的餐具、家具及脱落的灰泥。几条断臂和至少一个头颅落在阴沟里,据说有一名受害者就像是"穿着外套的烂肉"。几名幸存者挣扎着爬起身,朝着建筑物的外墙疯狂射击。

拉塞拉街发生袭击事件的消息传来时,卡普勒中校正在爱克赛希尔酒店与罗马军事长官库尔特·梅尔策中将一起享用晚午餐。他们赶到现场后,发现 32 名德军士兵丧生,68 人负伤,10 名意大利平民也在爆炸中殒命,包括 6 个孩子。意大利法西斯部队作为援兵被派出,他们搜寻着店铺和房屋,步枪射击声传至特莱维喷泉和巴贝里尼宫。梅尔策来回走动,不停地吼叫:"复仇!复仇!"他盘算着如何能彻底夷平整个街区。根据他的命令,附近的 200 名意大利人被逮捕,高举着双手走向维米那勒兵营。一个清洁组(这次是真的)赶到现场,用水和盐擦拭着沾满鲜血的鹅卵石。

下午晚些时候,柏林最高统帅部打电话给凯塞林设在索拉特山的总部,说身处东普鲁士森林中"狼穴"里的希特勒怒不可遏,想将"罗马的整个街区炸毁,包括居住在里面的所有人"。如果这种报复措施无法实施,那么至少应该为每个博岑烈士枪毙 50 个意大利人。外出视察的凯塞林回到索拉特山才发现这起事件正等着他处理，他不知道拉塞拉街的这场伏击是否预示着期待已久的盟军在安齐奥的突破。凯塞林致电卡普勒了解了详情后，在晚上 8 点 30 分上床睡觉，把事情交给他的参谋长西格弗里德·韦斯特法尔处理。

晚上 10 点过后不久，希特勒的作战局局长约德尔将军打电话来声讨了发生在罗马的恐怖袭击。"我现在向你传达元首对这起事件的指示，"约德尔告诉韦斯特法尔，"这是最终命令。"韦斯特法尔草草地做了记录："元首的命令是，为罗马恐怖袭击中丧生的每一名德国士兵枪毙 10 名意大利人质。"约德尔补充道，这个比例过去曾宣布过，作为针对"暴行"的适当还击，旨在"起到阻吓作用"。韦斯特法尔打电话告知卧室中的凯塞林。"我同意，"凯塞林说道，"把命令传达下去。"

卡普勒连夜编排了枪毙人质的名单。到 3 月 24 日中午（又是个春光明媚的日子），这份名单已增至 320 人；当一名德军伤员因伤势过重而不治后，卡普勒又主动往名单上添加了 15 人。这份名单上的人没有一个参与过拉塞拉街的袭击。下午 2 点，几辆覆盖着帆布、通常用于运送肉制品的卡车来到塔索大街 155 号，其他一些卡车则停在台伯河对面庞大的"天后"监狱。伴随着囚室里传出的"刽子手"的喊声，双手绑在身后的囚犯们被带出，有些人步履蹒跚，因为他们的脚趾甲已被拔掉。

车队从塔索大街出发，隆隆地驶过拉特兰圣约翰大教堂顶上对此一无所见的圣像，穿过圣塞巴斯第亚诺门的奥勒良城墙，亚壁古道从这里开始了向南的行程。车队转入城市另一边的阿德提纳街，经过圣卡利克斯图斯的陵寝，随后便停在有一片偏远洞群的养兔场内，这片洞群是矿工们开采用于生产混凝土的凝灰岩所留下的。

"我觉得我的身上遍布鲜花。"在罗马临终时，约翰·济慈这样说道。而在阿尔帖亭洞窟，晚香玉的芬芳弥漫在空气中。第一批的 5 名人质从车后门跳下。党卫队军官埃利希·普里布克上尉在那份致命的名单上核对着他们的姓名，一名党卫队士兵将他们赶入洞中。在寒冷的风中，蜡烛的火光摇曳不定。士兵命令道："跪下！"他们跪下了。五声尖利的枪声响起，分隔均匀得就像一口敲响的大钟。

5 个接着 5 个，这些人质轮流走入山洞，每个人的后脑都中了一颗冲锋枪子弹，一头栽倒在火山灰中。尸体越堆越高：演员、建筑师、律师、机械师、店主、医生、一名歌剧歌手和一名神父。他们当中还有几个木材业的工作者——家具工、木匠和细木工。年龄最小的 14 岁，年纪最大的 75 岁。包括共产党员、无神论者、共济会会员、自由思想家、天主教徒和 75 名犹太人。有 10 个人是在拉塞拉街附近被捕的，他们唯一的"罪行"是离事发现场太近。一些囚犯高呼着"意大利万岁"，其他人则背诵着《玫瑰经》。

5 个，5 个，又是 5 个，现在被处决的人不得不爬过前面那些人的尸体。卡普勒拿来一瓶白兰地给刽子手们打气，但酒精却令他们行事更加马虎：一些受害者挨了四颗子弹才停止了扭动。到夜里 8 点 30 分，335 具尸体堆成了山。手电筒的光束扫过洞口，随后便熄灭了。卡车隆隆地消失在夜色中。

博岑警察团死者的家属将飞赴罗马，参加在那里举行的一场隆重的葬礼。队伍沿着市内的林荫大道蜿蜒而行，穿过广场，为首的一支军乐队奏响哀乐，没人再唱《跳吧，我的姑娘》了。

德军在 3 月 25 日发布了一份简短的公开声明，没有详细的说明，只提及已采取了严厉的报复性措施。卡普勒下令将垃圾堆放到阿尔帖亭洞窟，希望以垃圾的恶臭来掩盖尸臭。几天后，德军士兵将洞穴炸毁。

但有些事情很难隐瞒。疯狂的妇女们在罗马街头奔波，四处寻找着自己的丈夫、父亲和孩子。消息迅速传播开来：亚壁古道附近发生了可怕的事情。一名教区神父站在洞口为死者提供赦免。哭泣着的人们赶到现场，这里已满是苍蝇。有人留下了一个硕大的花圈，上面附有一张纸条："会为你们报仇的！"盟军情报部门很快便得知德军的暴行。"罗马解放时，请尽力保留德国人占领期间遭受到饥饿、疾病和痛苦的丰富材料，"设在伦敦的一个美国宣传办公室所发布的一份备忘录敦促道，"另外，请竭尽所能帮助记者挖掘真相，对德国人为 3 月 23 日炸弹袭击事件做出报复而屠杀 320 名意大利人的事实进行报道。"

用不了 3 个月，墓穴将被挖开，已化为累累白骨的死者会被法医们掘出。正义和复仇还需要更长的时间。但在这场屠杀结束后不久，一些罗马家庭收到了一份用德文写的简短通知：你的亲人已死于 1944 年 3 月 23 日。你可以去塔索大街 155 号的德国秘密警察办公室领取他的私人物品。

他们去了那个可怕的地方，领取了一个个可怜的小包裹：一件大衣、一顶帽子或是一条破旧的裤子。在一件脏兮兮的衬衫的衣襟里，家人们发现了一张藏匿的纸条。"我梦见了锡耶纳附近的山丘，梦到了我再也见不到的爱人，"即将被处决的这个人写道，"我将变成一个撕裂的伤口——就像风，不会有别的。"

对这场罗马大屠杀的正义审判姗姗来迟。

党卫队军官埃利希·普里布克在战后逃亡阿根廷，在那里公开居住了50年，直到1994年才被美国ABC电视台的一个摄制小组发现，在路边将他拦下进行了突击采访。普里布克毫不隐瞒自己所做的事情，但他坚称不过是在执行命令，他那句"年轻人，你们知道军令如山吗"闻名于世。阿根廷政府迫于压力将其逮捕后引渡给意大利，意大利对他的审判同样一波三折，最终判他终身监禁，但鉴于普里布克年事已高，准许监外执行，2013年10月11日，普里布克在罗马去世。

罗马盖世太保头子，党卫队一级突击队大队长赫伯特·卡普勒的经历更为奇特。他在战后被英军抓获，1947年移交给意大利政府，被军事法庭判处终身监禁。1977年，晚期癌症令他获得保外就医，他的妻子和联邦德国政府要求释放他，但被意大利政府拒绝。于是，他的妻子把他藏在一个大旅行箱内逃回德国。6个月后，卡普勒在家中去世。

涉及罗马大屠杀的德国官员除了上述两人，还包括罗马军事长官库尔特·梅尔策，甚至牵涉凯塞林。战后，他们都为此付出了相应的代价。

THE DAY OF BATTLE

第 11 章 安齐奥僵局

　　胆识是一种战术武器,能令敌人猝不及防,陷入混乱,战场上却不乏"懦夫":1944 年春,在意大利约有 3 万逃兵;因恐惧和压力而精神崩溃者近 5 000 人。逃兵、火山爆发、敌军顽抗,无一不妨碍着第五集团军进军罗马的步伐。但对于克拉克而言,必须抢在"霸王行动"抢走意大利战役的风头及英国人偷走第五集团军的荣誉之前,迅速赶到罗马。他们精心策划了"电子欺骗战",准备发起一场最大规模的"王冠行动"。

维苏威大灾难

　　第五集团军的气象学家们占据"救世主之山"上的皇家维苏威火山气象台已有数月，距离火山口边缘不到两英里。对那些在 1944 年冬末透过气象台的帕拉迪奥式窗户、紧盯着山峰的气象学家们来说，火山喷发的致命特征不容忽视。当地人警告说，维苏威火山睡觉时都睁着一只眼。自公元 79 年庞贝古城被摧毁的那场灾难以来，已有三十余次喷发被记录下来。从 1 月初起，岩浆像熔融的眼泪那样从火山锥内渗出。据一名目击者说，"艳丽的光芒"在火山口上方闪现，一股烟柱"被掠过山峰的风吹得来回飘摆"。然后，岩浆的哭泣停止了。3 月 13 日，连烟雾也不祥地消散了。饱受斑疹伤寒、饥饿和战争蹂躏的那不勒斯变得越来越焦虑。据说城里的狗带着罕见的急迫感吠叫着。

　　3 月 18 日（周六）下午 4 点 30 分，火山爆发了。午夜前，橙色的熔岩瀑布沿着山坡向西面和西南面倾泻，树木和灌木丛像燃烧的船只那样被卷走。巨大的尘云在山顶上翻滚，被划过蓝色大空的叉状闪电照得通亮。那不勒斯人站在屋顶上观看，远处投来的光芒映红了他们的脸庞。记者们费力地朝着火山上攀去，直到一名向导扯着喉咙朝他们喊道："先生们，请你们别再靠近了！有生命危险！"周日晚上，熔岩舔舐着圣塞巴斯第亚诺的第一批房屋，它们在火焰中发生了爆炸。

　　埃里克·塞瓦赖德写道，神父们带着"圣人的石膏塑像逃出教堂，赶在火河到来前将其妥善安置"。无处不在的诺曼·刘易斯看见数百名村民下跪乞求那不勒斯的守护神圣真纳罗出手干预。"圣旗和教堂的塑像被高高举起，侍祭们摆动香炉，朝熔岩的方向泼洒圣水。"年轻人排成一条散兵线，"挥

美军宪兵在维苏威火山的熔岩上烤面包。1944年3月18日，维苏威火山爆发，这是这座火山在20世纪的最后一次爆发。

舞着十字架逼近至距离熔岩几码远的地方",刘易斯写道,"身后的某处已开始传出赞美诗的歌声"。农民们面对被毁的农田泣不成声。

3月21日,星期二,晚上9点刚过,驻守托雷德尔格雷科的士兵们正在电影院里观看英国1934年拍摄的音乐剧《边走边唱》,一阵剧烈的爆炸震颤了整个剧院。惊叫的人们争先恐后地冲向出口,银幕上的格雷西·菲尔茨此时正高声唱道:"悲伤,如今你在何处？"沸腾的熔岩在维苏威火山上方形成3 000英尺高的巨大喷泉,随后,炽热的大片岩浆从天而降。火山口附近,高尔夫球大小的碱玄岩块,伴随着垒球大小的石块瀑布般落下。一片庞大的灰色雨云升至2万英尺的高空,随后便在整个沿海平原洒下厚达3英尺的紫色尘埃。就像小普林尼在写给历史学家塔西佗的信中对公元79年那场火山爆发所做的描述:"我觉得我正与这个世界一同毁灭,整个世界和我,这是个莫大的安慰。"

这个世界,那时和现在都得以幸存下来,但维苏威这场大灾难还将持续一周。"浓厚、油腻的烟雾,就像英国北部一座工厂的烟囱,"仍为丘吉尔担任地中海地区特使的哈罗德·麦克米伦写道,"烟雾几乎遮蔽了那不勒斯的整个港湾。"苏格兰近卫团的一份记述中指出:"街道诡异地平静下来,就像下了场大雪。"更为诡异的是,3月26日,那不勒斯真的下雪了。BBC的一位记者写道:"我们不得不钦佩天神的这一姿态。"成群结队的士兵涌上"之"字形山路,赶往未遭破坏的气象台,呆呆地望着深达40英尺的熔岩流,有些人从当地一名商贩手中购买用熔岩做成的烟灰缸。

这场灾难终于渐渐消退,在3月29日彻底平息下来,这也是维苏威火山在20世纪的最后一次喷发。损失已经造成。报道称26人丧生,有些人死于火山灰的重压造成的屋顶坍塌。铁路线多中断了几天,意大利工人们操纵着铁锹、雪犁和推土机清理着轨道和道岔。铺天盖地的烟尘、灰烬和玻化的熔块重创庞贝机场,停在这里的80多架B-25被摧毁。有人这么描述道:"怀有敌意的石块将一个大队的飞机悉数摧毁。"

灰尘混合着雨水形成了一种粗糙的泥浆,破坏了汽车的刹车鼓,使得军用运输严重受阻,因为战区内的刹车片配件严重短缺。浮石摩擦着船只引擎的轴承,迫使船长们驶向外海以策安全。整个舰队,从萨勒诺到波佐利,水手长们在布满灰尘的露天甲板上挥舞着拖把,喊叫着:"清洁工,拿起你们的扫帚!"一位B-25投弹手的飞机已被维苏威火山摧毁,他在4月1日写信告诉家人:"千万别相信一座火山。"

★ ★ ★

世界没有毁灭,战争也没有结束。沿着那不勒斯的码头,士兵们走过飘浮的尘埃来到一排排跳板前,孩子们在那里兜售英文报纸,头版上刊印着"安齐奥比萨勒诺更糟糕"。平均每天有500名士兵乘船赶去增援所谓的"滩头部队",包括来自美军第34步兵师的人。他们在经历了卡西诺的战斗后休整了两个月,随后又投入到另一场大旋涡中。

船只驶入安齐奥港(现在已被称作"炸弹湾")时,他们站在栏杆旁睁大了眼睛,完全不相信上级部门下发的一份备忘录中的说法——"被岸上炮火击中的可能性微乎其微。实际上,约3.7万发炮弹中只有一发落在锚地"。装卸工以猫一般的敏捷迅速移动,在4分钟内从一艘坦克登陆舰的船舱内卸下 50 辆车，或是在 6 分钟内将 3 吨货物堆入一部 DUKW，同时留意着火炮的尖啸或敌机的闪烁。

在 12 个星期里，港口和锚地遭到德国空军 277 次空袭，平均每 7 小时一次。无线电遥控的"弗里茨-X"炸弹基本上已被驱逐舰和扫雷舰上的电子干扰器所破坏，但鱼雷、空投水雷、机枪扫射、常规炸弹外加成千上万发炮弹，持续轰击着锚地和滩头阵地。码头处每天都有上百名伤员等待着返回那不勒斯的船只：躺在担架上的伤员拿着装着 X 光片的一个棕色大信封，而那些裹着石膏的人，对伤势的医疗说明只是草草地写在石膏上。德国人的炮弹落下时，伤员们敲打着担架，声音之大有时候甚至压过炮弹的尖啸。一名指挥官迎接新来的一批士兵时告诉他们："你们会遭罪的，你们来这里就是遭罪的。"

3 月到达的一名英军军官将安齐奥描述为"正迅速变小的一个小镇"。越过沿着防波堤布设的拦阻气球，"几乎没有一座完好的建筑，歪歪斜斜的墙壁挨着成堆的瓦砾，屋顶似乎已经年限久远，垂挂下来的电线无处不在"。皇家海军"格伦维尔"号的舰长对此表示同意，"整个海滨看上去就像被虫蛀了似的"。坦克指挥官亨利·E. 加德纳跟随第 1 装甲师的援兵靠近海岸时，在日记中写道："我们驱车登陆，第一眼的景象令人震惊，这里就像一个巨大的美国公墓。"

抵达码头的船只所卸下的货物大部分是弹药，每天由 150 辆货车运至不断遭到攻击的 7 个美军仓库。推土机挖出战壕和 L 形沙坑以防止火灾，有几处每周都会燃烧。消防队员起初只靠铁锹对付火情，但现在他们用上了配有推土铲和钢铁履带的"谢尔曼"坦克。尽管如此，因火灾造成的弹药损失平均每天超过 60 吨。

这个代价并不比猛烈的对空防御（1 000 门高射炮使这片滩头成为欧洲最为牢固的地带）和精心设计、以遮掩敌飞行员和炮手的烟幕来得更大。每天拂晓，隔半英里布设一具的烟雾发生器嘶嘶作响地喷出薄薄的雾霭，沿着海岸延伸 15 英里，深入内陆 4 英里。搭乘着平板卡车的技术人员，随时准备根据风向、气温或对流气流移动烟雾发生器，以消除不良影响。晚上，烟熏罐和一套不同的烟雾发生器将港口隐藏起来，尽管美军士兵认为烟雾只是引来了敌人更多的炮火。

六个盟军师,近 10 万兵力,占据着 80 平方英里的地面,比哥伦比亚特区稍大些。自 2 月发生史诗般的争夺战以来,这里已呈现出一片阴沉的僵局。新来者发现滩头部队的生活不仅是在地下,而且是在夜间,这种战斗的节奏被称为"吸血鬼的日子"。靠近"死亡之地"(交战双方的中间地带)的士兵们通常会在掩体里睡到下午 4 点,巡逻至凌晨 3 点,日出前吃上一顿热饭菜,然后便钻入地下,再次睡到下午。

现在已是第 3 步兵师一名副排长的奥迪·墨菲写道,各种传言"从一个掩体传至另一个掩体,我们既不相信,也不怀疑"。到了晚上,滩头阵地就变得躁动起来,伴以袭击、巡逻、骚扰性火力和挂在空中的照明弹——人的身影也被拖长变形。罗伯特·卡帕写道,地雷和炮弹令人神经极度紧张,以至于"每次我坐在吉普车上,都会把铺盖卷夹在两腿间"。比尔·莫尔丁注意到,炮击发生时,宪兵们待在交叉路口的战壕中,"高举着一个木制大手指明方向",以此来指挥交通。

沿着 32 英里的防御带布设沙袋和铁丝网,这种需求已达到佛兰德斯战场的规模。"安齐奥丽兹"是一座地下电影院,常常放映加里·格兰特主演的《幸运先生》,画面斑驳不清。一名英军士兵写道,在晴朗的早晨,敌狙击手射程外的人躺在掩体边缘晒太阳,"但同时也竖起一只耳朵,像兔子般随时准备逃回洞里去"。士兵们长期戴着钢盔,以至于头顶都被磨秃。第 179 步兵团的一份记录中指出:"大家梦想着牛排、牛奶、抽水马桶、自来水,以及该穿什么颜色的衣服这种过分讲究的生活。"每个人都对静态的"对峙战"抱怨不已。一名医生编撰了一份滩头阵地词汇表,其中包括"anziopectoris"(常见的小病)和"anziating"(眼神冷漠)。滩头阵地里的人无不自豪地将自己称为"安齐奥人"。

"在这里,你最希望的是不要独自一人。"厄尼·派尔写道。他来到聂图诺已有几天,并将在这里待上一个月。他与另外十余名记者住在葛兰西大街 35 号一幢四层楼的别墅里,每当炮声响起时,这座别墅"晃动得就像一位颤抖的老先生"。受到贫血和死亡率暗示的困扰的派尔写信给一位朋友:"我非但没有像出色的老兵那样变得更加强壮、更加顽强,反而变得更为虚弱、恐惧……我睡得不好,半睡半醒间还会做一些关于战争的噩梦。"

这些不安在 3 月 17 日早上 7 点变得尤为强烈:德国人的一颗 500 磅

炸弹在距离别墅 30 英尺处炸开。派尔住在顶楼，因为那里的光线更好些。爆炸将他抛到地上，房门和窗户从框中飞出，玻璃和破碎的砖块撒入屋内。"我身上的唯一伤口是右脸颊的一道小口子。"派尔写道。此时他发现自己正用一块手帕梳理着他那稀疏的头发。他又在滩头阵地里徘徊了一个星期，"设法让自己恢复镇定"，随后便乘船返回那不勒斯。4 月 5 日，他永远地离开了意大利。他写道："不能在同一个地方太过冒险，运气总会有用尽的一天。"

★ ★ ★

卢希恩·特拉斯科特也冒了回险，他搬入聂图诺一座三层楼房宽敞的顶楼。第 6 军军部仍设在阿蒂格利尔酒店的地下室里，但特拉斯科特认为，指挥官必须展现出令人刮目相看的冷静。为防万一，工兵们在他的房门处堆放了沙袋，并在屋顶铺设了枕木。

"对于时间的流逝，我现在几乎已浑然不觉，"特拉斯科特在 3 月中旬写信给莎拉，"一天只是意味着另一组问题而已，不管发生怎样的情况，每一天都会如期到来。"一周后他又写道："等任务完成后我才想回家，这样我就能回到一个正在步入正轨的美国，我希望和平能永久地持续下去！"他离开妻子已有两年，为的是"投身于这场伟大的冒险，这是多么大的一场冒险啊……我只能尽己所能。是你对我的信心使我在这条路上走了这么远"。

喉咙问题仍令他备受困扰，并伴以干咳、鼻窦炎和牙疼。3 月 31 日经过一番检查后，医生建议他练练嗓子，抽抽雪茄而不是香烟。特拉斯科特连着 10 天没吸烟，但在抱怨体重有所增加后又抽上了香烟。他告诉莎拉："嗓子有问题的确影响了我的工作效率。"晚饭前的白兰地、苏格兰威士忌、杜松子酒和两盎司黑麦威士忌依然是特拉斯科特的主食，但并未对这位指挥官造成明显的伤害。他依然精力充沛，对滩头阵地里的每个细节都保持着密切关注。

4 月，当天气转暖时，他这样写道："现在，我闭上双眼，想象着弗吉尼亚的乡村，紫荆花和山茱萸肯定很漂亮，还有蓝色的山脉和绿色的树木。意大利南部也许也有些浪漫的景象，但我目前尚未发现。"4 月 9 日复活节，他自到安齐奥以来第一次睡了 8 个小时。平常他每晚都会被大大小小的紧急事件唤醒，穿着睡衣和拖鞋走下楼来，白发蓬乱，一脸疲惫，但已做好指挥的准备。在罕见的空闲时刻里，他钻研法语（与巴顿一样，他觉得这可能会有用）或聆听德国广播电台播放的亨德尔创作的《弥赛亚》。

但他的悲痛感绝不会比一封封来信更强烈。4月初，一位俄亥俄州母亲写来信件。她的儿子是一名年仅19岁的下士，在2月16日德军的"钓鱼行动"中失踪："请告诉我，你是否认为他有可能成了德国人的俘虏，或者告诉我，是否发生了最糟糕的情况，甚至没能从他身上摘下狗牌？每天晚上我都梦见我的宝贝儿子。"

特拉斯科特曾下令疏散滩头阵地的2.2万名平民，到4月初，除了750名意大利劳工，"安齐奥人"都是身穿军装的军人。在喷洒了DDT后，这些平民百姓聚集在圣特蕾莎教堂，等待着被运往那不勒斯。有些人将床垫背在身后，有些人抱着纸板箱或一大块奶酪，舀起一些沙子留作纪念，还有些人尖声抗议着，对着空中怒骂或咬着自己的拳头。"他们恨墨索里尼，恨德国人，我相信他们也恨我们，"伊瓦尔·H. 奥斯中尉写信告诉明尼阿波利斯的父母，"我不认为他们对'解放'这个概念有清晰的认识。"士兵们从动身离去的农民那里购买牲畜：一只羊羔4美元，一头猪20美元。一头怀孕的母牛被弹片炸成重伤后，一名颇具胆量的士兵用一把斧头为它实施了剖宫产，接生了一头小牛犊，并用他的钢盔喂它吃东西。

"这片滩头是我所见过的最为疯狂的地方，"通讯军官威廉·J. 希甘中尉写信告诉新泽西的兄弟，"这里的士兵有他们自己的马匹、鸡、牲畜、自行车，所有的一切都是老百姓留下的。"在萨博蒂诺村附近，士兵们套上骡子耕地，种了白菜和土豆。"我拿这帮蠢货一点办法都没有，"第1特种勤务队的一名军官抱怨道，"他们彻夜巡逻，白天再干一整天农活。"其他士兵不是在阿斯图拉河里逮鳗鱼，就是端着用于看守德军俘虏的霰弹枪打野鸡和兔子。在发现用手榴弹炸鱼会毁了美味的生鱼片后，第100营里的日裔美国兵便用蚊帐来捕鱼，还用从墨索里尼运河中搞来的豆瓣菜充当配菜。

士兵们在临时架设的球场里打棒球，以折叠的T恤为垒位，狭窄的战壕充当队员席。敢于冒险的滑水者在一辆DUKW后的第勒尼安海中举行滑水回转赛。一名称自己为男爵的士兵身穿燕尾服在滩头阵地里闲逛，用几枚中国戒指和一只宠物鸭表演魔术。自行车障碍越野赛、蜥蜴赛跑、狙击手竞赛和畜牧业（包括繁殖牛实验）让这些士兵忙得不可开交，与此同时，他们等待着自己即将到来的命运。

安齐奥赛马会也由巴尔的摩一名前裁判（现在已佩戴上中士的臂章）组织起来，在一条被炮弹炸得坑坑洼洼的道路上用帐篷桩和工兵胶带布设起跑道。每匹骏马从葡萄园围场发出嘚嘚声时，一名号手吹响了各就各位的号声。一个绰号"六轮卡车"的军需官战胜了另外六匹赛马；一头名叫"乔治"的驴子被一名来自布鲁克林、体重240磅的骑手压垮，裁判据此判定，以后的比赛中，马匹的重量必须超过骑手。漂亮的女护士为获胜者颁发了奖品：一盒两磅重的巧克力。

"安齐奥人"发行的30多份报纸报道了这些活动，《滩头号角》报还刊登出行通知，包括一份离去的记者名单，开头处这样写道："昨天，下述这些老鼠逃离了沉船……"没有哪项运动比甲虫赛跑更能激起大家的热情，这些养在果酱罐里并涂上比赛颜色的甲虫被放入一个6英尺圆圈的中心，第一个爬到圈边的获胜。数千美元的赌注被押了上去，据说，幕后的庄家把最有力的竞争者买下后踩死，以此来操纵比赛。

酒精为遭受损失的赌徒带来了一些安慰，也为恐惧、孤独的士兵们提供了生存在"地下墓穴中的勇气"。用失事飞机上抢救出来的燃油罐和管道建成的酿酒厂生产出"汽油"酒，这种烈酒带有一股菠萝汁的味道。第133步兵团的私酒酿造者将50磅发酵的葡萄干和少许香草混合在一起，酿制出"醉倒巴黎"，而其他人则把军用口粮中的无花果加以发酵。"平静被打破了，"一名下士在日记中写道，"但他们得到了一些好酒，这种情况会一直持续下去。"4月，第一批正规啤酒被运至滩头，每人每两周可获得一品脱，这是按照百威公司的标准在那不勒斯酿造的。为防止遭窃，军中的小贩将酒桶滚上岸，存放在铁丝网后，由哨兵专门看守。

★ ★ ★

杰克·托菲中校的晋升聚会上提供了用C级口粮中的柠檬粉和医用酒精调制而成的威士忌酸酒。自1942年11月参加"火炬行动"以来，托菲率领着一个步兵营投身战斗，几乎没得到过任何休整。3月中旬，他离开第

15步兵团第2营,成为第7步兵团副团长,这是第3步兵师辖下的另一个团,也驻扎在滩头阵地内。特拉斯科特亲自批准了这一调动,既是为了让托菲稍事休息,也是为了让一支更大的部队从他的作战经验中获益。

"在这场比赛中,有这样和那样的日子,有些还不错,有些则很糟糕,"他写信给哥伦布市的海伦,"总之,这是对健康、心灵和身体的可怕压力……我在思想上较为轻松,对我们击败那些该死的德国佬的能力更具信心。"他为这些信件的"沉闷、迟钝和愚蠢"表示歉意,但"也许我的行为方式就是这样"。他向老朋友乔治·比德尔坦承:"一个人在炮火下待得太久、太频繁,他的工作效率和作战效能便会受到严重影响。"

加入第7步兵团对托菲来说是圆了个梦:1907年8月托菲出生时,他的父亲在密歇根州的韦恩堡担任该团的副官。托菲搬入聂图诺郊外一部隐蔽的小型拖车内,一辆吉普车的电池为其提供了照明,墙壁上挂着海伦的照片。他写道:"我看够了意大利,也看够了这场战争……我住在一个洞穴般的地方,这里不仅潮湿,还让我直不起腰来,结果我浑身抽筋、酸疼。"

距离甲虫赛跑和排球比赛仅几英里外,"死亡之地"依然与意大利任何一处战场一样,危险而又令人生畏。"一连4个月,没人敢在白天站直身子。"BBC记者温福德·沃恩·托马斯写道。由于无法埋葬死者,位于最前方散兵坑中的士兵们在夜里爬出来,在那些腐烂的尸体上喷洒木馏油;其他人则与敌人高声对骂,当敌人说"罗斯福是个犹太人"时,他们报以"希特勒是个浑蛋"。

英国人将老鼠放在空袋子里,投向德国人的观察哨。一等兵罗伯特·W.科默描述了用望远镜观察中间地带的情形:"这里,几个戴着钢盔的头颅小心翼翼地从一个散兵坑中探出;那里,两辆坦克紧靠着一座遭到破坏的房屋……一个步兵班穿过田野,朝着他们的阵地踉跄而去,一辆救护车沿着道路疾驶而来,担架员在沟渠和洞穴间仔细选择着自己的道路。"

望远镜无法看到德国人在安齐奥遭到了何等重创。3月9日,德军第十四集团军拥有13.3万名士兵,但在接下来的6周,由于遭受人员损失和部分兵力被调往卡西诺前线,该集团军将减少4.3万人、170门大炮和125辆坦克,而盟军的实力却在稳步增长。凯塞林对"军官和士兵缺乏进取心"提出批评,柏林方面坚持认为"我们必须在聂图诺地区继续进攻,以确保主动权"。马肯森将军愤怒地回答道，"各师已疲惫不堪"，有些师只剩下 3 000 人甚至更少。

现在，德军每发射一发炮弹，盟军便回敬 15 发，一名德军指挥官抱怨道："数量之多令人难以想象。"他对盟军舰炮"剧烈的爆炸和穿透能力"也感叹不已。就连"谢尔曼"坦克也加入盟军的炮击作战，车组人员将圆木垫在履带下以抬高炮管，将炮弹塞入炮膛时喊道："点名，凯塞林。我们来了！"

德国人最大的火炮仍旧颇具威慑力。两门巨炮被德国人称为"罗伯特"和"利奥波德"，但盟军士兵称其为"安齐奥的安妮"或"吹口哨的皮特"，炮管长 70 英尺，可将重达 600 磅的炮弹发射到 38 英里外。差点命中锚地的炮弹激起的水柱高达 200 英尺，就连落在陆地上的哑弹也能钻入地下 50 英尺。这种巨炮安装在铁路平板车上，射完六发炮弹后便退入距离钱皮诺两英里的隧道中。尽管炮口的闪烁比巨龙喷出的火焰更加明亮，但盟军飞行员和炮兵观测员却从未能精确定位它的发射位置。唯一令盟军感到如释重负的是对方炮弹不足：截至 4 月底，"罗伯特"和"利奥波德"总共只发射出 523 发炮弹。

但这是一场贴身厮杀，这个距离从刺刀的长度到近距离射程不等，极其凶险，极其靠近。托菲组织起三个"战斗巡逻队"，每个由 50 名狠角色组成，确保他们按时获得热饭菜和干衣服，然后派他们出去大肆破坏。一名士兵从绑腿处拔出一把刀，凶恶地在空中挥舞着。"这把刀是家乡的朋友送给我的，"他说道，"等我看见希特勒，它就能派上用场了。"被第 7 步兵团称为"采摘者"的狙击手将伪装色涂在身上，用硬纸板挡住双眼，然后一动不动地趴上几个小时，期盼着干净利落的一枪。

"没人喜欢列队前进，"一名士兵在 4 月 1 日的日记中写道，"如果与对方不期而遇，便会爆发一场短时间的激战，随后双方匆匆撤离。"黑暗中的巡逻以各种尸体（只是些穿着衣服的骷髅）作为路标，尖兵们嗅着空气中暴露对方行踪的烟草味和新掘泥土的气息。在奇斯泰尔纳附近，率领一支巡逻队的奥迪·墨菲往一辆动弹不得的坦克里扔了颗手榴弹，将其炸毁，从而赢得了自己的第一枚勋章。与许多战友一样，他不相信冒险（"据我所知，所有的英雄都已死去。"他后来说道），但他的结论是："胆识是一种战术武器,通常会令敌人猝不及防,使他们陷入混乱。"

宣传工作也试图达到同样的效果。传单像火山灰那样覆盖着整个滩头。盟军在地中海战区印制的传单多达 40 亿张,相当于 4 000 部卡车的载重量。在安齐奥空投或发射的传单中,提供一种让德国人考虑投降的简明德英短语列表,例如"热水在哪里"或"请再来点咖啡"。德国宣传人员以他们自己的传单攻势加以回敬。"亚伯·莱维"系列描述了一名犹太商人在后方调戏一名负伤士兵的女友;针对英军部队的另一份传单上,一个衣着暴露的英国女人正在穿丝袜,而一个美国兵则正整理着自己的领带。传单上写道:"你不在时,家里发生了什么?没有哪个女人能抵御这么帅的畜生。"一名英国兵如是评论:"德国佬已变得极其厚颜无耻。"

那些不在工事中说话的敌人必须予以探明。"炸毁房屋"的巡逻行动夜复一夜地缩短着双方间的天际线:坦克、迫击炮、8 英寸榴弹炮将可疑据点的上层炸为齑粉,步兵则在浓烟的掩护下冲过圩田,将幸存者消灭。突击队员在阵亡德军士兵的额头上留下贴纸,上面印有一个矛头的标志和一句警告:das dicke Ende kommt noch.(更糟糕的还在后头。)每堆干草垛、每个肥料箱、每个户外的炉子,只要是能让一名携带着冲锋枪的敌军士兵藏身的地方,都遭到猛烈的火力打击。"5 号和 6 号房屋已落入我们手中,"在一场籍籍无名的小冲突中伤亡了 53 名士兵后,一名营长向上级汇报道,"我们的前线离罗马又靠近了 500 码。我们正将注意力转向 7 号、8 号、9 号房屋。"

在这个被一名士兵称作"悲伤的大锅"的地方,死亡不仅反复无常,而且残酷、任性:一发随机落下的炮弹令 6 个正在看电影的人丧生;另一发炮弹炸死了 8 个正在吃中饭的人;一颗炸弹落在一个战斗工兵的营地,21 人送命;一发炮弹击中 1 000 英尺空中自己人的一架"派珀蚱蜢",两人丧生;一名目击者说,德国人的一发迫击炮弹射穿了一座谷仓的屋顶,令一名下士"用手紧紧捂住脸";一名突击队员的腿被炸飞,他坐在坦克车顶赶到急救站,朝营里的军医喊道:"喂,医生,你这里有多余的腿吗?"

所有人都疲惫不堪,有些人崩溃了。"昨天是来到这片该死的滩头的第 60 天,"第 15 步兵团的一名士兵写道,"这场战斗不会永远维持下去,这是让我们坚持下去的唯一理由。"在防线上待了数周后,"散兵坑恐惧症"

甚至令那些最为好斗的中士也不愿离开掩体。第 6 装甲步兵团的一名士兵描述道："此前从不祷告的那些小伙子，现在开始虔诚地祈祷起来，面对死亡时，他们会失声痛哭。"第 3 步兵师师部提醒新来的排长们，滩头部队由"那些自我保护本能非常强的普通人"组成。

截至 3 月下旬，医院的病房里满是 S.I.W（Self-inflicted Wounds，自伤）的标签，通常是一颗子弹击中了脚后跟或脚趾。第 3 步兵师的一名营长留着一瓶镇定药片，专门分发给那些看上去特别紧张不安的军官。医生们组织起"安齐奥滩头精神病学协会"，讨论有趣的"神经精神病"病例。"他们带着他经过我的散兵坑时，我看见了他，"第 179 步兵团的一名年轻士兵提及自己的一位战友，"他看上去可怜兮兮的，浑身战抖，跌跌撞撞。"

所有人都疲惫不堪，但许多人也变得更加顽强、更加无情，这是一支胜利的军队所必需的转变。"对我们这些身处滩头阵地中的大多数人来说，这场战争已成为一种非常个人化的事情。"一名突击队员写道。第 45 步兵师的一名印第安士兵据说已收集了一捆德国人的头皮，战友们对臭气的厌恶才迫使他停止了这种行为。一名士兵在 4 月份写给纽黑文市家人的信中说，他的朋友亨利击毙了一个翻越障碍的德国兵，尸体在铁丝网上"挂了一整天。亨利每隔一小时便会再次朝他开枪射击，仅仅是为了好玩"。

夜里，那些被困在"死亡之地"里的人用德语和英语发出哭喊"妈妈"的叫声。"受伤的人苦苦挣扎着告诉我们大量情况。"一名美军士兵说道。但一名被俘的德国伞兵认为，那些人"只是不想死去，他们不停地惨叫，随着夜色渐深，其他士兵对此的反应最终由同情变为憎恶"。一个可怜的声音用英语不停地喊叫着："我的名字是穆勒，我负伤了！"一个美国兵丢过去一颗手榴弹，低声说道："你这个王八蛋，现在你叫什么名字？"

天气转暖，季节更迭。第 1 装甲师的车组人员给他们的坦克绘制上较深的春绿色。4 月初，造林队开始沿着滩头阵地的周边伪装弹坑，并除掉斑驳处的树叶，以提供更好的隐蔽。疟疾也卷土重来，但许多人已从西西里岛的灾难中得到了教训。特拉斯科特意识到"光是蚊子便能击倒盟军，完成德军反击未能实现的东西"，他在四月份派出第 6 军的 2 000 名士兵参加"抗疟疾培训"。警觉的中士们监督着士兵们服用疟涤平药片。"防疫巡逻队"用 DDT 和煤油对 100 多英里的溪流和沟渠进行了喷洒，同时修复了水泵、堤坝和运河岸堤。士兵们抱怨说，就算他们往地上倒一杯水，也会有人来将水擦干或是喷上DDT。六月份，第五集团军上报的疟疾仅有2 000例，与去年夏季相比，这个数字非常低。

转暖的气候也为那些身负重伤的小伙子们带来了希望，就在几个月前，他们对伤势的愈合还感到十分绝望。"看来，我们在一种名叫'盘尼西林'的新药方面取得了非凡的成就。"第56后送医院的医生劳伦斯·D. 柯林斯写道。气性坏疽曾令三分之二患上该病的士兵丧生，这个比例现在大幅度下降。"我们把他们从死亡边缘救了回来，"柯林斯医生在日记中写道，"我们对此很欣慰，生还者也很高兴。"不过负伤的德国战俘不太高兴，"由于供不应求，我们未被批准给他们使用盘尼西林"，柯林斯指出，"毫无疑问，战场就是地狱"。

新的季节唤醒了那些迟钝的根苗，就连"死亡之地"也绽放出丁香和紫罗兰。第45步兵师的一名士兵在4月写信告诉家人，他刚刚吃到了新鲜鸡蛋，这可是5个月来的第一次。"也许，"他猜测道，"他们是想把我们养胖些再去厮杀。"也许就是这样。尽管安齐奥仍是"世界上最大的自给自足的战俘营"，就像"轴心莎莉"在晚间节目里声称的那样，但滩头阵地内的每一个士兵都已感觉到空气中的变化。

季节的变迁也加剧了他们的孤独感和渴望。特拉斯科特曾写道，他们渴望看见紫荆花和山茱萸，渴望听见孩子们的笑声，渴望在球场上而不是在狭窄的战壕中打棒球。在给12岁的儿子约翰和7岁的女儿安妮的信中，杰克·托菲写道："我非常想念你们，除此之外，我认为大联盟棒球赛在我的生命中占有极其重要的位置。"

回家的路只有一条。拉齐奥山郁郁葱葱的胸膛在朦胧的沿海平原上方隐约可见，令人心动，令人陶醉。时间嘀嗒作响地走向一个更为致命的时刻，尽管准确时间尚不知晓，但却不可阻挡。他们很快将离开这片令人厌恶的地带，这个灾难之地，这个悲伤的大锅。离开这里时，没人能保持原样。"安齐奥，"一名军官写道，"这个地方让我们大多数人历尽沧桑，不再年轻。"

给他们点厉害尝尝

远离泥泞和痛苦,远离那些"房屋破坏者"和"采摘者"的上空,盟军早已打赢了发生在这里的一场战争。地中海战区的盟国空中力量控制了天空,其耀武扬威的霸权程度堪比盟国海军对公海的统治。艾拉·埃克的部队目前拥有 1.3 万架飞机和 30 万人。尽管这些飞机中的数千架,特别是皇家空军中东中队里的飞机已"不可使用",但 8 000 架左右能飞的飞机已迫使德国空军采取"打了就跑"的战术。目前,德军从法国南部和意大利北部的基地偷偷调来近 500 架德国战机。由于本土和东线防御的迫切需要,德军对付盟军空袭的防空力量同样微不足道:4 300 个德军高射炮连,只有 260 个在意大利,外加 470 个探照灯连中的 14 个。

相比之下,希特勒在欧洲中部的强大防御,使盟军对德国城市和战争工业实施的战略轰炸沦为 3 万英尺高空中一场旷日持久的殊死搏斗。从两个方向(美国第 8 航空队和英国轰炸机司令部从英国发起打击,第 15 航空队从意大利起飞提供补充)打击纳粹德国的血腥愿景是现在唯一明确的希望。尽管从意大利起飞的一名机组人员在他的日记中罗列了他曾轰炸过的所有国家(德国、法国、意大利、奥地利、匈牙利、保加利亚、罗马尼亚、南斯拉夫),但第 15 航空队在冬季做出的贡献已被盘绕在阿尔卑斯山上空坚不可摧的云层、出人意料的意大利气候、护航战斗机的短缺及日益渐增的烦恼所削弱。直到 1944 年 3 月,埃克仍将第 15 航空队描述为"一群毫无组织的暴徒"。

1943 年秋季在诸如雷根斯堡和施韦因富特这些死亡陷阱中遭受的损失实在太过骇人,甚至让盟军暂时丧失了对德国的空中优势。尽管如此,到 11 月,41 座德国城市的命运已被英国轰炸机司令部压缩到一张纸上,首先从柏林开始,"480 英亩的房屋被摧毁,大批工厂遭到破坏,柏林遭受的损失与当初的伦敦相当"。从汉诺威(在很大程度上被摧毁)到法兰克福、斯图加特、慕尼黑(严重受损)无一幸免,其他城市也同样祸从天降。整片地区的情况可以概括为致命的一句话:"萨尔区,这个煤矿和钢铁小镇已被抹去。"

哈普·阿诺德 11 月签发的一份备忘录中,将英国中部的考文垂遭受的轰炸破坏（1 922英亩中的120英亩被摧毁）与汉堡（8 382英亩中的6 220英亩）和科隆（3 320英亩中的1 785英亩）进行了对比。而这只是一个开始。"我们是野兽吗？我们是不是干得太过分了？"丘吉尔很想知道。这位首相曾热烈支持过一些最具毁灭性的空袭行动，后来却为"人类学会了飞行"深感遗憾。

战争的第五个冬季结束时，联合轰炸机攻势已对敌军目标顺利投下超过100万吨炸弹，这些弹药足以炸死、炸伤超过100万平民及摧毁近400万座住宅。美军指挥官后来才意识到，尽管B-17"空中堡垒"编队中拥有数百挺点50口径机枪，但深入纳粹德国腹地的轰炸机仍需远程战斗机提供护航。1944年初，解决这个问题的P-51"野马"战斗机蜂拥而至，这种飞机的航程高达850英里，可以远远飞过柏林。这些气势汹汹的"野马"与迎面而来的德国战斗机交锋时便甩掉副油箱，就像"酒吧里的斗殴者脱掉大衣"，准备大干一场。美军飞行员接到一条命令："紧追德国人，务必将其击落，给他们点厉害尝尝！"

2月下旬，一场拖延已久代号为"论据"的轰炸攻势，对从飞机制造厂到橡胶厂的200个工业和军事目标发起打击。近4 000架轰炸机从英国和意大利起飞，展开了一连数日的无情打击，随后这场攻势被称为"最重要的一周"。第8航空队在6天内投下的炸弹吨数与他们在战争第一年的投弹量相当。盟军的损失也很惨重：226架轰炸机、28架战斗机和2 600名机组人员。

盟军欲削弱德国飞机制造业的希望落了空：1944年，尽管德国工厂牺牲了轰炸机的产量，但是这一年生产的飞机数量仍比战争期间的任何一年都要多。工厂被疏散至地下或偏远的森林中。但德国人遭到的打击也相当沉重：德国空军在2月损失的单引擎战斗机超过三分之一，另外还损失了近五分之一的战斗机飞行员。现在，一名德国新飞行员的战斗生涯平均还不到一个月。

用埃克的话来说，"金属的重量"已开始"令德国战争经济脱离了啮合"。美国人的白昼轰炸和英国人的夜间轰炸终于在一年多的时间里实现了空中理论家们期望的协同增效。随着天气好转，盟军重型轰炸机在4月针对德国目标投下的炸弹，平均为每分钟2吨。德国空军在地中海战区已彻底无力反击，而在欧洲中部他们也将无力回天。德国的合成油提炼设施是希特勒战争机器的阿喀琉斯之踵，现在显然已进入盟军轰炸范围内，它们在 5 月初遭到了攻击。

尽管如此，对飞行员来说，严峻的冬季已让位于严峻的春季。3 月，从英国起飞的盟军轰炸机每天损失 20 架，当月第 8 航空队还有 3 000 架轰炸机受损。士气问题可以从 3 月和 4 月近 90 个美国机组飞往中立国的决定中看出，这里中立国通常指瑞典和瑞士，在战争余下的岁月里，他们将被扣留在那里。美国陆航队很难提高"精确轰炸"的声誉，因为他们多次误炸了瑞士，4 月 1 日的一次误炸导致沙夫豪森镇百余人伤亡。

德国人布设的高射炮比以往更加密集，造成了非常严重的损失。1944 年初参加飞行的第 8 航空队机组，只有四分之一有希望完成调回美国所要求的 25 次作战飞行任务，那些尚未丧生或失踪的人也有可能毁于意外事故、身心疲惫或其他灾难。轰炸机司令部的伤亡堪比"一战"中的英国步兵。这是个极大的讽刺：空中力量本应保护盟军地面部队免遭另一场西线大屠杀，结果却使遭受屠戮的数据剧增。一名 B-17 飞行员描述了一场悲惨的任务：

> 一架飞机发生爆炸，零部件在空中四溅。我们撞上了一些碎片。一架飞机撞上了从前方另一架飞机中跳出来的一个人。一名机组成员从飞机的前舱跳出，却撞上了尾翼，他没有降落伞，身体翻滚着，就像被抛入空中的豆袋……一名德军飞行员跳出飞机，蜷缩着双腿，头部朝下，证件从口袋里飞出，他翻着跟头从我们的编队间穿过，身上没有降落伞。

"执行飞行任务时，我很害怕，"约翰·缪尔海德告诉他的一个朋友，"不飞时，我又觉得无聊。他们阵亡时，我很高兴不是我。"机组人员唱着一首根据《北非谍影》主题歌改编的歌曲："你必须记住，高射炮火不会总是射偏，总有人会送命。"单是在事故中丧生的便有 1.3 万名美军飞行员；截至战争结束，共有 14 万名盟军飞行员阵亡。"在我参加的最后 4 次空袭行动中，我被击中了 3 次，"第 17 轰炸机大队的一名飞行员在 2 月下旬写信告诉家人，"高射炮火极其密集，我甚至无法看见前方的飞机，这绝对是真话。"

许多飞机的机身用铝片打上了补丁，用于修补子弹和高射炮弹造成的弹孔。

一名 B-25 的投弹手在家书中写道："瞳孔放大，呼吸加速，口干舌燥……这是医院里都看不到的可怕症状。"螺旋桨湍流、电加热服故障（没有加热设施的轰炸机机舱内的温度能降至零下 60 摄氏度）、氧气面罩故障导致的缺氧都增添了风险。敌战斗机改变了战术，以突破盟军轰炸机的防御。盟军飞行员被警告要小心德国空军的攻击模式，这些进攻方式被戏称为"姊妹攻击""双引擎尾部攻击"和"阳光中的德国佬"。将领们哪怕一时糊涂也有可能导致灾难性后果。担任轰炸机中队中队长的好莱坞明星吉米·斯图亚特后来说："我不是为自己而祈祷，我只是祈祷我不要犯错。"

地中海战区空中力量的任务配额稳步增加，特别是对于中型轰炸机的使用，与重型轰炸机相比，中型轰炸机的航程往往较短，危险性也较小，至少在理论上是这样。2 月，"固定服役期"已被完全取消，取而代之的是"因地制宜"。飞行员们现在身穿的 T 恤上写道："飞行到死"。

不断增加的飞行任务也影响了一名来自布鲁克林的 21 岁的投弹手，由于火山爆发，约瑟夫·海勒中尉所在的大队带着新飞机于四月份从维苏威机场转移至科西嘉岛。他将在意大利和法国南部上空飞行 60 次作战任务，后来他将自己的经历写成了《第二十二条军规》一书里 B-25 投弹手约翰·约塞连的故事，这部作品也许是源于战争时期的最出色的小说。

"他们想干掉我，而我想回家。每次他们都想干掉我们所有人，每次出发，我们毫无安慰可言，"海勒后来在一本回忆录中写道，"他们想杀掉我……每次我们起飞时，我都会手指交叉默默地祷告。这是我偷偷摸摸进行的仪式。"

★ ★ ★

盟军飞行员掌控了意大利的制空权，于是大胆地断言，他们可以将这种优势扩展至地面。埃克在 4 月初写信告诉哈普·阿诺德，在意大利中部的一场封锁战便可切断敌军后勤补给线，这将迫使"敌军由于补给不足而不得不后撤"；凯塞林的部队缺乏食物、燃料和弹药，甚至可能"毫无必要展开地面攻势"，就能打开通往罗马的道路，并挽救无数的生命。这场封锁战的代号为"绞杀"。

此前曾有过对空中力量效能的过度吹嘘，先是在墨西拿、萨勒诺和安齐奥，后来是在卡西诺。埃克甚至向特拉斯科特保证，他的飞行员能把"安齐奥的安妮"打得哑巴吃黄连。W.G.F. 杰克逊写道，"绞杀行动"是"空军人员声称能为步兵们赢得地面战的最为大胆的主张"。鉴于半岛的狭窄，来自德国漫长的补给线，以及陡峭的地势（这里所有的铁路需通过大量桥梁和隧道穿过狭窄的峡谷），意大利似乎是实施空中封锁最理想的试验场。

1944 年 4 月 15 日，地中海战区美军陆航队最高指挥官艾拉·C. 埃克中将飞赴安齐奥。"在意大利上空，"埃克宣布道，"德国人处于绝对的劣势。"

如何从空中更好地打击德国人，关于这一问题的主要构想被委托给一位出生于南非、名叫索利·朱克曼的解剖学家和灵长类动物学家。他已超越了诸如"猴子和猿猴的社会生活"的研究，开始考虑炸弹落在人类头上的致命影响。朱克曼深得丘吉尔青睐，战前他的朋友圈中不乏名人，包括英国作家伊夫林·沃、美国作家莉莉安·海尔曼和音乐家格什温。在进攻西西里岛前，朱克曼便以其对数和概率研究在盟军司令部的轰炸计划中占有重要地位。1943 年末，在英国空军部批准的一份报告中，他构想的"孤立意

THE DAY OF BATTLE
战斗的日子

1944 年 4 月 6 日，美国第 6 军军长小卢希恩·K.特拉斯科特少将（左）与地中海战区美军陆航队最高指挥官艾拉·埃克中将一同视察安齐奥机场周围用沙袋和葡萄酒桶构筑的阵地。

大利南部战场"的最佳办法是对铁路编组场实施持续不断的轰炸,特别是那些带有大型维修站的编组场。正是由于朱克曼的影响力,最近几个月里盟军密切关注意大利中部和北部等铁路中心的瓶颈地带。

但朱克曼已经离开此地,他正赶赴伦敦投奔艾森豪威尔。而在卡塞塔则掀起了对他所持观点强烈反对的呼声。情报分析人员指出,自夺取那不勒斯以来,已有8 000多吨炸弹投向意大利的铁路编组场,"并未明显削弱敌人的补给状况"。德国人控制了意大利的铁路系统,包括至少40多个大型铁路编组场和另外100个拥有10条或更多铁轨的交通中心,这些很难被切断,而修复或绕行却很容易。

凯塞林在卡西诺、安齐奥和亚得里亚海前线的各个师,估计每天需要4 000吨补给物资,相当于15列火车的载运量,还不到意大利铁路运输能力的十分之一。盟军情报部门指出,德国人拥有的火车头数量庞大,在全欧洲足有6.3万个,"完全承担得起每次运输任务完成后抛弃火车头的损失"。

埃克和他的支持者,特别是劳里斯·诺斯塔德准将,坚持认为打击目标还必须包括桥梁、隧道甚至是穿过"封锁线"的铁路交通线,迫使德国人的后勤补给依靠效率低下、消耗燃料的卡车,而这些也将遭到打击。战斗轰炸机和中型轰炸机非常适用于对高架桥之类的目标实施精确打击。埃克获得联合参谋长委员会的批准后,于3月19日在2号轰炸指令中阐述了此次战役的目标:"降低敌人的补给量,直至其位于意大利中部的部队无法维持、无法行动的程度。"

"绞杀行动"的开场并不顺利。3月22日清晨,15名身穿军装的美军士兵(大多来自纽约,能说一口意大利语)所组成的一支战略情报局小组,划着三艘橡皮艇在拉斯佩齐亚西北方登岸。他们的任务是炸毁从热那亚而来的铁路主干线上的一条隧道,因为埃克的飞机无法到达那里。这个偷袭行动的代号为"杜松子酒"。两艘巡逻艇从科西嘉岛将这些士兵送达此地,在随后的两个晚上再度返回试图接运他们,但未能成功。岸上闪烁的灯光信号颜色顺序发生了错误,而航拍照片也表明,火车仍在穿越那条隧道。"估计灯光信号是德国人布下的陷阱,"战略情报局汇报道,"行动大概是失败了。"

行动确实失败了。一名意大利渔民发现了隐藏在岩石间的一艘小艇,随即报告了当地的法西斯当局。美国人还没到达隧道便被德军士兵包围，经过一场短暂的交火，15人悉数被俘。按照元首下达的命令——处决所有突击队员（包括身穿军装者），德军军长安东·多斯特勒将军下令枪毙他们。3月26日拂晓，这些美国兵被押到阿梅利亚村附近的一片林间空地，双手被铁丝绑在身后。一声令下，行刑队开枪将他们射倒，一名德军军官又用手枪逐一补上致命的一枪。"超级机密"拦截到凯塞林司令部发给希特勒的电报说，美国"暴徒"已被"清算"，但"杜松子酒"小组的确切下落一年后才被揭开。正义再一次姗姗来迟。（德军第73军军长安东·多斯特勒为此付出了代价，由于下令枪毙这些突击队员，他被盟军军事法庭判处死刑，于1945年12月1日执行枪决。——译者注）

轰炸行动被证明更为有效。发起攻击的飞机蜂拥赶至封锁带，最终超过5万个飞行架次，投下了2.6万吨炸弹。尽管多变的天气导致中型轰炸机每隔一天才能行动一次，但截至4月中旬，还是有27座桥梁被炸毁。有些目标遭到无情的打击，包括佛罗伦萨至罗马的铁路线，在22个地段被炸断。

车站、桥梁、机车修理站和停下的火车都遭到攻击。战斗轰炸机，平均每19个架次便能直接命中一座桥梁，与重型轰炸机相比，精确度提高了10倍；他们还扫射了铁路电工屋，这种战术加剧了德国电工的短缺。意大利铁路线每天被切断的数量增加了3倍，达到75条之多。4月中旬前，通往罗马的所有铁路都已堵塞，火车经常停在佛罗伦萨，以便让补给物资卸车，再用卡车转运至南方。油罐车必须用油桶代替，但油桶很快便发生了短缺。部队的调动放缓了，计划安排被打乱；有时候，敌人不得不在运送食物还是运送弹药间做出选择。

凯塞林在4月初命令补给车队只在夜间行动，但随着白昼越来越长，这些车队根本无法在一个晚上完成一趟来回。有些运输任务是从佛罗伦萨到佩鲁贾，往返近200英里，需要近一周时间。尽管他们开办了一所驾驶学校，以提高司机们夜间驾车的技术。但事实证明，意大利司机在枪林弹雨之下"不可靠得令人头疼"。一名德国运输官员后来承认，"一个个困难似乎已经堆积成山"。

但这些困难并未堆积到过高的程度。德国军队以令人恼火的灵活和意志（这正是他们在意大利进行战斗的特点）努力克服着这一切。交通放缓，但从未中断过。沿海地区的驳船和马车为一支 1.2 万辆卡车组成的车队提供了补充。几个铁路工兵连从法国赶来,对铁路和桥梁加以修理。一节车皮被摧毁,十节被补上:德国人在欧洲拥有 200 万节。出色的伪装使得盟军找到新目标更加困难,例如,波河上的一座新桥巧妙地穿过旧桥的残骸。凯塞林的弹药和燃料储备依然稳定。"补给情况,"柏林统帅部里约德尔的副手瓦尔特·瓦利蒙特将军说道,"总的说来尚令人满意。"

美国陆军史后来得出的结论是,"'绞杀行动'实现的不过是骚扰价值"。这种评价太过贬低"绞杀行动",这场战役令凯塞林的日常工作更加复杂,破坏了他抵御一场持续地面攻势的能力。虽然意大利中部的铁路交通变得越来越僵化,但就连最热情的飞行员也对此感到失望。埃克的英国副手、空军中将约翰·C.斯莱瑟在春末写道,空中力量"无法彻底将敌人的补给和援兵隔绝在战场外",轰炸也无法"凭借自身力量击败一支具有高度组织化和严明纪律的军队,即便对方完全没有空中支援"。

最简洁的评价来自诺斯塔德将军的一句话,这句话预示"古斯塔夫"防线上的 100 万士兵必须进行一场殊死的地面决战。

"敌人,"诺斯塔德说道,"并未被迫后撤。"

你们都是勇士,你们都是君子

春天悄悄地爬上了意大利这只粗陋而又肥沃的"靴子"。4 月,绿色的小麦悄然出现,一如它在数千年的战争与和平年间一样。湛蓝的天空中,苍鹰盘旋在上升暖气流中,鲜花装点着田野:毛茛、报春花、茂密的紫罗兰。伴随着野生的木瓜和山楂,高大的白杨木长出了新叶。河水涌过黑色的岩石,朝大海奔腾而去。粉红和白色的花朵点缀着杏树,淡淡的香气与烧焦的村落所发出的焦煳味混合在一起。

牧民们照料着双眼乌黑的牛和颈间挂着铃铛的羊。拿着大木槌的孩子们跟随在耕牛身后,将犁沟里的泥块敲碎。被毁的葡萄园里已换上新的绳子,以便让新生的卷须攀爬。"在意大利待得太久,我甚至觉得自己已经变成意大利佬,也许外貌也很像,"第 45 步兵师的一名士兵写信告诉家人,"我们现在说的是半英语半意大利语,还夹杂着许多军队里的俚语。""紫心谷"内满是弹坑，一场雨后，它们就像撒落的硬币那样在阳光下熠熠生辉。在写给加利福尼亚一位朋友的信中，第141步兵团的一名中士描述道："田野中满是血红的罂粟花……置身其中，有一种想哭的感觉。"谈及阵亡的战友，他又写道："他们中的许多人长眠于这片草地下，等待着我们，活着的人拾起解放和自由的火炬继续前进……这里的生活归结为简单的要素。没有虚饰，没有勋章，也没有无聊的举动。"

只有卡西诺，春天似乎踌躇不前。刺槐和橄榄树本应将这里的山坡镀上一层银色，但修道院（这里已被一名英国随军牧师称为"各各他"，即耶稣被钉十字架的地方）一侧的山坡上只剩下烧焦的树桩。下方的平原上，一片碎石发出古怪的灰白色，漂白了堆积的瓦砾。"如果真有'死亡小镇'的话，这里就是，"救护车驾驶员约翰·G.赖特评论道，"炮弹落在底部，到处都是。"

即便用望远镜从特洛奇奥山的岩石山顶俯瞰，这座镇子也显得空空荡荡，一些英军士兵称其为"鬼镇"。6号公路已被压缩为一条羊肠小径，散落着钢盔和被丢弃的子弹带。路边的坟墓随处可见，通常是三四个一组，但许多尸体仍躺在他们倒下的地方。"我闻到了同类的气息，"步兵亚历克斯·鲍尔比后来写道，"那些籍籍无名、还没来得及成为英雄的死者承受了最为可怕的打击。"

但在卡西诺，那些活下来的人同样籍籍无名，显然也没有成为英雄。1 500名士兵（英国人和德国人各占一半）居住在废墟中。"绞杀行动"也好，盟军的其他行动也罢，都未能迫使冯·森格尔将军的那些伞兵后撤哪怕半英寸。他们仍据守着高地和卡西诺镇内的各个据点，包括大陆酒店和玫瑰酒店。弗赖伯格的新西兰士兵已在4月初被第1近卫旅接替，从北面的监狱到南面的火车站，他们占据了一块宽阔的新月形阵地。

每天晚上，近卫旅中的搬运工在特洛奇奥山的背面抽完最后一根烟，便摘下腕上的手表，以免它在月光下闪烁引来敌人的注意。他们扛起扎着口的袋子，里面装着第二天的配给物资：食物、弹药、信件、潜望镜、老鼠药、对付敌手榴弹的金属网、掩盖尸臭的生石灰。大多数人穿着运动鞋或是用粗麻布裹住靴子，以减轻脚步声。从"狗屎角落"进入镇子的最后一段路被称为"疯狂一英里"，以熟悉的地标（例如，不知何故被压在桥主梁下的一名阵亡的美军护士）或"气味标志"（例如，十字路口一头腐烂的骡子）标出。

有时候，一个被称为"施潘道·乔"的敌射手会朝着模糊的队列开火，扫上6号公路的子弹在路基上弹开，就像从砂轮上飞出的火花。搬运工们丢下袋子逃离，随后便匆匆返回特洛奇奥山休息，等到第二天晚上再次出发。一名频繁进入卡西诺的皇家炮兵中尉发现，交流时"说话越来越不利索，想不结巴都难"。

近卫旅的指挥部设在一座天主教教堂的地下室里，进入时必须手足并用，钻过瓦砾中挖出的一个洞。一具腐烂的德军士兵尸体倒在入口附近，进出地下室的人会向他鞠躬以求好运，并低声说："晚上好，汉斯。"炮火和炸弹已将穹形墓穴的顶壁撕开，尸骨残骸散落在教堂的中殿内，英国人与殿中的虫子展开战斗，不得不挂起了粘蝇纸。巡逻队占据了三个前哨阵地，分别叫作"简""海伦""玛丽"，这三个阵地都设在建筑物的残垣断壁中，距离德军防线只有100码。哨兵们将"布伦"式轻机枪架在歪斜的圣母玛利亚壁画下，她的双眼依然凝望着天空。

"这里没有白昼，只有两种类型的夜晚，一种是黄色、烟雾弥漫而呛人的夜晚，另一种则是黑色、流星闪烁的夜晚。"寄身于卡西诺地窖中的一名士兵写道。近卫旅士兵们将驱蚊剂插入鼻孔抵御恶臭，并轮流站在潜望镜前监视情况，就像在潜艇里那样。"我们看到的是一个死亡世界，"皇家高地团的一名士兵描述道，"废墟中没有任何动静。尽管如此，却有隐藏的眼睛监视着一切。"

士兵们喝着茶，草草地写着信，还在漱口杯中留下半英寸高的水用来刮胡子。大量时间被用于谈论性、政治和生活中的荒唐事，所有谈话内容都避开了弗雷德·马奇德拉尼所称的"要命的单调，这是战争中所有人需要承担的最为艰难的东西"。德国人的炮弹落下，英军炮手发起还击，瞄准了那些可疑的据点，这些目标都以电影明星的名字为代号——金吉·罗杰斯、弗雷德·阿斯泰尔。黄昏时，他们蹑手蹑脚地爬出来方便，马奇德拉尼回忆说，一排排屁股"在半黑的天色下闪露白色，就像怪异的檐壁"。

废墟中的生活不会有谁过得更好。身穿宽松作战外套，戴着夜壶状钢盔的德军伞兵，给绷带洒上香水，将嘴巴和鼻孔蒙起来。还有些人用绷带包上被碎石块崩伤的眼睛。德国人在 4 月 16 日下达的一道命令中提醒道："在所有报告和命令（包括对话用词）中取消'灾难'一词,命令立即生效。"

4 月 20 日,六面反万字旗出现在废墟中,以庆祝元首的 55 岁生日,但就算"灾难"一词从嘴唇边去除,它也从未远离过内心。德军炮手发射了传单,传单上的死神拿着一把尺子,测量着一幅意大利地图,英美联军自 1943 年 9 月在萨勒诺登陆以来,勉强前进了 123 公里；意大利半岛的其他地区也被画上阶段线和预计日期,到达瑞士边境某个假定的路口要到 1948 年 4 月,然后,"到柏林还有 650 公里,大约要到 1952 年"。如果说这幅地图讽刺了盟军磨磨蹭蹭,那么它也提醒了每个德军士兵回家的日期有多么遥远。

"一切都掌握在命运的手中,许多小伙子已经丧生,"一名德军机枪手在日记中写道,"我很想回家,回到妻子和儿子身边。我希望能再次享受美好的生活。而这里,除了恐惧、死亡和毁灭,别无他物。"

尽管卡西诺暴行肆虐,毫无人道可言,但是那些被派到此地遭罪的人获得了一种奇特的尊严。某天晚上,每个近卫旅士兵都听见一个德国声音突然插入到"冷溪"无线电通讯网中,这个声音用英语坦承道："你们都是勇士！你们都是君子！"

★ ★ ★

5 月 1 日（周一）,清晨 7 点过后不久,第五集团军司令部全体人员在军乐队的伴随下,走过卡塞塔王宫花园里的大理石雕像和鱼池,轻手轻脚地穿过位于远端的橄榄园。他们无声无息地包围了军械库里最近为他们的指挥官新造的一辆拖车。这辆拖车涂抹着厚厚的绿色和棕色伪装漆,车内不仅配有日光灯和抽水马桶,还有一面全尺寸镜子和一张超长的大床。

马克·克拉克是个一丝不苟、墨守成规的人。所以,他在早上 7 点 30 分没有听见勤务兵送来早餐的铃声便觉得奇怪。为克拉克 48 岁生日组织起这场庆祝会的格伦瑟将军不耐烦地看了看手表,终于下令发出防空警报。刺耳的警报在整个王宫内响起时,乐手们举起各自的乐器,奏响了《今晚的老城镇将会热闹非凡》,接着又是一首新歌——《第五集团军是我心所属之处》,词曲均由欧文·柏林创作。

拖车的车门打开了,克拉克微笑着走了出来。"殿下。"格伦瑟开玩笑地说。克拉克身穿蓝色睡衣,外罩风衣,脚上趿着拖鞋,头上戴着帽子。待乐队演奏完《在欧洲》后,克拉克对众人表示感谢,提醒他们"这场战争中还有许多事情要完成",并预测第五集团军里的许多人最终将"参加南太平洋的战斗"。就在他转身返回时,乐队演奏着《老灰马》离去。当天晚些时候,克拉克飞至沃尔图诺堡下方的海滩,在寒冷的第勒尼安海中畅游了一番。当晚的生日聚会上出现了两个蛋糕、一名催眠师、几位喜剧演员和一位"扑克牌魔术师"。"克拉克当然是个坚强的军人,"格伦瑟在聚会后写道,"但他也常常想家。"

奇怪的是,克拉克刚刚回过家。亚历山大为计划在 5 月中旬发起的春季攻势重新部署他的军队时,克拉克提出回华盛顿一趟,这是两年来的第一次。马歇尔起初并未批准,并抱怨说这次申请"非常不合时宜",但随后又心软下来。

4 月 11 日凌晨 3 点,克拉克身穿绿褐色军装,系着绿绸领带(这已成为他的标志性打扮),在波多马克河畔的波林机场跟跟跄跄地走下飞机的舷梯。"像个女学生那样焦虑不安"的蕾妮被他的憔悴身影惊呆了,他看上去"瘦削、紧张、疲惫"。陆军部的一名上校将马歇尔的一张便笺交给克拉克,里面没有任何欢迎或赞美之词,只是强调此次回国必须保密。一辆指挥车带着克拉克驶过阿灵顿国家公墓,赶往马歇尔在迈尔堡的官邸,到那里睡上几个小时。"我俩之间有一种紧张的陌生感,"蕾妮后来写道,"他还不如一直待在意大利,尽可能地把我放在心上。"

克拉克夫人蕾妮已再次为克拉克将军的职业生涯摇旗呐喊,他显然毫不知情,而马歇尔的冷淡接待也许是在表达自己的不悦。在最近写给马歇尔的一张便条中,蕾妮向他保证:"当然,韦恩(克拉克的中间名)正在努力。"她还附上了丈夫寄来的一封私人信件。"我一直无法让自己有丝毫轻松,我那些可怜的部下正经历着千难万苦。"克拉克告诉她。他接着写道:

> 亲爱的,你永远不会了解我所经历过的那些紧张时刻,几个小时,几天……我去医院看望他们,在一个大帐篷里跟他们交谈……那些伤员躺在那里,有的被炸飞了腿,有的腹部和胸部受伤,他们

微笑着，从未有过抱怨……有时候，我真的需要向你倾诉——我找不到其他人来表达我的真实感受。

尽管马歇尔对此表示同情，但他把这种情感隐藏起来。按照蕾妮的要求，这位参谋长将克拉克的信退回给她，但事先复印了一份。在3月初一张冷冰冰的便笺中，马歇尔提醒"蕾米"（蕾妮）："相信你很清楚，从你丈夫那里收到的信件都需要注意保密。"

10天的休假转眼便过去了。抵达华盛顿一周后，克拉克在马歇尔的陪同下来到五角大楼，口授了一份电报发给住在哥伦比亚特区的母亲："我知道这会让你感到震惊，我现在身在华盛顿……别告诉其他人我在这里，这一点绝对必要。"得到马歇尔的批准后，母亲来到绿蔷薇酒店一间僻静的客房，与儿子匆匆见了一面。这座度假酒店位于西弗吉尼亚州，现在已变为一所康复医院。克拉克打着高尔夫，谈论着自己的退役生活。当他疲惫不堪地连续3次将球打入湖中时，在这里担任场地管理员的一些德军战俘开心地笑了起来。克拉克大步离开发球座，嘟囔着："我真不该俘虏这帮家伙。"

返回意大利前的某个晚上，克拉克坐车离开蕾妮位于康涅狄格大道公寓楼的地下车库，赶往华盛顿市中心I街第1806号：一座建于19世纪的别墅。阿利比俱乐部就设在这里，那些富有、人脉广泛的华盛顿精英聚在这里"烹煮适合自己口味的龙虾、牡蛎和鸭子，打扑克牌，痛饮一种以梅德福朗姆酒为基底调配而成的烈性饮料"，马歇尔的传记作者这样写道。为听取克拉克关于意大利战事进展的汇报，马歇尔召集了十来个实权人物，包括副总统亨利·A. 华莱士和众议院议长山姆·雷伯恩。

在接下来的一个多小时里，当听众们围在桌子旁啜着牡蛎，把牡蛎壳丢进碗里时，克拉克用他那低沉、圆润的嗓音描述了过去和将来的战役：萨勒诺的拼死奋战，进军沃尔图诺河，冬季防线上的殊死搏斗，安齐奥的孤注一掷。现在，一股强大的推动力很快将把第五集团军送入罗马。后来克拉克得出了结论：这些听众对意大利山区所进行的战斗完全没有概念。

克拉克在写给威尔逊元帅的一张便笺中指出，"意大利半岛上漫长而又血腥的战斗"日后只会更加漫长、更加血腥，但即将到来的胜利使得这一切都是值得的。飞回意大利时,克拉克带上了家里的可卡犬"帕尔",好让自己有个伴,还带上了马歇尔的妻子凯瑟琳的包裹,后者托他带给自己第一次婚姻所生的两个儿子,这两位年轻的军官都在意大利服役。到达卡塞塔后,克拉克写信告诉蕾妮,这次简短的回家之旅,"简直就像一场梦"。

★ ★ ★

亚历山大对意大利的盟军部队实施重组后,克拉克目前指挥着 13 个师(7 个美国师、4 个法国师和 2 个英国师),这股力量与 9 个月前他带往萨勒诺的集团军相比扩大了 4 倍。尽管他对自己能统率一支如此强大的军队深感自豪,但随之增长的需求,再加上自 1 月中旬以来军队又损失了 5 万人,给他造成了沉重的压力。克拉克冷漠而又孤傲,但深具创造欢乐和辉煌的能力;有时他目光短浅、性格执拗,全力保卫着自己的特权,随着战争的持续推进,他越来越倾向于不顾现实或根据想象发起攻势。"马库斯·奥里利乌斯·克拉库斯"这个绰号从未消失过。

有时候,克拉克似乎与地中海战区的每一位高级将领都不和。"他把手下那些军长看成连长,毫无疑问,他不太为我们美国人考虑。"杰弗里·凯斯在日记中写道。特拉斯科特对克拉克的百般挑剔深感厌倦,两次提醒他"在任何时候"都有权解除自己第 6 军军长的职务;克拉克则在自己的日记中对特拉斯科特"满腹牢骚的态度"提出批评。

克拉克与自己在西点军校时的数学教官德弗斯中将(他现在是地中海战区美军高级指挥官)之间的宿怨愈发激化,以至于德弗斯拒绝与克拉克直接打交道,而以亚历山大的美国副手莱曼·莱姆尼策为中间人。"这两人只要在一起 3 分钟,肯定会爆发冲突。"莱姆尼策后来说道。克拉克认为德弗斯是个"笨蛋",并告诉他,自己"已经有太多上司"(德弗斯是威尔逊的副手,也就是地中海战区盟军副统帅,从指挥体系上说,他是克拉克的上司。——译者注)。德弗斯则告诉威尔逊元帅,这位第五集团军司令"觉得自己就是万能的上帝,他真让我头疼,如果我能将他撤职的话,我会这么做的,可惜我不能"。

春季,克拉克与英国人的摩擦加剧。他抱怨说,英国皇家海军"行事专横霸道",而且"一点也不与我合作"。他有几次对亚历山大极其无礼,

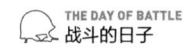

以至于莱姆尼策希望他被撤职，并以此警告他。地中海战区的英军统帅部对克拉克"令人头疼的态度"憎恶至极，3月时便商讨过解除他职务的事宜。但这个动议走漏了风声，不仅五角大楼获知了消息，就连丘吉尔也获悉并表示不支持，因而未能成功。

在给克拉克的生日贺电中，英国首相写道："寿比南山。"尽管丘吉尔仍很喜欢这个被他称作"美国雄鹰"的指挥官，但他还是使用了其他野生动物的隐喻来批评安齐奥的僵局。"我们希望登上滩头的是一只野猫，它将把德国佬的肠子撕出来，"他告诉艾森豪威尔，"可相反，我们让一头庞大的鲸搁浅了，它的尾巴还在水里扑腾。"丘吉尔还表示（正如他对威尔逊所言），他对"大英帝国即将尝到的苦涩"感到担忧，"因为美国人肯定会提出刺耳的要求，欲由美国独占罗马"，而他主张"公平分享这一荣誉"。丘吉尔拒绝支持卡塞塔"兵变"，与此同时，他考虑让亚历山大接掌滩头部队，由威尔逊接手指挥卡西诺前线，这种不切实际的想法让可怜的布鲁克无奈地说道："我觉得自己就像被绑上了一个疯子所驾驭的战车。"

对付克拉克的任务交给了亚历山大，他表现出一名颇具天赋的画家所具备的耐心和精明的洞察力。以形容词为调色板，亚历山大准确地勾勒出克拉克的特点："喜怒无常、极其敏感、雄心勃勃、狂妄自大，随着战事的持续，他学会了许多东西。"尽管亚历克斯将军更希望由奥马尔·布拉德利或巴顿来指挥第五集团军（虽然他怀疑后者会"不安于埋头苦干"），但他仍然认为克拉克是一名优秀的指挥官。"他在战斗中总是保持冷静，"亚历山大评价道，"从未见他惊慌失措过。"

★ ★ ★

从未惊慌失措过？也许如此，但实际上克拉克的内心经常焦虑不已。太多的烦心事令他心情沉重。为滩头阵地提供的空中掩护依然不够稳定，克拉克为此事破坏了5月1日在卡塞塔为他举办的生日庆祝会的气氛，他跟亚历山大大吵一通，抱怨提供给第五集团军的战斗机和轰炸机支援与提供给第八集团军的空中掩护完全不成比例。部队的伤亡如此严重，照此下去，部署在意大利的每个美军师，用不了3个月，配属的132名少尉就将损失殆尽。

尽管新兵接受的基本训练已从 13 周延长至 17 周，但送到这里的大批补充兵严重缺乏军事技能，有些人甚至不识字。最近加入第五集团军的部队（第 85 和第 88 步兵师，都被划到凯斯的第 2 军麾下），是 55 个美军师中第一批参战的部队，这两个师主要由应征兵组成，而他们的价值尚未得到证明。在这两个师里的 6 名团长中，4 名已被撤职，克拉克向马歇尔解释称，"是因为年龄和身体的关系"。

不只如此。仍在安齐奥的两个英军师的实力极其虚弱，特拉斯科特和克拉克都认为他们对新发起的攻势起不到什么作用。自萨勒诺登陆以来，英军已有 4.6 万人伤亡，另有数千人患病，而补充兵的数量却无法弥补这一损失。此外，正如格伦瑟将军所言，"许多英军士兵已经历了 4～5 年的战事，在某些情况下已是疲惫不堪"。

大多数英军指挥官对此表示同意。"缺勤和开小差仍是个大问题，"伤愈后重返安齐奥接掌英军第 1 师师长职务的彭尼将军写道，"早些发起进攻也许是一种有效的预防措施。"1944 年春季，每天平均有 10 名英军士兵因为"开小差"而被判刑，在意大利，约有 3 万名"开小差者"逃跑。另一位英军师长抱怨道："整件事被掩盖了起来。"

这种情况并非英军所独有。二战期间，美国陆军宣判了 2.1 万名逃兵，其中许多逃兵出自地中海战区。克拉克谴责了第五集团军内自伤现象的激增，并认为"在敌人面前行为恶劣"的美军士兵被判处 5～10 年徒刑"远远不够"。对地中海战区 2 800 名被判"开小差"和"擅离职守"的美军士兵进行的一项精神分析总结出这些罪犯使用的 35 个理由，其中包括"我的神经崩溃了"和"我害怕"。

一名 22 岁的步兵参战 7 个月后，在卡西诺当了逃兵。他的情况非常典型，他说道："我觉得我的神经系统在燃烧，我的心脏剧烈跳动，我害怕得要命，几乎动弹不得。"这些症状影响了成千上万人，更增添了克拉克的烦恼。"战斗疲劳症"（这个在突尼斯创造出来的新词取代了不正确的"弹震症"）进一步侵蚀了意大利盟军部队的战斗力，与发生在其他地区的情况完全一样：整个战争期间，约有 100 万美军士兵因为"神经精神症"而住院治疗，近 50 万人因"人格障碍"而退出服役。

所有士兵都处在危险中，但步兵所冒的风险最高，他们占了美军海外力量的 14%，承受了 70% 的伤亡。对派驻意大利的四个步兵师所作的一项调查研究发现，士兵们通常认为"自己肯定会被击中，问题只是何时被击中及伤势有多重"。陆军军医署长得出的结论是，"各个步兵营里的每一个士兵，如果没有伤残的话，最终都会成为精神病人"，通常是在参战的 200～240 天后。"没有谁是铁人，"著名的精神病学专家威廉·C. 门宁格准将写道，"最为坚强的性格，长期经受沉重的压力后也将发生崩溃。"

"麻醉精神疗法"通常使用阿米妥钠或戊巴比妥钠，通过深睡治好了一些患有"战斗疲劳症"的士兵。那不勒斯的第 45 综合医院在 1944 年收治了 5 000 多名"神经精神病"患者，他们还广泛使用了电击疗法。但通常来说，每五名精神病患者中，只有一个能重返部队。

这些问题都影响到第五集团军进军罗马的能力，而罗马这座城市对克拉克的吸引力越来越大。他在华盛顿时已获悉"霸王行动"被定于 6 月初发起，夺取罗马与进攻诺曼底同时进行，对轴心国的士气将是个沉重的双重打击。尽管"永恒之城"的军事价值值得怀疑，但经历了这么久的战斗后，它提供了一个戏剧性的象征，一个恰当而又深具分量的奖品。

但迅速赶到罗马至关重要，必须赶在"霸王行动"抢走意大利战役的风头之前，也必须抢在英国人偷走第五集团军的荣誉之前。丘吉尔的怀疑是有根据的：克拉克根本无意与其他人分享夺取意大利首都的荣誉。实际上，克拉克已开始表现出某种偏执狂的迹象，深深地怀疑英国人有所图谋。

"其实我知道，有人打算让第八集团军夺取罗马，"克拉克在 5 月初的日记中写道，"我倒不如让亚历山大知道，如果他试图这样做，他将面临一场骨肉相残的全面战争。换句话说，就是跟我打。"

成就伟大事业的前夕

亚历山大经常引用纳尔逊勋爵在特拉法尔加海战前夕所说的话："只有集中优势兵力才能歼灭敌人。"几周以来，他马不停蹄地忙着集结歼灭敌军的力量，凯塞林对此一无所知。盟军在意大利的兵力目前已超过 50 万人，相当于 28 个师，在炮兵、装甲部队和飞机上占有巨大的优势。按照亚历山大的参谋长约翰·H. 哈丁中将拟订的作战计划，盟军不仅想将德国人驱赶至罗马以北，还打算歼灭大批敌人，从而在"霸王行动"攻入法国之际，迫使希特勒加强他深受打击的南翼。

这场庞大的地面攻势代号为"王冠"，计划于5月11日发起，需要投入三倍优势的步兵兵力，从"古斯塔夫"防线上一个熟悉的进攻点对德国人发起打击：卡西诺堡垒及利里河谷上方隐约可见的高地。亚历山大将这个至高无上的荣誉交给了第八集团军。"私下里说一句，"他悄悄告诉布鲁克，"克拉克和他的集团军司令部干不了这个，对他们来说，这个任务太大了。"第五集团军，包括朱安将军的法国远征军，将从左侧发起进攻，穿过奥伦奇山脉，"沿一条与第八集团军大致平行的轴线"推进。一旦"古斯塔夫"防线被突破，特拉斯科特的第6军将冲出滩头阵地，挤开德国第十四集团军，帮助歼灭德国第十集团军。

亚历山大最终的命令于5月初下达，但没有提及由哪支部队夺取罗马，这进一步引起了克拉克的怀疑。不过，几周来，作战计划已清晰地展现出一个方案，第八集团军将穿过6号公路，转向罗马的东面，直奔佛罗伦萨或亚得里亚海上的安科纳，这取决于联合参谋长委员会是否会将法国南部或奥地利作为亚历山大的最终目标。第五集团军则沿第勒尼安海岸线杀向维泰博，继而进军里窝那。

荣誉是足够的。尽管如此，考虑到兄弟间的竞争，盟军司令部通知所有记者，"不应在第八集团军、第五集团军和法国远征军之间做出容易招致反感的对比；不要夸大其词，不要天花乱坠的描述……应避免炒作"。

鉴于盟军为"王冠行动"集结了如此之多生机勃勃的部队，记者很难平铺直叙地报道。盟军的右翼，第八集团军（在过去的19个月里，他们从开罗出发，跋涉经过了两块大陆）已悄悄地带着25万名士兵由东向西越过亚平宁山脉。他们的司令官，奥利弗·W.H.利斯中将，与克拉克一样高大，但更健壮些，留着一抹黑色的胡须，一双闪闪发亮的棕色眼睛会在大发雷霆时黯淡下来。凯斯对他刻薄地描述道："四肢发达，头脑简单。"

利斯经历过索姆河血战，身上的伤疤证明了这一点。他性格直率，牙齿有些外凸，喜欢身穿卡其布短灯笼裤，再戴一顶草帽。他从骨子里仍是蒙哥马利的门生，喜欢炮火齐射时的轰鸣，喜欢将廉价香烟抛给他手下那些小伙子，也喜欢一边泡在浴缸里一边与下属召开会议。他还喜欢提出忠告：

"绝不要在一个低层次上厮混。"利斯后来成为一名园艺肉质植物（诸如仙人掌和秋海棠之类）专家，而现在他满足于培植郁金香。

利斯把自己担任集团军司令后指挥的第一次大战役比作"生孩子"。亚历山大将他的有条不紊视为一种缺点。"有些指挥官不像克拉克那样善于推动事情前进，"他在战后说道，"而是需要别人给他们点儿刺激推动一下，比如利斯就总是需要被刺激。"一名加拿大将领曾批评利斯"挥着双手上蹿下跳，像个发情的妓女"。但利斯的大笑和粗俗的幽默掩盖了他的精明狡黠。"我觉得我能跟克拉克共事，"他写信告诉妻子，"他认为我是个大傻瓜，但是他会大吃一惊的。"

利斯的七个步兵师和三个装甲师中包括盟军阵营里的一支新部队——5.6万名波兰人，他们被赋予夺取卡西诺山的任务。这些波兰士兵由瓦迪斯拉夫·安德斯将军率领。他是个身材修长、长相英俊的骑兵军官，用麦克米伦的话说，带有"一股男孩子的热情"和下定决心解决问题的勇气。

安德斯曾在1939年时跟德国人和苏联人打过仗，三次负伤，挂着拐杖当了俘虏，在莫斯科臭名昭著的卢比扬卡监狱和其他牢房中被关了20个月，大多数时间是被单独关押。希特勒入侵苏联后，他被释放（据说只穿着一件衬衫和一条内裤）去组建一个波兰军，以对付纳粹这个共同的敌人。他的部下从散布在远至西伯利亚的战俘营召集而来，他们长途跋涉，穿过伊拉克和波斯，与另外一批逃到匈牙利和罗马尼亚、已在英国人的帮助下奋战于中东的波兰人取得会合。

安德斯的两个师兵力不多，但和他一样士气高涨，他们甚至用抽签来决定由谁获得解放修道院的特权。"我们从不抓俘虏，"一位波兰上校告诉一名近卫掷弹兵，"养活他们是件麻烦事，而且，他们自己是始作俑者。"没有哪个波兰人会在5月11日畏缩不前，正如安德斯后来所说："因为我们没有留作预备队的兵力。"对波兰第2军来说，回家的漫漫征途必须穿过"古斯塔夫"防线。

盟军的左侧，从第勒尼安海到拉皮多平原边缘，在一条12英里的战线上，克拉克的麾下也有一支特殊的部队。在他们看来，"王冠行动"是一场了结宿怨的战斗。"饱受苦难的法国正注视着你们。"朱安将军对法国远征军的士兵们说道。他的军已扩充至近10万人，编为4个师和3个北非土著士兵大队,这些来自柏柏尔部落的士兵素以敏捷和无情著称。冬季在卡西诺周围遭受了 8 000 人的伤亡后,朱安在春季对他的部队进行了山地战训练,并强调速度、隐藏和渗透。他认为,只有"攻上山头",盟军才能拓

法国军队中 12 000 名北非土著士兵中的一员,这些柏柏尔士兵素以敏捷和无情而著称。

宽其前线，并绕过利里河谷中饱受限制的坦克陷阱。

这就意味着必须攀登奥伦奇山，这片原始山脉高达3 000～5 000英尺，在河谷与大海之间形成了一条宽阔的隔离带。这里遍布峡谷和山峰，以彼得雷拉山为最高峰，居住在山上的大多是牧羊人和烧炭工，德国人和英美联军一致认为这片地带无法逾越。

但朱安不这么看。他裹着大衣，蓝色贝雷帽向下拉至耳朵处，毫无用处的右衣袖晃荡着，歪斜的牙齿间咬着一根未点燃的雪茄。他大步走到山脉下方的阴影处，紧盯着接近地和山鞍部。侦察照片表明，两条狭窄的小径蜿蜒翻过山顶，没有敌军设防。他操着热情的法语和磕磕巴巴的英语，凭借耐心和毅力，首先说服了凯斯，然后是克拉克，让他们同意扩大并深化第五集团军的攻势。"美国人和我们很像，不是好糊弄的，"他写信告诉一位法国同僚，"但他们也充满了一种无所不能感和一种你很难想象的敏感。"

朱安建议两个军齐头并进，动用17万名士兵、600门大炮和300辆坦克，发起一场猛烈的进攻；而不是以法国远征军为突破德军防御的冲城锤，再由凯斯的第2军对此加以低效率的利用。鉴于意大利"靴子"的倾斜，这场进攻最初将由东向西杀入山脉中。在这样的地形下，为一个军提供补给非常困难，而要补给两个军，只能说是艰巨了。但这样一来，第五集团军可以对德国人的防御阵地实施侧翼包抄，撕开"古斯塔夫"防线。一旦越过奥伦奇山脉，美国人便能横扫海岸，直奔安齐奥和罗马，而法国远征军将从西南方进入利里河谷。

"火炬行动"期间，自从在阿尔及尔第一次相遇以来，克拉克对朱安的钦佩与日俱增。第五集团军司令部分配给朱安的无线电呼号为"汉尼拔"，这绝非偶然。这个法国人除了英勇无畏，还自愿摘掉了他四颗将星中的一颗，以免在军衔上超过他的集团军司令。"树立起信心，"朱安说道，"享受冒险吧。"

亚历山大的命令显得不甚明确，只概述了部属的任务；与之相比，朱安这个大胆而又独特的计划赋予了第五集团军发挥更大作用的机会。克拉克与所有西点军校学员一样，牢牢坚守着一个秘诀："预期风险是为了获取利益的一种已知风险；为冒险而进行的冒险则是傻瓜的选择。"他知道这当中的区别。

★★★

演出的帷幕拉起前，50万名演员匆匆寻找着各自的位置。地面上如火如荼地开展各项行动，利用黑暗和骗术蒙蔽德国人的双眼。在最左侧，意大利劳工按照"不必伪装得太好"的命令，在加利格里阿诺河河口修建起虚假的碉堡。在上游更远处，20个未被发现的法军营挤入一片勉强4英里宽的洼地；朱安的部下戴上英国人的汤碗式钢盔，以掩饰麦克里里的第10军已被调至卡西诺的另一侧。夜里，为减少动静，工兵们操纵着工具，砍开一条进入奥伦奇山麓的小径；黎明前，他们布上灌木枝，以遮掩自己的行踪。

四月份时，加拿大通讯兵的讯号已消失在亚得里亚海沿岸的空中。现在，他们再次在萨勒诺附近发出通讯信号，让德国监听者以为盟军正在准备发起一场两栖登陆行动。实际上，操作61部电台的不到200人，这是一场精心策划的电子欺骗战。在亚得里亚海上的泰尔莫利，第1巴勒斯坦伪装连在港口内安置了假登陆艇，并在2英亩的码头布设了伪装网，以此激发德军侦察机飞行员浮想联翩。为恐吓通敌者，类似葬礼公告的盟军传单上登出了被枪毙的间谍或破坏分子的姓名及照片。

用波兰文、英文、法文和印度文标注的军用交通标志出现了。工兵们沿着前线建起一条条小径，用石灰、稻草、石块和草皮加以伪装。长长的屏障由铁丝网构成，并配以钢丝绒，遮掩了道路、桥梁和仓库。树木清理组小心翼翼地削减橄榄林，以便为大炮创造出射界，他们将树干锯断至四分之三的程度，使它们继续竖立，等到进攻发起时，再将它们放倒。安德斯的士兵们将装备熏黑，穿上7 000套斑驳的狙击手伪装服，又将6 000加仑伪装漆涂抹到他们的车辆上。

尖兵们穿上帆布鞋和深色套头衫，在夜里游过拉皮多河，爬入萤火虫闪烁的芦苇丛中。印度工兵沿着河岸爬行，探查着一月份时美国人埋设下的地雷。离河500码处，南非士兵在白天趴在石砌矮墙之后或散兵坑内。在这里，4点半便天色渐亮，直到晚上9点半才会迎来夜幕。

从6号公路到"狗屎角落"，每棵树木后都隐藏着补给物资。弹药堆积如山：为"王冠行动"的最初两天做准备，光是为第五集团军便需要储备1.1

1944年5月21日,瓦砾遍地的城堡山下方,南非工兵们清理着穿过卡西诺镇的6号公路。

万吨弹药,包括20万发105毫米口径的炮弹。6英尺口径的燃料输送管长达100英里,从那不勒斯一直延伸至前方仓库,43个意大利锯木厂将森林变成了可供工兵使用的木料。第五集团军的工匠们以12小时为一班,轮番忙碌于浇筑平台,制作复杂的模型,这些模型勾勒出通往罗马途中的每一个采石场、悬崖和修道院。地图库里堆放着四种不同比例的数百万份地图。为制作出克拉克司令部所需要的五色地图,绘图员们将代用墨水混合上红药水、烟草汁和疟涤平药片,抗疟疾药把纸张染成了与士兵们的皮肤相同的亮黄色。

源源不断的补给车队以6英里的时速向前驶去,车后安装了喷水器,以免扬起的尘土暴露行踪。经过特别改装的吉普车朝前方仓库驶去,它们的发动机舱包裹着橡胶垫,以此降低噪声。从加利格里阿诺河到桑格罗河,嘚嘚的马蹄声整晚随处可闻。光是第五集团军就使用了1万头骡子和2 000匹马组成驮畜队。朱安逢人便说:"没有骡子,部队就无法实施机动。"

★ ★ ★

5月初,特拉斯科特回到滩头阵地。在那不勒斯的五天休假不仅晒黑了他的皮肤，也使他重新恢复了活力。"每天游览花园时我都在想你，"他从聂图诺写信给莎拉，"盛开的玫瑰花随处可见，你知道我是多么喜欢它们。"按照他的要求，勤务兵剪下花束，送往位于"半亩地狱"的医院病房。他提醒妻子，自己已当兵服役了27年。"我以为流逝的岁月已给我造成了伤害，并留下了它们的印记，奇怪的是，我反而觉得自己比当初更年轻。"在另一封信中他又写道："我希望我没有骄傲或自负，我不认为自己已成为那样的人。我仍保留着幽默感，仍能发出自嘲。"

滩头阵地上，"王冠行动"的准备工作同样进行得如火如荼。100多万吨补给物资被堆放在安齐奥，以便在向北进军的途中提供给第五集团军。工兵们用残垣断壁中的碎石铺设道路，并为穿越沼泽地制作了300个灌木柴捆。通往前方的电话线被埋在用吉普车拖行的犁挖掘出的战壕中。他们还在孔卡附近建起了用于关押5 000名俘虏的战俘营。

巡逻队召回了"死亡地带"中的侦察小队。拂晓前，各个营轮流用所有武器进行了一两分钟的扫射，以此挫败敌人可能发起的袭击。特拉斯科特缠着克拉克，要求他"至少再多给一个步兵师"。他很快将获得弗雷德·沃克的第36步兵师。整个第1装甲师也在滩头阵地合并起来，这使欧内斯特·哈蒙有了232辆坦克，也让安齐奥的部队扩充到七个师。几周以来，十几辆"谢尔曼"坦克每天晚上都隆隆向前，向敌人射出骚扰性炮弹，拂晓前再撤回来。现在，每天早上都有几辆坦克溜入隐蔽的前哨车阵，加入到一支隐蔽得很好的装甲突击部队中，它们就集结在前哨附近。一些车组人员用角铁焊接成额外的弹药架，车内塞入250发炮弹，另外40发放在后甲板处，另外还有1.6万发机枪子弹。"太挤了，"一名连长后来说道，"我们是去打仗。"

在写给身处华盛顿的老朋友莱斯利·J. 麦克奈尔的信中，哈蒙报告说，滩头阵地的指挥官希望确保"一沙一石都在我们的掌控之中"。尽管如此，哈蒙还是承认道："我非常紧张。"至于特拉斯科特，他一心怀着必胜的信念。"我们正处于成就伟大事业的前夕，"他写信告诉莎拉，"我希望这个夏天我们就能一路走向欧洲战争的终点。"

这个问题恰恰是亚历克斯将军在5月5日（周五）早上走入第6军位于聂图诺地下室中的军部时打算讨论的。滩头部队应该何时出击，朝哪个方向？特拉斯科特用粗粗的食指指着墙上的一幅地图，迅速阐述了他的参谋人员研究出的四个选择。他和克拉克倾向于代号为"海龟"的计划：盟军部队将冲过阿尔巴诺公路，直奔"工厂"，在卡罗塞托转向西北方，绕过德军位于拉齐奥山西侧的右翼，然后沿 7 号公路（亚壁古道）进入罗马。

亚历山大戴着红帽子的脑袋滑稽地歪向一边，这表明他有不同的想法。几周以来，他一直盯着转向拉齐奥山东面的 6 号公路，它让菲廷霍夫的第十集团军获得了通入利里河谷的补给线及退向罗马的后撤道路。一旦"王冠行动"的攻击将德军预备队诱至卡西诺前线，滩头部队便可以向东北方推进，在瓦尔蒙托内将公路切断，这个十字路口的小镇位于奇斯泰尔纳前方 14 英里处。巧合的是，特拉斯科特的参谋人员也拟定了这样一个计划，代号"水牛"，这是他们的四个计划方案之一。亚历山大认为，滩头部队与卡西诺前线的部队取得会合可能需要一个月时间，但只要夺取瓦尔蒙托内，第 6 军就能将德国第十集团军困在一场关键的歼灭战中。

与特拉斯科特会谈后，亚历山大对自己选择的进军路线深信不疑，他以罕见的明确性在 5 月 5 日下达了一道命令，指示第五集团军"在瓦尔蒙托内地区切断 6 号公路，从而阻止德国第十集团军的补给或后撤"。

当天早上，克拉克正在卡塞塔与朱安、凯斯和其他助手商谈作战事宜，随后吃了顿冷盘配啤酒的午餐。下午 2 点，一名副官送来特拉斯科特发来的密码电报，向他报告亚历山大倾向于"水牛行动"。

> 亚历克斯将军早上抵达。我告诉他我们制订的四个计划后，他指出我太注重于备用计划……我认为你完全了解亚历克斯对这个问题的看法，但我想让你知道他今天对我所说的话……你知道我唯你马首是瞻。特拉斯科特。

克拉克愤怒了。"亚历克斯试图操纵我的部队。"他在日记中写道。在打给莱姆尼策的电话中，他痛斥亚历山大给自己的下属"直接下达命令"，与自己掌握几个计划以保持灵活性的想法相违背。他联系上亚历山大本人后，他抱怨自己遭到冒犯，并被"彻底震惊了"。在一份谈话备忘录里，克拉克引用了自己的话，坚持认为"我绝不会容忍他直接指挥我的下属……

他向我保证，他并未打算取消我的命令"。

克拉克的怒火并未平息。周六视察聂图诺时，他告诉特拉斯科特："夺取罗马是唯一重要的目标。"他又补充说，英国人正策划着邪恶的计划，打算抢先赶到那里。另外，"水牛行动"有其战术上的问题。卡西诺前线有太多道路通向北方，切断6号公路无法困住德军第十集团军。克拉克认为，德国人可以利用其他道路绕行。

5月8日（周一）早上，在卡塞塔的指挥部，他与亚历山大发生了正面对抗。"我告诉他，他让我难堪了。他回答说，他从未想过要这样做。"克拉克记录道。亚历山大"不停地向我灌输我们将歼灭整个德国集团军的构想……我告诉他，我不认为我们有太大的胜算，德国佬非常聪明"。亚历山大问，美国人是不是对"王冠行动"有所怀疑。"我向他保证，"克拉克写道，"第五集团军的进攻将与他参与过的或读过的任何计划、任何进攻同样积极。"紧张的会晤以亚历山大的热切期望和坚定决心为结束：滩头部队将对瓦尔蒙托内发起进攻，就像5月5日的命令和"水牛行动"中体现的那样。"我对他和他的态度反感至极。"克拉克在日记中透露。

周二下午4点，克拉克在卡塞塔会见了31名记者。他用一根指示棒和一幅硕大的地图，冷静而威风地介绍了"王冠行动"的细节。第五集团军目前集结了35万名士兵，包括凯斯将军麾下的两个新师。每个美军师得到了额外的750人，以便为预期中的伤亡做好准备。克拉克指出，英军师"没有达到满编状态"。凯塞林在意大利的部队总计41.2万人，共23个师，包括卡西诺前线第十集团军的9个师及安齐奥第十四集团军的5个师。克拉克没有透露"超级机密"披露的其他详情：凯塞林拥有326辆可用的坦克，616门反坦克炮，180辆突击炮，但他认为自己的部队中，只有两个师"适合发起进攻"。

盟军的进攻行动最初定于周四晚间，激励士气的语言非常简单："每个人在同一时刻尽己所能。"最终，第五和第八集团军的"全部力量"将同时落在敌人的头上。冲出滩头阵地的附属进攻将取决于突破"古斯塔夫"防线的进展。克拉克觉得此番行动不会太顺利，每天的进展很难超过2英里。鉴于德军在那不勒斯实施的焦土战术，他认为罗马会遭到劫掠。在给"霸王行动"含蓄的暗示中，他补充道："我们在这里牵制的德国人越多，杀掉的德国佬越多，越是有助于掩饰'霸王行动'的攻势。"

他没有提及与亚历山大的争执，也没有提及他告诉特拉斯科特"罗马是唯一重要目标"的话，更没有暗示他已经开始考虑违抗命令。

他告诉负责记录的文书："在适当的条件下，我所发起的这场进攻将直扑 6 号公路，并将其切断。"他指向地图上的瓦尔蒙托内。"罗马深具政治价值，我们希望能夺取它，"他装作若无其事的样子补充道，"但我们的首要任务是尽可能多地歼灭德国人。"

亚历克斯将军会对此感到高兴，美国人已俯首帖耳。凯塞林对盟军高层的争论一无所知，但他更不了解的是盟军的实力、部署和意图。轴心国士兵（包括苏军战俘中自愿加入德军的人，配备着意大利老旧的武器）监视着两处海岸。凯塞林认为，敌人肯定会发起一场两栖登陆。德军的情报分析员已识别出第五集团军前线上 22 个团指挥所中的 9 个，但未能将其精确定位；而对盟军大多数师级指挥部，他们也未能做到识别和定位。德军炮手射出的传单，一直是以错误的语言发射至错误的部队中：新西兰士兵捡到的传单是乌尔都文，英军士兵得到的是阿拉伯文，法国人则收到了英文传单。这使克拉克的情报处长认为："唯一的可能性是他们试图故意隐瞒对我军作战序列的了解。"实际上，凯塞林对此一无所知。

几周前潜逃的一名摩洛哥逃兵曾发誓说，盟军将在 4 月 25 日发起进攻。德军高级军官们收拾好行装早早起身，前线却一片平静，这令他们"深感羞愧"。德军第十集团军参谋长弗里茨·文策尔少将抱怨道："每当你做好充分准备时，却总是平安无事。"现在又有人预计这场进攻将在 5 月 20 日或更晚些时候发起。5 月 10 日，菲廷霍夫告诉下属们自己"并不认为短期内会出什么事"，然后赶往元首在巴伐利亚的别墅，领取颁发给他的勋章（骑士铁十字勋章的橡叶饰——译者注）。4 月下旬，冯·森格尔将军也休了一个月的假，不仅领到一枚类似的勋章，还出席了在贝希特斯加登召开的军事会议。与他一同参加会议的是他最信赖的师长——恩斯特·京特·巴德。凯塞林疲惫的参谋长西格弗里德·韦斯特法尔将军已在两周前离开，去休假疗养。

尽管凯塞林处于盲人瞎马的境地，但他并不蠢。他认为盟军的主攻将沿 6 号公路推进，这是可供装甲部队大举投入的唯一途径。为加强卡西诺周围的防御，他重新部署了防线，从亚得里亚海调来第 51 山地军，并将森格尔的第 14 装甲军调过利里河谷。由于元首已决定要为意大利的每一座山头而战，德军自去年 12 月以来便已构建起另一道横跨半岛的防线——"希特勒"防线，这条强化的堡垒线位于"古斯塔夫"防线后方 5～10 英里处。滩头阵地周围约有 7.7 万名德军士兵，70 英里外，8.2 万名士兵据守着南部防线。凯塞林现在宣称，德军在意大利的策略"是使敌人耗尽力量"。

不过，他误判了所发现的一些征兆：在加利格里阿诺河附近卸下的架桥设备；盟军巡逻队布设的白色胶带；令人压抑的沉寂。5 月 10 日，星期三，文策尔打电话给凯塞林的司令部，进行例行汇报。"一切都很平静，这让我很高兴，"他告诉一名参谋军官，"但我不知道这究竟是怎么回事，情况变得越来越不明朗。"

"我会向元帅汇报，"这位参谋回答道，"他似乎非常关注海岸的情况。"

"以前还曾听说过某某师离开非洲，可现在却没人听到这种消息，"文策尔说道，"我认为在我们一无所知的情况下发生某些事情也不是不可能。"

★ ★ ★

在特洛奇奥山后，盟军士兵朝着拉皮多河的集结地走去，红十字会的志愿者给他们分发着装满香烟、枣子和橘子的慰问袋。"这就像是一份临别礼物。"一名士兵说道。骡子的四蹄被裹上麻袋布，以减轻蹄声，队列中显眼的白色牲畜已被剔除。前线的每一个藏身处和灌木丛都挤满了士兵。有些人翻阅着颁发给美军士兵的意大利城市指南，里面强调了达·芬奇的军事发明（手榴弹、榴霰弹和降落伞），并向他们保证罗马的斗兽场"没有被'长汤姆'所破坏，它就是这样经历了时光的流逝"。一名营军医在日记中写道："20 美元一张牌的 21 点……我赢了 200 多美元，现在正发愁把这些钱放在哪里呢。"

一名加拿大士兵仔细打量着卡西诺附近饱受轰击的地带，不禁说道："没人愿意住在这里，更别说在这儿打仗了。"但弗雷德·马奇德拉尼的结论是："卡西诺已变为过去战争中英国人遭遇的伊普尔，法国人遭遇的凡尔登。这是它自身的原因，一个可为之献身的原因。"许多人已献出自己的生命，更多的人即将献出。波兰士兵将脚上的靴子换成帆布鞋或是裹上麻袋布，随后便朝着修道院后方的蛇头岭爬去。红苜蓿的香气混合着恶劣难闻的气味,波兰人试图用毛毯盖住印度士兵的尸体,以掩盖臭气。第3"喀尔巴阡"师的一名排长抱怨道:"这个地方满是老鼠。"

在西南方十几英里处,第88师的一名军官聆听着部下们祷告时发出的低语。战线之间,过去小规模冲突中阵亡的士兵焦黑的尸体令他想起"岩滩上不规则的浮木碎片"。神经质的塞内加尔哨兵朝着闪烁的烟头开枪射击,以为是逼近的陌生人,结果却被证明是萤火虫,这是他们从未见过的东西。

后方的炮兵阵地上,工兵们为一个刚刚赶到的8英寸口径炮兵连炸开炮位:每门大炮射出一发炮弹,就需要13名炮手推动一根45英尺长的木棍清理炮膛。其他人堆放着安装了新式钼引信、能够穿透钢筋混凝土掩体的炮弹。炮弹的弹壳上被钻出小孔,加大了飞行中的尖啸声。

从滩头阵地到亚平宁山脉,匆匆动笔的士兵们为各自的家书努力寻找恰当的字句。"忙碌的日子,神经紧张,"杰克·托菲写信给海伦,"每个人都抽太多烟,喝太多酒(如果他能搞到的话),睡眠太少(如果他能得到的话)。"他烧掉了海伦的大部分来信,以减轻负荷。"这让我很不舒服,"他告诉她,"但空间很有限,我发现只能保留你4月和5月的来信。"尽管确信"德国佬随时会遭到来自四面八方的痛击",但托菲承认,他"对战争有些厌倦了"。对这场战争剩下的时间,他已听天由命。"等他们搭建起桥梁,我们列队而过后,我就将回家,"他告诉她,"上帝啊,这要等到何时?要到何时?"

指挥官们在公开场合对士气进行了必要的鼓舞,但在私下里却发泄着自己的焦虑。"如果亚历克斯算是军事天才的话,那我就是葛丽泰·嘉宝,"凯斯在5月10日的日记中写道,"他沉醉在自己的想法中,认为德国人打算放弃并逃跑。"几个小时后,亚历山大发电报给丘吉尔:"我们的目标是歼灭罗马以南的敌军。"至于英国首相,却在发给乔治·马歇尔的电报中流露出绝望的心情:"为了众多业已牺牲的美国和英国士兵,我们必须全身心地投入到这场战役中,使它与'霸王行动'一样——彻底征服或流血牺牲。"

进攻发起时刻定在5月11日晚上11点,月出之前半小时。当天拂晓,灰蒙蒙、潮湿的空气压制住灰尘,很快又迎来晴朗的下午。一位头发斑白的法国老骑兵对一名年轻的美军联络官说道:"我不知道我的儿子今晚在何处，你的父亲也不知道他的儿子在哪里，所以今晚我们就是一对父子。"这位法国老兵还能活 10 天。随着夜幕的降临，双方的炮击渐渐平息，最后彻底停顿下来，形成了一种被亚历山大称为"奇怪的、令人印象深刻的寂静"。星星投下银色的光芒。"新兵们勉强的笑容下隐藏着恐惧、紧张和焦虑，"一位加拿大牧师写道，"看着这一切而又不能失声痛哭，这才是世界上最艰难的事情。"

THE DAY OF BATTLE

第 12 章　进军罗马

通往罗马的路并非坦途。豪兹率领着四个营进入拉齐奥山的峡谷中，这儿正是敌人的薄弱处，如果把第 1 装甲师都投入这里，他们可以穿过瓦尔蒙托内，切断德军的撤退路线。但是克拉克却把第 6 军主力转向拉齐奥山西侧，通向"恺撒"防线防守最严密的一段。既然"水牛行动"已经获得成功，为何换成"海龟计划"？

攻破"古斯塔夫"防线

5月11日(周四)晚上11点整,BBC广播电台的整点报时还没结束,横跨意大利中部山丘,一条30英里长的月牙形战线上,一股股白色火焰喷射而出。光芒从2 000个炮位中蹿出,映衬着那些光着膀子在炮闩处忙碌的炮手。他们塞入一发炮弹,又一发,接着又是一发。鲜红的火舌舔舐着炮口,腾起的烟圈仿佛套住了群星,震荡波相互追逐着穿过夜色。"看上去就像在晃动空中的星星。"皇家高地团的一名士兵写道。

士兵们从战壕中探头张望,或是挤在农舍门口凝视着这场奇观,他们的脸被火光映红,他们的钢盔在冲击波下颤动着。"罗马,然后回家!"他们呼喊道。夜莺曾在炮击发起前的寂静中欢唱,现在唱得更加响亮,但却没人能听见。"炮火的咆哮震耳欲聋,你就是对着身边的人大喊大叫,他也听不到,"第88步兵师的一名医护人员写道,"每片灌木丛后都有火焰腾起。我们北面的山丘上,到处是爆炸的磷弹,整个地平线都被照亮。"修道院和卡西诺镇上空,德军发射的大量照明弹为这片场景添加上嘶嘶作响的亮光,这些微小的"超新星"拖着红色和银色的光芒,拉长了阴影。皇家汉普郡团的一份记述中指出:"空中满是噪声。"

炮手们将湿布搭在炮管上,或是将一桶桶水浇上炮口,然后重新装弹。"王冠行动"的最初24小时内,单是第五集团军就将射出17.4万发炮弹,以此报复数月来在这个半岛上遭受的苦难。第3"喀尔巴阡"师的一名波兰下士写道:"我觉得就像头顶上方正竖立起一座钢铁桥梁,我还在纳闷,那些密集的炮弹为什么没在空中发生碰撞?"随着炮击的持续,亚历山大给丘吉尔发出一份预先安排好、确认进攻已开始的密码电报:"Zip,重复,Zip。"

罗马，然后回家！午夜时刻，在盟军右翼，第八集团军的各个突击营散开，穿过颤动的空气向前涌去，就像从愤怒的蜂巢中冲出的一群黄蜂。几个月前先是美军随后是新西兰军进攻过的那些敌军据点，现在轮到了第八集团军，但他们投入了两倍以上的兵力：两个波兰师将冲上卡西诺山，而是不像过去那样只有一个印度第 4 师；另外两个英国师将跨过拉皮多河（另外两个师尾随其后，接着便是整个加拿大军），而不是像过去那样只有一个美军第 36 师。炮火扫荡着敌人的堡垒。"我们胸有成竹，"一名英军排长说道，"面对这种毁灭性的炮火，没有哪个德国佬能存活下来。"

波兰人则发现情况并非如此。"弟兄们！战斗的时刻已经到来，"安德斯将军告诉他的部下们，"为了复仇和回敬我们的宿敌，这一刻我们已经等了很久。"士兵们涌上蛇头岭，沿着涂有磷光箭头标志的小径，朝 593 高地这个棘手的山丘而去。只走了不到 500 码，他们便遭遇凶猛的机枪和迫击炮火力，不得不在阵亡战友的尸体下挖掘散兵坑隐蔽。非常不幸，敌人恰巧选中 5 月 11 日夜间换防，守军将撤至卡西诺山后，由新锐部队接替，因此山上的守军几乎比平时增加了一倍。波兰人面对的是 9 个德军营。

"我们中有许多人丧失了方位感，现场一片混乱。"一名波兰排长说道。为保守波兰军在卡西诺出现的秘密，利斯不肯让安德斯事先对这片地带实施侦察。整个山坡上爆发了白刃战，这被安德斯喻为"小型战争史诗的合集"。第 5 "克列索瓦"师夺取了修道院西北方一英里处的"幻影岭"，但却在暴露的山脊上遭到猛烈打击。第 3 "喀尔巴阡"师的一个营拿下了 593 高地，但对附近 569 号高地的进攻却宣告失败。由于缺乏炮兵观察哨，波兰人的炮火延伸得太快，结果令步兵在山丘下方的山鞍部惨遭屠戮。奉命清理一片雷区的波兰工兵畏缩不前，"喀尔巴阡"师的一名指挥官在电台中咆哮道："要是他们不服从命令，就毙了他们！"他们服从了：一个扫雷小组中的 20 名工兵，18 人伤亡。"你不知道死亡是多么可怕，"一名垂死的波兰士兵告诉他的战友，"现在我不得不缺席剩下的战斗了。"

黎明时，初升的太阳照耀着山头，仿佛给它们镀上了一层铜。早晨过去了，中午过去了，这场杀戮仍在持续。德军狙击手利用光亮这一致命的优势，"像猎鸟般"射杀波兰士兵。安德斯获得了 16 具火焰喷射器，但没有使用说明书，结果大多毁于德国人的炮火下，有两具还发生了剧烈的燃烧。"我忙得不可开交，身上沾满鲜血，"一名波兰军医说道，"一位下士来到这里，站在伤员们当中……透过撕裂的军装，我看见两只手那么大的一处伤口，骨头都露了出来。"这名下士告诉他："在把所有手榴弹都投完之前，我是不会让你把我后送的。"

可是，波兰士兵的勇气无法赢得胜利。数百人阵亡在罂粟花和野鸢尾花中。5月12日（周五）下午4点前，进攻的气势已渐渐消退。随着各突击营的实力减损过半，安德斯命令两个师退回到出发线。一位波兰作家指出，这场进攻"其实就是一场代价高昂的侦察行动"。

下午晚些时候，一名英国军官赶到利斯将军的司令部时，发现利斯正在田野里散步。这名英国军官开始汇报坏消息，关于进攻受阻、波兰人可怕的伤亡情况等，利斯举起手来制止了他。"我们摘点矢车菊吧。"他说道。他们摘了起来，直到怀中抱满了蓝色的花束，利斯这才说道："好了，现在告诉我伤亡情况吧。"

他们驱车赶至波兰第2军军部时，利斯发现平时优雅得体的安德斯蜷缩在他的拖车里，衣冠不整，胡子拉碴。这位双目通红、脸色灰白的波兰指挥官转过身来问道："我们现在该做什么？"

★ ★ ★

该做什么？如果第八集团军的右翼遭到失败，左翼就很难欢呼着赶往罗马。印度第8师接到的任务是渡过拉皮多河，夺取圣安杰洛，这个棘手的村庄曾在一月份时让美军第36步兵师尝尽苦头。周五凌晨，炮击停止后，河面上升起的雾气吞噬了升起的月亮。身穿卡其色军装的队伍走入沼泽，沿着白色的胶带和防风灯向东岸走去。车辆缓缓向前，拖着船只或牵引式反坦克炮。夜色中，从上游传来了刺耳的叮当声：第6枪骑兵团的一个小队匍匐在隐蔽处，用角铁敲击着铁轨，以此来吸引敌人的火力。

他们引来了火力，但桥头堡的其他地段也遭到火力的打击。突击部队涉水或划着突击舟渡河，唯一妨碍他们的只是5个月前美军埋下的反步兵雷及德军炮手布设下的用作瞄准参照物的发烟罐。没过几分钟，硝烟、雾气和腾起的无烟火药弥漫在河床上，用利斯的话说，"就像是一股黄色的伦敦雾"，能见度迅速下降到2英尺。

士兵们在这场火焰丛生的混乱中踌躇着,他们冲入沟渠,不停地绕着圈子。英军炮手射出的曳光弹掠过头顶,表明了需要解放的方向,但据一名记者观察,"炮弹在雾气中迅速变暗,很快便无法看见"。皇家燧发枪手团到达了圣安杰洛村上方的西岸,伤亡甚微,每个士兵都紧握着前方战友的刺刀鞘。但此刻,河流与村庄之间的地面已被敌人的子弹覆盖,长柄手榴弹从圣安杰洛村的峭壁上雨点般投下。"上帝啊,千万别让我送命,"燧发枪手 F.R. 比彻姆恳求道,"如果你让我活下去,我保证永远做个好人。"他来到一名身负重伤的战友身旁,将水壶递到他唇边。"谢谢你,伙计。"这名伤兵说道,随即死去。

廓尔喀人的 16 艘船只中,有 12 艘沉没或漂走。剩下的四艘将士兵们摆渡过河,一直忙碌到午夜过后。河流两岸充斥着叫喊声,甚至压过了战场上的喧嚣。在上游更远处,英军第 4 步兵师的一个旅所操纵的 40 艘船只悉数损失。被淹死的人漂浮在黑色的河水中,就在几个月前,许多人也溺毙在这条河中。

直到中午,印度第 8 师和第 4 步兵师的进展都未能超过 500 码,而按照计划,他们应该推进 2 000 码。利斯左翼的目标勉强实现了一半,右翼一无所获。敌狙击手像打死波兰人般悉数击毙英军士兵。德贝郡义勇骑兵团的一位少校被子弹击中头部阵亡后,一名下属说出了简洁的悼词:"他是个专横的人,但却是个好领导,我们对他的阵亡深感惋惜。"一名燧发枪手趴在沟中度过了 5 月 12 日(周五),聆听着炮弹掠过头顶时发出的"嗖嗖声和尖啸声",他后来写道:"这一天过得如此缓慢。"

但敌人错失了他们的有利之机。菲廷霍夫、韦斯特法尔、森格尔、巴德和其他将领的缺阵也影响到德军的灵活性。此外,盟军的 350 吨炸弹重创了凯塞林的司令部,摧毁了德军第十集团军位于阿韦扎诺附近的指挥部,"令他们高层的信心发生了动摇"。混乱、错误和恐惧(通常会发生争执)令山的另一侧混乱不堪,本来有可能削弱"王冠行动"的反击变得支离破碎,完全不成章法。

三座分别被称为"加的夫""牛津"和"普利茅斯"的桥梁,计划在圣安杰洛附近的拉皮多河上建起。"加的夫"被放弃,但工兵们冒着炮火挖开斜坡、填上沟渠,在周五上午 9 点前将"牛津"建起。两个小时后,在下游 1 000 码处，两辆"谢尔曼"坦克隆隆驶过河上 100 英尺长的"普利茅斯"桥。加拿大人的坦克朝着对岸驶去，它们"以绿色的树枝伪装，场面像一个丰收的节日"。

上游的圣安杰洛和卡西诺镇之间，阵亡和垂死的工兵们倒在河岸上。但在 5 月 13 日（周六）拂晓前，另一座被称为"亚马逊"的桥梁在河上构建起来。一位吹着哨子的少校跨过河去，高声叫喊着，随即重伤倒地。"伤员们呼叫着救命……坦克内的车组人员虽然戴着耳机，仍能听得清清楚楚。"第 6 装甲师的一份记述中写道。坦克向前驶去，步兵们攀在炮塔上，一只手攥住车体，用另一只手开枪射击。硝烟和沼泽上的雾气偶尔会散开，露出高耸入云的修道院。

5 月 12 日周五，廓尔喀士兵两次攻入圣安杰洛，两次被布设在废墟中的敌机枪阵地逼退。一座石堆接着一座石堆，一间地窖接着一间地窖，进攻者用手榴弹和廓尔喀弯刀将守军逐出。两辆加拿大坦克对村庄实施了侧翼包抄，用火炮将那些试图逃走的敌人射倒。周六下午 3 点前，除了零星的狙击手外，敌人的抵抗已结束，廓尔喀士兵伤亡了 170 人。生者与死者一样，身上沾满了白色的尘埃。

腐烂的尸体被淋上汽油加以焚烧，然后被塞入一条壕沟中。盟军士兵发现，一些被俘的德军士兵身上的伤口用纸包裹着，看来敌人的医护兵已用完了他们的绷带。"这才是真正的战争，"第 21 枪骑兵团第 17 营的一名中队长在笔记本上草草写道，"与之相比，非洲的战事就像是一次野炊。"第 78 步兵师的一名炮手研究着他那些炮弹造成的后果：炸断的步枪、炸碎的望远镜、炸死的德国人。"看见我所造成的这一切，"他写道，"我感到战争的可怕，但我对此一点也不后悔。"

他们向前推进，跨过被战火蹂躏的田野，朝利里河谷的边缘而去。在著名的米德兰狩猎后，那里的目标便有了代号。第 48 高地人团里的一名加拿大士兵描述了被铁丝网困住的一名士兵："他像疯了似的在铁丝网中踢打、挣扎着。子弹开始击中他，每挨一枪，他便一阵战抖和抽搐，随后他瘫倒在我身旁。此后的战斗中，我再没见过比这更糟糕的情形。"

两个得到确保的桥头堡在拉皮多河对岸合并成一片浅浅的立足地。六座桥梁畅通无阻，数千发烟幕弹将卡西诺山笼罩在白雾中。但除非夺下修道院及相邻的山头，否则穿过山谷赶往 6 号公路的任何人都将受到德军炮火的威胁。"黄昏时分，德国佬的炮口喷吐而出的火焰真称得上美丽，"一名近卫团军官评论道，"深红色、琥珀色和乳白色。"

第八集团军在 4 天时间里只前进了 4 英里，却付出伤亡 4 000 多人的代价——每 5 英尺便有一人倒下。尽管如此，利斯还是对自己的进展感到满意，他甚至已开始考虑如何将脆弱的桥头堡转变为亚历山大所期盼的歼灭战战场。

"马克·克拉克对我们横渡拉皮多河的行动投下四比一的赌注，"利斯写道，"正如俗话说的，'去他 × 的'。"

★ ★ ★

就算没有英国人的诅咒，克拉克的麻烦也够多的。"王冠行动"的最初几个小时里，在卡西诺下游 15 英里处，即盟军防线的最左侧，凯斯的第 2 军（由第 85 和第 88 师组成）已利用加利格里阿诺河对岸的立足点，从明图尔诺向前推进。大步向前的士兵们紧张地拉动着他们的枪栓，毛毯和雨衣绑在作战背包上。每个人都在钢盔后贴上白色胶带，衣袖上扎着白布，以防误伤；排长们额外添加了 V 形白色胶带，以便让自己更容易被部下们识别。军官们吞下苯丙胺片（一种兴奋剂。——译者注）。"罗马，罗马，"第 88 师的一名中尉喊道，"谁能得到罗马？"

第 2 军里没人能得到，至少目前还没有。从左侧的加埃塔湾到右侧的奥森特湾，掘壕据守的德军第 94 掷弹兵师和第 71 步兵师以猛烈的火力射向美军队列。德军布设在前线的机枪阵地约有 600 个，第五集团军情报部门精确定位了其中的 161 个，另外 400 多个到目前为止尚未探明。

"各种噪声混成一片，简直就是一片噪声的海洋。"一名士兵回忆道。硝烟和雾气凝结起来，即便再多的识别胶带也无法在一臂之外被看清。每隔几秒便射出的红色曳光弹指明了方向，并区分出各单位的分界（点 50 口径的子弹代表着连队，而 40 毫米炮弹意味着营级部队），但仍然一片混乱。"伙计，出什么事了？"一名士兵朝着埃里克·塞瓦赖德喊道，"他们从未告诉过我们。"

升起的太阳烘干了他们的军装，在一名士兵看来，钻入山区的美军就像

"一支蜿蜒前行、冒着蒸汽的队列"。塞瓦赖德描述道:"士兵们走入狭窄的山谷或攀上陡峭的山坡,有条不紊地从一处赶至另一处,其间穿插着长时间的休息。"

但每个师都没能前进得太远。峡谷越来越窄,山坡越来越陡,休息时间越来越长。最要命的是,火力越来越凶猛。第351步兵团对位于山顶的圣玛利亚因凡特村发起进攻,但未能夺取被称作"奶头"的两个重要高地。一个连损失了89人,另一个连被德军假投降的诡计所欺骗,结果50人被俘。弗雷德里克·席勒·浮士德也在当天的阵亡者中,他是一位多产的作家,号称"通俗小说之王",以"马克斯·布兰德"这个笔名出版了近400部西部小说,其中包括《牧场复仇者》和《枪手大决战》。

浮士德下定决心要撰写一本描述一个排进军罗马的冒险小说,但踏上征途的3小时后,只前进了600码,他便被德国人的88毫米炮弹炸死。正如塞瓦赖德所言:"生者令人不可思议,死者令人震惊。"周六清晨前,令凯斯感到恼怒、克拉克感到沮丧的是,美军的进攻已停顿下来。

现在只剩下朱安的法国远征军,伴随着激动人心的《马赛曲》和《我们是非洲人》,他们投入到自1940年以来法国军队所进行的规模最大的一场战斗中。每个被探明的德军炮兵阵地都遭到30多发炮弹的打击,德国人的还击相当微弱,三个法军师并肩涌入崎岖的奥伦奇山脉。

迎候他们的是凶猛的俯射火力。摩洛哥步兵在加利格里阿诺河对岸被雷区所困。士兵们剪开铁丝网、清除掉诡雷后发现,等待他们的是火焰喷射器和环环相扣的机枪火力。在德国人的混凝土暗堡后方伫立着更多的掩体和碉堡。卡斯泰尔福尔泰附近的法军士兵小心翼翼地进入到一片满是狙击手和迫击炮手的荒地。这片地带很快便传出了毛发烧焦和肉体燃烧的气味,遭遇不幸的既有人类也有骡子。德军掷弹兵对法军侧翼发起的反击如此猛烈,以至于费托山上的法军军官要求炮兵轰击他们自己的阵地,以免被德军攻克。

截至5月12日(周五)上午前,朱安的部队几乎没有越过他们的出发线。位于法军中央的10个突击营进展甚微,与第2军和波兰人一样,他们没能实现既定目标。第五集团军的伤亡已近1 600人。法军军官的损失尤为严重。据说,德军的凶猛"在法军军部里造成了极大的恐慌"。率领突尼斯士兵的一名军官描绘道:"由于天气酷热,死者呈蜡像状。到处都是蜡像般的尸体。"

中午前不久,朱安赶往前线,贝雷帽拽至耳部,手里夹着的香烟阴燃着。他先是搭乘吉普车,随后便是艰难的攀登,沿着一条布满死骡子的道路爬至奥尼托山侧面,零星的迫击炮弹在附近炸开。狭窄的道路上,担架员从他身边匆匆而过,将3名负伤的营长送往后方。"这场战斗一开始就出师不利,"他在第2摩洛哥步兵师师部里宣布道,"我们必须重新开始。"

下午的大半时间里,他攀上爬下,一边观看,一边评估。他刚一回到设在塞萨奥伦卡的指挥部,便召集所有参谋人员,敲着桌子,用那饱经烟熏的嗓音说道:"我们进展不顺,但敌人和我们一样疲惫。"法国远征军必须先"征服土地",才能击败德国人。军属炮兵将继续提供出色的炮火支援,摩洛哥第2师将穿过中央防线向前推进,直奔马约山,这座3 000英尺高的石灰石堡垒是进入彼得雷拉山的门户。渗透进去的部队首先将从右侧对敌军阵地实施侧翼包抄。工兵们将用爆破筒在铁丝网上炸开缺口,周六凌晨的月光足以让弹幕落在发起进攻的步兵前方。朱安还把他唯一的一个预备师投入战斗中。"明天早上,大规模炮火准备后,我们就再次发起进攻,"他说道,"我们一定会成功!"

他们成功了,场面相当壮观。5月13日(周六)清晨5点30分,灵活调动的炮火在开阔地逮住了发起反击的德军,将他们炸成碎片。朱安没有理会落在附近的敌军炮弹,专注地盯着那些摩洛哥士兵消失在费托山下方的一条峡谷中,随即又出现在远处的山坡上。他们念诵着"万物非主,唯有真主",一队身穿原野灰军装的俘虏朝着后方走来。法军和第五集团军的400门大炮将山丘炸成一片火海。下午3点左右,摩洛哥士兵报告说夺取了马约山,"古斯塔夫"防线上被打开一个两英里宽的缺口。德军第71步兵师(该师主要由来自下萨克森平原上的居民组成,他们曾认为奥伦奇山脉固若金汤)被切为两段,侧翼彻底暴露出来。盟军拦截到的一份德军电文中提出:"加速全面后撤。"

周日前,法国人已沿着一条16英里的战线推进了7英里,令加利格里阿诺河后方的德国守军心慌意乱。"前进!"朱安催促道。法国远征军的伤亡超过2 000人,但他们抓获了900余名俘虏,许多俘虏抱怨炮火比苏联前线还要猛烈。马约山的顶峰出现了一面硕大的三色旗，12 乘 25 英尺，从卡西诺到大海都能看得见。朱安说道："这是一场我们早已习惯的战争。"德军第 71 步兵师师长做出的评价比较简洁："令人极度不快。"

★ ★ ★

这种不快仅仅是个开始，因为随着阿尔及利亚士兵在法军左侧夺下卡斯泰尔福尔泰，朱安得以放出他麾下的那些柏柏尔民兵。1 200 名北非土著组成的先头部队已在周五晚间穿过镇北，许多人骑在马背上。他们越过最后一座房屋，又前进了 500 码后，转身向西，离开道路，踏上一条狭窄的小径，进入到奥伦奇山脉的荒芜之地，他们的任务是在伊特里与皮科之间切断 82 号公路（位于敌军后方 20 英里处），从而包抄至敌人的右翼。

"黑人，黑夜，"蒙哥马利曾谈及这些非洲土著，"很难发现他们的逼近。"他们中许多人穿着凉鞋、羊毛袜，戴着食指被剪掉的手套，身穿条纹长袍，一把络腮胡、一顶汤碗式钢盔和挂在腰带上的一柄长刀就是他们的全部装束。美军第 88 步兵师与他们相邻，师里的一名上校说："这就像是 19 世纪的部队转世，突然间出现在我们身边。"朱安认为他们"精力充沛、行事可靠、非常节俭"，另一位法国将军则说他们"靠抢劫和战争而活"。有些人穿戴着自己的战利品，一名阿尔及利亚军官指出："他们的胳膊上戴着几十块手表，手指上戴满了戒指，背上背着缴获来的鞋子和靴子。"有一支部队甚至养了头老虎作为吉祥物。遇到英美士兵时，他们通常会打着手势索要香烟："乔，有烟吗，有烟吗？"

据说，在西西里岛战役中，被他们割下来充当战利品的不仅仅是敌人的耳朵，而是整个头颅；据说，这些非洲土著彻夜爬行，触摸哨兵是否系着德国军靴上独特吊环所用的鞋带，然后再决定是否割断对方的喉咙；又据说一名土著将一罐浸泡在白兰地中的手指卖给一个美国兵。医治法国伤兵的一所美军战地医院收治了大批土著伤员，他们的单名完全相同，医生们只得用编号区分他们——阿卜杜勒 4 号、穆罕默德 6 号。

"他们将长发编成辫子，唱歌、交谈、号啕大哭，"一名军医写道，"许多人的腋下夹着鸡。"一名护士对他们"用牙齿咬开坚果"的技能钦佩不已，但又抱怨他们偷走医院的毛巾充当头巾。一名法国军官告诉一位美军上校：

"阿拉伯士兵只对三样东西感兴趣：女人、马匹和枪支。"上校回答说："美军士兵的兴趣也差不多，当然马匹和枪支除外。"

他们跟随着摩洛哥步兵团和阿尔及利亚炮兵不停地向上攀登，这支部队分成三股，先是向西，随后又向北而行，穿过近乎无路的地形，其中包括一处在半英里内上升了400英尺、几近垂直的地带。"天空保持着一成不变的蓝色，酷热难耐。"一名法国军官写道：

> 土壤中的云母片闪闪发亮，阿拉伯马的蹄声惊起成群的蚱蜢。在马匹和骡子身旁，那些不知疲倦的非洲土著士兵大步向前，军便帽歪歪地戴在头上，咧着嘴唇，身穿羊毛长袍，他们对炎热毫不在意。

5月15日下午4点前，为首的尖兵已登上彼得雷拉山位于前方的高地。第二天早上，他们站在雷弗勒山山顶，这座山丘高达4 000多英尺，位于加利格里阿诺河后方十几英里处。一个毫不知情的德军营无意间进入附近的一座村落，非洲土著士兵以一个马蹄形伏击圈实施两翼包抄，"像滚落的巨石那样"冲下山坡。幸存的德军士兵后来描述道："这帮笑嘻嘻的野蛮人攥着长刀，显然很渴望展开一场屠杀。"

人和牲畜都疲惫不堪，而且他们已经远离补给线。5月17日中午刚过，一队美军轰炸机向山头空投了40吨食物和弹药。这些土著士兵将花上一天时间寻找被投下的板条箱，稍事休整然后继续前进。

位于法军左侧的美国士兵也在前进。他们突破了德军看似牢固、实则易碎的防线，这条防线曾让美国第2军在两天内伤亡了3 000多人。由于后方有足够的补充兵，凯斯得以将他的部队补充满员，并投入新锐部队，沿同一条狭窄的战线对已遭到严重消耗的德军掷弹兵发起猛攻。

遭到战斗轰炸机和白磷炮弹无情的打击后，圣玛利亚因凡特村于5月14日陷落。很快，第85师沿着沿海平原上的亚壁古道全力压上，人员、卡车、骡子、坦克和坦克歼击车卷起的尘埃遮天蔽日。在他们右侧的高地上，第88师在当地农民的指引下，沿着位于法国远征军南面数英里处的羊肠小径冲过斯皮尼奥，登上了彼得雷拉山。

用朱安将军的话来说，敌人已"手忙脚乱"。第五集团军右侧，已濒临灭亡的德军第71步兵师伤亡了5 000余人，大部分是拜15万发炮弹所赐；该师向凯塞林的司令部汇报，仍能战斗的士兵已不到100人。盟军的炮弹和飞机重创了德军后方，令拖着炮架和补给大车的马匹惊恐不已。一支掷弹兵部队实施了英勇的抵抗后，凯塞林告诉菲廷霍夫："人们会带着钦佩之情为他们哭泣。"

遭遇了多次失败后，眼下的进展令盟军统帅部倍感振奋。亚历山大跑到克拉克的指挥部，宣称自己对进攻"非常满意"。朱安坐着吉普车四处巡视，喊叫着："我们逮住他们了！"获得补给的土著士兵将切断82号公路，而法国远征军里的其他部队将集结在德军后方的皮科，与利里河仅有一箭之遥。

阴沉着脸的只有克拉克。他给朱安送去两瓶威士忌以示祝贺，但第2军的"失职"却激怒了他。自"王冠行动"开始以来，法国远征军平均每天推进两英里，而第2军却只有一英里。此外，美军似乎也没有做好穷追猛打的准备，以至于克拉克威胁要对所有落后者"军法从事"。凯斯的部队打垮了斯皮尼奥惊慌失措的德军炮兵连，随后又夺取了82号公路上的伊特里。但狭窄的十字路口处拥堵的交通延误了第88师向丰迪的推进，该镇位于西北方9英里处，是"希特勒"防线的关键所在。

"我对第2军刻板的计划深感失望，"克拉克以责备的口吻在日记中写道，"他们没有表现出灵活的思想和积极进取的态度。"反过来，凯斯也谈到了克拉克：

> 他给我打了6次电话，每次都来找碴，说他很尴尬，很羞愧，因为法国人和土著士兵打得那么出色，抓获了那么多俘虏……他的所作所为就像个15岁的孩子……一发炮弹的弹片将我那辆吉普车的座椅撕开了一个洞，幸亏我不在上面。

就在克拉克批评自己的指挥官，并急于率领解放大军进入罗马之际，他也对自己的部队已远远超过英军而感到焦虑。截至5月18日，法国远征军已超出第八集团军6英里，不仅使盟军战线发生严重的倾斜，还暴露了第五集团军的右翼。克拉克只能再次得出结论,利斯和英国人没有全力以赴。他写道："我对第八集团军的上进心深感失望。"

★ ★ ★

第八集团军同样正打算获取"古斯塔夫"防线上的最大战果。英国和加拿大军队缓缓穿过卡西诺镇,压向利里河谷。利斯在 5 月 17 日(周三)早上 7 点再次命令安德斯和他的波兰军队进入突破口。第 5 "克列索瓦"师再一次冲向位于修道院北面一英里处的幻影岭,而第 3 "喀尔巴阡"师则涌上蛇头岭,朝着每一顶意味着德军伞兵的夜壶状钢盔开枪射击。

激战持续了一整晚,枪托飞舞,坦克炮火轰鸣。弹药耗尽的波兰士兵投掷着石块,高唱着波兰国歌。德军伞兵部队被削弱到"只剩下零头",有些营的兵力已不到 100 人。"无法将伤员疏散,"德军第 3 伞兵团的一名少校在日记中写道,"大批阵亡者倒在山坡上——恶臭——没有水——连续三晚没有睡觉——截肢手术在作战指挥部里实施。"

面对从北面和西面而来的包围,在凯塞林亲自命令固执的海德里希将军撤至"希特勒"防线后,德国守军开始逃离:第 1 空降师对卡西诺的占有欲变得就像一个嫉妒的丈夫对妻子那般强烈。在卡西诺镇的山丘上,英国人的扬声器吼叫着:"继续战斗毫无意义……德国人已丢失了卡西诺。"无数身影从男爵宫和大陆酒店飞奔而出,越过刽子手山。出于对波兰人报复的畏惧,只有寥寥无几的德军士兵高举双手走出卡西诺地下室或来到 6 号公路上投降,英军第 78 师在这条公路上抓获了 80 名溜往后方的德国伞兵。5 月 18 日清晨 3 点,卡西诺镇已没有活着的德军士兵。

随着拂晓的到来,修道院后方高地的争夺战也宣告结束。清晨 7 点,593 高地被顺利夺下。两个小时后,第 12 波多尔斯基枪骑兵团的一名波兰中尉率领着一支六人巡逻队登上一处布满罂粟花和尸体的山坡,阵亡的波兰士兵与德国士兵死死地搂在一起。这些枪骑兵跨过已成废墟的草坪,穿过烧焦的残垣断壁和一口破碎的教堂大钟。一名中士踩着战友的肩膀爬上断裂的围墙,然后又协助其他人进入修道院。壁画和大理石雕塑的碎片在他们的靴下嘎吱作响。他们发现两名德军勤务兵照料着 16 名身负重伤的伞兵,有几个躺在点着蜡烛的圣本笃地下墓穴里。

上午 10 点,卡西诺山的西壁升起了一面用红十字旗和蓝手帕做成的枪骑兵团团旗。一名号手吹响了《圣玛利亚的黎明》,这首中世纪军号曲曾用

1944 年 5 月 18 日，卡西诺修道院落入波兰军队手中后不久，盟军士兵将阵亡的战友带离卡西诺山废墟。阵亡的德军士兵倒在小径上，其中一个脚上的平头钉靴子已被剥掉。

于开启克拉科夫各扇城门。随后，红白色相间的波兰国旗升入正午的空中。安德斯的部下们哭了起来。

上午 11 点 30 分，英国通信兵发出了一个单码字"wye"，宣布卡西诺已被夺取。利斯赶到这里，在卡西诺的地下室里喝了杯茶，然后以香槟向安德斯敬酒。一周以来，波兰人的伤亡超过 3 700 人，其中 860 人阵亡；未埋葬的德军尸体有 900 具。亚历山大发电报给丘吉尔："夺取卡西诺，对我和我麾下的两个集团军意义重大。"

镇内的士兵们 5 个月来第一次可以在白昼站直身子。他们看见了监狱附近盛开的玫瑰花，还在一片支离破碎的树林中发现了一尊完好的圣母玛利亚塑像。一辆坦克静静地停在大陆酒店的大堂内。近卫掷弹兵从"简""海伦""玛丽"及其他潮湿的小屋中出现，从镇内列队走向"狗屎角落"，将在那里进行休整。2 500 名英国和南非工兵做好了清理 6 号公路的准备，但发现道路上遍布瓦砾，只有几百人能靠近路基；铲平

1 英里的道路，需要耗费 52 个小时。

对修道院的进一步调查带来了更多恐怖的发现：2 月的轰炸导致一些儿童丧生；一位 19 世纪红衣主教的遗体被掘出，他的戒指和胸前的十字架已被抢走，骸骨被丢入花园的水池中；一些尸体被塞入存放法衣的大橱柜。一名"维纳斯修复者"报告说："整个场景就像美索不达米亚传说。"波兰、英国和印度士兵四处游荡，胡乱涂鸦，到处搜刮纪念品，包括从唱诗班席位拽下来的一尊天使头像。在废墟中发现的德国绘画里有一幅戈林夫人的肖像，另一幅河景画题为《在美丽的莱茵河河岸上》。某个技艺娴熟的漫画家画了一幅漫画：抽着雪茄的丘吉尔站立在卡西诺平原，一名德国伞兵跨坐于修道院的废墟。漫画上写道："Denk'ste."（好好想想。）

一名美军飞行员低空飞过修道院，从驾驶舱里抛出一束玫瑰花。炮火的闪烁勾勒出北面的地平线，这提醒人们：战争已向北推移。"别指望从我这里收到正常的信件，因为这段时间里我都不正常。"王后私人皇家西肯特团的沃尔特·罗布森下士在 5 月 18 日写信告诉他的妻子。

"我们一直遭受着斯图卡、迫击炮、大炮、机枪、狙击手的打击。尽管我们夺取了卡西诺和修道院，但没人感到洋洋自得，"罗布森补充道，"损失令我们伤心，令我们恐惧……这场疯狂的战争何时才会停止？何时？何时？"

★ ★ ★

冯·森格尔将军佩戴着新获得的勋章于 5 月 17 日结束休假返回。他找到遭遇轰炸的德军第十集团军司令菲廷霍夫，后者躲在弗罗西诺内附近的指挥所里，距离卡西诺 30 英里。森格尔还发现"古斯塔夫"防线已破裂，他的第 14 装甲军已被切为两段。另外，德军情报部门无法确定那些法国民兵已到达彼得雷拉山的何处。菲廷霍夫宣称第 14 装甲军面临的困境"极其可怕"。森格尔后来写道："9 个月以来，我军第一次遭到突破。"此外，"希特勒"防线改名为"森格尔"防线，因为如果该防线失守会令元首感到尴尬。

无论它叫什么名字都必须守住，特别是从第勒尼安海岸的泰拉奇纳到皮科镇这段 17 英里的西部防线，奥伦奇山脉就是在这里汇入利里河谷的。现在，第五集团军以其鬼魅般的土著士兵在这里构成了最大的威胁。"这个任务留给了我，"森格尔说道，"以防止整个军被歼灭。"

任务非常艰巨。更长的白昼和更好的天气使德军后方更容易遭到敌机的打击，包括用于调整盟军远程炮火的观察机。第十集团军5月18日的战时日志写道："盟军战斗轰炸机持续不断的活动使得部队几乎无法实施机动或部署。"大批马匹被炸死，德军的技术装备不得不靠人力推至后方，或者干脆丢弃。南部战线上的59个德军营，现在每个营的平均实力只剩下250名士兵；南部战场的中坚力量第15装甲掷弹兵师在5月20日报告说，只剩下405名适合作战的士兵。

尽管驾驶补给卡车的意大利司机曾因"面对敌人时表现怯懦"而被大批枪毙，但现在他们已全体逃跑。而驶往意大利北部的车队，一个来回有时需要三周时间。炮火炸断了电话线，迫使德军指挥官不得不使用无线电，但这很容易遭到窃听，而且山中的接收效果也很糟糕。"我要求获得全面的作战信息！"凯塞林在一份饱含怒气的电报中告诉德国第十集团军。但根本就没有全面的作战信息，就连"超级机密"的密码专家也对德国军队的混乱状况束手无策。

实际上，凯塞林已被更高明的战略战术所击败。他对奥伦奇山脉形成的右翼威胁反应迟钝，太晚意识到盟军的两栖登陆不过是个骗局，因此没有及时投入预备队。5月14日，凯塞林派出了三个战略预备师中的第一个——第26装甲师。但从罗马郊区出发的70英里行程耗费了太长时间，直到5月19日，该师的坦克才得以协调一致地投入战斗，但这太晚了，已无法弥补"古斯塔夫"防线上的缺口。当天，凯塞林还命令第十四集团军将第29装甲掷弹兵师（6个月前，该师曾据守过圣皮耶特罗）从安齐奥滩头调至第十集团军右翼。德国第十四集团军司令冯·马肯森将军任性的延误，进一步破坏了收紧"希特勒"防线（盟军仍这样称呼该防线）的努力。第15和第90装甲掷弹兵师等机动师已破碎成一个个小股战斗群，各个营四散分布，最终被逐一击败。元首甚至被迫从匈牙利、克罗地亚和丹麦抽调了3个师，以加强意大利的防御。

凯塞林现在大声怒斥放肆鲁莽的下属，同时督促他的士兵们抵抗"敌人对欧洲文化中心的大举进攻"。这种训诫几乎起不到任何振奋人心的效果。"你不知道这场后撤是多么艰难，多么可怕，"一名德军侦察部队指挥官在卡西诺失陷后写信告诉妻子,"看着我那出色的营,我的心在流血……我希望能在更美好的日子里与你重逢。"

★ ★ ★

从战线的两端很难看见更美好的日子。一个加拿大人描述道,"王冠行动"就像同时爆发了1 000场独立的战斗,"仿佛造纸厂里的破布发生了自燃",而这些破布还在不停地燃烧。利斯将军现在将他的3个军和近2万部车辆,沿着6英里的前线塞入一道狭窄的山谷中,这道山谷的两侧都是高山,非常适合伏击和迟滞行动。

田园诗般的美景显得遥不可及,一名加拿大士兵描述一个意大利村落:"蜂巢似的山丘顶部伫立着一座险峻、带有雉堞的堡垒,笼罩着一种空泛的幻象",但利里河谷既没有田园诗般的美景,也不是通往罗马的坦途。大多数树木已被炸弹和炮弹炸为碎片。后撤的德国人纵火焚烧了干草垛和农舍,屠宰了牲畜,还枪杀了一些平民。"德军俘虏指认了自己的雷区,"一名近卫团军官写道,"其中五六处发生了爆炸。"

一名新西兰坦克兵谈及山坡上的一个葡萄园时说:"'谢尔曼'坦克像驱逐舰那样前仰后合,驶入驶出一道道沟渠,这些沟渠相互平行,坐在坦克前部的士兵操纵着重型钢丝钳,以打开一条通道。"道路下的砖砌涵洞,在30吨坦克的重压下发生坍塌,拥堵的交通很快便堪比第八集团军在阿拉曼所遭受的那种困境:一个试图赶往战斗发生地的旅用18个小时走了13英里的路程。一名加拿大将领抱怨说,6号公路"被头尾相连的卡车队列所堵塞"。

尽管"希特勒"防线缺乏拉皮多河和卡西诺山那样的天然屏障,但被吹嘘为一道半英里宽的防御带,自去年12月以来便由5 000名劳工对其加以修建。"混合防御工事"中包括地雷、防坦克壕、双层铁丝网和近3 000个火力点。"黑豹"坦克的炮塔上配有一门75毫米口径速射炮,这是这场战争中最凶猛的武器之一。现在这种炮塔被安装在砖砌的基座上。5月19日,第八集团军首次对这条防线进行了试探,结果以13辆加拿大坦克起火燃烧而告终。猛烈的炮火穿过奥伦奇山脉,还击毁了5辆美军的"谢尔曼"坦克,其中一辆名叫"邦尼·盖伊"的坦克剧烈燃烧,据该装甲营营史记述,"车组

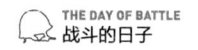

人员剩下的唯一痕迹是补牙的填塞物"。

"头部负伤的情况非常多,而且很严重,大多发生在坦克被直接命中的那些车组人员身上,"军医克劳斯·H.许布纳写道,他所在的第88师营急救站设立在一个村庄的面包铺里,"我对他们的头骨进行了检查,感觉那就像是破碎的鸡蛋壳……后院的停尸房很快便被堆满。我们总是在底部,德国佬却总是居高临下。地形始终对敌人有利。"

除了迎难而上,没有别的办法。军官们吃完早饭,将分发的朗姆酒倒入一个个搪瓷杯,继续让部下们投入恐怖的混乱中。厄运也许会降临到他们身上。一名在战地医院等待接受双腿截肢的英国兵喃喃说道:"我不能参加赛跑了,但还有许多战斗在等着我,我得活着。"手术后,他死去了。一位英军上尉表示,"木匠为我们的阵亡者制作的十字架呈现出一片抑郁的景象"。一名美军坦克车长被隐藏在一群德军俘虏中的狙击手射穿心脏,一位连长于是下令:"不要再抓俘虏!"

实际上,被凶狠的波兰人、非洲土著士兵及怒火万丈的美国兵所抓获的俘虏已成群结队。平均每天有1 000名德军战俘列队走入盟军的临时战俘营,他们的凄惨状况激励了抓获他们的人。"这是一群怪异而又奇妙的老人,"5月22日的一份审讯记录指出,"这似乎表明,德国当局对士兵们脚趾缺失、少一只眼或其他轻微病症根本视而不见,更别说年龄了。"尽管如此,没人怀疑德国人的顽强意志。"我的一名助手送来一个负伤的德国兵,"军医许布纳写道,"他吸着烟,吐气时烟雾便从胸前的弹孔中涌出。"

盟军发起这场攻势后的第二周即将过去时,亚历山大紧张地研究着来自前线的急电。他每天都从卡塞塔驱车向北,亲自查看战况。他端着望远镜凝视着远方,眉毛和红色军帽上沾满灰尘。最左侧的美国第2军已于5月20日拿下了丰迪,此地就是第一次布匿战争期间罗马大军挡住汉尼拔的地方。凯斯的军队目前在彭甸沼泽的南部边缘形成了对泰拉奇纳港的威胁。最右侧的利斯继续打击着山谷中的防御工事,每分钟对德军据点倾泻下800发炮弹。中央战线上的法军炮手在埃斯佩利亚附近逮住了暴露在外的德军掷弹兵,被击毙的德国人是如此之多,不得不动用推土机将尸体推开。森格尔抱怨说,他的各个营"正被消耗殆尽"。在切断82号公路后,非洲土著士兵继续他们的登山之旅。朱安的部队于5月21日在重要的路口镇皮科获得了一处立足地后，德军投入"虎式"坦克，发起了凶猛的反扑。

"希特勒"防线从西到东已摇摇欲坠。"我们逮住他们了！"朱安曾这样呼喊过，看来他大概说得没错。前方还有更多战斗。德国人——更确切地说是 1 万名意大利劳工，已开始在罗马下方修建另一道防御工事，即"恺撒"防线。但凯塞林已被迫从安齐奥地区抽调部队，以阻截盟军在南部战线上的推进。"敌人削减了他们投入滩头的预备队主力，"盟军司令部的情报部门于 5 月 22 日汇报道，"风险之大令人吃惊。"

这是亚历山大期待已久的机会，是个弥补过错、证明自己正确无误、歼灭敌军的机会。滩头阵地中的七个盟军师将冲向敌军的侧翼，就像一把插入肋骨的匕首。时机终于成熟了。

一场第五集团军的表演

5 月 22 日，星期一，马克·克拉克将他的司令部从卡塞塔转移至安齐奥。中午，他乘坐一架 L-5 轻型单引擎飞机到达，这架飞机的翼展并不比他本人长多少。晚上 10 点他在鲍格才别墅吃过一顿过晚的晚餐后，大步穿过地下指挥所来到一间会议室。为他引路的一名健壮的上校吼道："立正！"几十名记者懒懒散散地坐在灯泡下的长椅上，听见口令后带着各种不满的姿势站起来。"诸位，请坐。"克拉克挥手示意道。

在接下来的半个小时里，他缓慢而又精确地阐述了进攻计划的详情，偶尔指向一幅硕大的地图，这张地图像兽皮似的被钉在他身后的墙壁上。8 小时内，1 000 门大炮就将打响。特拉斯科特将军的第 6 军已扩充为第五集团军麾下的一个集团军：7 个师，外加罗伯特·弗雷德里克准将的第 1 特种勤务队。这股力量中还包括美军第 36 步兵师，在过去的 4 天里，按照亚历克斯将军的"秘密运送"计划，该师已经海路悄然抵达。进攻部队在滩头防御阵地呈顺时针分布，英国第 5 和第 1 师位于左侧，然后是美军第 45 步兵师、第 1 装甲师（其中包括第 34 步兵师的一个团）和第 3 步兵师。特种勤务队保护着右翼，而第 36 师和第 34 师的主力留作预备队。迎战这股强大力量的是只有 5 个半师的马肯森第十四集团军。

克拉克继续说道，按照"水牛行动"，"这场进攻的主目标是"夺取奇

1944 年 4 月 27 日，安齐奥港口，第 1 装甲师的坦克从一艘坦克登陆舰上驶下。

斯泰尔纳，这绝非易事。游骑兵在一月份对该镇发起灾难性进攻后，这个镇已戒备森严。先头部队随后将冲向东北方，穿过科里，在瓦尔蒙托内切断 6 号公路，"最终目标是尽可能多地歼灭德军"。克拉克说，他打算"堵住卡西诺前线德军主力的退路"。这场进攻"并非以夺取罗马为宗旨"，但他会保持"灵活的头脑"。他看了看地图，似乎在纠正自己的说法："我们将拿下罗马。"

记者们走出地下室时，参谋人员告诉他们，媒体可以向公众保证，克拉克将军将"亲自指挥"这场攻势。为强调这一点，克拉克用电台联系了待在卡塞塔的格伦瑟。"不必限制泄露我行踪的报道，"他告诉他的参谋长，"你必须确保任何人不得更改这一决定。"此外，格伦瑟还要确保任何宣布进攻的通告"必须措辞准确，而且是一场第五集团军的表演，我不希望第一份公告宣布的是亚历山大的部队从桥头堡发起进攻"。

尽管克拉克透露了计划中的许多内容，但他也隐瞒了许多。对进攻时机和方向的争执只会愈演愈烈。亚历山大仍坚持认为，一旦滩头部队在瓦尔蒙托内横跨6号公路,"快速、机动的巡逻"便能切断德国人向东逃生的其他通道。克拉克则坚信,困住德国第十集团军"是不可能做到的";他还指出,按照"水牛行动",敌人仍能占据拉齐奥山,拥有居高临下的优势。

5月20日在卡塞塔举行的一次当面会晤没能解决他们之间的分歧。亚历山大命令滩头部队于5月21日夜间发起进攻,显然他不知道第八集团军已在阿奎诺突破了"希特勒"防线。克拉克表示反对,于是亚历山大同意将进攻推延至23日早上;他还将更改利斯在利里河谷的进攻计划,希望能减少业已疲惫的第八集团军的损失。

克拉克怀疑这是种口是心非的手段。"我相信第八集团军会保持其攻势,并且让法国人唱主角,迄今为止他们在这场战役中的表现就是这样,"他在日记中写道,"他们的一切行动都是以节省兵力为宗旨,总是让别人去承担。"

准确地说,克拉克的意图也许连他自己也不太清楚。后来,他承认了这一点:"该死的,我们不该总想着罗马,我们应该考虑的是干掉德国人。"夺取意大利首都无疑是一种荣誉,这种荣誉"我们认为是应得的"。不过,命令就是命令,亚历山大的命令非常明确。于是,在离开卡塞塔前,克拉克发报给特拉斯科特:"'水牛行动'将于5月23日6点30分发起。"

但他还给第6军军长发去一份私人电报。他写道,进攻展开之际,特拉斯科特应对"另一计划"有所准备,"在奇斯泰尔纳地区实施重组,向西北方发起新的进攻"。滩头部队的主力不是冲向东面的瓦尔蒙托内,而是直扑拉齐奥山的西侧,踏上赶往罗马"这个大奖"的最短路径。正如克拉克对记者们说的那样,一名优秀的指挥官应始终保持灵活的头脑。

★★★

烟雾发生器产生的雾气遮掩了从第勒尼安海到墨索里尼运河的前线。第3步兵师承担着对奇斯泰尔纳发起主攻的任务,一个营接着一个营的士兵从树林中的宿营地列队而出,一旁的军乐队演奏着师歌,一如4个月前他们登船赶赴安齐奥:

> 我只是个普通的步兵,步枪扛在我的肩头,每天我都以德国佬为早餐。

夜间下起了小雨，但凌晨时刻天空已放晴。星星的闪烁穿过人造雾霾，随后一片灰色的阴云再次从海上而来，遮蔽了滩头。士兵们最后一次摸索着装备，许多人身上带着降落伞绳，据说这是出色的止血带。第15步兵团里一名19岁的中士，连续6周没收到任何家信，周一晚上从连里的文书那里一下子收到了40封信。他把信件塞入作战背包，不知道自己是否还能活着拆开这些信。第1装甲师一辆坦克的电台中不可思议地飘出了《俄克拉何马》的曲调。拂晓的光芒照亮东方的天际时，一名中尉大声朗读着修昔底德的《伯罗奔尼撒战争史》，随后高呼道："战争中不会有什么新东西！"

期待、焦虑、解脱——这一切就像是寻找着栖息地的蝙蝠般飘过前线。克拉克抓紧时间在一张金属小床上休息了几个小时。为避开鲍格才别墅地下室里潮湿的空气，他睡在楼上屋顶很高的一间客厅里，屋内悬挂着镀金吊灯，墙上装饰着几幅硕大的油画。清晨4点起身后，他狼吞虎咽地吃了顿早饭，随即爬上他那辆吉普车，从聂图诺赶往前线。清晨5点30分，就在太阳刚刚出现在地平线之际，他来到特拉斯科特设在孔卡的一座精心伪装过的指挥所。1月时，他们俩曾在这里痛苦地看着达比的游骑兵和第3步兵师陷入奇斯泰尔纳的困境中。两人没说太多，都沉浸在各自的思绪中。

清晨5点45分，炮火齐射的轰鸣拉开了进攻的帷幕，榴弹炮、迫击炮、坦克，每一根炮管都喷吐出火舌。"罗马人也许能听见这个。"一名士兵喊道。炮火的冲击波闪烁着掠过天空，就像柏油路上腾起的热气。尘云覆盖了战场，内里却被炮弹的爆炸照得一片通亮。60架战斗轰炸机掠过前线，给已被烧焦、饱受蹂躏的奇斯泰尔纳留下更多的焦痕和打击。

6点30分，步兵向前涌去。他们不再放声高歌，眼中充满了怒火和恐惧。此刻，炮火低沉的轰鸣中夹杂着"砰、砰"的步枪射击声和上千挺机枪的哀号。5英里的战线上，三个团齐头并进，第3步兵师投入了全部兵力，冲向奇斯泰尔纳周围四个德军营设置的各个排级规模掩体，每座掩体相隔三五百码，都配有地雷、铁丝网和自动武器。伊索拉贝拉村东面半英里处（游骑兵们曾在那里进行过最后的抵抗），第15步兵团L连的180人很快损失了140人。"在我前面的一名士兵被子弹击中，"I连的一名中士写道，"我把他翻过来，发现他双眼上翻，目光呆滞。"

东面，第30步兵团K连报告说只剩下十来个人。德军火力像镰刀那样扫过战场，留下成堆的死者和被割断的青草。右侧，第 15 步兵团的 E 连挺着刺刀，尖叫着发起冲锋，他们穿过一片树林，打死 15 个德国兵，俘虏了另外 80 人。尽管如此，美军的推进未能超过四分之一英里。"进展太慢了，"师长奥丹尼尔少将在上午 8 点抱怨道，"把你们手上的一切力量都投进去。"杰克·托菲和第 7 步兵团分配到的是一块最难啃的骨头，他们位于进攻的中央。当一名参谋军官报告两个先头连遭到压制时，奥丹尼尔回答说："现在，我们的词汇表里没有这个字眼。"

中午刚过，5 辆"谢尔曼"坦克投入战斗中，每辆都拖着奥丹尼尔灵机一动所发明的"战斗雪橇"。这是一种秘密武器，将鱼雷发射管纵向切成两半，底部焊有钢制滑板。它长 8 英尺，宽 2 英尺，深度足以容纳一名匍匐在里面的士兵。这些雪橇首尾相连，每六具组成一列，每辆坦克拖曳两列。沟渠和地雷对它们无能为力。60 具雪橇没有前进太远便翻倒在战场上，雪橇里的人赶紧跳了出来，暗自感激能有下车的机会。

血腥的战斗一码接着一码，美军士兵渐渐靠近了奇斯泰尔纳。当天结束前，第 3 步兵师的士兵们冒着大雨逼近至离镇子不到 600 码处。与拂晓时相比，他们离罗马又近了一英里。但 7 号公路和与之平行的铁路路基都没有被切断。伤亡也居高不下：第 3 步兵师已有 1 000 余人阵亡、负伤或失踪，他们经历了迄今为止在这场战争中最为血腥的一天，也是所有美军师付出最高代价的一天。负伤的人太多，根本没有足够的担架将他们抬离战场。一名年轻的士兵目睹了这场血腥的屠杀后感叹道："我还没跟女人亲热过，难道就这样送命吗？"

特拉斯科特的侧翼同样遭遇到激战。右侧，弗雷德里克的突击队员冲过奇斯泰尔纳下方的 7 号公路，遭到"虎式"坦克的火力打击后仓促后撤，这种坦克似乎对反坦克炮弹无动于衷。"地狱之门在这里敞开了，"一名参谋军官用无线电联络特拉斯科特，"德国人投入了他们的一切。"最左侧，英军坚守阵地，没有再发起旨在牵制敌军的进攻。第 45 师艰难地穿过大腿高的麦地，避开那些身穿腐烂原野灰军装的骨架，直到机枪的交叉火力将他们射倒。德军射手追踪着匍匐而行的美军士兵在麦地里留下的尾迹，致命的子弹砰砰作响，穿过金色的田野。十余辆"虎式"坦克发起反击，在开阔地痛击了一个美军营，又对另一个营发起进攻，直到被盟军的炮火击退。

夜幕降临前，第 45 师报告伤亡 458 人，急救站已不堪重负，负伤的士兵不得不分享小床。一名炮兵后来回忆道："病床上，趴在我身旁的那个伙计被弹片击中了后背，他不停地哀求医生让他快点死去。"一位踩上地雷的上尉打量着自己的残肢："这就是总觉得冷的地方。"

当天最后的希望落在第 1 装甲师身上。他们在奇斯泰尔纳东面沿一条 3 英里长的战线发起进攻，投入了 232 辆坦克。一周前，欧内斯特·哈蒙在给朋友的信中写道："我们的坦克能否达成突破仍是个问题，但我预计损失会很严重。"他警告说，这种损失很可能在进攻发起后的半小时内便达到 100 辆坦克。位于他右翼的 B 战斗群误入到一片标记不清的雷区中，这些地雷是冬季战役期间美国人埋设的，这使哈蒙暗淡的情绪变得更加恶劣。从出发线前进了不到四分之一英里，30 辆"谢尔曼"便因履带断裂或车轮破损而动弹不得。

但在左侧，A 战斗群却利用另一项战场发明取得了出色的成果。天亮前，美军坦克已往中间地带塞入两条 400 英尺长的"蛇"——这种 4 英寸口径的管子里装填着数吨炸药。就在迷惑不解的德军巡逻队晃响装满石块的铁皮罐发出警报时，一阵机枪点射引爆了那两条铁管，伴随着"惊天动地的巨响"，雷区被炸出一条 25 英尺宽的通道。另外两条"蛇"使打开的通道得以延伸，犹如涌过破裂的堤坝的洪水，哈蒙的坦克从缺口处蜂拥而过。第 135 步兵团的士兵们攀附在坦克上，他们跳下车抓捕俘虏，并将负隅顽抗者击毙。

下午 1 点前，美军坦克已越过铁路路基的煤渣坡顶，这使那里的德国人拼命挥舞起一面白旗，另一个美军营控制住北面 500 码处的一座高地。B 战斗群没有使用"蛇"，他们担心过早引爆会惊动德国守军，结果使炸开缺口的行动被延误。当晚布设车阵过夜前，该战斗群已将 7 号公路纳入坦克主炮的射程内。步兵们端着武器，睡在坦克拖来的沙袋后。当天的战斗让哈蒙损失了 86 辆坦克和坦克歼击车，大多毁于美国人自己的地雷。他迅速从预备队抽调坦克，以弥补这一损失。而其他方面的损失则很难获得补充。5 月 23 日星期二，第五集团军总计伤亡了近 2 000 人，这是意大利战役中单日伤亡的最高纪录，其中 334 人阵亡：平均每四分钟便有一条生命被扼杀。午夜前，奋力杀出滩头阵地的士兵们，身上的绿褐色军装已被鲜血染成黑色。

但整个前线已抓获 1 500 名德军战俘，奇斯泰尔纳也面临着从东北方遭到包围的危险。德军第 362 师的作战实力折损过半，第 715 师的两个团遭到重创，而在奥伦奇山脉遭受痛击后被调至滩头实施防御的第 94 师则报告说，只剩下 200 名作战士兵。周二晚上 8 点，凯塞林打电话告诉菲廷霍夫："马肯森那里的情况很不妙，你知道就行了，注意保密。"

特拉斯科特在深夜发电报给克拉克（他已返回鲍格才别墅的地下室），将战况归纳为 21 个字："所有进攻已按计划发起。进攻遭到中等程度的抵抗。"

5 月 24 日（周三）下午前，德军的抵抗已摇摇欲坠。哈蒙的坦克从东面绕至奇斯泰尔纳后方，击退了身穿原野灰的幽灵，这些德国人从桂树丛后突然冒出，朝驶过的"谢尔曼"的后部射击。美军炮兵粉碎了德国人对侧翼的反击，但炮弹也一次次造成误伤友军事件。夜幕降临前，奥丹尼尔和哈蒙几乎已完成了对奇斯泰尔纳的合围，兜住了 850 名德军士兵。奥迪·墨菲写道："德国人犹如受惊的鹌鹑四散奔逃，我们像打飞碟那样将他们逐一射杀。"在该镇北面，7 号公路 1 英里长的延伸部已被切断，南面的 3 英里也是如此，一个侦察营距离位于拉齐奥山南部边缘的韦莱特里不到 4 英里。第 6 军主力离 6 号公路还有 13 英里。哈蒙告诉特拉斯科特："如果能确保我的左翼，今晚我就能进入瓦尔蒙托内。"

周四早晨的天气更好。查尔斯·莱德的第 34 师在左侧将 7 号公路上的战果扩大至 5 英里，将更多的"鹌鹑"赶入杀气腾腾的战斗机的视野中。一份记录中这样写道："这是一场惨烈的屠杀。"受害者中包括 15 辆"虎式"坦克。100 多挺 50 毫米口径机枪将拖着火焰的子弹射入奇斯泰尔纳镇内，据说该镇目前是意大利受灾最严重的一座城镇，远远超过卡西诺。拂晓前，第 7 步兵团的一个营已在奇斯泰尔纳西南角获得一个立足点，两个姊妹团，第 15 和第 30 团，已在该镇东北方逼近至能相互喊话的距离内。绞索已被收紧。

★ ★ ★

克拉克高兴地注视着蓝色油性铅笔线在作战地图上追踪着涌向东北方的滩头部队。不到 48 小时，前线便以一个 7 英里宽的突出部推进了 3～4 英里。但真正令他全神贯注的是战场的南部边缘。凯斯的第 2 军在两周内推进了近 60 英里。战斗工兵基本完成了一条绕过泰拉奇纳镇周围山脉 6 英里长的道路。周三早上，先头部队发现这座海边小镇已被遗弃，只剩下丢在路上的尸体（一如既往，既有人也有骡子）。更多的巡逻队进入彭甸沼泽，随后报告说德国人实施了猛烈的爆破，尽管意大利人挥舞铲子填塞弹坑的速度与它们被炸出的速度同样快。通往滩头的沿海道路敞开了。周三晚上，在一封措辞专横的电报中，克拉克告诉身处卡塞塔的格伦瑟：

> 我麾下的两支部队取得会合，将成为第五集团军战斗生涯中的一大亮点。这主要是第五集团军的事情，我请你告诉亚历山大将军，我希望获得批准，一旦第2军向内陆推进，我便有权立即在这里签发一份简单的公告。

如果亚历山大坚持由他亲自宣布这份公告的话，"你就设法确保他们发布的公告措辞准确，使其成为一场第五集团军的表演"。克拉克甚至草拟了他认为恰当的开场白："长达60英里的壮观推进已达到高潮……"转念一想，他忽然意识到特拉斯科特已损失了近2500人。埃里克·塞瓦赖德撰写的稿件中出现了"意大利只有一条战线"这样的字句，但聂图诺的新闻检察官坚持要他改为"意大利只有第五集团军这一条战线"。

5月25日（周四）早上7点30分，滩头阵地的一支工兵特遣队到达波哥格拉帕外，这座位于泰拉奇纳镇北面20英里处的沿海村庄已沦为一片废墟。在一条横跨灌溉渠的狭窄桥梁上，来自檀香山的工兵队长本杰明·哈里森·索萨上尉看见了第2军的一名军官，即来自费城的弗朗西斯·X.巴克利中尉。

"你们他×的要去哪里？"索萨问道。

"安齐奥。"

"小伙子，你们已经到了。"

两人握手后坐下，分享着从巴克利背包中取出的一盒糖果。

3小时后，克拉克带着二十几名记者乘坐敞篷吉普车赶到了。模糊的战斗声从奇斯泰尔纳飘向南面时，嚼着口香糖的士兵们摘下自己的钢盔，相互拥抱，夸张地表演交换香烟，在摄像机前重演会师的一幕。在发给格伦瑟的另一封电报中，克拉克告诉他，最初的会师"发生在10点10分，安齐奥至泰拉奇纳的公路上",这几个小时改写了历史。

安齐奥历时 125 天的隔绝结束了,滩头阵地不复存在。克拉克写信告诉蕾妮:

> 我赶去见证了两支部队的会师,在报纸上读来可能是激动人心,但对我来说,这比我们在萨勒诺取得成功以来的一切都更有意义。一些记者的报道听上去好像是我在寻求炒作。你有这种印象吗?不管怎么说,两支部队会师时,我必须在那里。这对我而言代表着太多的东西。

这一天很快将到来,"我会回到你身边,重享我们幸福的家庭生活。我觉得我会做好安顿下来的准备"。但在此之前,克拉克发誓道:"我们将夺取罗马……他们现在已无法阻止我们。"

★ ★ ★

5 月 23 日周二中午,特拉斯科特对前线视察了一番后,驱车赶往设在孔卡的指挥部。他感觉"精神振奋"。他的老部队——第 3 步兵师杀入奇斯泰尔纳,穿过一栋栋被摧毁的房屋,扑向德军布设在市政厅的最后堡垒,这里现在已被称为"城堡"。其他部队则赶往东北方 6 英里处的科里,那里位于莱皮尼山脉的西侧,已有 2 600 名德军官兵被俘。

尽管地形险峻且有反坦克炮火不时骚扰,但第 1 装甲师仍继续向北推进着。此外,德军的"黑豹"坦克还在韦莱特里附近发起一次反击,这让哈蒙损失了 17 辆坦克。战斗激烈而又混乱。更多的美军炸弹落在自己人头上,当天至少发生了十起空袭误伤事件。

"德军狙击手射断了中尉的胳膊肘。"第 81 装甲侦察营的罗伯特·M. 马什下士在日记中写道。他又补充道,那名恶棍被抓获后,"中尉用左手拔出他的点 45 手枪,一枪射穿了狙击手的心脏"。那些不肯投降的德国人则被坦克推土机活埋。马什写道,坦克兵们发现一个巨大的葡萄酒桶,"一端伫立着,另一端已被打坏,他们开怀畅饮,最后才发现桶里有个死去的德国佬"。

第 6 军这支长矛的顶端，汉密尔顿·H. 豪兹上校率领着四个营穿过橄榄园和废弃的农场，进入拉齐奥山与遍布石块的莱皮尼山之间的峡谷中。很快，十几辆"谢尔曼"坦克距离 6 号公路已不到半英里。"我正位于敌人的一个薄弱处，"豪兹报告道，"看在上帝的分上，赶紧把整个第 1 装甲师投入到这里。"特拉斯科特认为，周五的某个时刻，他的军将"穿过瓦尔蒙托内，切断德军的撤退路线"。

特拉斯科特走入孔卡的作战室时，这种令人愉快的愿景消失了。第 6 军的五名上校脸色阴沉地站在屋内，和他们在一起的是克拉克的作战参谋唐纳德·W. 布莱恩准将。布莱恩说道："头儿让你留下第 3 师和特种部队封锁 6 号公路，然后按照他和你讨论过的计划，尽快向西北方发起进攻。"

特拉斯科特被惊呆了。突击队和奥丹尼尔的部下赶往瓦尔蒙托内时，第 6 军的主力转动 90 度，向左而去。这将使他们踏上拉齐奥山西侧，通往罗马最短的一条途径，但这条路线也通向"恺撒"防线防守最严密的一段，由德国第 1 空降军据守。"水牛行动"已获得成功，为什么要换成先前的"海龟计划"？

"几天前我跟克拉克将军讨论过这个问题，"特拉斯科特说道，"我告诉过他，依我看不该采取这个计划，除非左侧的敌军明显被削弱。但我现在并未看到他们遭到削弱的迹象。我得跟克拉克将军谈谈，他在哪里？"

"他不在滩头阵地。"布莱恩平静地说道。克拉克已飞回卡塞塔，电话和电台都无法联系上他。特拉斯科特提出反对意见，他那嘶哑的嗓音加粗了。他告诉布莱恩，现在"没时间更改进军方向"，时机"不当"。放弃目前的攻势，将第 45、第 34、第 36 步兵师和第 1 装甲师调往一个方向需要时间。特拉斯科特警告道："一个更加复杂的计划很难开花结果。"随后，他陷入了沉默。

特拉斯科特后来坚称，他以"最为激烈的言辞"提出了抗议，但他认为，作为一名忠诚的下属，自己不得不服从上级的命令。参谋人员已开始拟订新的进攻计划，如果自己表露出缺乏信心，只会被指责为"指挥能力欠缺"。特拉斯科特认为克拉克是个能干的战术家，对自己的得力助手非常信赖，并授予他们自主权，尽管他不会为他们提供公众声望（下属指挥官都不得以第五集团军的名义发送电文）。作为一名下属，职责要求特拉斯科特同样付出忠诚。无论他最初对新计划表示出怎样的疑虑，但他很快便宣布自己全力支持。下午 4 点，布莱恩给克拉克发去电报（通讯突然间又恢复了），汇报说第 6 军军长"对此完全赞同"。两个小时后，特拉斯科特打电话给鲍格才别墅的布莱恩，说道："我有一种强烈的预感，我们应该执行新计划，明天就开始。"

但在私下里，这位军长的疑虑并未消除。5 月 25 日周四晚上，当克拉克飞回聂图诺后，在鲍格才别墅的办公室里，特拉斯科特温和地提出了自己的看法。6 号公路已近在咫尺，此刻将他的军一分为二"是个错误"；而在西北方，德国人"并未削弱他们的防御"。克拉克的态度很坚决，他没有理会特拉斯科特的反对意见，坚持认为德军在瓦尔蒙托内的防御已开始加强，部分原因是从意大利北部而来的援军已抵达。克拉克显得很轻松，仿佛千钧重担已从他的肩头移除。在发给格伦瑟的一份电报中，他将敌人描述为"目前或许正处于士气低落的状态下，你可以向亚历山大保证，这是一场全力以赴的进攻，我们将不遗余力"。

特拉斯科特快快不快，但还是遵从了克拉克的命令，随后驱车返回孔卡。接近午夜时分，属下的师长们鱼贯走入军部，一个个满身征尘，但都深信他们将取得胜利。当天下午晚些时候，奇斯泰尔纳终于陷落。马肯森不顾凯塞林"拼死抵抗"的命令，批准镇内守军后撤，但为时已晚。在"城堡"周围的街道上，激战持续了几个小时，一辆"谢尔曼"坦克轰出一条窄缝，进入到内院。步兵们冲向主楼，将手榴弹投入地下室的通风口，将 250 名昏头昏脑的顽抗者赶了出来，这些俘虏的身上满是尘土。第 7 步兵团第 3 营损失了营长和三位连长，另外还包括 80% 的作战实力。奇斯泰尔纳沉寂下来，只剩下不时发出的火焰噼啪声及坦克履带碾过砖石的声响。

特拉斯科特赶至镇内。"敌人从南面撤离并从北面调来援兵的事实，使得集团军司令相信，穿越瓦尔蒙托内山口的行动将变得越来越困难，"他说道，"集团军司令觉得，朝这个方向的突击将使我们获得一个迅速突破这条防线的机会。"特拉斯科特站在地图前，用粗壮的手指戳向拉齐奥山的西部边缘，说道："再补充一点，我衷心拥护这个想法。"

可他那些战地指挥官没人像他这般积极，就连特拉斯科特的参谋长唐·E. 卡尔顿准将也认为这一分兵"是个可怕的错误"。哈蒙和奥丹尼尔的部队离 6 号公路已近在咫尺,因此他们尤为恼火。将炮兵转移至西北方,同时把"老勇士"调至新战线的后方,这需要付出一整夜顽强的努力。"我知道所有部队都已疲惫不堪,"特拉斯科特补充道,"但每一场胜仗都是由疲惫之师打赢的。"

他再次指向地图,仿佛将手按向了新战场,说道:"我建议,这场战役开始时,投入我们手上所有的火炮,进行 15 分钟猛烈的炮火准备,然后再发起进攻,就像我们三天前所做的那样。我相信,我敢肯定,这一地区的德国佬混乱不堪,就是一支大杂烩部队,如果明天我们能像最近三天这样奋勇推进,一场伟大的胜利就将落入我们掌中。"

特拉斯科特结束了会议。第五集团军下发的第 24 号作战令现在被称作"沿通往罗马最直接的路径发起的新攻势"。第 6 军军长打量着部下们疑虑重重的面孔,补充道:"这是命令。"

★ ★ ★

马克·克拉克在漫长的余生中都将为这个不可原谅的鲁莽之举进行辩护,60 多年来,这一直是二战中最具争议性的问题之一。无论是当时还是后来,他都有貌似可信的理由来质疑"水牛行动"。"如果在瓦尔蒙托内切断 6 号公路,德国的一个集团军就将被歼灭,这种观点建立在错误的前提下,"克拉克在 5 月 27 日(周日)的日记中写道,"这是荒谬的,因为从阿尔切、弗罗西诺内及二者之间,有许多道路通向北面。"

的确如此,森格尔随后证实了这一说法,他的第 14 装甲军沿 6 号公路在弗罗西诺内和瓦尔蒙托内南面分出的一条岔路后撤,随后便蜿蜒穿过辛布鲁伊尼山山脚。另外,还有条平行的公路弯弯曲曲地穿过帕莱斯特里纳,其他一些道路也通向 5 号公路,这条从罗马而来的横向公路通往亚得里亚海边的佩斯卡拉。

克拉克还担心隐藏在拉齐奥山中的德军炮兵和装甲部队"从山中冲出",在特拉斯科特赶往瓦尔蒙托内时,对其左翼发起反击。根据"超级机密"和战地报告分析,他认为凯塞林在意大利最后的机动预备队——"赫尔曼·戈林"师,很快将沿着 6 号公路实施据守。这种担忧合情合理,尽管为特拉斯科特提供的实力惊人的炮兵、空军和装甲部队足以对马肯森残破不全的部队所发起的任何攻击还以颜色。

5月25日周四时，德国第十四集团军记录下盟军向他们发射出10.8万发炮弹，随后便不再计算。同一天，盟军的空中力量摧毁了马肯森的655部车辆。此外，截至5月26日星期五，"赫尔曼·戈林"师只有侦察营抵达瓦尔蒙托内。该师的其他单位，被迫在白天沿着毫无遮掩的道路跋涉250英里，穿过盟军战机凶猛的拦截，只能陆陆续续、零零碎碎地抵达目的地。

对克拉克做出让步的原因还有以下两点：其一，就连乔治·马歇尔这样的权威人物也敦促在"霸王行动"前尽快夺取罗马，目前离该行动的发起已不到两周；其二，随着在诺曼底开启第二战线，意大利战区的弹药、补给、军队及公众的关注必然会大幅度下降。此外，第24号作战令试图给亚历山大塞糖丸：第6军仍将派遣2万多名士兵冲向6号公路，他们很快会获得凯斯第2军的增援。

但一个恶劣的事实是：口是心非、不守信用的克拉克违抗了来自上级的直接命令。他在5月28日对凯斯断言，英国人"正谋划着进入罗马最简单的办法"，但这种说法并没有确凿的证据。正如英国官方史后来所指出的，克拉克对荣誉的渴求，"破坏了对亚历山大计划的执行，他完全是为了他和他的军队获得率先进入罗马的荣耀"。

克拉克在战后的回忆录中承认了这一点：

> 我们不仅打算成为15个世纪来从南面夺取罗马的第一支军队，还打算让国内人民知晓是第五集团军完成了这一壮举，以及我们为此而付出的代价。

这种痴迷，毫无疑问还要加上压力和疲惫，损害了他通常都很精明的军事判断力。他没有料到5月26日，在瓦尔蒙托内应对盟军第6军至少三个师兵力的只有马肯森一个实力严重受损的德军师，顶多再加上"赫尔曼·戈林"师的一个团。他没有觉察到敌军已被特拉斯科特重创到何等严重的程度，坚守的第1空降军剩余的实力是多么强大，以及德军统帅部建议希特勒将两个集团军撤至"恺撒"防线（盟军情报部门迅速获悉了这个消息），为他提供了一个趁凯塞林匆匆后退之际对其实施痛击的机会。

克拉克也没意识到,第 6 军比利斯行动缓慢的第八集团军领先 40 英里,6 号公路上开阔的地形和糟糕的防御反而为他提供了一条通往罗马的捷径。正如美国陆军的一项研究所得出的结论,克拉克没有认识到自己本可以"令人钦佩地处在包围德国第十四集团军残部并切断德国第十集团军的有利境地","赫尔曼·戈林"师师长威廉·施迈茨将军也得出了相同的结论。

朱安提醒克拉克,第八集团军、第 2 军、第 6 军和法国远征军齐聚利里河谷及其北部扩展地时,"道路上会出现可怕的拥堵"。尽管这是"马库斯·奥里利乌斯·克拉库斯"(克拉克)的看法,但即便是崇拜者们也质疑他"一条进军路线高于其他一切"的看法。因为配属给特拉斯科特第 6 军的两个滩头英军师毫无出彩的表现,他对英国人的成见有所增加。

克拉克抱怨道:"他们毫无斗志。"但他的做法已超出战场上的挫折及卑劣的仇外情绪。英国官方史作者 W.G.F. 杰克逊写道:"他似乎从未将亚历山大当作自己真正的上级。"克拉克后来声称,他曾警告过亚历山大,如果利斯擅自进入罗马,他将命令第五集团军"对第八集团军开火"。这个说法如果属实,的确令人震惊;但亚历山大驳斥了这种传闻。

特拉斯科特被告知更改进军方向后 24 小时,亚历山大仍被蒙在鼓中。直到 5 月 26 日(周五)上午 11 点 15 分,这位盟军司令才获悉第 24 号作战令,而此刻新的进攻已不可撤销地开始了 15 分钟,离克拉克在聂图诺向记者们简单介绍他修改过的计划已过去 45 分钟。就像他派布莱恩把消息传达给特拉斯科特那样,克拉克故伎重施,派格伦瑟去告知卡塞塔的亚历山大。与莱姆尼策走入格伦瑟的办公室后,亚历山大逗留了很长时间,仔细研究着他这个集团军群左翼自行其是的做法。中午 12 点 20 分,格伦瑟给克拉克发去电报:

> 亚历山大将军认为这个计划非常好。他指出,"我支持集团军司令采取一切他认为有机会延续其现有成功的行动"。5 分钟后他又说:"我相信,集团军司令会继续向瓦尔蒙托内推进,对吧?我知道他很重视夺取制高点的重要性……只要将其夺取,他将处于绝对安全的状况下。"

第 12 章　进军罗马

格伦瑟向他保证，克拉克将"全力以赴地执行一个积极的计划"。尽管格伦瑟认为亚历山大"没有保留自己的看法"，但实际上，他的情绪很复杂，不过，他掩饰得很好。他后来承认自己"很不高兴"（莱姆尼策说他"极为失望"），他得出结论，自己施加给对方的意愿将一无所获。尽管丘吉尔最近曾指出过，"高级指挥官不应'敦促'，而应'命令'"，但这不是亚历山大的风格。先是蒙哥马利，现在又是克拉克，亚历山大对他们无礼举动的容忍，只是鼓励了更多被杰克逊将军称为"不听指挥"的行为。

这起令人尴尬的事件一直向美国公众隐瞒，直到意大利成为不太引人关注的次要战场。塞瓦赖德写下"问题是，（迅速夺取罗马和歼灭德军）这两个目标究竟是兼容还是相互排斥的"，第五集团军的新闻检察官将这句话划去。另外，克拉克仍吝于分享他的部队的壮举所获得的公众声望。马歇尔在 5 月 26 日指出，"这令克拉克在国内的声誉受损"。格伦瑟敦促公开披露特拉斯科特所发挥的重要作用后，克拉克在日记中写道："我并不觉得他的功绩有多么出色。"

"我从未违抗过他的命令，"战争结束近四分之一个世纪后，克拉克这样说道，"如果他另有打算，他完全可以下达命令。说我一心只想着夺取罗马的荣耀，这种指责纯属无稽之谈。"也许是这样，但亚历山大后来声称，克拉克曾向他保证，其军队之所以调离瓦尔蒙托内，是因为遭到敌人激烈的抵抗；这个说法充其量是个夸大其词的借口。

再优秀的军人也会被"傲慢"和"唯我论"所击败。也许李维对布匿战争的评论依然有效，即"指挥权与服从意愿难以共存"。但正如 5 月 28 日丘吉尔写给亚历山大的信所言："这场战役所取得的荣誉已经很高，对它的衡量，不是根据对罗马的占领或与滩头阵地的会合，而是根据被切断退路的德国师的数目……关键在于追击敌人。"

连克拉克的竞争对手们也出于全局考虑而祝他好运，这是个不小的讽刺。"我军率先进入罗马的可能性把他吓坏了，但这并非我们优先考虑的问题，"利斯写道（自"王冠行动"发起以来，他的伤亡已近 1.4 万人），"我只希望他能成功，这将解决我们的许多麻烦，并挽救大批生命。"

★★★

天神们也对克拉克的狂妄自大感到痛惜,他们现在似乎要对他的军队加以惩戒。

5月26日,灿烂的阳光下,第6军攻势的右钳(其实力已大为下降)正叮当作响地赶往瓦尔蒙托内。先头部队的三个营由汉密尔顿·豪兹率领,他随身携带着一本红色封皮的克劳塞维茨的《战争论》,这是他经常翻阅的一本书。前进的队列享受着短暂的胜利时光。一位坦克营长用电台联系上豪兹:"发现步兵穿过麦地朝我方而来,他们是友军步兵吗?"

"×的,不是!"豪兹吼道,"朝他们开火!"他乘坐吉普车向前冲去,刚好看见"谢尔曼"坦克猛烈开火,机枪火力将"赫尔曼·戈林"师的掷弹兵们射倒在300码外的一片山坡上。德国兵像溺水者般在子弹横飞的麦地里扑腾、翻滚,直到这片战场渐渐平息下来。

天色很快黯淡下来。在豪兹身后,五架稀里糊涂的P-40"战鹰"式战机俯冲而下,对第3步兵师实施了轰炸和扫射,他们误以为对方是后撤中的德军,导致100多人阵亡或负伤。其他飞机轰炸了科里,这个镇子其实也在盟军的手中。空军的误伤事件发生得太多,尽管已释放出黄色烟雾标明美军阵地,但工兵们还是奉命在前线被占领的屋顶上用油漆画出硕大的美国国旗。飞行员们投偏了的地方,炮手们却似乎总能补上几炮。在豪兹的装甲步兵营中,160名稚嫩的新兵刚刚向前推进,美军的155毫米炮弹便落在队列中,这场"毁灭性"炮击持续了10分钟,惊恐的幸存者朝后方退去。炮击终于停止后,营长已身亡,他的部队折损大半。

德国人也有他们自己的麻烦。菲廷霍夫第十集团军的战时日志在5月26日抱怨道:"白天的一切行动均已瘫痪,已无法使用维修人员。""赫尔曼·戈林"师从里窝那沿着三条公路南下,一路上不断遭到攻击,陆续抵达瓦尔蒙托内时,80辆四号坦克中只有11辆完好无损,师属炮兵也损失了一半。

不管怎样,这些兵力已经足够。德军对豪兹的左翼发起反击,并在5月27日(周六)夜里进行了渗透,以阻止第3步兵师越过阿尔泰纳,这座中世纪村落位于瓦尔蒙托内南面3英里处的一道山脊上。豪兹看着堆满美军士兵尸体的卡车颠簸着返回奇斯泰尔纳。第 15 步兵团的一个营还报告说，腐坏的 C 级口粮造成 200 名士兵食物中毒，这进一步削弱了部队的实力，他们已无法突破德军的临时防线。

无奈之下，克拉克同意停止向瓦尔蒙托内的前进，直到第 2 军提供增援为止。他将声称美军炮火已切断 6 号公路，但这不过是一厢情愿的想法：敌人在这条道路上彻夜来往、忙碌，却未受到任何阻止。阿尔泰纳镇外挤满了舔舐着自己伤口的美军士兵，BBC 广播电台的记者沃恩·托马斯看见一名年轻的妇女抱着个婴儿跑过葡萄园。"你们不能把战争带到这里来，"她喊道，"你们必须把你们的战争带走！"

太晚了，尽管最激烈的战斗已转移到西面。特拉斯科特的部队按照命令，于 5 月 26 日（周五）上午 10 点 30 分，以 228 门大炮的齐射拉开了新攻势的帷幕。半小时后，第 45、第 34 步兵师和第 1 装甲师并肩向前冲去。将近黄昏，各步兵团推进了一英里多，他们穿过大腿高的麦地，从粗糙的十字架上刻着 "Unbek. Soldat"（无名士兵）的德军墓地旁经过。但在撤回来实施重组前，哈蒙损失了 18 辆坦克。到周六夜晚前，美军与卡波罗纳车站（1 月时，第 6 军曾在该车站浴血奋战过）仍相距 2 英里。周六下午 6 点，第 34 师师长莱德少将用他那慢吞吞的堪萨斯口音向特拉斯科特汇报道："这里的状况有些麻烦。"

每前进一码都要付出高昂的代价。德国第 1 空降军打得非常出色，再加上糟糕的道路状况，使得位于拉齐奥山侧翼的哈蒙严重受挫。沟壑和溪谷与特拉斯科特的进攻轴线相平行，这为德国人提供了天然屏障。德军射手居高临下地打击美军的侧翼，茂密的橄榄树林为扛着"铁拳"（一种德国版"巴祖卡"火箭筒）的狙击手提供了良好的隐蔽。"恺撒"防线尽管很简陋，却拥有 6 英尺宽的战壕、迫击炮、机枪及大量铁丝网。几个月来，美军士兵一直待在海边很少操练，现在这些步兵的脚长满水泡，一名士兵说："鲜血甚至从一些士兵的靴缝处渗出。"

5 月 29 日，周一，拂晓前，特拉斯科特命令哈蒙的师赶到阿尔巴诺公路，停泊在第勒尼安海浅滩处的一艘法国巡洋舰为他们提供炮火支援。下午 3 点左右，坦克绕过德军据点，将步兵远远地甩在身后，暴露出的坦克手和步兵都遭到来自身后和两侧凶猛火力的打击。"一发 88 毫米炮弹炸毁了我们前方的一辆'谢尔曼',我们听见坦克内传出惨叫声,"一名坦克中士后来回忆道,"听着坦克里的人被活活烧死,我们却无能为力,这太可怕了!"哈蒙损失了 60 辆坦克,却一无所获。第 45 步兵师的伤亡极为惨重,某个营甚至由一名中尉指挥,直到他自己也阵亡为止。

"当天的进攻,""老勇士"在一份急电中报告道,"代价高昂却收效甚微。"烧焦的尸体挂在烧焦的坦克上,"成为战争中可怕的小摆设"。阵亡者中包括艾伦·T. 布朗中尉。在卡波罗纳附近,这位坦克排长站在坦克炮塔舱口处,结果被狙击手击中头部。

1930 年,12 岁的布朗曾鼓励他寡居的母亲再婚,他的母亲凯瑟琳曾是一位著名的莎士比亚剧女演员,后来她嫁给了鳏夫乔治·C. 马歇尔。现在,轮到马歇尔告知妻子,她的小儿子已为国捐躯。左侧的英军部队成功渡过莫莱塔河,但从阿尔泰纳到海边这条 25 英里的战线上,特拉斯科特为他的攻势"在各处都陷入停顿"而懊恼不已。

第 6 军情报部门现在估计,30 个德军营据守着阿尔班丘陵和瓦尔蒙托内山口,与先前的预计相比,这个数字大幅度上升。凯塞林竭尽全力挽救他的军队,而不是设法守卫罗马。但事实上,他的部队已遭到重创:在发给柏林的一份报告中,他将"王冠行动"中遭受的损失列为 2.5 万人或更多些,其他损失包括 2 500 挺机枪、248 辆坦克和近 300 门大炮。许多车辆不是被炸毁就是因为缺乏轮胎和零配件而动弹不得。尽管如此,他仍控制着高地和意大利首都。克拉克打电话斥责了特拉斯科特和几位师长,然后告诉记者们:"这场进攻并非以夺取罗马为主要目的。"但在日记中,他再次担心"英国人的目光已盯上罗马,尽管亚历山大不断地对我做出保证"。在给蕾妮的信中,他写道:

> 我们正进行着一场第五集团军从未经历过的激战。如果我只需要关心这场战役,而不必为其他事情分心,那就轻松得多,但各种各样所能想到的问题不停地骚扰着我——政治的、个人的及其他方面的……我期盼这一切尽早结束。

最为哀怨的呼声可能来自彼得·汤普金斯,这位战略情报局特工仍待在罗马的藏身处等待着解放。"我感到郁闷无比,"汤普金斯在日记中写道,"因为进攻已陷入困境。"

撕开卡西诺前线

南部战线也已陷入困境,尽管"希特勒"防线最终会被突破,但光是5月23日这一天,加拿大第1步兵师便付出了伤亡900人的代价。这场屠杀如此惨烈,以至于来自卡尔加里的一名士兵说道:"我真不知道自己是怎么活下来的。"一名加拿大少校四次负伤,还高唱《云雀》安抚部下,头上掠过的子弹为他的歌声伴奏。生还者收集了阵亡战友的薪水本和身份牌后将他们埋葬,工兵们大量制作着白色的木十字架。

"尸体不停地运来,"一名筋疲力尽的牧师在5月25日写道,"我躺到床上,却无法睡着。"加拿大帕特里夏公主轻步兵团团长对部下的损失心痛不已,他向另一位军官哭诉道:"他们都是些好小伙,他们都死了,我已经没有剩余的部下。他们全都阵亡了。"

正如一位英国历史学家后来所述,尽管面对的是一支遭受重创的敌军,但是长期以来第八集团军"缺乏一举灭敌的本能",这种表现开始于他们在阿拉曼对付神出鬼没的隆美尔。现在,利斯证明自己同样缺乏这种能力。菲廷霍夫的第十集团军跟跟跄跄地退往利里河谷和相邻的丘陵时,利斯坚持让麾下的两个军继续并肩推进(加拿大第1军居左,英国第13军居右),涌入一条狭窄的通道中,与这条通道相连的是一条正规公路——6号公路。他鲁莽地选择了一支装甲部队担任先锋,率领主力穿过这片糟糕的地形,这里布满了灌木丛、墙壁、凹陷的车道和一连串的溪流。四周的田地向上凸起且无人照料,树木和葡萄园遍布枝叶,能见度往往不到100英尺。

一名乐观的英国日记作者写道:"经历了几个月的静坐战和单调生活,我们再次向北推进。"实际上,追击变成了一场笨拙的尾随,每一个转弯处都遭到德军后卫部队的骚扰。"希特勒"防线被突破的6天里,第13军只前进了11英里。利斯不仅下定决心将全部的1 300辆英军坦克投入峡谷,还按照事先的计划,有条不紊地建立起补给基地,并在每次获得进展后将炮兵逐步前移。

电台故障、春雨导致农田道路一片泥泞、布满地雷的田地，这一切增添了困难。蛮力再次证明了它的局限性：第八集团军的近 700 门大炮朝阿奎诺投下 92 吨炮弹，将这座托马斯·阿奎那和罗马讽刺诗人尤韦纳尔的故乡炸为齑粉。德国守军完全不为所动，他们继续坚守，直到侧翼遭到合围才开始撤离。

雪上加霜的是，糟糕的行军纪律和拙劣的安排导致了严重的交通堵塞。"我们挤入北行的车队，立刻被堵住，道路上的尘埃遮天蔽日。"一名目击者说道。英国的一份研究报告警告说："工作人员不能再把更多的车辆导入这条道路，它已超负荷运行。"不过，据一份权威统计指出，"无关紧要的车辆"占了第八集团军车辆总数的一半以上，道路被那些编外人员所占据。19 世纪的克里米亚战争中，这些人被称为"旅游者"。各单位的推进，缓慢；各单位的后撤，缓慢；来来往往的补给卡车，非常缓慢。"各种道路劫匪欢欣鼓舞。"英国官方史慨叹道。缓慢向前移动的英国人唱道："我不想终日劳碌，只因为我不是那种人。"

5 月 28 日，加拿大工兵刚刚在利里河上搭起一座 120 英尺的桥梁，整座桥便发生坍塌并沉入河中。利里河前方的萨科河谷同样是一片未开发之地，满是树木林立的山脊，沟渠多不胜举。这是令人愉快的一天，受到鼓舞的部队前进了 4 英里，解放了山顶上的一个村落，两名放声大笑的村民跑到街道上。"欢迎你们！"他们用事先练习过的英语喊道，"把德国佬都干掉！"意大利国旗在屋顶上飘扬，红绿相间的萨伏伊彩旗装点着阳台。鲜花抛了过来，当地的要人给指挥官呈上一支玫瑰和一枚鸡蛋。

加拿大军队在 5 月 31 日进入弗罗西诺内，但这场推进仍是"僵硬死板"，官方史伤心地写道，同时得出结论，"第八集团军对菲廷霍夫造成的威胁微乎其微"。瓦尔蒙托内仍在西北方 25 英里处。毫无疑问，克拉克未能提供一个将德国第十集团军砸平的铁砧，而利斯这柄软弱的铁锤也加剧了这一点。

车队继续踉跄前行。士兵们倾听着突突作响的机枪声或是敌狙击手子弹的呼啸。一名加拿大士兵描述了发现敌狙击手的情形，这名隐蔽在常青树中的射手遭到坦克炮火的打击："我们找到他时，他靠在一棵树旁，香烟仍在燃烧。他的一条腿被炸飞，他已解下皮带作为止血带。他的狙击步枪上标有六道刻痕。"死者被埋葬,活着的人继续前进。"6 尺深的坟墓令人惊讶,"一名英国步兵指出:"许多人像孩子般失声痛哭起来。"

利斯的左侧,朱安所率的法国远征军取得了更好的进展,但这位法国指挥官烦恼不已,因为第八集团军的磨蹭已使他的右翼暴露。法军从皮科出发,沿利皮尼山脊冲向西北方,越过了一连串的峡谷。凯塞林的参谋长韦斯特法尔将军抱怨道:"这些该死的法国人将绞索套在了我们的脖子上。"

其他人很快也以同样激烈的言辞咒骂法国殖民地士兵。为盟军"王冠行动"的成功做出巨大贡献后,一些殖民地士兵却使他们自己、他们的军队和法国蒙羞。5 月份的最后两周,数百起包括谋杀和轮奸在内的暴行(涉案人员大多为非洲士兵)玷污了意大利乡村。"我们的人整天能看见他们四处寻找女人,"一名美国牧师在 5 月 29 日写信给克拉克,"我们那些小伙子都很难受,他们说他们更愿意去打这些摩洛哥民兵,而不是德国人……他们还说,如果允许这种情况继续下去,我们就丧失了为何而战的意义。"

另一位牧师提供了细节:一名 15 岁的女孩遭到 18 个殖民地士兵的轮奸;一名 27 岁的姑娘被 3 个士兵轮奸;另一名 28 岁的姑娘则遭到 5 个士兵轮奸。据一位美军炮兵营长叙述,一名意大利妇女被子弹击中右脚踝,随后被 4 个摩洛哥士兵轮奸,她的女儿被射中左脚,也遭到了强奸。他补充道,在切卡诺镇,"约有 75 名年龄从 13 ~ 75 岁不等的女人遭到强奸;一位妇女说,她在 29 日晚被轮奸了 17 次,在 30 日早晨又被轮奸 11 次"。

另一位营长指出,一名母亲对法国殖民地士兵的暴行做出反抗,他们便枪杀了她 3 岁的孩子。他报告说,"一个由被激怒的市民和神父组成的代表团"请求美国人在皮斯特尔佐加派哨兵,以阻止进一步的暴行。"美国士兵作为十字军来到这里,就是为了将欧洲从这些事情中拯救出来,"他补充道,"这些事件严重影响了我那些部下的士气和战斗欲。"隶属法国远征军的美军第 13 炮兵旅旅长告诉克拉克,他的 13 名营长都能证实类似的暴行。

单在弗罗西诺内省,意大利当局便统计出 700 起"肉体暴力"犯罪。埃斯佩利亚的一名妇女说:"漫山遍野都是尖叫声。"受害者提供的宣誓证明书中,有一份来自莱诺拉的 16 岁姑娘:"我被抓住,被摩洛哥人强奸了 4 次。和我在一起的还有个 12 岁的小女孩……她也遭到同样的厄运。"英国情报官兼作家诺曼·刘易斯调查了各种指控后发现,许多村庄发生了"集体强奸"事件。刘易斯写道："莱诺拉于 5 月 21 日落入盟军手中，50 名妇女遭到强奸，由于女人的数量不够，就连小女孩和老妇也未能幸免。"

"不分昼夜，无时无刻，男人和女人，老人和孩子，遭到各种类型的暴力侵害，从殴打到强奸，从致伤到致死，"一位意大利将军在 5 月 25 日写信给克拉克，"我请阁下你……为了盟军的荣誉而出面干预。"

刘易斯指出，被激怒的意大利人偶尔会做出报复。据报，在坎切洛附近，5 名殖民地士兵被毒死后遭到阉割，随后又被砍掉了脑袋。据一名美国军官说，一些法国军官对这些暴行做出的回应或是"那又怎样"地耸耸肩，或是认为意大利人因为与希特勒狼狈为奸遭到了报应。J. 格伦·格雷是美军谍报部门的一名中尉，并拥有哥伦比亚大学的博士头衔，他写道："相关投诉被送至负责此事的法国将军那里，他却笑着说道，'这是战争'。"

朱安将军没有笑，尽管他对这些暴行最初的打击缺乏力度。在 5 月 24 日的一份备忘录中，朱安谴责了"劫掠行径"，并警告说："无论我们对一个背信弃义出卖法国的国家抱有多么强烈的反感，我们必须保持尊贵的态度。"随着大批控诉报告涌至，克拉克于 5 月 27 日派格伦瑟赶到法国远征军司令部，并给法军指挥官写了封措辞严厉的斥责信。朱安在当天告诉他手下的军官们，劫掠行为"已在盟军内部激起义愤"。他要求对此类行径"严惩不贷"。据报道，15 名殖民地歹徒被处决（枪毙或是被绞死在村广场），另外 54 人被处以从 5 年至终身监禁不等的刑期。

为平息北非土著士兵的性欲，克拉克批准动用海军的坦克登陆舰将一批柏柏尔妇女运至意大利，为避免她们太过显眼，据说一些人穿着男式军装。意大利政府保存着盟军对意大利平民所犯罪行的详细记录，法国殖民地士兵犯下的罪行超过 5 000 起。"摩洛哥人在 24 小时里对我们的祸害，比德国人在 8 个月内的所为还要多！"一名意大利人抱怨道。"他们都是些野蛮人，"第 88 师的一名美国兵总结道，"他们败坏了战争和军人的名声。"

★ ★ ★

5 月 30 日（周二）上午 9 点，卢西恩·特拉斯科特赶至奇斯泰尔纳北面 3 英里处，亚壁古道附近的托勒齐亚诺瓦，第 36 师师部就设在一座破旧的牛奶厂里，此刻的他忍受着疼痛，不苟言笑。他的喉疾再次折磨着他，而当天早上进行的 X 光胸部检查表明，他在一起吉普车小事故中断了根肋骨，呼吸伴随着疼痛。

更为糟糕的是，他麾下的第 34、第 45 步兵师和第 1 装甲师沿着拉齐奥山西侧发起的进攻，又一次未能突破"恺撒"防线。这同样令他感到痛苦。但在克拉克的激励下，他已命令 3 个师（包括 4 个装甲连在内）并肩前进，再发起一场"顽强的进攻"。特拉斯科特保证，只要第 6 军越过拉努维奥，到达阿尔巴诺湖附近的高地，"事情就好办了"。不过，他也知道"老勇士"的实力几乎已被耗尽（据哈蒙计算，他的师所剩的实力最多只能再打一天），其他部队也已元气大伤。

师部里弥漫着营地里常见的帆布和陈咖啡味，还混杂着牛的刺鼻气味。参谋军官们在废弃的谷仓里忙碌着。特拉斯科特对第 36 步兵师并不了解，这个师一周前才赶到安齐奥，但他对这些得克萨斯州同胞有些担心，他们经历过萨勒诺、圣皮耶特罗和拉皮多河的血战，赢得了"霉运部队"的声誉。特拉斯科特曾想给该师的 3 个团分配一项轻松些的任务，"以免对他们的士气造成毁灭性打击"，但持续 4 天的残酷战斗推翻了他这番好意，他已命令第 36 师做好立即投入战斗的准备。

特拉斯科特身旁一名身材敦实的军官眯着眼打量着拉齐奥山的大幅地图，这一切都太熟悉了：又是一次正面进攻，与他曾下令在拉皮多河所发起的攻击没什么不同。"你不能总是信赖上级，"几天前，弗雷德·沃克少将在他的日记中写道，"你必须不时地盯着他们，以免被骗。"夜里，沃克躺在床上阅读《李将军的得力助手》，道格拉斯·索撒尔·弗里曼的这本著作生动地描绘了南北战争期间的一群将领。沃克打量着地图上标明第 6 军阵地的蓝色图标，不禁想道：李将军会如何打这一仗呢？

自离开阵亡于拉皮多河河底的数百名弟兄后的 5 个月来，沃克一直努力让自己保持平静。他猜测克拉克会将他撤职，就像第 36 步兵师里许多被撤职的参谋人员和下级指挥官那样。他对杰弗里·凯斯说道："我受够了这个该死的烂摊子。"凯斯回答说："事实上，你指挥的是一个国民警卫队师，这就意味着从一开始你就受到两个打击。"但他没被撤职，他仍是战场上年纪最大的师长，仍隐瞒着困扰着他的头痛、心动过速和关节炎，仍履行着自己的职责。2 月下旬，第 36 步兵师撤离卡西诺前线，在阿韦利诺附近进行了几个月的重整和山地战训练。"沃克似乎换了个人,充满了热情和乐观。"凯斯在春末时写道。

现在,这位"新人"已下定决心要找到另一种办法来痛击据守在高地上的敌人。巡逻队在周六报告,在第6军防线的最右侧,韦莱特里和7号公路东面2英里处,"有一条被灌木丛覆盖的大车道"通往一道被称为"阿尔泰米西奥山"的陡峭山脊。那里没有发现敌人的野战工事或哨所。周日下午,沃克乘坐一架"派珀蚱蜢"对该地区进行了侦察,然后在当天晚些时候,他坐在山下一片茂密的灌木丛中,用他那双曾是采矿工程师的眼睛研究着地形。

"昨晚我没睡太久,"沃克在周一的日记中写道,"我在脑海中勾勒出一个从后方夺取韦莱特里的计划。"阿尔泰米西奥山构成了一个古老火山口的南部边缘,在韦莱特里后方升起3 000英尺,从西南方向东北方延伸4英里,成为拉齐奥山的下缘。古老的岩浆流至平原,这片平原已被葡萄树和青苗所覆盖。左侧,7号公路转身向西,绕过内米湖和阿尔巴诺湖,韦莱特里像岩石上的苔藓那样紧靠着山坡。沃克写道:"在我看来,这里就是达成突破的地方。"

沃克在周日晚上首次提出他发现了"一个容易突破的地点"时,特拉斯科特并不赞同,并认为其不切实际而未加理会。此刻,在这座臭烘烘的牛奶厂里,沃克急切地坚持着他的方案。地图和他自己的侦察表明,通往阿尔泰米西奥山的浅沟和水道实际上是一条穿过栗子林的古老的伐木路。航拍照片还揭示出,德国第1空降军左侧与第76装甲军右侧之间存在着一个2英里宽的缺口。如果派两个团在夜深人静时穿过韦莱特里—瓦尔蒙托内公路,沿着小径上山,他们就能夺取7号公路上方的高地,对"恺撒"防线实施侧翼包抄并占领拉齐奥山。梵蒂冈距离阿尔巴诺湖只有15英里。

"你在这里也许能获得成功。"特拉斯科特说道。但一两千名步兵是不够的,哪怕是在高地上。要击退德国人的反击,坦克和大炮必不可少。沃克找来师工兵指挥官奥兰·C. 斯托瓦尔上校,这位上校称自己为"摆弄镐头和铁铲的男孩"。斯托瓦尔一连三天都在研究地图,并偷偷摸摸地在树林中探查情况。他认为,整个拉齐奥山上的土壤都是火山灰,很容易挖掘:推土机能将陈旧的小径挖宽成一条军用道路,让坦克和重武器"登上阿尔泰米西奥山,并从另一侧下山"。

"一个小时内我给你回电话。"特拉斯科特说道,随即钻入吉普车返回孔卡,暂时忘记了肋骨的疼痛。上午 11 点,他打电话给沃克。第 6 军的工兵指挥官坚决反对这项计划,认为太过轻率,但特拉斯科特准备赌上一把。他将把整个工兵团交给沃克指挥。放下电话前,他用低沉的嗓音补充道:"你可得把道路打通。"

下午 3 点,沃克将自己的部下召至牛奶厂,部署了他的计划。第 141 步兵团将对韦莱特里发起进攻,拖住那里的德国守军,而第 142 和第 143 步兵团用卡车运至韦莱特里—瓦尔蒙托内公路下方的树林,随后便攀登阿尔泰米西奥山,工兵尾随其后。补给线将穿过崎岖的地形延伸 8 英里,但该师去年 12 月在萨姆科洛山高地的夜战经验应该能发挥作用。

"我们是在冒险,"各级指挥官返回部队后,沃克在他的日记中写道,"但我们应该能获得一场彻底的胜利。"

拉齐奥山对面,阿尔贝特·凯塞林意识到危险所在。5 月 29 日周一下午对前线进行视察时,这位陆军元帅发现空降军与装甲军之间存在着一个缺口,于是命令马肯森将军将这个缺口补上。"赫尔曼·戈林"师师长威廉·施迈茨也提醒说,美军巡逻队在韦莱特里东面的侦察行动"非常积极"。施迈茨派出手中最后的预备队(一个工兵排),进入到阿尔泰米西奥山的荒岭中。他多次要求马肯森的司令部从第 362 步兵师(该师此刻正据守在拉齐奥山西侧)抽调一股力量与他的工兵排会合,封住缺口。

这一点未能做到。光是 5 月 23 日这一天,第 362 步兵师便损失过半,就像"赫尔曼·戈林"师在过去一周内损失了三分之二步兵力量那样。德军第十四集团军的装甲部队目前只剩下 33 辆坦克,实力消耗殆尽。这一天充满了混乱和误解:马肯森疏忽大意,对凯塞林的插手干预深感不满,误以为两个军之间的缺口已被填补上。就算有几个步兵连溜过阿尔泰米西奥山,他们肯定也不会有用于扩大渗透点的坦克。

★ ★ ★

杜鹃在夜晚的树林中唱着歌,一轮新月散发出惨淡的光芒,微微照亮了栗子树下的阴影。"把香烟灭掉,"一个声音低吼道,"否则我要你好看。"

但出问题的光亮被证明是一名士兵的夜光表表盘。

5月30日周二夜间的4个小时里,几个突击团集结在树林中。他们将铺盖卷堆放在一起,灌满各自的水壶,又将刺刀装好。拥堵的道路延误了卡车车队,随后一个营接着一个营离开了亚壁古道上的防线,绕行16英里,穿过奇斯泰尔纳,随即转向东北方,穿过科里,在韦莱特里东面下车。

"最近一段时间我可能无法给你频繁写信,别想太多,我们只是在例行公事而已,"第142步兵团的一名士兵在给母亲的一封信中潦草写道,"这里没什么情况,还是老一套。"沐浴在蓝色星光下的中士们在各自的排里来回走动,警告部下们没有命令不得随意开枪。第142团团长乔治·E.林奇上校表示,自己正"屏住呼吸等待时机"。

一个小时后,晚上11点,队伍向前而去。一只狗开始狂吠,接着又一只吼叫起来;一头驴子也在夜色里发出叫唤。一名士兵后来写道:"在每一个阴影处,我们都做好了与敌人狭路相逢的准备。"

5月31日,星期三。凌晨1点30分前,尖兵就已匆匆跨过瓦尔蒙托内公路,从当地一座墓地的围墙外经过,又穿过一些茂密的葡萄藤,这些葡萄藤缠绕着歪斜的电线杆,形成了一个个枝繁茂密的锥形体。朦朦胧胧的阿尔泰米西奥山就像是一片映衬在天空下的阴影,幽暗而沉寂,不时响起杜鹃的鸣叫。最左侧,遥远的机枪射击声标志着第141步兵团对韦莱特里的牵制性进攻。"这种声音就像是在一口烧得火热的深锅里跳动的玉米粒。"塞瓦赖德写道。士兵们开始攀登,沿着狭窄、陡峭的伐木小径而上,每个人都发出嚓嚓声,导致整个队伍似乎在喘息,就像一条蜿蜒的黑色长蛇。

凌晨3点,一架嗡嗡作响的飞机引来了韦莱特里附近的防空火力。随后,照明弹在空中绽放开来,将整个山丘笼罩在银色的光芒下。登山的士兵们迅速趴下,一动不动地趴了10分钟、20分钟。照明弹熄灭了,朝着下方落去。士兵们爬起身,继续向上攀登。

4点15分,拂晓灰色的微光淹没了空中的星辰,但阴霾仍笼罩着山坡,为士兵们提供了掩护。6点35分,三名德军炮兵观测员被出其不意地俘虏,其中的一个被发现时正在小溪中洗澡。整个上午,美军士兵穿过山脊向前蔓延,并用一阵步枪火力将施迈茨的工兵排驱散。正午的阳光驱散了阴霾,揭示出一片全景:瓦尔蒙托内和6号公路位于东面7英里处;安齐奥、聂图诺和闪亮的大海位于西南方 20 英里处；正下方是韦莱特里和 7 号公路。身穿原野灰军装的微小身影在游荡，丝毫不知道 6 000 名美军士兵已到达他们身后。

推土机跟随在美军队列后，沿着工兵用白色胶带标出的一条小径"轰鸣着向前推进"，先是 3 台推土机，最后增加到 15 台，每一台都将上坡的道路加宽了 1 英尺。推土机将石块和树苗从小径上推开时，铲刀处迸发出蓝色的火花，它们将发夹弯加宽到足以让坦克通过而不至于驶出道路的程度。

一名上尉对为首的推土机操作员约翰·鲍勃·帕克斯下士说道："别徘徊不前。"工兵们将推土机无法推开的大树炸断，或是用双人木锯将其锯倒。较小的推土机被滑轮和缆绳拖上最为陡峭的山坡，然后向下开辟道路，一旁的士兵们拿着铁锹修整着道路边缘。"向上，向上，一直向上。"帕克斯后来回忆道，上尉一次次提醒他，"我挡住了整个该死的第五集团军……我忘记了时间和其他一切，只有那该死的白色识别胶带始终在我前面。"

这一整晚和第二天，他们夜以继日地忙于清理和铺设道路，直到铺出一条直达阿尔泰米西奥山山顶的单向大道。在他们身后跟随着坦克、自行火炮，以及带着望远镜和战地电话的炮兵观测员，大家站在山顶，望着下方一览无遗的景象发出了欢笑。第 143 步兵团报告说，大批炮兵观测员涌上山头，他们看上去就像是"电话线上的乌鸦"。

★ ★ ★

阿尔泰米西奥山的一名德国炮兵指挥官报告，美军正在攻打他的指挥所，凯塞林这才获悉敌人已潜入他的后方。疏忽大意的马肯森未能封闭两个军在山上的结合部界线，因而遭到凯塞林元帅的痛斥。尽管阴霾已消散，但战争的迷雾依然存在。马肯森低估了自己面临的危险。

5 月 31 日上午 11 点，前线发来的一份急电声称，只有 80 名敌军士兵成功渗透；随后而来的一份报告又宣称，敌人"已被彻底消灭"。但这些报告只是加剧了局势的迷雾而已。德国第十四集团军 5 月 31 日的作战日志写道："敌人成功地渗透进两个营的兵力。"但马肯森仍判断美军在山上的实力不会超过一个半营。

5 月 31 日晚上 9 点，凯塞林命令马肯森"不惜一切代价"消灭盟军在阿尔泰米西奥山上深达 5 英里的突出部。私下里,他担心这场战役行将结束,因为第 1 空降军当晚警告说,前线已"摇摇欲坠"。马肯森绝望地寻求援兵,从罗马调来一个警察营以填补缺口。凯塞林也做出了绝望而又徒劳的举动,命令一支空军部队赶至里窝那增援前线。这些士兵的交通工具只有自行车。

伏击和准确的炮火开始摧毁从罗马沿 7 号公路而下的德军车队。"巴祖卡"小组袭击了一支被逐出韦莱特里的坦克队列,德军指挥官"像香槟酒瓶口弹出的软木塞般"飞出他的坦克炮塔。就在敌狙击手身穿斑驳的伪装服,在阿尔泰米西奥山两侧以杜鹃的叫声相互招呼时,美国兵以猛烈的火力扫射树林,将鸟儿和德国人一同消灭。一名上尉用冲锋枪击毙一个身材高大的德军士兵后,他的部下们躺在那具尸体旁,仿佛自己来自小人国,与睡着的"格列佛"做比较。"我身高 6.2 英尺(约 1.89 米),却只到他的腋窝,"一名美国兵说道,"我测量了他的身高,摘走了他的手表。"从死者身上取下的水壶里面灌满了白兰地。

6 月 1 日(周四)拂晓前,韦莱特里已被包围,美军侦察兵站到了拉齐奥山最高的山头上,凝望着下方的内米湖和阿尔巴诺湖对岸的冈多菲堡,透过北面地平线处的雾霭,罗马的圆顶和尖塔隐约可见。第 36 步兵师只阵亡了 11 名士兵。

韦莱特里镇外,沃克烦躁不安地在一座铁路桥下来回踱步,督促他的部下加快脚步。一队被俘的德军士兵从旁边走过时,他朝着一名俘虏飞起一脚,随后又对自己的冲动懊恼不已。他写道:"一位少将踢打一名德军俘虏极不得体。"

一直到周四下午,坦克和步兵不停地穿过韦莱特里镇内的瓦砾,他们逐屋逐巷地消灭着负隅顽抗的敌人,经常发生短兵相接。那些试图突出包围圈的敌人或步行或搭乘卡车赶往 7 号公路,结果遭到猛烈的火力打击,道路上的尸体到处都是。黄昏时分,枪炮声渐渐平息,盟军又拿下一座满目疮痍的城镇。坦克从敌人的尸体上碾过,血流成河,履带下传出骨头的断裂声。"我对此无动于衷。"一名士兵写道。250 名德军俘虏举着白旗出现时,特拉斯科特驱车赶至,他看见沃克正用他那双工程师的眼睛打量着这片战场。"你可以进去了,将军,"沃克说道,"这座城镇是你的了。"

施迈茨将军报告说:"赫尔曼·戈林"师内的所有电话通讯都已中断,

他再也无法与下属的各个指挥部取得联系；侦察营的作战实力只剩下 18 人；他的装甲掷弹兵团已不复存在。他又补充道，前线"被撕开个大口子"。

第 36 步兵师的一名炮兵中尉在日记中写出了自己的看法："这几天睡得很少，进展顺利。胜利真是件美妙的事。"

罗马"不设防"

柏树伫立在向北延伸的道路上，绿色火焰逐渐减弱，仿佛在盟军前进的压力下不堪重负。在 6 号公路附近，一个孩子踢着一具德国军官的尸体，一名年轻的妇女把他拉到一旁，脱下了死者脚上的靴子。德军运送弹药的车队散布在道路上，任由"喷火"战机屠戮。"倒下的马匹仍套着挽具，它们的头高高地伸向空中，大睁的双眼中充满恐惧，"J. 格伦·格雷写道，"这里有许多马匹，成群结队，肉眼难以看见它们身上被子弹扫射造成的枪伤。"美军士兵则将他们的姓名缩写刻在炮架上。

瓦尔蒙托内镇外，阵亡美军士兵的尸体排列在一座改为停尸处的方济会修道院的花园围墙内。一名意大利目击者后来回忆道："我们给每具尸体都盖上毛毯，他们的脚从毯子下伸出，暴露在阳光下，给人一种硕大的突兀感。"德军狙击手会突然出现在山上和峡谷中。一个美国兵猛然倒下时，一名坦克兵朝蹲下身子的一名步兵喊道："他伤得重吗？"那名步兵摇摇头："他不是受伤，他死了。"

克拉克并未心存侥幸，甚至在突破阿尔泰米西奥山"令所有人手忙脚乱"时亦是如此。他强烈地感觉到诺曼底登陆已迫在眉睫，因而毫不留情地鞭策着他的部队。他麾下的 11 个师沿着五条主干道向北疾进，这些道路从"靴子"下方直奔罗马。

6 月 2 日（周五），亚历山大调整了 6 号公路北面的部队分界线，从而使第五集团军（该集团军目前的兵力已达 36.9 万人）获得了一条更宽的攻击通道。亚历山大的参谋长哈丁将军打电话给格伦瑟，表达了热情洋溢的赞美之词。"他的口气非常真诚，所以我相信他不是在惺惺作态，"格伦瑟告诉克拉克，"而我呢，我把帽子抛向空中，高喊着'太棒了，万岁！'"

克拉克的大檐帽仍戴在头上。周五，他打电话给第 6 军参谋长唐·卡尔顿:"我对第 45 师和第 34 师今天的表现非常失望,他们毫无进展。"

"他们抓获了大批俘虏,还打死了很多德国人。"卡尔顿回答道。

"但他们没能向前推进,"克拉克说道,"我需要他们攻城略地。"

随着伤亡人数的加剧,再加上哈蒙的第 1 装甲师在 8 天内损失了 200 多辆坦克,克拉克担心,再度延误很可能导致第八集团军"插手"。实际上,亚历山大在周五晚上曾暗自思考过,如果克拉克在 48 小时内未能解决敌人,"一旦第八集团军腾出手来,我们必须安排他们与第五集团军发起一场联合进攻"。就连克拉克的母亲也着急起来,她从华盛顿写信给儿子:"赶紧夺下罗马吧,我都等得疲惫不堪了。"

克拉克正全力以赴,他那光荣的梦想丝毫未减,而且绝不愿与他人分享。亚历山大的司令部草拟了一份公告,上面写道:"罗马已被盟军夺取。"克拉克告诉格伦瑟:"他们故意没用上'第五集团军'这个词,而是以'盟军'取代。你马上给哈丁打电话,就说我不同意这种写法。"丘吉尔再次提出英美军队共享荣誉的请求。这位首相周二写信给亚历山大:"我希望英军和美军同时进入罗马。"但第五集团军的先头部队中几乎没有英国人。亚历山大提议派一支波兰军队加入该先头部队,以表彰他们在卡西诺山展现出的勇气,并对他们的天主教教会表示感谢,克拉克没有理会这一建议。

"今天的进攻必须推进至极限。"他在周五告诉特拉斯科特。但他在日记中透露:"这是一场与时间的赛跑,我那些下属不懂得决定性时刻已迫在眉睫。"

最后,美军在周五发现德军已放弃瓦尔蒙托内。第 3 步兵师汇报道:"整个前线,各处都未与敌人发生接触。"一个侦察营小心翼翼地走上 6 号公路。6 月 3 日(周六)拂晓前,特拉斯科特的第 6 军和凯斯的第 2 军已做好分别从南面和东南面冲入罗马的准备。流动的意大利理发师为蓬头垢面的士兵们理发、刮胡子,以便让这些解放者有一个整洁的仪表。

与格伦瑟抛帽子的行为一样,梳妆打扮为时尚早。担任后卫的德国装甲部队隐蔽在阴暗处,准备对疏忽大意的对手发起袭击。德国人从东面发起的反击有可能切断 6 号公路上第五集团军的补给线。出于这种担心,杰克·托菲中校率领着两个实力严重受损的营进入帕莱斯特里纳下方起伏的草地，这座古老的伊特鲁里亚城镇以其出产的玫瑰花著称，据说是尤利西斯所建。周六清晨，托菲向团部汇报，一辆"虎式"坦克发生故障，"车身卡在路堑中"。当天晚些时候，帕莱斯特里纳的巨石城墙出现在眼帘中时，托菲报告，他看见法国远征军的先头部队正位于自己的侧面。

这是他发出的最后一份电文。下午 2 点 14 分，团部接到消息，托菲中校在帕莱斯特里纳下方半英里处负伤。为更好地查看德军阵地的情况，托菲爬上一座屋顶铺设着瓦片的农舍的二楼，他坐在地上，电台放在两膝间。就在这时，一发坦克炮弹钻入楼上。至少有一位军官认为炮弹来自农舍后方几百英尺一个弄错方向的"谢尔曼"坦克车组，但其他人坚称炮弹是德国人射出的。不管怎样，被炸得支离破碎的房屋里满是尘埃，托菲瘫倒在前壁处，一块弹片击中了他的后脑勺。"他睁着双眼，但什么也看不见。"一名军官说道。

下午 2 点 40 分，发给团部的一份电报宣布了他的阵亡。与他一同牺牲的还有一名中尉和三名士兵，一名坦克营营长也身负重伤。

托菲的遗体被盖上毛毯，放在担架上，被一辆吉普车送往后方。自 19 个月前在摩洛哥滩头登陆以来，他与美国军队中的每一位战地指挥官一样，一直忠实地履行着自己的职责。现在，他的战争结束了，他的生命已走到终点。不久后，朱安的部队接替了第 7 步兵团，该团不再参与意大利的战斗。第 3 步兵师师史中慨叹，他们失去了"一位出色、亲切的爱尔兰人"，"如果不能说是在整个美国军队中，那他至少是本师内最受人喜爱、性格最为鲜明的人了"。一位战友写道："再也不会有像他这样的人。"这句话说得不对，这个国家诞生出了大批杰克·托菲这样的人，正是在他们帮助下打赢了这场战争。

获知托菲阵亡的消息后，克拉克命令格伦瑟起草一份中级军官名单，这些人都拥有长期、优秀的作战记录，他们将在美国参与的下一场战争中成为将军。克拉克写道："我要把他们送回家，因为这些人太宝贵了，我不能冒险在后续的战斗中失去他们。"

对托菲来说，克拉克这个表态来得太晚了。在写给麦克奈尔将军的信中，悲痛的特拉斯科特称他为"我所知道的最为优秀的军官之一"。但最贴切的

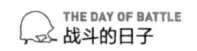

墓志铭来自第15步兵团的一位前战友："也许他在海外待的时间比他的生存概率所允许的稍长了些。"

★ ★ ★

甚至在美军穿过阿尔泰米西奥山前，阿尔贝特·凯塞林便已开始怀疑台伯河下方无险可守的地带还能坚守多久。德军在意大利的540门反坦克炮，目前只剩下120门。6月2日，他告诉柏林，他的部队在3周内伤亡3.8万人，只有两个师部还余半数战力。烧焦的坦克和卡车堵塞了每一条道路和小径。菲廷霍夫第十集团军的主力穿过拥挤不堪的苏比亚科山口，就像"燃烧的车辆所构成的一条长蛇"。

菲廷霍夫本人也在"伤亡"之列：筋疲力尽的他病倒了。他将指挥权交给自己的参谋长后，住进了意大利北部的一家医院。几个小时后，凯塞林的参谋长西格弗里德·韦斯特法尔也由于神经衰弱而倒下了。马肯森也结束了自己的职业生涯：希特勒批准了凯塞林的要求，这位第十四集团军司令因守卫拉齐奥山不力和其他一些失误而被撤职。

凯塞林早就建议实施焦土后撤，其中包括炸毁台伯河上所有桥梁，以及罗马周围的电力、铁路和工业设施。希特勒不同意。罗马的桥梁具有"极大的历史和艺术价值"，此外，意大利首都的战略价值并不大，对其实施破坏只会使盟军在政治和宣传上获益。7月3日，杰克·托菲阵亡不到2个小时，德军最高统帅部便通知凯塞林："元首决定，不必为罗马而战。"

后卫部队将在罗马郊区继续骚扰美军，为守军撤离罗马争取时间，这座首都已被柏林宣布为"不设防的城市"。第十四和第十集团军将加速向北，必要的话，可以化整为零。德军警告盟军部队已逼近罗马的无线电暗号是"大象"。

自5月29日以来，拉齐奥山方向传来的枪炮声已清晰可辨，驻扎在罗马的德军部队的不安已升级为恐慌。文件被烧毁，粮仓被焚烧；"夏季田野"公墓内的一座弹药库被炸毁，此外还炸毁了一所兵营、一个菲亚特工厂和一个电话中心。昂首阔步于德国大使馆花园里的白孔雀早已被射杀并烤食。西斯提那大街上的德拉维勒酒店是一座令人愉快的堡垒，曾被称为"欢快的柏林"，现在已人去楼空。河流广场附近，士兵们有条不紊地劫掠着一家五金店，并将战利品塞入一辆盖着篷布的卡车。住在威尼托大街高尚生活区的军官们在撤离前顺手牵羊，偷走了银器和高脚酒杯。

"德国人涌过这座城市，他们推着手推车，试图盗窃车辆或步行前进，"战略情报局特工彼得·汤普金斯在日记中写道，"咖啡店继续营业，人头如织。"下午 6 点实施宵禁，"但不清楚是谁下达的命令"。就在这座城市的水管干涸前，汤普金斯将他的浴缸灌满了水。

在百叶窗后罗马人的注视下，车队涌出这座城市，三四辆车并排行驶在卡西亚大街和萨拉利亚大街上，有的紧靠在人行道旁。德国人"怒目而视，胡子拉碴，蓬头垢面，徒步而行，或是搭乘偷来的汽车、马拉大车，甚至是街道清洁部门的环卫小推车，"一名目击者说道，"其中一些人拖着小型救护车，车内载着伤员。"法西斯黑衫党徒们恳求搭车，或是干脆向北逃窜，不时地回头窥看。

汤普金斯，这位恪尽职守的间谍记录下了这一切：德国人骑着自行车逃离；德国人拄着拐杖蹒跚而行；德国人驾驶着轮胎没了气的摩托车；威尼斯宫附近的德国人"试图乘坐没有轮胎的汽车逃离，车辆就靠轮毂在地上行驶"。

塔索大街 155 号，盖世太保的监牢里，囚犯们竖起耳朵聆听着远处盟军的枪炮声。他们压低声音，双眼闪闪发亮，热烈地争论着弹道学参数和风向，试图了解他们的解放者离这里还有多远。

★ ★ ★

不远了。盟军在西西里岛涉水登岸的 11 个月后，构成意大利战役特点的大兵团作战已消退为追逐和被追逐方小股部队间的冲突。8 英里河岸上的 17 座大型桥梁跨过台伯河，连接着罗马东部，不仅通向梵蒂冈城和首都西岸，也通向对第五集团军朝西北方追击敌军至关重要的公路。迅速推进的坦克、工兵和步兵队列奉命开始合并，以穿过这座城市并确保夺取渡口。

"德国佬似乎已经逃离，特拉斯科特希望你赶到那里，尽快夺取台伯河上的渡口，"卡尔顿告诉哈蒙，"你必须全速前进。"6 号公路上方几百英尺处，凯斯从一架轻型侦察机上投下一张铅笔书写的纸条，交给率领着一支装甲特遣队的豪兹上校:"让这些坦克动起来!"豪兹催促着他的部下,但他们又一次撞上了敌人的伏击圈。豪兹后来写道,"为首的坦克在几分钟内停了下来,爆发出一团火焰",这迫使整个队伍停顿下来,直到敌人遭到侧翼包抄并被打垮为止。

1944年6月初,凯斯少将(左)、克拉克中将(右二)和第1特种勤务队指挥官罗伯特·T.弗雷德里克准将(右)在罗马城外。

这种小规模冲突很难消除膨胀起的兴奋之情。"指挥部里翻了天,"6月3日周六下午4点15分,格伦瑟从卡塞塔发电报给克拉克,"今天下午,这里没人还有心思工作,所有的纪律已荡然无存。"据第2军情报部门汇报,德国人"混乱不堪地后撤,加速了他们的溃败"。克拉克严厉地提醒他的手下,继续消灭敌人。"你们的任务是歼灭第五集团军面对的敌军,"下午5点前不久,他告诉两位军长,"罗马和向北进军稍后再说。"

6月4日(周日)清晨,是谁率先冲入罗马市郊?关于这一问题的争论持续了几十年。各个部队纷纷提交宣誓书,签发公告和抗议信,以此来声称自己才应是荣誉获得者。第 88 步兵师的一支侦察队和弗雷德里克的第 1 特种勤务队已加入到豪兹的特遣队中，他们的主张最为激烈，但克拉克随后写道："无法准确判定究竟是第五集团军的哪支部队率先进入罗马城。"巡逻队冲入城内，却被猛烈的火力逐出。德军伞兵在罗马东面的琴托切莱守卫着一处据点，他们在撤离前击毁了 5 辆美军坦克。托尔皮格纳塔拉附近的 6 号公路上，一门反坦克炮击毁了两辆"谢尔曼"，随后消失在拥挤的巷子里。

拥堵的交通、友军误击、蜂拥而至的记者，甚至还有一场婚礼（身穿灰衣的新娘握着一束玫瑰，小心翼翼地绕过街道上的德军尸体），这一切几乎要将这场解放演变为一幕喜剧。早上 8 点 30 分，在灿烂骄阳的映照下，克拉克带着一支由两辆装甲车和六辆吉普车组成的车队离开安齐奥，当然，车上带着更多记者。抵达琴托切莱时，他从吉普车里站起身，回应部下们的敬礼。克拉克问起为何不再前进时，弗雷德里克答道："因为平民的关系，我已下令推延炮火射击。"

1944 年 6 月 4 日，罗马陷落当天，一名意大利妇女和一个小姑娘将玫瑰花枝覆盖在阵亡的美军士兵身上。

"如果需要的话，我会毫不犹豫地使用炮火，"克拉克说道，"我们不能在这里耽搁太久。"

为了获得更好的视野，他跟弗雷德里克、凯斯攀上一座小山丘。摄影师请他们三位在一块硕大的蓝白色路标旁合影，路标上写着"罗马"。过了一会，狙击手射来的一发子弹击中了金属路牌，发出响亮的声音。克拉克、弗雷德里克和凯斯赶紧从山上下来，后退 200 码，来到一所墙壁宽厚的房子里。根据形势，当天下午不可能进入这座"永恒之城"，也就不会有"胜利入城仪式"。克拉克抱怨队伍抵达台伯河的过程过于拖延，随后便驱车返回安齐奥。凯斯告诉下属，克拉克不想让"小规模炮火阻止我们的前进"。他狼吞虎咽地吃下一份冰冷的 C 级口粮，并命令对 6 号公路再发起一次正面进攻，这样，"C（克拉克）便能进入罗马"。他在日记中写道。

6 月 4 日周日晚些时候，德军后卫部队已逃走，但沿着河岸仍有些狙击手和少量负隅顽抗的据点。一些被俘的德国人原本是德军从一所厨师培训学校里强征来的男孩。一名俘虏被抓获时正推着一辆小车，里面装着劫掠来的巧克力。美军士兵分别从东面和南面涌入这座城市的市郊。豪兹派出一个排，带着用意大利文打出的指令，指示任何一个停留在街道上的罗马人带领巡逻队夺取台伯河上的桥梁。

一名突击队员从斗兽场经过时嘀咕道："天哪，他们把这儿也炸了！"第 88 师的一名士兵朝里面瞟了一眼后说道："那里面没给我留下太深的印象：太小、太乱。"纪念碑和窨井盖上刻着"S.P.Q.R."（元老院和罗马人民）标记，这令美国兵们大惑不解，一名士兵猜测，这个意思是"Society for the Prevention of Cruclty to Romans"（防止虐待罗马人协会），但他沮丧地想起 Cruelty 这个词里没有"Q"。

黄昏时，豪兹带着一个坦克连赶往中央火车站，他发现马路上空空如也，一扇扇窗户都紧闭着。随后，一扇窗户突然打开了，一个声音尖叫起来："美国人！"数千名罗马市民涌上了街道，全然不顾这里偶尔传出的狙击手的枪声。

豪兹叙述道，疯狂的罗马人爬上豪兹的吉普车，"不停地亲吻着我，直到我威胁要朝他们中的一些人开枪为止"。"他们送上装在杯子里、瓶子里、水罐里，甚至是装在桶里的葡萄酒，"第 88 师指出，"男人和女人们不停地送上亲吻,被吻者只能忍受或享受这一切。"女士们端来意大利面和热洗脸水。端着老式步枪、披着红色肩带的意大利男人拍打着解放者的后背,随后便转身离开,去搜寻德国人和法西斯分子。共产党人和黑衫党徒相互开枪射击,斗兽场附近传来的手枪击发声标志着另一场草率的处决。一名美国军官在6月4日的日记中写道:"在这里还是很容易被打死。"

晚上10点前不久,弗雷德里克带着七名部下和一辆无线电通讯车动身赶往台伯河。他在月光下发现,人民广场西面、玛格丽特王后桥的三个圆拱完好无损,但桥后的一支德军小股部队正用曳光弹扫射着黑黢黢的河面。一场混战爆发开来,第88师一个稀里糊涂的步兵营投入战斗,也对着弗雷德里克的突击队员开火射击,使这场激战变得更加混乱。子弹击中了弗雷德里克的膝盖和胳膊肘,他的司机当场阵亡。到战争结束前,弗雷德里克共获得八枚紫心勋章,被称为"美国历史上'遭到射击并中弹'次数最多的将军"。

从卡拉卡拉浴场到奎里纳尔宫,喜庆已变为高声欢呼——"彻底的歇斯底里",第1装甲师这样描述道。罗马人穿着睡衣和拖鞋涌上街头,用他们所能记起的支离破碎的英语喊叫着,一位老人不停地叫着:"周末!周末!"("周末"weekend和"胜利"victory发音有点像,估计老人说的是"胜利"。——译者注)

6月5日(周一)凌晨1点30分,一面美国国旗和一面英国国旗在威尼斯广场的旗杆上升起。万神殿披上了一面条幅:欢迎解放者。尖叫的人群洗劫了西班牙阶梯下方的鲜花摊,为解放者们戴上花环,或是将玫瑰和鸢尾花抛向他们。佩戴着"镰刀和锤子"袖章的年轻人行走在翁贝托大道上,高唱着《红旗》和其他社会主义赞歌。罗马人冲进"天后"监狱,打开牢房房门。其他人搜索着塔索大街155号的黄色牢房,那些墙壁和地板上洒着斑斑血迹。有人朝黑黢黢的牢房里喊道:"兄弟们,出来吧。"

天亮前不久,300多辆汽车组成的车队隆隆驶过圣乔凡尼门,这些车辆搭载着一支特别部队,由1 200名美国和英国反间谍人员和工兵专家组成。车队蜿蜒驶入四喷泉街时,车队里的各个单位纷纷离开,前往电报局、发电厂和抽水站,以确保其安全。其他人四处搜寻着意大利公用事业的管理者,因为罗马的电力供应已下降至这座首都所需要的20%,而对损坏的

1944年6月5日，兴高采烈的罗马市民挤满街头，迎接克拉克这位获胜的将军。克拉克的座驾穿过市区，寻找着朱庇特山。克拉克身后坐着第五集团军参谋长阿尔弗雷德·M.格伦瑟少将（左）和第2军军长凯斯。

水管进行的维修工作将在第二天展开。一个特种排进入德国大使馆，发现了赫尔曼·戈林的各种照片，唱机上放着一张阿蒂·肖的唱片，另外还有半吨塑胶炸药，这些炸药后来被塞入麻袋抛进了台伯河。六个保险箱被打开，"没有发现什么不同寻常的东西"。

"跨过13座桥梁。昨晚已到达对岸，将这些桥梁占领，"清晨6点30分，哈蒙发电报给特拉斯科特，"没有被破坏……我第一个到达台伯河。"

"你愿意的话，就赶往热那亚。"特拉斯科特回复道。

他们暂时没有出发。清晨7点，来自纽约切斯特港的约翰·维塔中士在建于15世纪的威尼斯宫闲逛，他发现自己来到了"世界地图厅"。墨索里尼洞穴式的办公室里铺设着大理石，一张办公桌有游艇那么大。踏上领袖臭名昭著的阳台，维塔抛出"救生圈"牌糖果，吸引了下方广场上的人群，他大声宣布道："胜利！不是墨索里尼，而是盟军！"

自5月11日"王冠行动"开始以来，盟军的胜利使他们付出了伤亡4.4万人的代价：1.8万名美国人（他们当中有3 000多人阵亡），1.2万名英国人，9 600名法国人和近4 000名波兰人。德军的伤亡估计为5.2万人，其中5 800人阵亡。不到4周时间，美军的损失几乎与北非7个月的战事相当。地中海战区的战斗已达到某种工业化规模。

疲惫的美军士兵列队穿过城市，有的人带着小小的意大利三色国旗，一些士兵的钢盔网和步枪枪管里插着鲜花。埃里克·塞瓦赖德看着成群结队的意大利人喜悦地哭泣着，他们将鲜花抛向列队而过的士兵，朝他们欢呼，以引来对方的回应。"我觉得非常棒，非常热烈，非常受到重视，"他写道，"我就是实力、正义和胜利的一个代表。"发给华盛顿和伦敦联合参谋长委员会的电报正式宣布："盟军已进入罗马。"短短 7 个字，却让他们付出了那么长的时间和那么多令人痛心的损失。

罗马附近的美军士兵通过《滩头阵地报》读到了盟军进攻诺曼底的消息。"你还为此而高兴！"克拉克抱怨道，"他们甚至不肯让我们攻占罗马的消息在报纸的头版头条待上一天。"

★ ★ ★

古罗马时期，一名凯旋的将军会赶至朱庇特山，那是罗马七座山丘中最矮却最为神圣的一座，他将献上一头雪白的公牛，以感谢朱庇特神的恩泽。他的脸上涂着朱砂，他的头上戴着桂冠，他的身上披着紫色长袍，乘坐四匹白色骏马拉着的战车上山。山坡下的一队战俘将被勒死，或是在马梅尔定监狱中被斧头砍死，使徒彼得也曾被关在那所监狱中。正是在这里，布鲁图斯谋杀了尤里乌斯·恺撒后，攥着血淋淋的匕首，对罗马人慷慨陈词；也是在这里，据说悄无声息的高卢人试图爬上朱庇特神殿的围墙时，朱诺的鹅群发出了嘎嘎的报警声。

1764年10月，在山顶的废墟中，英国历史学家爱德华·吉本（旅行作家H.V.莫顿后来描述道，这个体形发胖的男人"戴着顶假发，穿着鼻烟色的外套和短裤，配以白色的褶边"）宣称："撰写这座城市衰亡的想法（即《罗马帝国衰亡史》。——译者注）首次出现在我的脑海中。"

马克·克拉克既未在脸上涂以朱砂，也没有佩戴桂冠，但他具有一种剧场感。他命令部下于6月5日（周一）上午10点在朱庇特山集合。7点30分，克拉克搭乘一架"派珀幼兽"从聂图诺赶来，降落在罗马城外的麦地里，第2军已奉命安排一队干净的坦克、卡车和士兵提供护卫。在获知清洗车辆需要几个小时后，克拉克说道："噢，真是该死！"他带着随从人员踏上6号公路，穿过马焦雷门。

没过几分钟，他们便迷了路。他们跨过蓝灰色的台伯河，来到圣彼得广场。克拉克拦下一名牧师，问道："我是克拉克，请问朱庇特山在哪个方向？"牧师找来一个骑自行车的男孩给队伍带路，他吼叫着"克拉克！克拉克！"，以便在拥挤的街头清出一条道路。

在到达朱庇特山脚下的马切罗剧场后，克拉克爬上台阶坡道（这是米开朗琪罗为迎接神圣罗马帝国皇帝查理五世而设计的），穿过优雅的卡比托利欧山，随后发现桃红色的市政厅大门紧闭。他敲敲门，当一名看门人最后跑过来朝外窥探时，克拉克又决定在门口的栏杆处待一会，等特拉斯科特、凯斯和朱安赶到再说。他摊开一张地图，用夸张的手势指向柏林，转向聚集在广场上的记者和摄影师们。

"好吧，诸位，我确实不想在这里召开一场记者招待会，我只是把我的军长们找来商讨形势而已，"他缓慢地说道，"不过，我很高兴回答你们的问题。对第五集团军来说，今天是个伟大的日子。"克拉克发表简短的胜利演说时，闪光灯闪了一百多次，克拉克的讲话中没有提及第八集团军或其他做出贡献的部队。他的几位部下满脸通红，觉得很不舒服，他们不自然地望着一名拍摄现场情形的有声电影摄影师。特拉斯科特后来表示，他"对这个姿态"深感厌恶。随后，他们去爱克赛希尔酒店吃午饭。工兵已对那里进行了检查，生怕德国人布设了定时炸弹或诡雷。酒店服务人员身穿黑白相间的笔挺制服，排列在大厅内迎接新住户，而就在一天前，他们刚刚与德国人道别。

克拉克在二楼的阳台上再次发表了一个简短的演说，随后便溜进一间套房，享受他的私人时刻。他跪在卧室的地板上，感谢上帝赐给他的胜利，并为他部下们的灵魂而祈祷。一只手轻轻地扶在他的肩膀上，克拉克回过头来，看见朱安站在他身后。这位留着浓密胡须的法国人笑着说道："我刚做了同样的事。"

沿着威尼托大街，另一股快乐的人群聚集起来，朝他们的解放者欢呼祝贺。"我们从这些欢呼的人群中穿过，"凯斯在日记中写道，"两个女人差点把朱安勒死，他觉得很尴尬，我们却很开心。我们吃了顿很棒的午餐。"

"你让美国人民兴奋不已，"富兰克林·罗斯福发电报给克拉克，"这个重要的任务你完成得非常出色。"哈罗德·麦克米伦也发出了类似的喝彩："将野蛮人逐出所有著名的城市。"就连斯大林也在 6 月 5 日称赞道："这是英美盟军的伟大胜利。"尽管有报道说，一些英国军官在枪口的威逼下离开罗马，但丘吉尔没有在意兄弟间的这些小摩擦。"英美部队中各级官兵间的关系值得称赞，"他写信给罗斯福，这是个甜蜜的谎言，"当然，这绝对是一种兄弟关系。"

首都的庆祝活动一直持续到周一下午。圣卡洛餐厅为美国兵们提供了"出色的马肉"。一名军医在家书中写道："漂亮姑娘们抹着唇膏，穿着丝袜，另外，为了稍作改变，她们也穿着鞋。许多人失声痛哭。"在雄伟大酒店，一名侍者用法西斯礼招呼一位《生活》杂志的记者，随即为此而道歉："二十多年来习惯了。"一名士兵醒来时，身边的意大利妓女用德语对他说"早安"。"我今天在罗马理了发，又在爱克赛希尔酒店喝了杜松子酒和苦艾酒，"一名英国通讯兵写信告诉家人，"意大利人都说，'我们真高兴见到你们来了，怎么用了这么长时间？'"

疲惫的士兵们裹着毛毯，躺在半履带车的引擎盖上或干涸的喷泉里打盹。"他们睡在街上，睡在路边，睡在西班牙阶梯上。"济慈-雪莱故居的

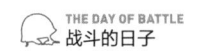

管理人叙述道。有些人觉得很沮丧。"我们像鬼魂般穿过罗马，所见所闻毫无乐趣可言，"奥迪·墨菲写道，"我觉得自己就像一个被赦免了死刑的囚犯。在我看来，这里没什么乐趣。"

但其他人却在这座被他们解放的城市里找到了补偿，这种文明价值观的闪亮象征正是他们一直为之奋战的事物。"每座街区都是名胜古迹，美丽而又迷人，"第3步兵师的一名军官写道，"这座特别的城市令人心生敬畏。"

6月5日（周一）下午5点，10万名意大利人将圣彼得广场堵得水泄不通。钟声响起。神父们为美国兵提供了游览梵蒂冈的项目，以换取他们的美国香烟。身穿白色法衣的庇护十二世出现在寓所的阳台上，他后来还会见了记者，闪光灯砰砰作响，摄影师们喊道："别动，教皇。真棒！"教皇奉劝罗马的姑娘们"端正自己的举止和衣着，以你们的品德来赢得士兵们的尊重"。教皇的一名秘书耸耸肩说道："这只是另一次换岗而已。"

6月6日（周二）清晨6点，一名副官唤醒了爱克赛希尔酒店套房里的克拉克，告诉他德国电台已宣布，盟军对诺曼底发起了入侵。克拉克揉揉惺忪的睡眼。"你还为此高兴！"他说道，"他们甚至不肯让我们攻占罗马的消息在报纸的头版头条上待上一天。"

城市酒店里，一名BBC记者冲入盟军新闻办公室。"伙计们，我们这下上不了头版了，"他喊道，"他们在诺曼底登陆了。"埃里克·塞瓦赖德后来回忆道："每台打字机都停了下来，我们面面相觑。"

> 我们大多数人停了下来，掏出香烟，完成了一半的罗马新闻稿被丢在地上。我们转眼间成了没有观众的表演者……一群演员，就在演出达到高潮之际，却发现观众们跑出了剧场。

6月6日，亚历山大命令第五和第八集团军尽快赶往比萨和佛罗伦萨。盟军战线距离德军下一道工事（强大的"哥特"防线）约有170英里，但这之间有许多山丘和河流。"要是这片区域更空阔些就好了，"亚历山大感叹道，"那会对我们更加有利。"

威尼托大街上方鲍格才别墅的花园中，一门门榴弹炮轰鸣起来。硝烟缭绕，炮火不停地射向台伯河北岸后撤中的敌军。士兵们围在排里的电台旁，昂着头，张着嘴，聆听着来自法国的最新消息，并为战争何时会结束而下注。"没人认为这个日期会超过感恩节，"第 36 步兵师的一名士兵回忆道，"我时常会想，那些钱后来归了谁。"

疲惫的军士们命令士兵们集合，然后出发。"快点，伙计，快点，"哈蒙催促着一名"谢尔曼"坦克车长，"我们有地方去了。""老勇士"的一名坦克兵在日记中写道："穿过罗马赶往台伯河的另一端。人们朝我们抛掷鲜花。我们停下来喝了杯咖啡。"第 88 师的先头部队给凯斯发去电报，只有 5 个字："已越过罗马。"

绿褐色的队列涌过河去，穿过圆柱形的圣天使城堡，这是"勇帝"哈德良的陵墓。城堡的顶上伫立着大天使米迦勒（士兵守护神）的青铜塑像，他正将宝剑插入鞘中。品尝着基安蒂葡萄酒，抽着切斯特菲尔德香烟的美国兵挤满了两吨半的卡车，有些人干脆跨骑在牵引式火炮的炮管上，作为纪念品的版画和法西斯邮票被他们塞入背包中。

然后，他们开始攀登，沿着贾尼科洛山黑色的山脊而行，古人曾在这里建造过一座两面神的神殿，他是掌管开始之神，占卜师也曾在这里研究过相关的征兆。

在这个万里无云的日子，从山顶望去，位于下方的罗马城仿佛笼罩着一块红色、棕色和黄色的挂毯。越过恺撒别墅中的花园（埃及艳后克娄巴特拉曾在此居住过），伫立着钟楼、尖塔、圆屋顶和穹顶。南面的地平线处，拉齐奥山淡蓝色的斑驳隐约可见。

"你们怎么花了这么长时间？"意大利人问道，对此的回答只能是："为了解放你们，我们牺牲了许多人。"

他们向北而去，踏着柏树和五针松下的高地，穿过罗马的园丁们操持过的、铺满泥灰土和金色海沙的花坛。他们向北而去，身后飘荡着玫瑰的香气。

尾声

最后的进军

一个多星期后,杰克·托菲的家人才获悉他阵亡的噩耗。"我们得知你夺取了罗马。"他的岳母写信给他。乔治·比德尔也不知道托菲已殉国,他写信鼓励托菲"写一点进入罗马的所见所闻。这令我坐立不安,艳羡不已"。

哥伦布市东龙街的住房里,海伦和两个孩子丝毫不知道他们的生活已彻底改变。一股初夏的热浪炙烤着俄亥俄州中部。托菲喜爱的红人队在全国棒球联盟中下滑到第4名,但其在小联盟中的排名已攀升至第2名。在迪奇·迪安和萨奇·佩吉两位伟大的投手参加的一场表演赛中,哥伦布模范奶厂队击败了一支黑人棒球俱乐部——芝加哥美国巨人队。

来自罗马和诺曼底的消息震惊了这座城市。6月6日晚,全市默哀一分钟,"对那些为解放一块被奴役的大陆而战的盟军小伙子们表示敬意"。哥伦布市的献血者创造了新纪录,一天内达到近1 000品脱,当地军工厂的旷工率急剧下降。俄亥俄州立监狱的3 000名囚犯举行了一次守夜祈祷,恳请万能的主保佑"霸王行动",WCOL广播电台每天播送20次新闻,"为所有珍惜自由的人追踪一个新世界的开始"。

哥伦布市还在6月11日(星期日)组织了一次战争债券巡游,戴着白色帽子的水手们列队穿过百老汇街，一同参加巡游的还包括吉普车、半履带车和一架海军"地狱俯冲者"战斗机，这架飞机是当地柯蒂斯 - 莱特制造厂生产的。购买糖、鞋子、汽油和烈酒仍需配给券，但这个国家突然间多出 30 亿枚鸡蛋，于是，每个家庭被要求多吃一打。百老汇街的佩利裤店在父亲节特别上架一款休闲裤，每条仅售 4 美元，而罗伊珠宝铺则刊登广告，称他们售有价值 65 至 225 美元的钻戒，这个价格甚至已包含 20% 的联邦税。回想起 1918 年 11 月停战消息公布后随之而来的严重骚乱，市中心的商户们呼吁一项应对胜利消息计划，待二战结束的消息传出，他们就将立即锁上大门，再用木板将橱窗封好。

6 月 25 日（周日）早上，陆军副官长发出的致命电报传至东龙街。"陆军部长委托我向你表达深切的歉意，你的丈夫小约翰·J. 托菲中校已于 6 月 3 日在意大利的战事中为国捐躯。信件如下。"海伦收到了追授给托菲的紫心勋章，这是他在战争中获得的第三枚勋章，另外还有一枚追授的银星勋章。最后，装有其个人物品的军用提箱也被送到，里面放着一套钢笔和铅笔，还有一个沾满血迹的望远镜盒。但是，托菲中校本人再也没有回来。他被安葬于聂图诺公墓 J 区第 4 排第 25 号墓地，和那些牺牲的战友们在一起，这座公墓在安齐奥登陆的两天后投入使用。泥泞的田野上点缀着九重葛和白色夹竹桃，而这里也很快成为了西西里 - 罗马美军公墓，这片 77 英亩的墓地埋葬了近 8 000 名阵亡将士。

就是在这里，1945 年的阵亡将士纪念日当天（当时欧洲的战争刚刚结束三周），一个矮胖、方下巴的人登上挂满彩旗的讲台，扫视着坐在他前方折叠椅上的要人们。然后，卢西恩·特拉斯科特（几个月前从法国重返意大利，接替克拉克出任第五集团军司令）转过身来，背对那些要人，面朝着那些阵亡将士。在现场目睹了这一幕的比尔·莫尔丁写道："这是我所见过的最为感人的姿态。"谈到杰克·托菲，特拉斯科特嗓音嘶哑，谈到亨利·瓦斯科，谈到成千上万名长眠于一排排拉丁式十字架和大卫星下的人。莫尔丁后来回忆道：

> 他向那些长眠于此、为国捐躯的战士们表达了诚挚的歉意。他说，所有人都告诉指挥官们，并不是他们的错误才导致部下阵亡，

但每个指挥官心里都知道,这种说法并不完全正确。他希望,那些认为是他指挥欠妥的阵亡将士们能原谅他。但与此同时,他也知道,在这种情况下,这是个过分的要求……他保证,如果以后他遇到什么人,特别是老人,认为牺牲于战场是光荣的,他会纠正他们的看法。

事实证明,罗马的陷落不过是这场战役中的一个短暂插曲,这场末了的战斗迅速席卷意大利首都。亚历山大的态度极为乐观。"我军的士气锐不可当,"他写信给丘吉尔,"亚平宁山,乃至阿尔卑斯山,都算不上是严重的障碍。"首相发来电报,督促他继续前进:"整个推进非常出色,我希望你们能将德军残部一网打尽。"

6月7日,一支南非侦察中队发现凯塞林设在索拉特山上的司令部起火了。凯塞林和他的参谋人员已逃离,但一个装满雪利酒和法国葡萄酒的储藏室被完好地缴获,另外还有一些地图,上面绘有通往"哥特"防线的逃生路线。

凯塞林曾试图说服自己,盟军队伍"可能会在失利的影响下丧失斗志,进而止步不前"。但是,在罗马被占领的两周后,第五和第八集团军便已朝意大利半岛的上方冲去,平均每天前进8英里。按照凯塞林的命令,后撤中的德军随即以"虐待狂般的想象力"实施爆破行动。截至6月17日,炸毁桥梁和反坦克伏击这些熟悉的伎俩令追击者的速度降至每天2英里,激烈的小规模交火在整个意大利中部爆发开来。第36师的一名炮兵上尉在6月中旬阵亡后,其手下的一名中尉写道:"活着闯过萨勒诺、阿尔塔维拉和卡西诺这些地狱,他却在一场谁也没听说过的小规模冲突中送了命,真是可惜。"

亚历山大对亚平宁山和阿尔卑斯山的轻视造成对前方路况的误判。那里山脉陡峭,而敌人的补给线却越来越短。另外,意义深远的战略变化将重燃地中海战火,使意大利成为血腥的战场。身处华盛顿的美国高层,在艾森豪威尔的支持下,仍打算于夏末进攻法国南部,以此来支援诺曼底的登陆行动。英国人希望在亚得里亚海北部实施一场两栖登陆,进而发起一场进攻,穿过巴尔干地区,直扑奥地利和德国南部,这个建议尽管没有被彻底忽略,但也引起了不少质疑。戴高乐将军也坚持认为,法国军队参加意大利战事是为了解放法国,他警告说,任何一名法国士兵都不会越过锡耶纳作战。

7月5日,盟军统帅部以"最优先级别"的命令在地中海战区集结10个师,为进攻马赛附近做准备,此行动的代号为"铁砧"。结果,就如同西西里岛陷落后失去7个师那样,亚历山大又被抽调走7个师,其中包括特拉斯科特的第6军和朱安的法国远征军,另外还包括大批空中支援和后勤单位。截至8月中旬,第五集团军的实力将缩减一半,只剩下17.1万名士兵,尽管美军在地中海的兵力前所未有地达到了88万人。亚历山大认为,对其实力的削弱是"灾难性的",并指责艾森豪威尔"在关键时刻阻止了我的军队在意大利的高歌猛进"。一时间,克拉克与亚历克斯将军的想法达成一致,认为此举是"战争中最严重的政治失误之一"。

他们的失望可以理解,但亚历山大和克拉克的战略判断力也值得怀疑。希特勒已决定用8个师重建凯塞林的集团军群,并继续为意大利的各个城镇而战。与此同时,德国的工程建筑队已将"哥特"防线变成一道与曾经的"古斯塔夫"防线同样强大的屏障。尽管盟军情报部门证实,撤离罗马的4个德军师"只剩空壳",另外七个师"严重减员",但即便在亚历山大主力被抽调一空前,盟军的追击也"不够强大,也不够迅速",这是美国陆军一份评估报告所得出的结论。夜晚继续为后撤中的德军作掩护,因为盟国空军只有几十架能在夜间实施攻击的战机。空军的一项调查报告指出,"夜幕使德国军队免遭灭顶之灾"。

第五集团军在夺取罗马时背负着沉重的压力。这座首都陷落后,队伍一下子泄了气。第1特种勤务队的军医们报告说,士兵们"无精打采,几近枯竭,虱子缠身",其他部队也是如此。7月4日,第1装甲师报告说,该师尚能使用的坦克只剩下一半,在6个星期内损失了38名连长。

如果说,过去的一年因为入侵、占领、内战和全面战争而成为意大利历史上最具灾难意味的时刻,那么在即将到来的一年,其苦难并不会有所缓解。游击队的伏击和暗杀有增无减,相应的报复同样残酷:根据凯塞林的命令,如果1个德国人被杀,就要拿10个意大利人偿命。入秋前,估计有8.5万名武装游击队员出没于山脉之中,意大利的各个城镇里还有6万人。暴力行径已渐渐司空见惯。

尾声

8月下旬，亚历山大将第八集团军调回亚得里亚海，试图撕开凯塞林的防御。但秋雨和严重的伤亡阻止了盟军向波河的推进，据 W.G.F. 杰克逊说，就连丘吉尔也意识到了，"在意大利战场已无法取得具有决定性意义的战果"。随着白昼日渐缩短，一名美国军官写道："如果不得不留在意大利再过一个冬季，那我情愿死掉。"

可惜，事实正是如此，盟军还将在此与一个严酷的冬季僵持下去，就像美国陆军史中所记述那样，这里的战役"沦为一场庞大的、毫无进展的行动"。亚历山大的军队越来越多国化，这些说着十几种语言的士兵来自29个国家，包括巴西人、比利时人、塞浦路斯人和巴勒斯坦的犹太人。另外还有两支美国部队，一支由白人组成，另一支由黑人组成。已虚弱不堪的德国人，最终用牛来拖曳卡车，哪位士兵能在巡逻时带回来一罐燃料，便能得到一千支香烟。但"哥特"防线直到1945年4月才彻底崩溃，盟军士兵在雷焦卡拉布里亚登陆20个月后，驻扎意大利的德军最终举手投降。

★ ★ ★

最初来到这里的人，很少能亲眼观看这场战役的结局。"许多人永远不会知道我们究竟是输还是赢。"威尔·史蒂文斯中尉写信告诉母亲，"但是，如果真的出了什么事，我也会全力以赴，这样我就能在别的什么地方遇到你，也许我们都能得到一个蛋糕，那里可没有配给制。"最终，他于1944年6月25日阵亡。这些为国捐躯者永远困扰着那些活下来的士兵。"我必须驱散抑郁的心情，"飞行员约翰·缪尔海德写道，"因为，那些发生在他们身上的事奇怪地纠缠着我。"

解放意大利的战役持续了608天，盟军为此付出了31.2万人的伤亡，相当于诺曼底、解放欧洲西北部的决定性战役中盟军伤亡总数的40%。在意大利服役的75万名美军士兵中，战斗伤亡将达到12万人，其中23 501人最终阵亡。

德军在意大利的伤亡始终不明确，这一点与北非相似。亚历山大认为德国人损失了53.6万人，而美国陆军史则将这个数字定为43.5万人，包括4.8万人被击毙，21.4万人失踪，许多人未被计算在内。单是第五集团军便报告在战役中抓获了21.2万名俘虏。战略情报局对70份德国报纸上刊登的讣告进行分析发现，德军 17 岁和 18 岁的阵亡者持续上升；另外据说，截至 1944 年夏末，德军阵亡者中近十分之一的人年龄已超过 38 岁。

随着战火北移，意大利难民们返回他们的家园，却发现城镇已被夷为平地，农田里埋设着地雷。彭甸沼泽再次成为疟疾的滋生地，安齐奥周围的农田，十有其九已无法耕种。据说，在奥尔托纳与奥尔索尼亚镇之间的方圆 10 英里地面下，埋设了 50 万颗地雷；那些流离失所的家庭携带着肝炎、脑膜炎和斑疹伤寒。古老的圣皮耶特罗镇已成为一座鬼城，只剩下乱七八糟的墙基石、断裂的屋梁和迷宫般的废墟。只有 40 余名圣皮耶特罗镇居民回到这座老城，其他人要么离开，要么居住在靠近 6 号公路的一道山坡上新建起的镇里。一些在战火中幸存下来的人惨死于地雷，或是在试图拆卸未爆炸的炮弹卖废铜铁时死于非命。

圣安杰洛镇的难民率先于 1944 年 6 月返回，以便沿拉皮多河收割小麦。地雷同样在这里造成了伤亡，这种伤亡后来持续多年：受害者中包括 6 岁的皮耶特罗·法尔尼奥利和 12 岁的皮耶特罗·波夫，两人都在战后出生，均死于 1959 年 2 月 27 日。

疟疾使卡西诺镇连着两年无法居住。后来，塞尔芬迪纳大道最终获得重建；山上闪闪发亮的白色修道院和卡西诺镇同样如此。战后的几十年中，这些地方变得更加漂亮，更加繁华，附近建立起一座大型菲亚特工厂和一条高速公路，旅客们从那不勒斯赶到罗马只需要两个小时。

然而，有些创伤则很难愈合。"战争中存活下来的人心魂俱裂。"一名上校在经历了一场夜间猛烈的炮击后评论道。第 36 步兵师的一名士兵后来写道："我一连 23 个月都心惊肉跳。我眼睁睁地看着一个又一个优秀的士兵倒下，兵员补充了三四次。"仅仅是为了生存就要付出惨重的代价。正如 J. 格伦·格雷在日记中所写的那样："我的良心似乎一点点消失了。"或者，就像第 504 伞兵团的一名老兵在战争结束近 60 年后所说的那样："我厌恶一切死物的气味……那让我想起萨勒诺。"

★ ★ ★

这场战役值得吗？亚历山大的答案是肯定的。"对战役价值的一切评估，不能以占据土地的多寡而论，"他后来写道，"而应视其为整体战争做出的贡献。"据他统计，罗马陷落时，凯塞林麾下"9 个出色的机动师，有 6 个遭到重创"，另有 55 个德军师"因为盟军实际或潜在的威胁而被牵制于地中海"。就像联合参谋长委员会计划的那样，意大利已被逐出轴心同盟。柏林的一名德军高级将领闷闷不乐地说道，数十万希特勒军队被"卷入失败的旋涡中"。丘吉尔后来写道："我方军队的主要任务是最大限度地牵制敌军，而我们出色地完成了这项伟大的任务。"

但是，盟军在意大利的战略目标似乎不是为了获胜，而是为了维持。"毫无疑问，亚历山大完成了他的战略任务，"杰克逊将军后来做出评论，"但是，这项任务的正确性值得怀疑。"两位杰出的英国军事历史学家也给出了类似的评论。约翰·基根将这场战役视为"对大陆敌军沿海侧翼的一次战略转移"；而迈克尔·霍华德则认为，地中海的战略正反映出丘吉尔将美国作战力量从太平洋调来的意图。霍华德的结论是，英国人"从来就不清楚他们下一步究竟要去哪里"。

其他人的看法更为严厉。地中海是"一条死路"，历史学家科雷利·巴内特写道："在东线和西线的各场战役已获得胜利的同时，它只能沦为这场战争的配角。"（1944 年 6 月 6 日，德军在意大利驻有 22 个师，相比之下，当天在东线苦战的德军师有 157 个，而在西欧则为 60 个左右。）另一位英国著名人物 J.F.C. 富勒在 1948 年将意大利战役称为"整场战争中，战术上最为荒谬，战略最为愚蠢的一场战役"。B.H. 李德哈特的结论是，意大利战役严重消耗了盟军的战争资源，"这种消耗远远大于德军在意大利实施抵抗所用的消耗"。美国历史学家大卫·M. 肯尼迪批评说，这是一场"毫无必要且代价高昂的战役，是一场艰苦的消耗战，没有合理的军事或政治目的可为其做辩解"。

就连凯塞林，这个既输掉战役又输掉战争的人，也在 1945 年 9 月评论道，英美盟军指挥官"似乎被他们固定的计划束缚住了手脚，对我侧翼实施打击的机会被忽视或未加理会"。尽管"法国沿海地区迫切需要……那些作战素质极高的德军师却被牵制在意大利"。凯塞林后来又补充道："但是，盟军完全没能把握住这个绝妙的机会。"

这些看法都没错，但有失全面。如果用腓特烈大帝的格言来说，"前进是为了征服"，那么尽管进展缓慢，但盟军在地中海地区实施的便是征服。

罗马陷落时，整个地中海上只有 11 艘德国 U 型潜艇仍在行动，在这场战役剩下的时间里，没有一艘盟国商船在那里被击沉；控制中央之海对欧洲的解放至关重要，同时也确保租借物资经波斯运往苏联的一条路线。

意大利的机场距离德国本土更近，从这里发起的轰炸机攻势与日俱增：1944 年夏，盟军对德国炼油设施展开了一场持续而致命的打击，第 15 航空队投入 6 000 多架次，目标是罗马尼亚普洛耶什蒂周围重要的炼油厂。就像历史学家道格拉斯·波切所写的那样："不容忽视的一点是，地中海战区进一步削弱了德国军队的进攻能力，迫使其转入防御，自那以后，德国人已无胜算。"

另外，对意大利战略的批评都会遭遇尖锐的反驳：如果不在意大利，那该在哪里？"事情有其自身的气势，强化自身力量，并将影响力施加于人的意志。"毕生研究地中海战役的马丁·布鲁门森写道，"我们进入西西里岛和意大利，是因为我们已经在北非了。"那时没有可用的远洋舰队能将 50 万大军从非洲沿海运回英国或是其他任何地方；另外，英国的港口、铁路和其他设施已因美军为"霸王行动"的集结而不堪重负，根本无力处理来自非洲的军队。莫斯科也不会容忍一支庞大的盟军部队在征服西西里岛与登陆诺曼底之间的 10 个月里无所事事，而这 10 个月正是德国人迫切需要的喘息之机。海军历史学家塞缪尔·艾略特·莫里森写道："发起意大利战役是必然之举。"

复盘这场战役时，人们会怀疑这场投机主义战役缺乏大战略的优雅。从开始到结束，盟军在地中海发起的战役往往是即兴的。夺取罗马后继续向北进攻依然难以在战略上自圆其说。但美军司令官更愿意在意大利，而不是在其他战区进行一场艰苦消耗战的战役。"我们的消耗战奏效了。"富兰克林·罗斯福曾在进攻西西里岛的一周后这样说过，并且他从未放弃这一战略思维。

当然，在西西里岛和意大利南部学到的教训在日后的战争中也起到了相应的作用，特别是在复杂的两栖登陆和大规模多国联合作战中获得的专业知识。凯塞林甚至认为，如果没有地中海的作战经验，进攻法国的行动"毫无疑问将遭到失败"。另外一些经验教训平淡但却不无裨益，例如，用卡车将弹药运送至前线的重要性并不亚于用大炮将其发射出去。

尾 声

为了打破战争的均势，美国陆军将挑起西欧战事中最沉重的担子，意大利战役使他们获得了最为宝贵的信心，美军士兵可以与最优秀的德军士兵一决高下，一个师对一个师，毫不逊色。第100营里的一名日裔美国兵写信告诉家人："我真的属于伟大的美国军队，并感觉自己是这之中不可或缺的一分子，这支军队正为我们一直梦想的美国而战。"

攻下罗马当天，这支伟大的美国军队拥有800万名士兵，比珍珠港事件爆发时增加了5倍。这支军队里有1 200名将军和近50万名中尉。半数军队尚未被部署到海外，但美国的军事力量已经表明，它能够在几个遥远的战区同时发起一场全球性战争，这个概念"在1942年时似乎有些古怪"，就像历史学家埃里克·拉兰比后来所写的那样。

1944年6月时，800万军队中近十分之一位于地中海，其中大多数仍将留在意大利。可以想见，他们会赞同流传于部队中的一首小调：

> 很高兴我来了，现在急于离开，
> 把它还给当地人，我已准备好。

有些人将离开。凯塞林则继续指挥着驻意大利的德军部队。直到1944年10月，他乘坐的指挥车与一门牵引式火炮相撞而身负重伤。在住院休养了几个月后，他接手指挥摇摇欲坠的西线，而此刻，战败的灾难已日益迫近纳粹德国。

还有些人被调至其他战线。查尔斯·莱德离开第34步兵师，"火炬行动"前他便率领着这个师。他将以军长身份在菲律宾迎来战争的终点，并在那里筹划进攻日本本土的计划。弗雷德·沃克因率领第36步兵师在阿尔泰米西奥山的英勇表现获得了杰出服役十字勋章，罗马解放后，他很快被送回国，在佐治亚州出任陆军步兵学校校长。"我不愿离开我的队伍，"他写道，"但对离开这个战区和这个集团军并不感到遗憾。"

其他人则注定要在战争剩下的时间里继续留在意大利。冯·森格尔将军一直奋战到被俘为止。在这场无情的杀戮中，他竭力维持着自己的人性。"你不能将其彻底抛弃。"他在战争结束很久后这样说道。傀儡独裁者墨索里尼居住在加尔达湖附近。他在那里读托尔斯泰，打网球，并在一辆搭载

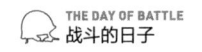

着德军士兵的卡车的牵引下骑自行车。

1945年春，傀儡政权迁至米兰后，他以德国军大衣和钢盔为伪装，试图逃往瑞士，结果被意大利游击队抓获。他与情妇克拉拉·佩塔奇于1945年4月28日被处决。其尸体损坏严重，被倒吊在一座加油站。1946年，他的尸体被新法西斯分子盗走，3个月后又被意大利警方找回。意大利政府将其藏匿在一座修道院11年后，最终埋葬于墨索里尼的家族墓地。

亚历山大在夺取罗马后获得了元帅权杖。几个月后，他接替威尔逊出任地中海战区盟军总司令，负责意大利、希腊和巴尔干的战事。"他麾下的军队变得如此庞大，以至于操控他们需要几个星期或几个月的深思熟虑。这时，他能力的局限性开始显现出来。"他身边精明的参谋长约翰·哈丁评论道。战争结束后，他被册封为子爵，成为贵族，还担任过几年加拿大总督。

杰弗里·凯斯继续指挥第2军。1945年4月，他得到了第三颗将星，最终出任战后盟军驻奥地利的高级专员。比尔·达比依然是个充斥着幸福和多舛命运的混合体：他作为一名参谋军官被陆军部弃用了一段时间，然后重返意大利，出任第10山地师副师长，却于1945年4月30日在加尔达湖附近被一发德军炮弹炸死。作为这场漫长战役中最后的阵亡者之一，达比被追授为准将，年仅34岁。

罗马解放后，在与莎拉的书信往来中，卢西恩·特拉斯科特惊奇地发现，她居然不知道他曾指挥过安齐奥的滩头阵地战。"我试图用我所能采取的一切方式告诉你。"他在6月15日的信中写道，"那你认为我在做些什么？"他对自己"远离家庭和女性温柔的触摸"感叹不已，并称，"我有些烦躁不安，我想，还有许多艰苦的战斗摆在我们面前"。他说得没错。特拉斯科特后率领他的第6军穿过法国南部赶至孚日山脉，并于1944年12月接替克拉克出任第五集团军司令。在战后的德国，他担任驻巴伐利亚的军政府长官。

克拉克也感到烦躁。在给蕾妮的信中，他抱怨她在夺取罗马后没有给他发一封贺电，随后又承认自己"非常需要休息，只需要好好地休息一下"。一次肠道感染令其体重急剧下降，尽管已使用磺胺类药物治疗，但他仍旧几乎瘦成一具骷髅。更糟糕的是，6月10日，他乘坐的"派珀蚱蜢"轻型飞机在1 000英尺的空中撞上了一条拦阻气球的缆绳，差一点送命。

尾 声

1944年6月初,从罗马一条街道上方的窗口处,克拉克看着他的部队涌过意大利首都。"你问我'意大利之后将去哪里?'"他写信给妻子,"这个问题的答案也许你能告诉我。"克拉克仍是这场战争中最具争议的指挥官之一,半个多世纪后,他的名字仍会引来一些人紧皱的眉头和噘起的嘴唇。

"它缠住机翼,我们无法脱开。"克拉克写道,"最后,在第三次盘旋中,高度急剧下降,缆绳终于脱开了,尽管它撕裂了机翼,撕开了油箱……我们还是奇迹般地降落在一片玉米地里……我从未有过如此惊险且倒霉的经历。"7月4日,他写信给蕾妮:"你问我'意大利之后将去哪里?',也许你能告诉我。"

在战争剩下的时间里及战后,意大利将伴随着克拉克。他接替亚历山大出任集团军群司令,并在1945年3月,他48岁时获得了第四颗将星,因而成为二战期间获得这个军衔的13名美国将军中最年轻的一位。战争结束后,克拉克在凯斯之前担任驻奥地利高级专员,随后便在朝鲜指挥联合国军,最终在南卡罗来纳州的查尔斯顿担任要塞军校校长。

拉皮多河的灾难一直纠缠着他,特别是当国会调查人员接受那些深感不满的得克萨斯州老兵的诉讼时。1946年3月,他从维也纳写信给蕾妮:"作为一名军官,我在极其恶劣的条件下卖力工作,以取得我认为出色的成绩,结果却遭到有史以来最为残酷、最不公平的攻击。"艾森豪威尔对这个问题的沉默令他伤心,他还怀疑是第36师师长故意挑拨那些得克萨斯人。克拉克补充道:"我认为沃克就是个阴险小人。"为纪念"出色的成绩",他托人撰写了九卷本的第五集团军军史。

然而,克拉克仍是这场战争中最具争议性的指挥官之一。半个多世纪后的今天,他的名字仍会引来紧皱的眉头和噘起的嘴唇。尽管他的崇拜者赞同朱安将军的说法，认为他"深具洞察力且充满活力"，但莫尔丁说出了许多下级士兵对他的看法："他有他的缺陷，但我认为之所以有人会对他颇有微词，是因为他与一段艰难的岁月有着密切联系。"

那些奋战在意大利并忍受痛苦的人（厄尼·派尔称他们为"顽强的老兵"）被留下，继续在这段艰难岁月中寻找他们所能获得的救赎。"没人能在脑海中浮现出对意大利之战的美好回忆。"派尔在1944年末的《勇士》一文中写道，"敌人一直很顽强，再加上其他一些因素……战事为何发展至如此境地？即便找到合理解释，也无法安慰这些苦难的亲历者，而对那些阵亡者来说更是毫无意义。"

他接着写道：

> 我这样看待这个问题：如果只向意大利派遣一支小股军队，我们确实能在英国集结起更加强大的力量。可正是因为在那个冬季牺牲了几千人，我们也许在欧洲挽救了50万生命。如果事实确实如此，那么这就是最好的结果。我不知道事实是否确实如此。只知道我不得不这样看待这个问题，否则，我将无法面对这一切。

在意大利战役中，需要提升信心和想象力才能看见诗人理查德·威尔伯——一位经历过卡西诺和安齐奥战事的老兵所看见的东西："赶往梦想之地的途中，所有期望在激增，所有欢欣在传递。"就连比大多数人更了解"战争对置身其中的人们来说毫无浪漫可言"的厄尼·派尔也感觉到此刻的庄严："一种无可抗拒的美丽、一个新世代的汹涌，以及命运的无情。"

乔治·比德尔在"痛苦、毁灭、挫折和死亡"中发现了这一点，某些得到锻炼的品质似乎"给予了战争理由、意义、浪漫和美丽。这种品质指的是英勇、牺牲、纪律和责任感"。就连莫尔丁这位冷峻的怀疑论者也承认："我不再将战争视为一场有助于职业生涯的表演。这是个严肃的问题，我从骨子里感觉到这一点。"一名参加过萨勒诺登陆的医护兵后来写信告诉妻子："当我们知道我们为何在此，当我们了解离开自己所爱的人有多么重要时，某些东西已出现在我们的内心深处。"

罗马北面的某个地方，格伦·格雷在日记中写道："我看着一轮满月穿过一片多云的天空……我再次感觉到这片无与伦比的土地上令人心痛的美。我记得我曾经历过的一切。痛苦而又光荣。"

又一个夜晚过去了，又一个白昼接踵而至，闪烁的星星消失不见。诗人和梦想家们卷起帐篷，扛上步枪，开始了漫长的最后进军。

海派阅读 × READING YOUR LIFE

人与知识的美好链接

近20年来，中资海派陪伴数百万读者在阅读中收获更好的事业、更多的财富、更美满的生活和更和谐的人际关系，拓展他们的视界，见证他们的成长和进步。

现在，我们可以通过电子书、有声书、视频解读和线上线下读书会等更多方式，给你提供更周到的阅读服务。

微信搜一搜
海派阅读

关注**海派阅读**，随时了解更多更全的图书及活动资讯，获取更多优惠惊喜。还可以把你的阅读需求和建议告诉我们，认识更多志同道合的书友。让海派君陪你，在阅读中一起成长。

也可以通过以下方式与我们取得联系：

采购热线：18926056206 / 18926056062　　服务热线：0755-25970306

投稿请至：szmiss@126.com　　新浪微博：中资海派图书

更多精彩请访问中资海派官网　　www.hpbook.com.cn